历朝通俗演义

南北史通俗演義

蔡东藩◎著

上册

中共中央党校出版社

图书在版编目（CIP）数据

南北史通俗演义 / 蔡东藩著．—北京：中共中央党校出版社，2016.12

ISBN 978-7-5035-6002-6

Ⅰ．①南…　Ⅱ．①蔡…　Ⅲ．①章回小说－中国－现代　Ⅳ．①1246.4

中国版本图书馆 CIP 数据核字（2016）第 302260 号

南北史通俗演义

策划统筹　井　琪
责任编辑　冯　研
版式设计　李　灵
责任印制　宋二顺
责任校对　李素英
出版发行　中共中央党校出版社
地　　址　北京市海淀区大有庄 100 号
电　　话　（010）62805821　　（010）62805037
　　　　　　（010）62806200　　（010）62805036
传　　真　（010）62881868
经　　销　全国新华书店
印　　刷　三河市恒彩印务有限公司
开　　本　787 毫米 ×1092 毫米　1/16
字　　数　764 千字
印　　张　65
版　　次　2017 年 9 月第 1 版　　2017 年 9 月第 1 次印刷
定　　价　226.00 元

网　　址：www.dxcbs.net　　**邮　　箱**：cbs@ccps.gov.cn
微 信 ID：中共中央党校出版社　　**新浪微博**：@党校出版社

出版说明

蔡东藩先生从1915年开始创作《清史通俗演义》。此后历经十年，先后完成《元史通俗演义》《明史通俗演义》《民国通俗演义》《宋史通俗演义》《唐史通俗演义》《五代史通俗演义》《南北史通俗演义》《两晋通俗演义》《前汉通俗演义》《后汉通俗演义》等，世称《历朝通俗演义》。《西太后演义》乃蔡先生续《清史通俗演义》之作，40回，此次出版，附于全套之末，独立为一部。遂共12部，22册。

《历朝通俗演义》本着“以正史为经，务求确凿，以轶闻为纬，不尚虚诬”的原则，主本信史，旁证野史，取材审慎，观点平实，内容丰富，叙述有法，用语雅洁，理趣兼备，堪为通俗史著的经典。可谓举凡朝代更替、君臣事迹、历史事件、人物风骨尽在其中。一部通俗史在手，中国历史了然于胸，读之可明盛衰之道、兴替之理。在极其重视史料的真实性之外，蔡东藩先生讲史又极具故事性和趣味性，《历朝通俗演义》不但可以作为历史学的参考书，更可作为历史爱好者的枕边书、休闲书。

本套书始由上海会文堂新记书局陆续印制出版，至1926年全部出齐。初版为石印线装本，至1935年，会文堂进行改版，改为铅印，分为44册，增补了许廑父续写的《民国通俗演义》后40回。此次出版，是以会文堂新记书局1935年铅印本为底本，将繁体竖排改为简体横排。在编辑校核过程中，我们尽量保持原书风貌，仅对个别的错字、别字和标点做了修改和调整。蔡东藩先生自己所做的注释、夹批和尾批，我们全部按原文保留，并且做了字体和版式的变化，方便读者阅读。本套丛书皆采用大字排版，精心设计，疏朗有致，望能给读者带来舒适、愉悦的阅读体验。

自　序

子舆氏有言曰："世衰道微，邪说暴行有作，臣弑其君者有之，子弑其父者有之。孔子惧，作春秋，春秋作而乱臣贼子惧。"夫孔子惧乱贼，乱贼亦惧孔子。则信乎一字之贬，严于斧钺，而笔削之功为甚大也。春秋以降，乱贼之迭起未艾，厥惟南北朝，宋武为首恶，而齐而梁而陈，无一非篡弑得国，悖入悖出，忽兴忽亡，索虏适起而承其敝，据有北方，历世十一，享国至百七十余年。合东西二魏在内。夷狄有君，诸夏不如，可胜慨哉！至北齐、北周，篡夺相仍，盖亦同流合污，骎骎乎为乱贼横行之世矣。隋文以外戚盗国，虽得混一南北，奄有中华，而冥罚所加，躬遭子祸，阿麽安弑君父，贼弟兄，淫烝无度，卒死江都，夏桀、商辛不是过也。二孙倏立倏废，甚至布席礼佛，愿自今不复生帝王家，倘非乃祖之贻殃，则孺子何辜，乃遽遭此惨报乎？然则隋之得有天下，亦未始非过渡时代，例以旧史家正统之名，隋固不得忝列也。

沈约作《宋书》，萧子显作《齐书》，姚思廉作梁、陈二书，语多回护，讳莫如深，沈与萧为梁人，投鼠忌器，尚有可原；姚为唐臣，犹曲讳梁、陈逆迹，岂以唐之得国，亦仍篡窃之故智与？抑以乃父察之曾仕梁、陈乃不忍直书与？彼夫崔浩之监修魏史，直书无隐，事未藏而身死族夷。旋以谄谈狡佞之魏收继之，当时号为"秽史"，其不足征信也明甚。《北齐书》成于李百药,《北周书》成于令狐德芬，率尔操觚，徒凭两朝之记录，略加删润，于褒贬亦无当焉。《隋书》辑诸唐臣之手，而以魏征标名。魏以直臣称，何以张衡传中，不及弑隋文事，明明为乱臣贼子，而尚曲讳之，其余何足观乎？若李延寿之作南、北史，本私家之著述，作官书之旁参，有此详而彼略者，有此略而彼详者，兹姑不暇论其得失，但以隋朝列入《北史》，后人或讥其失宜，窃谓春秋用夷礼则夷之，李氏固犹此意也。嗟乎！乱臣贼子盈天下，即幸而牢宠九有，囊括万方，亦岂真足光耀史乘流传后世乎哉?

本编援李氏南、北史之例，拾摭事实，演为是书；复因年序之相关，合南北为一炉，融而冶之，以免阅者之对勘，非敢谓是书之作，足以步官私各史之后尘。但阅正史者，常易生厌，而览小说者不厌求详。鄙人之撰历史演义也有年矣，每书一出，辄受阅者欢迎，得毋以辞从浅近，迹异虚诬，就令草草不工，而于通俗之本旨，固尚不相悖者与！抑尤有进者，是书
2. 于乱贼之大防，再三致意，不为少讳。值狂澜将倒之秋，而犹欲扬汤止沸，鄙人固不敢出此也。若夫全书之体例，已数见前编之各历史演义中，兹姑不赘云。

中华民国十三年一月古越蔡东帆自叙于临江书舍

南史世系图

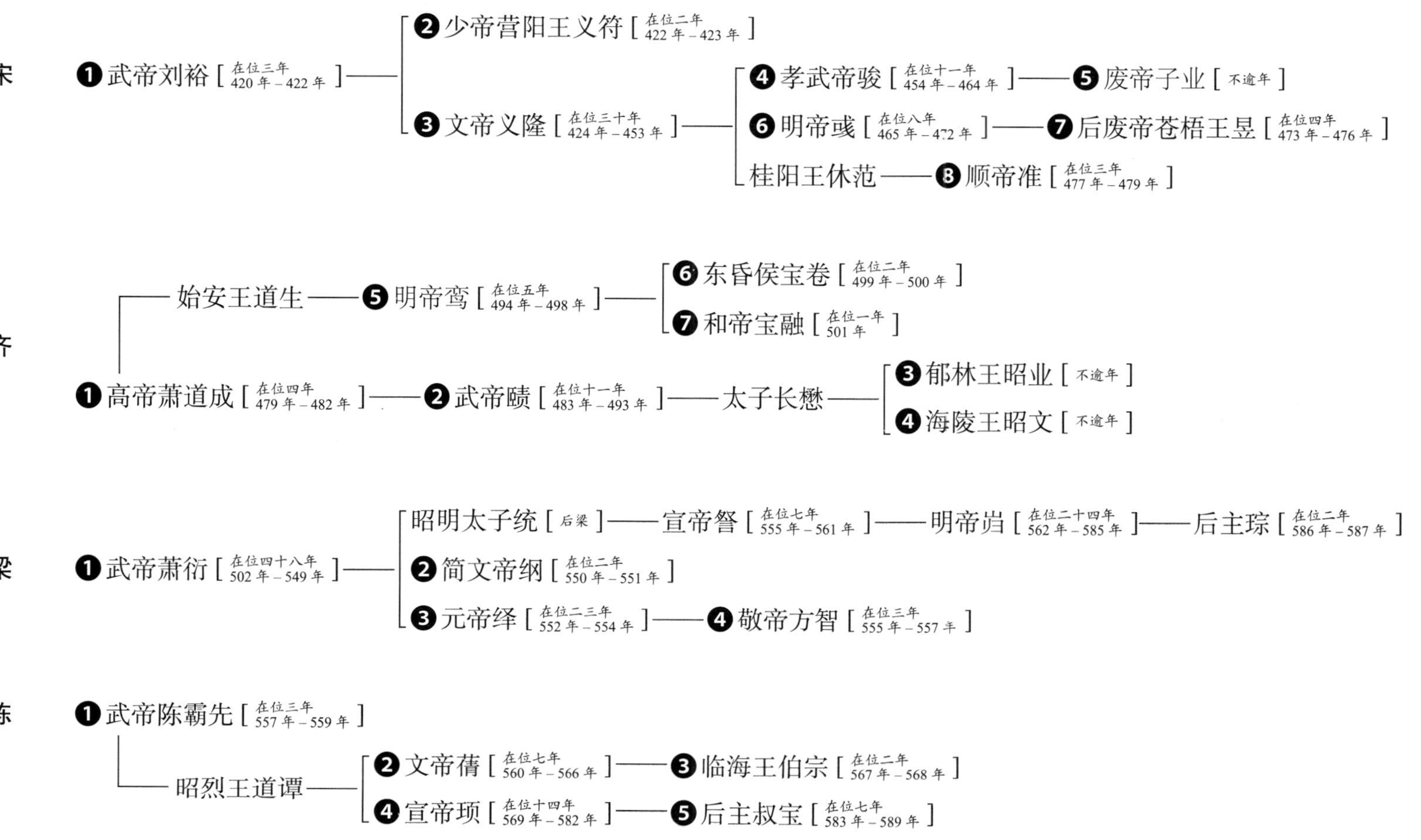

宋
❶武帝刘裕 [在位三年 420年－422年]
❷少帝营阳王义符 [在位二年 422年－423年]
❸文帝义隆 [在位三十年 424年－453年]
❹孝武帝骏 [在位十一年 454年－464年]
❺废帝子业 [不逾年]
❻明帝彧 [在位八年 465年－472年]
❼后废帝苍梧王昱 [在位四年 473年－476年]
桂阳王休范
❽顺帝准 [在位三年 477年－479年]
齐
始安王道生
❺明帝鸾 [在位五年 494年－498年]
❻东昏侯宝卷 [在位二年 499年－500年]
❼和帝宝融 [在位一年 501年]
❶高帝萧道成 [在位四年 479年－482年]
❷武帝赜 [在位十一年 483年－493年]
太子长懋
❸郁林王昭业 [不逾年]
❹海陵王昭文 [不逾年]
梁
❶武帝萧衍 [在位四十八年 502年－549年]
昭明太子统 [后梁]
宣帝詧 [在位七年 555年－561年]
明帝岿 [在位二十四年 562年－585年]
后主琮 [在位二年 586年－587年]
❷简文帝纲 [在位二年 550年－551年]
❸元帝绎 [在位二三年 552年－554年]
❹敬帝方智 [在位三年 555年－557年]
陈
❶武帝陈霸先 [在位三年 557年－559年]
昭烈王道谭
❷文帝蒨 [在位七年 560年－566年]
❸临海王伯宗 [在位二年 567年－568年]
❹宣帝顼 [在位十四年 569年－582年]
❺后主叔宝 [在位七年 583年－589年]

北史世系图

魏

- ❶道武帝拓跋珪［在位二十三年 386年–408年］——❷明元帝嗣［在位十五年 409年–423年］——❸太武帝焘［在位二十八年 424年–451年］——景穆太子晃——❹文成帝濬［在位十四年 452年–465年］
  - ❺献文帝弘［在位五年 466年–470年］——❻孝文帝宏［在位二十九年 471年–499年］——❼宣武帝恪［在位十六年 500年–515年］——❽孝明帝诩［在位十三年 516年–528年］——广陵王羽
    - ❿节闵帝恭［在位一年 531年］
  - ❿节闵帝恭（兄弟）：
    - 广平王怀——⓫孝文帝修［在位三年 532年–534年］
    - 京兆王愉［西魏］——文帝宝炬［在位十七年 535年–551年］——
      - 废帝钦［在位三年 551年–553年］
      - 恭帝廓［在位三年，复姓拓跋氏 554年–556年］
    - 清河王怿——清河王亶［东魏］——孝静帝善见［在位十七年 534年–550年］
  - 彭城王勰——❾孝庄帝子攸［在位三年 528年–530年］

齐

- 神武帝高欢——
  - ❶文宣帝洋［在位十年 550年–559年］——❷废帝殷［不逾年］
  - ❸孝昭帝演［在位二年 560年–561年］
  - ❹武成帝湛［在位四年 561年–564年］——❺后主纬［在位十二年 565年–576年］——❻幼主恒［不逾年］

周

- 文帝宇文泰——
  - ❶孝闵帝觉［不逾年］
  - ❷明帝毓［在位四年 557年–560年］
  - ❸武成邕［在位十八年 561年–578年］——❹宣帝赟［不逾年］——❺静帝阐［在位三年 579年–581年］

隋

- ❶文帝杨坚［在位二十四年 581年–604年］——❷炀帝广［在位十三年 605年–617年］——元德太子昭——
  - ❸恭帝侑［在位二年 614年–618年］
  - ❹恭帝侗［在位二年 618年–619年］

目　录

第一回　射蛇首兴王呈预兆
睹龙颜慧妇忌英雄

世运百年一大变，三十年一小变，变乱是古今常有的事情，就使圣帝明王，善自贻谋，也不能令子子孙孙万古千秋地太平过去，所以治极必乱，盛极必衰，衰乱已极，复治复盛，好似行星轨道一般，往复循环，周而复始。一半是关系人事，一半是关系天数，人定胜天，天定亦胜人，这是天下不易的至理。但我中国数千万里疆域，好几百兆人民，自从轩辕黄帝以后，传至汉、晋，都由汉族主治，凡四裔民族，僻居遐方，向为中国所不齿，不说他犬羊贱种，就说他虎狼遗性，最普通的赠他四个雅号，南为蛮，东为夷，西为戎，北为狄。这蛮夷戎狄四种，只准在外国居住，不许他闯入中原，古人称为华夏大防，便是此意。界划原不可不严，但侈然自大，亦属非是。

汉、晋以降，外族渐次来华，杂居内地，当时中原主子误把那怀柔主义待遇外人，因此藩篱自辟，防维渐弛，那外族得在中原境内，以生以育，日炽日长，涓涓不塞，终成江河。为虺勿摧，为蛇若何。嗣是五胡十六国，迭为兴替，害得荡荡中原，变做了一个胡虏腥羶的世界。后来弱肉强食，彼吞此并，辗转推迁，又把十六国土宇，浑合为一大国，叫作北魏。北魏势力，很是强盛，查起他的族姓，便是五胡中的一族，其时汉族中衰，明王不作，只靠了南方几个枭雄，抵制强胡，力保那半壁河山，支持危局，我汉族的衣冠人物，还算留贻了一小半，免致遍地沦胥。无如江左各君，以暴易暴，不守纲常，不顾礼义，你篡我窃，无父无君，扰扰百五十年，易姓凡三，历代凡四，共得二十三主，大约英明的少，昏暗的多，评论确当。反不如北魏主子，尚有一两个能文能武，武指太武帝焘，文指孝文帝宏。经营四方，修明百度，扬武烈，兴文教，却具一番振作气象，不类凡庸。他看得江左君臣，昏淫荒虐，未免奚落，尝呼南人为枭夷，易华为夷，无非自取。南人本来自称华胄，当然不肯忍受，
2. 遂号北魏为索虏。口舌相争，干戈继起，往往因北强南弱，累得江、淮一带，烽火四逼，日夕不安。幸亏造化小儿，巧为播弄，使北魏亦起内讧，东分西裂，好好一个魏国，也变做两头政治，东要夺西，西要夺东，两下里战争未定，无暇顾及江南，所以江南尚得保全。可惜昏主相仍，始终不能展足，局促一隅，苟延残喘。及东魏改为北齐，西魏改为北周，中土又作为三分，周最强，齐为次，江南最弱，鼎峙了好几年，齐为周并，周得中原十分之八，江南但保留十分之二，险些儿要尽属北周了。就中出了一位大丞相杨坚，篡了周室，复并江南，其实就是仗着北周的基业，不过杨系汉族，相传为汉太尉杨震后裔，忠良遗祚，足孚物望；更兼以汉治汉，无论南北人民，统是一致翕服，龙角当头，王文在手，均见后文。既受周禅，又灭陈氏，居然统一中原，合并南北。当时人心归附，乱极思治，

总道是天下大定，从此好安享太平，哪知他外强中乾，受制帷帟，阿么炀帝小名。小丑，计夺青宫，甚至弑君父，杀皇兄，烝庶母，骄恣似苍梧，宋主昱。淫荒似东昏，齐主宝卷。愚蔽似湘东，梁主绎。穷奢极欲似长城公，陈主叔宝。凡江左四代亡国的覆辙，无一不蹈，所有天知、地知、人知、我知的祖训，一古脑儿撇置脑后，衣冠禽兽，牛马裾襟，遂致天怒人怨，祸起萧墙，好头颅被人斫去，徒落得身家两败，社稷沦亡；妻妾受人污，子弟遭人害，闹得一塌糊涂，比宋、齐、梁、陈末世，还要加几倍扰乱。咳！这岂真好算做混一时代么？小子记得唐朝李延寿，撰南北史各一编，宋、齐、梁、陈属南史，魏、齐、周、隋属北史，寓意却很严密，不但因杨氏创业，是由北周蝉蜕而来，可以属诸北史，就是杨家父子的行谊，也不像个治世真人，虽然靠着一时侥幸，奄有南北，终究是易兴易衰，才经一传，便尔覆国，这也只好视作闰运，不应以正统相待。独具只眼。小子依例演述，摹仿说部体裁，编成一部《南北史通俗演义》，自始彻终，看官听着，开场白已经说过，下文便是南北史正传了。虚写一段，已括全书大意。

且说东晋哀帝兴宁元年，江南丹徒县地方，生了一位乱世的枭雄，姓刘名裕字德舆，小字叫作寄奴，他的远祖，乃是汉高帝弟楚元王交。交受封楚地，建国彭城，子孙就在彭城居住。及晋室东迁，刘氏始徙居丹徒县京口里。东安太守刘靖，就是裕祖，郡功曹刘翘，就是裕父，自从楚元王交起算，传至刘裕，共历二十一世。裕生时适当夜间，满室生光，不啻白昼；偏偏婴儿堕地，母赵氏得病暴亡，乃父翘以生裕为不祥，意欲弃去，还亏有一从母，怜惜侄儿，独为留养，乳哺保抱，乃得生成。翘复娶萧氏女为继室，待裕有恩，勤加抚字，裕体益发育，年未及冠，已长至七尺有余。会翘病不起，竟致去世，剩得一对嫠妇孤儿，凄凉度日，家计又复萧条，常忧冻馁。裕素性不喜读书，但识得几个普通文字，便算了事；平日喜弄拳棒，兼好骑射，乡里间无从施技；并因谋生日亟，不得已织屦易食，伐薪为炊，劳苦得了不得，尚且饔飧鲜继，饥饱未匀；惟奉养继母，必诚必敬，宁可自己乏食，不使甘旨少亏。揭出孝道，借古风世。一日，游京口竹林寺，稍觉疲倦，遂就讲堂前假寐。僧徒不识姓名，见他衣冠褴褛，有逐客意，正拟上前呵逐，忽见裕身上现出龙章，光呈五色，众僧骇异得很，禁不住哗噪起来。裕被他惊醒，问为何事？众僧尚是瞧着，交口称奇。及再三诘问，方各述所见。裕微笑道："此刻龙光尚在否?"僧答言："无有。"裕又道："上人休得妄言！恐被日光迷目，因致幻成五色。"众僧不待说毕，一齐喧声道："我等明明看见
4. 五色龙，罩住尊体，怎得说是日光迷目呢?"裕亦不与多辩，
起身即行。既返家门，细思众僧所言，当非尽诬，难道果有龙章护身，为他日大贵的预兆？左思右想，忐忑不定。到了黄昏就寝，还是狐疑不决，辗转反侧，蒙眬睡去。似觉身旁果有二龙，左右蟠着，他便跃上龙背，驾龙腾空，霞光绚彩，紫气盈途，也不识是何方何地，一任龙体游行，经过了许多山川，忽前面笼着一道黑雾，很是阴浓，差不多似天地晦冥一般，及向下倚瞩，却露着一线河流，河中隐隐现出黄色，黑气隐指北魏，河中黄色便是黄河，宋初尽有河南地，已兆于此。那龙首到了此处，也似有些惊怖，悬空一旋，堕落河中。裕骇极欲号，一声狂呼，便即惊觉，开眼四瞧，仍然是一张敝床，惟案上留着一盏残灯，临睡时忘记吹熄，所以余焰犹存。回忆梦中情景，也难索解，但想到乘龙上天，究竟是个吉兆，将来应运而兴，亦未可知，乃

吹灯再寝。不意此次却未得睡熟，不消多时，便晨鸡四啼，窗前露白了。

裕起床炊爨，奉过继母早膳，自己亦草草进食，已觉果腹，便向继母禀白，往瞻父墓，继母自然照允。裕即出门前行，途次遇着一个堪舆先生，叫作孔恭，与裕略觉面善。裕乘机扳谈，方知孔恭正在游山，拟为富家觅地，当下随着同行，道出候山，正是裕父翘葬处。裕因家贫，为父筑坟，不封不树，只耸着一抔黄土，除裕以外，却是没人相识。裕戏语孔恭道：“此墓何如？”恭至墓前眺览一周，便道：“这墓为何人所葬，当是一块发王地呢。”裕诈称不知，但问以何时发贵？恭答道：“不出数年，必有征兆，将来却不可限量。”裕笑道：“敢是做皇帝不成？”恭亦笑道：“安知子孙不做皇帝？”彼此评笑一番，恭是无心，裕却有意，及中途握别，裕欣然回家，从此始有意自负，不过时机未至，生计依然，整日里出外劳动，不是卖履，就是斫柴；或见了飞禽走兽，也就射倒几个，取来充庖。

时当秋日，洲边芦荻萧森，裕腰佩弓矢，手执柴刀，特地驰赴新洲，伐荻为薪。正在俯割的时候，突觉腥风陡起，流水齐嘶，四面八方的芦苇，统发出一片秋声，震动耳鼓。裕心知有异，忙跳开数步，至一高涧上面，凝神四望，蓦见芦荻丛中，窜出一条鳞光闪闪的大蛇，头似巴斗，身似车轮，张目吐舌，状甚可怖。裕见所未见，却也未免一惊，急从腰间取出弓箭，用箭搭弓，仗着天生神力，向蛇射去，飕的一声，不偏不倚，射中蛇项，蛇已觉负痛，昂首向裕，怒目注视，似将跳跃过来，接连又发了一箭，适中蛇目分列的中央，蛇始将首垂下，滚了一周，蜿蜒而去，好一歇方才不见。裕悬空测量，约长数丈，不禁失声道：“好大恶虫，幸我箭干颇利，才免毒螫。”说至此，复再至原处，把已割下的芦荻，捆做一团，肩负而归。汉高斩蛇，刘裕射蛇，远祖裔孙，不约而同。次日，复往州边，探视异迹，隐隐闻有杵臼声，越加诧异，随即依声寻觅，行至榛莽丛中，得见童子数人，俱服青衣，围着一臼，轮流杵药。裕朗声问道：“汝等在此捣药，果作何用？”一童子答道：“我王为刘寄奴所伤，故遣我等采药，捣敷患处。”裕又道：“汝王何人？”童子复道：“我王系此地土神。”裕輾然道：“王既为神，何不杀死寄奴？”童子道：“寄奴后当大贵，王者不死，如何可杀？”裕闻童子言，胆气益壮，便呵叱道：“我便是刘寄奴，来除汝等妖孽，汝王尚且畏我，汝等独不畏我么？”童子听得刘寄奴三字，立即骇散，连杵臼都不敢携去。裕将臼中药一齐取归，每遇刀箭伤，一敷即愈。裕历得数兆，自知前程远大，不
6. 应长栖陇亩，埋没终身，遂与继母商议，拟投身戎幕，借图进阶。继母知裕有远志，不便拦阻，也即允他投军。

裕辞了继母，竟至冠军孙无终处，报名入伍。无终见他身材长大，状貌魁梧，已料非庸碌徒，便引为亲卒，优给军粮，未几即擢为司马。晋安帝隆安三年，会稽妖贼孙恩作乱，晋卫将军谢琰，及前将军刘牢之，奉命讨恩，牢之素闻裕名，特邀裕参军府事。裕毅然不辞，转趋入牢之营。牢之命裕率数十人，往侦寇踪，途次遇贼数千，即持着长刀，挺身陷阵，贼众多半披靡。牢之子敬宣，又带兵接应，杀得孙恩大败亏输，遁入海中。

既而牢之还朝，裕亦随返，那孙恩无所顾惮，复陷入会稽，杀毙谢琰。再经牢之东征，令裕往戍勾章。裕且战且守，屡败贼军，贼众退去，恩复入海。嗣又北犯海盐，由裕移兵往

堵，修城筑垒。恩日来攻城，裕募敢死士百人，作为前锋，自督军士继进，大破孙恩。恩转走沪渎，又浮海至丹徒。丹徒为裕故乡，闻警驰救，倍道趋至，途次适与恩相遇，兜头痛击。恩众见了裕旗，已先退缩，更因裕先驱杀入，似生龙活虎一般，哪里还敢抵挡？彼逃此窜，霎时跑散。恩率余众走郁州。晋廷以裕屡有功，升任下邳太守。裕拜命后，再往剿恩。恩闻风窜去，自郁州入海盐，复自海盐徙临海，徒众多被裕杀死，所掳三吴男女，或逃或亡。临海太守辛景，乘势逆击，杀得孙恩上天无路，入地无门，只好自投海中，往做水妖去了。孙恩了。

恩有妹夫卢循，神采清秀，由恩手下的残众推他为主，于
是一波才平，一波又起。荆州刺史桓玄，方都督荆、江八州军
事，威焰逼人。安帝从弟司马元显，与玄有隙，玄遂举兵作
乱，授卢循为永嘉太守，使作爪牙。安帝即令元显为骠骑大将 7.
军，征讨大都督，并加黄钺，调兵讨玄。遣刘牢之为先锋，裕
为参军，即日出发。

行至历阳，与玄相值，玄使牢之族舅何穆来作说客，劝牢之倒戈附玄。牢之也阴恨元显，意欲自作下庄，姑与玄联络，先除元显，后再除玄，裕闻知消息，与牢之甥何无忌，极力谏阻，牢之不从。裕再嘱牢之子敬宣，从旁申谏，牢之反大怒道：“我岂不知今日取玄，易如反掌？但平玄以后，内有骠骑，猜忌益深，难道能保全身家么？”联络桓玄，亦未必保身。遂遣敬宣赍着降书，投入玄营。

玄收降牢之，进军建康。即晋都。元显毫无能力，奔入东府，一任玄军入城。玄遂派兵捕住元显，及元显党羽庾楷、张法顺，与谯王尚之，一并杀死，自称丞相，总百揆，都督中

外。命刘牢之为会稽内史，撤去兵权。牢之始惊骇道：“桓玄一入京城，便夺我兵柄，恐祸在旦夕了！”嗟何及矣。

敬宣劝牢之袭玄，牢之又虑兵力未足，不免迟疑。当下召裕入商道：“我悔不用卿言，为玄所卖，今当北至广陵，举兵匡扶社稷，卿肯从我否？”裕答道：“将军率禁兵数万，不能讨叛，反为虎伥，今枭桀得志，威震天下，朝野人情，已失望将军，将军尚能得广陵么？裕情愿去职，还居京口，不忍见将军孤危呢。”言毕即退。

牢之又大集僚佐，议据住江北，传檄讨玄。僚佐因牢之反复多端，都有去意，当面虽勉强赞成，及牢之启行，即陆续散去，连何无忌亦不愿随着，与裕密商行止。裕与语道：“我观将军必不免，君可随我还京口。玄若能守臣节，我与君不妨事玄，否则设法除奸，亦未为晚！”无忌点首称善，未与牢之告别，即偕裕同往京口去了。

牢之到了新洲，部众俱散，日暮途穷，投缳自尽。子敬宣逃往山阳，独刘裕还至京口，为徐兖刺史桓修所召，令为中书参军。可巧永嘉太守卢循，阳受玄命，阴仍寇掠，潜遣私党徐道覆，袭攻东阳，被裕探问消息，领兵截击。杀败道覆，方才回军。

既而桓玄篡位，废晋安帝为平固王，迁居寻阳，改国号楚，建元永始。桓修系玄从兄，由玄征令入朝。修驰入建业，裕亦随行。当时依人檐下，只好低头，不得不从修谒玄。玄温颜接见，慰劳备至，且语司徒王谧道：“刘裕风骨不常，确是当今人杰呢。”谧乘机献媚，但说是天生杰士，匡辅新朝，玄益心喜，每遇宴会，必召裕列座，殷勤款待，赠赐甚优。独玄妻刘氏，为晋故尚书令刘耽女，素有智鉴，尝在屏后窥视，见裕状貌魁奇，知非凡相，便乘间语玄道：“刘裕龙行虎步，瞻顾不凡，在朝诸臣，无出裕右，不可不加意预防！”玄答道：“我意正与卿相同，所以格外优待，令他知感，为我所用。”刘氏道：“妾见他器宇深沉，未必终为人下，不如趁早翦除，免得养虎贻患！”玄徐答道：“我方欲荡平中原，非裕不能为力，待至关陇平定，再议未迟。”刘氏道：“恐到了此时，已无及了！”玄终不见听，仍令修还镇丹徒。

修邀裕同还，裕托言金创疾发，不能步从，但与何无忌同船，共还京口。舟中密图讨逆，商定计划。既至京口登岸，无忌即往见沛人刘毅，与议规复事宜。毅说道：“以顺讨逆，何患不成？可惜未得主帅！”无忌未曾说出刘裕，惟用言相试道：“君亦太轻量天下，难道草泽中必无英雄？”毅奋然道：“据我所见，只有一刘下邳啰。”下邳见前。无忌微笑不答，还白刘裕。适青州主簿孟昶，因事赴都，还过京口，与裕叙谈，彼此说得 9.
投机。裕因诘昶道：“草泽间有英雄崛起，卿可闻知否？”昶答道：“今日英雄，舍公以外，尚有何人？”裕不禁大笑，遂与同谋起义。

裕弟道规，为青州中兵参军。青州刺史桓弘，为桓修从弟，裕因令昶归白道规，共图杀弘。且使刘毅潜往历阳，约同豫州参军诸葛长民，袭取豫州刺史刁逵。一面再致书建康，使友人王元德、辛扈兴、童厚之等，同作内应。自与何无忌用计图修，依次进行。看官听说，这是刘裕奋身建功的第一着！画龙点睛。小子有诗咏道：

发愤终为天下雄，不资尺土独图功。
试看京口成谋日，豪气原应属乃公。

欲知刘裕能否成功，容待下回续叙。

开篇叙一楔子，括定全书大意，且援李延寿史例，将隋朝归入北史，见地独高。及正传写入刘裕，历述符谶，俱系援引南史，并非向壁臆造。惟经妙笔演出，愈觉有声有色，足令人刮目相看。桓玄妻刘氏，鉴貌辨色，能知裕不为人下，劝玄除裕。夫蛇神尚不能害寄奴，何物桓玄，乃能置裕死地乎？但巾帼中有此慧鉴，不可谓非奇女子，惜能料刘裕而不能料桓玄。当桓玄篡位之先，不闻出言匡正，是亦所谓知其一不知其二者欤？惟晋事当具晋史，故于晋事从略，第于刘裕事从详云。

第二回　起义师入京讨逆　迎御驾报绩增封

却说刘裕既商定密谋，遂与何无忌托词出猎，号召义徒。共得百余名，最著名的约二十余人，除何无忌、刘毅外，姓名如左：

刘道怜即刘裕弟。魏咏之　魏欣之咏之弟。魏顺之欣之弟。檀凭之　檀祗隆凭之弟。檀道济凭之叔。檀范之道济从兄。檀韶凭之从子。刘藩刘毅从弟。孟怀玉孟昶族弟。向弥　管义之　周安穆　刘蔚　刘珪之蔚从弟。臧熹　臧宝符熹从弟。　臧穆生熹从子。　童茂宗　周道民　田演　范清

这二十余人各具智勇，充作前队。何无忌冒充敕使，一骑当先，扬鞭入丹徒城，党徒随后跟入。桓修毫不觉察，闻有敕使到来，便出署相迎，无忌见了桓修，未曾问答，即拔出佩刀，把修杀死。随与徒众大呼讨逆，吏士惊散，莫敢反抗。刘

裕也驰入府署，揭榜安民，片刻即定。当将桓修棺殓，埋葬城外；召东莞人刘穆之为府主簿，更派刘毅至广陵，嘱令孟昶刘道规，即日响应。

昶与道规，伪劝桓弘出猎，以诘旦为期。翌日昧爽，昶等率壮士数十人，伫待府署门前，一俟开门，便即驰入。弘方在啜粥，被道规持刃直前，劈破弘脑，死于非命。当即收众渡江，来会刘裕。

徐州司马刁弘，闻丹徒有变，方率文武佐吏，来至丹徒城下，探问虚实，裕登城伪语道："郭江州已奉戴乘舆，反正寻阳，我等奉有密诏，诛除逆党，今日贼玄首级，已当晓示大航。诸君皆大晋臣，无故来此，意欲何为？"刁弘等信为真言，便即退去。

可巧刘道规、孟昶等自广陵驰至，众约千人，裕即令刘
12. 毅追杀刁弘。待毅归报，又令毅作书与兄，即遣周安穆持书入京，促令起事。原来毅兄刘迈留官建康，桓玄令迈为竟陵太守，整装将发。既得毅书，踌躇莫决。安穆见迈怀疑，恐谋泄罹祸，匆匆告归，连王元德、辛扈兴、童厚之等处也未及报闻。迈计无所出，意欲黄夜下船，赴任避祸。忽由桓玄与书，内言北府人情，未知何如？近见刘裕，亦未知彼作何状，须一一报明。此书寓意，乃俟迈抵任后，令他禀报。偏迈误会书义，还道玄已察裕谋，不得不预先出首。这叫作贼胆心虚。遂不便登舟，坐以待旦，一俟晨光发白，即入朝报玄。

玄闻裕已发难，不禁大惧，面封迈为重安侯。迈拜谢退朝，偏有人向玄谮迈，谓迈纵归周安穆，未免同谋。玄乃收迈下狱，并捕得王元德、辛扈兴、童厚之三人，与迈同日加刑。一面召弟桓谦，及丹阳尹卞范之等，会议拒裕，谦请从速发

兵，玄欲屯兵覆舟山，坚壁以待。经谦等一再固请，始命顿邱太守吴甫之，右卫将军皇甫敷，北遏裕军。

裕闻桓玄已经发兵，也锐意进取，自称总督徐州事，命孟昶为长史，守住京口。集得二州义旅，共千七百人，督令南下。且嘱何无忌草檄，声讨玄罪。

无忌夜作檄文，为母刘氏所窥，且泣且语道：“我不及东海吕母，王莽时人。汝能如此，我无遗恨了！”兄弟之仇，不可不报。至无忌檄已草就，翌晨呈入。裕即令颁发远近，大略说是：

> 夫成败相因，理不常泰，狡焉肆虐，或值圣明。自我大晋，屡遘阳九，隆安以来，隆安为晋安帝嗣位时年号。国家多故，忠良碎于虎口，贞贤毙于豺狼。逆臣桓玄，敢肆陵慢，阻兵荆郢，肆暴都邑。天未忘难，凶力繁兴，逾年之间，遂倾里祚，主上播越，流幸非所，神器沉辱，七庙毁坠。虽夏后之罹浞殪，有汉之遭莽卓，方之于玄，未足为喻。自玄篡逆，于今历年，亢旱弥时，民无生气，加以士庶疲于转输，文武困于版筑，室家分析，父子乖离，岂惟大东有杼轴之悲，摽梅有倾筐之怨而已哉！仰观天文，俯察人事，此而可存，孰为可亡？凡在有心，谁不扼腕？裕等所以椎心泣血，不遑启处者也，是故夕寐宵兴，搜奖忠烈，潜构崎岖，险过履虎，乘机奋发，义不图全。辅国将军刘毅、广武将军何无忌、镇北主簿孟昶、兖州主簿魏咏之、宁远将军刘道规、龙骧参军刘藩、振威将军檀凭之等，忠烈断金，精白贯日，荷戈奋袂，志在毕命。益州刺史毛璩，万里齐契，扫定荆楚。江州刺史郭昶之，奉迎主上，宫于寻阳。镇北参军王元德等，并率部曲，保据石

> 头。扬武将军诸葛长民，收集义士，已据历阳。征虏参军庾颐之，潜相连结，以为内应。同力协规，所在蜂起，即日斩伪徐州刺史安城王桓修，青州刺史桓弘。义众既集，文武争先，咸谓不有统一，则事无以辑。裕辞不获命，遂总军要，庶上凭祖宗之灵，下罄义夫之力，翦馘逋逆，荡清京华。公侯诸君，或世树忠贞，或身荷爵宠，而并俯眉猾竖，无由自效，顾瞻周道，宁不吊乎！今日之举，良其会也。裕以虚薄，才非古人，受任于既颓之连，接势于已替之机，丹忱未宣，感慨愤激，望霄汉以永怀，盼山川以增伫，投檄之日，神驰贼廷。檄到如律令！

观檄中所载，如毛璩以下，多半是虚张声势，未得实情。郭昶之何曾反正，王元德并且被诛。就是诸葛长民亦未能据住
14. 历阳，不过以讹传讹，也足使中土向风，贼臣丧胆。桓玄自刘裕起兵，连日惊惶，或谓裕等乌合，势必无成，何足深惧？玄摇首道："刘裕为当世英雄，刘毅家无担石，樗蒱且一掷百万，何无忌酷似若舅，共举大事，怎得说他无成呢？"恐亦惭对令正。果然警报频来，吴甫之败死江乘，皇甫敷败死罗洛桥，那刘裕军中，只丧了一个檀凭之，进战益厉。玄急遣桓谦出屯东陵，卞范之出屯覆舟山西，两军共计二万人。

裕至覆舟山东，令各军饱餐一顿，悉弃余粮，示以必死。刘毅持槊先驱，裕亦握刀继进，将士踊跃随上，驰突敌阵，一当十，十当百，呼声动天地。凑巧风来助顺，因风纵火，烟焰蔽天，烧得桓谦、卞范之两军，统变成焦头烂额，与鬼为邻。桓谦、卞范之后先骇奔，裕复率众力追，数道并进。玄已料裕军难敌，先遣殷仲文具舟石头，为逃避计。至是接桓谦败耗，

忙令子升策马出都，至石头城外下舟，浮江南走。裕得乘胜长驱，直入建康。

京中已无主子，由裕出示安民，且恐都人惶惑，徙镇石头城，立留台，总百官，毁去桓氏庙主，另造晋祖神牌，纳诸太庙。更遣刘毅等追玄，并派尚书王嘏，率百官往迎乘舆。一面收诛桓氏宗族，使臧熹入宫，检收图籍器物，封闭府库。

司徒王谧本系桓玄爪牙，玄篡位时，曾亲解安帝玺绶，奉玺授玄。当时大众目为罪魁，劝裕诛谧，偏裕与谧有旧，少年孤贫时，尝由谧代裕偿债，至此不忍加诛，仍令在位。未免因私废公。谧又向裕贡谀，愿推裕领扬州军事。裕一再固辞，令谧为侍中，领扬州刺史，录尚书事，谧更推裕都督八州，扬、徐、兖、豫、青、冀、幽、并。兼徐州刺史，裕乃受任不辞。令刘毅为青州刺史，何无忌为琅琊内史，孟昶为丹阳令，刘道规为义昌太守，所有军国处分，均委任刘穆之。仓猝立办，无不允惬。

惟诸葛长民愆期未发，谋泄被执，刁逵尚未得建康音信，把长民羁入槛车，派使解京。途次闻桓玄败走，建康已为刘裕所据，那使人乐得用情，即将长民放出，还趋历阳。历阳军民，乘机起事，围攻刁逵。逵溃围出走，凑巧遇着长民，兜头截住，再经城中兵士追来，任你刁逵如何逞刁，也只好束手受缚，送入石头，饮刀毕命！

桓玄逃至寻阳，刺史郭昶之，供玄乘舆法物，可见刘氏前次檄文，纯系虚声。玄仍自称楚帝，威福如故。嗣闻刘毅等率军追来，将到城下，玄又惊惶失措，急遣部将庾雅祖、何澹之堵住湓口，自挟一主即晋安帝。二后，一系穆帝后何氏，一系安帝后王氏。西走江陵。刘毅与何无忌、刘道规诸将，至桑落洲，大破何澹之水军，夺湓口，拔寻阳，遣使报捷。刘裕因安帝西去，乃奉武陵王司马遵为大将军，入居东宫，承制行事。再饬刘毅等西追桓玄。

玄至江陵，收集荆州兵，有众二万，复挟安帝东下。行抵峥嵘洲，正值刘毅各军，扬帆前来。刘道规望玄船，麾众先进，刘毅、何无忌，鼓棹随行。此时正是仲夏天气，西南风吹得甚劲，道规乘风纵火，毅等亦助薪扬威，烧得长江上下，烟雾迷濛。玄所督领诸战舰，多半被焚，部卒大乱。玄慌忙改乘小舟，仍将安帝挟去，遁还江陵。

部将殷仲文叛玄降刘，奉晋二后还京。玄再返江陵，人情离叛，没奈何乘夜出奔，欲往汉中。南郡太守王腾之，荆州别驾王康产，奉安帝入南郡府，寻迁江陵。

益州刺史毛璩有侄修之，为玄屯骑校尉，诱玄入蜀。玄依言西行，至枚回洲，适上流来了丧船数艘，船首立着一员卫弁，与修之打了一个照面，便厉声呼道："来船中有无逆贼？"修之不答，桓玄却颤声说道："我是当今新天子，何处盗贼，敢来妄言！"此时还想称帝，太不自量。道言未绝，那对船上又跳出二将，拈弓搭矢，飞射过来，玄嬖人万盖、丁仙期挺身蔽玄，俱被射倒。玄正在惊惶，突有数人持刀跃入，为首的正是对船卫弁。便骇问道："汝……汝等何人？敢犯天子！"卫弁即应声道："我等来杀天子的贼臣！"说至此，即用刀劈玄，光芒一闪，玄首分离。看官道卫弁为谁？原来是益州督护冯迁。

益州毛璩有弟毛璠，为宁州刺史，在任病殁。璩使兄孙祐之及参军费恬，扶榇归葬，并派冯迁护丧。恰巧中流遇着玄船，由修之传递眼色，便一齐动手，杀死贼玄。看官不必细问，就可知对船发矢的二将，便是费恬、毛祐之了。冯迁既枭玄首，执住玄子桓升，杀死玄族桓石康、桓浚，令毛修之赍献玄首，及槛解桓升，驰诣江陵。安帝封毛修之为骁骑将军，诛升东市，下诏大赦，惟桓氏不原。

玄从子桓振，逃匿华容浦中，招聚党徒，得数千人，探得刘毅等退屯寻阳，即袭击江陵城。桓谦亦匿居沮川，纠众应振。江陵城内，只有王腾之、王康产二人守着，士卒无多，径被两桓掩入。腾之、康产战死。安帝尚寓居江陵行宫，振持刀进见，意欲行弑。还是桓谦驰入劝阻，方才罢手，下拜而出。为玄举哀发丧，谦率百官朝谒安帝，奉还玺绶，所有侍御左右，一律撤换，改用两桓党羽，乘势攻取襄阳等城。

刘毅等还居寻阳，总道是元凶就戮，逆焰消除，可以高枕无忧，哪知死灰复燃，复有两桓余孽，袭取江陵。急忙令何无忌、刘道规二将，进讨两桓。师至马头，已由桓谦派兵扼住。两下里杀了一场，谦众败退。无忌、道规直趋江陵。桓振令党徒冯该，设伏杨林，自率众逆战灵溪，无忌恃胜轻进，被贼军两路杀出，冲断阵势，大败奔还。幸亏刘敬宣聚粮缮船，接济无忌、道规，复得成军，蹶而复振。

敬宣即刘牢之子，前时逃往山阳，拟募兵讨玄，未克如愿。再往南燕乞师，南燕主慕容德，不肯发兵。敬宣潜结青州大族，及鲜卑豪酋，谋袭燕都，事泄还南。时玄已败死，走归刘裕，裕令为晋陵太守，寻又迁授江州刺史。他因刘毅等讨玄余党，所以筹备舟械，随时接应。补笔不漏。

无忌、道规得此一助，再进兵夏口。毅亦督军随进，攻入鲁城。道规亦拔偃月垒，复会师进克巴陵。号令严整，沿途无犯，再鼓众至马头。桓振挟安帝出屯江津，遣使请和，求割江、荆二州，奉还天子。以皇帝为交换品，却是奇闻。毅等不许。会南阳太守鲁宗之，起兵袭襄阳，振还军与战，留桓谦、冯该守江陵。谦遣该守豫章口，为毅等击败，谦弃城遁走。毅等驰入江陵，擒住逆党卞范之等，一并枭斩。

安帝时在江陵，未被桓振挟去。毅得入行宫谒帝，由帝面加慰劳，一切处置，悉归毅主持。毅正拟追剿两桓，适振回救江陵，在途闻城已失守，众皆骇散，振亦只好逃匿涢州。既而召集散众，复袭江陵，为将军刘怀肃所闻，伏兵邀击，一鼓诛振。振为桓氏后起悍将，至此毙命，桓氏遗孽垂尽，惟桓谦等奔入后秦。

安帝改元义熙。再下赦书，除桓谦等不赦外，独赦桓冲孙胤徙居新安，令存桓冲宗祀，保全功臣一脉。冲系桓玄叔父，有功晋室，封丰城公，详见《两晋演义》。刘裕闻报，使刘毅、刘道规留屯夏口，命何无忌奉帝东归。安帝乃自江陵启銮，还至建康。百官诣阙待罪，有诏令一并复职。授琅琊王司马德文为大司马，
18. 武陵王司马遵为太保，且封赏功臣，首刘裕，次及刘毅、何无忌、刘道规。诏敕有云：

> 朕以寡昧，遭家不造，越自遘闵，属当屯极。逆臣桓玄，垂衅纵慝，穷凶恣虐，滔天猾夏，诬罔神人，肆其篡乱，祖宗之基既湮，七庙之飨胥殄，若坠渊谷，未足斯譬。皇度有晋，天纵英哲，都督扬、徐、兖、豫、青、冀、幽、并、江九州诸军事镇军将军徐、青二州刺史刘裕，忠诚天亮，神武命世，用能贞明协契，义夫向臻，故顺声一唱，二溟卷波，英风振路，宸居清翳。冠军将军刘毅，辅国将军何无忌，振武将军刘道规，舟旗遄迈，而元凶传首，回戈叠挥，则荆汉雾廓。俾宣元之祚，永固于嵩岱，倾基重造，再集于朕躬。宗庙歆七百之祐，皇基融载

新之命。念功惟德，永言铭怀，固已道冠开辟，独绝终古，书契以来，未之前闻矣。虽则功高靡尚，理至难文，而崇庸命德，哲王攸先者，将以弘道制治，深关盛衰，故伊望膺殊命之锡，桓文飨备物之礼，况宏征不世，顾邈百代者，宜极名器之隆，以光大国之盛。而镇军谦虚自衷，诚旨屡显，朕重逆仲父，乃所以愈彰德美也。镇军可进位侍中车骑将军都督中外诸军事，使持节徐、青二州刺史如故。显祚大邦，启兹疆宇，特此诏闻！

这诏下后，裕上表固辞。再加录尚书事，裕又不受，且乞请归藩。安帝不允，遣百僚敦劝，裕仍然固让，入朝陈情，愿就外镇，乃改授裕都督荆、司、梁、益、宁、雍、凉七州，并前十六州诸军事，仍守本官，裕始受命，还镇丹徒。封刘毅为左将军，何无忌为右将军，分督豫州、扬州军事，刘道规为辅国将军，督淮北诸军事。余如并州刺史魏咏之以下，皆加官进爵有差。

先是刘毅尝为刘敬宣参军，时人推毅为雄杰，敬宣道："有非常的材具，必有非常的度量，此君外宽内忌，夸己轻人，设使一旦得志，亦恐以下陵上，自取危祸呢。"为后文刘裕杀毅张本。裕闻敬宣言，尝引以为憾。及得授方镇，遂使人白刘裕道："敬宣未与义举，授为郡守，已觉过优，擢置江州，更足令人骇惋，恐猛将劳臣，不免因此懈体呢。"裕迟迟不发。敬宣得知消息，心不自安，乃表请解职，因召还为宣城内史。刘毅再与何无忌，分道出讨桓玄余党，所有桓亮、符玄等小丑，一概诛灭，荆、湘、江、豫皆平。晋廷命毅都督淮南五郡，兼豫州刺史。何无忌都督江东五郡，兼会稽内史。毅自是益骄，免不得目空一切，有我无人了。小子有诗叹道：

平矜释躁始成才，器小何堪任重来！
古有一言须记取，谦能受益满招灾。

过了一年，追叙讨逆功绩，又有一番封赏，待小子下回说明。

桓玄一乱，而刘裕即乘九而起，是不啻为渊驱鱼，为丛驱雀，玄死而裕贵，玄固非鹯即獭也。大抵枭桀之崛兴，其始必有绝大之功业，足以耸动人心，能令朝野畏服，然后可以任所欲为，潜移国祚于无形。莽懿之徒，无不如是。裕为莽懿流亚，有玄以促成之，玄何其愚，裕何其
20. 智耶！至于安帝返驾，封赏功臣，裕为功首，而再三退让，成功不居。周公恐惧流言日，王莽谦恭下士时，假使当年身便死，一生真伪有谁知？”我读此诗，我更有以窥刘裕矣。

第三回　伐燕南冒险成功
捍东都督兵御寇

却说晋安帝复辟逾年，追叙讨逆功绩，封刘裕为豫章郡公，刘毅为南平郡公，何无忌为安成郡公。一国三公，恐刘裕未免介介。此外亦各有封赏，不胜枚举。独殷仲文自负才望，反正后欲入秉朝政，因为权臣所忌，出任东阳太守，心下很是怏怏。何无忌素慕仲文，贻书慰藉，且请他顺道过谈。仲文复书如约，不意出都赴任，心为物役，竟致失记。无忌伫候多日，并不见到，遂心疑仲文薄己，伺隙报怨。适南燕入寇，刘裕拟督军出讨，无忌即向裕致书道：“北虏尚不足忧，惟殷仲文、桓胤，实系心腹大病，不可不除。”裕心以为然。会裕府将骆球谋变，事发伏诛，裕因谓仲文及胤，与球通谋，即捕二人入京，并加夷诛。已露锋芒。

司徒兼扬州刺史王谧病殁，资望应由裕继任。刘毅等已是忌裕，不欲他入朝辅政，乃拟令中领军谢混为扬州刺史。或恐裕出来反对，谓不如令裕兼领扬州，以内事付孟昶。安帝不能决议，特遣尚书右丞皮沈驰往丹徒，以二议谘裕。用人必须下问，大权已旁落了。沈先见裕记室刘穆之，具述朝议。穆之伪起如厕，潜入白裕，谓皮沈二议，俱不可从。裕乃出见皮沈，支吾对付，暂令出居客舍，复呼穆之与商。穆之道："晋政多阙，天命已移，公匡复皇祚，功高望重，难道可长作藩将么？况刘、孟诸公，与公同起布衣，倡立大义，得取富贵，不过因事有先后，权时推公，并非诚心敬服，素存主仆的名义，他日势均力敌，终相吞噬。扬州为国家根本，关系重大，如何假人？前授王谧，已非久计，今若复授他人，恐公将为人所制，一失权柄，无从再得。今但答言事关重要，不便悬论，当入朝面议，共决可否。俟公一至京邑，料朝内权贵，必不敢越次授人，公可坐取此权位了。"为裕设计，恰是佳妙，但亦一许攸、荀彧之徒。

裕极口称善，遂遣归皮沈，托言入朝面决。沈回京复命，
22. 果然朝廷生畏，立即下诏，征裕为侍中扬州刺史，录尚书事。裕又佯作谦恭，表解兖州军事，令诸葛长民镇守丹徒，刘道怜屯戍石头城，又遣将军毛修之，会同益州刺史司马荣期，共讨谯纵。

纵系益州参军，擅杀刺史毛璩，自称成都王，蜀中大乱。晋廷简授司马荣期为益州刺史，令率兵讨蜀。荣期至白帝城，击败纵弟明子，再拟进师，因恐兵力不足，表请缓应。裕乃再遣毛修之西往。修之入蜀，与荣期相会，当令荣期先驱，自为后应，进薄成都。荣期抵巴州，又为参军杨承祖所杀，承祖自称巴州刺史。及修之进次宕渠，始接荣期死耗，不得已退屯白帝城。时益州故督护冯迁，已升任汉嘉太守，发兵来助修之。修之与迁合兵，击斩杨承祖，拟乘胜再进。不意朝廷新命鲍陋为益州刺史，驰诣军前，与修之会议未协。修之据实奏闻，裕

乃表举刘敬宣为襄城太守，令率兵五千讨蜀，并命荆州刺史刘道规为征蜀都督，调度军事。

谯纵闻晋军大至，忙向后秦称臣，乞师拒晋。秦主姚兴遣部将姚赏等援纵，会同纵党谯道福，择险驻守。刘敬宣转战而前，至黄虎岭，距城约五百里，岭路险绝。再经秦、蜀二军坚壁守御，敬宣屡攻不入，相持至六十余日，粮食已尽，饥疲交并，没奈何引军退还，死亡过半。敬宣坐是落职，道规亦降号建威将军。裕以敬宣失利，奏请保荐失人，自愿削职。无非做作。有诏降裕为中军将军，守官如故。

裕拟自往伐蜀，忽闻南燕入寇，大掠淮北，乃决计先伐南燕，再平西蜀。南燕主慕容德，系前燕主慕容皝少子，后燕主慕容垂季弟。皝都龙城，传三世而亡，垂都中山，传四世而亡。详见《两晋演义》。独德为范阳王收集两燕遗众，南徙滑台，东略晋青州地，取广固城，据作都邑。初称燕王，后称燕帝，改名备德，史家称为南燕。德僭位七年，殁后无嗣，立兄子超为嗣。超宠私人公孙五楼，猜忌亲族，屡加诛戮，且遣部将慕容兴宗、斛谷提、公孙归等，率骑兵入寇宿豫，掳去男女数千人，令充伶伎。嗣又大掠淮北，执住阳平太守刘千载，及济南太守赵元，驱略至千余家。刘裕令刘道怜出戍淮阴，严加防堵，一面抗表北伐，即拟启行。

朝臣因西南未平，拟从缓图。惟左仆射孟昶、车骑司马谢裕、参军臧熹，赞同裕议，乃诏令裕调将出师。裕使孟昶监中军留府事，调集水军出发，泝淮入泗，行抵下邳，留下船舰辎重，但麾众登岸，步进琅琊。所过皆筑城置守，诸将或生异议，叩马谏阻道：“燕人闻我军远至，谅不敢战，但若据大岘山，刈粟清野，使我无从觅食，进退两难，如何是好！”裕微笑道：“诸君休怕！我已预先料透，鲜卑贪婪，不知远计，进利掳掠，退惜禾苗，他道我孤军深入，必难久持，不过进据临朐，退守广固罢了，我一入岘，人知必死，何虑不克！我为诸君预约，但教努力向前，此行定可灭虏呢。”所谓知彼知己。乃督兵亟进，日夕不息。果然南燕主慕容超不听公孙五楼等计议，断据大岘，惟修城隍，简车徒，静待一战。

及裕已过岘，尚不见有燕兵，不禁举手指天道：“我军幸得天祐，得过此险，因粮破虏，在此一举了！”

时慕容超已授公孙五楼为征虏将军，令与辅国将军贺赖卢，左将军段晖等，率步骑五万人，出屯临朐。至闻晋军入岘，复自督步骑四万出来援应。临朐南有巨蔑水，离城四十里，超使公孙五楼领兵往据。五楼甫至水滨，晋龙骧将军孟龙符，已率步兵来争，势甚锐猛。五楼抵敌不住，向后退去。晋

军有车四千辆，分为左右两翼，方轨徐进，直达临朐，距城尚约十里，慕容超已悉众前来。两下相逢，立即恶斗，杀得山川并震，天日无光。转眼间夕阳西下，尚是旗鼓相当，不分胜负。

参军胡藩白裕道：“燕兵齐来接仗，城中必虚，何不从间道出兵，往袭彼城？这就是韩信破赵的奇计呢。”裕连声称善，即遣藩及谘议将军檀韶、建威将军向弥，率兵数千，绕出燕兵后面，往袭临朐城。城内只留老弱居守，惟城南有一营垒，乃是段晖住着，手下兵不过千名。向弥擐甲先驱，径抵城下，大呼道：“我等率雄师十万，从海道来此，守城兵吏，如不怕死，尽管来战，否则速降，毋污我刃！”这话说出，吓得城内城外的燕兵不敢出头。弥即架起云梯，执旗先登，刘藩、檀韶等，麾军齐上，即陷入临朐城。

段晖飞报慕容超，超大吃一惊，单骑驰还。燕兵失了主子，当然溃退，被刘裕纵兵奋击，追杀至城下。乘胜踹段晖营，晖慌忙拦阻，措手不及，也为晋军所杀。慕容超策马飞奔，马蹶下坠，险些儿被晋军追着，亏得公孙五楼等替他易马授辔，仓皇走脱。所有乘马伪辇、玉玺豹尾等件，尽行弃去，由晋军沿途拾取，送入京师。

慕容超逃回广固，未及整军，那晋军已经追到，突入外城。超与公孙五楼等，忙入内城把守。裕猛扑不下，乃筑起长围，为久攻计，垒高三丈，穿堑三重，抚纳降附，采拔贤俊，华夷大悦。超遣尚书郎张纲，缒城夜出，至后秦乞师。秦主姚兴，方有夏患，夏主赫连勃勃攻秦，详见下回。无暇分兵救燕，但佯允发兵，遣纲先行返报。纲还过泰山，被太守申宣擒住，送入裕营。裕得纲大喜，亲为释缚，赐酒压惊。纲感裕恩，情愿归降。

先是裕治攻具，城上人尝揶揄道："汝等虽有攻具，怎能及我尚书郎张纲？"及纲既降裕，裕令纲登楼车，呼语守卒，谓秦人不遑来援。守卒大惧，慕容超亦惊惶得很，乃遣使至裕营请和，愿割大岘山为界，向晋称藩。裕斥还来使，超穷急无法，只得再命尚书令韩范，向秦乞师。秦主兴遣使白裕，请速退兵，且言有铁骑十万，进屯洛阳，将涉淮攻晋。裕怒答道："汝去传语姚兴，我平定青州，将入函谷，姚兴自愿送死，便可速来！"妙极。

秦使自去，录事参军刘穆之入谏道："公语不足畏敌，反致怒敌，若广固未下，羌寇掩至，敢问公将如何对待呢？"裕笑道："这是兵机，非卿所解；试想羌人若能救燕，方且潜师前来，攻我无备，何致先遣使命，使我预防？这明是虚声吓人，不足为虑！”一语道破，裕固可号智囊。穆之亦领悟而退。

裕即令张纲制造攻具，备极巧妙，设飞楼，悬梯木，幔板屋，覆以牛皮，城上矢石，毫无所用。眼见得城内孤危，形势岌岌。韩范自后秦东归，见围城益急，竟至裕营投诚，裕表范为散骑常侍，并令范至城下，招降守将。城中人情离沮，陆续逾城出降。慕容超尚坚守两三月，且遣公孙五楼潜掘地道，出击晋兵。晋营守御极严，无懈可击，于是阖城大困。刘裕知城中穷蹙，乃誓众猛攻。是日适为往亡日，不利行师，裕奋然道：“我往彼亡，有何不利？”足破世人迷梦。遂遍设攻具，四面攻扑。南燕尚书悦寿，料知不支，即开门迎纳晋军。慕容超即率左右数十骑，惶遽越城，逃窜里许，被晋军追到，捉得一个不留，牵回城中。

刘裕升帐，责超抗命不降的罪状，超神色自若，一无所言。裕屠南燕王公以下三千人，没入家口万余，把慕容超囚解进京，自请移镇下邳，进图关洛。

晋廷诛慕容超，加裕兼青、冀二州刺史，拟许便宜行事。不料卢循陷长沙，徐道覆陷南康、庐陵、豫章，顺流而下，将袭晋都，江东大震，急得晋廷君臣不知所措，只好飞召刘裕，率军还援。盈廷只靠一人，怪不得晋祚垂尽。原来刘裕讨灭桓玄，迎帝回銮，彼时因朝廷新定，不暇南顾，暂授卢循为广州刺史，徐道覆为始兴相，权示羁縻。循遗裕益智粽，裕报以续命汤。及裕出师伐燕，道覆劝循乘虚入袭，循初尚不从，经道覆亲往献议，谓裕尚未归，机不可失，乃分道入寇。

循攻长沙，一鼓即下，道覆且连陷南康、庐陵、豫章诸郡，沿江东趋，舟楫甚盛。江荆都督何无忌，自寻阳引兵拒贼，与道覆交战豫章。道覆令弓弩手数百名，登西岸小山，顺风迭射，无忌急命船内水军，用藤牌遮护。偏是西风暴急，战船停留不住，竟由西岸漂至东岸，贼众乘势驰击，用着艨艟大舰，进逼无忌坐船，无忌麾下顿时骇散，无忌厉声语左右道："取我苏武节来！"至节已取至，无忌持节督战，风狂舟破，贼势四蹙。可怜无忌身受重伤，握节而死！无忌亦一时名将，可惜死于小贼之手。

刘裕已奉召至下邳，用船载运辎重，自率精锐步归。道出山阳，接得无忌凶耗，恐京邑失守，急忙卷甲疾趋，引数十骑至淮上。遇着朝使敦促，便探问消息。朝使说道："贼尚未至，但教公速还都，便可无忧。"裕心甚喜。驰至江滨，正值风急浪腾，大众俱有难色，裕慨然道："天命助我，风当自息，否则不过一死，覆溺何害！"遂麾众登舟，舟移风止。过江至京口，江左居民，望见旗麾，统是额手欢呼，差不多似久旱逢甘，非常欣慰。晋祚潜移，于此可见。

越二日即入都陛见，具陈御寇规划，朝廷有恃无恐，诏令京师解严。豫州都督刘毅自告奋勇，愿率部军南征。裕方整治舟械，预备出师。既得毅表，令毅从弟刘藩，赍书复毅，略言贼新获利，锋不可当，今修船垂毕，愿与老弟会师江上，相机破贼云云。

藩至姑熟，将书交毅，毅阅书未终，已有怒色，瞋目视藩道："前次举义平逆，不过因刘裕发起，权时推重，汝便谓我真不及刘裕么？"说着，把来书掷弃地上，立集舟师二万，从姑熟出发。是谓忿兵。急驶至桑落洲，正值卢循、徐道覆两贼，顺流鼓檝，舣舰前来，船头甚是高锐，突入毅水师队中。毅舰低脆，偶与贼舰相撞，无不碎损，没奈何奔避两旁，舟队一散，全军立涣。两贼渠指挥徒众，东隳西突，害得毅军逃避不遑，或与舟俱沉，或全船被掳。毅无法支撑，只好带着数百人，弃船登岸，狼狈遁走。所有辎重粮械，一古脑儿抛置江心，被贼掠去。毅试自问，果能及刘裕？

这败报传达都中，上下震惧，刘裕急募民为兵，修治石头城，为控御计。时北师初还，疮痍未复，京邑战士不满数千，诸葛长民、刘道怜等，虽皆闻风入卫，但也是部曲寥寥，数不盈万。

那卢、徐二贼，毙何无忌，败刘毅，连破江、豫二镇，有众十余万，舟车百里不绝，楼船高至十二丈，横行江中。他心目中只畏一刘裕，闻裕还军建业，未免惊心。循欲退还寻阳，转攻江陵，独道覆谓宜乘胜进取。两人议论数日，方从道覆言，联樯东下。

警报与雪片相似，飞达都中，还有败军逃还，亦统称贼
28. 势甚盛，不应轻敌。孟昶、诸葛长民，倡议避寇，欲奉乘舆过江，独刘裕不许。参军王仲德进白刘裕道："明公新建大功，威震六合，今妖贼乘虚入寇，骤闻公还，必当惊溃；若先自逃去，势同匹夫，何能号召将士？公若误徇时议，仆不忍随公，请从此辞！"裕亟慰谕道："南山可改，此志不移，愿君勿疑！"

孟昶尚固请不已，裕勃然道："今日何日！尚可轻举妄动么？试想重镇外倾，强寇内逼，一或迁徙，全体瓦解，江北亦岂可得至？就使得至江北，亦不过苟延时日罢了，今兵士虽少，尚足一战，战若得胜，臣主同休，万一挫败，我当横尸庙门，以身殉国，断不甘窜伏草间，偷生苟活呢。我计已决，君勿复言！"据裕此言，几似忠贯天日，可惜此后不符。昶尚涕泣陈词，自愿先死，惹得刘裕性起，厉声呵叱道："汝且看我一战，再死未迟！"昶惘惘归第，手自草表道："臣裕北讨，众议不同，惟

臣赞成裕计，令强贼乘虚进逼，危及社稷，臣自知死罪，谨引咎以谢天下。”表既封就，仰药竟死。呆鸟。

未几闻卢循已至淮口，内外戒严，琅琊王司马德文督守宫城，刘裕自出屯石头，使谘议参军刘粹，引第三子义隆，往戍京口。义隆年仅四龄，裕借此励军，表示毁家纾难的意思，且召集诸将，预揣贼势道：“贼若由新亭直进，不易抵御，只好暂时回避，将来胜负，尚未可料，倘或回泊西岸，贼锋已靡，便容易成擒了。”遂常登城西望。起初尚未见寇踪，但觉烟波一碧，山水同青。百忙中叙此闲文，格外生色。俄而鼓声到耳，远远有敌船出没，引向新亭，不由地旁顾左右，略露忧容。嗣见敌船回泊蔡洲，乃变忧为喜道：“果不出我所料。贼党虽盛，无能为了。”

原来徐道覆既入淮口，本拟由新亭进兵，焚舟直上。独卢循多疑少决，欲出万全，所以徘徊江中，既东复西。道覆曾叹息道：“我终为卢公所误，事必无成。使我得独力举事，取建康如反掌哩。”一面说，一面拔椗西驶。

自卢、徐等回泊蔡洲，刘裕得从容布置，修治越城以障西南，筑查圃、药园、种芍药之所。廷尉官寺所居，因以为名三垒，以固西鄙，饬冠军将军刘敬宣屯北郊，辅国将军孟怀玉屯丹阳郡西，建武将军王仲德屯越城，广武将军刘默屯建阳门外。又使宁朔将军索邈，仿鲜卑骑装，用突骑千余匹，外蒙虎斑文锦，光成五色，自淮北至新亭，步骑相望，壁垒一新。小子有诗咏道：

从容坐镇石头城，匕鬯安然得免惊。

可笑怯夫徒慕义，仓皇仰药断残生。

欲知卢、徐二贼，进退如何，且待下回分解。

观本回之叙刘裕，备述当时计议，益见其智勇深沉，非常人所可及。大岘山，南燕之险阻也，裕料慕客超之必不扼守，故冒险前进，因粮于敌，卒得成功。新亭，东晋之要害也；裕料卢循之必不敢进，故决计固守，效死勿去，卒能却寇。盖行军之道，必先知敌国之为何如主，贼渠之为何如人，然后可进可退，能战能守。彼何无忌、刘毅之轻战致败，孟昶之怯敌自戕，非失之躁，即失之庸，亦岂足与刘裕比耶？裕固一世之雄也，曹阿瞒后，舍裕其谁乎？

第四回　毁贼船用火破卢循
发军函出奇平谯纵

却说卢循、徐道覆回泊蔡洲，静驻了好几日，但见石头城畔，日整军容，一些儿没有慌乱，循始自悔蹉跎，派遣战舰十余艘，来攻石头城外的防栅。刘裕命用神臂弓迭射，一发数矢，无不摧陷，循只好退去。寻又伏兵南岸，使老弱乘舟东行，扬言将进攻白石。白石在新亭左侧，也是江滨要害，裕恐他弄假成真，不得不先往防堵。会刘毅自豫州奔还，诣阙待罪，安帝但降毅为后将军，令仍至军营效力，带罪图功。毅见了刘裕，未免自惭，裕却绝不介意，好言抚慰，即邀他同往白石，截击贼船，但留参军沈林子、徐赤特等，扼定查浦，令勿妄动。

及裕已北往，贼众自南岸窃发，攻入查浦，纵火焚张侯桥。徐赤特违令出战，遇伏败遁，单舸往淮北。独沈林子据栅力战，又经别将刘钟、朱龄石等相继入援，贼始散去。卢循引锐卒往丹阳，裕闻报驰还，赤特亦至，由裕责他违令，斩首徇众。自己解甲休息，与军士从容坐食，然后出阵南塘，命参军诸葛叔度及朱龄石分率劲卒，渡淮追贼。

龄石部下多鲜卑壮士，手握长槊，追刺贼众，贼虽各挟刀械，终究是短不敌长，靡然退去。龄石等亦收军而回。卢循转掠各郡，郡守皆坚壁待着，毫无所得，乃语徐道覆道：“我军已敝，不如退据寻阳，并力取荆州，徐图建康罢了。”兵法有进无退，一退便要送终了。乃留贼党范崇民，率众五千，踞守南陵，自向寻阳退去。

晋廷授刘裕太尉中书监，并加黄钺。裕受钺辞官，朝旨不许。裕表荐王仲德为辅国将军，刘钟为广川太守，蒯恩为河间太守，令与谘议参军孟怀玉等，率众追贼，自己大治水军，广筑巨舰，楼高十余丈，令与贼船相等。船既筑成，即派将军孙处、沈田子，领着百艘，由海道径袭番禺，直捣卢循老巢。诸将以为海道迂远，跋涉多艰，且自分兵力，尤觉非计。裕笑而不答，但嘱孙处道：“大军至十二月间，必破妖虏。卿为我先捣贼巢，使彼走无所归，不怕他不为我擒了。”料敌如神。孙处等奉令去讫。

那卢循还入寻阳，遣人从间道入蜀，联结谯纵，约他夹攻荆州。纵复言如约，回应前回。一面向后秦乞师。秦主姚兴，封纵为大都督，兼相国蜀王，且拨桓谦助纵。桓谦奔秦，见第二回。纵令谦为荆州刺史，谯道福为梁州刺史，率众二万寇荆州。秦将军苟林，亦奉秦主兴命令，率骑兵往会，声势甚盛。

先是卢循东下，荆、扬二州，隔绝音问，荆州刺史刘道规，遣司马王镇之，与天门太守檀道济，广武将军到彦之，入援建业。途次与苟林相遇，正在交锋，忽由卢循等派兵接应，夹攻镇之，镇之败退。卢循厚犒秦军，并授苟林为南蛮校尉，分兵为助，令林进攻江陵。苟林系后秦将军，奈何受卢循封职，贪利若此，安得不死！林遂入屯江津。桓谦沿途召募旧党，又集众至二万人，进据枝江。两寇交逼，江陵大震，士民多怀观望。刘道规默察舆情，索性大开城门，令士民自择去就，一面严装待寇。士民不禁惮服，无人出走，城中反觉安堵。道规权术可爱，不愧为刘裕弟。

时鲁宗之已升任雍州刺史，自襄阳率兵援荆。或谓宗之情不可测，独道规单骑出迎，导入城中，叙谈甚欢。竟留宗之居守，自领各军出讨桓谦，水陆并进，疾抵枝江。桓谦大陈舟师，与道规对仗。道规前锋为檀道济，首突谦阵，水陆各军，乘势随上，夹击桓谦，谦众大溃。道规鼓众力追，将谦射死，遂移军出江津，往攻苟林。林闻桓谦败死，未战先怯，望尘便遁。道规令参军刘遵，从后追赶，驰至巴陵，得将苟林围住，一鼓击毙。

遵回军报功，刘道规已返江陵，送归鲁宗之。蓦闻徐道覆统众三万，长驱前来，免不得谣言散布，安而复危。道规欲追召宗之，已是不及，只得部署各军，再出迎战。可巧刘遵得胜回来，遂命遵为游军，自至豫章口抵御道覆。道覆联舟直上，兵势张甚，遇着道规前队，兜头接仗，凭着一鼓锐气，横厉无前。道规督军力战，尚是退多进少。道覆兴高采烈，步步逼入，不防刘遵自外面杀到，把道覆麾下的兵舰冲作两段。道覆顾前失后，顾后失前，禁不住慌张起来。遵与道规，并力夹击，斩贼首万余级，挤溺无算。道覆奔还湓口，江陵复安。

刘裕闻江陵无恙，贼众皆败，遂亲率刘藩、檀韶等南讨贼党。留刘毅监太尉府，委以内事。诸军方发，接得王仲德捷报，已逐去悍贼范崇民，夺还南陵。裕很是喜慰，溯流出南陵城，与王仲德等会师，进达雷池。好几日不见贼至，再进军大雷。

翌日黎明，方闻贼众趋至，由裕自登船楼，向西眺望，只见舳舻衔接，绵亘江心，几不知有多少战船。他仍不动声色，先拨步骑往屯西岸，嘱他备好火具，待时纵火，然后躬提幡鼓，悉发轻利斗舰，齐力向前。右军参军庾乐生，乘舰徘徊，立命斩首号令。于是各军争奋，万弩齐发，好在风又助顺，水亦扬波，把贼船逼往西岸。岸上早列着步兵，手执火具，各向贼船抛去。火随风炽，风助火威，霎时间烈焰飞腾，满江俱赤，贼船多半被毁，骇得贼众狂奔。卢、徐两贼仓猝遁走，既还寻阳，复趋豫章，就左里竖起密栅，阻遏晋军。

裕大获胜仗，留孟怀玉守雷池，再督兵往攻左里，将到栅前，忽裕所执麾竿，无故自折，沉入水中。大众不禁惶惧，裕欣然道："从前覆舟山一役，见第二回。幡竿亦折，今复如此，破贼无疑了！"无非稳定众心。遂易麾督攻，破栅直进。贼众虽然死战，始终招架不住，或饮刃，或投水，死亡至万余人。卢循孤舟驰去，余众多降。裕还至雷池，遣刘藩、孟怀玉追剿卢、徐，自率余军凯旋。安帝遣侍中黄门诸官，出郊迎劳，俟裕入阙，面加奖赏，授裕为大将军扬州牧，给仪卫二十人，裕又固辞。假惺惺做甚？略称卢、徐未诛，怎可受封？安帝乃收回成命。

那卢循收集散卒，尚不下万人，走还番禺。徐道覆退保始兴。始兴尚幸无恙，番禺早入晋军手中。晋将军孙处、沈田子等自海道袭番禺，番禺虽有贼党守着，毫不防备。处等率军掩至，天适大雾，咫尺不辨，及晋军四面登城，城中方才惊觉，百忙中如何对敌，顿时夺门逃散，有许多生得脚短的，都做了刀头鬼。处安抚旧民，捕戮贼渠亲党，勒兵谨守，全城大定。

又遣沈田子等分击岭表诸郡，依次克复。

卢循闻巢穴被破，惊慌得了不得，忙率众驰攻番禺，由孙处独力固守，相持不下。刘藩、孟怀玉分追卢、徐，怀玉到了始兴，攻破城池，阵斩徐道覆；藩入粤境，正与沈田子遇着，即分军与田子，令救番禺。田子引兵至番禺城下，捣入循营，喊杀声震彻城中。孙处闻有援兵到来，也出兵助战。一场合击，杀死贼党数千名，循向南窜去。处与田子奋力追蹑，至苍梧、郁林、宁浦诸境，三战皆捷。循势穷力蹙，逃入交州，交州刺史杜慧度，发兵至龙编津，截循去路。循众尚有三千人，舟约数十艘，被慧度掷炬纵火，毁去循船，岸上又飞矢如雨，无隙可钻。循自分必死，先鸩妻子，后杀妓妾，一跃入水，顷刻毙命。慧度命军士捞起循尸，枭取首级，传入建康。南方逆党，至此才平。了结卢、徐。

会荆州刺史刘道规，因病求代，晋廷遣刘毅往镇荆州，调道规为豫州刺史。道规在荆州数年，秋毫无犯，惠及人民。及调任豫州，未几即殁，荆人闻讣，相率流涕。有善必录。

刘毅自豫州败后，与刘裕同朝相处，外似逊顺，内益猜疑。裕素不学，毅独能文，所以朝右词臣，喜与毅相结纳。仆射谢混，丹阳尹郗僧施，往来尤密。及毅出镇荆州，多反道规旧政，檄调豫州文武旧吏，隶置麾下。且求兼督交广，请任郗僧施为南蛮校尉，毛修之为南郡太守。

刘裕在朝览表，一一允行，将军胡藩白裕道：“公谓刘将军终为公屈么？”裕沉吟半晌，方说道：“卿意如何？”藩答道：“统百万雄师，战必胜，攻必取，毅原愧不如公，若涉猎传记，一谈一咏，却自命为豪雄。近见搢绅文士，多半归附，恐未必终为公下！”裕微笑道：“我与毅协同规复，功不可忘，过尚未著，怎得无故害人？”仿佛郑庄之待叔段。藩默然趋出。

裕复因刘藩讨逆有功，擢任兖州刺史，出镇广陵。会毅在任遇疾，郗僧施劝毅上表，乞调藩为副帅。毅依言表闻，刘裕始有心防毅，佯从毅请，召藩入朝。藩自广陵入都，甫至阙下，即由裕饬令卫士，收藩下狱。并请得诏书，诬称刘毅兄弟，与仆射谢混，共谋不轨，立命并混拿下，与刘藩同日赐死。一面自请讨毅，刻日召集诸军，仗钺西征。真是辣手。

授前镇军将军司马休之为平西将军荆州刺史，随同前往，且遣参军王镇恶，龙骧将军蒯恩，带领前队军士，掩袭江陵。镇恶用轻舸百艘，昼夜兼行，伪充刘兖州旗号，直至豫章口，荆州人士尚未知刘藩死状，总道是刘藩西来，绝不疑忌。镇恶舍舟登岸，径达江陵。刘毅探悉实信，急欲下关，已被王镇恶闯入，关不及键，兵不及甲，顿时全城鼎沸。毅率左右数百人，驰突出城，夜投佛寺，寺僧不肯收纳，仓猝缢死。镇恶搜得毅尸，枭首市曹，并将毅所有子侄，一并杀毙。

越数日，刘裕军至江陵，捕杀郗僧施，宥免毛修之，宽租省调，节役缓刑，荆民大悦。遂留司马休之镇守江陵，自率大军还京师。

先是裕西行时，留豫州刺史诸葛长民，监太尉军府事，又加刘穆之为建威将军，使佐长民。长民闻刘毅被杀，私语亲属道：“昔日醢彭越，今日斩韩信，恐我等亦将及祸了！”长民弟黎民献议道：“刘氏灭亡，诸葛氏岂能独免？宜乘刘裕未归时，速图为是。”长民犹豫未决，潜问刘穆之道：“人言太尉与我不平，究为何因？”穆之道：“刘公泝流远征，以老母稚子委节下，若与公有嫌，怎肯出此？”

长民意终未释，复贻冀州刺史刘敬宣书，有共图富贵等语。敬宣竟寄与刘裕。裕阳言某日入都，长民等逐日出候，并未见到，不意裕夤夜入府，除刘穆之外，无人得闻。越日天晓，裕升堂视事，长民才得闻知，惊趋入门。裕下堂握长民手，屏人与语，备极欢洽。长民方欲告别，忽帐后突出壮士，抓住长民，把他勒死，舆尸付廷尉。长民弟黎民、幼民及从弟秀之，均遭逮捕。黎民素来骁勇，格斗而死，幼民、秀之被杀。

当时都下传语道："勿跋扈，付丁旿。"看官道是何说？原来刘裕伏着的壮士，叫作丁旿。勒长民，毙黎民，统出旿手。大众畏他强悍，所以有此传闻。丁旿亦典韦流亚。

这且休表。且说刘裕既翦灭二悍，乃命朱龄石为益州刺史，令与宁朔将军臧熹、河间太守蒯恩、下邳太守刘钟等，率军二万，往讨西蜀。时人多谓龄石望轻，难当重任，裕独排众议道："龄石既具武干，又练吏职，此去必能成功。诸君不信，待后便知！"另眼看人。当下召入龄石，密谈数语，且付一锦函，上书六字道："待至白帝乃开。"龄石持函出都，泝江西行。诸将闻龄石受裕密计，究不知他如何进取，但一路随着，晓行夜宿。好容易到了白帝城，龄石乃披发锦函，但见函中藏有一纸，上面写着：

众军悉从外水取成都，臧熹从中水取广汉，老弱乘高舰，从内水向黄虎，速行不误。违令毋赦！

看官阅过前回，应知刘敬宣前时伐蜀，道出黄虎，无功而还。此次独令众军取道外水，明明是惩着前辙，改道行军。又恐蜀人预料，特令龄石派遣老弱，作为疑兵，牵制蜀人。复命臧熹从中水进兵，亦无非是分蜀兵势。伪蜀王谯纵，果疑晋军仍薄黄虎，急遣谯道福出守涪城，严防内水。那龄石已自外水趋平模，距成都只二百里，谯纵才得知晓。派秦州刺史侯晖，尚书仆射谯诜，率众万余，出屯平模对岸，筑城拒守。

天适盛暑，赤日炎炎，龄石颇费踌躇，与刘钟密商道："今天时甚热，贼众据险自固，未易攻入，我拟休兵养锐，伺隙乃发，君意以为何如？"刘钟道："此计错了！我军以内水为疑兵，所以谯道福出守涪城。今重军到此，出其不意，侯晖等虽然来拒，未免惊慌，我乘他惊疑未定，尽锐往攻，定可必胜。俟平模战克，鼓行西进，成都自不能守了。若顿兵不前，使他知我虚实，调涪军前来援应，并力拒守，我既不能进，又不能退，师老食绝，二万人将尽为蜀虏，岂不可虑！"龄石愕然道："非君言，几误大事！"遂麾兵齐进，共集城下。

38. 蜀人筑有南北城，北城倚山靠水，地阴兵多，南城较为平坦。诸将请先攻南城，龄石道："攻坚难，抵瑕易，我能先拔坚城，贼众自靡，南城可以立取。这才是一劳永逸呢！"于是拥众攻北城，前仆后继，半日即下。侯晖谯诜，先后战死，蜀兵大败。龄石引兵趋南城，南城守卒，已经溃散，寂无一人。乃毁去二垒，舍舟步进。臧熹从中水趋入，阵斩蜀将谯抚之，击走蜀吏谯小苟，据住广汉，留兵戍守，自率亲军来会龄石。两军直向成都，势如破竹。

谯纵迭接败耗，吓得魂飞天外，急弃成都出走。纵女年仅及笄，涕泣谏纵道："走必不免，徒自取辱，不若至先人墓前，一死了事。"纵不能从，辞墓即行，女竟撞死于墓侧。还是此女烈毅，可惜生于谯家。谯道福闻平模失守，自涪城还兵入援，途中与纵相遇，见纵狼狈情状，不禁忿忿道："大丈夫有如此功业，一旦轻弃，去将安归！人生总有一死，有什么畏怯呢！”因拔剑投纵，掷中马鞍。纵情急奔避，左右四散，没奈何解带自经。巴西人王志斩了纵首，献与龄石。

道福尽散金帛，犒赏军士，再拟背城一战，偏军士得了赏给，仍然散去。道福孑身远窜，为巴民杜瑾所执，也送至龄石军前。龄石已入成都，搜诛谯纵亲属，余皆不问。及道福执至，因系谯氏宗族，亦枭示军门。

蜀尚书令马耽，封闭府库，留献晋军。龄石独徙耽至越嶲。耽叹息道：“朱公不送我入京，无非欲杀我灭口，我必不免了！”求荣反辱，虽悔曷追？乃盥洗而卧，引绳缢死。既而龄石使至，果来杀耽。见耽已死，戮尸归报。龄石驰书奏捷。诏命龄石进监梁、秦州六郡军事，赐爵丰城县侯。小子有诗咏道：

锦函授策似先知，外水长驱计独奇；
莫道蚕丛天险在，王师履险竟如夷！

龄石平蜀，谋出刘裕，当然叙功加封。欲知封赏大略，且至下回表明。

非刘裕不能破卢、徐，非刘裕不能平谯纵，卢循智过孙恩，徐道覆且智过卢循，往来江豫，盘踞中流，实为东晋腹心之大蠹。议者谓循之致败，误于不用徐道覆之言；然大雷一战，徐亦在列，胡不预备火攻，严师以待，且败走始兴，先循被杀。彼尝欲身为英雄，奈智不若刘裕何也！谯纵据有成都，负嵎自固，刘敬宣挫师黄虎，天险足凭。乃朱龄石等引军再进，多方误蜀，破竹直入，杀敌致果者为诸将，发纵指示者实刘裕。锦函之授，远睹千里，裕诚一枭杰矣哉！至若杀刘毅，杀诸葛长民，一挥手而两首悬竿，何其敏且速也！然讨卢循、徐道覆、谯纵，犹似近公，袭杀刘毅、请葛长民，纯乎为私，司马昭之心，路人皆知，宁待至篡国后哉！

40.

第五回 捣洛阳秦将败没 破长安姚氏灭亡

却说晋安帝加赏刘裕，仍申前命，授裕太傅扬州牧，加羽葆鼓吹二十人。裕只受羽葆鼓吹，余仍固辞。还要作伪。乃另封裕次子义真为桂阳县公。一门烜赫，父子同荣，不消细说。会司马休之子文思，入继谯王，宋书谓系休之兄子。性情暴悍，滥结党徒，素为裕所嫉视。文思又捶杀都中小吏，由有司上章弹劾，有诏诛文思党羽，贷文思死罪。休之在江陵闻悉，奉表谢罪。裕饬将文思执送江陵，令休之自加处治。休之但表废文思，并寄裕书，陈谢中寓讥讽意。裕由是不悦，使江州刺史孟怀玉，兼督豫州六郡，监制休之。

越年又收休之次子文质，从子文祖，并皆赐死。自领荆州刺史，出讨休之。留弟中军将军刘道怜，掌管府事，刘穆之为副。事无大小，皆取决穆之。遂率大军出都，泝江直上。

休之因上书罪裕，并联合雍州刺史鲁宗之及宗之子竟陵太守鲁轨，抵御裕军。裕招休之录事韩延之，延之复书拒绝。乃使参军檀道济、朱超石，率步骑出襄阳，又檄江夏太守刘虔之，聚粮以待。道济等未曾得粮，虔之已被鲁轨击死。裕再使女夫振威将军徐逵之，偕参军蒯恩、王允之、沈渊子等，出江夏口，与鲁轨对垒。轨用埋伏计，诱击逵之，逵之遇伏阵亡。允之渊子赴援，亦皆战死。独蒯恩持重不动，全军退还。

刘裕闻报大怒，自率诸将渡江。鲁轨与司马文思统兵四万，夹江为守，列阵峭岸。岸高数丈，裕军莫敢上登，彼此相觑。裕怒不可遏，自被甲胄，突前作跳跃状。诸将苦谏不从，主簿谢晦将裕掖住，气得裕头筋暴涨，瞋目扬须，拔剑指晦道："汝再阻我，我将杀汝！"想为女婿被杀，因致如此。晦从容道："天下可无晦，不可无公！"必欲留他篡晋耶。

裕尚欲上跃，将军胡藩，亟用刀头凿穿岸土，可容足指，蹑迹而上。随兵亦稍稍登岸，直前力战，轨众少却。裕麾军上陆，用着大刀阔斧，奋杀过去，轨与文思，立即败溃。一走一追，直抵江陵城下。休之与鲁宗之、韩延之等，弃城皆走，独鲁轨退保石城。裕令阆中侯赵伦之，参军沈林子攻轨，另派内史王镇恶，领舟师追休之等。休之闻石城被攻，拟与宗之收军往援，哪知到了中途，遇轨狼狈奔来，报称石城被陷，乃相偕奔往襄阳。偏偏襄阳参军，闭门不纳，休之等无可如何，俱西奔后秦。

是时司马道赐为休之亲属，与裨将王猛子密谋刺死青冀二州刺史刘敬宣，响应休之。敬宣府吏，即时起兵攻道赐，把他击毙，连王猛子亦砍作肉泥。青、冀二州，仍然平定。

刘裕奏凯班师，诏仍加裕为太傅扬州牧，剑履上殿，入朝不趋，赞拜不名。裕仍固辞太傅州牧，余暂受命。嗣又加裕领平北将军，都督南秦，凡二十二州，未几且晋封中外大都督。

裕长子义符为兖州刺史，兼豫章公，三子义隆为北彭城县公，弟道怜为荆州刺史。

裕因后秦屡纳逋逃，决意声讨。后秦自姚苌僭位，传子姚兴，灭前秦，降后凉，在位二十二年，颇号强盛。兴死，长子泓嗣，骨肉相争，关中扰乱。详见《两晋演义》。裕乘机西征，加领征西将军，兼司、豫二州刺史，长子义符为中军将军，监留府事。刘穆之为左仆射，领监军中军二府军司，入居东府，总摄内外。司马徐羡之为副。左将军朱龄石守卫殿省。徐州刺史刘怀慎守卫京师。

裕将启行，分诸军为数道：龙骧将军王镇恶、冠军将军檀道济，自淮淝向许洛；新野太守朱超石、宁朔将军胡藩趋阳城；振武将军沈田子、建威将军傅弘之趋武关；建武将军沈林子、彭城内史刘遵考，率水军出石门，自汴达河。又命冀州刺史王仲德为征虏将军，督领前锋，开巨野入河。刘穆之语王镇恶道："刘公委卿伐秦，卿宜勉力，毋负所委！"镇恶道："我不克关中，誓不复济江！"当下各队出都，依次西进。刘裕在后督军，亦即出发，浩浩荡荡，行达彭城。

镇恶道济驰入秦境，所向皆捷。秦将王苟生举漆邱城降镇恶，刺史姚掌，举项城降道济。诸屯守俱望风款附，惟新蔡太守董遵守城不下。道济一鼓入城，将遵擒住，立命斩首。进克许昌，又获秦颍川太守姚垣及大将杨业。

沈林子自汴入河，襄邑人董神虎来降，从林子进拔仓垣，收降秦刺史韦华。神虎擅还襄邑，为林子所杀。

王仲德水军渡河，道过滑台，滑台为北魏属地，守吏尉建庸懦，还道是晋军来攻，即弃城北走。仲德入滑台宣言道："我军已预备布帛七万匹，假道北魏，不意北魏守将，弃城遽去，我所以入城安民，大众不必惊惶，我将自退。”魏主嗣接得军报，立命部将叔孙建、公孙表等，自河内向枋头，引兵济河。途遇尉建还奔，将他缚至滑台城下，投尸河中，仰呼城上晋兵，问他何故侵轶？仲德使人答语道：“刘太尉遣王征虏将军，自河入洛，清扫山陵，并未敢侵掠魏境，魏守将自弃滑台，剩得一座空城，王征虏借城息兵，秋毫无犯，不日即当西去，晋魏和好，始终守约，幸勿误会！”叔孙建也无词可驳，遣人飞报魏主。魏主又令建致书刘裕，裕婉辞致复道：“洛阳为我朝旧都，山陵俱在，今为西羌所据，几至陵寝成墟。且我朝罪犯，均由羌人收纳，使为我患。我朝因发兵西讨。欲向贵国假道，想贵国好恶从同，断不致有违言。滑台一军，自当令彼西引，愿贵国勿忧！”远交近攻，却是要着。魏主嗣乃令叔孙建等按兵不动，俟仲德退去，然后收复滑台。

44. 晋将军檀道济领兵前驱，连下秦阳、荥阳二城，直抵成皋。秦征南将军陈留公姚洸屯驻洛阳，忙向关中求救。秦主泓遣武卫将军姚益男、越骑校尉阎生，合兵万三千人，往援洛阳。又令并州牧姚懿南屯陕津，遥作声援。姚益男等尚未到洛，晋军已降服成皋，进攻柏谷。秦将军赵玄在洸麾下，先劝洸据险固守，静待援兵。偏司马姚禹暗向晋军输款，促洸发兵出战。洸即遣赵玄率兵千余，南出柏谷坞，迎击晋军。玄泣语洸道：“玄受三主重恩，有死无二，但明公误信谗言，必致后悔！”说毕，麾旗趋出，与行军司马蹇鉴驰往柏谷，兜头遇着晋龙骧司马毛德祖带兵前来，两下不及答话，便即交战，自午至未，杀伤相当，未分胜负。那晋军越来越多，玄兵越斗越少，再战了好多时，玄身中十余创，力不能支，呕血无数，据地大呼。司马蹇鉴抱玄泣下，玄凄声道：“我创已重，自知必死，君宜速去！”鉴泣答道：“将军不济，鉴将何往？”玄再呼毕命。鉴拔刀死战，格毙晋军数人，亦自刎而亡。为主捐躯，不失为忠。毛德祖杀尽玄兵，直捣洛阳。檀道济亦至，四面围攻。洛阳司马姚禹即逾城出降。姚洸无法可施，也只好举城奉献，作为贽仪。道济俘得秦兵四千余名，或劝道济悉数坑毙，作为京观，道济道：“伐罪吊民，正在今日，何用多杀哩！”因皆释缚遣归，秦人大悦，相率趋附。

秦将军姚益男、阎生等闻洛阳已陷，不敢进兵，退还关中。秦廷惶急得很，偏并州牧姚懿到了陕津，听了司马孙畅的计议，反攻长安。秦主泓急令东平公姚绍等往击姚懿，懿败被擒，畅亦伏诛。既而征北将军齐公姚恢，又复自称大都督，托言入清君侧，进关西向。秦主又飞召姚绍等击恢，恢亦败死。看官听说！这姚懿为秦主泓母弟，姚恢乃秦主泓诸父，本来休戚相关的至亲，乃国危不救，反且倒戈内逼，试想姚氏至此，阋墙构变，不顾外侮，还能保全国家么？当头棒喝。恢、懿等虽然伏法，秦兵已伤了一半。

晋太尉刘裕且引水军发彭城，留三子彭城公义隆居守，兼掌徐、兖、青、冀四州军事，自督大兵西进。

王镇恶入渑池，趋潼关，檀道济、沈林子自陕北渡河，进攻蒲阪。秦东平公姚绍，升任鲁公，进官太宰，督武卫将军姚鸾等。率步骑五万援潼关，别遣副将姚驴救蒲阪，道济、林子攻蒲阪不克，林子语道济道：“蒲阪城坚兵众，未易猝拔，不若往会镇恶，并力攻潼关，潼关得手，蒲阪可不战自下了。”道济依言，移军往潼关，与镇恶会师合攻。姚绍开关出战，由道济、林子等奋击，大破绍兵，斩获千数。绍退屯定城，据险固守，令姚鸾屯兵大路，堵截晋军粮道。晋沈林子夜率锐卒，突入鸾营，鸾措手不及，竟为所杀。余众数千人，立时扫尽。姚绍又遣东平公姚赞出师河上，断晋水道，复被沈林子击败，奔还定城。

秦兵累败，急得秦主泓不知所为，忙遣人向魏乞援。泓有女弟西平公主，曾适北魏为夫人。北魏主拓拔嗣，正欲发兵，可巧刘裕泝河西上，亦有假道书传入，累得北魏主左右两难，不得不集众会议。左右齐声道："潼关号称天险，刘裕用水军攻关，必难得志，若登岸北侵，便较容易。况裕虽声言伐秦，志不可测，今日攻秦，安知他日不来攻我，我与秦固为婚媾国，更当相救，宜发兵断河上流，勿使得西。"博士祭酒崔浩，独抗言道："不可不可！刘裕早蓄志图秦，今姚兴已死，子泓懦弱，国内多难，势已岌岌，裕大举入秦，志在必克。我若遏他上流，裕心忿戾，必上岸北侵，是我转代秦受敌呢！为今日计，不若假裕水道，听裕西上，然后用兵塞住东路。裕若克捷，必感我假道，断不与我为仇，否则我亦有救秦美名，这才是一举两得的上策，况且南北异俗，就使我国家弃去恒山以南，俾裕占据，裕亦不能驱吴、越士卒，与我争河北地，可见是不足为患哩！"

魏主始终以为疑，且因左右啧有烦言，夫人拓拔氏亦在内吁请，乃遣司徒长孙嵩督领山东诸军事，率同将军娥清，刺史阿薄干屯河北岸。遇有晋军船被风漂流，由南至北，辄加杀掠。

裕遣兵往击，魏人即去，及晋兵退还，魏人又来。裕因遣亲军队长丁旿，率勇士七百人，坚车百乘，渡往北岸。上岸百余步，列车为阵，每车内置勇士七人，总竖一帜，用旄为饰，叫作白毦。魏人莫明其妙，只眼睁睁地望着，忽见白毦高举，由晋将军朱超石领着二千人过来，赍了连臂弓百张，分登车上，一车增二十人。魏都督长孙嵩恐晋军进逼，乃用先发制人的计策，麾众三万骑，来攻车阵。晋军发矢迭射，伤毙魏兵不少。但魏兵抵死不退，四面猛扑，血肉齐飞。突见晋军取出两般兵器，迎头痛击，一件是数十斤重的大锤，一件是三四尺长的短槊，锤过处头颅粉碎，槊截处胸脊洞穿，更兼车高临下，容易击人，魏兵招架不住，当然倒退。哪知车阵展开，四面蹂躏，魏兵稍一缓行，即被撞倒，碾入车下，肠破血流。长孙嵩娥清，拨马逃脱，阿薄干迟了一步，马蹶仆地，立被踏死。至此才知车阵厉害。还有晋将军胡藩、刘荣祖等，也来援应超石，追击至数十里外，斩获千计。及魏兵退入平城，才收兵南旋。魏主闻败，始悔不用崔浩言，但已是无及了。

惟王镇恶等驻扎潼关，食尽兵嚣，意欲遁还，沈林子拔剑击案道："今许洛已定，关右将平，奈何自沮锐气，致隳前功！况前锋为全军耳目，前锋一退，后军必靡，怎得成功！"镇恶乃遣使白裕，乞即济粮。裕本令镇恶等静待洛阳，与大军齐进，镇恶等贪利邀功，径趋潼关，已为裕所介意，况正与魏人交战，也无暇顾及镇恶，镇恶得去使返报，无粮可济，乃自至弘农劝谕百姓，令他赍送义租。百姓应命输粮，军乃得食，众心方定。林子复击破河北秦军，斩秦将姚洽、姚墨蠡、唐小方，因遣人驰报刘裕道："姚绍气盖关中，今一蹶不振，命且垂尽，恐不得膏我铁钺，但姚绍一死关中无人，取长安如反掌了！"果然不到数日，姚绍愤恚成疾，呕血而死，把军事付与东平公姚赞。赞引兵袭沈林子，为林子所料，设伏击退。

既而沈田子、傅弘之得入武关，进屯青泥，秦主泓自率步骑数万，往击田子。田子麾下，本非正兵，但率游骑千余人，袭破武关，至此闻姚泓亲至，并不畏避，反欲上前迎击。傅弘之以众寡不敌，劝令暂避。田子慨然道：“兵贵用奇，不在用众，且今众寡相悬，势不两立，苦彼结营既固，前来困我，我从何处逃命！不如乘他初至，营阵未立，先往杀入，尚可图功。”说至此，即策马先往。弘之亦从后继进，约行数里，便见秦军漫山遍野，徐徐而来。田子慨然誓众道：“诸君冒险远来，正求今日一战，若幸得战胜，拜将封侯，就在此举了！”士卒踊跃争先，各执短兵临阵，鼓噪齐进。古人说得好，一夫拼命，万夫莫当，况田子有兵千人，一当十，十当百，任他数万秦军，尚不值千人一扫。秦主泓未经劲敌，骤见晋军这般犷悍，正是见所未见，不由地魂驰魄散，易马返奔。主子一走，全军四溃，倒被田子追杀一阵，斩馘万余级，连秦王乘舆法物也一并夺来。

刘裕到了潼关，正虑田子兵少，亟遣沈林子带兵数千，自

秦岭赴援。到了青泥，秦主已经败去，乃相偕追入。关中郡县多望风迎降。田子陆续报捷，刘裕大喜。

将军王镇恶愿统水军自河入渭，径捣长安，裕允令前往。镇恶行至泾上，正值秦恢武将军姚难，与镇北将军姚强，会师拒战。镇恶使毛德祖进击，秦兵皆溃，强死难遁。秦主泓自屯逍遥园，使姚赞屯灞东，胡翼度屯石积，姚丕屯渭桥。镇恶泝渭直上，所乘皆蒙冲小舰，水手俱在舰内，秦人见它行驶如飞，并无水手，统惊为神助。及镇恶到了渭桥，令军士食毕，各持械登岸，落后者斩。霎时间大众毕登，舰皆随流漂去，不知所向。仿佛是破釜沉舟。镇恶申谕士卒道：“我辈俱家居江南，今至长安北门，去家万里，舟楫衣粮，统已随水漂没，若进战得胜，功名俱显，否则骸骨不返，无他希望了！愿与诸君努力，一决死生！”众齐声应命，激响如雷。镇恶身先士卒，持

槊直前，众皆竞进，奋击姚丕。丕军大败，向西乱窜。

那冒冒失失的秦主姚泓，方引兵来援，巧值丕军败还，自相践踏，不战即溃。王镇恶追杀过去，乱杀乱剁，如刈草芥。秦镇西将军姚谌、前军将军姚烈、左卫将军姚宝安、散骑常侍王帛、扬威将军姚蚝、尚书右丞孙玄等，并皆战殁。秦主泓单骑还都。王镇恶追入平朔门，泓挈妻子奔石桥。姚赞引众救泓，众皆溃去，胡翼度走降晋军。晋军驰至石桥，将泓围住，泓束手无策，只好送款乞降。泓子佛念，年才十二，涕泣语泓道："陛下今欲降晋，晋人将甘心陛下，终必不免，请自裁决为是！"泓怃然不应。佛念遂登宫墙，一跃而下，脑裂身亡。不亚蜀北地王刘谌，尤难得是少年殉国。泓率妻子及群臣，诣镇恶营前请降，镇恶命属吏收管，待刘裕入城处置。城中居民六万余户，由镇恶出示抚慰，号令严肃，阖城安堵。

越数日，刘裕统军入长安，镇恶出迎灞上，裕面加慰劳道："成吾霸业，卿为首功！"镇恶拜谢道："这都仗明公威灵，诸将武力，所以一举成功，镇恶有何功足称呢？"裕笑道："卿亦欲学汉冯异么？"遂与镇恶并辔入城。嗣闻镇恶盗取库财，不可胜计，亦置诸不问。收秦彝器浑仪、土圭、记里鼓、指南车等，送入京师，其余金帛财宝，悉分给将士。

秦镇东将军平原公姚璞，与并州刺史尹昭，以蒲阪降，抚军将军东平公姚赞，率姚氏子弟百余人，亦诣军门投诚。裕不肯赦免，一律处斩，且解送姚泓入都，戮诸市曹，年才三十。小子有诗叹道：

嗣祚关中仅二年，东师一入即颠连。
河山破碎头颅陨，弱主由来少瓦全。

裕既灭秦，再索逃犯司马休之等人。究竟捕获与否，容至下回再叙。

司马休之并无逆迹，第为文思所累。得罪刘裕，遂致江陵受祸，西走入秦，秦虽屡纳逋逃，然所纳诸人，皆刘裕之私仇，非东晋之公敌，来者不拒，亦仁人所有事耳。史称秦主泓孝友宽和，尊师好学，似亦一守文之主，误在仁柔有余，英武不足，内变未靖于萧墙，外侮复迫于疆场，卒至泥首献阙，被戮市曹，弱肉强食，由来已久，固无所谓公理也。王镇恶、沈田子等，助裕攻秦，冒险入关，不可谓非智勇士；然立功最巨，致死最速，以视赵玄蹇鉴，且有愧色矣！良禽择木而栖，良臣择主而事，彼王、沈诸徒，胡甘为许褚、典韦之流亚，而求荣反辱耶！读此当为一叹。

第六回　失秦土刘世子逃归
移晋祚宋武帝篡位

却说司马休之、鲁宗之、韩延之等曾奔投后秦。秦为晋灭，宗之已死，休之等见机先遁，转入北魏，北魏各给官阶，使参军政。休之寻卒，子文思及鲁轨等，遂为魏臣。刘裕大索不获，只好罢休。晋廷已遣琅琊王司马德文，与司空王恢之，先后至洛，修谒五陵。刘裕欲表请迁都，仍至洛阳，王仲德谓劳师日久，士卒思归，迁都事未可骤行，裕乃罢议。晋廷已加授裕为相国，总掌百揆，封十郡为宋公，备九锡礼，裕又佯辞不受。再进爵为王，增封十郡，裕仍表辞。封爵虽崇，终未满意。更欲进略西北，为混一计，忽由京中递到急报，乃是前将军刘穆之得病身亡，禁不住惊惶悲恸，泪下数行。

穆之为裕心腹，自裕西征后，内总朝政，外供军需，决断如流，事无壅滞。属吏抱牍入白，盈阶满室，经穆之目览耳听，手批口酬，不数时便即了清。平时喜交名士，座上常满，谈答无倦容。又食必方丈，未尝独餐，尝语刘裕道："仆家贫贱，养生多阙，蒙公宠遇，得叨禄位，朝夕所须，未免过丰，此外一毫不敢负公！”裕当然笑允，始终倚任不疑。每届出师，无论国事家事，悉数委托，穆之极尽心力，勉图报效。及九锡诏下，穆之未曾与谋，闻由行营长史王弘，奉裕密旨，自来讽请，因此不免怀惭。刘裕讽求九锡，又复表辞，何其鬼祟若此？嗣是愧惧成疾，竟致逝世。比荀彧尚觉匆如。

刘裕失一良佐，恐根本无托，决意东归，留次子义真为安西将军，都督雍梁秦州军事，镇守关中。义真年才十三，少不更事。关中重地，偏留稚子居守，未知何意？裕令谘议将军王修为长史，王镇恶为司马，沈田子、毛德祖、傅弘之为参军从事，留辅义真，自率各军东还。三秦父老闻裕整装欲返，俱诣军门泣请道：“残民不沾王化，已阅百年，今复得睹汉仪，人人相贺。长安十陵，是公家祖墓，指汉高以下十陵。咸阳宫阙，是公家旧宅，舍此将何往呢？”裕亦黯然欲涕，随即慰谕道：“我受命朝廷，不得擅留，诸君诚意可感，今由次子义真及文武贤才，共守此土，汝等勉与安居，谅不致有意外变动呢！”大众乃退。

沈田子忌镇恶功，屡言镇恶家住关中，不可保信，至是复与傅弘之同入白裕。裕答道：“猛兽不如群狐，这是古人名论。今留卿等文武十余人，统兵逾万，难道还怕一王镇恶么？”既知军将相忌，奈何不为之防，反导之使乱，想是篡弑心急，故不遑远图。语毕即行，自洛入河，开汴渠以归。

当时后秦西北，有统万城，为夏主赫连勃勃根据地。勃勃本姓刘，父名卫辰，建牙代他，卫辰为北魏所灭，勃勃奔至后秦，秦授他为安北将军，使镇朔方。秦魏通好，勃勃背秦自主，僭称夏王，改姓赫连氏，屡寇秦边。及闻刘裕入秦，顾语群臣道：“裕此行必得关中，但不能久留，若留子弟及将吏戍守，必非我敌，我取关中难了！”乃秣马厉兵，进据安定，收降岭北郡县。刘裕曾遗勃勃书，约为兄弟，勃勃含糊答复。裕不遑西顾，仓猝东归。勃勃即遣子瓒率兵二万，南向长安，使前将军赫连昌出潼关，长史王买德出青泥，自率大军为后继。

关中守将沈田子与傅弘之督兵出御，因闻夏兵势盛，不敢向前，退屯留回堡，遣使还报王镇恶等。镇恶语王修道：“刘公以十岁儿付我侪，应该竭力夹辅，乃大敌当前，拥兵不进，试问将如何退敌呢?”镇恶为裕出力，虽事非其主，但不负委托，心术尚可节取。遂遣还来使，自率部曲往援。

田子得使人返报，益恨镇恶，当下造出一种讹言，谓镇恶欲尽杀南人，送归义真，自据关中为王。这语一传，此唱彼和，几乎众口同声。惟镇恶尚未得闻，匆匆至留回堡，与田子会议军情。田子邀镇恶至弘之营，托言有密计相商，请屏左右。镇恶不知有诈，单骑驰入，突由田子族党沈敬仁，驱兵杀出，竟将镇恶砍死幕下。

田子即矫称刘太尉密命，饬诛镇恶。镇恶本前秦王猛孙，南奔依裕，裕一见如故，擢为参军，任至上将，前进谗言，后起讹传，原因从此处补出。至是为田子所杀。弘之未免惊惧，奔告义真，义真急召王修计事。修拥义真被甲登城，潜令亲军埋伏城外，从容待变。俄见沈田子率数十骑到来，即在城上遥呼，问以镇恶情状。田子下马答词，才说出“镇恶造反”四字，那伏兵已经尽发，立将田子拿下。王修责他擅戮大将，立命枭首。实是该死。一面令冠军将军毛修之代为安西司马，与傅弘之等同出拒战。一败赫连瓒于池阳，再破夏兵于寡妇渡，斩获甚众，夏人乃退。

刘裕还镇彭城，未曾入朝，闻王镇恶被害，上表朝廷，请追赠镇恶为左将军青州刺史。并令彭城内史刘遵考为并州刺史，兼领河东太守，出镇蒲阪。征荆州刺史刘道怜为徐、兖二州刺史，调徐州刺史刘义隆出镇荆州，以到彦之、张邵、王昙首、王华等为参佐。义隆年少，府事皆决诸张邵。裕又召谕义隆道："王昙首器度深沉，真宰相才，汝当遇事咨询，自不致有误事了。"义隆应命而去。

忽又接到关中急报，长安大乱，夏兵四逼，顿令这雄毅沉鸷的刘寄奴，也不免惶急起来。原来刘义真年少好狎，昵近群小，赏赐无节，王修每加裁抑，激成众怨，遂交谮王修道："王镇恶欲反，为沈田子所杀，王修又杀沈田子，难道是不欲反么？"义真始尚未信，继经左右浸润，竟信以为真，遽遣嬖人刘乞等，刺杀王修。修既刺死，人情惶骇，长安城中，一日数惊。义真悉召外军入卫，闭门拒守。夏兵伺隙复来，秦民相率迎降，郡县多为夏有。赫连勃勃入据咸阳，截断长安樵汲，义真大恨，飞使求援。刘裕急遣辅国将军蒯恩，率兵速往，召还义真。一面派右司马朱龄石为雍州刺史，代镇关中。龄石临行，裕与语道："卿若抵长安，可饬义真轻装速发，既出关外，然后徐行，若关右必不可守，可与义真俱归便了。"先时若果加慎，何至狐埋狐搰。

龄石既去，又遣中书侍郎朱超石，宣慰河洛，随后继进。蒯恩先入长安，促义真整装东归，义真摒挡行李，悉集服货珍玩，足足收拾了三五天，及龄石驰至，尚未启程。龄石一再敦促，乃出发长安，义真左右又趁势掠夺财物，并强劫美色妇女，尽载车上，方轨徐行。途次得着警耗，乃是夏世子赫连璝，率兵三万，从后追来，傅弘之急白义真道："刘公有命，令速出关，今辎重杂沓，一日行不过十里，虏骑复将追至，如何抵御？请即弃车轻行，方可免祸。”义真怎肯割舍辎重，其余亲吏尚且贪心不足，更不愿从弘之言，仍然徐徐而行。猛听得几声胡哨，从后吹来，回头一望，那夏兵似蜂蚁一般，疾趋而至。弘之急令义真先行，自与蒯恩断后，力拒夏兵。夏兵先被击却，俟傅、蒯两人东行，又复追蹑。傅弘之、蒯恩走一程，战一场，一日数战，累得人困马乏，无从休息；再经义真等尚在前面，辎重车行得甚慢，又不好抢前越行。好容易得到青泥，天色将晚，斜刺里杀出一支敌兵，敌帅就是夏长史王买德。接应上文。看官，你想此时的傅弘之、蒯恩，还能支撑得住么？弘之拼着一死，奋力再战，蒯恩也是死斗，被夏兵围绕数匝，用箭射倒两人坐马，相继擒去；部兵亦无一得免。还有司马毛修之，因与义真相失，四处寻觅，冤冤相凑，遇着了王买德，亦为所擒。义真逃匿草中，左右尽散，辎重车统已失去，形单影只，倍极凄凉。服货尚在否？珍宝无恙否？我愿一问。天已昏黑，辨不出路径，眼见是死多活少。偶闻有人相呼，声音甚熟，乃匍匐出来，见是参军段宏，喜极而泣。宏将义真束诸背上，策马飞遁，始得脱归。

赫连勃勃进攻长安，长安人民，逐走朱龄石，龄石焚去宫殿，出奔潼关，偏被赫连昌截住，进退无路，束手就擒。朱超石即龄石弟，趋至蒲阪，往探龄石，亦为夏人所执，送至勃勃军前，同时被杀。勃勃闻傅弘之骁勇，迫令投降，弘之不屈。勃勃因天气严寒，褫弘之衣，裸置雪窖中，弘之叫骂而死。勃勃遂入长安，据有关中。

刘裕得青泥败耗，未知义真存亡，投袂而起，即欲出师报怨，侍中谢晦等固谏，尚未肯从。会得段宏驰报，知已救出义真，乃不复发兵，可见他全然为私。但登城北望，慨然流涕罢了。义真还至彭城，降为建威将军兼司州刺史。进段宏为黄门郎，领太子右卫率。召刘遵考东还，令毛德祖接替，退戍虎牢。为德祖被擒伏案。嗣闻勃勃称帝，也不禁雄心思逞，想与勃勃东西并峙，做一个江南天子，聊娱晚年。于是相国宋公的荣封也承受了，九锡殊礼也接领了，尊继母萧氏为宋公太妃，世子义符为中军将军，副贰相国府，用太尉军咨祭酒孔靖为宋国尚书令，青州刺史檀祇为领军将军，左长史王弘为仆射，从事中郎傅亮、蔡廓为侍中，谢晦为右卫将军右长史，郑鲜之为参军，殷景仁为秘书郎。此外僚属，均依晋朝制度，差不多似晋宋分邦，彼此敌体；独孔靖不愿受职，慨然辞去。气节可嘉。

裕按据谶文，谓昌明后尚有二帝。昌明系晋孝武帝表字，安帝承嗣孝武，尚止一代，似晋祚不致遽绝，当还有一个末代皇帝。数不可违，时难坐待，只得想出一法，密嘱中书侍郎王韶之，入都行计。看官道是何策？乃是使王韶之贿通内侍，要做那篡逆的大事。语有筋节。

琅琊王司马德文系是晋安帝母弟，自谒陵还都，谒陵见上。见刘裕权位日隆，已恐他进逼安帝，随时加防。每日入值宫中，小心检察，就是安帝饮食，亦必尝而后进，所以王韶之等无隙可乘，安帝尚得苟活数天。不料安帝命数该绝，致德文无端生病，出居外第，那时韶之正好动手，指挥内侍，竟将安帝揿住，用散衣作结，硬将安帝勒毙。是可忍，孰不可忍！当下托言安帝暴崩，传出遗诏，奉德文即皇帝位。德文亦明知有变，怎奈宫廷内外已都是刘裕爪牙，孤身如何发作，只好得过且过，权登帝座。史家称他为晋恭帝。越年改安帝元兴年号，称为元熙元年，立王妃褚氏为后，依着历代故例，大赦天下，加封百官。再进封刘裕为宋王，又加给十郡采邑。裕此时是老实受封，徙都寿阳，嗣复讽令朝臣，申加殊礼。恭帝不敢违慢，更命裕得戴冕旒，建天子旌旗，出警入跸，乘金根车，驾六马，备五时副车，乐舞八佾，设钟虡宫悬，进王太妃为太后，世子为太子，居然与晋朝无二了，是古来所未有。

勉强过了一年，裕已六十有五岁，自思来日无多，急欲篡位，一时又不好启口，只得宴集群臣，微示己意。酒至半酣，乃掀须徐语道："桓玄篡国，晋祚已移，我倡义兴复，平定四海，功成业著，始邀九锡，今年将衰迈，备极宠荣，物忌盛满，自觉不安，现欲奉还爵位，归老京师，卿等以为何如?"群臣听了，尚摸不着头脑，只得随口敷衍，把那功德巍巍，福寿绵绵的谀词，说了数十百言，但见裕毫无喜容，反露出一种怅惘的形状。实是闷闷。群臣始终不解，挨至日暮撤席，方各散去。

中书令傅亮已出门外，忽恍然悟道："我晓得了!"还算汝有些聪明。遂又转身趋入，门已下扃，特叩扉请见，面白刘裕道："臣暂应还都。"裕不禁点首，面有喜色。亮知已猜着裕意，便即辞出；仰见天空现一长星，光芒烛天，因拊髀长叹道："我常不信天文，今始知天象有验了!"越日即驰赴都中。

刘裕遣发傅亮，专待好音。过了数日，果有诏旨到来，召令入辅，裕留四子义康镇寿阳，命参军刘湛为长史，裁决府事，自率亲军即日启行。才入京师，傅亮已遍结朝臣，迫帝禅位，自具诏草，呈入恭帝。恭帝览毕，语左右道："桓玄跋扈，我晋朝已失天下，幸赖刘公恢复，统绪复延，迄今将二十年，我早知有今日，禅位也是甘心呢。"遂操笔为书，令裕受禅。越日即传出赤诏，略云：

咨尔宋王，夫玄古权舆，悠哉邈矣，其详靡得而闻。爰自书契，降逮三五，莫不以上圣君四海，止戈定大业；然则帝王者宰物之通器，君道者天下之至公。昔在上叶，深鉴兹道，是以天禄既终，唐、虞勿得传其嗣；符命来格，舜、禹不获全其谦。所以经纬三才，澄叙彝化，作范振古，垂风万叶，莫尚于兹。自是厥后，历代弥劭，汉既嗣德于放勋，魏亦方轨于重华，谅以协谋乎人鬼，而以百姓为心者也。昔我祖宗钦明，辰居其极，而明晦代序，盈亏有期，翦商兆祸，非惟一世，曾是弗克，矧伊在今，天之所废，有自来矣。惟王体上圣之姿，苞二仪之德，明齐日月，道合四时。乃者社稷倾覆，王拯而存之，中原芜梗，又济而复之。自负固不宾，干纪放命，肆逆滔天，窃据万里，靡不润之以风雨，震之以雷霆，九伐之道既敷，八法之化自理，岂徒博施于民，济斯黔庶？固以义洽四海，道盛八荒者矣。至于上天垂象，四灵效征，图谶之文既明，人神之望已改，百工歌于朝，庶民颂于野，亿兆忭踊，倾伫惟新，自非百姓乐推，天命攸集，岂伊在予所得独专？是用仰祈皇灵，俯顺群议，敬禅神器，授帝位于尔躬，大祚告穷，天禄永终。于戏！王其允执厥中，敬遵典训，副率土之嘉愿，恢洪业于无穷，时膺休祐，以答三灵之眷望。此咨！

这诏传出，遂由光禄大夫谢澹、尚书刘宣范，奉着皇帝玺绶，送交宋王刘裕。复附一禅位书云：

盖闻天生蒸民，树之以君；帝皇寄世，实公四海。崇替系于勋德，升降存乎其人，故有国必亡，卜年著其数；代谢无常，圣哲握其符。昔在上世，三圣系轨，畴哲四岳以弘揖让，惟先王之有作，永垂范于无穷。及刘氏致禅，实尧是法，有魏告终，亦宪兹典，我世祖所以抚归运而顺人事，乘利见而定天保者也。乃道不常泰，戎夷乱华，丧我洛京，蹙国江表，仍遘否运，沦没相因，逮于元兴，遂倾宗祀。幸赖神武光天，大节宏发，匡复我社稷，重造我国家，内纾国难，外播弘略，诛大憝于汉阳，逋僭盗于沂渚，澄氛西岷，肃清南越，再静江湘，拓定樊沔。若乃永怀区宇，思一声教，王师首路，则伊洛澄流，棱威崤潼，则华岳褰霭，伪酋衔璧，咸阳即叙，虽彝器所铭，诗书所咏，庸勋之盛，莫之与京也。遂偃武修文，诞敷德政，八统以驭万民，九职以刑邦国，思兼三王以施四事，故信著幽显，义感殊方。朕每敬维道勋，永察符运，天之历数，实在尔躬。是以五纬升度，屡示除旧之迹，三光协数，必昭布新之祥，图谶祯瑞，皎然斯在。昔土德告沴，传胙于我有晋，今历运改卜，永终于兹，亦以金德而传于宋。仰四代之休义，鉴明昏之定期，询于群公，爰逮庶尹，佥曰休哉，罔违朕志。今遣使持节兼太保散骑常侍光禄大夫谢澹，兼太尉尚书刘宣范，奉交皇帝玺绶，受终之礼，一如唐虞汉魏故事。王其允答神人，君临万国，时膺灵祉，酬于上天之眷命！

刘裕得禅位书，尚且上表陈让，佯作谦恭。那时晋恭帝已被逼出宫，退居琅琊王旧第，百官送旧迎新，扬扬得意，惟秘书监徐广犹带哀容。也是无益。刘裕三揖三让，还是装腔做势。

太史令骆达掇拾天文符瑞数十条，作为宋王受命的证据，裕乃筑坛南郊，祭告天地，还宫御太极殿，受百官朝贺，颁制大赦。改晋元熙二年为宋永初元年，封晋帝为零陵王，迁居故秣陵城。令将军刘遵考率兵防卫，明明是管束故主的意思。小子有诗叹道：

洛阳当日归夷虏，江左残邦付贼臣，
剩得秣陵一片土，留埋亡国主人身。

宋主裕既即帝位，当然有尊亲酬庸的典礼。欲知详情，请看官续阅下回。

60. 刘裕数子，年皆童稚，裕各令为镇帅，岂不知其不能胜任，而漫为出此者，有二因焉：一则为分封子姓之预备，二则为镇压将吏之先机。裕之帝制自为，目无晋室也，盖已久矣，然稚子究未能守土，虚声亦宁足制人，观关中之乍得乍失，自丧爪牙，几至委义真于强虏之手，天下事之专欲难成者，何一不可作如是观耶？至若胁晋禅位，由渐而进，始则佯为逊让以欺人，继则实行篡弑以盗国，其心术之狡鸷，比操懿为尤甚，魏晋已导于前，裕乃起而踵于后，青出于蓝，冰寒于水，固非偶然也。顾晋之得国也如是，其失国也亦如是，天道好还，司马氏其固甘心哉！

第七回　弑故主冤魂索命
丧良将胡骑横行

却说宋主刘裕开国定规，追尊父刘翘为孝穆皇帝，母赵氏为穆皇后，奉继母萧氏为皇太后，追封亡弟道规为临川王。道规无嗣，命道怜次子义庆过继，承袭封爵，晋封弟道怜为长沙王。故妃臧氏，即臧熹姊。已于晋安帝义熙四年，病殁东城，追册为后，予谥曰敬，立长子义符为皇太子，封次子义真为庐陵王，三子义隆为宜都王，四子义康为彭城王。加授尚书仆射徐羡之为镇军将军，右卫将军谢晦为中领军，领军将军檀道济为护军将军。从前晋氏旧吏，宣力义熙，与宋主预同艰难，一依本秩；惟降始兴、庐陵、始安、长沙、康乐五公为县侯，令仍奉晋故臣王导、谢安、温峤、陶侃、谢玄宗祀。晋临川王司马宝亦降为西丰县侯。进号雍州刺史赵伦之为安北将军，北徐州刺史刘怀慎为平北将军，征西大将军杨盛为车骑大将军。又封西凉公李歆为征西大将军，西秦主乞伏炽磐为安西大将军，高句丽王高琏为征东大将军，百济王扶余映进为镇东大将军，蠲租省刑，内外粗安。

西凉公李歆，相传汉前将军李广后裔，父名暠，曾臣事北凉，任敦煌太守，后来自称西凉公，与北凉脱离关系，取得沙州、秦州、凉州等地，定都酒泉。暠殁歆嗣，曾遣使至江东，报称嗣位，是时晋尚未亡，封歆为酒泉公。及宋主受禅，更覃恩加封。北凉主蒙逊，与歆为仇，伪引兵攻西秦，潜师还屯川岩，果然李歆中计，还道是北凉虚空，乘隙往袭，途中被蒙逊邀击，连战皆败，竟为所杀。蒙逊遂入据酒泉转攻敦煌。敦煌太守李恂，即李歆弟，乘城拒守，被蒙逊用水灌入，城遂陷没，恂自刎死。子重耳出奔江左，因道远难通，投入北魏，五传至李渊，就是唐朝第一代的高祖，这是后话慢表。随笔带叙西凉灭亡。

宋主裕闻西凉被灭，无暇往讨北凉。惟自思年老子幼，不能图远，亦当顾近。那晋祚虽然中绝，尚留一零陵王，终究是胜朝遗孽，将来或死灰复燃，适贻子孙祸患，左思右想，总须再下辣手，斩草除根。是为残忍。乃用毒酒一罌，授前琅琊郎中张伟，使鸩零陵王。伟受酒自叹道："鸩君求活，徒贻万世恶名，不如由我自饮罢！"遂将酒一口饮尽，顷刻毒发，倒地而亡。却是司马氏忠臣。宋主得张伟讣音，倒也叹息，迁延了好几月，心终未释。

太常卿褚秀之、侍中褚淡之，统是故晋后褚氏兄，褚氏本为恭帝后，帝已被废，后亦降称为妃。秀之兄弟贪图富贵，甘做刘家走狗，不顾兄妹亲情，褚妃生男，秀之等受裕密嘱，害死婴孩。零陵王忧惧万分，整日里与褚妃共处，相对一室，饮食一切，概由褚妃亲手办理，往往炊爨床前，不劳厨役，所以宋人尚无隙可乘。

宋主裕不堪久待，乃于永初二年秋九月，决计弑主，遣褚淡之往视褚妃，潜令亲兵随行。妃闻淡之到来，暂出别室相见，哪知兵士已逾垣进去，置鸩王前，迫令速饮。王摇首道：“佛教有言，人至自杀，转世不得再为人身。”现世尚是难顾，还顾转世做甚？兵士见王不肯饮，索性挟王上床，用被掩住，把他扼死；随即越垣还报。及褚妃返室视王，早已眼突舌伸，身僵气绝了。可怜！可叹！

淡之本是知情，闻妹子入室大恸，已料零陵王被弑，当即入内劝妹，代为料理丧事。狼心狗肺。一面讣闻宋廷。宋王已经得报，很是喜慰，至讣音到后，佯为惊悼，率百官举哀朝堂，依魏明帝服山阳公故事。魏明帝即曹叡，山阳公即汉献帝。且遣太尉持节护丧，葬用晋礼，给谥为“恭”，这也不在话下。

且说宋主裕既弑晋恭帝，自谓无患，遂重用徐羡之、傅亮、谢晦三人，整理朝政，有心求治。可奈年华已迈，筋力就衰，渐渐的饮食减少，疾病加身；到了永初三年春季，竟至卧床不起。长沙王刘道怜、司空录尚书事徐羡之、尚书仆射傅亮、领军将军谢晦、护军檀道济，竝入侍医药，见宋主时有呓语，请往祷神祇，宋主不许。但使侍中谢方明，以疾告庙，一面专命医官诊治，静心调养。幸喜服药有灵，逐渐痊愈，乃命檀道济出镇广陵，监督淮南诸军。

太子义符素来是狎暱群小，及宋主得病时，更好游狎。谢晦颇以为忧，俟宋主病瘳，乃进言道：“陛下春秋已高，应思为万世计，神器至重，不可托付非人。”宋主知他言出有因，徐徐答道：“庐陵何如？”晦答道：“臣愿往观可否。”乃出见义真，义真雅好修饰，至是益盛服与谈，娓娓不倦。晦不甚答辩，还报宋主道：“庐陵才辩有余，德量不足，想亦非君人大度呢。”宋主乃出义真镇历阳，都督雍、豫等州军事，兼南豫州刺史。既而宋主复病，病且日剧，有时蒙胧睡着，但见有无数冤魂，前来索命，且故晋安、恭二帝，亦常至床前。疑心生暗鬼。往往被他惊醒，汗流浃背。自思鬼魅萦缠，病必不起，乃召太子义符，至榻前面嘱道：“檀道济虽有武略，却无远志，徐羡之、傅亮事朕已久，当无异图；惟谢晦屡从征伐，颇识机变，将来若有同异，必出是人，汝嗣位后，可处以会稽、江州等郡，方免他虑。”专防谢晦，当是尚记前言。又自为手诏，谓后世若有幼主，朝事一委宰相，母后不烦临朝。待至弥留，复召徐羡之、傅亮、谢晦等，入受顾命，令他辅导嗣君，言讫遂殂，在位只二年有余，年六十七岁。

宋主裕起自寒微，素性俭约，游宴甚稀，嫔御亦少，不宝珍玩，不爱纷华；宁州尝献琥珀枕，光色甚丽，会出征后秦，

谓琥珀可疗金创，即命捣碎；分给诸将。及平定关中，得秦主兴从女，姿色甚丽，一时也为色所迷，几至废事。谢晦入谏，片语提醒，即夕遣出。宋台既建，有司奏东西堂施局脚床，用银涂钉，致为所斥，但准用铁。岭南献入筒细布，一端八丈，精致异常，宋主斥为纤巧，即付有司弹劾太守，并将布发还，令此后禁作此布。公主下嫁，遣送不过二十万缗，无锦绣金玉等物。平时事继母甚谨，即位后入朝太后，必在清晨，不逾时刻。诸子旦问起居，入閤脱公服，止著裙帽，如家人礼。又命将微时农具，收贮宫中，留示后世，这都是宋主的美德。惟阴移晋祚，迭弑二主，为南朝篡逆的首倡，实是名教罪人。看官阅过上文，已可知宋主刘裕的定评了。褒贬处关系世道。是年七月，安葬蒋山初宁陵，群臣上谥曰“武皇帝”，庙号“高祖”。南北朝各君实皆不足列为正统，故本书演述，但称某主，与汉唐诸代不同，五季史

亦仿此例。

太子义符即位，制服三年，尊皇太后萧氏为太皇太后，生母张夫人为皇太后，立妃司马氏为皇后，妃即晋恭帝女海盐公主，小名茂英。命尚书仆射傅亮为中书监尚书令，与司空徐羡之、领军将军谢晦同心辅政。长沙王刘道怜病逝，追赠“太傅”；太皇太后萧氏，年逾八十，因哭子过哀，不久亦殁，追谥“孝懿”。宋廷连遇大丧，忙碌得了不得。那嗣主义符，年才十七，童心未化，但知戏狎，一切居丧礼仪，多从阙略，特进致仕范泰，上书规谏，毫不见从。就是徐羡之、傅亮、谢晦等，随时指导，亦似聋瞽一般，无一听纳。都人士已料他不终；偏是北方强寇，乘隙而来，河南诸郡，遍罹兵革，累得宋廷调兵遣将，又惹起一番战争。看官听着！这就是宋、魏交兵的开始。事关重大，特笔提明。

魏太祖拓跋珪源出鲜卑，向例用索辫发，因沿称为索头部。世居北荒，晋初始通贡使。怀帝时拓跋猗卢与并州刺史刘琨结为兄弟。琨表猗卢为大单于，封以代郡，号为代公。嗣复进爵为王，六传至什翼犍，有众数十万，定都盛乐，威震云中。匈奴部酋刘卫辰，被逐奔秦，秦主苻坚大举伐代，令卫辰为向导。什翼犍拒战败绩，还走盛乐，为庶子寔君所弑，部落分散。秦主坚捕诛寔君，分代为二，西属刘卫辰，东属什翼犍甥刘库仁。什翼犍有孙名珪，由库仁抚养，恩勤周备，及长颇有智勇，为库仁子显所忌，走依贺兰部母舅家。会秦已衰灭，代亦丧乱，朔方诸部，推珪为主，即代王位，仍还盛乐，逐去刘显，改国号魏，纪元天赐。史家称为后魏，亦称北魏，因恐与三国时曹魏有混，故有此称。

刘卫辰攻珪败窜而死。子勃勃逃奔后秦，后为夏国，已见前回。珪复破柔然，掠高车，蹂躏后燕，遂徙都平城，立宗庙社稷，僭号称帝，初纳刘库仁从女，宠冠后宫，生子名嗣。寻获后燕主慕容宝幼女，姿色过人，即立为后。后又见姨母贺氏，貌更美艳，竟将她本夫杀毙，硬夺为妃，产下一男，取名为绍。珪晚年服饵丹药，躁急异常，往往因怒杀人，贺夫人偶然忤珪，亦欲加刃，吓得贺氏奔匿冷宫，向子求救，子绍已封清河王，夜入弑珪。长子嗣受封齐王，闻变入都，执绍诛死，并杀贺氏，乃即帝位，尊珪为太祖道武皇帝。于是勤修政治，劝课农桑，任用博士崔浩等，兴利除弊，国内小康。

自从南军鏖战河北，失利而还，滑台一城，始终不得收复，未免引为恨事。应第五回。只因刘宋开基，气焰方盛，不得不虚与周旋，请和修好，岁时聘问。北魏亦占本书之主位，故叙述源流较他国为详。及宋主裕老病去世，宋使沈范等自魏南归，甫及渡

河，忽被魏兵追来，把范等截拿而去。看官道为何因？原来魏主嗣欲乘丧南侵，报复旧怨，因将宋使执回，即日遣将征兵，进攻滑台，并及洛阳虎牢。崔浩谓伐丧非义，应吊丧恤孤，以义服人，魏主嗣驳道："刘裕乘姚兴死后，即灭姚氏，今我乘裕丧伐宋，有何不可？"浩答道："姚兴一死，诸子交争，故裕得乘衅徼功，今江南无衅，不得援为此例。"崔浩言固近义，但刘裕乘丧伐秦，适为魏主借口，故人必自侮然后人侮之。魏主仍然不从，命司空奚斤为大将军，使督将军周几公孙表等，渡河南行。

先是晋宗室司马楚之亡命汝颍间，聚众万人，屯据长社，欲为故国复仇，宋主裕尝遣刺客沐谦往刺。谦不忍下手，且因楚之待遇殷勤，反为表明来意，愿作楚之卫士。刺客却有良心。楚之留谦自卫，日思东攻，苦不得隙，及闻魏兵渡河，遂遣人迎降，请作前驱。魏授楚之为征南将军，兼荆州刺史，令侵扰北

境。奚斤等道出滑台，与楚之遥为犄角，夹攻河洛。

宋司州刺史毛德祖，屯戍虎牢，亟遣司马翟广等，往援滑台，又檄长社令王法政，率五百人戍召陵，将军刘怜，领二百骑戍雍上，防御楚之。楚之引兵袭刘怜，未能得手，就是奚斤等围攻滑台，亦不能下，惟魏尚书滑稽，引兵袭仓垣，得乘虚攻入。宋陈留太守严稜，自恐不支，向奚斤处请降。奚斤顿兵滑台城下，仍然未克，遣人至平城乞师。魏主嗣自将五万余人，南逾恒岭，为奚斤声援，且令太子焘出屯塞上，一面严谕奚斤，促令猛攻。

奚斤惧罪思奋，亲冒矢石，督众登城。滑台守吏王景度力竭出奔，司马阳瓒尚率余众拒魏兵，至魏兵已经陷入，还与之巷战多时，受伤被执，不屈而死。奚斤乘胜过虎牢，击走翟广，直抵虎牢城东。毛德祖且守且战，屡破魏军，魏军虽多杀伤，毕竟人多势众，未肯退去。

两下相持不舍，那魏主又遣黑矟将军于栗磾，出兵河阳，进攻金墉。栗磾为北魏有名骁将，善用黑矟，因封黑矟将军。德祖再遣振威将军窦晃，屯戍河滨，堵截栗磾。魏主更派将军叔孙建等，东略青兖，自平原逾河。宋豫州刺史刘粹，忙遣属将高道瑾据项城，徐州刺史王仲德自督兵出屯湖陆，与魏兵相持。魏中领军娥清、期思侯、闾大肥等，复率兵会叔孙建，进至碻磝，宋兖州刺史徐琰望风生畏，便即南奔。凡泰山、高平、金乡等郡，皆被魏兵陷没。叔孙建东入青州，青州刺史竺夔，方出镇东阳城，飞使至建康求救。宋遣南兖州刺史檀道济，监督军事，会同冀州刺史王仲德，出师东援。庐陵王刘义真，亦遣龙骧将军沈叔狸，带领步骑兵三千人，往击刘粹，随宜救急。

好容易过了残冬，便是宋主义符即位的第二年，改元景平，赐文武官进秩各二等，改元纪年，万难略过。享祀南郊，颁发赦书。京都里面，好像是国泰民安，哪知河南的警信，却日紧一日。魏将于栗磾，越河南下，与奚斤合攻宋军，振威将军窦晃等均被杀败，相率退走。栗磾进攻金墉城，河南太守王涓之，复弃城遁走，金墉被陷，河、洛失守。魏令栗磾为豫州刺史，镇守洛阳，虎牢越加吃紧，奚斤、公孙表等，并力攻扑，魏主又拨兵助攻。毛德祖竭力抵御，日夕不懈，且就城脚边凿通地道，分为六穴，出达城外，约六七丈，募敢死士四百人，从穴中潜出，适在魏营后面，一声呐喊，突入魏营。魏兵还疑是天外飞来，不觉惊骇，一时不及抵敌，被敢死士驰突一周，杀死魏兵数百人，毛德祖乘势开城，出兵大战，又击毙魏兵数百，收集敢死士，然后入城。

68. 魏兵退散一二日，又复四合，攻城益急。德祖特用了一个反间计，伪与公孙表通书，书中所说，无非是结约交欢的意思，表得书示斤，自明无私，斤却心中启疑。德祖又更作一书，书面是送至公孙表，却故意投入斤营，斤展阅后，比前书更进一层，乃遣人赍着原书，驰报魏主。魏太史令王亮与表有隙，乘间言表有异志，不可不防，魏主遂使人夜至表营，将表勒毙。表权谲多谋，既被杀死，虎牢城外少一敌手，德祖当然快意，嗣是一攻一守，又坚持了好几月。极写德祖智勇。

魏主嗣自至东郡，令叔孙建急攻东阳城，又授刁雍为青州刺史，令助叔孙建。刁雍与前豫州刺史刁逵同族，刁逵被杀，家族诛夷，见第二回。惟雍脱奔后秦。秦亡奔魏，魏令为将军，此时遣助叔孙，明明是借刀杀人的意思。东阳守吏竺夔，检点城中文武将士，只千五百人，忙招城外居民入守，还有未曾入城的百姓，令他伏据山谷，芟夷禾稼，所以魏军虽据有青州，无从掠食。济南太守桓苗，驰入东阳，与夔协同拒守，及魏兵大至，列阵十余里，大治攻具，夔预浚四重濠堑，阻遏魏兵，魏兵填满三重，造撞车攻城，城中屡出奇兵，随时奋击，又穴通隧道，遣人潜出，用大麻绳挽住撞车，令他自折。魏人一再失败，遂筑起长围，四面环攻，历久城坏，坍陷至三十余步，夔与苗连忙抢堵，战士多死，用尸填缺，勉强堵住。好在天气盛暑，魏军多半病殁，无力续攻，城才免陷。刁雍以机会难得，请一再接厉，为破城计。建拟稍缓时日，忽闻檀道济引兵将至，不禁太息道："兵人疫病过半，不堪再战，今全军速返，还不失为上策哩！"乃毁营西遁。

道济到了临朐，因粮食将尽，不能追敌，但令竺夔缮城筑堡，防敌再来。夔因东阳城圮，急切里不遑修筑，移屯不其城，青州还算保全。

魏主因东略无功，索性西趋河内，并力攻虎牢，所有叔孙建以下各军，统令至虎牢城下会齐，由魏主亲往督攻，真个是杀气弥空，战云蔽日。

虎牢被围已二百日，无日不战，劲兵伤亡几尽，怎禁得魏兵合攻，防不胜防，毛祖德拼死力御，尚固守了一二旬。及外城被毁，又迭筑至三重城，魏人更毁去二重，只有一重未破，兀自留着。守卒眼皆生疮，面如枯柴，仍然昼夜相拒，终无贰心。可见德祖之义勇感人。时檀道济出军湖陆，刘粹驻军项城，沈叔狸屯军高桥，皆畏魏兵强盛，不敢进援，统是饭桶。魏人遍掘地道，泄去城中井水，城中人渴马乏，兼加饥疫，眼见是束手就毙，不能再支。魏兵陆续登城，守将欲挟德祖出走，德祖大呼道："我誓与此城俱亡，断不使城亡身存！"因引众再战，挺身死斗。

魏主下令军中，必生擒德祖，将军豆代田用长矛搠倒德祖坐马，方将德祖擒献，将士亦尽作俘虏，惟参军范道基，率二百人突围南奔。魏兵亦十死二三，司、兖、豫诸郡县，俱为魏有。魏主劝德祖投降，德祖怎肯屈节，由魏主带回平城，留周几镇守河南。德祖身已受创，未几遂亡。小子有诗赞道：

频年苦守见忠忱，可奈城孤寇已深；
援卒不来身被虏，宁拚一死表臣心。

败报传达宋廷，未知如何处置，且俟下回说明。

70. 教子正道也，不能教子，反欲弑主以绝后患，何其谬欤！子與氏有言，杀人之父，人亦杀其父，杀人之兄，人亦杀其兄。楚灵王曰："余杀人子多矣，能无及此乎！"刘裕以年老子幼，决弑零陵，亦思乃祖汉刘季，以匹夫而得天下，其果为帝胄否耶？义符童昏，不知教导，徒犯大不韪之名，迭行弑逆，造恶因者必种恶果，几何不还报子孙也。即如北魏之乘丧侵宋，亦何莫非刘裕之自取，观魏主嗣答崔浩言，即起刘裕于地下而问之，亦将无以自解，南北鏖兵，连年不已，卒致司、兖、豫三州，俱沦左衽，忠勇如毛德祖、汤瓒等，后先被执，捐躯殉难，丧良将，失膏腴，庸非大可慨乎！本回特揭出之以垂后戒，而世之为子孙计者，可以鉴矣。

第八回　废营阳迎立外藩
反江陵惊闻内变

却说宋廷迭接败报，相率惊惶，徐羡之、傅亮、谢晦三相，因亡失境土，上表自劾。宋主义符，专务游幸，管什么黜陟事宜，但说是无庸议处，便算了事。当时内外臣僚，尚虑魏兵未退，进逼淮、泗，嗣闻魏主北归，稍稍放心。魏将周几，留守河南，复陷入许昌、汝阳，宋豫州刺史刘粹，屯兵项城，恐魏人深入，日夕戒严。会值魏主嗣病殁平城，太子焘入承魏祚，尊嗣为太宗明元皇帝，改元始光，仍然重用崔浩，浩劝焘休兵息民，乃饬周几等各守疆土，暂停战争。宋军已日疲奔命，更兼新败以后，疮痍未复，巴不得相安无事，暂免兵戈。

越年为景平二年，宋主义符不改旧态，整日游戏，无心朝事，庐陵王义真，颇加觊觎。尝与太子左卫率谢灵运，员外常侍颜延之，及慧琳道人等，往来通问，非常款洽。且侈然道："我若得志，当令灵运、延之为宰相，慧琳为西豫州都督。"这数语传入都中，徐羡之等阴加戒惧，特出灵运为永嘉太守，延之为始安太守。义真闻二人左迁，明知执政与己反对，益生怨言，且性好浮华，时有需索，又被羡之等裁抑，不肯照给，因此恨上生恨，自请还都，表文中言多不逊，隐然有入清君侧的语意。乃父一生鬼蜮，其子何不肖若此！羡之等因嗣主不肖，正密谋废立事宜，既得义真表文，更激动一腔怒意，一不做，二不休，索性先除了义真，然后再废嗣主义符，乃由徐、傅、谢三相会衔，奏陈义真过恶，请即废黜。疏词有云：

臣闻二叔不咸，难结隆周，淮南悖纵，祸兴盛汉，莫非义以断恩，情为法屈；二代之事，殷鉴未远，仁厚之主，行之不疑。故共叔不断，几倾郑国，刘英容养，衅广难深；前事之不忘，后王之成鉴也。案车骑将军庐陵王义真，凶忍之性，生自稚弱，咸阳之酷，丑声远播，先朝犹以年在纨绮，冀能改厉，天属之爱，想能革心。自圣体不豫以及大渐，臣庶忧惶，内外屏气，而彼乃纵博酣酒，日夜不辍，肆口纵言，多行无礼。先帝贻厥之谋，图虑谨固，亲敕陛下面诏臣等，若遂不悛，必加放黜。至言若厉，犹在纸翰，而自兹迄今，日月增甚；至乃委弃藩屏，志还京邑，潜怀异图，希幸非冀，转聚甲卒，征召车马。陵墓未乾，情事犹昨，遂蔑弃遗旨，显违成规，整棹浮舟，以示归志，肆心专己，无复谘承。圣恩低徊，深垂隐忍，屡遣中使苦相敦释，而乃亲对散骑侍郎邢安泰，广武将军茅仲思，纵其悖骂，讪主谤朝，此久播于远近，暴于人听。臣以为燎原不扑，蔓延难除，青青不灭，终致寻斧，况忧深患者，社稷虑切。请一遵晋朝广陵旧典，使顾怀之旨，不坠于武庙；全宥之德，或申于昵亲，临启感动，无任悲咽。

表中援引刘英，疑即汉朝楚王英，广陵疑即广陵王司马遹。

宋主义符本与义真不甚和协，况朝政由羡之等主持，义符除狎游外，悉听三相裁决，因即下诏废义真为庶人，徙居新安郡，改授皇五弟义恭为冠军将军，任南豫州刺史。

原来宋武帝刘裕有七子。长子义符，为张夫人所出，已见上回；次子义真，生母为孙修华；三子义隆，生母为胡婕妤；四子义康，生母为王修容；五子义恭，生母为王美人；六子义宣，生母为孙美人；七子义季，生母为吕美人。前时只封义真、义隆、义康为王，不及义恭以下诸子，因为义恭等年皆幼稚，所以未曾加封。补叙义恭以下诸子，俱为后文伏案。此次义真被废，义隆、义康俱有封邑，故将义恭挨次补入，这却待后再表。

惟义真年只十八，仓猝废徙，尚没有确实逆迹，未免令人不服。前吉阳令张约之上书谏阻，力请保全懿亲，赐还爵禄。为这一奏，顿时触怒当道，谪往梁州，寻且赐死。复遣人到了新安，亦将义真勒毙。乃召南兖州刺史檀道济，江州刺史王弘，即日入朝。两人不知何因，星夜前来，即由徐羡之等召入密室，与谋废立，两人一体赞成。谢晦因府舍敝隘，尽令家人出外，但调将士入府，诘旦举事。又约中书舍人邢安泰、潘盛为内应。夜邀檀道济同宿，道济就寝，便有鼾声，惟晦徬徨顾虑，竟夕不眠，不由地暗服道济。为下文讨晦伏线。

时已为景平二年六月，天气溽暑，入夜不凉。宋主义符避暑华林园中，设肆沽酒，戏为酒保。傍晚乘坐龙舟，与左右同游天渊池，直至月落参横，才觉少疲，就在龙舟中留宿。翌日天晓，檀道济自谢领军府出来，引兵前驱，突入云龙门，徐羡之、傅亮、谢晦，随后继进。门内宿卫，已由邢安泰等预先妥嘱，统皆袖手旁观，一任道济等驰入，径造华林园。宋主义符，尚在龙舟内作华胥梦，猛闻喧声入耳，才从梦中惊醒，披衣急起，已见来兵拥登舟中，持刃直前，杀死二侍。仓猝中不及启问，竟被军士牵拥上舟，扯伤右指，你推我挽，迫至东阁。由徐羡之等收去玺绶，召集百官，宣布皇太后命令。略云：

> 王室不造，天祸未悔，先帝创业弗永，弃世登遐。义符长嗣，属当天位，不谓穷凶极悖，一至于此。大行在殡，宇内哀惶，幸灾肆於悖词，喜容表于在戚，至乃征召乐府，鸠集伶官，倡优管弦，靡不备奏，珍馐甘膳，有加平日，采择媵御，产子就宫，靦然无怍，丑声四达。及懿后崩背，懿后即萧太后见前。重加天罚，亲与左右执绋歌呼，推排梓宫，抃掌笑谑，殿省备闻。又复日夜媟狎，群小漫戏，兴造千计，费用万端，帑藏空虚，人力殚尽，刑罚苛虐，幽囚日增。居帝王之位，好皂隶之役，处万乘之尊，悦厮养之事，亲执鞭扑，殴击无辜以为笑乐。穿池筑观，朝成暮毁，征发工匠，疲极兆民，远近叹嗟，人神怨怒，社稷将坠，岂可复嗣守洪业，君临万邦！今废为营阳王，一依汉昌邑即昌邑王贺。晋海西即海西公奕。故事，奉迎镇西将军宜都王义隆，入纂大统，以奠国家而乂人民。特此令知！

宣令既毕，百官拜辞义符，暂送至故太子宫，令他具装出都，徙往吴郡。并废皇后司马氏为营阳王妃，使檀道济入守朝堂，一面令傅亮率领百官，备齐法驾，至江陵迎宜都王。祠部尚书蔡廓，偕傅亮同至寻阳，遇疾不能行，乃与亮别，且语亮道："营阳徙吴，宜厚加供奉，倘有不测，恐廷臣俱蒙弑主恶名，将来有何面目，再生人世呢！"览廓语意，似不愿废立，恐中途遇病，亦属托词。亮出都时，营阳王亦已就道，他本与徐羡之议定，令邢安泰随王前去，到吴行弑。至是亮闻廓言，也觉有理，忙遣人谕止安泰，然已是无及了。

原来安泰送义符至金昌亭，即遵照羡之等密嘱，麾兵将亭围住，持刃径入。义符颇有勇力，立起格斗，且战且走，竟得突围出奔，驰越阊门。安泰率兵追上，用门闩掷去，正中义符腰背，受伤仆地，安泰赶上一刀，结果性命，年仅一十九岁。史家称为少帝。

傅亮得去使返报，未免愧悔，但人死不能重生，只好付诸一叹，遂西行至江陵，诣行台奉表，并进玺绂。表文有云：

臣闻否泰相革，数穷则变，天道所以不愆，卜世所以灵长。乃者运距陵夷，王室艰晦，九服之命，靡所适归，高祖之业，将坠于地。赖基厚德深，人神同奖，社稷以宁，有生获乂。伏惟陛下君德自然，圣明在御，孝悌著于家邦，风猷宣于藩牧，是以征祥杂沓，符瑞燿辉，宗庙神灵，乃睠西顾，万邦黎献，望景托生。臣等忝荷朝列，预充将命，后集休明之运，再睹太平之业，行台至止，瞻望城阙，不胜喜悦，凫藻之情，谨诣门拜表以闻！

宜都王义隆，亦下教令答复道：

皇运艰敝，数钟屯夷，仰惟崇基，感寻国故，永慕厥躬，悲慨交集。赖七百祚永，股肱忠贤，故能休否以泰，天人式序。猥以不德，谬降大命，顾己兢悸，何以克堪！行当暂归朝廷，展哀陵寝，并与贤彦申写所怀。望体其心，勿为辞费！

既而府州佐吏并皆称臣，申请题榜诸门，一依宫省，义隆不许，宜都将佐，闻营阳、庐陵二王，后先遇害，亦劝义隆不可东下。独司马王华道："先帝为天下立功，四海畏服，虽嗣主不纲，人望仍然未改。徐羡之中材寒士，傅亮布衣诸生，并非晋宣帝司马昭。王大将军王敦。可比；且受寄深重，未敢骤然背德，不过畏庐陵严断，将来不能相容，不如奉迎殿下，越次辅立，尚得徼功。况羡之等同功并位，莫肯相让，欲谋不轨，势亦难行，今因废主尚存，或恐受祸，不得已下此毒手，此外当无逆谋，尽可勿疑！殿下但整辔入都，上顺天心，下副人望，臣敢为殿下预贺呢！"料得定，拿得稳。义隆微笑道："卿亦欲为宋昌么？"宋昌劝汉文帝事，见汉史。长史王昙首，校尉到彦之，亦劝义隆东行。义隆乃留王华镇荆州，到彦之镇襄阳，自率将佐发江陵。

当下召见傅亮，问及营阳、庐陵二王事，悲恸呜咽，左右亦为之流涕。亮亦汗流浃背，几不能对。义隆止泪后，即引傅亮等登舟，中兵参军朱容之，佩刀侍侧，不离左右，就是夜间寝宿，亦衣不解带，防备非常。

既抵京师，由群臣迎谒新亭。徐羡之私问傅亮道："今上可比何人？"亮答道："在晋文、景以上。"羡之道："英明若此，定能鉴我赤心。"恐未免带黑了。亮徐徐答道："恐怕未必！"羡之亦不暇再问，谒过义隆，导驾入城。义隆顺道谒初宁陵，即宋武帝陵，见前回。然后乘辇入阙。百官奉上御玺，义隆谦让再四，方才接受，遂御太极前殿，即皇帝位，大赦改元。称景平二年为元嘉元年，追尊生母胡婕妤为太后，奉谥曰“章”。复庐陵王义真封爵，迎还灵柩，并义真母孙修华、妻谢妃，尽归京都。彭城王南徐州刺史义康，官爵如故，进号骠骑将军；南豫州刺史义恭，进号抚军将军，加封江夏王。册第六皇弟义宣为竟陵王，第七皇弟义季为衡阳王。进授司空徐羡之为司徒，卫将军王弘为司空，中书监傅亮加左光禄大夫，开府仪同三司，南兖州刺史檀道济为征北将军。弘与道济并皆归镇，惟领军将军谢晦，前由尚书录命，除授荆州刺史，权行都督荆、襄等七州诸军事，此时实行除拜，加号抚军将军。

看官听说！司空徐羡之本兼录尚书事，他恐义隆入都，荆州重地，授与他人，所以先用录命，使晦接任，好教他居外为援。所有精兵旧将，悉数隶属。晦尚未登程，新皇已至，因即随同朝贺，至此奉诏真除，当然喜慰。临行时密问蔡廓道：“君视我能免祸否？”廓答道：“公受先帝顾命，委任社稷，废昏立明，义无不可；但杀人二兄，仍北面为臣，内震人主，外据上流，援古推今，恐未能自免，还请小心为是！”依情度理之言。晦听了此言，只恐不得启行，即遭危祸，及陛辞而去，回望石头城道：“我今日幸得脱身了！”慢着！

宋主义隆因谢晦出镇荆州，即召还王华，令与王昙首并官侍中，昙首兼右卫将军，华兼骁骑将军，更授朱容子为右军将军。未几又召还到彦之，令为中领军，委以戎政。彦之自襄阳还都，道出江陵，正值谢晦莅任，便亲往投谒，表示诚款，且留马及刀剑，作为馈遗。晦亦殷勤饯别，厚自结纳。待彦之东行，总道是内援有人，从此可高枕无忧了。宋主义隆年才十八，却是器宇深沉，与乃兄静躁不同。他心中隐忌徐、傅、谢三人，面上却不露声色，遇有军国重事，仍然一体谘询。而且立后袁氏，所备礼仪，均委徐、傅酌定，徐、傅均为笼络，盛称主上宽仁，毫不疑忌。袁后事就此带叙。

未几已是元嘉二年，徐羡之、傅亮上表归政，宋主优诏不许。及表文三上，乃准如所请，自是始亲览万机，方得将平时积虑，逐渐展布出来。江陵参军孔宁子，向属义隆幕下，扈驾入都，得拜步军校尉。他与侍中王华，为莫逆交，尝恨徐羡之、傅亮擅权，日加媒孽。宋主因遂欲除去二人，并及荆州刺史谢晦。

晦有二女，一字彭城王义康，一字新野侯义宾，系刘道怜第五子。此时正遣妻室曹氏及长子世休，送女入都，完成婚礼。宋主授世休为秘书郎，把他留住都中，好一个软禁方法。一面托词伐魏，预备水陆各师，并召南兖州刺史檀道济入都，令主军事。

王华入奏道："陛下召道济入都，果真要伐魏么？"宋主屏去左右，便语华道："卿难道尚未知朕意？"华答道："臣亦知陛下注意江陵，但道济前与同谋，怎可召用？"宋主道："道济系是胁从，本非首犯，况杀害营阳，更与他无涉，若先加抚用，推诚相待，定当为朕效力，保无他虑！"华乃趋退，宋主又授王弘为车骑大将军，加开府仪同三司，弘即昙首长兄，从前加封司空，尝再三辞让，仍然出镇江州，至是宋主有意笼络，别给崇封，且遣昙首密报乃兄。弘当然赞同，毫无异议。

徐羡之、傅亮虽在朝辅政，尚未得知消息，不过北伐计议，未以为然，特会同百僚，上书谏阻。宋主义隆搁置不报，徐、傅也莫明其妙。嗣由宫廷中传出消息，谓当遣外监万幼宗，往访谢晦，再定进止。傅亮因潜贻晦书，述及朝廷情事，且言万幼宗若到江陵，幸勿附和云云。晦照书答复，无非是谨依来命等语。

未几已是元嘉三年，都中事尚未发作，那宋主与王华密谋，已稍稍泄露。黄门侍郎谢皭，系谢晦弟，急使人往江陵报闻。晦尚未信，召入参军何承天，取示亮书，且与语道：“万幼宗想必到来，傅公虑我好事，所以驰书预报。”承天道：“外间传言，统言北征定议，朝廷即将出师，还要幼宗来做什么？”晦又说道：“谣传不足信，傅公岂来欺我！”遂使承天预草答表，略谓征虏须俟来年。

忽由江夏参军乐冏，奉内史程道惠差遣，递入密函。晦急忙展阅，乃是寻阳人寄书道惠，报称朝廷有绝大处分，不日举行。晦始觉不安，乃呼承天入议。再出程书相示，因即启问道：“幼宗不来，莫非朝廷果有变端么？”承天道：“幼宗本无来理，如程书言，事已确凿，何必再疑！”晦又道：“若果与我不利，计将安出？”承天道：“蒙将军殊遇，尝思报德，今日事变已至，区区所怀，恐难尽言！”晦不禁失色道：“卿岂欲我自裁么？”承天道：“这却尚不至此，惟江陵一镇，势不足敌六师，将军若出境求全，最为上计，否则用心腹将士，出屯义阳，将军自率大军进战夏口，万一不胜，即从义阳出投北境，尚不失为中策。”晦踌躇良久，方答说道：“荆州为用武地，兵粮易给，暂且决战，战败再走，料亦未迟。”逐次写来，见谢晦实是寡智。乃立幡戒严，先与谘议参军颜邵，商议起兵，邵劝晦勉尽臣节，被晦诘责数语，邵即退出，仰药自杀，晦又召语司马庾登之道：“我拟举兵东下，烦卿率三千人守城。”登之道：“下官亲老在都，又素无部众，此事不敢奉命！”一个已死，一个又辞，即为后日离散之兆。

晦愈加怅闷，传问将佐，何人愿守此城。有一人闪出道：

"末将不才，愿当此任！"晦瞧将过去，乃是南蛮司马周超，便又问道："三千人足敷用否？"超答道："不但三千人已足守城，就使外寇到来，亦当与他一战，奋力图功！"粗莽。庾登之听了超言，忙接口道："超必能办此，下官愿举官相让。"晦即而授超为行军司马，领南义阳太守，徙登之为长史，一面筹集粮械，草檄兴兵。

才阅一两日，忽有人入报道："不好了，司徒徐羡之、左光禄大夫傅亮，已身死家灭了！"晦不禁跃起道："果有这等事么？"言未已，复有人入报道："不好了！不好了！黄门侍郎二相公，新除秘书郎大公子，并惨死都中了！"晦但说出阿哟二字，晕倒座上。小子有诗咏道：

欲保身家立嗣皇，如何功就反危亡？
江陵谋变方书檄，子弟先诛剧可伤。

毕竟谢晦性命如何，容至下回再叙。

营阳童昏，废之尚或有辞，弑之毋乃过甚。庐陵罪恶未彰，废且不可，况杀之乎！宋主刘裕，翦灭典午遗胄，无非为保全子嗣计，庸讵知死灰难燃，而害其子嗣者，乃出于托孤寄命之三大臣乎？徐羡之、傅亮、谢晦，越次迎立义隆，意亦欲乞怜新主，借佐命之功，固一时之宠，不谓求荣而招辱，希功而得罪，义隆嗣立，才及二年，而三子皆为义隆所杀。三子固有可诛之罪，但诛之者乃为一力助成之新天子，是不特为三子所未及料，即他人亦不料其若此也。人有千算，天教一算，观于营阳、庐陵之遭害，及徐、傅、谢三子之被诛，是正天之巧于报复欤！

第九回　平谢逆功归檀道济
入夏都击走赫连昌

却说谢晦闻子弟被诛，禁不住一阵心酸，顿时晕倒座上。左右急忙施救，灌入姜汤，方才苏醒。又恸哭多时，先令江陵将士，为徐羡之、傅亮举哀，继发子弟凶讣，即日治丧。嗣又接到朝廷诏敕，由晦阅毕，撕掷地上，即出射堂阅兵，调集精兵三万人，克期东下。看官！你道诏书中如何说法？由小子录述如下：

> 盖闻臣生于三，事之如一，爱敬同极，岂惟名教？况乃施侔造物，义在加隆者乎？徐羡之、傅亮、谢晦，皆因缘之才，荷恩在昔，超居要重，卵翼而长，未足以譬。永初之季，天祸横流，大明倾曜，四海遏密，实受顾托，任同负图，而不能竭其股肱，尽其心力，送往无复言之节，事居阙忠贞之效，将顺靡记，匡救蔑闻，怀宠取容，顺成失德。虽末因惧祸以建大策，而逞其悖心，不畏不义，播

迁之始，谋肆鸩毒，至止未几，显行怨杀，穷凶极虐，荼毒备加，颠沛皂隶之手，告尽逆旅之馆，都鄙哀愕，行路饮涕。故庐陵王英秀明远，风徽夙播，鲁卫之寄，朝野属情。羡之等暴蔑求专，忌贤畏逼，造构贝锦，成此无端。罔主蒙上，横加流屏，矫诬朝旨，致兹祸害，寄以国命而剪为仇雠，旬月之间，再肆鸩毒，痛感三灵，怨结人鬼。自书契以来，弃常安忍，反易天明，未有如斯之甚者也。昔子家从弑，郑人致讨，宋肥无辜，荡泽为戮；况逆乱倍于往衅，情痛深于国家！此而可容，孰不可忍？即宜诛殛，告谢存亡。而当时大事甫定，异同纷结，匡国之勋未著，莫大之罪未彰，是以远酌民心，近听舆讼，虽或讨乱，虑或难图，故忍戚含哀，怀耻累载。每念人生实难，情事未展，何尝不顾影恸心，伏枕泣血。今逆臣之衅，彰暴遐迩，君子悲情，义徒思奋，家仇国耻，可得而雪，便命司寇肃明典刑。晦据有上流，或不即罪，朕当亲率六师，为其遏防，可遣中领军到彦之即日电发，征北将军檀道济，络绎继路，并命征虏将军刘粹，断其走伏。罪止元凶，余无所问，敕示远迩，咸使闻知！

原来宋主义隆未发此诏时，已召徐羡之、傅亮入宫，密令卫士待着，拿付有司。偏为谢皭所闻，急报傅亮令勿应召，亮俟内使至门，托言嫂病正笃，少待即来。一面通知徐羡之，自乘轻车出郭门，奔避兄傅迪墓旁。羡之已奉命赴朝，行至西明门外，始接傅亮急报，乃折还私第，改乘内人问讯车，微行出都。奔至新林，见后面有追骑到来，慌忙趋匿陶灶内，自经而死。亮亦被屯骑校尉郭泓追获，送入都门。宋主遣中使持示诏书，且传谕道：“卿躬与弑逆，罪在不赦，但念汝至江陵时，诚意可嘉，当使汝诸子无恙。”亮读诏毕，且悲且恨道：“亮受先帝宠眷，得蒙顾托，黜昏立明，无非为社稷计，今欲加亮罪，何患无辞。”未几复有诏使出来，命诛傅亮。赦亮妻子，流徙建安。又收捕羡之子乔之、乞奴及谢晦子世休，一并诛死。逮晦弟谢曒下狱，当时晦闻子弟被诛，尚有讹词，其实曒在狱中，尚未受诛。补叙徐、傅二人死状，是倒戟而出之法。晦既整兵待发，复奉表自讼道：

臣晦言：臣昔蒙武皇帝殊常之眷，外闻政事，内谋帷幄，经纶夷险，毗赞王业，预佐命之勋，膺河山之赏。及先帝不豫，导扬末命，臣与故司徒臣羡之，左光禄大夫臣亮，征北将军臣道济等，并升御床，跪受遗诏，载贻话言，托以后事。臣虽凡浅，感恩自励，送往事居，诚贯幽显，逮营阳失德，自绝宗庙，朝野岌岌，忧及祸难，忠谋协契，殉国忘己，援登圣朝，惟新皇祚。陛下驰传乘流，曾不加疑，临朝殷勤，增崇封爵，此则臣等赤心，已亮于天鉴，远近万邦，咸达于圣旨。若臣等志欲专权，不顾国典，便当协翼幼主，孤负天日，岂复虚馆七旬，仰望鸾旗者哉！故庐陵王于营阳之世，屡被猜嫌，积怨犯上，自贻非命。天祚明德，属当昌运，不有所废，将何以兴！成人之美，春秋之高义，立帝清馆，臣节之所司。耿弇不以贼遗君父，臣亦何负于宋室耶！况衅积阋墙，祸成威逼，天下耳目，岂伊可诬！臣忝居藩任，乃诚匪懈，为政小大，必先启闻，纠剔群蛮，清夷境内，分留弟侄，并待殿省。陛下聿遵先志，申以婚姻，童稚之目，猥荷齿召。荐女遣子，阖门相送，事君之道，义尽于斯。臣羡之总录百揆，翼亮三世，年耆乞退，屡抗表疏，优旨绸缪，未垂顺许。臣亮管司喉舌，恪虔夙夜，恭谨一心，守死善道，此皆皇宋之宗臣，社稷之镇卫。而谗人倾覆，妄生国衅，天威震怒，加以极刑，并及臣门，同被孥戮。元臣翼命之佐，剿于奸邪之手，忠良匪躬之辅，不免夷灭之诛。陛下春秋方富，始览万机，民之情伪，未能鉴悉。王弘兄弟，轻躁昧进，王华猜忌忍害，盗弄威权，先除执政以逞其欲，天下之人，知与不知，孰不为之痛心愤怨者哉！昔白公称乱，诸梁婴胄，恶人在朝，赵鞅入伐，臣义均休戚，任居分陕，岂可颠而不扶，以负先帝遗旨？爰率将士，缮治舟甲，须其自送，投袂扑讨。若天祚大宋，卜世灵长，义师克振，中流轻荡，便当浮舟东下，戮此三竖，申理冤耻，

谢罪阙廷，虽伏锧赴镬，无恨于心。伏愿陛下远寻永初托付之旨，近存元嘉奉戴之诚，则微臣丹款，犹有可察。临表哽慨，不尽欲言！

这篇表文到了宋廷，宋主义隆当然愤怒，当即下诏戒严，命讨谢晦。檀道济已早入都，由宋主面加慰问，且与商讨逆事宜。道济自请效力，且申奏道："臣昔与晦同从北征，入关十策，晦居八九，才略明练，近今少匹。但未尝孤军决胜，戎事殆非所长，臣服晦智，晦知臣勇。今奉命往讨，以顺诛逆，定可为陛下擒晦呢！"道济自愿效力，不出宋主所料。宋主大喜，即召入江州刺史王弘，授侍中司徒，录尚书事，兼扬州刺史。命彭城王义康，都督荆、襄等八州诸军事，兼荆州长史，留都居守。自率六军亲征，命到彦之为前锋，檀道济为统帅，陆续出都，

泝流西进。

先是袁皇后产下一男，形貌凶恶，后令人驰白宋主道：“此儿状貌异常，将来必破国亡家，决不可育，愿杀儿以绝后患！”袁后颇有相术。宋主闻报，不胜惊异，忙至后寝殿中，拨幔示禁，乃止住不杀，取名为劭。祸在此矣。

此时宋主服尚未阕，讳言生子，因戒宫中暂从隐秘，不许轻传。至是已经释服，更因亲征在即，乐得将弄璋喜事，宣布出来。不过说是皇子初生，皇后分娩，尚未满月，特令皇姊会稽公主入内，总摄六宫诸事。这位会稽长公主，系是宋武帝正后臧氏所出，下嫁振威将军徐逵之。逵之战殁江夏，事见第五回。长公主嫠居守节，随时出入宫中，所以宋主命她暂掌宫事。宫廷已得人主持，乃启跸出都，放胆西行。

谢晦也命弟遁领兵万人，与兄子世猷、司马周超、参军何承天等，留戍江陵，自引兵三万人，令庾登之总参军事，由江津直达破冢，舳舻相接，旌旗蔽空。晦临流长叹道：“恨不用此作勤王兵！”谁叫你造反。遂传檄京邑，以入诛三竖为名，顺流至江口，进据巴陵，前哨探得宋军将至，乃按兵待战，会霖雨经旬，庾登之不发一令，但在舟中闲坐。参军刘和之白晦道：“天降霪雨，彼此皆同，奈何不进军速战？”晦乃促登之进兵，登之道：“水战莫若火攻，现在天气未晴，只好准备火具，俟晴乃发。”晦亦以为然，仍逗留不前。登之不愿从反，已见前言，晦乃令参决军事，且信其迂说，智者果如是耶？但使小将陈祐，督刈茅草，用大囊贮着，悬挂帆樯，待风干日燥，充作火具。

延宕至十有五日，天已晴霁，始遣中兵参军孔延秀进攻彭城洲。洲滨已立宋军营栅，由到彦之偏将萧欣，领兵守着。欣怯懦无能，没奈何出来对敌，自己躲在阵后，拥楯为卫。及延秀驱兵杀入，前队少却，他即弃军退走，乘船自遁，余众皆溃。延秀乘胜纵火，毁去营栅，据住彭城洲。彦之闻败，不免心惊。也是个无用人物。诸将请还屯夏口，以待后军。彦之恐还军被谴，留保隐圻，使人促道济会师。道济率众趋至，军始复振。

谢晦闻延秀得胜，复上表要求，语多骄肆，内有枭四凶于庙廷，悬三监于绛阙，申二台之匪辜，明两藩之无罪，臣当勒众旋旗，还保所任等语。看官听着！这表文中所说两藩，一说自己，一说檀道济，他以为道济同谋，必难独免，所以替道济代为解免，哪知辅主西征的大元帅，正是南兖州刺史檀道济。

表文方发，军报已来，说是道济与到彦之合师，渡江前来，惊得谢晦仓皇失措，不知所为。方焦急间，孔延秀亦已败回，报称彭城洲又被夺去。没奈何整军出望，远远见有战舰前来，不过一二十艘，还道是来兵不多，可以无恐。当命各舰列阵以待，呐喊扬威。那来舰泊住江心，并不前来交战，晦亦勒兵不进。

到了日暮，东风大起，来舰四集，前后绵亘，几不知有多少兵船，且处处悬着檀字旗号。蓦闻鼓声大震，来舰如飞而至。这一惊非同小可，慌忙下令对仗，偏部众不战先溃，顷刻四散。晦亦只好还投巴陵。继思巴陵狭小，必不能守，索性夜乘小舟，逃还江陵去了。

前豫州刺史刘粹，调任雍州，奉旨往捣江陵，驰至沙桥，被周超驱兵杀败，退至数十里外。超收军回城，见晦狼狈奔还，才知全军溃败，不由地忧惧交并。晦愧谢周超，嘱令并力坚守，超佯为允诺，竟夜出潜奔，往投到彦之军。

晦失去周超，越加惶急，又闻守兵亦溃，无一可恃，忙与弟遁及兄子世基、世猷，共得七骑，出城北走。遁体肥壮，不能骑马，晦沿途守候，行不得速，才至安陆，为守吏光顺之所执。七个人无一走脱，尽被拘入囚车，解送行在。庾登之、何承天、孔延秀等，悉数迎降。

宋主奏凯班师，入都后敕诛谢晦、谢遁、谢世基、谢世猷，并将谢嚼亦提出狱中，斩首市曹。晦有文才，兄子世基，尤工吟咏，临刑时世基尚吟连句诗道："伟哉横海鳞！壮矣垂天翼！一旦失风水，翻为蝼蚁食！"晦亦不觉技痒，随口续下道："功遂侔昔人，保退无智力，既涉太行险，斯路信难陟。"叔侄吟罢，伸头就戮。迂腐可笑。

忽有一少妇披发跣足，号啕而来，见了谢晦，即抱住晦头，且舐且哭。刑官因刑期已至，劝令让避，该妇乃与晦永诀道："大丈夫当横尸战场，奈何淩籍都市？"晦凄然道："事已至此，不必多说了。"言未已，一声炮响，头随刀落。少妇尚晕仆地上，经从人救她醒来，舁入舆中，疾行去讫。看官道少妇何人？原来是晦女彭城王妃。此妇颇有烈气。

晦既被诛，同党周超、孔延秀等，虽已投降，终究是抗拒王师，罪无可贷，亦令受诛，惟庾登之、何承天等，总算免他一死。宋主加封檀道济为征南大将军，开府仪同三司，兼江州刺史，到彦之为南豫州刺史。此外将士，各赏赉有差。又召还永嘉太守谢灵运，令为秘书监，始兴太守颜延之，令为中书侍郎。既而命左卫将军殷景仁，右卫将军刘湛，与王华、王昙首并为侍中，擢镇西谘议参军谢弘微为黄门侍郎，都人号为元嘉五臣，冠冕一时。

这且慢表。且说魏主焘嗣位以后，休息经年，国内无事，忽报柔然入寇，攻陷云中。那时魏主焘不好坐视，当然督兵赴援。这柔然国系匈奴别种，先世有木骨闾，曾为魏主远祖代王猗卢骑卒，因坐罪当斩，遁居沙漠，生子车鹿会，很有勇力，召集番人，成一部落，号为柔然，即以木骨闾为氏，转音叫作郁久闾。六传至社仑，骁悍有智，与魏太祖拓跋珪同时。两雄相遇，免不得互启战争，拓跋珪卒破社仑。社仑奔至漠北，并有高车，兼灭匈奴余种，气焰益盛，自号“豆代可汗”。“可汗”二字，就是中国人所称的皇帝，“豆代”二字，乃是驾驭开张的意思，尝南向侵魏，欲报前败。社仑死后，兄弟继立，篡杀相寻，从弟大檀，先统西方别部，入靖国乱，自号纥升盖可汗，寓有制胜的意义，承兄遗志，复来攻魏。且闻魏主新立，意存轻视，竟率众六万骑，大举入云中。

魏主焘兼程驰救，三日二夜，趋至盛乐，盛乐是北魏旧都，已被大檀夺去，大檀复纵骑来战。兵多势盛，围绕魏主至五十余重，魏兵大惧，独魏主焘神色自若，亲挽强弓，射倒柔然大将于陟斤。柔然兵不战自乱，再经魏主麾兵力击，得将大檀击退。魏主焘收复盛乐，还至平城，再遣将士五道并进，追逐大檀出漠北，杀获甚多，方才班师。叙述柔然源流，笔不苟略。魏主焘因他无知，状类虫豸，改号柔然为蠕蠕。越年，夏主勃勃病殁，长子璝先死，次子昌嗣立。魏尝称勃勃为屈丐，意在卑辱勃勃，但勃勃凶狡善兵，颇亦为魏所惧。至是闻勃勃已死，因欲乘机伐夏，群臣请先伐蠕蠕，然后西略，独太常博士崔浩请先伐夏。魏相长孙嵩道：“我若伐夏，大檀必乘虚入寇，岂不可虑？”浩驳道：“赫连残虐，人神共弃，且土地不过千里，我军一到，彼必瓦解。蠕蠕新败，一时未敢入寇，待他来袭，我已好奏凯归来了！”魏主焘与浩意合，决计西征，乃遣司空奚斤率四万五千人袭蒲阪，将军周几袭陕城，用河东太守薛谨为向导，向西进发。魏主焘自为后应，行次君子津，适遇天气暴寒，河冰四合，遂率轻骑二万渡河，掩袭夏都统万城。夏主昌方宴集群臣，蓦闻魏兵掩至，惊扰得了不得，慌忙撤去筵席，号召兵将，由夏主亲自督领，出城拒战。看官！你想这仓猝召集的部众，怎能敌得过百战雄师？一经交锋，便即败溃。夏主昌匆匆走还，城未及闭，已被魏将豆代田麾轻骑追入，直逼西宫，纵火焚西门。宫门骤闭，代田恐被截住，逾垣趋出，仍还大营。魏主焘尚在城外，见代田回来，面授勇武将军，再分兵四掠，俘获万计，得牛马十余万头。会夏主昌复登陴拒守，兵备颇严。魏主焘乃语诸将道："统万城坚，尚未可取，且俟来年再举，与卿等共取此城便了。"遂掠夏民万余人而还。

时周几已攻破弘农，逐去守吏曹达。几入弘农，一病身亡，由奚斤代统各军，进攻蒲阪。守将乙斗，即遁往长安。长安留守赫连助兴，为夏主弟，见乙斗来奔，也弃城奔往安定，
大好关中，被奚斤唾手取去。易得易失，也有定数。

北凉王沮渠蒙逊、氐王杨盛子玄，闻魏兵连捷，并皆惶恐，各遣使至魏，纳贡称藩。北凉及氐详见后文。魏主焘当然喜慰，更命军士伐木阴山，大造攻具，再谋伐夏。可巧夏主遣弟平原公定，率众二万，进攻长安，与魏帅奚斤，相持数月，未见胜负。魏主焘仍用前策，拟乘虚往袭统万，简兵练士，部分诸将，命司徒长孙翰及常山王拓跋素等，陆续出发。自督骑兵继进，至拔邻山，舍去辎重，径率轻骑三万人，倍道先行。群臣俱劝阻道："统万城非旦夕可下，奈何轻进？"魏主笑道："兵法以攻城为最下，不得已出此一策；若与步兵攻具，同时俱进，彼必坚壁以待。我攻城不下，食尽兵疲，进退无路，如何了得！不如用轻骑直薄彼都，再用羸形诱敌，彼或出战，定可成

擒。试想我军离家，已二千余里，又有大河相隔，全靠着一鼓锐气，来求一战，置诸死地而后生，便在此一举了！”番主却亦能军。遂扬鞭急进，分兵埋伏深谷，但用数千人至城下。

夏主昌飞召平原公定，叫他还援。定命使人返报，请夏主坚守，俟擒住奚斤，便即还救。夏主依议施行。适夏将狄子玉缒城出降，报明定计。魏主焘即命退军，军士稍稍迟慢，立加鞭扑，又纵使奔夏，令报魏军虚实。夏主闻魏兵无继，且乏辎重，便督众出击。要中计了。

魏主焘且战且走，夏兵分作两翼，鼓噪追来，约行五六里，突遇风雨骤至，扬沙走石，天地晦冥，魏宦官赵倪颇晓方术，亟白魏主道：“今风雨从贼上来，彼顺风，我逆风，天不助人，愿陛下速避贼锋！”道言未毕，崔浩在旁呵叱道：“你说甚么？我军千里远来，赖此决胜，贼贪进不止，后军已绝，我正好发伏掩击，天道无常，全凭人事作主呢！”

魏主连声称善，再诱夏兵至深谷间，一声鼓号，伏兵齐起。魏主焘分为两队，抵挡夏兵，复一马当先，突入夏兵阵内。夏尚书斛黎文，持槊刺来，魏主焘揽辔一跃，马失前蹄，身随马仆。危乎险哉。斛黎文见魏主坠马，即下马来捉魏主，亏得魏将拓跋齐上前急救，大呼“勿伤我主！”一面说，一面拦住斛黎文，拼死力斗。斛黎文未及上马，那魏主已腾身跃起，拔刀刺毙斛黎文。复乘马驰突，杀死夏兵十余人，身中数箭，仍然奋击不止。魏兵俱一齐杀上，夏兵大败。

夏主昌欲逃回城中，偏被魏主绕出马前，截住去路，没奈何拨马斜奔，逃往上邽去了。魏司徒长孙翰率八千骑追夏主昌，直至高平，不及乃还。魏主焘乘胜攻城，城中无主，立即溃散，当由魏兵拥入，擒住文武官吏及后妃公主宫女，不下万人。只夏主母由夏将拥出，西奔得脱。此外马约三十余万匹、牛羊约数千万头，均为魏兵所得，还有府库珍宝，车旗器物，不可胜计。小子有诗叹道：

雄踞西方建夏都，一传即被索头驱；
可怜巢覆无完卵，男作俘囚女作奴！

魏主焘既得统万城，亲自巡阅，禁不住叹息起来。究竟为着何事，且看下回便知。

谢晦举兵，上表自讼，看似振振有词，曾亦思废立何事，弑逆何罪，躬冒大不韪之名，尚得虚词解免乎？夫贤如霍光，犹难免芒刺之忧，卒至身后族灭。谢晦何人，乃思免责。叛军一举，便即四溃，晦叛君，晦众即叛晦，势有必至，无足怪也。赫连勃勃乘乱崛起，借凶威以据西陲，祸不及身，必及其子。赫连昌之为魏所制，虽曰不乃父若，要亦勃勃之贻祸难逃耳。故保身在义，保国在仁，仁义两失，未有不身死国亡者也。观此回而益信云。

第十回　逃将军弃师中虏计
亡国后侑酒作人奴

却说魏主焘巡阅夏都，见他城高基厚，上逾十仞，下阔三十步，就是宫墙亦备极崇隆，内筑台榭，统皆雕镂刻画，饰以绮绣，不禁喟然叹道："蕞尔小国，劳民费财，一至于此，怎得不亡呢！"可为后鉴。遂将所得财物分给将士，留常山王素镇守统万，自率众还平城。所有男女俘虏悉数带归。夏太史令张渊、徐辩，颇有才学，仍命为太史令。故晋将军毛修之，前被夏掳，见第六回。至是复为魏所俘，因他善解烹调，用为大官令。夏后、夏妃没入掖庭。夏公主数人，内有三女生成绝色，统是赫连勃勃所出，魏主焘召纳后宫，迫令侍寝。红颜力弱，只好勉抱衾裯，轮流当夕，魏主特降恩加封，俱号贵人。其父可名为丐，其女如何骤贵？寻且进册赫连长女为继后，这且不必细表。

惟魏主焘因奚斤在外，日久劳师，特召令北还。斤上书答复，力请添兵灭夏，乃命宗正娥清，太仆邱堆，率兵五千，进略关右，援应奚斤；复拨精兵万人，马三千匹，发往军前。赫连定闻统万失守，更见魏兵日增，也奔往上邽，奚斤追赶不及，乃进军安定，与娥清、邱堆合兵，拟再进取上邽。偏是天气不正，马多疫死，营中亦渐渐乏粮，一时不便再进，但深垒自固，遣邱堆督课民间，勒令输粟，士卒又四出劫掠，不设儆备。夏主昌伺隙掩击，杀败邱堆。堆收残骑还安定城，夏兵又时至城下抄掠，令魏军不得刍牧。

奚斤颇以为忧，监军侍御史安颉道："赫连昌轻率寡谋，往往自出挑战，若伏兵掩击，定可擒他。"斤以粮少马乏为辞，安颉道："今日不战，明日又不战，粮愈少，马愈乏，死在旦夕，还想破敌么？"斤尚欲静守待援，颉知他无能，自与将军尉眷密议，选骑以待。果然夏主昌自来攻城，当先督阵，颉与尉眷纵骑杀出，奋力搏战，适大风骤起，尘沙飞扬，魏兵乘风驰突，专向夏主前杀去。夏主料不可敌，情急返奔，被颉策马追上，槊伤夏主坐骑，夏主昌坠落马下，魏兵活捉而归。夏兵除死伤外，悉数遁去。

安颉、尉眷押夏主昌至平城，魏主焘却优礼相待，惟爵会稽公，令居西宫门内。昌仪容颇伟，又娴骑射，为魏主所爱宠，便将妹子始平公主给与为妻。掳人妻妹，却以己妹偿之，好算特别报酬。且尝与出猎逐鹿，深入山谷。群臣恐昌有异心，一再进谏，魏主道："天命有归，何必顾虑！"仍昵待如初。封安颉为建威将军，兼西平公，尉眷为宁北将军，兼渔阳公。

奚斤以功出偏裨，引为己耻，探得夏主弟赫连定，自上邽奔平凉，僭号称帝，便赍三日军粮，率兵击定。定设伏邀击，大破魏军，擒去奚斤，并及他将娥清、刘拔。太仆邱堆输辎重至安定，闻斤等被擒，弃去辎重，还奔长安。夏主定乘胜进逼，邱堆又弃城奔蒲阪。

魏主闻报，立命安颉往斩邱堆，代领部众，控御夏兵。且又欲督军出讨，会闻柔然寇边，乃先击柔然，星夜北驱，直抵栗水。柔然酋长大檀，不及抵御，自毁庐舍，仓皇西走，部落四散。魏主分军搜讨，俘获甚众，进至涿邪山，惧有伏兵，乃引军南归。大檀一蹶不振，愤悒而死。子吴提嗣立，号“敕连可汗”，番语称神圣为“敕连”，他亦自知衰弱，遣人至平城朝贡，向魏乞和。魏主得休便休，许为北藩，北方已算征服了。

先是宋主义隆嗣位，曾遣使如魏修好，魏亦遣使报聘。及魏主将伐柔然，正值魏使北归，述宋主语，索还河南，否则将发兵攻取云云。魏主大笑道：“龟鳖小竖，有何能为？我若不先灭蠕蠕，转使腹背受敌了。今日北征，他日南伐未迟！”崔浩又从旁怂恿，乃决计北行，果得征服柔然，马到成功。凯旋后，加授浩为侍中，特进抚军大将军，凡遇军国大事，必先咨浩，然后施行。

宋元嘉七年春季，宋主义隆特选甲卒五万，命右将军到彦之，安北将军王仲德、兖州刺史竺灵秀，并为统领，泛舟入河。使骁骑将军段宏，率骑兵八千，直指虎牢，豫州刺史刘德武，领兵万人继进，皇从弟长沙王刘义欣，即道怜长子。统兵三万，监督征讨诸军事，出镇彭城。先遣殿前将军田奇使魏。传语魏主道：“河南是我宋地，故遣兵修复旧境，与河北无涉。”

魏主焘勃然道：“我生发未燥，已闻河南属我，奈何前来相侵？必欲进军，悉听汝便，看汝能夺我河南否？”遂遣奇返报，一面使群臣会议。众请出兵三万，先发制人，并诛河北流民，绝宋向导。独崔浩进议道：“南方卑湿，入夏水涨，草木蒙密，地气郁蒸，容易生疫，不利行师；若彼果能北来，我正可以逸待劳，俟他疲倦，然后出击，那时秋高马肥，因敌取食，才不失为万全计策呢！”魏主素来信浩，便按兵不发。

嗣由南方诸将，一再上表，乞派兵助守，并请就漳水造舰，为御敌计，朝臣统是赞成。更想出一法，谓宜署司马楚之、鲁轨、韩延之为将帅，使他招诱南人。楚之等入魏分见上文。崔浩又谏阻道："楚之等为宋所忌，今闻我悉发精兵，大造舟舰，欲存立司马氏，诛除刘宗，他必全国震骇，拚死来争，我徒张虚声，反召实害，岂非大谬！况楚之等皆纤利小才，止能招合无赖，断不能成就大功，徒使我兵连祸结，有何益处！"见地原胜人一筹。魏主未免踌躇，浩更援据天文，谓"南方举兵，实犯岁忌，定必不利，我国尽可无忧！"

魏主不欲违众，命造战舰三千艘，调幽州以南戍兵，会集河上，且授司马楚之为安南大将军，封琅琊王出屯颍川。宋右将军到彦之等，自淮入泗，适值淮水盛涨，逆流而上，每日止行十里，自孟夏至孟秋，始至须昌，未免沿途逗留，否则亦未必至此。乃泝河西上。到了碻磝，魏兵已撤戍北归，再进滑台，也只留一空城，又趋向洛阳虎牢，统是城门大开，并无一个魏卒。彦之大喜，命朱修之守滑台，尹冲守虎牢，杜冀守金墉，余军入屯灵昌津，列守南岸，直抵潼关。大众统有欢容，惟王仲德有忧色，语诸将道："诸君未识北土情伪，必堕狡计。胡虏仁义不足，凶狡有余，今敛戍北归，并力完聚，待至天寒冰合，必将复来，岂不可虑？"彦之等尚似信未信，说他多心。是谓之愚。

才过月余，天气转寒，魏主焘大举南侵，令冠军将军安颉督护诸军，来击彦之。彦之遣裨将姚耸夫等渡河接战，哪里挡得住魏军，慌忙退还，麾下已十亡五六。颉乘胜逾河，攻金墉城，城中乏粮，宋将杜冀南遁，城遂被陷。洛阳已拔，又移军攻虎牢。守将尹冲忙向彦之处求援。彦之令裨将王蟠龙率军援应，行至七女津，被魏将杜超截击，阵斩蟠龙。尹冲闻援军败没，便与荥阳太守崔模，迎降魏军虎牢又复失去。

彦之自魏兵南渡，畏缩得很，逐日退师，还保东平，且上表宋廷，请速派将添兵。宋主义隆命征南将军檀道济，都督征讨诸军事，出兵伐魏，魏亦续遣寿光侯叔孙建，汝阴公长孙道生越河南下，接应安颉。到彦之闻魏军大至，道济未来，不禁惶急异常，便欲引退，将军垣护之贻书谏阻，谓宜令竺灵秀助守滑台，更督大军进趋河北。彦之怎肯听从，且拟焚舟步走。

王仲德进言道："洛阳既陷，虎牢自不能守，这是应有的事情；今我军与虏相距，不下千里，滑台尚有强兵，若遽舍舟南走，士卒必散，愚意谓且引舟入济，再定行止。"彦之乃督率舰队，自清河入济南。才至历城，闻报魏兵追来，慌忙焚舟弃甲，登岸徒步，一溜风似的逃还彭城。何不改姓为逃。竺灵秀也弃了须昌，南奔湖陆，青、兖大震。

长沙王义欣誓众戒严。将佐恐魏兵大至，劝义欣委镇还都，义欣慨然道："天子命我镇守彭城，义当与城存亡，奈何弃去？"如君才不愧一义字。遂坚持不动，人心稍定。

魏兵东至济南，济南城内兵不满千，太守萧承之用了一个空城计，开门以待。魏人疑有伏兵，探望多时，始终不敢进城，相率退去。叔孙建入攻河陆，竺灵秀弃军遁走。

各败报传入宋都，宋主大怒，命诛灵秀，收击到彦之、王仲德，下狱免官。仲德似尚可贷。迁垣护之为北高平太守，旌赏直言，并促檀道济速救滑台。

道济自清河进兵，为魏将叔孙建、长孙道生所拒，先后三十余战，多半得胜。转战至历城，被叔孙建等前后邀击，焚去刍粮，遂不得进，魏将安颉、司马楚之等得并力攻滑台。朱修之坚守数月，援绝粮空，甚至熏鼠为食，魏又使将军王慧龙助攻，眼见得城池被陷、修之成擒。

檀道济食尽引还，魏叔孙建得宋降卒，讯知道济乏食还军，即趋兵追赶。将及宋军，宋军大惧，道济却不慌不忙，择地下营，夜令军士唱筹量沙，贮作数囤，用米少许遮盖囤上，摆列营前。到了黎明，魏兵前哨探视，见米囤杂列，不胜惊讶，忙报知叔孙建。叔孙建闻道济有粮，还道是降卒妄言，喝令处斩，率骑士逼道济营，道济令军士被甲随着，自己白服乘舆，从容出来，向南徐走。叔孙建疑为诱敌，不敢进击，反且引退，道济得全军而回。宋将中应推此人。

魏主已攻克河南，饬安颉旋师。安颉系归朱修之，魏主嘉他固守，拜为侍中，妻以宗女。司马楚之请再举伐宋，魏主不许，召楚之为散骑常侍，令王慧龙为荥阳太守。慧龙在郡十年，农战并修，声威大著，宋主义隆使人往魏，散布谣言，但称慧龙功高位下，积怨已久，有降宋背魏等情。魏主不信，宋主复遣刺客吕玄伯，往刺慧龙。玄伯诈为降人，投入荥阳，被慧龙搜出匕首，纵使南归，且笑语道：“彼此各皆为主，我不怪汝！”玄伯感泣请留，慧龙竟留侍左右，待遇甚优。后来慧龙病殁，玄伯代为守墓，终身不去，这也好算做豫让第二了。褒中寓贬。

且说夏主赫连定战败魏军，擒住魏帅奚斤等，据有关中，声势复盛，尝遣使至宋，约同攻魏，共分魏地。魏主焘正拟出兵讨夏，闻报大怒，遂亲赴统万城，进袭平凉，夏主方出居安定，引兵还救，途中遇魏将古弼，便即交战。古弼佯退，引夏主入伏中，杀得夏兵东倒西歪，斩首至数千级。夏主走保鹑觚原，命余众结一方阵，抵御魏兵。魏将古弼纵兵环集，又由魏主遣将尉眷等，来助古弼。两军相合，把鹑觚原围住，截断夏兵粮道，连樵汲都无路可通。夏兵又饥又渴，乌亦乏草可食，没奈何下鹑觚原，突围出走。夏主定从西面杀出，正遇魏将尉眷截住，一场死斗，方得杀开一条血路，奔往上邽，所有夏主弟乌视拔秃骨及公侯以下百余人，一古脑儿被魏人擒去。

魏兵乘胜攻安定，夏将东平公乙斗，竟弃了安定城，遁入长安，嗣复西奔上邽，往依赫连定去了。

那平凉城为魏主所攻，经旬未下，夏上谷公杜干，广阳公度洛弧婴城固守，专望夏主定来援，魏主使赫连昌招降，亦不见从，乃掘堑营垒，督兵围攻。相持至一月有余，杜干等已是力尽，且闻夏主定败奔上邽，无从得援，没奈何开城出降。

魏将豆代田先驱入城，掳得夏宫中后妃，并在狱中择出奚斤等人，送交魏主。魏主大喜，入城安民，置酒高会，令豆代田就座左席，位出诸将上，并呼奚斤至前道："全汝生命，赖有代田，汝宜膝行奉酒，方可报德。"奚斤不敢违命，只好捧觞至代田前，屈膝奉饮。代田起座接受，一饮而尽。魏主又命将夏后释缚，唤她侑宴，令就代田处斟酒。代田见她低眉半蹙，泪眼微红，一种娇愁态度，令人暗暗生怜，便起禀魏主道："她也是一个主母，望陛下稍稍顾全！"魏主微笑道："你爱她么？我便把她赐你便了。"代田喜出望外，出座拜谢，及酒阑席散，便将夏后领去，享受美人滋味，越宿又接到诏敕，晋封井陉侯，加散骑常侍右卫将军，既邀艳福，复沐宠荣，真个是喜气重重，得未曾有了。只难为了赫连定，叫他作元绪公。

平凉既下，长安一带复为魏有，魏主留巴东公延普镇安定，镇西将军王斤镇长安，自率各军还平城。那夏主定仅保上邽，所有故土多半失去，自思东隅难复，不如改辟西境，还可取彼偿此，再振雄图。

当时陇西有西秦国，系鲜卑种族，初属苻秦，苻秦败亡，乞伏国仁，据有凉州、临洮、河州，自称大单于，领秦、河二州牧。国仁死，弟乾归嗣，尽有陇西地，始称秦王，历史上号为西秦。乾归为兄子公府所弑，公府复为乾归子炽磐所杀，炽磐并吞南凉秃发氏，秃发傉檀为西秦所灭事见晋史。拓地益广。传子暮末，屡与北凉战争，师财劳匮，众叛亲离。暮末不得已向魏乞降，魏遣将往迎暮末，暮末焚城邑，毁宝器，率部民万五千人东行。道出上邽，正值夏主定有心西略，便出兵邀击。暮末不敢争锋，退保南安，夏主定令叔父韦伐，驱兵进逼，即将南安城围住。城中无粮可依，人自相食，秦侍中出连辅政，乞伏国祚及吏部尚书乞伏跋跋，逾城奔夏。暮末窘急万状，只好面缚舆榇，出城请降。

夏将韦伐把暮末送至上邽，又将乞伏氏宗族五百余人，悉数擒献，当被夏主定严刑屠戮，杀得一个不留。危亡在即，还要如此惨虐，安得不自速其死！复驱秦民十余万口，自治城渡河，欲夺北凉疆土，作为根据。不意吐谷浑吐读如突，谷读如欲。王慕璝骤发劲骑三万人前来袭击，顿令这痴心妄想的赫连定，从此了结，一命呜呼。

吐谷浑也是鲜卑支派，远祖名叫谷吐浑，为晋初鲜卑都督慕容廆庶兄，旧居辽西。迁往阴山，再传至孙叶延，颇好学问，用王父字为氏，故国号吐谷浑。又三传至阿豺，据有并、氐、羌地方数千里，自称骁骑将军沙州刺史。宋景平初年，通使江南，进献方物，宋少帝封为浇河公，未及拜受。至宋主义隆入嗣，始受册命。阿豺有子二十人，临死时，命诸子各献一箭，共得二十支。又召母弟慕利延入帐，令他取折一箭，应手而断，更命把十九箭总作一束，再使取折，慕利延费尽腕力，不损分毫。阿豺顾语子弟道："汝等可共视此箭，孤单易折，众厚难摧，愿汝等勠力同心，保全社稷！"至理名言，不可勿视。言讫即逝。

弟慕璝嗣立，奉表至宋，宋封为陇西公，慕璝又遣使通魏，魏亦封为大将军。至是闻夏主西来，遂遣慕利延等率骑三万，沿河截击，乘着夏兵半济，奋杀过去。夏兵大半溺死，夏主定拖泥带水，登岸飞逃，偏被敌骑逾河追至，七手八脚，把他拖去。当下置入囚车，献与慕璝，慕璝又遣侍郎谢太宁，押定送魏。魏主焘即令斩定，且嘉奖慕璝，加封为西秦王。

既而赫连昌亦叛魏西走，为河西军将格毙，并收捕赫连昌子弟，一并诛夷。夏传三主而亡，勃勃子孙，被诛殆尽。小子有诗叹道：

> 侈言徽赫与天连，勃勃改姓赫连即本此意。三主相传廿六年；
> 虎父不能生虎子，平城流血几成川。

夏已灭亡，上邽为氐王所据，自称都督雍、凉、秦三州军事，且发兵进窥汉中，与宋构衅。欲知详情，俟下卷说明。

宋主欲规复河南，何不先用檀道济，而乃命怯懦无能之庸帅，侥幸一试，痴望成功？魏兵之不战而退，明明是欲取姑与之谋，譬如鸷鸟搏食，必先敛翼，然后一往无前。王仲德虽尚能料事，顾亦徒托空言，未尝预备。至于魏兵再下，宋师屡败，始用檀道济以援应之，晚矣！道济之唱筹量沙，古今传为奇计，但只能却敌，不能破敌，大好中州，终沦左衽，嗟何及耶！赫连兄弟，先后就擒，男作俘囚，女作妾媵，未始非勃勃残恶之报。赫连定已经授首，赫连昌尚属幸存，受魏封爵，娶魏公主，假令安分守己，不生异图，则赫连氏何至无后？乃复叛魏西走，卒至全族诛夷，凶人之后，其果无噍类也乎！

第十一回　破氐帅收还要郡
杀司空自坏长城

却说关陇南面，有一胜地，叫作仇池，地方百顷，平地起凸，四面斗绝，高约七里有奇，统是羊肠曲道，须经过三十六个回峰，力登绝顶。上面水草丰美，且可煮盐，向为氐族所据。东汉末年，氐族头目，姓杨名腾，占据此地。其孙名千万，称臣曹魏，受封百顷王，再传至杨飞龙，势渐强盛，晋封他为平西将军。飞龙无嗣，养外甥令狐茂搜为子，茂搜冒姓杨氏，又三传至杨初，自号仇池公。曾孙名纂，为苻秦所灭。苻秦败亡，杨氏遗族杨定，亡奔陇右，收集旧众千余家，仍据仇池，徙居历城，距仇池二十里，与山东之历城不同。夺取天水、略阳等地，僭称陇西王，后为西秦王乞伏乾归所杀。从弟杨盛，留守仇池，自称仇池公，出略汉中，向晋称藩，晋封盛为征西大将军，兼仇池王。宋主篡晋，复封盛为车骑将军，晋爵武都王。盛仍奉晋正朔，尚沿用义熙年号。

元嘉二年，盛病将死，授遗嘱与子玄道："我年已老，当终为晋臣，汝宜善事宋帝。”玄涕泣受命，及盛没后，向宋告哀，始用元嘉正朔。宋令玄仍袭父爵，玄又通好北魏，受封征南大将军兼南秦王。才越四年，又复病剧，召弟难当入，语道：“今国境未宁，正须抚慰，我子保宗，年尚冲昧，烦弟继承国事，毋坠先勋！”难当固辞，愿辅立保宗。至玄死发丧，难当果不食言，立保宗为嗣主。偏是难当妻姚氏，密语难当道：“国险未平，应立长君，奈何反事孺子呢？”妇人专喜播弄是非。难当听信妇言，竟将保宗废去，自称都督雍、凉、秦三州军事，兼征西大将军秦州刺史武都王。

可巧赫连族灭，上邽空虚，他即命子顺收取上邽，充任留守。又授保宗为镇南将军，使戍宕昌。保宗谋袭难当，事泄被拘。难当又欲并吞汉中，伺隙思逞。补叙详明。

会梁州刺史甄法护，刑政不修，宋主特遣刺史萧思话代任，思话尚未莅镇，那杨难当又乘机先发，调拨兵将，径袭梁州。甄法护本来糊涂，一切兵备，统已废弛，蓦闻氐众到来，吓得魂驰魄散，慌忙挈领妻孥，逃出城外，奔投洋州。氐众当然入城。

萧思话到了襄阳，接得梁州失守的消息，忙遣司马萧承之率五百人前进，长史萧汪之率五百人为后应。看官听着！这萧承之就是后来齐太祖的父亲，前为济南太守，曾用空城计却魏。事见前回。此次调任汉中太守，偕思话东行，兼充行军司马。既奉思话军令，作为前驱，自思随兵太少，应该沿途招募，便陆续收集丁壮，约得千人，乃进据磝头。

杨难当焚掠汉中，引众西还，留将军赵温居守梁州，温令魏兴太守薛健据黄金山，副守姜宝据铁城。铁城与黄金山相对，仅隔里许，斫树塞道，阻截宋军。萧承之遣阴平太守萧坦，进攻二戍，扫除芜秽，长驱直达，先拔铁城，继下黄金山，杀得薛健、姜宝大败而逃。赵温亲自出马，来攻坦营，坦又出兵奋击，舞刀先进，左斫右劈，杀死氐众数十人。后面兵士随上，搅破温阵，温知不可当，狼狈遁去。坦亦受创，退归大营养疴，承之另遣司马锡文祖，往戍黄金山。后队萧汪之亦至，还有平西将军临川王刘义庆，即道规继子，见第七回。方出镇荆州，也遣将军裴方明，带兵三千，来助思话。思话派参军王灵济，率偏师出洋川，进向南城。氐将赵英，据险扼守，为灵济所破，将英擒住。南城空虚，无粮可因，灵济引军退还，与承之合师。

承之督令诸军追击氐众，行抵汉津，但见两岸遍布敌营，中通浮桥，步骑杂沓，戈戟森严，料知有一场恶斗，乃立营布阵，从容待战。极写承之。那敌营中的统帅，乃是杨难当子杨和，会集赵温、薛健等人，据津拒敌，兵约万余。既见宋军到来，便麾众来攻，环绕承之行营，至数十匝。承之开营逆战，因与敌接近，弓箭难施，只好各用短刀，上前力搏。偏氐众尽穿犀甲，刃不能入，承之急命将士截断长矟，上系大斧，横砍过去，每一动手，砍倒氐兵十余人，氐众抵敌不住，纷纷溃散。杨和等逃回寨中，放起一把无名火来，将所有营帐及所筑浮桥，尽行毁去，退保大桃。

既而萧思话、裴方明等一齐驰至，与承之并力进攻，连战皆捷，不但将大桃敌众，悉数逐走，就是梁州亦唾手取来。从前杨盛时候，略汉中地，夺去魏兴、上庸、新城三郡，至是且尽行克复，汉中全境，无一氐人。杨难当恐宋军入境，慌忙上表谢罪，宋主义隆方下诏赦宥。令萧思话镇守汉中，加号宁朔将军。召萧承之还都，令为太子屯骑校尉，收逮甄法护下狱，赐令自尽。此外有益州贼赵广，秦州贼马大玄，先后作乱，俱得荡平，这也无容细表。

且说魏主焘既得河南，分兵戍守，加授崔浩为司徒，长孙道生为司空。道生平素俭约，得一熊皮为毯，数十年不易，魏主尝使歌工作颂，有“智如崔浩，廉如道生”二语。浩更劝魏主偃武修文，征求世胄遗逸，得范阳人卢玄、博陵人崔绰、赵郡人李灵、河间人邢颖、渤海人高允、广平人游雅、太原人张伟等，各授中书博士。惟崔绰以母老为辞，不肯受官。浩又改定律令，除四岁五岁刑律，增一年刑，授议亲议贵议功诸例，凡官阶九品以上，得酌量减免，妇人当刑而孕，概令延期，待产后百日，始按律取决。阙下悬登闻鼓，使冤民得诣阙伸诉，击鼓上闻，舆情翕服，国内称治。一面欲通好江左，息争安民，乃请命魏主，令散骑侍郎周绍南来，至宋聘问，并乞和亲。宋主含糊作答，但遣使臣魏道生报聘，嗣是两国使节，往来不绝。

魏主立子晃为太子，又派散骑常侍宋宣至宋，为太子求婚，宋主仍然支吾对付，卒无成议，惟南北和好，约得十余年，好算是魏主的美意。应该使南人领情。

宋主义隆闻魏主求贤恤民，也下了几道劝农举才的诏敕，无如亲贵擅权，吏胥舞法，就使有几个遗贤耆老，怎肯冒昧出山，虚縻好爵。武帝时，尝召武阳人李密为太子洗马，密愿终养祖母刘氏，上了一篇陈情表，决意辞征。作者误，此系晋武帝。武帝只好收回成命，许令终养。还有谯郡戴逵子颙，承父遗训，雅好琴书，屡征不起；南阳人宗炳，与妻罗氏，并隐江陵，亦终不就征。他如广武人周续之、临沂人王弘之、鲁人孔淳之、枝江人刘凝之等，均立志高尚，迭经宋廷召用，并皆固辞。最著名的是寻阳陶渊明先生，他名潜，字元亮，系晋大司马陶侃曾孙，晋季曾为彭泽县令，郡遣督邮至县，故例应束带迎见，渊明慨然道："我不能为五斗米折腰！"乃解组自归。随赋《归去来辞》，自明志趣。门前种五柳树，因作《五柳先生传》，为己写照。妻翟氏亦与同志，偕隐栗里，渊明前耕，翟氏后锄，并安勤苦，不慕荣利。宋司徒王弘，为江州刺史时，尝使渊明友人庞通之赍着酒肴，邀他共饮。渊明嗜酒，欣然应召，入座便饮。俄顷弘至，渊明只自饮酒，不通姓名，既醉即去。平时所著文章，必书年月，但在晋义熙以前，尝署年号，一入宋初，惟署甲子，隐寓不事宋室的意思。宋主义隆正拟遣发征车，适渊明病殁，方才罢议，后世号渊明为靖节先生。叠叙高人，以愧干禄之士。

王弘闻讣，亦叹息不置。元嘉九年，弘进爵太保，才阅月余，亦即逝世。王华、王昙首又皆病终。荆州刺史彭城王义康已入任司徒，录尚书事，至是因元老丧亡，遂得专握政权。领军将军殷景仁升任尚书仆射，太子詹事刘湛升任领军将军。湛本为景仁所引，既沐荣宠，却暗忌景仁。且前时曾为彭城长史，与义康有僚佐情，遂格外巴结义康，想将景仁挤排出去。是谓小人。偏偏景仁深得主心，更加授中书令兼中护军。湛未得加官，但命兼任太子詹事，湛益愤怒，与义康并进谗言，诋毁景仁。宋主始终不信，待遇景仁，反且加厚。景仁亦知刘湛排己，尝对亲旧叹息道："引虎入室，便即噬人！"乃托疾辞职，累表不许，但令他在家养疴。湛尚不能平，拟令兵士诈为劫盗，夜入景仁私第刺杀景仁。谋尚未发，偏有人传报宋主，宋主亟令景仁徙居西掖门，使近宫禁，因此湛计不行。宋主既知湛阴谋，何不立加穷治，乃使其连害骨肉耶？

嗣是义康僚属，及湛相知的友人，潜相约勒，无敢入殷氏门。独彭城王主簿刘敬文，有父名成，尚向景仁处求一郡守。敬文得悉，忙至湛第，长跪叩首，湛惊问何因？敬文呜咽道："老父悖耄，就殷家干禄，竟出敬文意外。敬文不知豫防，上负生成，阖门惭惧，无地自容！为此踵门请罪。"无耻已极。湛徐答道："父子至亲，奈何不先通知，此次且不必说，下次须要加防！"敬文听了，如遇皇恩大赦一般，又捣了几个响头，方才辞出。作者亦太挖苦。

后将军司马庾炳之，颇有才辩，往来殷、刘二家，皆得相契，暗中却输忠宋主。宋主屡使炳之传达密命，往谕景仁，景仁虽称疾不朝，仍然有问必答，密表去来，俱令炳之代达，刘湛全然未知，但闻炳之出入殷家，也还道是探问疾病，不加猜疑。此等处何独放心？

嗣因谢灵运得罪被收，宋主怜他多才，拟加赦宥。彭城王义康听刘湛言，说他恃才傲物，犯上作乱，定须置诸重典，乃流戍广州。究竟灵运有何逆迹，待小子略略叙明。

灵运前曾蒙召为秘书监，见第九回。使整理秘阁书籍，补足阙文，且命他撰述晋书。他尝挟才自诩，意欲入朝参政，不料应召以后，但教他职司翰墨，未免心下怏怏，所以奉命撰史，不过粗立条目，日久无成。及迁任侍中，朝夕引见，或陈诗，或献字，宋主尝称为二宝，辄加叹赏。惟总不令他参预朝纲，因此灵运益觉不平，时常称疾不朝。有时出郭游行，兼旬不返，既未表闻，又不请假，廷臣啧有烦言。宋主亦嫌他不守官方，讽令辞职，灵运始上表陈疾，奉旨东归。

族父谢方明，为会稽太守，灵运即往省视，与方明子惠连相见，大加赏识。又与东海人何长瑜、颍川人荀雍、泰山人羊璇之，诗酒倡和，联为知交，惠连亦得与列，称为四友。谢氏本为名族，灵运得先世遗资，畜养僮奴数百人，又得门生数百，同游山泽间，穷幽极险，伐木开径，百姓惊扰，目为山贼。可巧会稽太守，换了一个新任官，叫作孟觊，觊迷信佛教，灵运独面讽道："得道须慧业文人，公生天当在灵运前，成佛必在灵运后。"觊深恨此言，遂与灵运有隙，上书奏讦。灵运原是多嘴，孟觊亦觉逞刁。

灵运忙诣阙自讼，得旨令为临川内史。一行作吏，仍然游放自若，为有司所纠劾，遣使逮治，偏他抗衡不服，竟将来使执住，且作诗道："韩亡子房奋，秦帝鲁连耻，本自江海人，忠义感君子。"这诗一传，有司越加借口，称为逆迹昭著，兴兵捕住灵运，请旨正法。还是宋主特别垂怜，连义康面奏诸词，都未听从，才得免死流粤。也是灵运命运该绝，又有人奏

了一本，说他私买兵器，纠结健儿，欲就三江口起事。那时宋主只好割爱，饬令在广州弃市。看官！你想灵运是个文人，怎能造反？无非是文辞狂放，触怒当道，徒落得身首异处，贻恨千秋呢！实是一种文字狱。

未几又由刘湛主谋，要把那宋室长城，凭空毁坏。真个是谗人罔极，妨功害能，说将起来，可痛！可恨！当时宋室良将，首推檀道济，自历城全师退归，进位司空，仍然还镇寻阳。即江州。左右心腹，并经百战，有子数人，如给事黄门侍郎檀植，司徒从事中郎檀粲、太子舍人檀隰、征北主簿檀承伯、秘书郎檀遵等，又皆秉受家传，才具卓荦。功高未免震主，气盛益足陵人，朝廷已时加疑忌，留意豫防。会宋主寝疾，历久不愈，刘湛密语义康道："宫车倘有不测，余无足忧，最可虑的是檀道济。"义康道："君言甚是，应如何预先处置？"湛答道："莫如召他入朝，

但托言索虏入寇，要他来都面议，如欲乘此除患，便容易下手了。”

义康点首称善，入白宋主，请召道济入朝。宋主神疲意懒，无暇问明底细，但模糊答应了一声，义康遂飞诏驰召。

道济接到诏敕，即整装起行，妻向氏语道济道：“震世功名，必遭人忌，今无故相召，恐不免及祸哩！”颇有见识，但奉召不入，亦属非是。道济道：“诏敕中说有边患，不得不赴，谅来亦无甚妨碍，卿可放心！”言为心声，可见道济存心不贰。随即启程入都。

及至建康，与义康等晤谈，义康谓索虏已退，只是主疾可忧。道济遂入宫问疾，见宋主却是狼狈，略略慰问，便即趋出。嗣是宋主病势，牵缠不退，道济只好在都问安，计自元嘉十二年冬季入都，直至次年春暮，始见宋主少瘥，乃辞行还镇。方才下船，忽有中使驰至，谓圣躬又复不安，仍命他返阙议事。道济不敢不依，还入都城，甫至阙下，忽由义康出来，指示禁军，拿下道济，且令他跪听宣敕，旁边趋出刘湛，即捧敕朗读道：

檀道济阶缘时幸，荷恩在昔，宠灵优渥，莫与为比，曾不感佩殊遇，思答万分，乃空怀疑贰，履霜日久。元嘉以来，猜阻滋结，不义不昵之心，附下罔上之事，固已暴之民听，彰于远迩。谢灵运志凶辞丑，不臣显著，纳受邪说，每相容隐，又潜散金货，招诱剽猾逋逃，必至实繁弥广，日夜伺隙，希冀非望。镇军将军王仲德，往年入朝，屡陈此迹，朕以其位居台铉，预班河岳，弥缝容养，庶或能革。而乃长恶不悛，凶慝遂遘，因朕寝疾，规肆祸心。前南蛮行参军庞延祖，具悉奸状，密以启闻。夫君亲无将，刑兹罔赦，况罪衅深重，若斯之甚，便可收付廷尉，肃正刑书，事止元恶，余无所向。特诏！

道济听毕诏书，不禁大愤，张目注视刘湛，好似电闪一般。转思已落人手，多言无益，索性脱帻投地道："乃坏汝万里长城！"说着，即起身自投狱中。那阴贼险狠的刘湛，竟怂恿义康，收捕道济诸子，令与乃父一同牵出，骈首都市。还有随从道济的参军薛彤，一体收斩。又遣尚书库部郎顾仲文、建武将军茅亨，领兵至寻阳，捕系道济妻向氏，少子夷、邕、演等及参军高进之，悉置死刑。道济有子十一人，统遭骈戮，诸孙亦死，只留邕子孺一人，使续檀氏宗祀。何罪至此？薛彤、高进之，皆有勇力，为道济所倚任，时人比为关羽、张飞。魏人闻道济被诛，私自庆贺道："道济一死，吴人均不足畏了！"小子走笔至此，也不禁为道济呼冤。即自录一诗道：

百战经营臣力多，无端谗构起风波。
都门脱帻留遗恨，坏汝长城可奈何！

义康与湛既冤杀檀道济，宋主病亦渐愈。忽有前滑台守将朱修之，自虏中逃归，替燕求援。欲知燕国详情，容至下回再叙。

萧承之力破氐众，为萧氏篡刘之滥觞，故本回特别叙明；志功首，即所以记祸始也。刘湛列元嘉五臣之一，而二王迭逝，彭城秉政，乃隐结义康，以排殷景仁，始联殷而得主宠，继倾殷而欲自专，小人变诈，几不胜防，无怪景仁之引为长叹也。谢灵运之被诛，当时谓其逆迹昭著，而史官独以恃才凌物，为其致祸之由，诚有特见。灵运一文人耳，吟诗遣忌，锻炼深文，刑重罚轻，已为可悯。檀道济以不世之功，罹不测之祸，自坏长城，冤无从诉。乃知陶靖节之归隐柴桑，自耽松菊，其固有加人一等者欤！本回连类汇叙，彰瘅从公，益可见下笔之不苟云。

第十二回　燕王弘投奔高丽
魏主焘攻克姑臧

却说燕主冯弘为后燕中卫将军冯跋弟。跋尝得罪后燕，亡命山泽。后燕主慕容熙即慕容宝之叔。淫荒失德，跋即乘势作乱，推慕容氏即慕容宝。养子高云为主，弑慕容熙。云自称天王，寻复遇弑，由跋代定国乱，继为燕主，定都龙城，史家称为北燕。魏遣使臣于什门至燕，敕令称藩，冯跋不从，拘住于什门，迫令投降。什门不屈，跋亦不肯遣归，魏遂与燕有隙，屡次鏖兵。既而冯跋病剧，命太子翼摄政，跋妃宋氏，欲立亲子受居，迫翼退居东宫。跋弟弘乘间入阁，便即篡位，跋竟惊死。弘杀太子翼及跋子弟百余人。

魏主焘再督兵伐燕，连败燕兵，燕尚书郭渊劝弘送款献女，向魏求和。弘摇首道："负衅在前，结怨已深，就使屈志降敌，也未必保全，不如另图别计。"乃再行调兵，与魏相持，魏降将朱修之系怀祖国，因魏主自出攻燕，拟与前时被俘诸南人，联络起事，往袭魏主，事成归宋。当下商诸毛修之，毛修之亦系宋臣，被掳多年，甘心事魏，不肯相从。同名不同姓，同迹不同心，我为一叹。毛修之被掳见第六回。朱修之恐他泄谋，逃奔入燕。燕主弘遣令归宋，乞师北援，因即沉海南行，仍返故都。看官！你想此时的彭城王义康及领军将军刘湛，方自坏长城，冤杀良将，还有何心去援北燕，再伐北魏！朱修之替燕求救，徒托空言，惟得了一个官职，充任黄门侍郎，没奈何蹉跎过去。

魏主焘闻南人谋变，引兵西还，燕得苟延旦夕。不意内讧复起，反召外侮，遂令冯弘自取危祸，从此败亡。

原来弘妻王氏生有三子，长名崇，次名朗，又次名邈；妾慕容氏生子王仁。及弘已篡国，以妾为妻，竟立慕容氏为后，王仁为太子。崇受封长乐公，出镇辽西，朗与邈私议道："今国家将亡，无人不晓，我父又听慕容氏谗言，恐我兄弟要先遭惨祸了，不如先走为是。"乃同奔辽西，劝兄降魏。嫡庶相争，非乱即亡，弘之得国也在此，其失国也亦在此，可谓天道好还。崇遂使邈赴魏都，举郡请降。

冯弘闻三子卖国，勃然大怒，立遣部将封羽往讨。崇再向魏求救，魏授崇为车骑大将军，兼幽、平二州牧、封辽西王，食辽西十郡。更派永昌王拓跋健、左仆射安原，往援辽西，进攻龙城。拓跋健到了辽西，探得燕将封羽在凡城驻兵，便遣裨将楼勃，率五千骑兵往攻，封羽不战即降，凡城复为魏有。

冯弘大惧，不得已遣使至魏，情愿纳女求成。魏主焘索还于什门，且令燕太子王仁为质，方许罢兵。弘乃遣于什门归燕，什门在燕二十一年，终不屈节，魏主比为苏武，拜治书御史。惟弘子王仁，仍未遣往，由魏使征令入朝。弘钟爱少子，当然迟疑，更兼宠后慕容氏从旁阻挠，掩袖工啼，牵袍揾泪，惹得这位燕王弘倍加怜惜，宁可亡国，不肯割爱。小不忍，则乱大谋。

散骑常侍刘滋入谏道："从前蜀刘禅依山为固，吴孙皓据江为城，后来顿为晋俘，可见得强弱不同，终难幸免。今魏比晋强，我且不如吴蜀，若不从魏命，恐速危亡，还请陛下暂舍太子，令他入魏。一面修政治，抚百姓，收离散，赈饥穷，劝农桑，省赋役，维持国本，返弱为强，那时魏主亦不敢轻视，太子自得重归了。"计划甚是。道言未绝，弘已拍案道："你也有父子情谊，难道教朕送儿就死么？"滋亦抗声道："陛下遣子往魏，子未必死，国家可保；否则危亡在即，不但失一太子呢！"弘更大怒道："逆臣咒诅朕躬，罪无可赦，左右快将他绑出朝门，斩首报来！"左右一声遵旨，便将刘滋绑出，一刀了命。可与龙逢、比干共传不朽，故本书不肯略过。

随即叱还魏使，另遣使至建康，称藩乞援。宋廷称他为黄龙国，会燕使赍还诏书，封弘为燕王，但未尝出师相救，弘

料不可恃，再命部将汤烛，奉贡魏都，托言太子有疾，故未遣质。魏主焘知他饰词，下诏逐客。先命永昌王拓跋健等伐燕，割取禾稼，继命骠骑大将军乐平王拓跋丕，镇东大将军徒河、屈垣等，带领骑兵四万，直捣龙城。弘闻报大惧，亟备牛酒犒师。魏将屈垣先到城下，由弘遣发部吏，牵羊担酒，犒劳魏兵，并令太常卿杨峄求和。屈垣道："汝国不送侍子，所以我军前来；如果悔罪投诚，速将侍子献出，不得迟延！"杨峄唯唯而还。屈垣待了一日，未见复音，乃纵兵大掠，虏得男女六千余口。未几拓跋丕亦至，麾兵薄城。燕主弘既忧外侮，复舍不得膝下宠儿，害得彷徨失措，昼夜不安。没奈何再遣杨峄出城，限期送入侍子，求他退兵。拓跋丕总算应允，许以一月为期，自率四万骑兵及所掠人口，从容退去。转眼间限期已满，弘仍未践约，杨峄一再入劝，弘答道："我终不忍出

此，万一事急，不如东投高丽，再图后举。”嵴对道：“魏用全国兵力，来压我国，理无不克，高丽也是异族，始虽相亲，终必为变，不可不防！”燕臣非无智虑。弘终不从，密遣尚书阳伊，东往高丽，请发兵相迎。阳伊未返，魏师又来，弘又向魏进贡方物，愿送侍子入质。魏主焘到了此时，却不肯应许了，魏平东将军娥清，安西将军古弼，奉魏主命，率精骑万人，杀入燕境，再檄平州刺史拓跋婴，调集辽西诸军，一齐会合，鼓行而进，攻陷白狼城，入捣燕都。凑巧燕尚书阳伊也乞得高丽兵将数万人来迎燕主，进屯临川。燕尚书令郭生不欲东迁，骤开城门纳魏兵。魏兵疑他有诈，未敢径入，郭生竟勒兵攻弘。弘急引高丽将葛卢、孟光入城，与生交锋。生中箭倒毙，余众奔散。葛卢、孟光乘势掠取武库，搬出甲胄刀械，颁给高丽兵士。高丽兵易去旧褐，焕然一新，且见城中人民殷实，索性任情打劫，彻夜不休。燕民何辜！燕主弘遂迫民东徙，纵火焚去宫阙，但携细软什物，出城启行。令后妃宫人被甲居中，阳伊率兵外护，葛卢、孟光殿后，方轨并进，绵亘八十余里。

魏将古弼因高丽兵众，立营自固，作壁上观。至燕主东行，弼正举酒独酌，陶然忘情。忽由部将高苟子入报，请率骑兵追击燕人，弼已含有醉意，拔刀斫案道：“谁敢打断老夫酒兴，如再多言，便即斩首！”高苟子伸舌而退。弼醉后就寝，翌日始醒，闻燕主已经遁去，始有悔意，乃率兵驰入龙城，据实奏报。不到数日，即有槛车到来，责弼拥兵纵寇，把他拘去，并召还娥清，一律加罪，黜为门卒。另派散骑常侍封拨，驰诣高丽，饬他送弘入魏。

高丽王高琏不肯送弘，但复书魏都，谓当与冯弘俱奉王化。魏主焘恨他违命，拟发兵进讨，还是乐平王丕上书规谏，方才罢议。弘到了高丽，由高琏遣人郊劳道："龙城王冯君，远来敝郊，敢问士马劳苦否？"弘且惭且愤，还要摆着皇帝架子，使人赍着诏书，谯让高琏，太不自量。高琏未免动怒，不许入城，但令弘寓居平郭，嗣复徙往北丰。弘侈然自大，政刑赏罚，独行独断，仍与在龙城时相似，惹得高琏怒上加怒，竟遣发骑士，驰至北丰，夺去冯弘侍臣，并把他太子王仁一并拘去。令人一快。

看官试想！这冯弘为了爱子娇妻，甘心弃国，此时仍弄到父子生离，哪得不悲愤交集？当下再遣密使，奉表宋廷，哀求援助，宋主遣吏王白驹等往迎冯弘，且饬高琏给资遣送。高琏益加愤恨，索性差了两员大将，一是孙漱，一是高仇，带了数百兵士，至北丰杀死冯弘并弘子孙十余人。慕容后如何下落，可惜史中未详。

北燕自冯跋篡立，一传即亡。高琏阳谥弘为昭成皇帝，但说他因病暴亡，浼王白驹返报宋主。宋主原不过貌示怀柔，既闻冯弘病殁，也就罢休，不复追诘了。

魏主焘既灭北燕，乃进图北凉。北凉沮渠氏世为匈奴左沮渠王，以官为姓。后凉主吕光，背秦自立，用那沮渠罗仇为尚书，后凉兴灭，见《两晋演义》。出伐西秦，竟致败绩。吕光归罪罗仇兄弟，将他处斩，罗仇从子蒙逊，起兵报怨，推太守段业为凉州牧，自为部将，击败后凉，擒住吕光侄吕纯。段业遂自称凉王，用蒙逊为尚书左丞，历史上称为北凉。蒙逊功高权重，为业所忌，出为西平太守，因密约从兄男成，谋共除业。男成亦辅业有功，不从蒙逊计议，蒙逊先谮男成，令业赐男成自尽，然后托词纠众，为兄报仇。阴害从兄，为弑主计，仁义安在？遂攻入凉州，弑了段业，自为大都督大将军凉州牧，兼张掖公。至后凉为后秦所灭，令南凉主秃发傉檀据守姑臧，蒙逊击走傉檀，即将姑臧夺来，作为国都，挈族迁居，加号河西王。嗣又破灭西凉，得地更广。蒙逊灭西凉见第七回。尝遣使通好江南，迭受册封，又遣子安周入侍北魏，魏亦遣官授册。两头讨好，计亦甚狡。僭号至二十余年，免不得骄淫起来。

西僧昙无谶自言能使鬼治病，且有秘术，为蒙逊所信重，尊为圣人，令诸女及子妇，皆往受教。恐他是肉身说法。魏主焘独信道教，甚嫉释徒，闻蒙逊礼事西僧，遂遣尚书李顺，往征无谶。蒙逊抗命不遣，因此失魏主欢。李顺屡至姑臧，蒙逊渐不为礼，甚至箕踞上坐，受书不拜。顺正色道："齐桓公九合诸侯，一匡天下，周天子赐祚，命无下拜。桓公犹谨守臣道，下拜登受。今王不及齐桓，我朝又未尝谕王免拜，乃反骄蹇无礼，莫非轻视我朝不成！"这一席话，说得蒙逊神色悚惶，方起拜受诏。

顺辞行归魏，魏主问焘及凉事，顺答道："蒙逊控制河右，将三十年，粗识机谋，绥集荒裔，虽不能贻厥孙谋，尚足传及一世。惟礼为德舆，敬为德基，蒙逊无礼不敬，死期将至，不出一两年，就当毙命了。"魏主复问道："易世以后，何时当灭？"顺又道："蒙逊诸子，臣皆见过，统是庸才，惟敦煌太守牧犍，较有器识，继位必属此人，但终不及乃父，这乃是天授陛下呢。"魏主喜道："能如卿言，朕当记着！"果然过了一年，北凉遣使告哀，说是蒙逊已殁，由世子牧犍嗣位。魏主谓李顺道："卿言已验，看来朕取北凉，亦当不远了。"乃进授安西将军，仍令他赍送封册，拜牧犍为凉州刺史兼河西王。

牧犍有妹兴平公主，曾由魏主求为夫人，蒙逊前已允诺，尚未遣送，至是牧犍奉父遗命，特派右丞李繇送妹入魏，得册为右昭仪。魏主亦愿将亲妹武威公主嫁与牧犍，牧犍仍遣李繇迎归。彼此联姻，共敦睦谊，总道是亲戚关系，可以无虞，偏魏主征令牧犍子封坛，入侍左右。牧犍虽然不愿，也只好惟命是从。且因魏使李顺，仍然往来，特厚加馈赂，托他斡旋，所以魏主欲依顺前言，加兵北凉，均经顺婉言劝止，暂免兵戈。

忽有老人在敦煌东门投入书函，函中写着："凉王三十年若七年。"守吏得书，视为奇事，四处寻觅老人，并无下落，乃将原书呈献牧犍。牧犍也是不懂，召问奉常张慎，奉常宦官。慎答道："臣闻虢国将亡，有神降莘，愿陛下崇德修政，保有三十年世祚；若好游畋，耽酒色，臣恐七年以后，必有大变。"可作警铎。牧犍听了，很是不乐。

原来牧犍有嫂李氏，色美好淫，牧犍兄弟三人，均与通奸，惟妇人格外势利，对着牧犍，特别加媚，大得牧犍欢心，独王后拓跋氏即武威公主。看不过去，常有怨言。李氏遂与牧犍姊密商，寘毒食中，谋毙王后。牧犍姊何故通谋，莫非想做鲁文姜么？幸拓跋氏稍稍进食，便觉腹痛，自知遇毒，即令内侍飞报魏主。魏主猋急遣解毒医官，乘传往救，始得告痊。医官还报魏主，魏主又传谕牧犍，索交李氏，牧犍与李氏结不解缘，怎肯将她献出，佯对魏使，将李氏黜居酒泉，其实是辟窟藏娇，仍与往来。

魏主再遣尚书贺多罗至凉州，探伺牧犍举动。多罗返报，谓牧犍外修臣礼，内实乖悖，魏主乃更问崔浩。浩答道："牧犍逆萌已露，不可不诛！"于是大集公卿，会议出师。自奚斤以下三十余人，统说牧犍心虽未纯，职贡无阙，朝廷待以藩臣，妻以公主，原为羁縻起见，今罪恶未彰，应加恕宥。且北凉土地卤瘠，难得水草，若往攻不下，野无所掠，反致进退两难，不如不讨为是。魏主因李顺常使北凉，复详加咨询。顺至北凉已有十二次，前时亦尝得蒙逊赂遗，及牧犍嗣立，赠馈加厚，乃伪语道："姑臧附近一带，地皆枯石，野无水草，城南天梯山上，冬有积雪，深至丈余，春夏消释，下流成川，居民引以灌溉。若我军往讨，彼必决通渠口，泄去积水，并且无草可资，人马饥渴，如何久留！奚斤等所言，不为无见，还请陛下三思！"

魏主召入崔浩，与述众议，浩对众辩论道："《汉书·地理志》曾谓凉州畜产，素来饶富，若无水草，畜何由蕃？且前人筑造城郭，建设郡县，定有地利可因，难道无水无草，尚可立足么？如谓人民汲饮，全恃雪水，试想雪水消融，仅足敛尘，何能通渠灌溉？似此妄言，只可欺人，何能欺我！"数语道破，不啻亲睹。李顺又接口道："眼见是真，耳闻是假，我尝亲见，何必多辩！"浩厉声道："汝受人金钱，便以为我目不见，乐得替人掩饰么？"顺被浩说出心病，禁不住满面羞惭，低首而退。奚斤亦即趋出。

振威将军伊馥独留白魏主道："凉州若果无水草，凉人如何立国？众议皆不可用，请从浩言！"魏主乃治兵西郊，下敕亲征，留太子晃监国，宜都王穆寿为辅。又使大将军嵇敬，率二万人屯漠南，防御柔然，自率大军登程。传诏北凉，数牧犍十二罪，结末有数语道："汝若亲率群臣，委贽远迎，谒拜马首，尚不失为上策；至六军既临，面缚舆榇，已是下策；倘执迷不悟，困死孤城，自甘族灭，为世大戮，乃真正无策了。"

牧犍受诏不报，魏主遂由云中渡河，至上郡属国城，部分诸军，命永昌王拓跋健、尚书令刘洁，与常山王拓跋素为先锋，两道并进，乐平王拓跋丕，阳平王杜超为后继，用平西将军秃发源贺为向导。源贺系秃发傉檀子，入魏拜官，由魏主询问征凉方略，源贺答道：“姑臧城旁，有四部鲜卑，均系祖父旧民，臣愿处军前，宣扬威信，他必相率归命。外援既服，取孤城如反掌了。”魏主称善。源贺沿途招慰，收得诸部三万余人，魏军得专攻姑臧。永昌王拓跋健掠得河西畜产二十余万头，北凉大震。

牧犍向柔然求救，柔然路远不至，乃遣弟董来领兵万人，出战城南，略略争锋，便即溃退。牧犍婴城固守，魏主亲自督攻，见姑臧附近，水草甚饶，顾语崔浩道：“卿言已验，可恨李顺欺朕！”浩答道：“臣原不敢虚言呢。”魏主又遣使入城，谕令牧犍速降，牧犍还未肯应命，等到城中内溃，兄子万年，领众降魏，牧犍乃无法可施，面缚出降。计自牧犍嗣位至此，正满七年。回应老人书中语。

120. 魏主但诘责数语，仍令释缚，以妹婿礼相待。一面统军入城，收抚户口二十余万，所得仓库珍宝不可胜计。又使张掖王秃发保周、龙骧将军穆罴等，分徇诸部，杂胡闻风降附，又得数十万人。魏主遂留乐平王丕及征西将军贺多罗，镇守凉州，命牧犍带领宗族及吏民三万户，随归平城，北凉遂亡。

尚有牧犍弟无讳、宜得、安周等，前曾分戍沙州、酒泉、张掖等处，至此为魏军所攻，相继奔散。无讳又收集遗众，更取酒泉，由魏主再遣永昌王健，督军往讨。无讳穷蹙，方才请降。魏授无讳为征西大将军兼酒泉王，又封万年为张掖王。

无讳复有异志，再经魏镇南将军尉眷往击，无讳食尽，与弟安周西走鄯善。鄯善王比龙怯走，城为无讳所据。无讳兄弟又还据高昌，遣部吏氾隽奉表宋廷。宋封无讳为征西大将军河州刺史河西王，都督凉、河、沙三州军事。无讳病死，弟安周继得宋封，仍袭兄职，后为柔然所并。

万年调任冀、定二州刺史，复坐谋叛罪赐死，就是牧犍父子留居平城，忽被魏人告讦，说他隐蓄毒药，姊妹皆为左道，朋行淫佚，毫无愧颜。终为西僧所误。魏主遂将沮渠昭仪，勒令自尽，也怕做元绪公么？并令司徒崔浩赐牧犍死，诛沮渠氏宗族数百人。惟牧犍妻武威公主，系是魏主胞妹，才得保全。小子有诗叹道：

休言婚媾本相亲，隙末凶终反丧身；
才识丈夫应自立，事功由己不由人。

魏主已灭北凉，大河南北，尽为魏有，只有一氐王杨难当，尚据上邦，一隅仅保，免不得同就灭亡。欲知后事，再阅下回。

北燕、北凉，兴亡之迹不同，而其因女色而亡也则同。冯弘以妾为妻，偏爱少子，沮渠、牧犍以叔盗嫂，下毒正妃，卒皆得罪强邻，同归覆灭。故弘之有妾慕容氏牧犍之有嫂李氏，实皆燕凉之祸水，而以美色倾人家国者也。然冯弘之得国也，由于乃兄之宠宋夫人，嫡庶相争，因乱窃位，故其受报也亦在于宠妾；沮渠、牧犍之嗣国也，由于乃父之谮杀男成，昆季相戕，托名报怨，故其受报也即在于艳嫂。报应之来，迟早不爽，阅者观于燕、凉之遗事，有以知亡国之由来矣。

第十三回　捕奸党殷景仁定谋　露逆萌范蔚宗伏法

却说氐帅杨难当，自梁州兵败，保守己土，不敢外略，每年通使宋魏，各奉土贡。过了年余，复自称大秦王，立妻为王后，世子为太子，也居然大赦改元。释出兄子杨保宗，使镇薰亭。魏主焘闻难当僭号，即命乐平王拓跋丕、尚书令刘絜等，率军进讨。先遣平东将军崔颐赍奉诏书，往谕难当，难当大惧，情愿将上邽归魏，令子顺引还仇池。魏主才算允议，但饬拓跋丕入上邽城，抚慰初附，全军还朝。

看官听着！从前东晋时代，五胡并起，迭为盛衰，先后凡十六国，二赵前赵、后赵。四燕前燕、后燕、南燕、北燕。三秦前秦、后秦、西秦。五凉前凉、后凉、南凉、西凉、北凉。还有成夏，到了晋亡宋兴，只有夏赫连氏、北燕冯氏、北凉沮渠氏，尚算存在。魏主焘连灭三国，灭夏见第九回，灭燕灭凉见前回。于是窃据一方的酋长，刬除殆尽。总计十六国的土地，惟李雄据蜀称成，三传为晋所灭，中经谯纵攻取，复由刘裕克复。见第四回。裕篡晋祚，蜀亦由晋归宋，此外统为北魏所并，所以中国疆域，宋得三四，魏得六七，两国对峙，划分南北，后世因称为南北朝。总揭数语，为上文结束，俾阅者醒目。

魏以此时为最盛，威震塞外。就是西域诸国，如龟兹、疏勒、乌孙、悦般、渴槃陀、鄯善、焉耆、车师、粟特九大部落，先后入贡。远如破落那、者舌二国，去魏都约万五千里，亦向魏称臣，极西如波斯，极东如高丽，统皆服魏，独柔然不服，经魏主屡次出师，逐出漠北，部落亦渐渐离散，不敢入犯。魏主焘乃专意修文，命司徒崔浩、侍郎高允，纂修国史，订定律历；尚书李顺，考课百官，严定黜陟。顺素性贪利，未免受贿，品第遂致不平，魏主察破赃私，并忆及前时保庇北凉，面欺误国等情，索性两罪并发，立赐自尽；仕途为之一肃。

惟当时有嵩山道士寇谦之，宗尚道教，自言遇老子玄孙李谱文，授以图籍真经，令佐辅北方太平真君，因将神书献入魏主。魏主转示崔浩，浩竟拟为河图洛书，极言天人相契，应受符命，说得魏主欣慰无似，下诏改元，称为太平真君元年。即宋元嘉十七年。尊寇谦之为天师，立道场，筑道坛，亲受符箓。谦之请魏主作静轮宫，高约数仞，使鸡犬无闻，才可上接天神。崔浩在旁怂恿，工费巨万，经年不成。崔浩为北魏智士，奈何迷信异端？太子晃入谏道："天人道殊，高下有定，怎能与神相接？今耗府库，劳百姓，无益有损，不如勿为。"魏主不听，一意信从寇谦之。

这且慢表。且说宋主义隆素好俭约，尝戒皇后袁氏服饰毋华，袁后亦颇知节省，得宋主欢。惟后族寒微，不足自赡，每由后代求钱帛，接济母家。宋主虽然照允，但不肯多给，每约钱只三五万缗，帛只三五十匹，后来选一绝色丽姝，纳入后宫，大得宋主宠爱，不到数年，便加封至淑妃，与皇后止差一级。这淑妃姓潘，巧笑善媚，有所需求，辄邀宋主允许。袁皇后颇有所闻，故意转托潘妃，向宋主索求三十万缗。果然片语回天，求无不应，仅隔一宿，即由潘妃报达袁后，如数给发。袁皇后佯为道谢，暗中却深怨宋主，并及潘妃。往往托病卧床，与宋主不愿相见。

宋主得新忘旧，把袁皇后置诸度外，每日政躬有暇，即往西宫餐宿。潘淑妃产下一男，取名为浚，母以子贵，子以母贵，潘淑妃越加专宠，宋主义隆亦越觉垂怜。区区老命，要在她母子手中送死了。古人有言，蛾眉是伐性的斧头，况宋主本来羸弱，自为潘淑妃所迷，越害得精神恍惚，病骨支离；一切军国大事，统委任彭城王义康。

义康外总朝纲，内侍主疾，几乎日无暇晷，就是宋主药食，必经义康亲尝，方准献入。友爱益笃，倚任益专，凡经义康陈奏，无不允准。方伯以下，俱得义康选用，生杀予夺，往往由录命处置，义康录尚书事，见十一回。势倾远近，府门如市。义康聪敏过人，好劳不倦，所有内外文牍，一经披览，历久不忘，尤能钩考厘剔，务极精详。惟生平有一极大的坏处，不学无术，未识大体。他自以为兄弟至亲，不加戒慎，朝士有才可用，并引入己府，又私置豪僮六千余人，未尝禀报，四方献馈，上品概达义康，次品方使供御。宋主尝冬月啖柑，嫌它味劣，义康在侧，即令侍役至己府往取，择得甘大数枚，进呈宋主，果然色味俱佳，宋主不免动了疑心。还有领军刘湛，仗着义康权势，奏对时辄多骄倨，无人臣礼，宋主益觉不平。殷景仁密表宋主，谓相王权重，非社稷计，应少加裁抑，宋主也以为然。

义康长史刘斌、王履、刘敬文、孔胤秀等，均谄事义康，见宋主多疾，尝密语义康道："主上千秋以后，应立长君。"这句话是挑动义康，明明有兄终弟及，情愿拥立义康的意思。可巧袁皇后一病不起，竟尔归天，宋主悼亡念切，也累得骨瘦如柴，不能视事。原来宋主待后，本来恩爱，不过因潘妃得宠，遂致分情。袁皇后愤恚成疾，竟于元嘉十七年孟秋，奄奄谢世。临终时由宋主入视，执袁后手，唏嘘流涕，问所欲言。袁后不答一词，但含着两眶眼泪，注视多时，既而引被覆面，喘发而亡。宋主见了袁后死状，免不得自嗟薄幸，悲悔交乘，特令前中书侍郎颜延之作一诔文，说得非常痛切，益使宋主悲不自胜，尝亲笔添入抚存悼亡感今怀昔八字，特诏谥后为元，哀思过度，旧恙复增，既有今日，何必当初？好几日不进饮食，遂召义康入商后事，预草顾命诏书。义康还府，转告刘湛。湛说道："国势艰难，岂是幼主所可嗣统？"义康流涕不答，湛竟与孔胤秀等就尚书部曹索检晋立康帝故例，康帝系成帝弟，事见晋史。意欲推戴义康，其实义康全未预闻。哪知宋主服药有效，得起沉疴，渐渐闻知刘湛密谋，总道是义康串同一气，疑上加疑。义康欲选刘斌为丹阳尹，宋主不允，义康倒也罢议，偏刘湛从旁窥察，引为己忧，不幸母又去世，丁艰免职，湛顾语亲属道："这遭要遇大祸了！"汝亦自知得罪么？

先是殷景仁卧疾五年，常为刘湛等所谗毁，亏得宋主明察，不使中伤。及湛免官守制，景仁遽令家人拂拭衣冠，似将入朝，家人统莫明其妙。到了黄昏，果有密使到来，立促景仁入宫。景仁戴朝冠，服朝衣，应召趋入，见了宋主，尚自言脚疾，由宋主指一小床舆，令他就坐，密商要事。看官道为何因？就是要收诛刘湛，黜退义康的密谋。景仁一力担承，便替宋主下敕，先召义康入宿，留止中书省。待至义康进来，时已夜半，复开东掖门召沈庆之。庆之为殿中将军，防守东掖门，蓦闻被召，猝着戎服，缚裤径入。宋主惊问道：“卿何故这般急装？”庆之答道：“夜半召臣，定有急事，所以仓猝进来。”宋主知庆之不附刘湛，遂命他捕湛下狱，与湛三子黯、亮、俨及湛党刘斌、刘敬文、孔胤秀等。

时已天晚，当即下诏暴湛罪恶，就狱诛湛父子及湛党八人。一面宣告义康，备述湛等罪状。义康自知被嫌，慌忙上表辞职，有诏出义康为江州刺史，往镇豫章，进江夏王义恭为司徒，录尚书事。义康待义恭到省，便即交卸，入宫辞行。宋主惟对他恸哭，不置一言，义康亦涕泣而出。宋主遣沙门慧琳送行，义康问道：“弟子有还理否？”慧琳道：“恨公未读数百卷书！”义康尚将信将疑，怅怅辞去。梦尚未醒。

骁骑将军徐湛之系是帝甥，为会稽长公主所出，公主嫁徐逵之见第九回。至是亦坐刘湛党，被收论死。会稽长公主闻报，仓皇入宫，手中携一锦囊，掷置地上，囊内贮一衲布衫袄，取示宋主，且泣且语道：“汝家本来贫贱，此衣便是我母与汝父所制，今日得一饱餐，便欲杀我儿么？”宋主瞧着，也不禁泪下。这衲布衫袄的来历，系是宋武微贱时，由臧皇后手制，臧后薨逝，留付公主道：“后世子孙，如有骄奢不法，可举此衣相示。”公主奉了遗嘱，因将此衣藏着，这次正好取用，引起宋主怅触，乃将湛之赦免。

吏部尚书王球，素安恬淡，不阿权贵，独兄子履为从事中郎，深结刘湛，往来甚密，球屡戒不悛。及湛在夜间被收，履闻变大惊，徒跣告球，球从容自若，命仆役代为取鞋，且温酒与宴，徐徐笑问道：“我平日语汝，汝可记得否？”履附首呜咽，不敢答言。球见他觳觫可怜，方道："有汝叔在，汝怕什么？但此后须要小心！"履始泣谢。越日诏诛湛党，履果免死，但褫夺官职，不得再用。球却得进官仆射，受任未几，即称疾乞休，卒得令终。热中者其视之。

宋主命殷景仁为扬州刺史，仍守本官，尚书刘义融为领军将军。又因会稽长公主的情谊，特任徐湛之为中护军，兼丹阳尹。会稽长公主入宫道谢，由宋主留与宴饮，相叙甚欢。公主忽起，离座下拜，叩首有声。宋主不知何意，慌忙下座搀扶，公主悲咽道："陛下若俯纳愚言，方敢起来。"宋主允诺，公主乃起，随即说道："车子岁暮，必不为陛下所容，今特替他请命！"说着，泪如雨下，宋主亦觉欷歔，便与公主出指蒋山道："公主放心，我指蒋山为誓，若背今言，便是负初宁陵！"即宋武陵。公主乃破涕为欢，入座再饮，兴尽始辞。看官欲问车子为谁？车子就是彭城王义康小字。宋主又将席间余酒封赐义康，并致书道："顷与会稽姊饮宴，记及吾弟，所有余酒，今特封赠。"义康亦上表谢恩，无容絮述。

惟殷景仁既预诛刘湛，兼领扬州，忽致精神瞀乱，变易常度。冬季遇雪，出厅观望，愕然失色道："当阁何得有大树？"寻复省悟道："我误了！我误了！"遂返寝卧榻，呓语不休。才阅数日，一命呜呼！或说是刘湛为祟，亦未知真否，小子未敢臆断，宋主追赠司空，赐谥文成，扬州刺史一缺，即授皇次子始兴王浚。

宋主长子名劭，已立为太子，次子浚年尚幼冲，偏付重任，州事一切，悉委任后军长史范晔，主簿沈璞。晔字蔚宗，具有隽才，后汉书百二十卷，实出晔手，几与司马迁、班固齐名。惟素行佻达，广置妓妾，常为士论所鄙。晔尚谓用不尽才，屡怀怨望。宋主爱他才具，令为扬州长史，嗣又擢任左卫将军，兼太子詹事，与右卫将军沈演之，分掌禁旅，同参机密。吏部尚书何尚之，入谏宋主道："范晔志趋异常，不应内任，最好是出为广州刺史，距都较远，免致生事，尚可保全。若在内构衅，终加铁锧，是陛下怜才至意，反不能慎重如始了！"宋主摇首道："方诛刘湛，复迁范晔，人将疑朕好信谗言，但教知晔性情，预为防范，他亦怎能为害呢！"忠言不听，终致误事。尚之不便再言，只好趋退。

彭城王义康出镇江州，越年表辞刺史，乃令都督江、处、广三州军事。前龙骧将军扶令育，诣阙上书请召还义康，协和兄弟，偏偏触动主怒，下狱赐死。宋主始终疑忌义康，只因会稽长公主在内维持，义康还得无恙。公主又因竟陵王义宣，衡阳王义季年已寝长，未邀重任，亦尝与宋主谈及，请令出镇上游。宋主不得已任义宣为荆州刺史，义季为南兖州刺史，已而复调义季镇徐州。

先是广州刺史孔默之，因赃得罪，由义康代为奏解，方邀宽免。默之病死，有子熙先，博学文史，兼通数术，充职员外散骑侍郎。他感义康救父深恩，密图报效。尝按天文图谶，料宋主必不令终，祸由骨肉，独江州应出天子。后事果如所料，可惜尚差一着。当下属意义康，总道是江州应谶，可以乘机佐命，一则期报私惠，二则借立奇功，主见已定，伺机待发。

好容易待了两三年，无隙可乘，熙先孤掌难鸣，必须联结几个重臣，方可起事。左瞻右瞩，只有范晔自命不凡，常怀觖望，或可引与同谋。乃先厚结晔甥谢综，使为先容。综为太子中书舍人，本与晔并处都中，朝夕过从，乐得引了熙先，同往见晔。晔与熙先谈论今古，熙先应对如流，已为晔所器重，晔素好博，熙先又故意输钱，买动晔欢，晔遂格外亲爱，联作知交。熙先以摴蒲买欢，实开后世干禄法门。熙先因从容说晔道："彭城王英断聪敏，神人所归，今远徙南陲，天下共愤，熙先受先君遗命，愿为彭城王效死酬恩，近见人情骚动，天文舛错，正是智士图功的机会。若顺天应人，密结英豪，表里相应，发难肘腋，诛异己，奉明圣，号令天下，谁敢不从，未知尊见以为何如？"晔听他一番言语，禁不住错愕失色。熙先又道："公不见刘领军么？挟权千日，碎首一朝。公自问谅不及刘领军，万一祸及，不可幸逃，若乘势建功，易危为安，享厚利，收大名，岂不较善！"再进一步，是晓以利害。

晔尚沉吟不决，熙先复说道："愚尚有一言，不敢不向公直陈，公累世通显，乃不得连姻帝室，人以犬豕相待，公岂不知耻！尚欲为人效力么？"更进一步，是抉透隐情。这数语激起晔恨，不由地感动起来。晔父范泰，曾任为车骑将军，从伯弘之，袭封武兴县五等侯，只因门无内行，不得与帝室为婚，晔原引为耻事，所以被熙先揭破，遂启异图。熙先鉴貌辨色，已知晔被说动，便与晔附耳数语，晔点首示意，熙先乃出。

谢综尝为义康记室参军，综弟约娶义康女为妻，当然与义康联络。又有道人法略，女尼法静，皆受义康豢养，素感私恩，并与熙先往来。法静妹夫许曜领队在台，约为内应。就是中护军丹阳尹徐湛之，本是义康亲党，熙先更与连谋，并羼入前彭城府史仲承祖，日夕密议废立事。三个缝皮匠，比个诸葛亮，况有十数人主谋，便自以为诸葛亮复生，定可成功。当下想出一法，拟嫁祸领军将军赵伯符，诬他逞凶行弑，由范晔、孔熙先等人平内乱，迎立彭城王义康。逞情妄噬，怎得不败？一面由熙先遣婢采藻，随女尼法静往豫章，先与义康接洽，及法静、采藻还都，熙先又恐采藻泄言，把她鸩死。残忍。又诈作义康与湛之书，令在内执除谗慝，阳示同党，待期举发。

适衡阳王义季辞行出镇，皇三子武陵王骏，简任雍州刺史，皇四子南平王铄，也出为南豫州刺史，同日启行。宋主赐饯武帐冈，亲往谕遣。熙先与晔，拟即就是日作乱，许曜佩刀侍驾，晔亦在侧。宋主与义季等共饮，曜一再指刀，斜目视晔，究竟晔是文人，胆小如鼷，累得心惊肉跳，始终未敢动手。原来是银样镴枪头。

俄而座散，义季等皆去，宋主还宫，徐湛之恐事不济，竟密表上闻。宋主即命湛之收查证据，得晔等预备檄草，上面已署录姓名。当即按次掩捕，先呼晔及朝臣，入集华林园东阁，留憩客省，然后饬拿谢综、孔熙先等，一一审讯，并皆供服。宋主出御延贤堂，遣人问晔，晔满口抵赖。再命熙先质对，熙先笑语道："符檄书疏，统由晔一人主稿，怎得诬赖别人！"自己本是首谋，偏说他人主议，小人之可畏也如此。晔还未肯供认，经宋主取示草檄，上有晔亲笔署名手迹，自知无可隐讳，只好据实直陈。乃将晔拿下，与熙先等同拘狱中。

晔在狱上书，备陈图谶，申请宋主推诚骨肉，勿自贻祸等语。宋主置诸不理，但命有司穷治逆案，延至二旬，还未定刑。晔在狱中赋诗消遣，尚望更生。小子阅《范晔列传》，见有晔咏五古一首，当即随笔抄录，作为本回的结束。其诗云：

祸福本无兆，惟命归有极；
必至定前期，谁能延一息？
在生已可知，来缘懜音画，不慧貌。无识。
好丑共一丘，何足异枉直！

岂论东陵上，宁辨首山侧，

虽无嵇生琴，晋嵇康被害遭刑，索琴弹曲，操广陵散。庶同夏侯色。魏夏侯玄为司马师所杀，就刑东市，神色不变。

寄言生存子，此路行复即。

既而刑期已至，范晔等统要骈首市曹，临刑时尚有各种情形，待小子下回再叙。

义康未尝图逆，而刘湛、范晔，先后构衅，名若为义康谋，实则为身家计，求逞不成，杀身亡家，观于本回之叙录，病其狡，转不能不悯其愚焉！夫刘湛、范晔，无功业之足称，而一则为领军将军，一则兼太子詹事，入参机密，位非不隆，曩令废立事成，逆谋得遂，度亦不过拜相封侯已耳。况古来之佐命立功者，未必能长享富贵，飞鸟尽，良弓藏，狡兔死，走狗烹，刘、范固自称智士，胡为辨不蚤辨，自取诛夷耶？子舆氏有言：其为人也小有才，未闻君子之大道，则足以杀其躯而已。刘湛、范晔，正此类也。彼刘斌、孔熙先辈，鄙诈小人，更不足道，而义康为所播弄，始被黜，继遭废，死期已不远矣。

第十四回　陈参军立栅守危城
薛安都用矛刺虏将

却说范晔等系狱兼旬，谳案已定，当然处斩，晔为首犯，当先赴市。谢综、孔熙先等随后，彼此互相问答，尚有笑声。是谓愍不畏死。会晔家母妻并来探视，且泣且詈，晔无愧色，亦无戚容。嗣由晔妹及妓妾来别，晔不禁悲涕流连。谢综在旁冷笑道："舅所言夏侯色，恐不若是！"晔乃收泪，旁顾亲属，不见综母，遂顾语综道："我姊不来，究竟比众不同！"又呼监刑官道："为我寄语徐童，鬼若有灵，定当相讼地下！"原来徐湛之小名仙童，晔怨湛之泄谋，故有此言，未几由监刑官促令开刀，几声脆响，头都落地，晔子蔼、遥、叔、蒌，孔熙先弟休先、景先、思先，子桂甫，孙白民，谢综弟约及仲承祖许曜等，皆同时伏诛。查抄晔家资产，乐器服玩，并皆珍丽，妓妾所有珠翠，不可胜计。惟晔母居处敝陋，只有一厨中少积刍薪，晔弟子冬无被，叔父单布衣，薄父母，厚妾媵，不仁如晔，宜乎速死。世人其听之。

晔孙鲁连、谢综弟纬，蒙恩免死，流徙远州。臧皇后从子臧质，前为徐、兖二州刺史，与晔厚善，宋主顾念亲情，不令连坐，但降为义兴太守。削彭城王义康官爵，列为庶人，徙安成郡。命宁朔将军沈邵，为安成相，领兵防守。用赵伯符为护军将军。伯符系宋主祖母赵氏从子，宋主因逆党草檄，仇视伯符，所以引为宿卫，格外亲信。义康到了安成，记及慧琳赠言，方开箧阅书，读至汉淮南厉王长事，竟掩卷自叹道："古时已有此事，我未曾知晓，怪不得要遭重谴了！"悔之晚矣。

衡阳王义季，自南兖州移镇徐州，闻义康被废，未免灰心，遂终日饮酒，沉湎不治，宋主屡戒不悛。俄闻北魏寇边，越觉纵饮，夜以继昼，他本自祈速死，所以借酒戕生。果然不出两年，便即送命，年止二十三岁。原是速死为幸。追赠侍中司空，有子名嶷，许令袭爵。调皇三子武陵王骏为徐州刺史，捍卫京畿，控遏北虏。

看官阅过上文，应知宋、魏已经修和，为何又要开战呢？

说来话长，由小子逐事叙明。接入无痕。

自氐王杨难当投顺北魏，遣兄子保宗出镇薰亭，事见前回。保宗竟奔往北魏。魏授保宗为征西大将军、都督陇西军事，兼秦州牧武都王，镇守上邽，妻以公主；一面拜难当征南大将军领秦、凉二州牧，兼南秦王。难当以受职征南，进窥蜀土，驱兵袭宋益州，拔葭萌关，围攻涪城。太守刘道锡固守不下，难当乃移寇巴西，掠去维州流人七千余家。宋遣龙骧将军裴方明，会同梁、秦二州刺史刘真道，合兵往讨，大破难当，捣入仇池，擒住难当子虎及兄子保炽。难当走依上邽，仇池无主，乃留保炽居守，献虎入宋都，杀死了事。宋命辅国司马胡崇之为北秦州刺史，监管保炽，助守仇池。魏独遣人迎难当至平城，起用古弼为统帅，与杨保宗等出兵祁山，直向仇池进发。胡崇之督军逆战，军败被擒，杨保炽遁走，仇池被魏夺去。魏使河间公拓跋齐，与杨保宗对镇骆谷。保宗弟文德劝保宗乘间叛魏，规复故国，保宗也颇感动，只恐妻室不从，未敢遽发。哪知他妻室魏公主，窥透隐情，竟提及出家从夫四字，愿与保宗背魏。或谓公主不宜忘本，公主道："事成当为国母，不比一小县公主了。"也是利令智昏。于是保宗决计叛魏。拓跋齐微有所闻，计诱保宗，把他擒住，送往平城，活活处死。独杨文德即据住白崖山，进图仇池，自号仇池公，称为保宗复仇。魏将军古弼击败文德，文德退走，遣使至宋廷乞援，宋命文德为征西大将军武都王，特派将军姜道盛驰救，与文德攻魏浊水城，魏将拓跋齐等逆战，道盛败死，文德退守葭芦，后来又被魏兵攻破，奔入汉中，妻子僚属悉数陷没。就是杨保宗妻魏公主，

亦为所取，由魏主赐令自尽。宋亦以文德失守故土，削爵免官。为这一事，宋、魏复成仇敌。

偏偏一波未平，一波又起。魏国属部卢水胡盖吴，纠众叛魏，为魏所破，吴又奉表宋廷，乞师为助。宋主也忘了前辙，即封吴为北地公，发雍、梁兵出屯境上，为吴声援，吴终敌不住魏兵，未几败死，魏主遂借口南侵，亲督步骑十万，逾河南来。

南顿太守郑琨、颍川太守郑道隐，望风遁去。豫州刺史南平王刘铄方镇寿阳，亟遣参军陈宪，往戍悬瓠城。城中战士不满千人，魏兵大举来攻，环城数匝，且多设高楼瞰城，飞矢迭射，好似急雨一般，乱入城中，宪令军士拥盾为蔽，昼夜拒守，兵民汲水，统负着户板，为避矢计。魏兵又在冲车上面，设着大钩，牵曳楼堞，毁坏南城，宪复内设女墙，外立木栅，

督兵力拒，誓死不退。魏主怒起，亲出指挥，使军士运土填堑，肉薄登城，宪率众苦战，杀伤甚众，尸与城齐，魏兵乘尸上城，挟刃相接，经宪奋臂一呼，士气益奋，一当十，十当百，任你魏兵如何骁勇，总不能陷入城中。但见头颅乱滚，血肉横飞，自朝至暮，杀了一日，那孤城兀自守着，不动分毫，魏兵却死了万人，只好退休。城中兵民，亦伤亡过半，陈宪仍然抚定疮痍，再与魏主相持，毫无惧色。好一员守城将吏。

魏永昌王拓跋仁掠得沿途生口，驻扎汝阳，徐州刺史武陵王刘骏，奉宋主命，发骑兵赍三日粮，遣参军刘泰之、垣谦之、臧肇之及左常侍杜幼文、殿中将程天祚等，出兵五千，往袭拓跋仁。拓跋仁但防寿阳兵，不防彭城兵，忽被泰之等突入，顿时骇散，泰之等杀毙魏兵三千余人，毁去辎重，放出许多生口，悉令东还，然后收兵徐退。拓跋仁收集溃兵，探得泰之等兵无后继，复来追击，垣谦之纵辔先走，士卒惊溃。泰之战死，肇之溺毙，天祚被擒，惟幼文得脱，检查士卒，只得九百余人，余皆阵亡。

宋主闻报，命诛垣谦之，系杜幼文，降武陵王骏为镇军将军，再遣南平内史臧质、司马刘康祖率兵万人，往援悬瓠。

魏主令任城乞地真截击，与臧质等鏖斗一场，乞地真马蹶被杀，余众除死伤外，溃归大营。魏主在悬瓠城下，已阅四十二日，正虑城坚难克，又闻兵挫将亡，援师将至，恐将来进退两难，不如知难先退，乃下令撤围，引兵北归。陈宪以守城有功，得擢为龙骧将军，兼汝南、新蔡两郡太守。

宋主因与魏失和，遂欲经略中原。彭城太守王玄谟素好大言，屡请北伐，丹阳尹徐湛之、吏部尚书江湛，更从旁怂恿，独新任步兵校尉沈庆之入朝谏阻道："我步彼骑，势不相敌，昔檀道济两出无功，到彦之失利退还，今王玄谟等未过两将，兵力也未见盛强，不如休养待时，徐图大举！”宋主怫然道：“道济养寇自资，彦之中途疾返，所以王师再屈，未见成功。朕思北虏所恃，以马为最，今夏水盛涨，河道流通，泛舟北进，碻磝必走，滑台易下，虎牢、洛阳，自然不守。待至冬初，城戍相接，虏马过河，亦属无用，或反为我所擒获，亦未可知。此机如何轻失呢！”能说不能行奈何？庆之仍力言不可，宋主使徐湛之、江湛面与辩驳。庆之道：“治国譬如治家，耕当问奴，织当问婢，陛下今欲伐魏，反与白面书生商议，怎能有成？”江徐二人，面有惭色，宋主大笑而罢。

太子劭及护军将军萧思话，亦奏称不宜出师，宋主始终不信。又接到魏主来书，语语讥讽，益足增恼。更闻魏臣崔浩，得罪被诛，虏廷少一谋士，越觉有隙可乘。崔浩被诛，详见下文，因为时序起见，故特带叙一笔。遂毅然决计，下诏北征，特加授王玄谟为宁朔将军，令偕步兵校尉沈庆之，谘议参军申坦，率水军入河，归青、冀二州刺史萧斌调度。新任太子左卫率臧质，骁骑将军王方回，出兵许洛，徐州刺史武陵王骏，豫州刺史南平王铄，各率部众出发，东西并进。梁、秦二州刺史刘秀之，西徇汧陇，太尉江夏王义恭出次彭城，节制各军。一朝大举，饷运浩繁，国库中本无储积，不得不竭力搜括，凡王公妃主及朝士牧守，各令量力输将，接济兵费，且遍查扬、徐、兖、江四州人民，计家资在五十万以上四成中要硬借一成，僧尼或有二十万积蓄，亦应四分借一，待军事已竣，乃许归偿，又恐兵力未足，悉征青、冀、徐、豫、兖诸州民丁，充入行伍。如有骑射优长，武技出众诸壮士，先加厚赏，继委兵官，真个是八方搜罗，不遗余力。真正何苦？

建武司马申元吉引兵趋碻磝，魏刺史王买德弃城北遁；将军崔猛引兵投安乐，魏刺史张淮之亦弃城遁去。萧斌与沈庆之留守碻磝，王玄谟率领大军进攻滑台。魏主初闻宋师大举，顾语左右道：“马今未肥，天时尚热，我若速出，未必有功，倘敌来不止，不如退避阴山，延至冬初，便无忧了。”及滑台被围，已值暮秋，魏主即命太子晃屯兵漠南，防御柔然，更令庶子南安王余，留守平城，自引兵南救滑台。

宋将王玄谟本不知兵，但遣钟离太守垣护之率百舸为前锋，往据石济。石济距滑台西南百二十里，总算要他扼截援军，作为犄角，自领各军驻扎滑台城下，四面环攻。城中本多茅屋，诸将请用火箭射入，使他延烧，玄谟摇首道：“城中一草一木，统是值钱，将来都当属我，奈何遽令烧毁呢？”无非妄想。过了一日，城中居民即撤屋穴处，守将日夕防备，无懈可击，玄谟又出示召募兵民，河洛壮丁络绎奔赴，操械投营，玄谟只给他每家匹布，还要勒供大梨八百枚，遂致众心失望，相率解体。

城下顿兵数月，士气日衰，忽接到垣护之来书，说是魏兵将至，请促兵攻城，愈速愈妙云云。玄谟尚不在意，蹉跎过去。又越旬余，由侦骑仓皇奔入，报称魏主南来，已到枋头，有众百万人。吓得玄谟面如土色，急召诸将会议。诸将又请发车为营，防备冲突，玄谟仍迟疑不决。到了夜间，但听得鼓声隐隐，自远传来，更觉惊慌失措，三更已过，斗转参横，突有铁骑冲围直入，驰向城中，玄谟也不敢下令截击，一任来骑入城，看官欲问骑将姓名，原来叫作陆真，是奉魏主焘命令，先来抚慰城中，报知援师消息。麾下不过数骑，王玄谟尚是怯战，何况魏主带来的大兵呢？

是夕魏兵大至，鼙鼓声喧，比昨夜还要震耳，玄谟出营北望，从月光下瞧将过去，尘头陡乱，扑面生惊，慌忙入帐传令，立刻退走，将士已无斗志，一闻令下，争先奔还，玄谟也上马急奔，只恨爹娘少生两翅，急切飞不到江东。那魏兵从后赶来，乘势乱斫，把宋军后队的将士，一古脑儿杀光，就是前队人马亦多逃散。沿途委弃军械，几同山积，眼见是赠与魏人了。一刀一剑，统是值钱，奈何甘心赠虏？

垣护之尚在石济，得知魏军渡河，正拟致书玄谟，与约夹攻，不料玄谟未战先溃，魏人夺得玄谟战舰，反来截击护之归路。护之又惊又愤，把百舸列成一字，横驶归来，中流被战舰阻住，连贯铁絙三重，系以巨锁，护之先执长柄巨斧，猛力奋劈，得将铁絙割断一重，部众也依法施行，你斩我斫，立将三重攻破，越舸南下。魏人见他来势凶猛，却也不敢拦阻，由他冲过，各舸多半无恙，只失去了一舸。

萧斌尚在碻磝，闻报魏主来援，便命沈庆之率兵五千，往救玄谟。庆之道："玄谟士众疲敝，不足一战，寇虏已逼，五千人何足济事，不如勿往！"斌强令驰救，庆之方才出城，约行数里，即见玄谟狼狈奔还，自知前进无益，也只好中途折回，与玄谟同见萧斌。斌面责玄谟，意欲将他处斩，庆之忙谏阻道："佛狸，系魏主焘小字。威震天下，控弦百万，岂玄谟所能抵敌，徒杀战将，反以示弱，愿明公慎重为是！"玄谟罪实可杀，不过所杀非时。斌意乃解，再议固守碻磝，庆之道："今青冀虚弱，乃欲坐守穷城，实非良策；若虏众东趋，青冀恐非我有了。"斌因欲还镇，适值诏使到来，令斌等留住碻磝，再图进取。庆之又入语斌道："将在外，君命不受，诏从远来，未明事势，今日须要从权，未可专从君命！"斌答道："且俟经过众议，方定行止。”庆之抗声道：“节下有一范增不能用，空议何益？”范增系项羽臣，庆之借以自比。斌笑顾左右道：“不意沈公却有此学问。”庆之益厉声道：“众人虽知古今，尚不如下官耳学呢。”斌乃留王玄谟戍碻磝，申坦、垣护之据清口，自率诸军还历城。

先是宋主出师，除饬徐、豫两亲王，分道发兵外，又任第六子随王诞为雍州刺史，使镇襄阳，且暂辍江州军府，将所有文武官吏，移住雍州，归诞调拨。诞遣中兵参军柳元景，振威将军尹显祖，奋武将曾方平，建武将军薛安都，略阳太守庞法起等，从西北进兵，入卢氏县，斩魏县令李封，用城中豪民赵难为县令，使充向道。再进兵攻弘农，擒住魏太守李初古。连章奏捷，有诏命元景为弘农太守。元景又使庞法起、薛安都、尹显祖等西进，自在弘农督饷济军。

法起等到了陕城，城垣险固，攻打不下，魏洛州刺史张是连提，率众二万，渡殽救陕，纵骑突入宋军，很是厉害。宋军纷纷却退，薛安都呼喝不住，恼得气冲牛斗，脱去盔甲，只着绛袖两裆。前当心，后当背，谓之两裆。并卸去马鞍，跃马横矛，当先突出，直向魏军阵内杀入。无论魏军如何精悍，但教被他矛头钩着，无不丧命。宋军也趁势杀转，反将魏军冲散。说时迟，那时快，魏将张是连提见安都奋着两条赤膊，锐不可当，便令军士一齐放箭，统向安都射来，偏安都这枝蛇矛，神出鬼没，看他四面旋舞，连箭簇都不能近身，不过安都手下的随军倒被射死了好几个。战至日暮，两军尚有余勇，未肯罢手。可巧宋将鲁元保从函谷关杀到，来助安都，魏将见有生力军来援，方收军退去。

越宿天晓，曾方平又引兵到来，与安都谈及战事，方平也是个不怕死的好汉，慨然语安都道：“今强敌在前，坚城在后，正是我等效死的日子。我与君约，同出决战，君若不进，我当斩君，我若不进，君可斩我！”安都大喜道：“愿如君言！”以死为约，越不怕死，越是不死。

方平又召入副将柳元佑，与他附耳数语，元佑应令自去。有勇还贵有谋。乃与安都至陕城西南，列阵待战。

魏将张是连提倒也不管死活，仗着兵多马众，前来接仗。安都在左，方平在右，各率部众猛进。两下里喊杀连天，声震山谷，约有百数十个回合，魏兵死伤甚众，已觉无力支撑。蓦听得鼓声大震，一彪军从南门杀来，旌旗甲胄，很是鲜明，吓得魏军胆战心惊，步步倒退。这支人马，就是柳元佑领计前来。安都乘势奋击，流血凝肘，矛被折断，易矛再进，杀到天昏地暗，日薄西山。张是连提料知不能再持，策马欲奔，不防安都突至马前，兜心一矛，戳破胸膛，倒毙马下。魏军失了主帅，当然大溃，将卒伤亡三千余人，此外坠河填堑，不可胜数，有二千人无路可走，降了宋军。

翌日，柳元景亦驰至陕城，责语降卒道：“汝等本中国人民，反为虏尽力，必待力屈乃降，究是何意？”降卒齐声道：“虏将驱民使战，稍一落后，便要灭族，且用骑蹙步，未战先死，这是将军所亲见，还乞见原！”诸将请尽杀降兵，元景道：“王旗北指，当使仁声载路，奈何多杀无辜！”仁人之言。遂悉数纵归，众皆罗拜，欢呼万岁而去。

元景乃督攻陕城，隔宿即下，更令庞法起等进攻潼关。魏戍将娄须遁去，关为法起所据，揭榜安民，关中豪杰及四山羌胡，统输款军前，情愿投效。不意宋廷传下诏书，竟召柳元景等还镇，元景只好奉诏班师，仍归襄阳。小子有诗叹道：

王旗西指入河潼，百战功成指顾中。
谁料朝廷常失策，无端马首促归东！

欲知宋廷召还西师的原因，且至下回再表。

陈宪、薛安都，一善守，一善战，将将或不足，将兵则固属有余。他如沈庆之之持重，柳元景之好仁，俱有名将态度，以之将将，未必不能胜任，有此干城之选，而不获重用，乃独任阘茸无能之萧斌，为正军之统帅，虚憍无识之王玄谟，为正军之前驱，几何而不丧师失律，贻误军机也！《周易》有言：长子帅师，弟子舆尸，贞凶。如萧斌、王玄谟者，正受此害，汉弧不张，胡焰益炽，不谓之贞凶得乎！师贵文人，恶小子，宋室君臣，皆未足语此。必以恢复河南为宋主咎，尚非探本之论也。

第十五回　骋辩词张畅报使　贻溲溺臧质复书

却说宋廷驰诏入关，召还柳元景以下诸将，诏中大略，无非因王玄谟败还，柳元景等不宜独进，所以叫他东归。元景不便违诏，只好收军退回，令薛安都断后，徐归襄阳。为这一退，遂令魏兵专力南下，又害得宋室良将战死一人。

原来豫州刺史南平王刘铄，曾遣参军胡盛之出汝南，梁坦出上蔡，攻夺长社，再遣司马刘康祖，进逼虎牢。魏永昌王拓跋仁，探得悬瓠空虚，一鼓攻入，又进陷项城。适宋廷召还各军，各归原镇，刘康祖与胡盛之引兵偕归。行至威武镇，那后面的魏兵却是漫山遍野，蜂拥而来。胡盛之急语康祖道："追兵甚众，望去不下数万骑，我兵只有八千人，众寡不敌，看来只好依山逐险，间道南行，方不致为虏所乘哩。"康祖勃然道："临河求敌，未得出战，今得他自来送死，正当与他对垒，杀他一个下马威，免令深入，奈何未战先怯呢？"勇有余而智不足。遂结车为营，向北待着，且下令军中道："观望不前，便当斩首！惊顾却步，便当斩足！”军士却也齐声应令。声尚未绝，魏军已经杀到，四面兜集，围住宋营。宋军拚命死斗，自朝至暮，杀毙魏兵万余人，流血没踝，康祖身被数创，意气自若，仍然麾众力战。会日暮风急，虏帅拓跋仁，令骑兵下马负草，纵火焚康祖车营，康祖随缺随补，亲自指挥，不防一箭飞来，穿透项颈，血流不止，顿时晕倒马下，气绝身亡。余众不能再战，由胡盛之突围出走，带着残兵数百骑，奔回寿阳，八千人伤亡大半。

魏兵乘势蹂躏威武，威武镇将王罗汉，手下只三百人，怎禁得虏骑数万把他困住，一时冲突不出，被他擒去。魏使三郎将锁住罗汉，在旁看守，罗汉伺至夜半，觑着三郎将睡卧，扭断铁练，�至三郎将身旁，窃得佩刀，枭他首级，抱锁出营，一溜风似的跑到盱眙，幸得保全性命。

拓跋仁进逼寿阳，南平王铄登陴固守。魏主拓跋焘把豫州军事，悉委永昌王仁，自率精骑趋徐州，直抵萧城。前写宋师出发，何等势盛，此时乃反客为主，可见胜败无常，令人心悸。萧城距彭城只十余里。彭城兵多粮少，江夏王义恭恐不可守，即欲弃城南归。沈庆之谓历城多粮，拟奉二王及妃女，直趋历城，留护军萧思话居守。长史何勖与庆之异议，欲东奔郁洲，由海道绕归建康。独沛郡太守张畅闻二议龃龉不决，即入白义恭道：“历城、郁洲，万不可往，亦万不易往，试想城中乏食，百姓统有去志，但因关城严闭，欲去无从，若主帅一走，大众俱溃，虏众从后追来，难道尚能到历城、郁洲么？今兵粮虽少，总还可支持旬月，哪有舍安就危，自寻死路？若二议必行，下官愿先溅颈血，污公马蹄。”道言甫毕，武陵王骏亦入语道：“叔父统制全师，欲去欲留，非道民所敢干预；道民系骏小字。惟道民本此城守吏，今若委镇出奔，尚有何面目归事朝廷？城存与存，城亡与亡，道民愿依张太守言，效死勿去！”十一年南朝天子，是从此语得来。义恭乃止。

魏主焘到了彭城，就戏马台上，叠毡为屋，瞭望城中，见守兵行列整齐，器械精利，倒也不敢急攻。便遣尚书李孝伯至南门，馈义恭貂裘一袭，饷骏橐驼及骡各数头，且传语道：“魏主致意安北将军，可暂出相见，我不过到此巡阅，无意攻城，何必劳苦将士，如此严守！”武陵王骏曾受安北将军职衔，恐魏主不怀好意，因遣张畅开门报使，与孝伯晤谈道：“安北将军武陵王，甚欲进见魏主，但人臣无外交，彼此相同，守备乃城主本务，何用多疑？”

孝伯返报魏主，魏主求酒及橘蔗，并借博具，由骏一一照给，魏主又饷毡及胡豉与九种盐，乞假乐器。义恭仍遣张畅出答。畅一出城，城中守将见魏尚书李孝伯控骑前来，便拽起吊桥，阖住城门。孝伯复与畅接谈，畅即传命道：“我太尉江夏王，受任戎行，未赍乐具，因此妨命！”孝伯道：“这也没甚关系，但君一出城，何故即闭门绝桥？”畅不待说毕，即接口道：“二王因魏主初到，营垒未立，将士多劳，城内有十万精甲，恐挟怒出城，轻相陵践，所以闭门阻止，不使轻战。待魏主休息士马，各下战书，然后指定战场，一决胜负。”颇有晋栾针整暇气象。孝伯正要答词，忽又由魏主遣人驰至，与畅相语道：“致意太尉安北，何不遣人来至我营，就使言不尽情，也好见我大小，知我老少，观我为人，究竟如何？若诸佐皆不可遣，亦可使僮干前来。”畅又答道：“魏主形状才力，久已闻知，李尚书亲自衔命，彼此已可尽言，故不复遣使了。”孝伯接入道：“王玄谟乃是庸才，南国何故误用，以致奔败？我军入境七百里，主人竟不能一矢相遗，我想这偌大彭城，亦未必果能长守哩！”畅驳说道：“玄谟南土偏将，不过用作前驱，并非倚为心膂，只因大军未至，河冰适合，玄谟乘夜还军，入商要计，部兵不察，稍稍乱行，有什么大损呢？若魏军入境七百里，无人相拒，这由我太尉神算，镇军秘谋，用兵有机，不便轻告。”亏他自圆其说。孝伯又易一词道：“魏主原无意围城，当率众军直趋瓜步，若一路顺手，彭城何烦再攻？万一不捷，这城亦非我所需，我当南饮江湖，聊解口渴呢！”畅微笑道：“去留悉听彼便，不过北马饮江，恐犯天忌；若果有此，可是没有天道了！”这语说出，顿令孝伯出了一惊。看官道为何故？从前有一童谣云：“虏马饮江水，佛狸死卯年。”是年正岁次辛卯，孝伯亦闻此语，所以惊心。便语畅告别道：“君深自爱，相去数武，恨不握手！”畅接说道：“李尚书保重，他日中原荡定，尚书原是汉人，来还我朝，相聚有日哩！”遂一揖而散。好算一位专对才。

次日，魏主督兵攻城，城上矢石雨下，击伤魏兵多人。魏主遂移兵南下，使中书郎鲁秀出广陵，高凉王拓跋那出山阳，永昌王拓跋仁出横江，所过城邑，无不残破。江淮大震，建康戒严，宋主亟授臧质为辅国将军，使统万人救彭城。行至盱眙，闻魏兵已越淮南来，亟令偏将臧澄之、毛熙祚等分屯东山及前浦，自在城南下营。哪知臧、毛两垒相继败没，魏燕王拓跋谭驱兵直进，来逼质营。质军惊散，只剩得七百人，随质奔盱眙城，所有辎重器械，悉数弃去。

盱眙太守沈璞莅任未久，却缮城浚隍，储财积谷，以及刀矛矢石，无不具备。当时僚属犹疑他多事，及魏军凭城，又劝璞奔还建康。璞奋然道：“我前此筹备守具，正为今日，若虏众远来，视我城小，不愿来攻，也无庸多劳了。倘他肉薄攻城，正是我报国时候，也是诸君立功封侯的机会哩！诸君亦尝闻昆阳、合肥遗事么？新莽、苻秦，拥众数十万，乃为昆阳、合肥所摧，一败涂地，几曾见有数十万众，顿兵小城下，能长此不败么？”僚佐闻言，方有固志。

璞招得二千精兵，闭城待敌。至臧质叩关，僚属又劝璞勿纳，璞又叹道：“同舟共济，胡越一心，况兵众容易却虏，奈何勿纳臧将军！”遂开城迎质。质既入城，见城中守备丰饶，喜出望外，即与璞誓同坚守，众皆踊跃呼万岁。

那魏兵不带资粮，专靠着沿途打劫充作军需。及渡淮南行，民多窜匿，途次无从抄掠，累得人困马乏，时患饥荒，闻盱眙具有积粟，巴不得一举入城，饱载而归。偏偏攻城不拔，转令魏主无法可施，因留数千人驻扎盱眙，自率大众南下。

行抵瓜步，毁民庐舍，取材为筏，屋料不足，济以竹苇。

扬言将渡江深入，急得建康城内，上下震惊。宋主亟命领军将军刘遵考等，率兵分扼津要，自采石至暨阳，绵亘六七百里，统是陈舰列营，严加备御。太子劭出镇石头，总统水师。丹阳尹徐湛之，往守石头仓城。吏部尚书江湛，兼职领军，军事处置，悉归调度。宋主亲登石头城，面有忧色，旁顾江湛在侧，便与语道：“北伐计议，本乏赞同，今日士民怨苦，并使大夫贻忧，回想起来，统是朕的过失，愧悔亦无及了！”江湛不禁赧颜，俯首无词。宋主复叹道：“檀道济若在，岂使胡马至此！”谁叫你自坏长城？

嗣又转登幕府山，观望形势，自思重赏之下，当有勇夫，因即榜示军民，有能得魏主首，封万户侯，或枭献魏王公首，立赏万金。又募人赍野葛酒，置空村中，诱令魏人取饮，俾他毒死。统是儿女子计策。偏偏所谋不遂，智术两穷。还幸魏主无意久持，遣使携赠橐驼名马，请和求婚。宋主亦遣行人田奇，答送珍羞异味。魏主见有黄柑，当即取食，且大进御酒。左右疑食中有毒，密戒魏主，魏主不应，但出雏孙示田奇道：“我远来至此，并非贪汝土地，实欲继好息民，永结姻缘。汝国若肯以帝女配我孙，我亦愿以我女配武陵王，从此匹马不复南顾了！”田奇乃归白宋主。宋廷大臣，多半主张和亲，独江湛谓戎狄无信，不如勿许。忽有一人抢入道：“今三王在阨，主上忧劳，难道还要主战么？”这数语的声浪，几乎响彻殿瓦，豺狼之声。害得江湛大惊失色，慌忙审视，进言的不是别人，乃是太子刘劭。自知此人难惹，便即匆匆退朝。劭目顾令左右，当阶挤湛，几至倒地，宋主看不过去，出言呵禁，劭尚抗声道：“北伐败辱，数州沦破，独有斩江、徐二人，方可谢天下！”宋主蹙额道：“北伐原出我意，休怪江、徐！”汝肯认过，怪不得后来遇弑？劭怒尚未平，悻悻而出。

可巧魏主也不复请和，但在瓜步山上过了残年。越日已为元嘉二十八年元旦，魏主大集群臣，班爵行赏，便下令拔营北归。道出盱眙，魏主又遣使入城，馈送刀剑，求供美酒。守将臧质，却给了好几坛，交来使带回。魏主酒兴正浓，即命开封取酒，哪知一股臭气，由坛冲出。仔细验视，并不是酒，乃是混浊浊的小溲！臧质亦太恶作剧。

魏主大怒，便令将士攻城，四面筑起长围，一夕即就。且运东山土石，填砌濠堑，就君山筑造浮桥，分兵防堵，截断城中水陆通道。一面贻臧质书道：

尔以溲代酒，可谓智士，我今所遣攻城各兵，尽非我国人，城东北是丁零与胡，南是氐羌，设使丁零死，正可减常山赵郡贼；胡死可减并州贼；羌死可减关中贼；尔若能尽加杀戮，于我甚利，我再观尔智计也！

臧质得书，亦复报道：

省示具悉奸怀！尔自恃四足，屡犯边境，王玄谟退于东，申坦散于西，尔知其所以然耶？尔独不闻童谣之言乎？盖卯年未至，故以二军开饮江之路耳！冥期使然，非复人事。我受命扫虏，期至白登，师行未远，尔自送死，岂容复令尔生全，飨有桑干哉！尔有幸得为乱兵所杀；不幸则生遭锁缚，载以一驴，直送都市耳！我本不图全，若天地无灵，力屈于尔，齑之粉之，屠之裂之，犹未足以谢本朝。尔智识及众力，岂能胜苻坚耶！今春雨已降，兵方四集，尔但安意攻城，切勿遽走！粮食乏者可见语，当出廪相遗。得所送剑刀，欲令我挥之尔身耶？各自努力，毋烦多言！

魏主接阅复书，当然大怒，特制铁床一具，上置许多铁外贸镵，仿佛与尖刀山相似。且咬牙切齿，指床示众道："破城以后，誓生擒臧质，叫他坐在镵上，尝试此味！"臧质得知消息，亦写着都中赏格，有斩佛狸首封万户侯等语。魏主益怒，麾兵猛攻，并用钩车钩城楼。臧质将计就计，命守卒数百人，各执巨絙，将他来钩系住，反令车不得退。相持至夜间，质见魏兵少懈，缒桶悬卒，出截各钩，悉数取来。次日辰刻，魏主改用冲车攻城，城土坚密，颓落不多。魏兵即肉薄登城，更番相代，前仆后继，质与沈璞分段扼守，饬用长矛巨斧，或戳或斫，一些儿没有放松。可怜魏兵只有下坠，不能上升，究竟性命是人人所惜，死了几十百个，余外亦只好退休。今日攻不下，明日又攻不下，好容易过了一月，仍然不下，魏兵倒死了万余人。春和日暖，尸气薰蒸，免不得酿成疫疠，魏兵多半传染，均害得骨软神疲。探得宋都消息，将遣水军自海入淮，来援盱眙，并饬彭城截敌归路，魏主知不可留，乃毁去攻具，向北退走。

盱眙守将欲追蹑魏兵，沈璞道："我军不过二三千名，能守不能战，但教佯整舟楫，示欲北渡，能使虏众速走，便无他虑了！"可行则行，可止则止，是谓良将。魏主闻盱眙具舟，果然急返，路过彭城，也无暇驻足，匆匆驰去。彭城将佐，劝义恭出兵追击，谓虏众驱过生口万余，当乘势夺回。义恭很是胆怯，不肯允议。

越日诏使到来，命义恭尽力追虏，是时魏兵早已去远，就使有翅可飞，也是无及。义恭但遣司马檀和之驰向萧城，总算是奉诏行事，沿途一带，并不见有魏兵，但见尸骸累累，统是断脰截足，状甚可惨。途次遇着程天祚，乃是由虏中逃归，报称南中被掠生口，悉数遭屠，丁壮都斩头斩足，婴儿贯诸槊上，盘舞为戏，所过郡县，赤地无余，连春燕都归巢林中，说将起来，真是可叹！谁生厉阶，一至于此？还有王玄谟前戍碻磝，也由义恭召还，碻磝仍被魏兵夺去。

看官听着！这废王刘义康，就在这战鼓声中了结生命。当时故将军胡藩子诞世，拟奉义康为主，纠集羽党二百余人，潜入豫章，杀死太守桓隆之，据郡作乱。适值交州刺史檀和之卸职归来，道出豫章，号召兵吏，击斩诞世，传首建康。太尉江夏王义恭引和之为司马。且奏请远徙义康，宋主乃拟徙义康至广州。先遣使人传语，义康答道：“人生总有一死，我也不望再生，但必欲为乱，何分远近？要死就死在此地，已不愿再迁了！”宋主得来使返报，很是介意。及魏兵入境，内外戒严，太子劭及武陵王骏等恐义康乘隙图逞，屡把大义灭亲四字申劝宋主。宋主遂遣中书舍人严龙，持药至安成郡赐义康死。如前誓何？义康不肯服药，蹙然道：“佛教不许自杀，愿随宜处分。”零陵王曾有此语，不意于此复得之，刘裕有知，亦当悔弑零陵。严龙遂用被掩住义康，将他扼死。死法亦与零陵相同。

太尉江夏王义恭、徐州刺史武陵王骏俱因御虏无功，致遭谴责，义恭降为骠骑将军，骏降为北中郎将。青、冀刺史萧斌，将军王玄谟，亦坐罪免官。自经此次宋、魏交争，南兖、徐、兖、豫、青、冀六州，邑里为墟，倍极萧条。元嘉初政，从此寖衰了。小子有诗叹道：

自古佳兵本不祥，况闻将帅又非良；
六州残破民遭劫，毕竟车儿太不明！车儿系宋主义隆小字。

兵为祸始，身且凶终。过了一两年，南北俱有重大情事，出人意表。小子当依次演述，请看官续阅下回。

观张畅之出报魏使，措词敏捷，可称为外交家。观臧质之复答魏书，下笔诙谐，可称为滑稽派。但吾谓宁效张畅，毋效臧质。张畅所说，不亢不卑，能令魏使李孝伯自然心折，三寸舌胜过十万师，张畅有焉。臧质以溲代酒，殊出不情，所致复书，语语挑动敌怒，曩令沈璞无备，区区孤城，岂能长守！且使魏主无意北归，誓拔此城，彭城又不敢发兵相救，则援绝势孤，终有陷没之一日，恐虏主所设之铁床，难免质之一坐耳。然则张畅之却敌也，得之于镇定；臧质之却敌也，得之于侥幸，镇定可恃，侥幸不可恃，臧质一试见效，至欲再试三试，宜后来之发难江州，一跌赤族也。

第十六回　永安宫魏主被戕
含章殿宋帝遇弑

却说魏主焘驰还平城，饮至告庙，改元正平，所有降民五万余家，分置近畿，无非是表扬威武，夸示功绩的意思。魏自拓跋嗣称盛，得焘相继，国势益隆，但推究由来，多出自崔浩功业。浩在魏主南下以前，已为了修史一事得罪受诛，小子于十四回中，曾已提及，不过事实未详，还宜补叙。本回承前启后，正应就此表明。

浩与崔允等监修国史，已有数年，见十三回。魏主尝面谕道："务从实录。"浩因将魏主先世据实列叙，毫不讳言。著作令史闵湛郗标素来巧佞，见浩平时撰著，极口贡谀，且劝浩刊布国史，勒石垂示，以彰直笔。浩依言施行，镌石立衢，所有北魏祖宗的履历，无论善恶，一律直书。时太子晃总掌百揆，用四大臣为辅，第一人就是崔浩，此外三人为中书监穆寿及侍中张黎、古弼。弼头甚锐，形似笔尖，忠厚质直，颇得魏主信任，尝称为"笔头公"。浩亦直言无隐，常得太子敬礼，因此权势益崇，为人所惮。古人说得好，道高一尺，魔高一丈，崔浩具有干才，更得两朝优宠，事皆任性，不避嫌疑，免不得身为怨府，遭人构陷，中书侍郎高允已早为崔浩担忧，浩全不在意，放任如故。致死之由。果然谗夫交构，大祸猝临，一道敕书，竟将浩收系狱中。

高允与浩同修国史，当然牵连，太子晃尝向允受经，意图营救，便召允与语道："我导卿入谒内廷，至尊有问，但依我言，当可免罪。"允佯为遵嘱，随太子进见魏主。太子先入，谓允小心慎密，史事俱由崔浩主持，与允无涉，请贷允死罪。魏主乃召允入问道："国史统出浩手么？"允跪答道："太祖记是前著作郎邓渊所作，先帝记及今上记，臣与浩共著，浩但为总裁，至下笔著述，臣较浩为更多。"魏主不禁盛怒，瞋目视太子道："允罪比浩为大，如何得生？"太子面有惧色，慌忙跪求道："天威严重，允系小臣，迷乱失次，故有此言。臣儿曾向允问明，俱说是由浩所为。"魏主又问允道："东宫所陈，是否确实？"允从容答道："臣罪当灭族，不敢虚妄，殿下哀臣，欲丐余生，所以有此设词。"壮哉高允。魏主怒已少解，复顾语太子道："这真好算得直臣了！临死不易辞，不失为信，为臣不欺君，不失为贞，国家有此纯臣，奈何加罪！"便谕令起身，站立一旁。复召崔浩入讯。浩面带惊惶，不敢详对。魏主令左右牵浩使出，即命高允草诏，诛浩及僚属僮吏，凡百二十八人，皆夷五族。允持笔不下，魏主一再催促，允搁笔奏请道："浩若别有余衅，非臣所敢谏诤；但因直笔触犯，罪不致死，怎得灭族！"魏主又怒，喝令左右将允拿下。太子晃更为哀求，魏主乃霁颜道："非允敢谏，更要致死数千人了。"太子与允，拜谢而退。越日有诏传出，命诛崔浩，并夷浩族；余止戮身，不及妻孥。还是一场冤狱。

他日太子责允道："我欲为卿脱死，卿终不从，致触上怒，事后追思，尚觉心悸。"允答道："史所以记善恶，垂戒今古。崔浩非无他罪，但作史一事，未违大礼，不应加诛，臣与浩同事，浩既诛死，臣何敢独生！蒙殿下替臣救解，恩同再造，不过违心苟免，非臣初愿，臣今独存，尚有愧死友哩！"太子不禁动容，称叹不置。语为魏主所闻，也有悔意。会尚书李孝伯病笃，讹传已死，魏主呜咽道："李尚书可惜！"半晌又改言道："朕几失词，崔司徒可惜！李尚书可哀！"嗣闻孝伯病愈，遂令入代浩职，每事与商，仿佛如浩在时，这且毋庸细表。

惟太子晃为政精察，素与中常侍宗爱有嫌，给事中仇尼道盛得太子欢，亦与爱不协。偏魏主好信爱言，爱遂谗间东宫，先将仇尼道盛指为首恶，次及东宫官属十数人。魏主竟一体处斩，害得太子晃日夕惊惶，致成心疾，未几遂殁。太吓不起。

既而魏主知晃无罪，很是悲悼，追谥晃为"景穆太子"，封晃子浚为高阳王。嗣又以皇孙世嫡，不当就藩，乃复收回成命。浚时年十二，聪颖过人，魏主格外钟爱，常令侍侧。只宗爱见魏主追悔，自恐得罪，遂想了一计，做出弑逆的大事来了。

一年易过，苦难下手。至魏正平二年春季，魏主焘因酒致醉，独卧永安宫。宗爱伺隙进去，不知他如何动手，竟令这英武果毅的魏主焘，死得不明不白，眼出舌伸。也是杀人过多的报应。

经过了好多时，始有侍臣入视，见魏主这般惨状，骇极欲奔，狂呼而出，那时宗爱早已溜出外面，佯作惊愕情状，即与尚书左仆射兰延、侍中和疋音雅。薛提等，商量后事，暂不发丧。当下审择嗣君，互生异议。和疋以皇孙尚幼，欲立长君，薛提独援据经义，决拟立孙。彼此辩论一番，尚未定议，和疋竟召入东平王翰，置诸别室，将与群臣会议，立为嗣君。宗爱独密迎南安王余，自便门入禁中，引至柩前嗣位。这东平王翰及南安王余统是魏主焘子，太子晃弟，翰排行第三，余排行第六。宗爱尝谮死东宫，听着薛提立孙的议论，原是反对，但与翰亦夙存芥蒂，不愿推立，因即矫传赫连皇后命令，魏立赫连后，见第十回。召入兰延、和疋、薛提三人，待他联翩入宫，竟突出宦官数十名，各持刀械，一拥而上，吓得三人浑身发颤，眼睁睁地被他缚住，霎时间血溅颈中，头颅落地。东平王翰居别室中，还痴望群臣来迎，好去做那嗣皇帝，不意室门一响，闯入许多阉人，执刀乱斫，半声狂叫，一命呜呼！真是冤枉。

宗爱即奉余即位，宣召群臣入谒，一班贪生怕死的魏臣，哪个还敢抗议；不得已向余下拜，俯首呼嵩。随即照例大赦，改元永平，尊赫连氏为皇太后，追谥魏主焘为太武皇帝，授宗爱为大司马大将军太师，都督中外诸军事，领中秘书，封冯翊王。备述宗爱官职，所以见余之不子。余因越次继立，恐众心未服，特发库中财帛，遍赐群臣。不到旬月，库藏告罄。偏是南方兵甲，蓦地来侵，几乎束手无策，还亏河南一带，边将固守，胜负参半，才将南军击退。

原来宋主义隆闻魏主已殂，又欲北伐，可巧魏降将鲁轨子爽及弟秀复来奔宋，奏称父轨早思南归，积忧成病，即致身亡，臣爽等谨承遗志，仍归祖国云云。鲁轨先奔秦，后奔魏，俱见第五、六回中。宋主大喜，立授爽为司州刺史，秀为颍州太守，与商北伐事宜。爽等竭力怂恿，遂遣抚军将军萧思话，督率冀州刺史张永等，进攻碻磝。鲁爽、鲁秀、程天祚等，出发许洛，雍州刺史臧质，率部众趋潼关。沈庆之等固谏不从。青州刺史刘兴祖请长驱中山，直捣虏巢，亦不见听。反使侍郎徐爰，传诏军前，遇有进止，须待中旨施行。从前宋师败绩，均由宋主专制过甚，诸将趑趄莫决，所以致此。此次仍蹈前辙，眼见是不能成功。

张永等到了碻磝，围攻兼旬，被魏兵穴通地道，潜出毁营，永竟骇退，士卒多死。萧思话自往督攻，又经旬不下，粮尽亦还。臧质顿兵近郊，但遣司马柳元景等向潼关，梁州参军萧道成即萧承之子，亦会军赴长安，未遇大敌，无状可述。惟鲁爽等进捣长社，魏守将秃发幡弃城遁去，再进至大索，与魏豫州刺史拓跋仆兰，交战一场，斩获甚多。追至虎牢，闻碻磝败退，魏又派兵来援，乃还镇义阳。柳元景等自恐势孤，亦引军东归，一番举动，又成画饼。宋主因他擅自退师，降黜有差，这也不在话下。

且说魏主余闻宋师已退，放心安胆，整日里沉湎酒色，间或出外畋游，不恤政事。宗爱总握枢机，权焰滔天，不但群臣侧目，连魏主余亦有戒心。有时见了宗爱，颇加裁抑，宗爱不免含愤，又复怀着逆谋，欲将余置诸死地。小人难养，观此益信。会余夜祭东庙，宗爱即嘱令小黄门贾周等，用着匕首，刺余入胸，立刻倒毙。

群臣尚未闻知，惟羽林郎中刘尼得知此变，便入语宗爱，请立皇孙濬以副人望。爱愕然道："君大痴人，皇孙若立，肯忘正平时事么？"招太子晃事。尼默然趋出，密告殿中尚书源贺。贺有志除奸，即与尼同访尚书陆丽，与丽晤谈道："宗爱既立南安，今复加弑，且不愿迎立皇孙，显见他包藏祸心，不利社稷，若不早除，后患正不浅哩！"丽惊起道："嗣主又遭弑么？一再图逆，还当了得！我当与诸君共诛此贼，迎立皇孙！"遂召尚书长孙渴侯，商定密计，令与源贺率同禁兵，守卫宫廷，自与尼往迎皇孙。皇孙浚才十三岁，即抱置马上，驰至宫门。长孙渴侯开门迎入，丽入宫拥卫皇孙，尼率禁兵驰还东庙，向众大呼道："宗爱弑南安王，大逆不道，罪当灭族。今皇孙已登大位，传令卫士还宫，各守原职！"大众闻言，欢呼万岁。尼即麾众拿下宗爱、贾周，勒兵返营。奉皇孙浚御永安殿，即皇帝位，召见群臣，改元兴安。诛宗爱、贾周，具五刑，夷三族。追尊景穆太子晃为皇帝，庙号"恭宗"，妣郁久闾氏为恭皇后。立乳母常氏为保太后，常氏本辽西人，因事入宫，浚生时母即去世，由常氏哺乳抚育，乃得成人，所以特别尊养，隐示报酬。寻且竟尊为皇太后。虽曰报德，未足为训。封陆丽为平原王，刘尼为东安公，源贺为西平公，长孙渴侯为尚书令，加开府仪同三司，国事粗定，易危为安。那南朝的宋天子，却亲遭子祸，死于非命，仿佛有铜山西崩、洛钟东应的情状，这正所谓乱世纷纷，华夷一律呢。开下半回文字。

宋自袁皇后病逝后，潘淑妃得专总内政。太子劭性本凶险，又忆及母后病亡，由淑妃所致，不免仇恨淑妃，并及淑妃子浚。浚恐为劭所害，曲意事劭，因得与劭相亲。劭姊东阳公主有婢王鹦鹉，与女巫严道育往来，道育夤缘干进，得见公主，自言能辟谷导气，役使鬼物。妇人家多半迷信，遂视道育为神巫。道育尝语公主道："神将赐公主重宝，请公主留意！"公主记在心中，入夜卧床，果见流光若萤，飞入书笥，慌忙起视，开箧得二青珠，即目为神赐，益信道育。

劭与浚出入主家，由公主与语道育神术，亦信以为真。他两人素行多亏，常遭父皇呵斥，可巧与道育相识，便浼他祈请，欲令过不上闻。道育设起香案，对天膜拜，念念有词，也不知他是什么咒语。是无等等咒。既而向空问答，好似有天神下降，与他对谈，约有半个时辰，才算祷毕。无非捣鬼。入语劭、浚二人道：“我已转告天神，必不泄露。”二人大喜，共称道育为天神，道育恐所言未验，索性为劭、浚设法，用巫蛊术，雕玉成像，假托宋主形神，瘗埋含章殿前。东阳公主婢王鹦鹉与主奴陈天与、黄门陈庆国，共预秘谋。劭擢天与为队主，宋主说他录用非人，面加诘责。天神何不代为掩饰。劭未免心虚，且恨且惧，适浚出镇京口，遂驰书相告。浚复书道：“彼人若所为不已，正好促他余命。”彼人暗指宋主，劭与浚往来通信，尝称宋主为彼人，或曰其人。却是一个新名词。

已而东阳公主一病不起，竟致谢世。何不先浼道育替她禳解？王鹦鹉年亦寝长，既为公主毕丧，理应遣嫁，当由浚代为主张，命嫁府佐沈怀远为妾。怀远格外爱宠，竟至专房。鹦鹉原是得所，偏她有一种说不出的隐情，横亘在胸，未免喜中带忧。看官道为何因？原来鹦鹉在主家时，曾与陈天与私通，此次嫁与怀远，恐天与含着醋意，泄漏巫蛊情事，左思右想，无可为计，不如先杀天与，免贻后患。世间最毒妇人心。当下自往告劭，但说是天与谋变，将发阴谋。劭怎知情弊，立将天与杀死，陈庆国骇叹道：“巫蛊秘谋，惟我与天与得闻，天与已死，我尚能独存么？”遂入见宋主，一一具陈。宋主大惊，即遣人收捕鹦鹉，并搜检鹦鹉箧中，果得劭、浚书数百纸，统说诅咒巫蛊事。又在含章殿前，掘得所埋玉人，当命有司穷治狱案，更捕女巫严道育，道育已闻风逃匿，不知去向。想是由天神救去了。只晦气了一个王鹦鹉，囚禁狱中。宋主连日不欢，顾语潘淑妃道：“太子妄图富贵，还有何说？虎头浚小字。也是如此，真出意料！汝母子可一日无我么？”遂遣中使切责劭、浚，两人无从抵赖，只得上书谢罪。宋主虽然怀怒，尚是存心舐犊，不忍加诛！真是溺爱不明。

蹉跎蹉跎，又经一载，已是元嘉三十年了。浚自京口上书，乞移镇荆州，宋主有诏俞允，听令入朝。会闻严道育匿居京口张旿家，即饬地方官掩捕，仍无所得。但拘住道育二婢，就地审讯，供称道育曾变服为尼，先匿东宫，后至京口依始兴王，浚封始兴王已见十三回中。曾在旿家留宿数宵，今复随始兴王还朝云云。宋主大怒，即命京口送二婢入都，将与劭、浚质对。

浚至都中，颇闻此事，潜入宫见潘淑妃。淑妃抱浚泣语道："汝前为巫蛊事，大触上怒，还亏我极力劝解，才免汝罪，汝奈何更藏严道育？现在上怒较甚，我曾叩头乞恩，终不能解，看来是无可挽回，汝可先取药来，由我自尽，免得见汝惨死哩！"浚听了此言，将母推开，奋衣遽起道："天下事任人自为，愿稍宽怀，必不相累！"说着，抢步出宫去了。

宋主召入侍中王僧绰，密与语道："太子不孝，浚亦同恶，朕将废太子劭，赐浚自尽，卿可检寻汉、魏典故，如废储立储故例，送交江、徐二相裁决，即日举行。"僧绰应命趋出，当即检出档册，赍送尚书仆射徐湛之，及吏部尚书江湛，说明宋主密命，促令裁夺。江湛妹曾嫁南平王铄，徐湛之女为随王诞妃，两人各怀私见，因入谒宋主，一请立铄，一请立诞。宋主颇爱第七子建平王弘，意欲越次册立，因此与二相辩论，经久未决。

僧绰入谏道："立储一事，应出圣怀，臣意宜请速断，不可迟延！古人有言，当断不断，反受其乱，愿陛下为义割恩，即行裁决！若不忍废立，便当坦怀如初，不劳疑议。事机虽密，容易播扬，不可使变生意外，贻笑千秋！"宋主道："卿可谓能断大事，但事关重大，不可不三思后行！况彭城始亡，人将谓朕太无亲情，如何是好？”瞻望徘徊，终归自误。僧绰道：“臣恐千载以后，谓陛下只能裁弟，不能裁儿！”宋主默然不应，僧绰乃退。

劭是每夕召湛之入宫，秉烛与议，且使绕壁检行，防人窃听。潘淑妃遣人伺察，未得确报，俟宋主还寝，佯说劭、浚无状，应加惩处。宋主以为真情，竟将连日谋划，尽情告知。淑妃急使人告浚，浚即驰往报劭，劭与队主陈叔儿、斋帅张超之等，密谋弑逆，即召集养士二千余人，亲自行酒，嘱令勠力同心。

到了次日，夜间诈为诏书，伪称鲁秀谋反，饬东宫兵甲入卫，一面呼中庶子萧斌、左卫率袁淑、中舍人殷仲素、左积弩将军王正见等，相见流涕道：“主上信谗，将见罪废，自问尚无大过，不愿受枉，明旦将行大事，望卿等协力援我，共图富

贵！”说至此，起座下拜。萧斌等慌忙避席，逡巡答语道：“从古不闻此事，还请殿下三思！”劭不禁变色，现出怒容。斌惮劭凶威，便即改口道：“当竭力奉令！”仲素等亦依声附和。淑独呵叱道：“诸君谓殿下真有此事么？殿下幼尝患疯，今或是旧疾复发哩。”劭益加奋怒，张目视淑道：“汝谓我不能成事么？”淑答道：“事或可成，但成事以后，恐不为天地所容，终将受祸！如殿下果有此谋，还请罢休！”陈叔儿在旁说道：“这是何事，尚说可罢手么？”遂麾淑使出。

淑还至寓所，绕床行走，直至四更乃寝。何不速报宋主。翌晨宫门未开，劭内着戎服，外罩朱衣，与萧斌同乘画轮车，出东宫门，催呼袁淑同载。淑睡床未起，经劭停车力促，乃披衣出见，劭使登车，辞不肯上，即被劭指麾左右，一刀了命。实是该死。遂趋至常春门，门适大启，推车直入。旧制东宫队不得入

禁城，劭取出伪诏，指示门卫道："接奉密敕，有所收讨，可放后队入门。"门卫不知是诈，便一并放入。张超之为前驱，领着壮士数十人，驰入云龙门。驰过斋阁，直进含章殿，宋主与徐湛之密谋达旦，烛尚未灭，门阶户席，卫兵亦尚寝未起。

超之等一拥入殿。宋主惊起，举几为蔽，被超之一刀劈来，剁落五指，投几而仆。超之复抢前一刀，眼见得不能动弹，呜呼哀哉！享年四十七岁。小子有诗叹道：

到底妖妃是祸胎，机谋一泄便成灾；
须知枭獍虽难驭，衅隙都从帷帘来！

宋主被弑，徐湛之直宿殿中，闻变惊起，趋往北户，未知能逃脱性命否，且待下回续详。

北朝弑主，南朝亦弑主，仅隔一年，祸变相若，以天地间不应有之事，而乃数见不鲜，可慨孰甚！尤可骇者，魏阉宗爱，一载中敢弑二主，当时忠如崔允，直如古弼，俱尚在朝，不闻仗义讨贼，乃竟假手于刘尼、陆丽诸人，向未著名，反能诛逆，彼崔允、古弼辈，得毋虚声纯盗耶！宋主被弑，出自亲子，当断不断，反受其乱，诚如王僧绰所言。江、徐两相，得君专政，不能为主除害，寻且与主同尽，怀私者终为私败，人亦何苦不化私为公也！然乱臣贼子遍天下，而当时之泯泯棼棼，已可概见。太武称雄，元嘉称治，史臣所云，其然岂其然乎！

第十七回　发寻阳出师问罪　克建康枭恶锄奸

却说徐湛之趋入北户，正拟开门逃生，那背后已有乱兵追到，立被杀死。江湛夜直上省，早起闻喧噪声，料知有变，喟然叹道："不用王僧绰言，乃竟至此！"遂避匿小屋中，亦被乱兵搜捕，结果性命。左细仗主广威将军卜天与不暇被甲，执刀持弓，疾呼左右出战，一箭射去，几中劭颈。劭急忙闪避，幸得躲过，劭党围击天与，砍断天与左臂，大吼一声，倒地而亡。队长张泓之、朱道钦、陈满等，一同战死。

劭入含章殿中阁，杀毙中书舍人顾嘏，他如宿卫旧将罗训、徐罕及左卫将军尹弘，皆望风屈附。劭又使人闯入东阁，往杀潘淑妃。淑妃方才起床，尚未盥栉，蓦见乱兵冲入，吓做一团。赳赳武夫，管甚么玉骨冰肌，竟把她一刀砍死，剖开胸膛，挖心献劭。何不前时仰药，免得受此惨劫。还有宫中侍役，平时得宋主亲信，约有数十人，也共做了刀头面，随着潘淑妃的芳魂，同到冥府中去侍宋主了。

浚宿居西府，由舍人朱法瑜，踉跄走告道："不好了！不好了！宫中变起，外面统说是太子造反了！"浚佯惊道："有这等事么？奈何奈何！"法瑜道："不如急往石头，据城观变。"将军王庆呵止道："宫中有变，未知主上安危，做臣子的理应投袂赴难，奈何反往石头！"浚尚未知宫中确耗，竟从南门趋出，带着文武千余人，驰往石头城。

城中由南平王铄留守，见浚奔至，惊问宫廷情状。浚答说未毕，即由张超之到来，召浚入朝。浚屏去左右，向超之问明底细，便戎服上马，急驰而去。朱法瑜劝阻不从，王庆叩马直谏，提出声罪讨逆四字，更与浚意相反。浚即怒叱道："皇太子有令，敢有多言，便当斩首！"遂与张超之匆匆入朝，与劭相见。劭说道："弟来甚好！可惜这潘淑妃，"说到"妃"字，不禁住口。浚问道："敢是已死了么？"劭见他形色自如，才答道："为兄的一时失检，淑妃竟为乱兵所害！"浚怡然道："这是下情所愿，死何足惜！"劭可无父，浚亦何必有母！

劭甚是喜慰，又诈传诏书，召入大将军江夏王义恭及尚书令何尚之，拘至别室，胁令屈服。并召百官入殿，有数十人应召到来。劭即被服冕旒，居然登位，且宣示敕书道：

> 徐湛之、江湛弑逆无状，吾勒兵入殿，已无所及，号惋崩衄，心肝破裂。今罪人斯得，元凶克殄，可大赦天下，改元太初，俾众周知！

即位已毕，便还居永福省，不敢临丧，但命亲党入宫殿中，棺殓宋主及潘淑妃，谥宋主义隆为"景皇帝"，庙号"中宗"。当即发丧，葬长宁陵，命萧斌为尚书仆射，领军将军，何尚之为司空，前太子右卫率檀和之戍石头，征虏将军营道侯义綦镇京口。义綦系道怜幼子。殷仲素为黄门侍郎，王正见为左军将军，张超之、陈叔儿以下，皆升官进爵有差。又令辅国将军鲁秀与屯骑将军庞秀之分掌禁军，杀尚书左丞荀赤松、右丞臧凝之。两人系江、徐亲属，所以被杀。王僧绰授任吏部尚书，兼官司徒，嗣由劭检查故牍，及江湛家书疏，得僧绰所上前代废储典故，不禁怒起，即令加诛。迟死数日，便是逆臣。僧绰弟僧虔亦死。劭又诬称宗室王侯与僧绰谋反，收系义欣子长沙王瑾及瑾弟楷。义庆子临川王晔、义融子桂阳侯觊、义宗子新渝侯玠，义融、义宗皆义欣弟。一并处死。授江夏王义恭为太保，南谯王义宣为太尉，始兴王浚为骠骑将军，调雍州刺史，臧质为丹阳尹，随王诞为会州刺史，立妃殷氏为皇后，后季父殷冲为司隶校尉。号女巫严道育为神师，释王鹦鹉出狱，厚赏金帛。鹦

鹉至劭处谢恩，劭见她妖冶善媚，格外加怜，竟引入密室，特赐雨露。鹦鹉本来淫荡，骤然得此奇遇，真是喜出望外，流连枕席，曲意承欢，引得劭心花怒开，通宵取乐，恨不即立她为后。只因正宫有主，一时不便废易，权且列作妾媵，再作后图。鹦鹉原是禽类，应与禽兽为匹。

是时武陵王骏，移镇江州，仍然开府。回应十四回中江州罢府事，文笔不漏，且与十三回中江州应出天子语，亦遥相印证。适值江蛮为寇，骏出屯五洲，并由步兵校尉沈庆之，自巴水来会，并讨群蛮。劭阳授骏为征南将军，暗中却与沈庆之手书，令他杀骏。可巧典签董元嗣，也自建康至五州，具言太子弑逆状，庆之密语僚佐道："萧斌妇人，余将帅皆不足道，看来东宫同恶，不过三十人，此外胁从，必不为用，我若辅顺讨逆，不患无成！"乃入帐见骏，骏已略闻密书消息，阴有戒心，即托疾不见。庆

之竟自突入，取出劭书，当面示骏。骏无从避匿，但对书泣下道："我死亦不怕，但上有老母，可否许我一诀？"原来骏母为路淑媛，尝随骏就藩，所以骏有此言。庆之奋然道："殿下视庆之为何如人？庆之受先帝厚恩，今日当辅顺讨逆，惟力是视，殿下何必多疑！"骏起座再拜道："国家安危，皆在将军！"庆之答拜毕，即命内外勒兵，克期东指。

府主簿颜竣道："劭据有天府，急切难攻，若单靠一隅起义，未免孤危，不如待诸镇协谋，然后举事。"庆之厉声道："今欲仗义出师，乃来这黄头小儿，挠阻军心，怎得不败？宜斩首号令，振作士气！"骏见庆之动怒，忙令竣拜谢庆之，庆之乃和颜语竣道："君但当司笔札事，出兵打仗，非君所能与闻。"骏喜说道："愿如将军言！"当下戒严誓众，命沈庆之为府司马，襄阳太守柳元景，随郡太守宗悫，为谘议参军，内史朱修之署平东将军，颜竣为录事，长史刘延孙为寻阳太守，行留府事。

庆之部署内外，才阅旬日，便已整备，时人目为神兵。当命颜竣草檄，传示四方，使共讨劭。荆州刺史南谯王义宣，雍州刺史臧质，司州刺史鲁爽，首先起应，举兵相从。骏留鲁爽守江陵，自与臧质出赴寻阳。

劭闻骏出师，调兖、冀二州刺史萧思话为徐、兖二州刺史，起张永为青州刺史。思话不奉劭命，竟率兵应骏，建武将军垣护之，也自历城赴寻阳，与骏联合。就是随王诞亦致书与骏，愿共讨逆。不到一月，已是义师四起，伐鼓渊渊。可见人心未死。劭尚自恃知兵，召语朝士道："卿等但助我料理文书，不必注意军旅，若有寇难，我自能抵御，但恐贼虏未敢遽动呢！"嗣闻四方兵起，方有忧色，乃下令戒严。

春去夏来，警信益急，柳元景统领宁朔将军薛安都等，出发湓口，共计十有二军。武陵王骏亦自寻阳出发，命沈庆之总掌中军，浩浩荡荡，杀奔建康。一面传檄入都，历数劭罪。

劭得阅檄文，探知是颜竣手笔，便召太常颜延之入殿，投檄相示道：“你可知何人所作？”延之方应劭征，入为光禄大夫，竣即延之长子，延之从容览檄，料知劭是故意质问，便直供道：“这当是臣儿所为。”劭又问道：“汝如何知晓？”延之道：“臣子竣笔意如此，臣不容不识。”劭又道：“竣如何这般毁我？”延之道：“竣不顾老父，怎知顾陛下！”劭怒少解，叱令退朝，命拘竣子至侍中下省，义宣子至太仓空舍，一体幽禁，且欲尽杀三镇将士家口。

江夏王义恭，司空何尚之进言道：“人生欲举大事，必不顾家，否则定是胁从，无法解免；若将他家室诛灭，益令众心绝望，更增敌焰呢。”娓娓动听，保全不少。劭也以为然，因不复问。

惟自思朝廷旧臣，均不足恃，只好厚抚辅国将军鲁秀及右军参军王罗汉，委以军事，令萧斌为谋主，殷冲掌兵符。

斌劝劭整率水军，自出决战，或保据梁山，固垒扼守。江夏王义恭有心结骏，恐他仓猝起兵，船只狭小，不利水战，乃劝劭养锐待期，不宜远出。斌厉色道：“武陵郎二十少年，能做出这般大事，殆未可量；况复三方同恶，势据上流，沈庆之谙练军事，柳元景、宗悫屡次立功，形势如此，实非小敌。今都中人心未离，尚可勉力一战，若端坐台城，如何能久持哩！”劭不听斌言，但慰劳将士，督治战舰，拟俟敌军逼近，然后决战。呆鸟。或劝劭保石头城，劭说道：“前人据守石头，无非待诸侯勤王，我若守此，何人来援，惟应与他决战，方可取胜。”既而遣庞秀之出戍石头，秀之竟往奔骏军，于是人情大震。

骏军到了鹊头，宣城太守王僧达又驰往谒骏，骏即授为长史，置诸左右。柳元景因舟舰未坚，不便水战，特倍道疾行，至江宁登岸，使薛安都带领铁骑耀兵淮上，且贻书朝士，为陈逆顺利害。朝士多潜出建康，往投军前。骏自寻阳东行，途次遇疾，不能见将士，惟颜竣出入卧内，亲视起居。有时因骏病加剧，不便禀白，即专行裁决，军政以外，所有文檄往来，似出一人，毫无稽滞。

好容易过了兼旬，连舟中甲士亦未知骏有危疾，毫不慌张。那柳元景日报军情，俱由竣批答出去，令他相机进取，不为遥制。元景潜至新亭，依山为垒，劭使萧斌统步军，褚湛之统水军，与鲁秀、王罗汉等，合精兵万余人，攻新亭寨。劭自登朱雀门督战。

元景下令军中道："鼓繁气易衰，声喧力易竭，汝等但衔枚接仗，听我鼓起，方许发声。"传令已毕，遂分兵士为两队，出寨决斗，一队抵敌步军，一队防遏水军，所有勇士，悉数遣出，但留左右数人，宣传军令。两下里猛力交锋，争个你死我活。一边是仗义而来，人人奋勇，一边是贪赏而至，个个争先。自午前杀至午后，不分胜败。那王罗汉杀得性起，挺着一枝长矛，闯入义军队内，左挑右拨，无人敢当。褚湛之亦麾兵登岸，与萧斌左右夹攻，看看义军势弱，有些儿招架不住。元景出营督队，也捏着一把冷汗。忽闻萧斌军内打起几声退鼓，顿令萧斌、褚湛之等动起疑来，向后却顾。元景觑着此隙，援桴击鼓，咚咚不绝，部众闻鼓踊跃，呐一声喊，统向敌军杀去。敌军骇散，多半坠入淮水，溺毙甚多。

劭见各军败退，自率余众，再来攻垒，复被元景杀败，伤亡无数。萧斌受伤先遁，鲁秀、褚湛之、檀和之，统奔降柳营，劭单骑走脱，驰还建康。

元景迎纳鲁秀等，谈及军事，才知前次退鼓乃由鲁秀所击，就是褚、檀两人也由秀邀他反正，所以同奔。元景大喜，露布告捷，且迎武陵王骏至新亭。

骏病体已痊，即至新亭劳军，乘便入江宁城。凑巧江夏王义恭自建康脱身驰至，上劝进书。又来了散骑侍郎袁爰，佯说是追赶义恭，亦至武陵王处投顺。爰素习朝仪，遂令兼太常丞，草述即位仪注。编制已就，便在新亭筑坛，由武陵王骏即皇帝位，大赦天下。文武各赐爵一等，从军加二等，改谥大行皇帝曰“文”，庙号“太祖”。授大将军义恭为太尉，录尚书事，兼南徐州刺史；南谯王义宣为中书监，兼扬州刺史；随王诞为卫将军，兼荆州刺史；臧质为车骑将军，兼江州刺史；沈庆之为领军将军；萧思话为尚书左仆射；王僧达为右仆射；柳元景、颜竣为侍中；宗悫为右卫将军；张畅为吏部尚书。其余将士各

加官有差。改号新亭为中兴亭，再图进取。

劭自新亭奔还，闻义恭逃去，即将他十二子一并拘到，尽行杀毙，立子伟之为太子，又复大赦。惟刘骏、义恭、义宣、诞不原。命濬为南徐州刺史，与南平王铄并录尚书事，濬闻骏军将至，忧迫无计，当与劭想出一法，用辇迎蒋侯神像，舁置宫中，稽颡求福，拜大司马，封钟山王，又封苏侯为骠骑将军，也是焚香顶礼，日夕虔求。想是严道育教他。偏是臧质等步步进逼，直指建康。劭遣殿中将军燕钦等出拒，相遇曲阿，未战即溃。劭乃缘淮树栅，派兵戍守。男丁多半逃散，城内外只有妇女，也迫令从军，充当役使。鲁秀等募勇士攻破大航，钩得一舶。王罗汉尚逍遥江上，挟妓醉酒，忽闻秀军已经登岸，急得不知所措，慌忙出降。缘淮各戍依次奔散，器仗鼓盖，充塞路衢。

劭闻成军溃退，没奈何闭守六门，并在城内凿堑立栅，城中一日数惊，非常慌乱。丹阳尹尹弘等逾城出降，萧斌亦令部兵解甲，自石头城携着白旛，奔投军前。鲁秀等奏达新亭奉诏以斌甘党恶，情罪较重，饬即处斩，当下将斌械送，枭首行辕。

这时候的元凶刘劭，自知大事已去，毁去乘辇及冕服，打算逃走，浚劝劭载运宝货，航海远奔。劭恐人情离散，载宝出走，反惹众目，意欲轻骑逃生。两人计议未决，那阊阖门外的守兵，已走还入殿，薛安都、程天祚等领着义师，乘乱随入。臧质、朱修之分门杀进，同会太极殿前。逆党四处逃奔，王正见首被擒获，当场斩首。张超之走入含章殿，匿御床下，被义军追寻得手，抓出殿阶，乱刀分尸，刳肠剖心，噉肉立尽。

劭不能出走，穴通西垣，窜入武库井中，义军队副高禽，率兵进内，七手八脚，将劭擒住，反绑起来。劭问道："天子何在?"禽答道："就在新亭!"当下牵劭出庭，臧质瞧着，向他悲恸。劭靦然道："天地所不覆载，丈人何为见哭!"此时也自知罪么？臧质何故恸哭，我亦要问。质乃停泪，把劭缚住马上，押送行辕。一面捕得伪皇后殷氏、伪皇子伟之等兄弟四人，并诸女妾媵及严道育、王鹦鹉等妇女系狱，男子械送，封府库，清宫禁，只不见了传国玺。再遣人向劭诘问，劭言在严道育处，因将道育身上检搜，果然藏着，便即取献新皇。道育怀藏国宝，莫非要送与天神不成!

劭与四子俱至军门，江夏王义恭等出视，义恭先叱劭道："我背逆归顺，有何大罪，乃杀我十二儿?"劭答道："杀死诸弟，原是我负叔父!"江湛妻庾氏，乘车往詈，庞秀之亦加诮让，劭厉声道："何必多说！我死罢了!"义恭怒起，先命斩劭四子，然后及劭。劭临刑时，尚叹息道：“不图宋室弄到如此！”出汝逆贼，所以如此。劭父子首都枭示大航，暴尸市曹。

义恭奉命先归，道出越城，正值濬父子狼狈逃来，还有铄亦偕行。见了义恭，濬下马问道：“南中郎今作何事？”义恭道：“皇上已君临万国！”濬又道：“虎头来得太迟了！”虎头见前。义恭道：“未免太迟。”濬又问：“可不死否？”义恭道：“可诣行阙请罪。”乃勒令上马相从，乘他不备，剁下头颅。濬有三子，一并斩首，献至行辕，命与劭父子首同悬大航。

又有诏传入建康，凡伪皇后殷氏以下，俱赐自尽。殷氏且死，语狱丞江恪道：“我等无罪，何故枉杀？”恪答道：“受册为后，怎得无罪！”殷氏道：“这是暂时的册封，稍迟数月，便当册王鹦鹉为后了。”随即用帛自尽。诸女妾媵皆自杀，惟严道育、王鹦鹉两人，牵出都市，鞭笞交下，宛转致毙。要想做天

师、皇后的滋味。焚尸扬灰，掷置江中。殷冲为殷氏季父，尹弘王罗汉，曾事劭尽力，一概赐死。淮南太守沈璞坐守湖上，观望不前，亦即加诛。

嗣主骏自新亭入都，就居东府，百官踵府请罪，有诏不问。遂遣建平王弘至寻阳，迎生母路淑媛及妃王氏入都。尊母为皇太后，册妃为皇后。追赠袁淑为太尉，徐湛之为司空，江湛为开府仪同三司，王僧绰为金紫光禄大夫。毁劭所居东宫斋室，作为园池。封高禽为新阳县男，追号潘淑妃为长宁国夫人，特置守冢。祸由彼起，不应追赠，即如王僧绰之甘受伪命，亦不宜赠官。进江夏王义恭为太傅，领大司马，南平王铄为司空，建平王弘为尚书左仆射，随王诞为右仆射，寻且改南谯王义宣为南郡王，随王诞为竟陵王。余皆论功行赏，各有迁调。惟褚湛之本为濬妇翁，自南奔归顺后，赦去前罪，受职丹阳尹，女为濬

妃，因湛之反正，浚与妃绝，亦得免诛。又有何尚之虽曾附逆，但与义恭从中调护，保全三镇，心向义军，理应特别原情，仍授为尚书令。子何偃为大司马长史，任遇如故。宋主骏乃入居大内，粗享太平。小子有诗咏道：

江州天下语非虚，一举功成恶尽除。
毕竟人情犹向义，元凶结局果何如！

过了两月，南平王铄竟致暴亡。究竟为着何事，待小子下回表明。

弑宋主者为元凶劭。劭何能弑主？潘淑妃实召之。宋主死而淑妃亦死，宜也。淑妃死而劭与浚相继俱死，尤其宜也。武陵王骏，亦南平王铄之流，非真能成大事者，幸赖沈庆之昌言起义，始得号召义旅，入诛元凶。天下虽滔滔皆是，而公论犹存，凶人卒殄，是可见弑君弑父者，终不能幸全性命；否则天理沦亡，顺逆不辨，几何不胥为禽兽也。乃逆党殄平，不问原委，且追赠潘淑妃为长宁国夫人，另置守冢，是岂不可以已乎！吾乃知骏之终为阍主也。

第十八回　犯上兴兵一败涂地
诛叔纳妹只手瞒天

却说南平王铄与义恭等还入建康，虽得进位司空，但因归义最迟，终为宋主骏所忌。铄亦常怀忧惧，寤寐不安，夜眠时或尝惊起，与家人絮谈，语多荒谬，及神志清醒，始自觉为失魂。一日食中遇毒，竟尔暴亡。当时统说由宋主所使，将他毒毙，表面上追赠司徒，总算掩饰过去。

越年就是宋主骏元年，年号孝建。才经一月，江州复起乱事，免不得又要兴师。自宋主骏入都定位，凡被劭拘禁诸子及义宣诸儿，当然放出。立长子子业为皇太子，并封义宣子恺为南谯王。义宣固辞，乃降封恺为宜阳县王，恺兄弟有十六人，姊妹亦多，或随义宣就藩，或留住都中。义宣受宋主骏命，兼镇扬州，他却不愿内任，情愿还镇荆州。宋主骏准如所请。义宣陛辞而去，所留都中子女，仍然居京邸中。

宋主骏年才三八，膂力方刚，正是振作有为的时候，偏他有一种好色的奇癖。好色亦是常情，不得目为奇癖。无论亲疏贵贱，但教有几分姿色，被他瞧着，便要召入御幸，不肯放松。路太后居显阳殿中，内外命妇及宗室诸女免不得进去朝谒，骏乘间闯入，选美评娇，一经合意，便引她入宫，迫令侍寝。有时竟在太后房内，配演几出龙凤缘。太后溺爱得很，听令胡闹，不加禁止，因此丑声外达，喧传都中。

义宣诸女曾出入宫门，有几个生得一貌如花，被宋主骏瞧着，也不管她是从姊从妹，竟做了春秋时候的齐襄公。义宣女不好推脱，只好勉遵圣旨，也凑成了第二、三个鲁文姜。天下事若要不知，除非莫为，渐渐地传到义宣耳中。看官！你想这义宣恨不恨呢？女为帝妃，何必生恨！

会雍州刺史臧质调任江州，自谓功高赏薄，阴蓄异图，闻义宣怀恨宋主，遂遣心腹往谒义宣，赍投密书。略云：

> 自来负不赏之功，挟震主之威者，保全能有几人！今万物系心于公，声闻已著，见机不作，将为他人所先。若命鲁爽、徐遗宝驱西北精兵，来屯江上，质率沅江楼船，为公前驱，已得天下之半。公以八州之众，徐进而临之，虽韩、白韩信、白起。复生，不能为建康计矣。且少主失德，闻于道路，沈庆之。柳元景。诸将，亦我之故人，谁肯为少主尽力者？夫不可留者年也，不可失者时也，质常恐溘先朝露，不得展其膂力，为公扫除。再或蹉跎，悔将无及，愿明公熟思之！

义宣得书，反复览诵，不免心动。质系臧皇后从子，臧皇后见前。与义宣为中表兄弟，质女为义宣子采妻，更做了儿女亲家，戚谊缠绵，深相投契，此次怨及宋主，又是不谋而合，义宣总道他有几分把握，自然多信少疑。还有谘议参军蔡超，司马竺超民等，希图富贵。统劝义宣乘时举事，如质所言，义宣乃复书如约。

时鲁爽为豫州刺史，素与义宣交好，亦与质相往来。兖州刺史徐遗宝，向为荆州部将，义宣即遣使分报二人，密约秋季举兵，爽方被酒，未曾听明来使传言，即日调集将士，首先发难。私造法服登坛，自号建平元年。遗宝亦整兵向彭城。爽弟瑜在建康，闻信奔至爽处。瑜弟弘为质府佐，有诏令质收捕。质执住诏使，也即举兵，一面报知义宣，促令会师。

义宣出镇荆州，先后共计十年，虽然兵强财富，但欲称戈犯阙，期在秋凉。蓦闻鲁爽、臧质，先期发难，自己势成骑虎，不得不仓猝起应。只因师出无名，不得不与质互商，想出一条入清君侧的话柄，各奉一表，传达建康。义宣自称都督中外诸军事，置左右长史司马，使僚佐上笺称名，加鲁爽为征北将军。爽送所造舆服至江陵，使征北府户曹投义宣版文，有云：丞相刘今补天子，名义宣，车骑臧今补丞相，名质，皆版到奉行。义宣瞧着，很加诧异。我亦惊疑。复贻书臧质，密令注意。质意图笼络，特加鲁弘为辅国将军，令戍大雷。义宣亦遣谘议参军刘湛之，率万人助弘，并召司州刺史鲁秀，欲使为湛之后继。秀至江陵，入见义宣，彼此问答片时，即出府太息道："我兄误我，乃与痴人作贼，这遭要身败家亡了！"既知义宣不足恃，何不另求自全之计？

宋主骏闻义宣发难，恐他兵力盛强，不能抵敌，乃与诸王大臣商议，为让位计，拟奉乘舆法物，往迎义宣。竟陵王诞劝阻道："兵来将挡，火来水灭，况义宣犯上作乱，无幸成理，奈何持此座与人！"宋主乃止，命大司马江夏王义恭，作书劝谕义宣，历陈祸福。义宣不报，于是授领军将军柳元景为抚军将军，兼雍州刺史，左卫将军王玄谟为豫州刺史，安北司马夏侯祖欢为兖州刺史，安北将军萧思话为江州刺史。四将一齐会集，即令元景为统帅，往讨义宣、臧质及鲁爽。

雍州刺史朱修之得义宣檄文，佯为联络，暗中却通使建康，愿共讨逆。宋廷本虑他趋附义宣，所以令元景兼刺雍州，既得修之密报，当然复谕奖勉，调他为荆州刺史。益州刺史刘秀之斩义宣使，遣中兵参军韦崧率万人袭江陵。义宣尚未闻知，命臧、鲁两军先发，自督部众十万，出发江津，舳舻达数十里。授子慆为辅国将军，与左司马竺超民留镇江陵，檄朱修之出兵接应。修之已输诚宋室，哪里还肯发兵？义宣始知修之怀贰，特遣鲁秀为雍州刺史，分兵万人，令他北攻修之。

王玄谟闻秀北去，不由地心喜道："鲁秀不来，一臧质怕他甚么！"遂进兵扼守梁山。冀州刺史垣护之，系徐遗宝姊夫，遗宝邀护之同反，护之不从，且与夏侯祖欢约击遗宝，遗宝方进袭彭城，长史明胤预先防备，击退遗宝，并与祖欢、护之合军，夹击湖陆。遗宝保守不住，焚城出走，奔投鲁爽。兖州叛兵已了。

爽引兵直趋历阳，与臧质水陆俱下。殿中将军沈灵赐，奉元景将令，带着百舸，游弋南陵，正值臧质前锋徐庆安，率舰东来，灵赐即掩杀过去。可巧遇着东风，顺势逆击，把庆安坐船挤翻，庆安覆入水中，由灵赐指麾勇夫，解衣泅水，得将庆安擒住，回军报功。臧质闻庆安被擒，怒气直冲，驱舰急进，径抵梁山。王玄谟扼守多日，营栅甚固，质猛攻不下，乃夹岸立营，与玄谟相拒，且促义宣从速援应。义宣自江津启行，突遇大风暴起，几至覆舟，尚幸驶入中夏口，始得无恙。已兆死谶。

好容易到了寻阳，留待臧、鲁二军消息。既得臧质来书，便拨刘湛之率兵助质，又督军进驻芜湖。质复进攻梁山，顺流直上，得拔西垒。守将胡子友等迎战失利，弃垒东渡，往就玄谟，玄谟忙向柳元景告急。元景正屯兵姑熟，急遣精兵助玄谟，命在梁山遍悬旗帜，张皇声势。又令偏将郑琨、武念出戍南浦，为梁山后蔽，果然臧质派将庞法起，率众数千，来击梁山后面，冤冤相凑，与琨、念碰着。一场厮杀，法起大败，堕毙水中。

时左军将军薛安都，龙骧将军宗越，往戍历阳，截击鲁爽，斩爽先行杨胡兴。爽不能进，留驻大岘，使弟瑜屯守小岘，作为犄角。宋廷特简镇军将军沈庆之，出督历阳将士，奋力进讨。庆之系百战老将，为爽所惮，且因粮食将尽，麾兵徐

退，自率亲军断后，从大岘趋往小岘。兄弟相见，杯酒叙情，总道是官军未至，可以放心畅饮，不防薛安都带着轻骑，倍道追来，直至小岘营前。爽与瑜方才得悉，仓皇出战，队伍未齐，爽已饮得醉意醺醺，不顾好歹，尽管向前乱闯，兜头碰着薛安都，挺刃欲战，偏偏骨软筋酥，抬手不起。但听得一声大喝，已被安都一枪刺倒，堕落马下。安都部将范双从旁闪出，枭爽首级。爽众大溃，瑜亦走死。安都追至寿阳，沈庆之继至，寿阳城内，只有一个徐遗宝，怎能支持？便弃城往奔东海，为土人所杀。豫州叛众又了。

兖、豫二州，俱已荡平，爽系累世将家，骁勇善战，号万人敌，一经授首，顿使义宣、臧质，心胆皆惊。沈庆之又将爽首赍送义宣，义宣益惧。勉强到了梁山，与质相晤，质献上一策，请义宣攻梁山，自率万人趋石头，义宣迟疑未决。原来江

夏王义恭屡与义宣通书，谓质少无美行，不可轻信。实是离间之计。因此义宣怀疑。刘湛之又密白义宣道："质求前驱，志不可测，不如合攻梁山，待已告克，然后东进，方保万全。"义宣遂不从质议，只令质进攻东城。

那时薛安都、宗越等，均已驰至梁山，垣护之亦至，王玄谟慷慨誓师，督众大战。薛安都、宗越，并马出垒，分作两翼，俟质众登岸，即冲杀过去。安都攻质东南，一枪刺死刘湛之，宗越攻质西北，亦杀毙贼党数十人。质招架不住，只好退走，纷纷登舟，回驰西岸。不防垣护之从中流杀来，因风纵火，烟焰蔽江。质众大乱，走投无路，各舟又多延燃，烧死溺死等人，不计其数。可谓水火既济。

义宣在西岸遥望，正在着急，那垣护之、薛安都、宗越各军，已乘胜杀来，吓得不知所措，即驶船西走，余众四溃。臧质亦单舸遁去，梁山所遗贼砦统被官军毁尽，内外解严。质奔还寻阳，欲与义宣计事，偏义宣已先经过，不及入城，但命将臧采妻室即义宣女。接取了去，一同西奔。质知寻阳难守，毁去府舍，挈了妓妾，奔往西阳。太守鲁方平闭门不纳，转趋武昌，也遇着一碗闭门羹。日暮途穷，无处存身，没奈何窜入南湖，采莲为食。未几有追兵到来，他自匿水中，用荷覆头，止露一鼻。忽为追将郑俱儿望见，射了一箭，直透心胸。既而兵刃交加，肠胃尽出，枭首送建康。江州叛首又了。

义宣奔至江夏，欲趋巴陵，遣人往探，返报巴陵有益州军，不得已回入径口，步向江陵。众散且尽，左右只十数人，沿途乞食，又患脚痛。好几日始至江陵郭外，遣人报知竺超民，超民乃率众出迎。义宣见了超民，且泣且语，备述败状。超民恐众心变动，慌忙劝阻，义宣左右顾望，又见鲁秀亦在，惊问底细，方知秀为朱修之杀败，走回江陵。不如意事常八九，可与人言无二三，没奈何垂头丧气，偕超民等同入城中。亲吏翟灵宝，谒过义宣，便即进言道："今荆州兵甲，不下万人，尚可一战，请殿下抚问将佐，但说臧质违令致败，现特治兵缮甲，再作后图。从前汉高百败，终成大业，怎知他日不转败为胜，化家为国呢！"义宣依议召慰将佐，也照了灵宝所说，对众晓谕。他本来口吃舌短，如期期艾艾相似，语不成词。此次又仓皇誓众，更属蹇涩得很，及说到"汉高百败"一语，他竟忙中有错，误作"项羽千败"。语言都不清楚，记忆又甚薄弱，乃想入做皇帝，真是痴人！大众都忍不住笑，各变做掩口葫芦。义宣始觉错说，禁不住两颊生红，返身入内，竟不复出。

鲁秀、竺超民等尚欲收拾余烬，更图一决，叵奈义宣昏沮，腹心皆溃，所有城中将弁，多悄悄遁去。鲁秀知不可为，

因即北行。义宣闻秀已北去，亦欲随往，急令爱妾五人，各扮男装，自与子慆带着佩刀，携着干粮，前导后拥，跨马而出。但见城中兵民四扰，白刃交横，又不觉惊惶无措，吓落马下。真正没用家伙。还亏竺超民随送在后，把他扶起，送出城外，复将自己乘马，授与义宣，乃揖别还城，闭门自守。

义宣出城数里，并不见有鲁秀，随身将吏，又皆逃散，单剩子慆一人，爱妾五人，黄门二人，举目苍凉，如何就道？不得已折回江陵，天色已晚，叩城不应，乃转趋南郡空廨，荒宿一宵。无床席地，待至天明，遣黄门通报超民。超民已变初意，竟给他敝车一乘，载送至刺奸狱中。义宣入狱，坐地长叹道："臧质老奴，误我至此！"似你这般痴人，即不为臧质所误，恐亦未必长生。嗣由狱吏遣出五妾，不令同居，义宣大恸道："常日说苦，尚非真苦，今日分别，才算是苦！"

那鲁秀本拟奔魏，途次从卒尽散，单剩了一个光身，不便北赴，也只好还向江陵。到了城下，城上守兵，弯弓竞射，秀急忙趋避，背后已中一箭，自觉逃生无路，投濠溺毙。守兵出城取首，传送都中，诏令左仆射刘延孙至荆、江二州，旌别枉直，分行诛赏。且由大司马义恭与荆州刺史朱修之，叫他驰入江陵，令义宣自行处治。书未及达，修之已入江陵城，杀死义宣及子慆，并同党蔡超、颜乐之、徐寿之；就是竺超民亦不能免罪，一并伏诛。义宣有子十八人，两子早死，尚余十六子，由宋廷一一逮捕，俱令自尽。臧质子孙，亦悉数诛夷。豫章太守任荟之，临川内史刘怀之，鄱阳太守杜仲儒，并坐质党，同时处斩。加封沈庆之为镇北大将军，柳元景为骠骑将军，均授开府仪同三司。余如王玄谟以下，皆迁升有差。

先是晋室东迁，以扬州为京畿，荆、江二州为外藩，扬州出粟帛，荆、江二州出甲兵，各使大将镇守。宋因晋旧，规制不改。宋主骏惩前毖后，谓各镇将帅，一再叛乱，无非由地大兵多所致，遂令刘延孙分土析疆，划扬州、浙东五郡，为东扬州，置治会稽，并由荆、湘、江、豫四州中，划出八郡，号为郢州，置治江夏，撤去南蛮校尉，把戍兵移居建康，荆、扬二镇，坐是削弱，但从此地力虚耗，缓急难资。太傅义恭见宋主志在集权，不欲柄归臣下，乃请将录尚书事职衔，就此撤消，且裁损王侯车服器用，乐舞制度，共计九条。宋主自然准奏，尚因王侯仪制，裁抑未尽，更令有司加添十五条，共计二十四条，嗣是威福独专，隐然有言莫予违的状况。

沈庆之功高望重，恐遭主忌，年纪又已满七十，乃告老乞休，宋主不许，庆之入朝固请道："张良名贤，汉高且许他恬退，如臣衰庸，尚有何用？愿乞赐骸骨，永感圣恩！"宋主仍面加慰留。经庆之叩头力请，继以涕泣，乃授庆之为始兴公，罢职就第。柳元景亦辞去开府，迁官南兖州刺史，留卫京师，朝右诸臣见义恭及沈、柳两人尚且敛抑惧罪，哪个还敢趾高气扬？大家屏足重息，兢兢自守。就使宫廷有重大情事，也不敢进谏，个个做了仗马寒蝉。不意庸才如骏，却有这番专制手段。

宋主骏乐得放肆，除循例视朝外，每日在后宫宴饮，狎亵无度。前时义宣诸女，虽得仰承雨露，尚不过暗地偷欢，未尝列为嫔御，至此由宋主召令入宫，公然排入妃嫱，追欢取乐。只是姊妹花中，性情模样，略有不同，有一个生得姿容纤冶，体态苗条，面似芙蕖，腰似杨柳，水汪汪的一双媚眼，勾魂动魄，脆生生的一副娇喉，曼音悦耳，痴人生此娇女恰也难得。引得这位宋主骏当作活宝贝看待，日夕相依，宠倾后宫。几度春风，结下珠胎，竟得产一麟儿，取名子鸾，排行第八，宋主越加喜欢，拜为淑仪。但究竟是个从妹，不便直说出去，他托言是殷琰家人，入义宣家，由义宣家没入掖廷。俗语有云，张冠李戴，明明是个义宣女，冒充殷氏家人，封号殷淑仪，这真叫作张冠李戴呢。小子有诗叹道：

自古人君戒色荒，况兼从妹备嫔嫱；
冠裳颠倒同禽兽，国未亡时礼已亡。

中冓丑闻总难掩饰，当时谤言四起，又惹出一场阋墙的大衅来了。欲知后事，且看下回。

宋武七男，少帝、文帝，为臣子所废弑，义真、义康，先后受戮，义季不寿，所存者仅义恭、义宣耳。义宣讨逆有功，受封南郡，方诸姬旦，几无多让。曩令始终不贰，安镇荆州，则以懿亲而作外藩，几何不与国同体也。乃始而诛逆，继且为逆，轻率如臧质，狂躁如鲁爽，引为同党，率尔揭竿，乃知向之躬与讨逆者，第为一时之侥幸，至此则情态毕露，似醉似痴。圣狂之界，只判几希。能讨逆则足媲元圣；一为逆则即属痴人，身名两败，家族诛夷，非不幸也，宜也。然义宣启衅之由，始自宋主骏之淫及己女，义宣败而女为淑仪，宠擅专房，女无耻，男无行，易刘为殷，欲盖弥彰，其得保全首领以殁也，何其幸欤！然骨肉相残，人禽无辨，祸不及身，必及子孙：阅者于此，足以观因果焉。

第十九回　发雄师惨屠骨肉　备丧具厚葬妃嫱

却说宋主骏既诛义宣，复纳义宣女为淑仪，冒称殷氏，一面压制诸王，凌轹大臣，省得他多嘴多舌，起事生风。偏是专制益甚，反动益烈，群臣原屏足重息，那宋主自己的亲弟，却未肯受他抑迫，免不得互起猜嫌。原来宋主骏有二兄，一劭、一浚，已经诛死。亲弟却有十六人，最长的即南平王铄，遇毒暴亡；次为庐陵王绍，已经早卒，又次为建平王弘，佐骏除劭，官左仆射，未几亦殁，又次为竟陵王诞，受职右仆射；又次为东海王祎、义阳王昶、武昌王浑、湘东王彧、即明帝。建安王休仁、山阳王休祐、海陵王休茂、鄱阳王休业、新野王夷父、顺阳王休范、巴陵王休若，除夷父殀逝外，余皆少年受封，无甚表见。叙次明白。

孝建元年，柳元景辞去雍州兼职，令武昌王浑为雍州刺史，浑年轻有力，身长七尺，莅任以后，与左右戏作文檄，自称楚王，年号元光，备置百官。长史王翼之，上表奏闻，有诏削浑王爵，免为庶人，寻即逼令自杀。痴儿可悯。竟陵王诞，年龄较长，功绩最高，讨劭时已预义师，讨义宣时，又主张出兵。得平三镇，遂进官太子太傅，领扬州刺史。他遂造立亭舍，穷极工巧，园池华美，冠绝一时。又募壮士为卫，甲仗鲜明，夸耀畿甸。宋主骏本来多疑，更经义宣乱后，益滋猜忌，见诞举动不经，特阳示推崇，加诞为司空，调任南徐州刺史，出镇京口。嗣因京口尚近都城，更徙诞为南兖州刺史，另派右仆射刘延孙镇守南徐，阴加戒备。朝内用了两戴一巢，作为腹心，遇有军国大事，必与三人裁决，然后施行。两戴一名法兴，一名明宝，旧为江州记室，宋主即位，均擢为南台侍御史，兼中书通事舍人。一巢名叫尚之，涉猎文史，颇擅声誉，亦得与两戴同官。

到了孝建三年冬季，两戴一巢，上书献谀，无非说是臣民翕服，远近畏怀。宋主骏亦踌躇满志，特命改孝建四年元旦，为大明元年正朔，大赦天下，行庆施惠，粉饰太平。忽由东平太守刘胡，递入急报，说索虏内侵，与战失利，乞即发兵出援。宋主乃遣薛安都等往救，驰至东平，魏兵已退，因即班师。嗣是内外粗安，直至次年秋季，南彭城妖民高阇，与沙门昙标等谋反，勾通殿中将军苗允，拟内应外合，推阇为帝，幸有人告讦密谋，事前捕获，斩首了案，中书令王僧达，自恃才高，诽议朝政，路太后兄子尝访僧达，升榻高坐，竟被舁弃，遂入诉太后，求惩僧达。太后转告宋主，宋主已恨他讪上，即诬僧达与阇通谋，冤冤枉枉的把他赐死。

已而魏镇西将军封敕文，又入攻清口，为守将傅乾爱所破，魏征西将军皮豹子复入寇青州，也为青、冀刺史颜师伯所败，索头军不能得志，相继退还。南兖州刺史竟陵王诞竟乘隙思逞，托词防魏，缮城聚甲，将与宋主骏一决雌雄。又是一个痴人。参军刘智渊料知诞将作乱，请假还都，密报诞状。宋主命智渊为中书侍郎，俟诞起事，即加声讨。会吴郡民刘成、豫章民陈谈之，均上书告变，一说诞私造乘舆，一说诞密行巫蛊。宋主连得二书，遂召台臣劾诞罪恶，应收付廷尉治罪。及批答出去，却援着议亲议功故例，特别宽宥，但降爵为侯，撤去南兖州领职，遣令就国。另擢义兴太守桓阆为兖州刺史，拨给羽林禁兵，且遣中书舍人戴明宝，为阆主谋，乘间袭诞。做了堂堂天子，为何专喜鬼祟。

阆至广陵，即南兖州治所。诞毫不防备，典签蒋成，得戴明宝密函，约为内应。成恐孤掌难鸣，更与府舍人许宗之相谋，求他臂助。宗之佯为允诺，悄悄地入府白诞，时已入夜，诞正就寝，听得宗之密报，披衣惊起，立呼左右及平时食客数百人，收捕蒋成，一面列兵登陴，阖城拒守。待至黎朗，果闻桓阆叩城，便即斩了蒋成，掷首城下。阆得了成首，始知事泄，急忙策马倒退，不防诞驱兵杀出，仓猝间不及措手，立被杀毙，只戴明宝脱身奔还。

宋主闻报，特起始兴公沈庆之为车骑大将军，兼领南兖州刺史，统兵讨诞。诞毁去郭邑，驱城外居民入城，分发书檄，要结远迩，且遣人奉表，投诸建康城外。当有人拾起表文，呈入宫廷，宋主当即披阅，但见上面写着道：

往年元凶祸逆，陛下入讨，臣背凶赴顺，可谓常节。及丞相构难，臧鲁协从，朝野恍惚，咸怀忧惧，陛下欲遣百官羽仪，星驰推奉，臣前后谏诤，方赐俞允，社稷获全，是谁之力？陛下接遇殷勤，累加荣宠，骠骑扬州，旬月移授，恩秩频加，复赐徐兖，臣感蒙恩遇，久要不忘！岂谓陛下信用谗言，遂令无名小人，来相掩袭！不任枉酷，即加诛翦，雀鼠贪生，仰违诏敕。今亲勒部曲，镇扞徐兖。先经何福，同生皇家，今有何愆，便成胡越。陵锋奋戈，万没岂顾；荡定以期，冀在旦夕。陛下宫闱之丑，岂可三缄？临纸悲塞，不知所言！特录诞表，见得诞犹可原，以揭宋主不义不友之隐。

看官，你想宋主骏览着此表，尚能不怒愤填胸么？当下遣官四缉，凡与诞有亲友关系及诞党同籍期亲，留居都中，不论他通诞与否，一体处斩，共死千余人。淫刑以逞。自己出居宣武堂，内外戒严，奈何不与从妹同宿？且促庆之速进广陵，并饬豫州刺史宗悫，徐州刺史刘道隆会师广陵城下，限期破城。

宗悫南阳人，字元干，少有大志，叔父炳高尚不仕，尝问悫志如何？悫答道："愿乘长风破万里浪！"炳叹道："汝不富贵，且破我家！"悫兄泌方娶妻，吉夕有盗入门，悫年仅十四，挺身拒盗，盗约十余人，皆披靡不敢入室，勇名始著。后随江夏王义恭麾下，义恭举悫南略林邑，奏绩北归。已而为随郡太守，复征服雍州群蛮，元凶劭肆逆时，从讨有功，官左卫将军，封洮阳侯。宗系一代人杰，故叙述较详。至诞据广陵，不服朝命。悫正驻节豫州，表求赴讨，当即乘驿入都，而受节度。时年逾六十，顾盼自豪，宋主很是嘉勉，便遣令赴军，归沈庆之节制。

诞闻宗悫到来，颇加畏惧，但下令军中道："宗悫助我，尽可放心！"悫至城下，知城中有如此伪令，即绕城一周，跃马大呼道："我宗悫也！只知讨逆，不知助逆。"如闻其声。诞自悔失计，登城俯望，正值庆之指麾众士，将要攻城，便凄声呼语道："沈公沈公，年垂白首，何苦来此？"庆之道："朝廷因君狂愚，不足劳动少壮，所以遣老夫前来。"

诞见军势甚盛，颇有惧色，当即下城整装，留中兵参军申灵赐居守，自将步骑数百人及帐下亲卒，托词出战，开门北走。约行十余里，望见后面尘头陡起，料有追兵到来，大众哗噪道："同一遇敌，不如还城！"诞蹙额道："我若还城，卿等能为我尽力否？"众皆许诺。部将杨承伯牵住诞马，且泣语道："无论生死，且返保城池，速即退还，尚可入城，迟恐不及了！"诞乃复还，即与追军相值，来将为戴宝之，单骑直前，挺槊刺诞，几中咽喉，亏得杨承伯用刀格去，敌住宝之，余众拥诞冲锋，杀开一条走路，匆匆还城。承伯且战且行，宝之因随兵不多，也放令走还。

诞既入城，授申灵赐为骠骑府录事，参军王屿之为中军长史，世子景粹为中军将军，别驾范义为中军长史，此外府州文武将佐，一概加秩，筑坛歃血，誓众固守。命主簿刘琨之为中兵参军，琨之系宋宗室将军刘遵考子，不肯就职，正色谢诞道："忠孝不能两全，琨有老父在都，未敢奉命！"诞怒他抗违，囚絷狱中，不屈遇害。右卫将军垣护之、虎贲中郎将殷孝祖等，前曾奉诏防魏，至是俱还广陵，与沈庆之合军攻城。诞遗庆之食物，庆之毫不启视，悉令毁去。诞又在城上捧一函表，托庆之转达朝廷，庆之道："我受诏讨贼，不能为汝送表，汝欲归死朝廷，便当开门遣使，我为汝护送便了！"写庆之忠直。诞无词可答，乃遣将分出四门，袭击宋营，俱被宋将杀退。

宋主颁发金章二钮，赍至军前，一为竟陵县开国侯，食邑一千户，系是悬赏擒诞，一为建兴县开国男，食邑三百户，乃是悬赏先登。并命庆之预设三烽，举一烽是克外城，举两烽是克内城，举三烽是已擒诞。且又遣屯骑校尉谭金、前虎贲中郎将郑景玄，率羽林兵再助庆之，促令速拔广陵。会值夏雨连绵，不便进攻，因此久持不下，诏使相继催迫，络绎道旁。及天雨已霁，宋主命太史择日，拟渡江亲征，太傅义恭固谏，方才罢议。但使御史奏劾庆之，并将原奏寄示行营，令他自省。若使庆之不忠，岂非激令附逆？庆之益督励诸军，奋勇进攻，诞屡战屡败，穷蹙无法，将佐多逾城出降。记室参军贺弼，曾再四谏诞，终不见听。或劝弼宜早出，弼答道："叛君不忠，背主不义，只好一死明心罢了！"乃饮药自杀。参军何康之等，斩关出降，诞拘住康之母，缚置城楼，不给饮食，母且呼且号，数日而死。诞已死在目前，尚且如此残忍。庆之亲冒矢石，攻破外郛，乘势进拔内城，诞与申灵赐走匿后园，为庆之裨将沈胤之等追及，击伤诞面，诞坠入水中，又被官军牵出，枭首送京。诞母殷修华，修华为女嫔名。妻徐氏，俱随诞在镇，同时自尽，余众多死。

庆之连举三烽，报捷都中，宋主御宣阳门，左右争呼万岁，独侍中蔡兴宗在侧，绝不作声。宋主顾问道："卿何独不呼？"兴宗正色道："陛下今日，正应涕泣行诛，怎得令称万岁？"宋主怫然不悦，且传令军前，饬屠广陵城。沈庆之忙即奏阻，请自五尺以下，并皆贷死。虽得宋主许可，但丁壮皆诛，妇女充作军赏。庶民何辜，遭此惨虐！更有杀人不眨眼的宗越，临辕监刑，备极苛虐，或刳肠抉目，或笞面鞭腹，先令他血肉横飞，然后剁落头颅，共计首级三千余，奉诏持至石头城南岸，聚为京观。诞子景粹由黄门吕昙济携逃出城，匿居民间，好几日始得觅着，当然处斩。临川内史羊璿，与诞素善，连坐伏诛。山阳内史梁旷，家在广陵，因不应诞召，全家被戮，至是受命为后将军。刘琨之亦得擢为黄门侍郎。

沈庆之班师回朝，赏赍有差，诏进庆之为司空，领南兖州刺史。庆之受职未久，仍然乞休，且将司空职衔，让与柳元景。自挈家属徙居娄湖，广辟田园，优游自乐，蓄有妓妾数十人、奴僮千计，非经朝贺，不复出门，居然想做一陶朱公了。若果与世无求，何至后来遇祸？

颜竣因佐命功，得为丹阳令，席丰履厚，夸耀一时。乃父颜延之，仍布衣茅屋，不改书生本色，尝乘羸牛笨车，出游郊外，遇竣跨马前来，仪从甚盛，即屏住道侧。已而步入竣署，面诫竣道："我生平不喜见要人，今不料见汝！"竣仍不改，广筑居室，华丽无比。延之又申谕道："汝宜善为，勿令后人笑汝拙呢！"竣又尝晏起，甚至宾客盈门，尚未出见。延之往斥道："汝在粪土中，升云霄上，乃遽骄惰如此，怎能长久哩？"延之生平品行无甚可取，惟诫子数语，却是治家格言。

既而延之病卒，竣丁父忧，才阅一月，即起为右将军，仍任丹阳尹。宋主奢淫自恣，竣欲沽名市直，屡有诤言，为宋主所隐恨。身且不正，安能正君？竣见言多不纳，乞请外调，有诏徙为东扬州刺史。竣始知恩宠已衰，渐有惧意。寻遭母忧，送葬还都，偏为仇家所讦，说他怨望诽谤，宋主竟将竣列入诞案，诬称与诞通谋，勒令自尽，妻子徙交州。复遥嘱押解官吏，把他男口沉死江中，延之所言，果然尽验。功成不退，往往罹祸。

庐陵内史周朗，每上书言事，语多切直，宋王怒起，命传送宁州，杀毙道旁。

到了大明五年，雍州刺史海陵王休茂，又复谋变，未成即死，休茂为宋主第十四弟，兄浑被诛，见本回上文。出代后任。

司马庾深之行府州事，因休茂年少，不令专决，府吏张伯超得休茂宠，专恣不法，尝遭深之呵责，伯超遂劝休茂杀死休之，建牙驰檄，征兵作乱。参军尹玄度潜结壮士，夜袭休茂，当场擒获，斩首送建康，母蔡美人亦死。

义恭进位太宰，希宋主意旨，即把竟陵、海陵等作为话柄，申请裁抑诸王，不使出任边州，且令绝宾客，禁甲兵。宋主意欲准奏，由侍中沈怀文固谏，方将此议搁起，但心中未免怏怏。怀文素与颜竣、周朗友善，竣、朗受诛，惟怀文犹进直言。宋主尝召与语道："竣若知有死日，也不敢向朕多嘴了。"怀文不答。

看官听说！古来直臣正士，明知闇君不能受谏，只因一腔热血，熬受不住，总要出去多言；况宋主骏好色好货，好博好饮，好猜忌群下，好狎侮大臣，种种行止，皆失君道，试想庸中佼佼的沈怀文，怎能隐忍过去？每过旬日，总有一二本奏牍，数十句箴言，宋主始终逆耳，不愿听从。怀文又尝偕侍臣入宴，宋主必使列座沉醉，互相嘲谑。独怀文素不饮酒，又不喜戏言，宋主益恨他故意违旨，出为广陵太守。大明六年正月，入都觐贺，事毕当还，因女病乞请展期，致挂弹章，奉旨免官。怀文请卖去京宅，返归武康原籍，哪知益触主怒，竟诬他还家谋变，下诏赐死。

朝中又少了一个直臣，于是正人短气，奸佞扬镳。两戴一巢，内邀恩宠，外受赃赇，家累千金，门外成市。还有青冀刺史颜师伯，入为侍中，生平所长，莫如谀媚，朝夕入直，事事得宋主心。好算一个人才。宋主常与他作摴蒲戏，一掷得雉，自谓必胜，师伯独一掷得卢，急得宋主失色，不意师伯善解上意，慌忙敛子道："几乎得卢。"遂自愿认输。待至罢博，师伯竟输钱百万缗，宋主大喜。君臣相博，成何体统！况师伯所输之钱，试问从何处得来？平时对大臣言谈，好涉戏谑，常呼光禄大夫王玄谟为老伧，仆射刘秀之为老悭，颜师伯为齴。齴系露齿的意义，师伯唇不包齿，故有此称。此外长短肥瘦，各替他取一绰号。又嬖宠一昆仑奴，状似昆仑国人，长大多力，令他执仗侍侧，稍不惬意，便令他殴击群臣。惟蔡兴宗入朝，容仪严肃，颇为宋主所惮，不敢狎媟，且命与给事中袁粲，同为吏部尚书。有仪可象，其效如此！粲亦持正，吏治少清。

惟宋主骄侈日甚，奢欲无度，土木被锦绣，赏赐倾库藏，财用不足，想出一个敛取的方法，每经刺史二千石，卸职还都，辄限使献奉，又召他入戏摴蒲，必将他宦囊余积，悉数输出，然后快意。仿佛无赖子所为。所得财物，又任情挥霍，因嫌宫殿狭小，特另造玉烛殿。坏高祖所居潜室，见床头用土作障，壁上挂葛灯笼，麻绳拂，宋主瞧着，用鼻作嗤笑声。侍中袁颉有意讽谏，极称高祖俭德，宋主反变色道："田舍翁得此器用，已算是过度了！"试问汝是田舍翁何人？颉知话不投机，方才退去。

义恭自诸王被祸，日夕忧惧，他本兼领扬州刺史，因恐权重遭忌，一再表辞。宋主乃令次子西阳王子尚为扬州刺史，年未十龄。嗣又立第八子子鸾为新安王，领南徐州刺史，年仅六龄。鸾母殷淑仪，宠擅专房，见前回。鸾亦独邀异数，怎奈红颜命薄，天不假年，大明六年四月，殷淑仪一病身亡，惹得这位宋主骏，悲悼不休，如丧考妣。追册淑仪为贵妃，予谥曰"宣"，埋玉龙山，立庙皇都。出葬时特给辒辌车，载奉灵柩，卫以虎贲班剑，导以鸾辂九旒，前后部羽葆鼓吹，几比帝后发丧，还要烜赫。送丧人数，不下数千，外如公卿百官，内如嫔御六宫，无不排班执引，素服举哀。宋主出南掖门，目送丧车，悲不自胜。何不去做孝子？因饬执事中谢庄，作哀策文。庄夙擅文才，援笔立就，说得非常哀艳，可泣可歌。宋主还宫偃卧，由内侍呈入哀诔，才阅数行，禁不住潸潸泪下。及全篇阅毕，起坐长叹道："不谓当今复有此才！"说着，自己亦觉技痒，特拟汉武帝李夫人赋，追诔殷贵妃，语语悱恻，字字缠绵，但比那谢庄哀文，尚自觉弗如。当下将谢庄哀文颁发，勒石镌墓，都下传写，纸墨价为之一昂。小子因限于篇幅，无暇录述，但总结一诗道：

为昵私情益悼亡，秽闻欲盖且弥彰；
伤心南郡犹知否？父死刀头女盛丧！

宋主忆妃爱子，更进子鸾为司徒，加号抚军，命谢庄为抚军长史，令佐爱儿。好容易过了两年，宋主骏也要归天了。欲知宋主何疾致死，且看下回声明。

郑伯克段于鄢，春秋不书弟贱段而甚郑伯也，甚郑伯之处心积虑成于杀也。宋竟陵王诞，罪不段若，而宋主骏之惎刻，则过于郑庄，诞之反，实宋主骏激成之，雀鼠哀生，情殊可悯。及沈庆之攻克广陵，复下诏屠城，虽经庆之谏阻，尚杀三千余口，筑为京观，视骨肉如鲸鲵，不仁孰甚！且杀颜竣，戮周朗，赐沈怀文死，饰非拒谏，草菅人命，而独嬖一从妹，宠一爱子，何薄于彼而厚于此耶？至若好博好财，有愧君道，盖独其失德之小事。古谓其父行劫，其子必且杀人，无怪子业之淫恶加甚也。

第二十回　狎姑姊宣淫鸾掖
辱诸父戏宰猪王

却说宋主骏忆念宠妃，悲悼不已。后宫佳丽虽多，共产二十八男，但自殷淑仪死后，反觉得此外妃嫔，无一当意，也做了伤神的郭奉倩、即魏郭嘉。悼亡的潘安仁，即晋潘岳。渐渐地情思昏迷，不亲政事。挨到大明八年夏季，生了一病，不消几日，便即归天。在位共十一年，年只三十五岁。遗诏命太子子业嗣位，加太宰义恭为中书监，仍录尚书事，骠骑大将军柳元景，领尚书令，事无大小，悉白二公。遇有大事，与始兴公沈庆之参决，军政悉委庆之，尚书中事委仆射颜师伯；外监所统，委领军王玄谟。

子业即位柩前，年方十六，尚书蔡兴宗亲捧玺绶，呈与子业。子业受玺，毫无戚容，兴宗趋出告人道："昔鲁昭不戚，叔孙料他不终，是春秋时事。今复遇此，恐不免祸及国家了！"不幸多言而中。

既而追崇先帝骏为孝武皇帝，庙号"世祖"，尊皇太后路氏为太皇太后，皇后王氏为皇太后。子业系王氏所出，王太后居丧三月，亦患重疾。子业整日淫狎，不遑问安，及太后病笃，使宫人往召子业，子业摇首道："病人房间多鬼，如何可往？"奇语。宫人返报太后，太后愤愤道："汝与我快取刀来！"宫人问作何用？太后道："取刀来剖我腹，哪得生宁馨儿！"也是奇语。宫人慌忙劝慰，怒始少平，未几即殁，与世祖同葬景宁陵。

是时戴法兴、巢尚之等仍然在朝，参预国事。义恭前辅世祖，尝恐罹祸，及世祖病殂，方私自庆贺道："今日始免横死了！"慢着。但话虽如此，始终未敢放胆，此番受遗辅政，仍然引身避事。法兴等得专制朝权，诏敕皆归掌握。蔡兴宗因职掌铨衡，常劝义恭登贤进士，义恭不知所从。至兴宗奏陈荐牍，又辄为法兴、尚之等所易，兴宗遂语义恭及颜师伯道："主上谅闇，未亲万机，偏选举例奏，多被窜改，且又非二公手笔，莫非有二天子不成？"义恭、师伯愧不能答，反转告法兴，法兴遂向义恭谗构兴宗，黜为新昌太守。义恭渐有悔意，乃留兴宗仍住都中。同官袁粲改除御史中丞，粲辞官不拜。领军将军王玄谟亦为法兴所嫉，左迁南徐州刺史，另授湘东王彧为领军将军，越年改元永光，又黜彧为南豫州刺史，命建安王休仁为领军将军。已而雍州刺史宗悫，病殁任所，乃复调彧往镇雍州。

子业嗣位逾年，也欲收揽大权，亲裁庶政。偏戴法兴从旁掣肘，不令有为。子业当然衔恨，阉人华愿儿，亦怨法兴裁减例赐，密白子业道："道路争传，法兴为真天子，官家为假天子；况且官家静居深宫，与人罕接，法兴与太宰颜、柳，串同一气，内外畏服，恐此座非复官家有了！"子业被他一吓，即亲书诏敕，赐法兴死，并免巢尚之官。颜师伯本联络戴巢，权倾内外，蓦闻诏由上出，不禁大惊。才阅数日，又有一诏传下，命师伯为尚书左仆射，进吏部尚书王彧为右仆射，所有尚书中事，令两人分职办理；且将师伯旧领兼职，尽行撤销。师伯由惊生惧，即与元景密谋废立，议久不决。需者事之贼。

先是子业为太子时，恒多过失，屡遭乃父诟责，当时已欲易储，另立爱子新安王子鸾。还是侍中袁顗竭力保护，屡称太子改过自新，方得安位。及入承大统，临丧不哀，专与宦官宫妾，混作一淘，纵情取乐。华愿儿等欲攫大权，所以抬出这位新天子来，教他显些威势，好做一块挡风牌。

元景师伯即欲声明主恶，请出太皇太后命令，废去子业，改立义恭。当下商诸沈庆之，庆之与义恭未协，又恨师伯平时专断，素未与商，乃佯为应允，密表宫廷。子业闻报，遂亲率羽林兵，围义恭第，麾众突入，杀死义恭，断肢体，裂肠胃，挑取眼睛，用蜜为渍，叫作鬼目粽，并杀义恭四子。宋武诸子至此殆尽。另遣诏使召柳元景，用兵后随。元景知已遇祸，入辞老母，整肃衣冠，乘车应召。弟叔仁为车骑司马，欲兴甲抗命，元景不从，急驰出巷，巷外禁兵林立，挟刃相向。元景即下车受戮，容色恬然。元景有六弟八子，相继骈戮，诸侄亦从死数十人。颜师伯闻变出走，在道被获，当即杀毙，六子尚幼，一体就诛。师伯该死，义恭、元景未免含冤。

子业复改元景和，受百官朝贺，文武各进位二等，进沈庆之为太尉，兼官侍中，袁顗为吏部尚书，赐爵县子，尚书左丞徐爰，夙善逢迎，至是亦徼功获赏，并得子爵。自是子业狂暴昏淫，毫无忌惮，有姊山阴公主，闺名楚玉，与子业同出一母，已嫁驸马都尉何戢为妻，子业独召入宫中，留住不遣，同餐同宿，居然与夫妇相似。父淫从妹，子何不可与女兄宣淫。有时又同辇出游，命沈庆之为骖乘，沈公年垂白首，何苦如此？徐爰为后随。

山阴公主很是淫荡，单与亲弟交欢，意尚未足，为问伊母王氏，哪得此宁馨儿？尝语子业道："妾与陛下男女虽殊，俱托体先帝，陛下六宫万数，妾止驸马一人，事太不均，还请陛下体恤！"子业道："这有何难？"遂选得面首三十人，令侍公主。面首，即美貌男子，"面"谓貌美，"首"谓发黑，公主得许多面首，轮流取乐，兴味盎然。忽见吏部侍郎褚渊，身长面白，气宇绝伦，复面白子业，乞令入侍，子业也即允许，令渊往侍公主。哪知渊不识风情，到了公主私第中，似痴似呆，随她多方挑逗，百般逼迫，他竟守身如玉，好似鲁男子一般，见色不乱，一住十日，竟与公主毫不沾染，惹得公主动怒，把他驱逐出来。恰是难得，只辜负了公主美意。

子业且封姊为会稽长公主，秩视郡王。不过因公主已得面
首，自己转不免向隅。故妃何氏颇有姿色，奈已去世，只好追册为后，不能再起图欢。继妃路氏，系太皇太后侄女，辈分亦不相符。年虽髫秀，貌未妖淫，子业未能满意。此外后宫妾媵，亦无甚可采，猛忆着宁朔将军何迈妻房，为太祖第十女新蔡公主，生得杏脸桃腮，千娇百媚，此时华色未衰，何妨召入后廷，一逞肉欲。中使立发，彼美旋来，人面重逢，丰姿依旧，子业此时，也顾不得姑侄名分了，顺手牵扯，拥入床帏。妇人家有何胆力，只得由他摆布，任所欲为，流连了好几夕。恩爱越深，连新蔡公主的性情，也坐被熔化，情愿做了子业的嫔御，不欲出宫。子业更不必说，但如何对付何迈？无策中想了一策，伪言公主暴卒，舁棺出去。这棺材里面，却也有一个尸骸，看官道是何人？乃是硬行药死的宫婢，充做公主，送往迈

第殡葬。一面册新蔡公主为贵嫔，诈称谢氏，令宫人呼她为谢娘娘。可谓肖子。一日与谢贵嫔同往太庙，见庙中只有神主，并无绘像，便传召画工进来，把高祖以下的遗容，一一照绘。画工当然遵旨，待绘竣后，又由子业入庙亲览，先用手指高祖像道："渠好算是大英雄，能活擒数天子！"继指太祖像道："渠容貌恰也不恶，可惜到了晚年，被儿子斫去头颅！"又次指世祖像道："渠鼻上有皻，奈何不绘？"皻音楂，鼻上疱也。立召画工添绘皻鼻，乃欣然还宫。新安王子鸾因丁忧还都，未曾还镇。子业记起前嫌，想着当年储位几乎被他夺去，此时正好报复。便勒令自尽。子鸾年方十岁，临死语左右道："愿后身不再生帝王家！"子鸾同母弟南海王子师及同母妹一人，亦被杀死。并掘发殷贵妃墓，毁去碑石，怪不得先圣有言，丧欲速贫，死欲速朽。甚且欲毁景宁陵。即世祖陵见前。还是太史上言，说与嗣主不利，

才命罢议。

义阳王昶系子业第九个叔父，见前回。时为徐州刺史，素性褊急，不满人口，当时有一种讹言，谓昶将造反，子业正想用兵，出些风头，可巧昶遣使求朝，子业语来使蘧法生道："义阳曾与太宰通谋，我正思发兵往讨，他倒自请还朝，甚好甚好！快叫他前来便了。"法生闻言，即忙退去，奔还彭城，据实白昶。昶募兵传檄，无人应命，急得不知所为。蓦闻子业督兵渡江，命沈庆之统率诸军，将薄城下，那时急不暇择，夤夜北走，连母妻俱不暇顾，只挈得爱妾一人，令作男子装，骑马相随，奔投北魏。在道赋诗寄慨，佳句颇多。魏主浚时已去世，太子弘承接魏阼，闻昶博学能文，颇加器重，使尚公主，赐爵丹阳王。昶母谢容华等还都，还算子业特别开恩，不复加罪。

吏部尚书袁顗，本为子业所宠任，俄而失旨，待遇顿衰。顗因求外调，出为雍州刺史，顗舅就是蔡兴宗，颇知天文，谓襄阳星恶，不宜前往。顗答道："白刃交前，不救流矢，甥但愿生出虎口呢！"适有诏令兴宗出守南郡，兴宗上表乞辞，顗复语兴宗道："朝廷形势，人所共知，在内大臣，朝不保夕，舅今出居南郡，据江上流，顗在襄沔，与舅甚近，水陆交通，一旦朝廷有事，可共立桓、文齐桓晋文。功业，奈何可行不行，自陷罗网呢！"兴宗微笑道："汝欲出外求全，我欲居中免祸，彼此各行已志罢了。"看到后来毕竟兴宗智高一筹。顗匆匆辞行，星夜登途，驰至寻阳，方喜语道："我今始得免祸了！"未必。兴宗却得承乏，复任吏部尚书。

东阳太守王藻，系子业母舅，尚太祖第六女临川公主。公主妒悍，因藻另有嬖妾，很为不平，遂入宫进谗，逮藻下狱，藻竟愤死，公主与王氏离婚，留居宫中。岂亦效新蔡公主耶？新蔡公主既充做了谢贵嫔，寻且加封夫人，坐鸾辂，戴龙旗，出警入跸，不亚皇后。只驸马都尉何迈，平白地把结发妻房让与子业，心中很觉得委屈，且惭且愤，暗中蓄养死士，将俟子业出游，拿住了他，另立世祖第三子晋安王子勋。偏偏有人报知子业，子业即带了禁军，掩入迈宅。迈虽有力，究竟双手不敌四拳，眼见是丢了性命。有艳福者，每受奇祸。

沈庆之见子业所为，种种不法，也觉看不过去。有时从旁规谏，非但子业不从，反碰了许多钉子，因此灰心敛迹，杜门谢客。迟了！迟了！吏部尚书蔡兴宗，尝往谒庆之，庆之不见，但遣亲吏范羡，至兴宗处请命。兴宗道："沈公闭门绝客，无非为避人请托起见，我并不欲非法相干，何故见拒！"羡乃返白庆之，庆之复遣羡谢过，并邀兴宗叙谈。兴宗又往见庆之，请庆之屏去左右，附耳密谈道：“主上渎伦伤化，失德已甚，举朝惶惶，危如朝露。公功足震主，望实孚民，投袂指挥，谁不响应？倘再犹豫不断，坐观成败，恐不止祸在目前，并且四海重责，归公一身！仆素蒙眷爱，始敢尽言，愿公速筹良策，幸勿自误！”庆之掀须徐答道：“我亦知今日忧危，不能自保，但始终欲尽忠报国，不敢自贰，况且老退私门，兵权已解，就使有志远图，恐亦无成！”尸居暮气。兴宗又道：“当今怀谋思奋，大有人在，并非欲征功求赏，不过为免死起见；若一人倡首，万众起应，指顾间就可成事；况公系累朝宿将，旧日部曲，悉布宫廷，公家子弟，亦多居朝右，何患不从？仆忝职尚书，闻公起义，即当首率百僚，援照前朝故事，更简贤明，入承社稷，天下事更不难立定了，公今不决，人将疑公隐逢君恶，有人先公起行，祸必及公，百口难解！公若虑兵力不足，实亦不

必需兵，车驾屡幸贵第，酣醉淹留，又尝不带随从，独入阁内，这是万世一时，决不可失呢！”庆之终不愿从，慢慢儿答道：“感君至言，当不轻泄；但如此大事，总非仆所能行，一旦祸至，抱忠没世罢了！”死了！死了！兴宗知不可劝，快快别去。

庆之从子沈文秀受命为青州刺史，启行时亦劝庆之废立，甚至再三泣谏，总不见听，只好辞行。果然不到数日，大祸临门。原来子业既杀何迈，并欲立谢贵嫔为后，恐庆之进谏，先堵青溪诸桥，杜绝往来。庆之怀着愚忠，心终未死，仍入朝进谏。及见桥路已断，始怅然折回。是夕即由直阁将军沈攸之，赍到毒酒，说是奉旨赐死。庆之不肯遽饮，攸之系庆之从子，专知君命，不顾从叔，竟用被掩死庆之，返报子业。子业诈称庆之病死，赠恤甚厚，谥曰“忠武”。庆之系宋室良将，与柳元景齐名，元景河东解县人，庆之吴兴武康人，异籍同声，时

称沈、柳。两人以武功见称，故并详籍贯。

庆之死时，年已八十，长子文叔曾为侍中，语弟文季道：“我能死，尔能报！”遂饮庆之未饮的药酒，毒发而死。文季挥刀跃马，出门径去，恰也无人往追，幸得驰免。文叔弟昭明投缳自尽，至子业被弑后，沈、柳俱得昭雪，所遗子孙，仍使袭封，这且慢表。

且说庆之已死，老成殆尽，子业益无忌惮，即欲册谢贵嫔为正宫。谢贵嫔自觉怀惭，当面固辞，乃册路妃为后，四厢奏乐，备极奢华。子业又恐诸父在外，不免反抗，索性一并召还，均拘住殿中，殴捶陵曳，无复人理。湘东王彧、建安王休仁、山阳王休祐，并皆肥壮，年又较长，最为子业所忌。子业号彧为猪王、休仁为杀王、休祐为贼王，尝掘地为坑，和水及泥，褫彧衣冠，裸置坑中，另用木槽盛饭，搅入杂菜，使彧就槽馅食，似牧猪状，作为笑谑。且屡次欲杀害三王。亏得休仁多智，谈笑取悦，才得幸全。东海王祎姿性愚陋，子业称为驴王，不甚见猜。桂阳王休范、巴陵王休若，尚在少年，故得自由。自彧以下，均见前回。

少府刘曚妾怀孕临月，子业迎入后宫，俟她生男，当立为太子。湘东王彧不愿做猪，未免怨怅，子业令左右缚彧手足，赤身露体，中贯以杖，使人舁付御厨，说是今日屠猪。休仁在旁佯笑道：“猪未应死！”子业问是何故？休仁道：“待皇太子生日，杀猪取肝肺。”子业不待说毕，便大笑道：“好！好！且付廷尉去，缓日杀猪。”越宿，由休仁申请，但言猪应豢养，不宜久拘，乃将彧释出。及曚妾生男，名曰皇子，颁诏大赦，竟将屠猪事失记。这也是湘东王彧后来应做八年天子，所以九死一生。

晋安王子勋，系子业第三弟，五岁封王，八岁出任江州刺史，幼年出镇，都是宋武遗传。子业因祖考嗣祚统是排行第三，太祖义隆为宋武第三子，世祖骏为太祖第三子。恐子勋亦应三数，意欲趁早除去。又闻何迈曾谋立子勋，越加疑忌，遂遣侍臣朱景云赍药赐子勋死。景云行至溢口，停留不进，子勋典签谢道迈，闻风驰告长史邓琬，琬遂称子勋教令，立命戒严。且导子勋戎服出厅，召集僚佐，使军将潘欣之，宣谕部众，大略谓嗣主淫凶，将危社稷，今当督众入都，与群公卿士，废昏立明，愿大家努力云云。众闻言尚未及对，参军陶亮跃然起座，愿为先驱。于是众皆奉令，即授陶亮为咨议中兵，总统军事，长史张悦为司马，功曹张沈为谘议参军，南阳太守沈怀宝、岷山太守薛常宝、彭泽令陈绍宗等，传檄远近，旬日得五千人，出屯大雷。

那子业尚未闻知，整日宣淫，又召诸王妃公主等，出聚一室，令左右幸臣，脱去衣裳，各嬲妃主，妃主等当然惊惶。子业又纵使左右，强褫妃主下衣，迫令行淫。南平王铄妃江氏抵死不从，子业怒道："汝若不依我命，当杀汝三子！"江氏仍然不依，子业益怒，命鞭江氏百下，且使人至江氏第中，杀死江氏三子敬深、敬猷、敬先。铄已早死，竟尔绝嗣。淫恶如此，自古罕闻。子业因江氏败兴，忿尚未平，另召后宫婢妾及左右嬖幸，往游华林园竹林堂。堂宇宽敞，又令男女裸体，与左右互相嬲逐，或使数女淫一男，或使数男淫一女，甚且想入非非，使宫女与羝羊猴犬交，并缚马仰地，迫令宫女与马交媾，一宫女不肯裸衣从淫，立刻斩首。诸女大惧，只好勉强遵命，可怜红粉娇娃，竟供犬马蹂躏，有几个毁裂下体，竟遭枉死。子业反得意洋洋，至日暮方才还宫。夜间就寝，恍惚见一女子突入，浑身血污，戟指痛詈道："汝悖逆不道，看你得到明年否？"子业一惊而醒，回忆梦境，犹在目前。翌日早起，即向宫中巡阅，适有一宫女面貌与梦中女子相似，复命处斩。是夜又梦见所杀宫女披发前来，厉色相诟道：“我已诉诸上帝，便当杀汝！”说至此，竟捧头颅，掷击子业，子业大叫一声，竟尔晕去。小子有诗咏道：

反常尚且致妖兴，淫暴何能免咎征；
两度冤魂频作厉，莫言幻梦本无凭。

毕竟子业曾否击死，试看下卷便知。

自古淫昏之主，莫如桀、纣；然桀在位五十二岁，纣在位三十二祀，历年已久，昏德始彰，未有若宋子业之即位逾年，而淫凶狂暴，若是其甚者也！伊尹放太甲，霍光废昌邑王贺，太甲昌邑王，亦不子业若，而后世以伊尹为圣，霍光为贤，国君危社稷则变置，古训昭然，无足怪也。沈庆之以累朝元老，不能行伊、霍事，反害义恭及柳元景，寻亦被杀，愚忠若此，何足道焉！阅此回几令人作三日呕云。

第二十一回　戕暴主湘东正位
讨宿孽江右麾兵

却说子业被女鬼一击，竟致晕去。看官不要疑他真死，他是在睡梦中受一惊吓。还道是晕死了事，哪知反因此晕死，竟得醒悟。仔细一想，尚觉可怕，于是要想出除鬼的法子来了。还是被鬼击死，免得刀头痛苦。

先是子业杀死诸王，恐群下不服，或致反动，遂召入宗越、谭金、童太一、沈攸之等，令为直阁将军，作为护卫。四子皆号骁勇，又肯与子业效力，所以俱蒙宠幸，赏赐美人金帛，几不胜计。子业恃有护符，恣为不道，中外骚然。左右卫士，皆有异志，但因宗越等出入警跸，惮不敢发。湘东王彧屡次濒危，朝不保夕，乃密与主衣阮佃夫、内监王道隆、学官令李道儿、直阁将军柳光世等，共谋杀主，觑隙行事。子业素嫉主衣寿寂之，常加呵斥，寂之又与阮佃夫等连合，并串通子业左右，如淳于文祖、朱幼、王南、姜产之、王敬则、戴明宝诸人，同伺子业行动，候便开刀。

子业不务防人，反欲防鬼，竟带了男女巫觋及彩女数百人，往华林园中的竹林堂，备着弓箭，与鬼从事。鬼岂畏射，真是妄想！会稽长公主也同随往，建安王休仁、山阳王休祐，受命前导，独湘东王彧尚软禁秘书省中，不使同行。当时民间讹言，湘中将出天子，子业欲南巡厌胜，令宗越等先期出阁，部署各军，暗中谋杀湘东王，然后启程。会因两次梦鬼，猝拟往射，总道是鬼不胜力，且有巫觋为卫，不必召入宗越等人，所以左右扈驾，无一勇士。

当下到了竹林堂，时已黄昏，先由巫觋作法，作召鬼状，然后由子业亲发三箭，再命侍从依次递射。平白地乱了一阵，巫觋等齐拜御前，说是鬼已尽死，喧呼万岁。真是捣鬼。子业大喜，便命张筵奏乐，庆鬼荡平。

正要入座饮酒，蓦见有一群人，持刀直入，为首的是寿寂之，次为姜产之，又次为淳于文祖，此外不及细认。但觉他来势凶猛，料知有变，慌忙引弓搭箭，向寂之射去。偏偏一箭落空，寂之仍然不退，反向前趋进。不能射人，专能射鬼。那时脚忙手乱，不遑再射，只好向后逃走。休仁、休祐等已早奔出，巫觋彩女等亦皆四窜。子业且走且呼，口中叫了寂寂数声，已被寂之追及，一刀刺入背中，再一刀断送性命。寂之即齐声道："我等奉太皇太后密命，来除狂主，今已了事，余众无罪，不必惊慌！"话虽如此，那竹林堂中，除寂之等外，已阒如无人了。

休仁奔至景阳山，未知竹林堂消息，正在遑迫无措，可巧寂之等寻至山中，报称宫廷无主，亟应迎立湘东王。休仁乃径诣秘书省，见了湘东王彧，便拜手称臣。彧虽有心弑主，但未料到这般迅速，此次从睡中惊起，由休仁促赴内廷，中途失履，跣足急行。既至东堂，犹着乌帽，休仁召入主衣，易用白帽，并给乌靴。仓猝登座，召见百官，群臣依第进谒，统无异言。当由中书舍人戴明宝，代草太皇太后命令，对众宣读，词云：

前嗣王子业，少禀凶毒，不仁不孝，著自髫龄。孝武弃世，属当辰历，自梓宫在殡，喜容腼然。天罚重离，欢恣滋甚。逼以内外维持，忍虐未露，而凶惨难抑，一旦肆祸，遂纵戮上宰，殄害辅臣。子鸾兄弟，先帝钟爱，含怨既往，枉加屠酷。昶茂亲作扞，横相征讨。新蔡公主，逼离夫族，幽置深宫，诡云薨殒。襄事甫尔，丧礼顿释，昏酣长夜，庶事倾遗。朝贤旧勋，弃若遗土。管弦不辍，珍羞备膳。詈辱祖考，以为戏谑。行游莫止，淫纵无度，肆宴园陵，规图发掘。诛剪无辜，籍略妇女。建树伪竖，莫知谁息。拜嫔立后，庆过恒典，宗室密戚，遇若婢仆，鞭捶陵曳，无复尊卑。南平一门，特钟其酷，反天灭理，显暴万端。苛罚酷令，终无纪极，夏桀殷辛，未足以譬。阖朝业业，人不自保，百姓皇皇，手足靡措。行秽禽兽，罪盈三千，高祖之业将泯，七庙之享几绝。吾老疾沉笃，每规祸鸩，忧遂漏刻，气命无几。开辟以降，所未尝闻。远近思奋，十室而九。卫将军湘东王体自太祖，天纵英圣，文皇钟爱，宠冠列藩，吾早识神睿，特兼常礼。潜运宏规，义士投袂，独夫既殒，悬首白旗，社稷再兴，宗祐永固，人鬼属心，大命允集，且勋德高邈，大业攸归，宜遵汉晋故事，纂承皇极。未亡人余年不幸，婴此百艰，永寻情事，虽存若殒，当复奈何！当复奈何！

宣读既毕，天已大明。直阁将军宗越等闻变，始踉跄趋入，湘东王好言慰抚，越等也无可奈何，唯唯从命。扬州刺史豫章王子尚傲顽无礼，不啻乃兄，会稽长公主淫乱宫闱，俱由太皇太后命令，即日赐死。面首三十人可令殉葬！子业尸首，尚暴露竹林堂，未曾棺殓。蔡兴宗语仆射王彧道："彼虽凶悖，曾已为天下主，应使丧礼粗备，否则人言可畏，亦足寒心。"彧乃依言入白，因草具丧礼，槁葬秣陵县南，年仅十七。改元未及一年，时人称为废帝。穷凶极恶，总有此日。

湘东王母沈婕妤早卒，尝经路太后抚养，王事太后甚谨，太后爱王亦笃，至是命太后从子路休之为黄门侍郎，茂之为中书侍郎，算是报答太后的深恩。又复论功行赏，如寿寂之等十余人，或封县侯，或封县子。弑主者得与荣封，究属未当。改号东海王祎为庐江王，兼中书监太尉，建安王休仁为司徒尚书令，领扬州刺史，山阳王休祐为荆州刺史，桂阳王休范为南徐州刺史，晋安王子勋为车骑将军，开府仪同三司。是年十二月。湘东王彧即皇帝位，宣诏中外，又有一篇革故鼎新的文字，小子亦录述如下：

昔高祖武皇帝德润四瀛，化绵九服；太宗文皇帝以大明定基，世祖孝武皇帝以下武宁乱，日月所照，梯山航海，风雨所均，削衽袭带，所以业固盛汉，声溢隆周。子业凶嚚自天，忍悖成性，人面兽心，见于龆日，反道败德，著自比年，其狎侮五常，怠弃三正，矫诬上天，毒流下国，实开辟所未有，书契所未闻。再罹遏密，而无一日之哀，齐斩在躬，方深北里之乐。虎兕难柙，凭河必彰，遂诛灭上宰，穷衅逆之酷，虐害国辅，究孥戮之刑。子鸾同生，以昔憾殄殪，敬猷兄弟，以睚眦歼夷，征逼义阳，将加屠脍，陵辱戚藩，捶楚妃主，夺立左右，窃子置储，肆酗于朝，宣淫于国。事秽东陵，行污飞走，积衅罔极，日月兹深。比遂图犯玄宫，暴行无忌，将肆枭獍之祸，逞豺虎之心，又欲鸩毒崇宪，路太后居崇宪宫。虐加诸父。事均宫闱，声遍国都。鸱枭小竖，莫不宠昵，朝廷忠臣，必加戮挫。收掩之旨，虓虎结辙，掠夺之使，白刃相望。百僚危气，首领无有全地，万姓崩心，妻子不复相保。所以鬼哭山鸣，星钩血降，神器殆于驭索，景祚危于缀旒。朕假寐凝忧，泣血待旦，虑大宋之基，于焉而泯，武文之业，将坠于渊。赖七庙之灵，借八百之庆，巨猾斯殄，鸿沴时褰，皇纲绝而复纽，天纬缺而更张。猥以寡薄，属承乾统，上缉三光之重，俯顾庶民之艰，业业兢兢，若履冰谷，思与亿兆，同此维新。可大赦天下，改景和元年为泰始元年，一切法度，悉依前朝令典。其昏制谬封，并皆刊削，不使留存。特此谕知！

即位礼成，又有一番封赏，特进南豫州刺史刘遵考为光禄大夫辅国将军，历阳、南谯二郡建平王景素为南豫州刺史，荆州刺史临海王子顼为镇军将军，徐州刺史永嘉王子仁为中军将军，左卫将军刘道隆为中护军。建安王休仁闻道隆升职，上表辞官，谓不愿与道隆同朝。宋主彧几莫明其妙，嗣经左右查明，方知子业在日，曾召入休仁母杨氏，嘱令道隆逼奸。道隆乐得宣淫，竟将这位杨太妃按倒榻上，备极丑态。杨氏亦不为无过，如何不学南平王妃？休仁不堪此辱，所以情愿解职。宋主彧既知底细，便将道隆赐死。片刻欢娱，丢去性命，何苦何苦！宗越、谭金、童太一等，虽经新皇摭慰，心中终属不安，嗣复闻有外调消息，遂与沈攸之密谋作乱。攸之竟去告密，越等当然被捕，勒毙狱中。好杀人者，终为人杀，观越可知。尚书右仆射王彧，表字景文，因避宋主名讳，易字为名，正任仆射，总尚书事，内外布置，统已就绪。独晋安王子勋，偏不肯服从命令，仍然用兵未休。

子勋年仅十龄，晓得甚么军事，凡事统由长史邓琬作主。琬因子勋排行第三，且起兵寻阳，与世祖骏相符，还道是后先辉映，定获成功。当时由都中新令，传到江州，将佐统共喜贺，琬忽取令投地道："殿下将南面听政，如车骑将军等职，乃是我等所为，奈何授与殿下！"众皆骇愕，琬独与陶亮合谋，缮治兵甲，征兵四方。

雍州刺史袁颉偕谘议参军刘胡，起兵相应，诈称奉太皇太后密令，嘱使出师。一面表达寻阳，劝子勋速即帝位。邓琬遂替子勋传檄，略言"孤志遵前典，废幽陟明，湘东王彧，矫害明茂，指宋主杀豫章王事。篡窃大宝，干我昭穆，寡我兄弟，藐孤同气，犹有十三，圣灵何辜，乃致乏飨"云云。这檄文传达远近，四处闻风；于是郢州刺史安陆王子绥、荆州刺史临海王子顼、会稽太守寻阳王子房，均与子勋谊关兄弟，愿作臂助。他如徐州刺史薛安都、冀州刺史崔道固、青州刺史沈文秀、义阳内史庞孟虬、行会稽郡事孔觊、吴郡太守顾琛、吴兴太守王昙生、义兴太守刘延熙、晋州太守袁标、益州刺史萧惠开、湘州行事何慧文、广州刺史袁昙远、梁州刺史柳元怙、山阳太守程天祚等，皆归附子勋。何攀龙附凤者之多耶！

邓琬因趋附日多，遂伪言受路太后玺书，率将佐劝进，草草定仪，竟于宋主彧泰始二年，奉子勖为帝，改元义嘉，用邓琬为尚书右仆射，张悦为吏部尚书，袁顗为尚书左仆射，此外将佐及诸州郡官吏，各加官进爵，赏赐有差，四方贡献，多归寻阳。

宋主彧只保有丹阳、淮南数郡，几乎危急得很，亟派建安王休仁，都督征讨诸军事，命王玄谟为江州刺史，做了休仁的副手。沈攸之为寻阳太守，率兵万人，出屯虎槛。休仁等出都西去，才隔数日，忽由东南传来警报，说是会稽太守寻阳王等，已进兵至永世县。永世县地隔建康，不过数百里，都下震惧，风鹤惊心。宋主彧忙召群臣计事，蔡兴宗进言道："今普天同叛，各怀异志，亟宜处以镇静，推诚待人；即如叛党亲戚，散布宫省，若用法相绳，转致激变，不为瓦解，必为土崩。今宜速颁明诏，示以罪不相及，待至舆情既定，人有战心，将见六军精勇，器械犀利，与叛众交战，自操胜算，何必过忧？"

宋主彧连声称善，依议施行。

甫越两日，又闻豫州有附逆消息。豫州刺史殷琰，家属多在建康，本不愿归附寻阳，建武司马刘顺，替寻阳游说，力劝琰背东归西，琰犹豫未决，寻由右卫将军柳光世，出奔彭城，道过寿阳，谓建康万不可守，又兼豫州参军杜叔宝从中迫胁，令琰不能自脱，没奈何起应子勋。宋主彧又复添忧，仍召兴宗等入商，蹙然与语道："各处未平，殷琰又复同逆，奈何奈何？"兴宗道："顺逆两端，臣不暇辨，惟现时商旅断绝，米却丰贱，四方云合，人情反安，照此看来，荡平可卜。臣所忧不在今日，却在将来。昔晋羊祜言事平以后，方劳圣虑，臣意亦这般想呢。"宋主道："诚如卿言，且卿前言叛党亲属，不宜株累，朕今拟厚抚琰家，卿以为何如？"兴宗道："这正是招携怀远的要策呢。"宋主遂令侍臣慰抚琰家，令他作书招琰。并遣兖州刺史殷孝祖甥荀僧韶，往谕孝祖，饬令即日入朝。

僧韶到了兖州，谒见孝祖道："景和凶狂，开辟未闻，今主上夷凶剪暴，再造河山，不意群迷相煽，摇动众听。假使天道助逆，群凶逞志，亦必至祸难百出，不堪复问。舅父少有大志，若能召集义勇，辅佐明廷，不但匡主静乱，且更足扬名竹帛呢。"孝祖听了，奋袂遽起，也不管什么妻孥，立率文武二千人，随僧韶至建康。

时会稽各郡叛军，愈逼愈近，内外忧危，群欲奔散，亏得孝祖驰至，所带随兵饶有赳赳气象，人心因是得安。宋主彧即进孝祖为抚军将军，督前锋诸军事，使往虎槛。再遣山阳王休祐为豫州刺史、督领辅国将军刘勔、宁朔将军吕安国等，北讨殷琰。又派巴陵王休若，率同建威将军沈怀明、尚书张永、辅国将军萧道成等，东讨孔觊。觊方会合东南各军，使出晋陵，气焰甚盛。沈怀明至奔牛镇，未敢进战，但筑垒自固。永至曲阿县，更被吓退，逃还延陵，往就休若。时方孟春，连日风雪，陂塘崩溃，众无固志。诸将劝休若退保破冈，休若怒道："叛贼未来，奈何轻退！敢有言退者斩！"诸将方不敢再言，乃筑垒息甲，严兵以待。

适殿中御史吴喜，在宋主前自请效力，宋主授喜建武将军，特简羽林勇士千人，遣往军前。喜尝出使东吴，情性宽厚，得人敬爱，此次出兵，竟自成一路，往捣贼巢。吴人闻喜到来，多望风欢迎，不战自服。足副大名。永世县令孔景宣，本已叛应孔觊，为土民徐崇之所杀，向喜报捷。喜令崇之权署县事，自进兵至吴城，连破义兴军。义兴太守刘延熙，筑栅长桥，保郡自守。喜正长驱进击，又来了一个好帮手，乃是司徒参军任农夫，也是自请从军。到了义兴，与喜同攻刘延熙，延熙保守不住，栅毁兵溃，投水自尽，眼见得义兴克复了。

孔觊闻义兴兵败，不寒自栗。宋廷又遣积射将军江方兴，御史王道隆出至晋陵，督厉诸军，连战皆胜，攻克晋陵，各军皆遁，王昙生、顾琛、袁标等，亦弃郡出走。吴郡、吴兴、晋州各地，相继荡平。捷书连达宋廷，宋主调张永等击彭城，江方兴等击寻阳，但留建武将军吴喜与建威将军沈怀明，东击会稽。喜遂引兵入柳浦，拔西陵，兵威所至，无不披靡。上虞县令王晏复起兵攻郡城，孔觊逃往嵴山，单剩一个寻阳王子房。子房系子勋弟，与子勋同年，乳臭犹存，怎能自保？当被王晏攻入，把他缚住，械送建康。复悬赏购觊，觊即被获，并觊从弟孔璪，一并诛死。

会稽平定，王昙生、顾琛、袁标等，无路可逃，不得已诣吴喜营，叩首乞怜。喜代达朝廷，均蒙赦宥；就是子房解到建

康，也因他年幼无知，特别宽免，但贬为松滋侯。东路了。

山阳王休祐到了历阳，令刘勔为先行，进军小岘。殷琰所署南汝阴太守裴季之举合肥城出降。宁朔将军刘怀珍又奉了宋主遣发，带同龙骧将军王敬则等，共步骑五千人，诣刘勔营，助讨寿阳，击斩庐江太守刘道蔚。琰遣部将刘顺、柳伦、皇甫道烈、庞天生等，率兵八千，东拒宛唐，与刘勔南北相持，约有月余。刘顺等粮食将尽，急向殷琰处索粮。参军杜叔宝发车千五百乘，运粮饷顺，途次为勔军所劫，弃粮遁还。顺军无从得食，自然溃散，刘勔遂进薄寿阳。殷琰非常惶急，但与杜叔宝召集散兵，婴城自守，势孤援绝，料难保全。

张永与萧道成往攻彭城，彭城系徐州治所，为薛安都所据。安都从子薛索儿，偕太原太守傅灵越夺据睢陵，阻截官军。张、萧两将与索儿大战城下，索儿败退，食尽走死。傅灵

越奔往淮西，武卫将军王广之诱执送勔。勔送建康，宋主爱他骁勇，颇欲贷死，灵越抗言不逊，因即伏诛。惟殷孝祖驰至虎槛，会同寻阳太守沈攸之，进攻赭圻，仗着自己猛力，不顾士卒，昂然直往，且用羽仪前导，显示威风。他将已料他不终，果然与寻阳军将大战一场，身中流矢，倒地而亡。小子有诗叹道：

为王执殳效前驱，危局颇期只手扶。
忠勇有余谋不足，赭圻一战竟捐躯。

孝祖中箭阵亡，众情大沮，后来胜负如何，容至下回续表。

子业为寿寂之所弑，湘东王彧实尸之，例以春秋书法，彧为首恶，不能辞咎。惟子业淫昏凶暴，浮于桀纣，汤武征诛，不为不义，何尤于湘东！本回标目，不曰弑而曰戕，至演述事实，复连录二令，所以罪子业，恕湘东也。子勋起兵寻阳，对于子业，尚属有名，对于湘东，实为无理。彼虽幼稚，未知逆顺，但既有统军之名，不得以其年幼而恕之，标目曰讨，书法特严。历叙叛党之不耐久战，正以见助逆之难成，莫谓乱世之果无公理也。

第二十二回　扫逆藩众叛荡平
激外变四州沦陷

却说殷孝祖阵亡，众情震骇，还亏沈攸之御众有方，勉力支持，方得镇定人心，不致溃散。时江方兴已由南调北，与攸之名位相埒，应前回。大众拟推攸之为统军，攸之独让与方兴。方兴大喜，便督厉诸将，准备开战。

赭圻守将为寻阳左卫将军孙冲之、右卫将军陶亮等人，统兵约二万名。冲之语亮道："孝祖骁将，一战便死，天下事不难手定了。此地不须再战，便当直取京师。"亮不肯从，但与部将薛常宝、陈绍宗、焦度等，出兵对垒，决一胜负。方兴与攸之夹攻敌阵，有进无退，杀得寻阳军士，弃甲曳兵，一哄儿逃往姥山。死亡过半，失去湖、白二城。陶亮大惧，亟与孙冲之退保鹊尾，只留薛常宝等守赭圻。

寻阳长史邓琬闻前军败绩，复遣豫州刺史刘胡，率众三万，铁骑二千，援应孙、陶。胡系宿将，颇有勇略，为将士所敬惮，孙、陶二人，亦倚以为重，总道是长城可靠，后必无虞。会宋廷已擢沈攸之为辅国将军，代殷孝祖督前锋军事，又调建武将军吴喜，自会稽至赭圻。攸之以军势颇盛，遂麾军围赭圻城。

薛常宝乘城扼守，且因粮食不继，向刘胡处乞援。胡自督步卒万人，负囊运米，乘夜救薛，天明至城下，偏为攸之大营所阻，不得入城。攸之且出兵邀击，与刘胡鏖斗多时，胡却也厉害，持槊直前，冲突多次。经攸之号令诸军，迭发强弩，把他射住，胡尚三却三进，直至身中数箭，方自觉支撑不住，向后倒退。攸之乘势奋击，胡众大败，舍粮弃甲，缘山奔去。胡狼狈退走，仅得回营。

薛常宝见胡败去，料知孤城难守，便开门突围，走入胡寨。他将沈怀宝也想随奔，适被攸之截住，战不数合，就做了刀头鬼。陈绍宗单舸走鹊尾，城中尚有数千人，当即出降。攸之入赭圻城，建安王休仁亦自虎槛至赭圻。宋主复遣尚书褚渊，驰抵行营，赏犒将士，促兵再进。

邓琬传子勋号令，征袁颢至寻阳，令他统军赴敌，颢尽率雍州部曲，来会寻阳各军。楼船千艘，战士二万，如火如荼，趋至鹊尾，刘胡等迎颢入营，谈论军情，颢略略交谈，便算了事。住营数日，并未闻有什么方略，但见他常服雍容，赋诗饮酒，差不多似没事一般。也想学谢太傅么？刘胡因南军未至，军需匮乏，特向颢商借襄阳军资，颢不肯应允。又闻路人谣传，谓建康米贵，斗米千钱，遂以为不劳往攻，可以坐定；因此连日延宕，不发一兵。刘胡等屡请出战，颢乃令胡出屯浓湖，堵截官军。

会青、兖各郡吏，并起兵应建康，青州刺史沈文秀勉与相持，势颇危急。弋阳西山蛮田益之，也输诚宋室，率蛮众万人围义阳，司州刺史庞孟虬由邓琬差遣，击退益之，且引兵往援殷琰。刘勔致休仁书，请分兵相助，休仁欲遣龙骧将军张兴世赴援，兴世方谋绕越鹊尾，上据钱溪，截击寻阳军粮道，偏休仁令他北援，未免背道而驰，甚为叹惜。

沈攸之本赞成兴世，即入白休仁道："孟虬蚁聚，必无能为，但遣别将往救，已足相制，兴世谋袭叛军粮道，乃是安危枢纽，万难中止，还请大帅注意！"休仁依攸之言，另派部将段佛荣率兵救勔，令兴世简选战士七千，用轻舸二百艘分装，泝流而上。途次辄遇逆风，屡进屡退。刘胡闻报大笑道："我尚不敢轻越彼军，下取扬州，张兴世有何能力，乃敢据我上流呢！"遂不复戒备。

哪知天心助顺，不如人料，一夕东北风大起，兴世得悬帆直上，径越鹊尾。及刘胡闻知，急令偏将胡灵秀往追，已是

不及。兴世竟趋钱溪，扎住营寨，堵截交通。刘胡自率水部各军，往攻钱溪，前锋为兴世所败，伤毙数百人。胡不禁大怒，驱军猛进，不防袁颛着人追还，说是浓湖危急，促令返救，胡只得回军浓湖。看官听说！这浓湖危急的军报，并非袁颛虚造，实是休仁遥应兴世，特令沈攸之、吴喜等率舰进击，牵制刘胡。胡既东返，攸之等也即引还。无非是亟肄以敝，多方以误之计。

是时广州刺史袁昙远，为下所杀，山阳太守程天祚反正投诚。赣令萧颐，系辅国将军萧道成世子，擒获南康相沈肃之，据住南康，起应君父。就是庞孟虬到了弋阳，也被吕安国等击走，遁还义阳。王玄谟子昙善又起兵据义阳城，击逐孟虬，孟虬窜死蛮中。皇甫道烈等闻孟虬败死，相率降勔。勔遂遣还段佛荣，仍至浓湖。

刘胡等军中乏食，粮运为兴世所阻，梗绝不通。胡再攻

钱溪，仍然不克，更遣安北府司马沈仲玉，竟往南陵征粮。仲玉至南陵，载米三十万斛，钱布数十舫，还过贵口，可巧碰着宋将寿寂之、任农夫麾兵杀来。那时逃命要紧，不得已弃去米布，走回顗营。

刘胡闻报大惊，阴谋西窜，佯令人通知袁顗，只说是再攻钱溪，兼下大雷，暗令薛常宝办船，径趋海根，毁去大雷诸城，自向寻阳遁去。顗至夜方知，顿足大愤道："不意今年为小子所误，悔无及了！"一面说，一面即出跨乘马，顾语部众道："我当自往追胡，汝等不应妄动，在营守着！"语毕，即带着千人，策马飞驰，走往鹊头。依样画葫芦。

浓湖及鹊尾各营，统共不下十万人，两处并无主帅，如何保守？索性尽降宋军。建安王休仁既入浓湖，复至鹊尾，收降敌垒数十，遂遣沈攸之等追顗。

顗与鹊头守将薛伯珍，又趋向寻阳，夜止山间，杀马飨将士，且语伯珍道："我非不能死，但欲一至寻阳，谢罪主上，然后自尽呢。"伯珍不答。到了翌晨，竟请屏人言事。顗不知他是何妙计，便命左右退去，与他密谈，哪知他拔剑出鞘，向顗砍来。顗骇极欲避，偏偏身不由主，手足反笨滞得很，只听见砉的一声，魂灵儿已飞入幽都。

伯珍枭了顗首，持示大众，嘱令降宋，众皆听命，他即持顗首驰往钱溪。适遇马军将军俞湛之，出首相示，湛之佯为道贺，暗拔刀斲伯珍首，共得两颗头颅，送往休仁大营，据为己功。强中更有强中手。

寻阳连接败报，邓琬等仓皇失措，忽见刘胡到来，诈称袁顗叛去，军皆溃散，惟自己全军回来，请速加部署，再图一战。琬信为真言，拨粮给械，令他出屯溢城，不料他一出寻阳，竟转向沔口去了。

琬闻胡去，越加惶急，与中书舍人褚灵嗣等，商量救急方法，大家智尽能索，无一良谋。尚书张悦，却想出一条妙计，诈称有疾，召琬议事。琬应召入室，向悦问安，悦答道："我病为国事所致，事至今日，已迫危境，足下首倡此谋，敢问计将安出？"琬踌躇多时，方嗫嚅答道："看来只好斩晋安王，封库谢罪，或尚得保全生命！"好计策。悦冷笑道："这也太觉不忍，难道可卖殿下求活么？且饮酒一樽，徐图良策。"说至此，即向帐后回顾，佯呼取酒。帐后一声应响，便闪出许多甲士，手中并无杯箸，但各执刀械相饷。琬欲走无路，立被甲士拿下，由悦数责罪状，当场斩首！该杀。复令捕到琬子，一并加诛，自乘单舸诣休仁军前，献入琬首，赎罪乞降。

休仁即令沈攸之等驰往寻阳。寻阳城内已经大乱，子勋已

被蔡道渊囚住，城门洞开，一任攸之等趋入。可怜十一岁的垂髫童子，做了半年的寻阳皇帝，徒落得一刀两段，身首分离。

当下传首建康，露布告捷，再遣张兴世、吴喜、沈怀明等，分徇荆、郢、雍、湘各州及豫章诸郡县。刘胡逃至石城，为竟陵丞陈怀直所诛。郢州行事张沉，荆州行事孔道存，相继毕命。临海王子项由荆州治中宗景执送建康，勒令自杀。安陆王子绥也即赐死。还有邵陵王子元，系子勋弟，本迁任湘州刺史，道出寻阳，为子勋所留，加号抚军将军，至是亦连坐受诛，年止九岁。所有叛附子勋诸党羽，除见机归顺外，多被捕诛。徐州刺史薛安都、冀州刺史崔道固、益州刺史萧惠开、梁州刺史柳元怙等，先后乞降。独湘州刺史何慧文未曾投顺，由宋主诏令吴喜，宣旨招抚。慧文叹道："身陷逆节，不忠不义，还有何面目见天下士！"遂仰药自杀。有诏追赠死节诸臣及封

赏有功将士，各分等差，并召休仁还朝。

时路太后已遇毒身亡，追谥为“昭太后”，葬孝武陵东南，号修宁陵。名目上虽未减损，实际上很是草率。原来路太后闻子勋建号，颇以为幸，及子勋将败，路太后竟召入宋主，置毒酒中，伪令侍饮。宋主彧全不加防，经内侍从旁牵衣，始悟毒谋。即将计就计，起奉面前樽酒，为太后寿。路太后无可推辞，只好拚死饮尽。原是自己速死。是夕毒发暴亡。宋主彧尚秘不发丧，但迁殡东宫，至寻阳告捷，乃草草奉葬。

休仁应召入都，复密白宋主道：“松滋侯兄弟尚在，终为祸阶，宜早自为计！”宋主因将松滋侯子房以下，共计兄弟十人，一并赐死，连路太后从子休之茂之，也连坐加诛。总计孝武二十八子，至此俱尽。上文虽约略分叙，未曾详明，由小子列表如下：

废帝子业。遇弑。豫章王子尚。赐死。晋安王子勋。被杀。安陆王子绥。赐死。子深。未封而殇。寻阳王子房。降为松滋侯赐死。临海王子顼。赐死。始平王子鸾。为子业所杀。永嘉王子仁。赐死。子凤。未封而殇。始安王子真。赐死。子玄。未封而殇。邵陵王子元。赐死。齐敬王子羽。早卒，追加封谥。子衡、子况。俱未封而殇。淮南王子孟。赐死。南平王子产。赐死。晋陵王子云。早卒。子文。未封而殇。庐陵王子羽。赐死。南海王子师。为子业所杀。淮阳王子霄。早卒，追加封谥。子雍。未封而殇。子趋。未封赐死。子期。未封赐死。东平王子嗣。赐死。子悦。未封赐死。

以上为孝武帝二十八男，由宋主彧赐死，得十四人，这也可谓残虐骨肉，太无仁心了。咎在休仁。

辅国将军刘勔围攻寿阳，自春至冬，尚未能下，宋主或使中书草诏，招抚殷琰。尚书蔡兴宗入谏道：“天下既定，琰宜知过自惧，但须由陛下赐给手书，彼方肯来，否则仍使疑贰，尚非良策！”宋主不从，果然殷琰得诏，疑是刘勔行诈，不敢出降。杜叔宝且藏瞒寻阳败报，益加守备。嗣经宋主发到降卒，使与城中人问答，守卒始知寻阳败没，各生贰心。琰欲北走降魏，主簿夏侯详极力劝阻。琰乃使详出见刘勔，婉言乞请道：“今城中兵民，明知受困，尚且固守不变，无非惧将军入城，一体受诛；倘将军逼迫太急，彼将北走降魏，为将军计，不如网开三面，一律赦罪，大众得了生路，还有不相率归顺么？”勔慨然应诺，即使详至城下，呼城上将士，传达勔意。琰乃率将佐面缚出降，勔悉加慰抚，不戮一人。入城又约束部曲，秋毫无犯，城中大悦。宋主亦有诏赦琰。琰还都后，复得为镇南谘议参军，仕至少府而终。北路亦了。

他如兖州刺史毕众敬、豫章太守殷孚、汝南太守常珍奇、从前常向应子勋，至是俱上表输诚，愿赎前愆。宋主因叛乱已平，更欲示威淮北，特授张永为镇军将军，沈攸之为中领军，使统甲士十五万，往迎徐州刺史薛安都。蔡兴宗谏道：“安都已经归顺，但须一使传书，便足征召，何必多发大兵，反令疑忌呢！若谓叛臣罪重，不可不诛，亦应在未赦以前，早为处置。今已加恩宽宥，复迫令外叛，招引北寇，恐欲益反损，朝廷又不遑旰食了！”历观兴宗所陈，多有特见。宋主不以为然，转询萧道成，道成亦答称不宜遣兵，宋主道：“诸军猛锐，何往不利，卿等亦未免过虑了！”骄必败。遂径遣张、沈二将北行。

安都闻大兵将至，果然疑惧，亟遣子入质魏廷，向他求救。汝南太守常珍奇，亦恐连坐遭诛，也举悬瓠城降魏。魏主弘系拓跋浚长子，浚在位十四年病殂，由弘承父遗统，与宋主彧同年即位，尊浚为文成皇帝。弘年仅十二，丞相太原王乙浑，总决国事。补前文所未详。越年，乙浑有谋反情事，太后冯氏密定大计，收浑伏诛。冯氏为弘嫡母，颇有智略，因临朝听政。可巧薛安都、常珍奇二人，奉书乞援，遂与中书令高允等，商决出兵，立派镇南大将军尉元、镇东将军孔伯恭等，率骑兵万人，东救彭城；镇西大将军西河公拓跋石、都督荆豫南雍州诸军事张穷奇，率步兵万人，西救悬瓠；授薛安都为镇南将军，领徐州刺史，封河东公；常珍奇为平南将军，领豫州刺史，封河内公。

兖州刺史毕众敬，与安都异趋，表达建康，请讨安都。书尚在途，忽闻子元宾坐罪被杀，不禁大怒，拔刀斫柱道："我已白首，只生一子，今在都中受诛，我亦不愿生存了！"为子叛君，也不合理。未几魏军至瑕邱，众敬即遣人乞降，魏将尉元，拨部众随入兖州，便将城池据去，不令众敬主持。众敬始觉悔恨，好几日不进饮食，但已是无及了。

魏西河公石至上蔡，与尉元同一谋划，俟常珍奇出迎，即麾众入城，勒交管钥，据有仓库。珍奇也有悔心，复欲图变，奈石已防备严密，无从下手，没奈何屈意事石，蹉跎过去。引狼入室，应有此遇。

薛安都尚未知两处消息，但闻张永、沈攸之等已到下磕，忙遣使催促魏军。尉元长驱至彭城，见薛安都开门迎谒，便派部将李璨，偕安都入城，收检库钥，更令孔伯恭用精兵二千守卫城池内外，方才驰入。既至府署，堂皇高坐，令安都下阶参见，好似上司对下属一般。安都不禁愤恚。退语部众，再欲叛魏归宋，偏又为尉元所闻，召入署中，语带讥讽。安都且愧且惊，不得已携出私资，重赂尉元，复委罪女夫裴祖隆，将他杀死。女夫何罪，乃斵其首，女又何辜，乃令其寡？徇利贪生，一至于此，比毕、常二人犹且勿如。元乃使李璨守城，安都为助，自率兵出袭张永粮道。

永正派羽林监王穆之，领兵五千，在武原守住辎重，不意魏兵杀到，措手不及，只好将辎重弃去，奔就永营。永等方进薄彭城，蓦见穆之逃来，说是辎重被夺，不觉大骇，又兼冬春交季，雨雪纷纷，自知站立不住，索性弃营遁还。适泗水冰合，船不能行，复把兵船弃去，渡冰南走。士卒已多半冻毙，及渡过南岸，行抵吕梁相近，突遇魏兵杀出，首领正是尉元。原来元袭穆之辎重，已绕出永营后面，预料永军绝粮，必将奔还，因即逾淮待着，截击永军。永已无心恋战，既遇魏军，不得不勉强厮杀，哪知后面又有鼓声，乃是薛安都领兵追到，也来乘势邀功。何厚之颜。永前后受敌，如何了得，急令沈攸之抵挡后军，自督兵冲突前军。好容易杀开血路，已是足指被伤，忍痛走脱。沈攸之也仅以身免。部众死亡逾万，横尸六十里，所有军资器械，抛散殆尽。

宋主接得败报，召语蔡兴宗道："朕不听卿言，竟致徐、兖失守，今自觉无颜对卿呢。"兴宗道："徐、兖已失，青、冀亦危，速请抚慰为是！"宋主乃遣沈文秀弟文炳持诏宣抚，又遣辅国将军刘怀珍与文炳同行。途次果闻青、冀有变，由怀珍兼程急进，连定各城，青州刺史沈文秀，冀州刺史崔道固，始不敢生贰，仍绝魏归宋。怀珍乃还。

魏既得徐、兖二州，复拟攻青、冀二州，再遣平东将军长孙陵赴青州，征南大将军慕容白曜为后应，驱兵大进，势如破竹，据无盐，破肥城，夺去糜沟、垣苗二戍，又进陷升城。守将非死即降。宋主复命沈攸之等规复彭城，俾得通道东北，往援青、冀。攸之谓淮泗方涸，不便行军，宋主怒起，立要他立功赎罪。攸之不得已北行，萧道成亦奉命镇淮阴，接应攸之军需。攸之至濉清口，被魏将孔伯恭截住，战了半日，攸之败退。孔伯恭乘胜追击，杀毙宋龙骧将军崔彦之，攸之身亦受创，走还淮阴。下邳、宿豫、淮阳诸守将，皆弃城遁还。

青、冀二州，日夕待援，始终不至，崔道固孤守历城，即冀州治所。被围年余，力竭降魏。沈文秀困守东阳，即青州治所。被围三年，士卒昼夜拒战，甲胄生虮虱，魏将长孙陵督众陷入，执住文秀，缚送慕容白曜。白曜喝令下拜，文秀亦厉声道："汝为北臣，我为南臣，彼此名位从同，何必拜汝！"白曜倒也起敬，待以酒食，始转送平城。魏主令为中都下大夫，于是青、冀二州也为魏有。小子有诗叹道：

无端挑衅启兵争，外侮都因内变生；
试看四州沦陷日，才知师出本无名。

豫州境内，又有魏兵出入，亏得有人守住，击斩魏将，才得保全。欲知此人为谁，且至下回再叙。

子勋之死，咎由自取，袁觊、邓琬、刘胡等，死有余辜，更不足责。子顼、子房、子绥，同类受诛，尚不得为冤死。子元被留寻阳，死非其罪，顾犹得曰受抚军将军之伪命，固不便轻赦也。子仁以下共九人，年皆冲幼，又未尝趋附子勋，何罪何辜，乃尽赐死？休仁原是不仁，而宋主彧之妄加锄戮，举孝武遗胄而悉屠之，安得谓非残忍乎？子勋既败，余党尽降，薛安都亦奉表归命，无端发兵十五万，往迎安都，可已不已，激成外变，卒至徐、兖、青、冀四州，相继沦没。江左小朝，不及北魏之半，又复失去四州，是地且益小矣。呜呼刘彧弄巧反拙，原厥祸始，实误于"骄"之一字。裴子野谓齐桓矜于葵邱，而九国叛，曹公不礼张松，而三国分，合以宋主彧之失四州，几成鼎足，乃知持盈保泰之固自有道也。

第二十三回　杀弟兄宋帝滥刑
好佛老魏主禅统

却说豫州刺史刘勔甫经莅任，闻魏司马赵怀仁，入寇武津，亟遣龙骧将军申元德，出兵拦截。元德击退魏兵，且斩魏于都公阏于拔，获运车千三百乘，魏移师寇义阳，又由勔使参军孙台瓘把他驱逐，豫州才幸无事。勔复致书常珍奇，叫他反正，珍奇亦生悔念，乃单骑奔寿阳，魏始不敢南侵。宋亦无力恢复，但矫立徐、兖、青、冀四州官吏。徐治钟离，兖治淮阴，青、冀治郁洲，虚置郡县，招辑流亡，不过摆着个空场面。那徐、兖、青、冀的人民，都已沦为左衽，无力南迁了。

宋主彧遭此一挫，未尝刷新图治，反且纵暴肆淫。即位初年，立妃王氏为皇后，王氏系仆射王景文胞妹，秉性柔淑，赋质幽娴，与宋主却相敬爱。后来宋主纵欲，选择嫔御数百人，充入后房，渐把王后疏淡下去。王后倒也不生怨忿，随遇自安。惟王后只生二女，未得毓麟，就是后宫许多嫔御，亦不闻产一男儿。寡欲始可生男，否则原难望子。

宋主好色过度，渐至不能御女，只好向人借种，乃把宫人陈妙登，赐给嬖臣李道儿。妙登本屠家女，原没有甚么廉耻，既至李家，与道儿连日取乐，不消一月，已结蚌胎。如此得孕，有何佳儿？事为宋主所闻，又复迎还。曾不思覆水难收么？十月满足，得产一子，取名慧震，宋主说是自己所生。又恐他修短难料，更密查诸王姬妾，遇有孕妇，便迎纳宫中，倘得生男，杀母留子，别使宠姬为母，抚如己儿。至慧震年已三龄，牙牙学语，动人怜爱，宋主即册立为太子，改名为昱，册储节宴，很是热闹。

到了夜间，复在宫中大集后妃及一切公主命妇，列坐欢宴。饮到半酣，却下了一道新奇命令，无论内外妇女，均令裸着玉体，恣为欢谑。王皇后独用扇障面，不笑不言，宋主顾叱道："外舍素来寒乞，今得如此乐事，偏用扇蔽目，究作何意？"后答道："欲寻乐事，方法甚多，难道有姑姊妹并集一堂，反裸体取乐么？外舍虽寒，却不愿如此作乐！"宋主不待说毕，益怒骂道："贱骨头不配抬举，可与我离开此地！"王后当即起座，掩面还宫，宋主为之不欢，才命罢宴。

次日为王景文所闻，语从舅谢纬道："后在家时，很是懦弱，不意此番却这般刚正，真正难得！"纬亦为叹赏不置。

看官听说！从来淫昏的主子，没有不好色信谗，女子小人，原是连类并进，似影随形，宋主彧既选入若干妇女，免不得有若干宵小。游击将军阮佃夫、中书舍人王道隆、散骑侍郎杨运长，并得参预政事，权亚宋主。就中如佃夫最横，纳货赂，作威福，宅舍园池，冠绝都中。平居食前方丈，侍妾数百，金玉锦绣，视同粪土，仆从附隶，俱得不次升官，车夫仕至中郎将，马士仕至员外郎。朝士无论贵贱，莫不伺候门庭。从前二戴一巢，号称权幸，也未及佃夫威势。且巢、戴是士人出身，尚知稍顾名誉，佃夫是从小吏入值，由主衣得充内监，不过因废立预谋，骤得封至建城县侯。寻阳乱作，从军数月，又得兼官游击将军，声灵赫濯，任性妄行。王道隆、杨运长等，与为倡和，往往援引党徒，排斥异类。最畏忌的是皇室宗亲，宗亲除去，他好侮弄人主，永窃国权，所以随时进谗，凭空构衅。好一段大文章，含有至理。

宋主彧本来好猜，更有佃夫等从旁鼓煽，越觉得至亲骨肉，纯是祸阶。可巧皇八兄庐江王祎与河东人柳欣慰诗酒劝酬，订为知交。欣慰密结征北谘议参军杜幼文，意图立祎，偏幼文奏发密谋，遂将欣慰捕戮，降祎为车骑将军，徙镇宣城，特遣杨运长领兵管束。运长更嘱通朝士，讦祎怨望，祎坐夺官爵，且为朝使所迫，勒令自裁。

扬州刺史建安王休仁与宋主彧素相友爱，前曾保全彧命。彧即位后，更由休仁亲冒矢石，迭建大功，位冠百僚，职兼内外，渐渐地功高遭忌，望重被谗。休仁已不自安，至祎被诛死，即上表辞扬州兼职。宋主乃调桂阳王休范为扬州刺史，并改封山阳王休祐为晋平王，自荆州召还建康，另派巴陵王休若为荆州刺史。休祐刚狠，屡次忤旨，宋主积不相容，故召回都下，设法翦除。泰始七年春二月，车驾至岩山射雉，特令休祐随行，射了半日，有一雉不肯入场，呼休祐驰逐，必得雉始归。休祐既去，宋主密嘱屯骑校尉寿寂之等，追随休祐，自己启跸还宫。天色将暮，日影西沉，休祐尚未得雉，控辔驰射，不意后面突来数骑，冲动马尾，马遇惊跃起，竟将休祐掀下。休祐料有急变，奋身腾立，顾见寿寂之等，正要诘问，那寂之等已四面凌逼，拳足交加。休祐颇有勇力，也挥拳抵敌，横厉无前，忽背后被人暗算，引手撩阴，一声爆响，晕倒地上，复被大众殴击，自然断命。寂之驰白宋主，报称骠骑坠马，休祐原任骠骑大将军，所以有此传呼。宋主佯为惊愕，即遣御医络绎往视，医官检验伤痕，明知殴毙，但返报气绝无救罢了。殓葬时尚追赠司空，旋且废为庶人，流徙家属。究竟要露出真相。

一波未平，一波又起，都中忽起谣言，谓巴陵王休若有大贵相，宋主复召休若为南徐州刺史。休若将佐，都劝休若不宜还朝，中兵参军王敬先进言道："荆州带甲十余万，地方数千里，上可匡天子，除奸臣，下可保境土，全一身，奈何自投罗网，坐致赐剑呢！"休若阳为应诺，至敬先趋出，即令人把他拿下，奏请加惩，奉诏将敬先诛死。及启行入都，会宋主遇疾，医治乏效，自恐病不能兴，特召杨运长等筹商后事。运长独指斥建安王休仁，以为此人不除，必贻后患。宋主尚觉踌躇。嗣闻宫廷内外，多属意休仁，拟俟宋主晏驾，即行推戴，

仍恐出运长等谗言。于是决计先发，召休仁直宿尚书省。

休仁至尚书省中，闲坐多时，已将夜半，乃和衣就寝。蓦然有诏使到来，宣敕赐死，且进毒酒。休仁叱道："主上得有天下，究系何人的功劳？今天下粗安，乃欲我死，从前孝武诛夷兄弟，终至子孙灭绝，前车不鉴，后辙相循，宋祚岂尚能长久么？"原是冤枉，但松滋兄弟，并无致死之罪，汝何故奏请诛夷？诏使逼令饮酒，休仁道："我死后，看他能活到何时？"说着，遂取杯饮尽，未几毒发身死。宋主虑有他变，力疾乘舆，夜出端门，及接得休仁死报，才复入宫。

黎明又下一诏，诈言休仁谋反，惧罪引决。应降为始安县王。惟休仁子伯融，许令袭爵，伯融为休仁妃殷氏所出。殷氏嫠居抱病，延医生祖翻诊治，祖翻面白貌秀，殷氏亦甫在中年，两下相窥，你贪我爱，竟相拥至床，实行那针灸术。后来

奸案发觉，遣还母家，亦迫令自尽。裸体纵欲，已成常事，何必勒令自尽！宋主且语左右道：“我与建安年龄相近，少便款狎，景和、泰始年间，原是仗他扶持，今为后计，不得不除，但事过追思，究存余痛呢！”说至此，潸然泪下，悲不自胜，左右相率劝解，还说是情法两全，可以无恨。彼此相欺，亡无日矣。

先是吏部尚书褚渊出为吴郡太守，宋主谋杀休仁，促令入见，流涕与语道：“我年甫逾壮，病日加增，恐将来必致不起，今召卿进来，特欲卿试着黄㭰呢。”看官道黄㭰是何衣？原来是当时乳母服饰。宋主以子昱年幼，有志托孤，乃有此语。渊婉辞慰答。及与谋诛休仁事，却由渊谏阻，宋主怒道：“卿何太痴！不足与计大事！”渊乃恐惶从命。既而进右仆射袁粲为尚书令，渊为尚书左仆射，同参国政。

适巴陵王休若到了京口，闻得休仁死耗，惊惧交并，正在进退两难的时候，接到朝廷手敕，调任江州，惟促令入都相见，定期七夕会宴。休若不得已入朝，宋主尚握手殷勤，叙家人谊。到了七夕宴期，休若入座，主臣欢饮，并没有什么嫌疑。宴罢归第，时已入夜，偏有朝使随到，赍酒赐死。休若无可奈何，只好一饮而尽，转眼间已是毕命。追赠侍中司空，命子冲袭封，总算敷衍表面，瞒人耳目。

又调休范刺江州，休范在兄弟中最为朴劣，宋主彧尝语王景文道：“休范材具庸弱，不堪出镇，只因我承大统，令他富贵，释氏谓愿生王家，便是此意。”承情之至。景文唯唯而退。其实文帝十九子，除宋主彧外，此时只休范尚存，不过因他庸愚寡识，尚得苟延残喘，但也是死多活少，命在须臾了。文帝十九子，已见前文，故本回不再复述。

宋主既猜忌骨肉，复迷信鬼神，特辟故第为湘宫寺，备极华丽。新安太守巢尚之，罢职还朝，宋主与语道：“卿可往湘宫寺否？这是朕生平一大功德。”尚之还未及答，旁有一官闪出道：“这都由百姓卖儿贴妇钱，充作此费，佛若有灵，当暗中嗟叹，有什么功德可言！”宋主闻言，怒目顾视，乃是散骑侍郎虞愿，便喝令左右，驱愿下殿。愿从容趋出，毫不动容。过了数日，宋主与彭城丞王抗弈棋，抗本善弈，远出宋主上，只因天威咫尺，不便争胜，往往故意逊让，且弈且言道：“皇帝飞棋，使臣抗不能下手。”这句话明明是不愿与弈，那宋主还自得其乐，愈嗜弈棋，虞愿又进谏道：“尧尝用弈教丹朱，非人主所应留意。”宋主只听得两语，已经怒起，便挥手使退，但因他是个文人，不足为虞，所以未尝加罪，始终含容过去。独屯骑校尉寿寂之孔武有力，豫州都督吴喜智计过人，均阴中上忌，先后赐死。寂之手刃子业，应死已久；吴喜且有大功，奈何赐死！萧道成出镇淮阴，为人所谮，也被召入朝。将佐等劝勿就征，道成慨然道：“死生自有定数，我若淹留，乃足致疑；况朝廷摧残骨肉，祸必不远，方当与卿等戮力图功，有甚么顾虑呢！”随即偕使入朝。果然到了阙下，并无危祸，惟改官散骑常侍，兼太子左卫率，不令还镇罢了。能杀他人，不能杀萧道成，岂非天数。

宋主又欲规复淮北，命北琅琊、兰陵太守垣崇祖出师，当时北琅琊、兰陵两郡，已被魏陷没，崇祖侨驻郁洲，只率数百人袭入魏境，据住蒙山。魏人闻信出击，崇祖恐众寡不敌，仍然引还。

魏自拓跋弘即位，第一年改元天安，第二年又改元皇兴。皇兴元年，后宫李夫人生下一子，取名为宏，由冯太后取入己宫，勤加抚养，一面把政权付还魏主。魏主弘始亲国事，追尊生母李贵人为元皇后，向例魏立太子，即将生母赐死。弘册为太子时，李贵人应依故事，条记事件，付托兄弟，然后自尽。此等秕政，实属无谓。弘回忆生初，当然伤感，因追尊为后。自亲政后，大小必察，赏不滥，刑不苛，黜贪尚廉，保境息民，十五六岁的北朝天子，居然能移易风俗，整肃纪纲，中书令高允，却也竭诚辅导，知无不言。所以皇兴年间，魏国称治。惟冯太后尚在盛年，不耐寡居，巧值尚书李敷弟奕入充宿卫，太后见他年少貌美，遂引入宫中，赐以禁脔。宫女等素惮雌威，不敢窃议，所以李奕得出入无忌，尝与冯太后交欢，只瞒着魏主弘一人。

魏主弘性好释老，做了三五年皇帝，已不耐烦，就将那襁褓婴儿册为储贰。到了皇兴五年，太子宏年仅五岁，一时不便禅授，意欲传位京兆王子推。子推系文成帝弟，与魏主弘为叔父行，弘因他器宇深沉，故欲推位让国，令他主治，自己可以养性参禅。匪夷所思。当下召集公卿，议禅位事，公卿等听作奇闻，莫敢应对。独子推弟任城王子云，抗言进谏道："陛下方坐致太平，君临四海，怎得上违宗庙，下弃兆民！必欲委置尘务，亦应传位储君，方不乱统。"不私所亲，却是一个正人。太尉源贺，尚书陆馛，亦相继应声道："任城所言甚是，请陛下采纳！"魏主弘不禁变色，似有怒意，中书令高允插口道："臣不敢多言，但愿陛下上思宗庙付托，何等重大，追念周公抱成王事，也是从权办法，陛下择一而行，才不致惊动中外！"魏主弘乃徐徐道："据卿等奏议，宁立太子，不过太子幼弱，全仗卿等扶持。"高允等尚未及答，魏主弘又道："陆馛素来正直，必能保全我子。"馛闻言即叩首谢奖，魏主即授为太保，令与太尉源贺，准备禅位事宜。

宏生有至性，上年魏主病痈，由宏亲为吮毒，至是得受禅信息，向父泣辞。魏主弘问为何因？宏答道："臣儿幼弱，怎堪代父承统，中心忧切，因此泪下！"五岁小儿，却能如此，恐未免史笔夸张。魏主弘叹道："尔能知此，必可君人。我意已决定了！"遂令陆馛等整缮册文，即日传位。文中略云：

> 昔尧、舜之禅天下也，皆由其子不肖，若丹朱、商均，果能负荷，岂必搜扬侧陋而授之哉！尔虽冲弱，有君人之表，必能恢隆主道，以济兆民。今使太保建安王陆馛，太尉源贺，持节奉皇帝玺绶，致位于尔躬。尔其践升帝位，克广洪业，以光祖宗之烈，使朕优游履道，颐神养性，可不善欤！

五龄太子，出受册文，也被服帝衣，登上御座，受文武百官朝谒，改年为延兴元年。礼毕还宫，又由公卿大夫，引汉高帝尊奉太上皇故事，奉魏主弘为太上皇帝，仍总国家大政。魏主弘准如所请，自徙居崇光宫，采椽不斲，土阶不垩，差不多有太古风。又仿西印度传闻，特在宫苑中建造鹿野浮图，引禅僧同住，研究佛学。惟国有大事，始令上闻。这也是别有心肠，非人情所得推测呢。这且慢表。

且说北朝禅位以后，遣使告宋，宋亦遣使报聘，南北又复通好，暂息兵争。只宋主屡次抱病，骨瘦如柴，无非渔色所致。渐渐的支撑不住。自恐一旦不讳，子昱尚幼，不能亲政，势必由皇后临朝，王景文为皇后兄，必进为宰相，大权在握，易生异图。乃特书手敕，遣人赍付。景文方与客围棋，见有敕至，启函阅毕，徐置局下。及棋局已终，敛子纳奁，乃取敕示客道："有敕赐我自尽。"客不觉大惊，景文却神色自若，自书墨启致谢，从容服毒而死。使人得启返报，宋主方才安心。是夜又梦人告语道：“豫章太守刘愔谋反了！”宋主突然惊寤，俟至天明，便发使持节，驰至豫章，杀死刘愔。

嗣是心疾日甚，精神越加恍惚，每当夜静更阑，辄见有无数冤魂，环集榻旁，争来索命。他亦无法可施，特命改泰始八年为泰豫元年，暗取安豫的意思。也是痴想。又命在湘宫寺中，日夕忏醮，祈福禳灾。可奈神佛无灵，鬼魂益迫，休仁、休祐索命愈急，宋主呓语不绝，尝云司徒恕我，或说是骠骑宽我。模模糊糊地说了几日，略觉有些清醒，便命桂阳王休范为司空，褚渊为护军将军，刘勔为右仆射，与尚书令袁粲、仆射兼镇东将军蔡兴宗及镇军将军郢州刺史沈攸之，入受顾命，嘱令夹辅太子。渊等受命而出。复由渊保荐萧道成，说他材可大任，乃加授道成为右卫将军，共掌机事。

是夕宋主彧病剧归天，享年三十四岁。改元二次，在位共八年。太子昱即皇帝位，大赦天下，命尚书令袁粲、护军将军褚渊，左右辅政，尊谥先帝彧为明皇帝，庙号“太宗”。嫡母王氏为皇太后，生母陈氏为皇太妃。昱时年仅十龄，居然有一个妃子江氏，妻随夫贵，也得受册定仪，正位中宫。一对小夫妻，统治内外，眼见是宫廷紊乱，要收拾那宋室的江山了。小子有诗叹道：

乏嗣何妨竟择贤，如何借种便相传！
十龄天子痴狂甚，两小宁能把国肩？

还有阮佃夫、王道隆等，依旧用事，搅乱朝纲。欲知后来变乱情形，俟小子下回再叙。

休仁为兄弟计，议杀诸侄；宋主彧为嗣子计，并杀兄弟，而休仁亦不得免。休仁不能保身，而宋主彧不能保子，且不能保国，天下未有自残骨肉，而尚能庇其身世者也！夫同姓不可恃，遑问异姓？观后来之萧齐篡宋，尽灭刘氏，何莫非宋主彧好杀之报乎？若夫魏主弘之禅位，亦出不经，考魏主践阼之年，仅十二龄，越年改元天安，又越年改元皇兴，禅位时年仅十有九岁。太子宏虽聪睿夙成，究属五龄童子，未能御宇；况冯太后内行不正，秽渎深宫，不知先事防闲，乃迷信佛老，遽弃尘务，是亦为取祸之媒，不至杀身不止。王道不外人情，蔑情者必亡，矫情者必危，观宋魏遗事而益恍然矣。

第二十四回　江上堕谋亲王授首　殿中醉寝狂竖饮刀

却说阮佃夫、王道隆等仍然专政，威权益盛，货赂公行。袁粲、褚渊两人，意欲去奢崇俭，力矫前弊，偏为道隆、佃夫所牵制，使不得行。镇东将军蔡兴宗，当宋主彧末年，尝出镇会稽，彧病殂时，正值兴宗还朝，所以与受顾命。佃夫等忌他正直，不待丧葬，便令出督荆、襄八州军事。嗣又恐他控制上游，尾大难掉，更召为中书监光禄大夫，另调沈攸之代任。兴宗奉召还都，辞职不拜，王道隆欲与联欢，亲访兴宗，蹑履到前，不敢就席。兴宗既不呼坐，亦不与多谈，惹得道隆索然无味，只好告别。未几兴宗病殁，遗令薄葬，奏还封爵。兴宗风度端凝，家行尤谨，奉宗姑，事寡嫂，养孤侄，无不尽礼。有子景玄，绰有父风，宋主命袭父职荫，景玄再四乞辞，疏至十上，乃只令为中书郎。三世廉直，望重济阳。兴宗济阳人，父廓为吏部尚书，夙有令名。信不愧为江南人表。铁中铮铮，理应表扬。

自兴宗去世，宋廷少一正人，越觉得内外壅蔽，权幸骄横。阮佃夫加官给事中，兼辅国将军，势倾中外。吴郡人张澹，系佃夫私亲，佃夫欲令为武陵太守，尚书令袁粲等不肯从命，佃夫竟称敕施行，遣澹赴郡。粲等亦无可奈何。但就宗室中引用名流，作为帮手。当时宗室凌夷，只有侍中刘秉为长沙王道怜孙，刘道怜见前文。少自检束，颇有贤名，因引为尚书左仆射，但可惜他廉静有余，才干不足，平居旅进旅退，无甚补益。尚有安成王准，名为明帝第三子，实是桂阳王休范所生，收养宫中。昱既践阼，拜为抚军将军，领扬州刺史，准年只五龄，晓得甚么国家大事，惟随人呼唤罢了。

越年改元元徽，由袁、褚二相勉力维持，总算太平过去。翌年五月，江州刺史桂阳王休范，竟擅兴兵甲，造起反来。休范本无材具，不为明帝所忌，故尚得幸存。及昱嗣宋祚，贵族秉政，近习用权，他却自命懿亲，欲入为宰辅。既不得志，遂怀怨愤，典签许公舆，劝他折节下士，养成物望，由是人心趋附，远近如归。一面招募勇夫，缮治兵械，为发难计。宋廷颇有所闻，阴加戒备。会夏口缺镇，地当寻阳上流，朝议欲使亲王出守，监制休范，乃命皇五弟晋熙王燮出镇夏口，为郢州刺史。郢州治所即夏口。燮只四岁，特命黄门郎王奂为长史，行府州事。四岁小儿，如何出镇，况所关重要，更属非宜，宋政不纲，大都类是。又恐道出寻阳，为休范所留，因使从太子洑绕道莅镇，免过寻阳。

休范闻报，知朝廷已经疑己，遂与许公舆谋袭建康。起兵二万，骑士五百，自寻阳出发，倍道急进，直下大雷。大雷守将杜道欣，飞使告变，朝廷惶骇。护军将军褚渊、征北将军张永、领军将军刘勔、尚书左仆射刘秉、右卫将军萧道成、游击将军戴明宝、辅国将军阮佃夫、右军将军王道隆、中书舍人孙千龄、员外郎杨运长，同集中书省议事，半日未决。

萧道成独奋然道："从前上流谋逆，都因淹缓致败，今休范叛乱，必远惩前失，轻兵急下，掩我不备，我军不宜远出，但屯戍新亭、白下，防卫宫城，与东府石头，静待贼至，彼自千里远来，孤军无继，求战不得，自然瓦解。我愿出守新亭挡住贼锋，征北将军可守白下，领军将军但屯宣阳门，为诸军节度。诸贵俱可安坐殿中，听我好音，不出旬月，定可破贼！"说至此，即索笔下议，使众注明可否。大众不生异议，并注一同字。一班酒囊饭袋。独孙千龄阴袒休范，谓宜速据梁山，道成正色道："贼已将到，还有甚么闲军，往据梁山？新亭正是贼冲，我当拚死报国，不负君恩。"说着，即挺身起座，顾语刘勔道："领军已同鄙议，不可改变，我便往新亭去了。"

勔应声甫毕，外面又走进一人，素衣墨绖，曳杖而来。是人为谁？就是尚书郎袁粲。粲正丁母艰，闻变乃至。当由萧道成与述军谋，粲亦极力赞成。道成即率前锋兵士，赴戍新亭。张永出屯白下，另遣前南兖州刺史沈怀明，往守石头城。袁粲、褚渊入卫殿省，事起仓猝，不遑授甲，但开南北二武库，任令将士自取，随取随行。

道成到了新亭，缮城修垒，尚未毕事，那休范前军已至新林，距新亭不过数里。道成解衣高卧，镇定众心，既而徐起，执旗登垣，使宁朔将军高道庆、羽林监陈显达、员外郎王敬则等带领舟师，堵截休范。两军交战半日，互有杀伤，未分胜负。

翌日黎明，休范舍舟登岸，自率大众攻新亭，分遣别将丁文豪，往攻台城。道成挥兵拒战，自辰至午，杀得江鸣海啸，天日无光，休范兵不少却，但觉鼓声愈震，兵力愈增，城中将士，都有惧色。道成笑道："贼势尚众，行列未整，不久便当破灭了！”

言未毕，忽有休范檄文射入城内。当由军士拾呈道成，道成取视，但见起首数行，乃说杨运长、王道隆等蛊惑先帝，使建安、巴陵二王，无罪受戮，望执戮数竖，聊谢冤魂云云。后文尚有数行，道成不再看下，即用手撕破，掷置地上。

旁边闪出二人道：“逆首檄文，想是招降，公何不将计就计，乘此除逆？”道成瞧着，乃是屯骑校尉黄回与越骑校尉张敬儿，便应声问道：“敢是用诈降计么？”两人齐声称是。道成又道：“卿等能办此事，当以本州相赏。”两人大喜，便出城放仗，跑至休范舆前，大呼称降。

休范方穿着白服，乘一肩舆，登城南临沧观，览阅形势，左右护卫，不过十余人。既见两人来降，便召问底细。回佯致道成密意，愿推拥休范为宋主，惟请休范订一信约，休范欣然道：“这有何难？我即遣二子德宣、德嗣，往质道成处，想他总可相信了。”遂呼二子往道成垒中，留黄、张二人侍侧。亲吏李桓、钟爽等，交谏不从，自回舟中高坐，置酒畅饮，乐以忘忧。所有军前处置，都委任前锋将杜黑骡处置。哪知遣质二子早被道成斩首，他尚似在梦里鼓里，一些儿没有闻知。

黄回、张敬儿反导他游弋江滨，且游且饮。一夕天晚，休范已饮得酒意醺醺，还是索酒不休，左右或去取酒，或去取肴，黄回拟乘隙下手，目示敬儿，敬儿即趋至休范身后，把他佩刀抽出，休范稍稍觉察，正要回顾，那刀锋已经刺来，一声狂叫，身首两分。好去与十八兄弟重聚，开一团圞大会，重整杯盘。左右统皆骇散，敬儿持休范首，与回跃至岸上，驰回新亭报功。

道成大喜，即遣队长陈灵宝，传首都中。灵宝持首出城，正值杜黑骡麾兵进攻，一时走不过去。没奈何将首投水，自己扮作乡民模样，混出间道，得达京城，报称大憝已诛。满朝文武，看他无凭无据，不敢轻信，惟加授萧道成为平南将军。道成因叛军失主，总道他不战自溃，便在射堂查验军士，从容措置。不防司空主簿萧惠朗竟率敢死士数十人，攻入射堂。道成慌忙上马，驱兵搏战，杀退惠朗，复得保全城垒。原来惠朗姊为休范妃，所以外通叛军，欲作内应。

惠朗败走，杜黑骡正来攻扑，势甚慓劲，亏得道成督兵死拒，兀自支撑得住。由晡达旦，矢石不息，天又大雨，鼓角不复相闻。将士不暇寝食，马亦觉得饥乏，乱触乱号，城中顿时鼎沸，彻夜未绝。独道成秉烛危坐，厉声呵禁，并发临时军令，乱走者斩，因此哗声渐息，易危为安。可见为将之道，全在镇定。

黑骡尚未知休范死耗，努力从事，忽闻丁文豪已破台城军，向朱雀桁进发，遂也舍去新亭，趋向朱雀桁。右军将军王道隆，领着羽林精兵，驻扎朱雀门内，蓦闻叛军大至，急召刘勔助守，勔驰至朱雀门，命撤桁断截叛军。道隆怒道：“贼至当出兵急击，难道可撤桁示弱么？”勔乃不敢复言，遽率众出战。甫越桁南，尚未列阵，杜黑骡已麾众进逼，与丁文豪左右夹攻，勔顾彼失此，竟至战死。道隆闻勔已阵亡，慌忙退走，被黑骡长驱追及，一刀杀毙。害人适以自害。张永、沈怀明各接败报，俱弃去泛地，逃回宫中。抚军长史褚澄，开东府门迎纳叛军。叛众劫住安成王准，使居东府，且伪称休范教令道：“安成王本是我子，休得侵犯！”中书舍人孙千龄，也开承明门出降，宫省大震。

皇太后王氏、皇太妃陈氏，因库藏告罄，搜取宫中金银器物，充作军赏，嘱令并力拒贼。贼众渐闻休范死音，不禁懈体。丁文豪厉声道："我岂不能定天下，何必借资桂阳！"许公舆且诈称桂阳王已入新亭，惹得将吏惶惑，多至新亭垒间，投刺求见，名达千数。道成自登北城，俯语将吏道："刘休范父子已经伏诛，暴尸南冈下，我是萧平南，请诸君审视明白，勿得自误！"说至此，即将所投名刺，焚毁城上，且指示道："诸君名刺，今已尽焚，不必忧惧，各自反正便了。正好权术。将吏等一哄散去，道成复遣陈显达、张敬儿等率兵入卫。

袁粲慷慨语诸将道："今寇贼已逼，众情尚如此离沮，如何保得住国家！我受先帝付托，不能安邦定国，如何对得住先帝？愿与诸公同死社稷，共报国恩！"说着，披甲上马，纵辔直前，诸将亦感激愿效，相随并进。可巧陈显达等亦到，遂共击杜黑骡，两下交战，流矢及显达目，显达拔箭吮血，忍痛再斗，大众个个拼死，得将黑骡击走。黑骡退至宣阳门，与丁文

豪合兵，尚有万余人，越日天晓，张敬儿督兵进剿，大破叛众，斩黑骡，战文豪，收复东府，叛党悉平。

萧道成振旅还都，百姓遮道聚观，同声欢呼道："保全国家，全赖此公！"为将来篡宋张本。道成既入朝堂，即与袁粲、褚渊、刘秉会着，同拟引咎辞职。表疏呈入，当然不许，升授道成为中领军，兼南兖州刺史，留卫建康，与袁粲、褚渊、刘秉三相，更日入直决事，都中号为四贵。

荆州刺史沈攸之曾接休范书札，并不展视，具报朝廷，且语僚佐道："桂阳必声言与我相连，我若不起兵勤王，必为所累了！"乃邀同南徐州刺史建平王景素、郢州刺史晋熙王燮、湘州刺史王僧虔、雍州刺史张兴世，同讨休范。休范留中兵参军毛惠连等守寻阳，为郢州参军冯景祖所袭，惠连等不能固守，开门请降。休范尚有二子留着，一体伏诛。有诏以叛乱既

平，令诸镇兵各还原地，兵气销为日月光，又有一番升平景象了。语婉而讽。

宋主昱素好嬉戏，八九岁时，辄喜猱升竹竿，离地丈余，自鸣勇武。明帝在日，曾饬陈太妃随时训责，扑作教刑，怎奈江山可改，本性难移，到了继承大统，内有太后、太妃管束，外有顾命大臣监制，心存畏惮，未敢纵逸。元徽二年冬季，行过冠礼，三加玄服，遂自命为成人，不受内外羁勒，时常出宫游行。起初尚带着仪卫，后来竟舍去车骑，但与嬖幸数人，微服远游，或出郊野，或入市廛。陈太妃每乘青犊车，随踪检摄，究竟一介女流，管不住狂童驰骋。昱也惟恐太妃踪迹，驾着轻骄，远驰至数十里外，免得太妃追来。有时卫士奉太妃命，追踪谏阻，反被昱任情呵斥，屡加手刃，所以卫士也不敢追寻，但在远山瞻望，遥为保护。昱得恣意游幸，且自知为李道儿所生，尝自称为李将军，或称李统。营署巷陌，无不往来，或夜宿客舍，或昼卧道旁，往往与贩夫商妇贸易为戏，就使被他揶揄，也是乐受如饴，一笑了事。直是一个无赖子。平生最多小智，如裁衣制帽等琐事，过目即能，他如笙管箫笛，未尝学吹，一经吹着，便觉声韵悠扬，按腔合拍。

蹉跎蹉跎，倏过二年。荆襄都督沈攸之威望甚盛，萧道成防他生变，特使张敬儿为雍州刺史，出镇襄阳。世子赜出佐郢州，防备攸之。攸之未曾发难，京口却先已起兵。原来建平王景素时为南徐州刺史，他是文帝义隆孙，为故尚书令宣简王弘长子。弘为文帝第七子，见前文。好文礼士，声誉日隆。适宋主昱凶狂失德，朝野颇属意景素，时有讹言。杨运长、阮佃夫等，贪辅幼主，不愿立长，密唆防阁将军王季符，诬讦景素反状，俾便出讨。萧道成、袁粲窥破阴谋，替他解免，阻住出师，景素亦遣世子延龄，入都申理。杨、阮等还未肯甘休，削去景素征北将军职衔，景素始渐觉不平，阴与将军黄回，羽林监垣祗祖通书，相约为变。

酝酿了好几个月，忽由垣祗祖带了数百人，奔至京口，说是京师乱作，台城已溃，请即乘间发兵。景素信为真言，即据住京口，仓皇起事。杨、阮闻报，立遣黄回往讨。萧道成知回蓄异图，特派将军李安民为前驱，夜袭京口，一鼓破入，擒斩景素，所有叛党，统共伏诛。

宋主昱因京口告平，骄恣益甚，无日不出，夕去晨返，晨去夕归，令随从各执铤矛，遇有途人家畜，即命攒刺为戏，民间大恐，商贩皆息，门户昼闭，道无行人。有时昱居宫中，针椎凿锯，不离左右，侍臣稍稍忤意，便加屠剖，一日不杀，便愀然不乐。因此殿省忧惶，几乎不保朝暮。

阮佃夫与直阁将军申伯宗、朱幼等，阴谋废立，拟俟昱出都射雉，矫太后命，召还队仗，派人执昱，改立安成王准。事尚未发，为昱所闻，立率卫士拿住阮佃夫、朱幼，下狱勒毙。佃夫也有此日耶！申伯宗狼狈出走，中途被捕，立置重刑。或告散骑常侍杜幼文、司徒左长史沈勃、游击将军孙超之，亦与佃夫同谋，昱复自往掩捕，执住杜幼文、孙超之，亲加脔割，且笑且骂，语极秽鄙，不堪入耳。转趋至沈勃家，勃正居丧在庐，蓦见昱持刀突入，不由地怒气上冲，便攘袂直前，手搏昱耳道："汝罪逾桀纣，就要被人屠戮！"说到戮字，已由卫士一拥而进，把勃劈作两段，昱又亲解肢体，并命将三家老幼，一体骈诛。十四岁的幼主，如此酷虐，史所未闻。杜幼文兄叔文，为长水校尉。即遣人把他捕至，命在玄武湖北岸，裸缚树下，由昱跨马执槊，驰将过去，用槊刺入叔文胸中，钩出肝肠，嬉笑不止，卫士齐称万岁！

昱尽兴还宫，偏遇皇太后宣召，勉强进去，听了好几句骂声，无非说他残虐无道，饬令速改，惹得昱满腔懊闷，快快趋出。已而越想越恨，索性召入太医，嘱令煮药，进鸩太后。左右谏止道："若行此事，天子应作孝子，怎得出入自由！"昱爽然道："说得有理。"乃叱退医官，罢除前议。嗣是狎游如故，偶至右卫翼辇营，见一女子娇小可怜，便即搂住，借着营中便榻，云雨起来。事毕以后，又令跨马从游，每日给数千钱，供她使用。

一日盛暑，竟掩入领军府。萧道成昼卧帐中，昱不许他人通报，悄悄地到了帐前，揭帐审视，见他袒胸露腹，脐大如鹄，不禁痴笑道："好一个箭靶子！"这一语惊醒道成，张目瞧视，见是当今小皇帝，不胜惊异，慌忙起床整衣。昱摇手道："不必不必，卿腹甚大，倒好试朕的箭法！"说着，即令左右拥着道成，叫他露腹直立，画腹为的，自引弓作注射状，道成忙用手版掩腹，且申说道："老臣无罪！"旁由卫队长王天恩进言道："领军腹大，原是一好射堋，但一箭便死，后来无从再射，不如用骲箭射腹，免致受伤！"是道成救星。昱依天恩言，即令他取过骲箭，搭上弓弦，喝一声着，正中道成肚脐。当下投弓大笑道："箭法何如？"天恩极口赞美，连称陛下只须一箭，不必更射，说得昱喜上加喜，方出署自去。

道成无词可说，送出御驾，回入署中。自思此番幸用骲射，乃是骲镞所为，不致伤人。骲箭注射，就此带叙。但侥幸事情，可一不可再，当速图自全，乃密访袁粲、褚渊二人，商及废立问题。渊默然不答，粲独说道："主上年少，当能改过，伊霍事甚不易行，就使成功，亦非万全计策！"道成点首而出。点首二字，暗寓狡猾。

俄由宫中漏出消息，得知昱尝磨铤，欲杀道成，还是陈太妃从中喝阻，谓道成有功社稷，不应加害，昱乃罢议。道成却越加危惧，屡与亲党密谋，意欲先发制人。或劝道成出诣广陵，调兵起事，或谓应令世子赜率郢州兵，东下京口，作为外应。道成却欲挑动北魏，俟魏人入寇，自请出防，乘便笼络军士，入除暴君。这三策都未决议，累得道成日夕踌躇。领军功曹纪僧真，把三策尽行驳去，谓不若在内伺衅，较为妥当。道成族弟镇军长史顺之及次子骠骑从事中郎嶷，均言幼主好为微行，但教联络数人，即可下手，何必出外营谋，先人受祸等语。道成乃幡然变计，密结校尉王敬则，令赂通卫士杨玉夫、杨万年、陈奉伯等，共二十五人，专伺上隙。

夏去秋来，新凉已届，宋主昱正好夜游，七月七日，昱乘

露车至台冈，与左右跳高赌技。晚至新安寺偷狗，就昙度道人处杀狗侑酒，饮得酩酊大醉，方还仁寿殿就寝，杨玉夫随从在后，昱顾语道："今夜应织女渡河，汝须为我等着，得见织女，即当报我；如或不见，明日当杀汝狗头，剖汝肝肺！"你的狗头要保不牢了。玉夫听着醉语，又笑又恨，没奈何应声外出。

看官听说！自昱嗣位后，出入无常，殿省门户，终夜不闭，就是宿卫将士，统局居室中，莫敢巡逻。只恐与昱相值，奏对忤旨，便即饮刃，所以内外洞开，虚若无人，杨玉夫到了夜半，与杨万年同入殿内，趋至御榻左近，侧耳细听，呼呼有鼾睡声，再走进数步，启帐一瞧，昱仍熟睡，惟枕旁置有防身刀，当即抽刀在手，向昱喉下戳入，昱叫不出声，手足一动，呜呼哀哉！年仅十五。在位只五年，后人称子业为前废帝，昱为后废帝。小子有诗叹道：

童年失德竟如斯，陨首宫廷尚恨迟；
假使十龄身已死，刘家兴替尚难知。

杨玉夫已经弑昱，持首出殿，突遇一人拦住，不由地魂飞天外。究竟来人为谁，且至下回说明。

桂阳王休范，不死于泰始之时，而死于元徽之世，殊属出人意外；然其获免也以愚，其致死也亦以愚。愚者可一幸不可再幸，终必有杀身之祸。试观其中诈降计，纳黄回、张敬儿于左右，肘腋之间，自召危机，尚复日饮醇酒，游宴自如，不谓之愚得乎！建平王景素，亦一愚夫耳。轻信垣祗祖之言，仓猝起兵，不亡何待！史家不恕休范，而独恕景素，殆以景素发难，由杨阮之激迫而成，欲罪杨阮，不得不于景素有恕词，要知亦一愚人而已，废帝昱愚而且暴，与子业相似，其被弑也亦相同。狡如宋武，而后嗣多半昏愚，然后知仁厚者可卜灵长，而狡黠者之终难永久也。

第二十五回　讨权臣石头殉节
失镇地栎林丧身

却说杨玉夫手持昱首，驰出殿门，适与一人相遇，不觉惊惶。及仔细审视，乃是同党陈奉伯，方才放心，即将昱首交与奉伯。奉伯诈传敕旨，开承明门，门外由王敬则待着，复把昱首转交。敬则驰诣领军府，叩门大呼，道成不知何事，未敢开门。敬则投首入墙，由道成洗首验视，果系昱头，乃戎服乘马，偕敬则等入殿。殿中相率惊怖，经道成说明昱死，始同声呼万岁。道成就殿廷槐树下，托称王太后命，召袁粲、褚渊、刘秉等入议。

道成语秉道："这是君家私事，外人不敢擅断。"秉顾视道成，但见他须髯尽张，目光似电，令人可怖，不由地嗫嚅道："尚书诸事，可以见委，军旅处分，当由领军作主！"错了！错了！道成复让与袁粲，粲亦不敢承认。也是没用。王敬则拔刀跃入道："天下事都应关白萧公；如有异言，血染敬则刃！"遂手取白纱帽，加道成首，劝他即位；且说道："今日尚有何人，敢来多嘴？事须及热，何必迟疑！”比许褚、典韦还要出力。

道成取去纱帽，正色呵斥道：“汝等统是瞎闹！”粲欲乘势进言，又被敬则怒目相视，不敢开口。褚渊接入道：“今非萧公不能了此！”道成乃徐徐道：“诸君都不肯建议，我亦未便推辞，今日只有迎立安成王为是！”刘秉、袁粲等模糊答应。敬则尚欲推戴道成，由道成用目相示，乃挟刘、袁、褚三相，出待东城，另备法驾往迎安成王准。

秉行过道旁，适与从弟韫相遇，韫急问道：“今日事是否归兄？”秉答道：“我等已让萧领军主持！”韫惊叹道：“兄肉中究有血否？今年恐被族灭了！”秉似信非信，与韫别去。

既而安成王准已经迎入，当由道成替太后宣令，追废昱为苍梧王，命安成王准嗣皇帝位。略云：

前嗣王昱以冢嫡嗣登皇统，方冀体识日弘，社稷有寄，岂意穷凶极悖，自幼而长，善无细而不违，恶有大而必蹈！前后训诱，常加隐蔽，险戾难移，日月滋甚。弃冠毁冕，长袭戎衣，犬马是狎，鹰隼是爱，皂历轩殿之中，耩缧宸衷之侧。至乃单骑远郊，独宿深野，手挥矛铤，躬行刳斮，白刃为弄器，斩害为恒务，舍交戟之卫，委天毕之仪，趋步阛阓，酣歌垆肆，宵游忘返，宴寝营舍，夺人子女，掠人财物，方策所不书，振古所未闻。沈勃儒士，孙超功臣，幼文兄弟，并预勋效，四人无罪，一朝同戮，飞镞鼓剑，孩稚无遗，屠裂肝肠，以为戏谑，投骸江流，以为欢笑。又淫费无度，帑藏空竭，横赋关河，专充别蓄，黔首嗷嗷，厝生无所。吾与其所生，每励以义方，遂谋鸩毒，将骋凶忿。沈忧假日，虑不终朝。自昔辛癸，爰及幽厉，方之于此，未譬万分。民怨既深，神怒已积，七庙阽危，四海褫气，废昏立明，前代令范，况乃灭义反道，天人所弃，衅深牧野，理绝桐宫。故密令萧领军潜运明略，幽显协规，普天同泰。骠骑大将军安成王，体自太宗，天听淹叡，风神凝远，德映在田，地隆亲茂，皇历攸归，亿兆系心，含生属望，宜光奉祖宗，临享万国。便依旧典，以时奉行。昱虽穷凶极暴，自取覆灭，弃同品庶，顾所不忍，可特追封苍梧郡王。未亡人追往伤怀，永言感绝，所望嗣皇帝远绍洪规，近惩覆辙，痌瘝兆民，期天永命，则宗庙社稷之灵，庶其攸赖，用此令知！

小子前述明帝彧事，说他不能御女，致乏子嗣，昱已为李道儿所生，准为明帝彧第三子，料亦由诸王所出，取育宫中。

史称明帝有十二男，陈贵妃生昱，就是后废帝；谢修仪生法良，早年去世；陈昭华生准，就是安成王；徐婕妤生第四皇子，未曾取名，即已殀殇；郑修容生智井及晋熙王燮，泉美人生邵陵王友及江夏王跻，徐良人生武陵王赞，杜修华生南阳王翙及次兴王嵩，最幼的是始建王禧，也相传为泉美人所出，其实统是螟蛉继儿，由妃嫔抚养成人，便冒充为己子哩。特别表明，贯穿前后。

且说安成王准，由东城迎入朝堂，刘秉、袁粲、褚渊随归谒见，萧道成也带领百官，一同迎谒，当奉准升殿入座，即皇帝位，准年仅十一，颁诏大赦，改永徽五年为升明元年。尊生母陈昭华为皇太妃，替苍梧王发丧，降陈太妃为苍梧王太妃，江皇后为苍梧王妃。授道成为司空录尚书事，兼骠骑大将军，领南徐州刺史，留镇东府。刘秉为尚书令，加中军将军，褚渊加开府仪同三司，袁粲为中书监，出镇石头。进号荆州刺史，沈攸之为车骑大将军，兼尚书左仆射，王僧虔为尚书仆射，刘韫为中领军，兼金紫光禄大夫，王琨为右光禄大夫，晋熙王燮为抚军将军，调任扬州刺史，武陵王赞为郢州刺史，邵陵王友为江州刺史，南阳王翙为湘州刺史，杨玉夫等二十五人，各赏赐爵邑有差。无非导人篡弑。此外文武百官，皆加官二级，不在话下。

先是刘秉用意，以为尚书关系政本，由己主持，可致天下无变，所以与道成会议时，情愿将兵权让与道成。及道成兼总军国，散布心腹，予夺自专，褚渊又趋炎附势，甘党道成。秉势成孤立，始有悔心。袁粲素性恬静，每有朝命，必一再固辞，不得已乃始就职。至是知道成跋扈不臣，有心除患；因此一经朝命，毫不推让，即出镇石头城去了。

荆襄都督沈攸之，前与道成同直殿省，很是和协，道成且与订姻好，把长女嫁与攸之子文和为妻。及攸之出镇荆州，与道成尚无嫌隙，不过因朝局日紊，未免雄心思逞，暗蓄异图。会直阁将军华容人高道庆告假回家，路过江陵，为攸之所邀，戏与赌槊，彼此争胜，语未加检。攸之不免失词，由道庆记在胸中，假满入朝，遂述攸之狂言，已露反状，愿假轻骑三千，往袭江陵。刘秉等未以为然，道成顾念亲情，更力保攸之不反，惟杨运长等嫉忌攸之，与道庆密谋，使刺客潜往江陵，无隙可乘，反为攸之察觉，杀死刺客。攸之因怨恨朝廷，并疑道成不为帮护，亦有微嫌。

主簿宗俨之，功曹臧寅，劝攸之从速举兵，攸之因长子元琰，留官建康，投鼠忌器，未便速发，乃延宕下去。会苍梧王被弑，朝政一变，道成也嫉杨运长，出为宣城太守。又遣攸之子元琰，持苍梧王刳斮遗具，往示攸之。在道成意见，一则为攸之黜退仇人，示全亲谊；二则使攸之与闻主恶，表明己功。偏攸之以道成名位，素出己下，至是专制朝权，愈加不平，且因元琰得至江陵，疑为天助，遂顾语道："儿得来此，尚复何忧？我宁为王陵死，王陵汉人。不为贾充生！"贾充晋人。乃留住元琰，不使还都。一面上表称庆，并与道成书，阳为推功。

适有朝使至江陵，加攸之封号，并由太后赐烛十挺，攸之遂借此开衅，谓在烛中剖出太后手敕，有云社稷事一以委公，因此整兵草檄，指日举事。攸之妾崔氏、许氏同谏道："官年已老，奈何不为百口计！"攸之指示裲裆角，由两妾审视，乃是素书十数行，写着明帝与攸之密誓。恐也是捏造出来。两妾颇识文字，阅罢后亦不便多言。

攸之复遣使往约雍州刺史张敬儿、豫州刺史刘怀珍、梁

州刺史范柏年、司州刺史姚道和、湘州行事庾佩玉、巴陵内史王文和等，共同举兵。敬儿本由道成差遣，监制攸之，当然是不肯照约，即将来使斩讫，驰表上闻。敬儿出镇见前回。怀珍、文和也与敬儿相联，依法办事。柏年、道和、佩玉模棱两可，共守中立，文和胆力最小，一俟攸之出兵，便弃去州城，奔往夏口。

攸之又贻道成书云："少帝昏狂，应与诸公密议，共白太后，下令废立，奈何私结左右，亲加弑逆，乃至暴尸不殡，流虫在户，凡在臣下，莫不惋骇；且闻擅易朝旧，密布亲党，宫阁管籥，悉付家人，我不知子孟即汉霍光。孔明即诸葛亮。遗训，曾否如此！足下既有贼宋之心，我宁敢捐包胥包胥即楚申包胥。之节！"书中语恰也近理，可惜他未必为公！

这封书驰达道成，道成自然动恼，当即入守朝堂，命侍中

萧嶷代守东府，抚军行参军事萧映往镇京口，嶷映皆道成子，故特付重任。长子赜本出佐晋熙王燮，以长史行郢州事，燮徙镇扬州，赜升任左卫将军，随燮东行。刘怀珍致书道成，谓夏口冲要，不宜失人，道成乃与赜书，令他择能代任。赜荐郢州司马柳世隆自代，世隆得奉朝命为郢州长史，辅佐武陵王赞。燮徙扬州，赞镇郢州，俱见上文。赜临行时，语世隆道："我料攸之必将作乱，一旦变起，倘焚去夏口舟舰，顺流东下，却不可当；若留攻郢城，顿兵不进，君为内守，我为外援，攸之不足虑了！"世隆应声如约，赜乃启行。

甫至寻阳，已闻攸之发难，朝廷尚不见处置。或劝赜速赴建康，赜摇首道："寻阳地居中流，密迩畿辅，我今当留屯湓口，内卫朝廷，外援夏口，保据形胜，控制西南，这是天授机会，奈何弃去！"左中郎将周山图亦极端赞成。赜即奉燮镇湓口。军事悉委山图。山图截取行旅船板，筑楼橹，立水栅，旬日办竣，使人驰报道成。道成大喜道："赜真不愧我子呢！"仿佛操丕。遂授赜为西讨都督，山图是副。赜又恐寻阳城孤，表移邵陵王友同镇湓口，但留别驾胡谐之守住寻阳。这是防攸之推戴邵陵，故表移湓口。

适前湘州刺史王蕴，因母丧辞职，还过巴陵，与攸之潜相结纳，及入居东府，为母发丧，欲乘道成出吊，把他刺死，偏道成狡猾，先事预防，但遣人吊唁，并未亲往。蕴计不能遂，乃与袁粲、刘秉共图别计。将吏黄回、任侯伯、孙昙瓘、王宜兴、卜伯兴等，皆与通谋。

道成亦防粲立异，自至石头城，与粲计事，粲拒不见面，通直郎袁达，劝粲不应相拒。粲答道："彼若借主幼时艰四字，迫我入朝，与桂阳时无异，我将何辞谢绝？一入圈中，尚得使我自由么？”遂不从达言。也是误处。

道成另召褚渊入议，每事必谘，格外亲昵。渊前为卫将军，遭母丧去职，朝廷敦迫不起，粲独往劝渊，渊乃从命。及粲为尚书令，亦丁母忧，免官守制，渊亦亲往怂恿，力劝莅事，粲终不为动；渊由是恨粲。小事何足介意，渊之度量可知！至是进白道成道：“荆州构衅，事必无成，明公先当防备内变，幸勿疏虞！”道成点首称善。

已而粲与刘秉等谋诛道成，拟告知褚渊。众谓渊素附道成，断不可告，粲说道：“渊与彼虽友善，但事关宗社，渊亦不得大作异同；倘成不告，是多增一敌手了！”此着大误。遂把密谋告渊。渊愿为萧氏爪牙，当即转白道成。道成即遣军将苏烈、薛渊、王天生等，往戍石头，名为助粲，实是监粲。又因刘韫为中领军，卜伯兴为直阁将军，与粲相通，特派王敬则一同直阁，牵制二人。

粲谋矫太后令，使韫与伯兴率宿卫兵攻道成，由黄回等为外应，定期举事。刘秉尚在都中，届期这一日，禁不住心惊肉跳，那起事的期间，本在夜半，偏秉胆小如鼷，竟于傍晚时候，载家属奔石头，部曲数百，张皇道路，粲闻秉骤至，忙出相见道：“何事遽来？这遭要败灭了！”秉泣答道：“得见公一面，虽死无恨！”笨伯岂可与谋？说着，孙昙瓘亦自京奔至，粲越加惶急，但也想不出什么方法，只顿足长叹罢了。

丹阳丞王逊走告道成，道成亦已略悉，即遣人密告王敬则，使杀刘韫、卜伯兴等人。时阁门已闭，敬则欲出无路，亟凿通后垣，佩刀出走。趋至中书省，正值韫列烛戒严，危坐室中。突见敬则闯入，便惊起问道：“兄何为夜顾？”敬则瞋目道：“小子怎敢作贼！”一面说，一面用手拔刀。韫忙抱住敬则，怎禁得敬则力大，用拳掴颊。韫不胜痛楚，晕到地上，被敬则拔刀一挥，立致殒命。敬则持刀至伯兴处，伯兴猝不及防，也被杀死。

苏烈、王天生等已据住仓城，与粲相拒，道成又遣军将戴僧静，助烈攻粲。粲遣孙昙瓘出战，与苏烈等相持一宵，到了黎明，戴僧静攻毁府西门，刘秉在城东回望，见城西火起，竟与二子俣侅，逾城遁去。真不济事。粲亦料不可守，下城谕子最道："早知一木难支大厦，但因名义至此，死不足恨了！"语尚未已，僧静已逾城进击。最奋身翼粲，为僧静斫伤。粲涕泣向最道："我不失忠臣，汝不失孝子。"遂与最力斗数合，俱为所害。百姓为粲哀谣道："可怜石头城，宁为袁粲死，不为褚渊生！"有志无才，徒付一叹。

僧静既杀害袁氏父子，复召集各军，往追刘秉，驰至额檐湖，得将秉父子拿住，立即斩首。秉实该死。任侯伯等乘船赴石头，闻粲已死节，便即驰还。王蕴也率数百壮士，到石头城，被薛渊闭城射退，逃往斗场，也遭擒戮。孙昙瓘遁去。黄回由新亭进攻，行过石头，得悉同党俱败，乃佯称入援道成。道成也知他刁狡，但一时不欲多诛，因慰抚如旧，仍然遣驻新亭。此外坐粲党羽，一体赦免，均不复问。巧与笼络。授尚书仆射王僧虔为左仆射，新除中书令王延之为右仆射，度支尚书张岱为吏部尚书，吏部尚书王奂为丹阳尹。

满朝文武，已尽是道成心腹。道成乃自请出讨攸之，有诏假道成黄钺，出屯新亭。攸之也遣中兵参军孙同等五将，率五万人为前驱，司马刘攘兵等五将率二万人为后应，中兵参军王灵秀等四将分兵出夏口，据住鲁山。

攸之自恃兵强，饶有骄态，遣人至郢州，语柳世隆道："奉太后令，当暂还都，卿果同心奉国，应知此意。"世隆托使人答复道："东下雄师，久承声问，郢城镇小，只能自守，恕不相从！"攸之闻言，不禁动怒，即欲往攻郢城。功曹臧寅，谓郢城险固，攻守势异，非旬日可拔，不如长驱东下，速图建康。攸之乃留偏师攻郢城，自率大众东进。

将要启行，忽报柳世隆出兵西渚，前来搦战。攸之使王灵秀迎击，郢兵不战即退，灵秀进薄城下，郢州参军焦度，登城拒守，百般辱骂，恼得灵秀性起，麾兵猛扑。那城上矢石交下，反将灵秀兵击伤数百人。灵秀飞报攸之，请即济师，攸之被他一激，遂改计攻郢，亲督诸将西行。到了城下，筑起长围，昼夜攻战。着了道儿。柳世隆随方拒应，或战或守，游刃有余。相持过年，攸之屡攻不克，反被世隆击破数次，伤损甚多。萧赜依着前约，令军将桓敬屯据西塞，为世隆声援。

攸之素失人情，全是势迫形驱，意气用事。初发江陵，已

有兵士逃亡，及顿兵郢城，月余不拔，逃亡愈多，攸之乘马巡查，日夕抚慰，怎奈大众离心，单靠着一言一语，无人肯信，仍相继离散。攸之大怒，召集诸将道："我奉太后令，仗义起师，大事若成，当与卿等共图富贵；否则朝廷诛我百口，不涉他人，近来军人叛散，皆由卿等不肯留意，自今以后，兵士叛去，军将当连带坐罪！"诸将虽然面从，心中愈觉不平。会闻道成遣黄回等西袭荆州，泝流而上，大众益加惊骇，各怀异志。刘攘兵射书入城，愿降世隆，请他上表洗罪。世隆复称如约，攘兵遂毁营自去。诸军猝见火起，顿时骇散，将帅不能禁。攸之忿火中烧，气得咬须嚼齿，立收攘兵兄子天赐及女夫张平虏，处以极刑，自率残众东归。

行至鲁山，众竟大溃，各将亦皆四散，独臧寅慨然道："得势即从，失势即去，我却不忍出此！"遂投水自尽。攸之只有

数十骑相随，忙宣令军中道：“荆州城中，大有余钱，何不一同还取，作为资粮！”这令一下，散军乃逐渐趋集，且因郢州未有追军，徐还江陵，复得随兵二万人。无所望而去，有所望而来，此等兵将如何足恃！哪知途次接得急信，好好一座江陵城，已被张敬儿夺去！奈何！奈何！逼得攸之进退无路，只好转走华容，沿途随众复溃。到了栎林，随身只有一人，乃是攸之子文和。攸之下马，长叹数声，解带悬林，自尽而死。文和亦缢。村民斩二人首，献入江陵。

原来张敬儿侦得攸之攻郢，江陵空虚，遂引兵掩袭江陵。江陵城内，由攸之子元琰与长史江乂，别驾傅宣共守。夜间听着鹤唳声，疑是军至，乂与宣即开门遁去。吏民接踵逃散，元琰也奔往宠洲，为人所杀。敬儿尚在沙桥，得悉此信，急趋入城，捕诛攸之二子四孙，并及攸之亲党，掳得财物数十万，悉入私囊。嗣经栎林，村民献入攸之父子首级，即按置楯上，覆以青伞，徇行城市。越日乃函首送建康。

留府司马边荣，先为府录事所辱，攸之替荣鞭杀录事，及敬儿入城，荣被执住，由敬儿慰问道：“边公何不早来？”荣答道：“身受沈公厚恩，受命留守，怎敢委去！本不祈生，何须见问？”敬儿笑道：“死何难得！”即命左右牵荣出斩。荣怡然趋出，荣客程邕之抱荣道：“与边公交友，不忍见边公死，乞先见杀！”兵士又入白敬儿，敬儿道：“求死甚易，何为不许！”遂命先杀邕之，然后杀荣。旁观诸人，共为泪下。主簿宗俨之，参军孙同等皆被杀死。小子有诗叹道：

功名富贵漫相争，取义何妨且舍生；
谁是忠贞谁是逆，千秋总有大公评！

荆州既平，萧道成还镇，封赏功臣。欲知详情，且阅下回自知。

袁粲、刘秉，皆非任重才。秉以军事让萧道成，已为失策，至约期举事，先奔石头，胆小如此，安望有成！粲平时闻望，高出秉上，乃密谋甫定，遽告褚渊，彼与渊共事有年矣，宁不知渊为萧党，而独不从众议，贸然相告，是并秉且不若矣！裴子野谓粲蹈匹夫之节，无栋梁之具，诚哉其然也。沈攸之不速赴建康，反顿兵郢城，就令军无贰志，亦与讨贼之志不合，南辕北辙，不死奚为！夫当时粲、秉图内，攸之图外，取萧道成犹反手事耳。粲以寡识败，攸以失机败，反使道成权位愈隆，篡逆愈急，是袁粲、沈攸之之起事，非惟无益，反从而害之矣。然史家书法，于沈攸之之举兵也则书讨，袁粲、刘秉之定议也，则书谋诛；嫉乱贼，奖忠义，此其所以羽翼《麟经》，有功名教也。本回亦隐寓是意，可于夹缝中求之。

第二十六回　篡宋祚废主出宫
弑魏帝淫妪专政

却说萧道成还镇东府，命长子赜为江州刺史，次子嶷为中领军，进尚书左仆射，王僧虔为尚书令，右仆射王延之为左仆射，柳世隆为右仆射，道成送还黄钺，自加太尉，都督南、徐等十六州军事，加卫将军褚渊为中书监司空。召平西将军黄回还至东府，留住外斋，即令宁朔将军桓康，率数十人缚回，历数回罪，一刀杀死。骠骑长史谢朏，素有清名，道成欲引为腹心，参赞大业，每夜召入与语，屏除侍从，但使二小儿捉烛，总道他有佐命良谟，造膝前陈，哪知朏坐了多时，并没有说及心事。道成恐朏为难，取烛置案，再遣去二小儿，朏仍然无言。愚不可及。道成乃呼入左右，朏亦别去。太尉右长史王俭，窥知道成微意，密语道成道："功高不赏，古今甚多，如公所处地位，难道可长居北面么？"道成佯为呵止，面色却微露欢容。俭又说道："蒙公青睐，故言人所未言，奈何见拒！试想宋氏失德，非公何能安定；但恐人情浇薄，未能久持，公若再加延宕，人望且从此去了！不但大业永沦，连身家亦将难保呢！”道成始徐徐道：“卿言亦似有理。”俭复道：“公今日名位，不过一经常宰相，理应加礼同寅，微示变革。现在朝右大臣，惟褚公尚可与商，俭愿为公先容。”教猱升木，不顾名义。道成道：“我当自往！”

越两日亲访褚渊，说了许多闲文，方餂说道：“我梦应得大位。”渊支吾道：“目下一二年间，恐未便轻移，就使公有吉梦，亦未必应在旦夕，请公慎重为是！”道成乃出，还告王俭，俭答道：“这是褚公尚未曾达识哩。俭当为公设法！”遂倡议加道成太傅，假授黄钺，使中书舍人虞整草诏。简直是没有宋主。道成亲吏任遐道：“如此大事，应报褚公。”道成道：“褚公不从，奈何！”遐笑道：“褚彦回系褚渊字。贪生怕死，并没有奇材异能，怕他甚么！遐今往报，不患不从！”道成乃令遐告褚。褚渊前

尚犹豫，经遐怵以利害，渊果无异词。确是贪生怕死。

遐欣然还报，便即缮诏颁发，假道成黄钺，都督中外诸军，加官太傅，领扬州牧，剑履上殿，入朝不趋，赞拜不名，余官如故。道成上表佯辞，由侍臣奉诏敦劝，乃受黄钺，辞殊礼。酷肖刘裕。召赜为领军将军，调嶷为江州刺史，令三子映为南兖州刺史，四子晃为豫州刺史。

已而宋主准立谢氏为皇后，十二岁即立皇后，未免太早。后系故光禄大夫谢庄女孙，即谢朏侄女。既已正位，覃恩庆赏，再申前命，加封道成，道成尚不肯受。越年正月，擢江州刺史萧嶷，都督荆、湘等八州军事，领荆州刺史，出左仆射王延之为江州刺史。道成又欲引用谢朏，令为左长史，尝置酒召饮，与论魏晋故事，微言挑逗道：“昔石苞不早劝晋文，指司马昭。迟至奔丧，方才恸哭，若与冯异相较，冯异东汉人，曾向光武帝劝进。究

不得为知儿。”胐答道：“晋文世事魏室，所以终身北面，设使魏行唐、虞故事，亦当三让鸣高。”

道成愀然不乐，改官胐为侍中，更用王俭为长史。俭格外效力，先申前命，请道成不必再辞。复拟加封公爵，初议封为梁公，员外郎崔祖思道：“纤书有云，金刀利刃齐刈之，今宜称齐，乃应天命。”于是代为缮诏，进道成为相国，总掌百揆，封十郡为齐公，备九锡礼，所有官属礼仪，并仿朝廷。道成三让乃受，即命王俭为齐尚书右仆射，兼领吏部。

会宣城太守杨运长免职还家，道成遣人勒死运长。陵源令潘智与运长友善，为临川王刘绰所深知。绰系故临川王义庆孙，承袭旧封，自忧宋祚将移，遂遣亲吏陈赞，向智代白道：“君系先帝旧人，我是宗室近属，一旦权奸得志，势难两全，乘此招合内外，起图保国，尚可挽回末运，免致沦胥！”智佯为允诺，遣归陈赞，暗中却报知道成。道成即遣兵捕绰，并绰兄弟亲党，悉数加诛。

嗣复毒死武陵王赞，召还雍州刺史张敬儿，令为护军将军。授萧长懋为黄门侍郎，出官雍州刺史。长懋系道成孙，即赜长子，赜领南豫州刺史，为相国副。寻复进爵道成为齐王，增封十郡，得建天子旌旗，出警入跸，冕十有二旒，乘金根车，驾六马，备五时副车，乐舞八佾，设钟簴宫悬。世子赜改称太子，王女王孙爵命，一如旧仪。与刘裕篡晋时好似一幅印版文字。于是大事告成，好把那刘宋四世六十年的帝祚，轻轻夺来。

不到数日，便逼宋主准禅位，可怜十三岁的小皇帝，在位只三年，也要他下禅位诏。诏曰：

惟德动天，玉衡所以载序；穷神知化，亿兆所以归心。

用能经纬乾坤，弥纶宇宙，阐扬鸿烈，大庇生民，晦往明来，积代同轨。前王踵武，世必由之。宋德湮微，昏毁相袭，景和骋悖于前，元徽肆虐于后。三光再霾，七庙将坠，璇极委驭，含识知泯。我文武之祚，眇焉如缀，静惟此紊，夕惕疚心。相国齐王，天诞叡圣，河岳炳灵，拯倾提危，澄氛靖乱，匡济艰难，功均造物。宏谋霜照，秘算云回，旌旆所临，一麾必捷，英风所拂，无思不偃，表里清夷，遐迩宁谧。既而光启宪章，弘宣礼教，奸宄之类，睹隆威而革情，慕善之俦，仰徽猷而增厉，道迈于重华，勋超乎文命，荡荡乎无得而称焉！是以辫发左衽之酋，款关清吏，木衣卉服之长，航海来庭，岂惟萧慎献楛，越裳荐翚而已哉！故四奥载宅，六府克和，川陆效珍，祯祥麟集，卿烟玉露，旦夕扬藻，嘉穟芝英，晷刻呈茂。革运斯炳，代终弥亮，负扆握枢，允归明哲，固已狱讼去宋，讴歌适齐。昔圣政既沦，水德缔构，天之历数，皎焉攸征。朕虽寡昧，闇于大道，稽览隆替，为日已久，敢忘列代遗则，人神至愿乎？便逊位别宫，敬禅于齐，依唐、虞、魏、晋故事，俾众周知！

这诏传出，宋主准应即徙居。那阴鸷险狠的萧道成尚有一番做作，连上三表恳辞，所以宋主还得淹留一日。王公大臣统向齐王府劝进，朝廷又连下诏书，促令受禅。内推外挽，统是一班狐群狗党，巧为播弄，遂于次日行禅位礼。

宋主准本应临轩，他却畏缩得很，匿居佛盖下。王敬则引兵入殿，令军士舁着板舆，趋进宫中，胁主出宫。因宋主避匿，一时搜寻不着，惹得敬则动恼，大肆咆哮。太后等惊骇得很，只好自督内侍，四处找寻。既将幼主觅着，乃送交敬则，可怜幼主准鼻涕眼泪，迸做一堆，瞧着板舆，好似囚车一般，不肯坐入。当由敬则拥令升舆，驱使出殿。准收泪语敬则道：“今日要杀我否？”敬则道：“没有此事，不过徙居别宫，官家先世取司马家，也是这般！”报应显然。准复泣下，自作恨声道：“愿后身世世勿复生天王家！”帝王末路，多半如此，人生何苦想作皇帝！宫中自太后以下，无不哭送。

准复拍敬则手道：“如无他虑，愿饷公十万钱！”敬则不答，及出至朝堂，百官均已候着，独侍中谢朏，入直阁中，并未出来。当由诏使趋呼道：“侍中应解玺绶授齐王！”朏答道：“齐自应有侍中，何必使我！”说着，引枕自卧。诏使不禁着忙，便问道：“侍中是否有疾！我当走报。”朏又道：“我有甚么疾病，不劳诳言！”诏使无法，只好自去。朏竟步出东掖门，登车还宅。

齐仆射王俭代为侍中，趋至宋主身旁，解去玺绶。敬则遂令宋主改乘画轮车，出东掖门，就居东邸，静待新皇命令。光禄大夫王琨在晋末已为郎中，至是复见宋主授禅，便攀宋主车号哭道：“他人以寿为欢，老臣以寿为戚，既不能先驱蝼蚁，乃复遇着此事，怎得不悲！”老而不死是为贼。左右亦为泣下，敬则反加呵止。俟宋主已入东邸，派兵监守，然后再入殿门，

司空褚渊、尚书令王僧虔，赍奉玺绶，率百官驰诣齐宫，道成尚佯为谦让。善学刘裕。渊等固请受玺，并由渊宣读玺书道：

皇帝敬问相国齐王。大道之行，与三代之英，朕虽阇昧而有志焉。夫昏明相袭，晷景之恒度，春秋递运，岁时之常序，求诸天数，犹且隆替，矧伊在人，能无终谢！

是故勋华弘风于上叶，汉魏垂式于后昆。昔我高祖钦明文思，振民育德，皇灵眷命，奄有四海。晚世多难，奸宄实繁，鼖鼓宵闻，元戎旦警，亿兆夷人，启处靡厝，加以嗣君荒怠，敷虐万方，神鼎将迁，宝策无主，实赖英圣，匡济艰危。惟王体天则地，含弘光大，明并日月，惠均云雨，国步斯梗，则棱威外发，王猷不造，则渊谟内昭。重构闽吴，再宁淮济。静九江之洪波，卷海沂之氛沴，放斥凶昧，存我宗祀，旧物维新，三光改照。逮至宠臣裂冠，则裁以庙略，荆汉反噬，则震以雷霆。麾旆所临，风行草靡，神算所指，龙举云属，诸夏廓清，戎翟思韪，兴文偃武，阐扬洪烈，明保冲昧，翱翔礼乐之场，抚柔黔首，咸跻仁寿之域。自霜露所坠，星辰所经，正朔不通，人迹罕至者，莫不逾山越海，北面称藩，款关重译，修其职贡。是以祯祥发采，左史载其奇，玄象垂文，保章审其度。凤书表肆类之运，龙图显班瑞之期。重以珠衡日月，神姿特挺，君人之义，在事必彰。书不云乎：皇天无亲，惟德是辅，民心无常，惟惠之怀。神祇之眷如彼，苍生之愿如此，笙管变声，钟石改调，朕所以拥璇持衡，倾伫明哲。昔金德既沦，而传祚于我有宋；历数告终，实在兹日，亦以水德而传于齐。式遵前典，广询群议，王公卿士，咸曰惟宜。今遣使持节兼太保侍中中书监司空褚渊，兼太尉守尚书令王僧虔，奉皇帝玺绶，受终之礼，一依唐、虞故事。王其允副幽明，时登元后，宠绥八表，以酬昊天之休命！

还有太史令陈文建，奏陈符命，说自六为亢位，后汉历一百九十六年，禅位与魏；魏历四十六年，禅位与晋；晋历一百五十六年，禅位与宋；宋历六十年，禅位与齐，数朝俱六终六受，验往揆今，若合符节，这便是大齐受命的符瑞。牵强附会。王俭又呈上即位的仪注，劝道成即日登基，因择定宋升明元年四月甲午日，即位南郊，祭告天地，改元建元，登坛受贺。褚渊、王僧虔以下，称臣山呼，舞蹈如仪。丑。

礼成还宫，颁诏大赦，废宋主准为汝阴王，王太后为汝阴王太妃，谢皇后为汝阴王妃，撤去汝阴王陈太妃名号，各令迁出宫中，移居丹阳，筑官置戍，限制自由。降宋晋熙王燮为阴安公，江夏王跻为沙阳公，随阳王翙翙已改封为随阳王。为舞阴公，新兴王嵩为定襄公，建安王禧为荔浦公，郡公主为县君，县公主为乡君。所有宋室功臣子孙，袭爵封国，一并撤销，惟存南康、华容、萍乡三邑封爵，使奉刘穆之、王弘、何无忌宗祀。二台官僚，依任摄职，进褚渊为司徒，柳世隆为南豫州刺史，陈显达为中护军，王敬则为南兖州刺史，李安民为中领军，他如王俭、张敬儿以下，各加官进爵有差。

褚渊从弟炤前为安成太守，卸职家居，当渊奉玺劝进时，曾问渊子贲道："司空今日何往？"贲答道："奉玺绶往齐王府！"炤叹道："我不知汝家司空，把一家物送与一家，是何命意？"及渊为司徒，贺客盈门，炤复叹道："彦回少立名行，不意病狂至此！门户不幸，致有今日；倘使彦回作中书郎时，便即病死，岂不是一位名士么？正惟名德不昌，乃享期颐上寿。"渊有此弟，不啻跖、惠。渊闻炤言，颇自觉惭闷，上表辞官。奉朝请裴顗，独上表数道成罪恶，挂冠径去。道成遣人追及，把他杀死。太子萧赜请杀谢朏，道成摇首道："彼不畏死，我若杀他，反成彼名，不如置诸度外，足示包容。"于是朏乃免死，但罢职归家。

处士何点戏语人道："我已撰罢齐书，首列功臣二赞，分作十六字四句。第一句是渊既世族，第二句是俭亦国华，第三句是不赖舅氏，第四句是遑恤国家！"原来渊父湛之，曾尚宋武帝女始安公主，俭父僧绰，亦尚武康公主，所以何点讥讽二人，如是云云。

那废主准徙居丹阳，未及匝月，忽闻门外有走马声，卫士疑为乱起，奔入杀准，伪报病死。萧道成未曾加罪，反且赏功，但追谥为宋顺帝，一切饰终仪制，如晋恭帝故事。宋自武帝至此，共历四世八主，计六十年而亡。尤可恨的是齐主道成，一不做，二不休，索性把刘宋宗室，如阴安公燮以下，一概捕戮，各家无论少长，也同处死。惟刘遵考子澄之，与褚渊善，渊代为哀求，总算赦免，尚得幸存。比刘裕还加惨毒，故享国较短。

萧氏既开国号齐，追尊祖考，他本汉相国萧何二十四世孙，当然以萧何为始祖。萧何居沛，何孙彪徙居东海兰陵县，传至淮阴令令整，即道成五世祖，适值晋乱，奔至江左，居晋陵武进县。当时邑人统皆南徙，便号称为南兰陵。道成父承之，仕宋至右军将军，屡立战功。前文於承之事，亦曾散叙。宋元嘉二十四年，承之病殁，道成年亦弱冠，姿表英异，龙颡钟声，鳞纹遍体，时人已目为英奇。又有一种异征，他母陈氏生道成时，屡忧乏乳，夜梦神人持糜粥两瓯，呼令尽饮。饮毕乃醒，乳遂大出，陈氏也不胜惊异。道成有庶兄二人，一名道度，一名道生，有相士见陈氏道："夫人当生贵子，只可惜不能亲见！"陈氏叹道："我有三儿，不知将哪个应相？"嗣复指道成道："斗将大约将来当应验汝身呢！"原来道成表字绍伯，小名斗将，当丧父时，家乏余资，母陈氏尚亲操井臼。及道成为建康令，冬月尚无缣纩，独奉膳甚厚。陈氏尝撤去兼肉，语道成道：“居家务宜勤俭，我得一盘肉食，也好知足了。”未几亦殁。

道成篡宋受禅，追尊父承之为宣皇帝，母陈氏为孝皇后。还有两兄一妻，均先时去世，追封兄道度为衡阳王，道生为始安王。妻刘氏少年寝卧，常有云气拥护，适道成后，治家有法。宋明帝末年，刘亦病殁，升明二年，追赠为齐国妃，齐建元元年，复册谥为昭皇后。补叙萧氏履历，是必不可少之笔。太子赜为皇储，次子嶷为豫章王，三子映为临川王，四子晃为长沙王，五子晔为武陵王，六子暠为安成王，七子锵为鄱阳王，八子铄为桂阳王，九子早夭，十子鉴为广陵王，十一子钧为衡阳王，钧出继道度为嗣，皇孙长懋为南郡王，光前裕后，安国定邦，饶有兴朝气象。

蓦闻魏遣梁郡王拓跋嘉，奉丹阳王刘昶，昶系宋文帝第九子，景和元年奔魏，事见前文。南侵寿阳，齐主道成怡然道：“我早料有此着，已派垣崇祖出镇豫州，力能制虏，当不至有他虑。”遂不复调兵遣将，但拨运粮饷，接济寿阳。

小子欲叙寿阳战事，又不得不将北朝事迹，约略补述。自魏主弘传位太子，自居崇光宫，柔然侵魏，弘因嗣主年幼，不能治军，乃复督兵北讨，逐走虏众。嗣复南巡西幸，一再外出，这位淫姣不贞的冯太后，乐得与李奕朝欢暮乐，共效于飞。应二十三回。适尚书李䜣，出为相州刺史，受赃枉法，被人告讦，尚书李敷暗中袒䜣替他掩饰，偏为上皇弘所闻，槛车征䜣，考验当死。又欲黜退李敷兄弟，䜣婿裴攸，替䜣设法，谓应讦发李敷兄弟阴事，当可免罪。䜣初意不欲背敷，转思生死攸关，也顾不得旧时僚谊，乃列李敷兄弟罪状三十余条，奏陈上去。弘不禁大怒，立诛李敷兄弟，䜣得减死。未几仍复任尚书。

看官，你想这冯太后贪欢恋爱，与李奕如何情密，平白地将情夫诛死，怎得不痛恨交并！当下嘱使左右，就上皇弘饮食间，暗加鸩毒。弘不知就里，食将下去，须臾毒发，痛得肝肠寸裂，七窍流血，一命呜呼！妇人心肠，如此阴毒。年仅二十三岁。追谥为“献文帝”，庙号“显祖”。时为魏主宏延兴六年，即宋主昱元徽四年。点醒年序，令人豁目。

冯太后复临朝称制，改元太和，受尊为太皇太后，知书达事，亲决万机。授兄冯熙为太师中书监。熙恐人情不服，一再乞辞，乃出除洛阳刺史，仍官太师。太卜令王叡，姿貌伟皙，由冯氏特加青睐，令作李奕第二，超拜尚书。秘书令李冲，美秀而文，亦邀私宠。去一得二，其乐也融融。外面却优礼勋旧，如东阳王拓跋丕等，均加厚赏。

丹阳王刘昶，由宋奔魏，迭遭宠遇，三尚公主。至是闻萧氏篡宋，表请声讨，冯太后与群臣计议，许昶规复旧业，世胙江南，作为魏藩，乃发兵数万，号称二十万人，归梁郡王嘉统带，奉昶南下，寿阳大震。豫州刺史垣崇祖，却不慌不忙，想出一条御敌的计策，保守危城，果得建功。小子有诗叹道：

扞边端的仗奇谋，胡骑南侵不足忧；
借得一泓肥水力，管城城守等金瓯。

毕竟崇祖用何妙计，且看下回分解。

果报二字，为释氏口头禅，儒家亦未尝不守此说。子舆氏曰，杀人之父，人亦杀其父，杀人之兄，人亦杀其兄，然则非自杀之也，一间耳。观于刘裕篡晋，传及四世，而萧道成起而篡宋，与刘裕如出一辙，阴谋攘夺，阳示谦恭，零陵、汝阴同归于尽。王敬则更明告汝阴王，谓官家先取司马家亦如此，令起刘裕而问之，恐亦不能自解也。天网恢恢，疏而不漏，其报应诚巧矣哉！魏冯太后之弑魏主弘，亦未始非北朝之果报。北朝故事，后宫生子，将为储贰，必先令其母自尽，秕俗相沿，乃有母杀其子之怪剧，是亦一天之巧于报应也。若夫萧道成之奸险，与冯太后之淫乱，则演义已详，无容赘论焉。

第二十七回　膺帝箓父子相继
礼名贤昆季同心

却说齐豫州刺史垣崇祖闻魏兵大至，即设一巧计，命在寿阳城西北，叠土成堰，障住肥水。堰北筑一小城，四周掘堑，使数千人入城居守。将佐统言城小无益，不足阻寇，崇祖笑曰："我设此城，无非为诱敌起见，虏骑远来，骤见城小，必以为一举可拔，悉力尽攻，谋破我堰，我决堰纵水，淹彼不备，就使不尽淹没，也要漂流不少。锐气一挫，自然遁去了！"原是好计。将佐等方无异言。

果然魏兵一至，即攻小城。崇祖自往督御，坐着肩舆，从容登城。魏兵举首仰望，但见他冠服雍容，不穿甲胄，首戴白纱帽，身著白绛袍，好似平居无事一般。大众很是惊讶，惟自恃人多势旺，也不管他甚么态度，当即蚁附攻城。不意澎湃一声，大水骤至，城下一片汪洋，害得魏兵无从立足，慌忙倒退。怎奈前队兵士，被后队挤住，一时不能速走，那流水最是无情，霎时间淹去人马，已达千数，余众拼命奔逃，也已拖泥带水，狼狈不堪。这一场的挫败，把魏兵一股锐气，销磨了一大半。崇祖仍将肥堰筑好，还驻寿阳，一面派兵往朐山，令他埋伏城外，与城中相呼应，防敌往攻。魏将梁郡王嘉心果未死，移师往攻朐山，甫至城下，伏兵齐起，与守卒内外夹击，又杀伤魏兵千余。梁郡王嘉只好麾众北走，退出豫州境外去了。

先是崇祖在淮上，谒见齐主萧道成，便自比韩信、白起，众皆未信。及捷报入都，齐主语朝臣道："我原料他力能制虏，今果如是，真是朕的韩、白呢！"可惜是为汝爪牙，终累盛名。遂进官都督，号平西将军，增封千五百户。崇祖闻陈显达、李安民等，得增给军仪，因也上表请求，随即奉到朝廷敕书，谓卿才如韩、白，比众不同，今特赐给鼓吹一部，崇祖拜受。又恐魏骑转寇淮北，奏徙下蔡城至淮东。

是年夏季，魏兵果欲攻下蔡，既闻内徙，乃声言当平除故城。崇祖麾下诸将佐，虑虏骑设戍故城，崇祖道："下蔡距镇甚近，虏岂敢立戍，不过欲平城示威罢了。我当率众往击，休使轻视！"遂率众渡淮。正值魏兵毁掘城址，便驱兵杀将过去，吓得魏兵弃去器械，匆匆退走。崇祖趁势奋击，追奔数十里，杀获数千人，到了日暮，才收军回城。垣氏威名，从此远震。

越年，魏兵复侵齐淮阳，军将成买，拒守甬城。齐遣将军李安民、周盘龙等，领兵往援，买亦出城与战。魏兵分头抵敌，很是厉害，买竟战死。李安民、周盘龙等与魏兵相持，未分胜负。那魏兵已战胜买军，并力来围李、周两人，盘龙子奉叔，率壮士二百人，突入魏兵阵内，又被魏兵围住，或言奉叔陷殁，惹得盘龙性起，跃马奋矟，杀入魏阵，所向披靡。奉叔乘隙杀出，闻知乃父陷入，复转身杀进，救父盘龙。父子两骑萦扰，十荡十决，得将魏兵击退。李安民驱军追上，力破魏兵，魏兵约有数万，四散奔逃，乃不敢再窥齐境。刘昶亦打消前念，还居平城。

既而齐遣参军车僧朗，至魏行聘，魏主宏问僧朗道："齐辅宋日浅，何遽登大位?"僧朗答道："唐、虞登庸，身陟元后，魏、晋匡辅，贻厥子孙，这都是因时制宜，不容相提并论呢。"魏主却也不加辩驳，惟赐宴时，尚有宋使一人，因萧齐篡宋，留住魏都，至是也召入列宴，位置在僧朗上首。僧朗不肯就席，宋使出言诟詈，顿时恼动僧朗，拂衣趋出，仍就客馆俟命。刘昶袒护宋使，阴使人刺杀僧朗，魏主宏颇不直刘昶，厚赆丧仪，送榇南归，并遣还宋使。齐主道成，尚欲整兵北伐，只因年将花甲，筋力就衰。有时且患疾病，未免力不从心。

好容易过了四年，褚渊已进任司徒，豫章王嶷进位司空，

兼骠骑大将军，领扬州刺史，临川王映为前将军，领荆州刺史，长沙王晃为后将军，兼护军将军，南郡王长懋为南徐州刺史，安成王暠为江州刺史，召还江州刺史王延之，令为右光禄大夫。未几疾病交作，医治罔效，甚且沉重。自知不起，乃召司徒褚渊，左仆射王俭，至临光殿，面授顾命。且下遗诏道：

> 朕本布衣素族，念不到此，因藉时来，遂隆大业。风道沾被，升平可期，遘疾弥留，至于大渐。公等奉太子，愿如事朕，柔远能迩，辑和内外，当令太子敦穆亲戚，委任贤才，崇尚节俭，弘宣简惠，则天下之理尽矣。死生有命，夫复何言！

越二日，就在临光殿逝世，年五十六，在位只四年。太子

萧赜嗣位，追谥为“高皇帝”，庙号“太祖”，窆武进泰安陵。齐主秉性清俭，喜怒不形，博涉经史，善属文，工草隶书。即位后，服御无华，主衣中有玉介导，或作玉导，系是冠簪。谓留此反长病源，命即打碎。后宫器物栏槛，向用铜为装饰，悉改用铁。内宫施黄纱帐，宫人著紫皮履，华盖除金花，爪用铁回钉，尝语左右道：“使我治天下十年，当使黄金与土同价。”即使天假之年，恐亦未能得此，且恭俭乃是小善，不能掩篡弑大恶，夸诞何为！

自齐主殁后，嗣主赜力从俭约，尚有父风。赜小字龙儿，为刘昭后所出。刘昭后见上。生赜时，与始陈孝后同梦，见龙据屋上，因字赜为龙儿。赜少受父训，颇具韬略，后来亦屡立战功，至是得承遗统，升殿即位，命司徒褚渊录尚书事，尚书左仆射王俭为尚书令，车骑将军张敬儿为开府仪同三司，司空豫章王嶷为太尉，追册故妃裴氏为皇后。裴氏为左军参军裴玑之女，纳为太子妃，建元三年病殁，予谥曰“穆”，故前称穆妃，后称穆皇后。立长子长懋为太子，次子子良为竟陵王，三子子卿为庐陵王，四子子响出为豫章王嶷养子，未得受封，五子子敬为安陆王，六子早夭，七子子懋为晋安王，八子子隆为随郡王，九子子真为建安王，十子子明为武昌王，十一子子罕为南海王，余子并幼，因特缓封。尚有幼弟数人，前尚年少，未得封爵，乃特封皇十二弟锋为江夏王，十五弟锐为南平王，十六弟铿为宜都王，后来又封十八弟铼为晋熙王，十九弟铉为河东王，总计齐祖萧道成，共生十九男，自赜以下至十一子，已见前回，十三十四十七子，早亡无名，史家称为高祖十二王。衡阳王钧出继，不在此例。太子长懋子昭业，亦得受封为南郡王。司徒褚渊，复进位司空。且由嗣主赜召宴东宫，群臣多半列座，右卫率沈文季与渊谈论，语言间偶有龃龉。渊不肯少让，文季怒道：“渊自谓忠臣，他日死后，不知如何见宋明帝！”渊亦老羞成怒，起座欲归，还是齐主赜好言劝解，特赐他金镂柄银柱琵琶。朝秦暮楚，不啻倡伎，应该特赐琵琶。乃顿首拜受，终席始出。

越宿入朝，天气盛热，红日东升，渊用腰扇为障。功曹刘祥从旁揶揄道：“作这般举止，怪不得没脸见人！但用扇遮面目，有何益处？”渊听入耳中，禁不住开口道：“寒士不逊。”祥冷笑道：“不能杀袁、刘，怎得免寒士！”渊惭不能答，自是愧愤成疾，竟致谢世。渊丰采过人，独眼多白睛，世拟为白虹贯日，指作宋氏亡征。亦太附会。殁时年四十八岁。长子贲为齐世子中庶子，领翊军校尉，既丁父忧，当然免职。及服阕进谒，诏授侍中，领步军校尉，贲固辞不拜。渊曾封南康公，贲当袭爵，他复让与弟蓁，自称有疾。大约是耻父失节，所以守志不仕，营墓终身，这也可谓善干父蛊了。幸有此儿。

越年改元永明，授太尉豫章王嶷领太子太傅，护军将军长沙王晃为南徐州刺史，镇北将军竟陵王子良为南兖州刺史。召还豫州刺史垣崇祖，令为五兵尚书。中兵、外兵、骑兵、别兵、都兵为五兵。改司空咨议荀伯玉为散骑常侍。从前齐主赜为太子时，年已强仕，与乃父同创大业，朝政多由专断，幸臣张景真，骄侈僭拟，内外莫敢言，独司空谘议荀伯玉，密白宫廷，齐祖道成，即命检校东宫，收杀景真，且宣敕诘责太子。赜惊惶称疾，月余尚难回父意，几乎储位被易，幸亏豫章王嶷无意夺嫡，孝悌兼全，王敬则又替赜救解，始免易储。但伯玉益得上宠，赜更引为怨恨，与伯玉势不相容。垣崇祖亦未尝附赜，当破魏入朝时，尝与太祖密谈终夕，赜亦未免怀疑；因此即位改元，便召崇祖入都，佯为抚慰。过了数月，密嘱宁朔将军孙景育，诬告崇祖构煽边荒，意图不轨，伯玉与为勾结，约期作乱等事，遂将崇祖伯玉收系狱中，论死处斩。

车骑将军张敬儿因佐命有功，很得宠遇，家中广蓄妓妾，奢侈逾恒。初娶毛氏，生子道文，后见尚氏女有美色，竟将毛氏休弃，纳尚氏为继妻。尚氏尝语敬儿道："从前妾梦一手热，君得为南阳太守；嗣梦一脾热，君得为雍州刺史；近复梦半身热，君得为开府仪同三司；今且梦全体俱热，想又有绝大的喜事了。"要杀头了。敬儿大悦，私语左右，当有人报入宫中。齐主赜不能无疑，敬儿又遣人贸易蛮中，朝廷又疑他勾通蛮族。适华林园设斋超荐，朝臣皆奉敕入园，敬儿亦往。才经入座，即有卫士突出，拿下敬儿。敬儿自脱冠貂，愤然投地道："都是此物误我！"贪图富贵者其听之！下狱数日，便即诛死，子道文、道畅、道固、道休并伏诛，惟少子道庆赦免。聊为汝阴吐气。弟恭儿官至员外郎，留居襄阳，闻敬儿被诛，率数十骑走蛮中。

小子尝阅宋书，得悉敬儿兄弟略迹。敬儿初名狗儿，恭儿名猪儿，宋明帝因他名称鄙俚，改名敬儿、恭儿。敬儿叛宋佐齐，做了一个开国功臣，总道是与齐同休，哪知阅时未几，父子同死刀下，这可见助恶附逆的贼臣，侥幸成功，也不能富贵到底，人生亦何苦不为忠义呢！敬儿本南阳人，曾在襄阳城西，筑造大宅，储积财货。恭儿虽官员外郎，却不愿出仕，并与敬儿异居，自处上保村中，起居饮食，不异凡民，自虑为兄受累，乃窜迹蛮穴。后来上表自首，历陈本末，齐主赜亦知他与兄异趣，下诏原宥，仍得还家。一死一生，公理自见，本书不嫌琐叙，实欲唤醒梦梦。

侍中王僧虔，为宋太保王弘从子，世为宰辅。齐祖萧道成，素与僧虔友善，所以开国前后，特加重任。齐祖善书，僧虔亦善书，两人尝各书一纸，比赛高下，书毕，齐祖笑示僧虔道："谁为第一？"虔答道："臣书第一，陛下书亦第一。"齐祖复笑道："卿可谓善自为谋了。"建元三年，出任湘州刺史，都督湘州诸军事，永明改元，召还都中，授侍中左光禄大夫，开府仪同三司。僧虔累表固辞。尚书令王俭，系僧虔从子，僧虔与语道："汝位登三事，将邀八命褒荣，我若复得开府，是一门有二台司，岂不是更增危惧么！"既而得齐主敕书，收回开府成命，改授侍中特进左光禄大夫。

或问僧虔何故辞荣？僧虔答道："君子所忧无德，不忧无宠，我受秩已丰，衣暖食足，方自愧才不称位，无自报国，岂容更受高爵，加贻官谤！且诸君独不见张敬儿么？敬儿坐诛，不特子姓受殃，连亲戚亦且坐罪。谢超宗门第清华，不让敝族，今亦因张氏赐死，你道可怕不可怕呢！"原来超宗为谢灵运孙，好学有文辞，宋孝武帝时，为新安王子鸾常侍，曾为子鸾母殷淑仪作诔，孝武帝大为叹赏，谓超宗殊有凤毛，当是灵运复出，遂迁为新安王参军。足补前文十九回之阙。后来齐祖萧道成为领军，爱超宗才，引为长史。萧氏受禅，迁授黄门郎，嗣因失仪被黜，竟至免官，超宗未免怨望。及萧赜嗣统，使掌国史，除竟陵王谘议参军，益怏怏不得志。尝娶张敬儿女为子妇，敬儿死后，超宗语丹阳尹李安民道："往年杀韩信，今年杀彭越，尹亦当善自为计！"安民具状奏闻，齐主赜遂收系超宗，夺官戍越，行至豫章，复赐自尽。所以僧虔引为申诫。

僧虔于永明三年病殁，追赠司空，赐谥"简穆"。王俭本僧绰子，僧绰遇害，俭由僧虔抚养成人。至是为僧虔守制，表请解职。齐主不许，但改官太子少傅。向例太子敬礼师长，二傅从同，此时朝廷易议，太子接遇少傅，视同宾友。太子长懋，颇知好学，每与俭问答经义，俭逐条解释，曲为引申。竟陵王子良、临川王子映，亦尝侍太子侧，互相引证。天演讲学，望重一时，子良尤好宾客，延揽文士。永明五年，进官司徒，他却移居鸡笼山，特开西邸，召集名流，联为文字交。当时如范云、萧琛、任昉、王融、萧衍、谢朓、沈约、陆倕八人，皆有才誉，子良各与相亲，号为八友。次如柳恽、王僧孺、江革、范缜、孔休源等，亦皆预列。惟太子好佛，子良亦好佛，东宫尝开拓玄圃，筑造楼观塔宇。子良亦就西邸中，开厦辟舍，营斋造经，召致名僧，日夕呗诵。萧氏好佛，此为先声。范缜屡言无佛，子良道："汝不信因果，何故有富贵贫贱？"缜答道："人生与花蕊相似，随风飘荡，或吹入帘幌，坠诸茵席，或吹向篱墙，落诸粪坑。殿下贵为帝胄，譬如花坠茵席，下官贱为末僚，譬如花落粪坑，贵贱虽殊，究竟有什么因果呢！"理由亦未尽充足。缜又著《灭神论》，以为神附于形，形存神自存，形亡神亦亡，断没有形亡神存的道理。子良使王融与语道："卿具有美才，何患不得中书郎，奈何矫情立异，自辱泥涂！"缜笑说道："使缜卖论取官，就使不得尚书令，也好列入仆射了。"

范云即缜族兄，子良尝奏白齐主，请简云为郡守，齐主赜道："我闻云卖弄小材，本当依法惩治，就使不尔，亦将饬令远徙。"子良道："臣有过失，云辄规谏，谏草具存，尽可复核。"遂取云谏书上呈，由齐主赜检阅，约百余纸，词皆切直，因语子良道："不意云能如此直言，我当长令辅汝，怎可使他出守！"太子长懋，尝出东田观获，顾语僚佐道："刈此亦殊可观。"众皆唯唯，不复置议，独云趋前进言道："三时农务，关系国计民生，伏愿殿下知稼穑艰难，毋令一朝游佚！"太子闻言，改容称谢。齐主赜素好射雉，云复劝子良进谏，代为属草。大略说是：

鸾舆亟动，天跸屡巡，陵犯风烟，驱驰野泽，万乘至重，一羽甚微，从甚微之欢，忽至重之诫，臣窃以为未可也。顷郊郭以外，科禁严重，匪直刍牧事罢，遂乃窀掩殆废。且田月向登，桑时告至，士女呼嗟，易生噂议，弃民从欲，理未可安。曩时巡幸，必尽威防，领军景先，高帝从子。詹事赤斧，高帝从祖弟。坚甲利兵，左右屯卫。令驰骛外野，交侍疏阔，晨出晚还，顿遗清道，此实愚臣最所震迫耳。况乎卫生保命，人兽不殊，重躯爱体，彼我无异，故语云闻其声不食其肉，见其生不忍其死。今以万乘之尊，降同匹夫之乐，夭杀无辜，易致伤仁害福。菩萨不杀，寿命得长，施物安乐，自无恐怖，姑无论驰射之足以致危，即此动辄伤生，亦非陛下祈天永命之意。臣本庸愚，齿又未及，以管窥天，犹知得失，庙廊之士，岂阇是非，未闻一人开一说，为陛下远害保身，非但面从，亦畏威耳！臣若不启，陛下于何闻之？

齐主赜览表，颇为感动，不复出射。

会因连年无事，齐主有志修文，特命王俭领国子祭酒，就在俭宅开学士馆，举前代四部书，充入馆中。俭夙娴礼学，谙究朝仪国典，所有晋、宋故事，无不记忆，当朝理事，判决如流，发言下笔，皆有精彩。十日一还学，监试诸生，巾卷在庭，剑卫令史，仪容甚盛，自作解散髻，斜插帻簪，朝野吏士，相率仿效。俭尝语人道："江左风流宰相，惟有谢安。"言下寓有自拟意。恐怕勿如。至永明七年，遇疾而殁，年才三十八岁。礼官欲谥为文献。吏部尚书王晏与俭有嫌，特入启齐主道："此谥自宋氏以来，不加异姓。"齐主赜乃令改谥"文宪"，追赠太尉侍中中书监，旧封南昌公，仍使如故。一切丧葬礼制，悉依前太宰褚渊故事。小子有诗咏王俭道：

斜簪散髻号风流，侈拟东山转足羞。
谢傅不为桓氏党，如何附势倡奸谋！

未几为永明八年，巴东王子响，忽有谋反消息，又惹起一番兵祸来了。究竟子响是否谋反？容待下回表明。

萧赜嗣位，即杀垣崇祖、荀伯玉，盖亦一雄猜之主也。崇祖为萧齐健将，御虏有功，正宜令彼扞边，永作干城，乃以青宫私怨，诬罪处死，其冤最甚。伯玉亦无可杀之罪，挟嫌报怨，置诸死地，究属非宜，即如张敬儿之伏诛，诛之可也，令诛者为齐主萧赜，不可也。彼佐齐篡宋，甘为贼首，虽死尚有余辜，但于齐则固为佐命功臣，杀之不以道，我且为敬儿呼冤矣。褚渊、王俭身为贰臣，皆不足道。王僧虔因贵知惧，犹不失为智士，然赍宋玺绶，送入齐宫，对诸袁粲、刘秉，当有愧色。绳以春秋贼讨之义，其亦褚渊之流亚乎？长懋兄弟，敬师下士，颇有可取；然江左文人，尚风流而少气节，虽得百士，亦属无补。且佞佛呗经，几与村妪相似，是亦不足观也已。

第二十八回　造孽缘孽儿自尽
全愚孝愚主终丧

却说巴东王子响，系齐主赜第四子，本出为豫章王嶷养儿。嶷早年无子，后来连生五男，乃命将子响还本，进封巴东王。永明七年，由江州刺史调镇荆州，都督荆、襄、雍、梁、宁、南北秦七州军事。子响少年好武，膂力绝人，能开四斛重硬弓。自选壮士六十人，被服甲胄，随从左右。莅镇年余，辄在内斋杀牛置酒，犒飨壮士，又令内人私作锦袍绛袄，与蛮人交易器仗。长史刘寅等，密表上闻。齐主赜遣使查问，子响拒不见面，先将刘寅等拿下，一一杀毙。朝使奔归阙下，报明齐主，齐主当然动怒，即召将军戴僧静入朝，令他统兵万人，往讨子响。

僧静奏道："巴东王少年喜事，不知审慎，长史等亦操持太急，忿不思难，所以致此。试想天子儿过误杀人，也没有甚么大罪，骤然遣军西进，反致人情惶惧，恐非良策，还请陛下三思！"僧静所奏，似是而非。齐主乃别遣卫尉胡谐之，游击将军尹略，中书舍人茹法亮，带领甲仗数百人，驰往江陵，查捕群小，且传诏道：“子响若束身来归，当许保全生命。”

谐之等行至江津，筑城燕尾洲，遣传诏石伯儿，诣江陵城抚慰子响，子响闭门不纳，但白服登城，呼语伯儿道：“天下岂有儿子叛父的道理？长史等捏造蜚言，负我太甚，所以将他杀死。我罪不过擅杀，便当单骑还阙，自请处分，何必筑城相逼，欲捉我报功呢！”伯儿返报燕尾洲，尹略愤然道：“擅杀长史，罪已非轻，今又拒绝诏使，还好说是不反么？”遂欲整众攻城。子响闻报，乃杀牛具酒，遣使至燕尾洲犒军。略将来使拘住，所有牛酒，悉委江流。太为造孽，所以速死。

子响又使人走告法亮，愿见传诏，法亮复把他拘系。于是子响怒起，洒泪誓众，集得府州兵卒二千人，即令养士六十人为前导，从灵溪西渡，直薄燕尾洲，自与百余人跨马后随，押着连臂弓数十张，接应前军。尹略不管好歹，一闻叛兵驰至，即驱兵出敌，趋至堤上，正遇叛兵相值，不暇问答，便与交锋，叛兵头目王冲天，左手执盾，右手执刀，恶狠狠地向前冲突，略挺枪拦阻，才经数合，杀得略气喘吁吁，臭汗直流。慌忙虚晃一枪，勒马返奔，不防叛兵里面发出无数硬箭，没头没脑地射来。略正叫苦不迭，忽听见飕的一声，那箭镞已射着项后，贯入颈中，一时忍不住痛，晕落马下。巧巧王冲天追到，顺手一刀，剁作两段。该死。余众死了一半，逃还一半。王冲天持盾陵城，茹法亮胆怯即奔，胡谐之亦弃城退走。燕尾洲的城垒被王冲天毁去。

齐主赜接得败报，再遣丹阳尹萧顺之，率军讨逆。顺之为齐祖道成族弟，尝从齐祖为军副，所向有功。顺之为梁主萧衍父，故特别提明。石头一役，黄回顺流直下，由顺之坐据朱雀桥，从容镇定。回夙仰威名，始不敢进攻。补二十五回所未及。齐祖倚若左右手。赜为太子时，顺之尝至东宫问讯，豫章王嶷在侧，赜指示道："我家若非此翁，无以致今日！"及赜既嗣祚，颇相忌惮，故不使入居台辅，但封为临乡县侯，授领军将军，兼丹阳尹。此次奉命西行，威声先达，叛兵望风生畏，相率散去。王冲天也无能为力了。

子响知事不济，自乘小舰赴建康。太子长懋，素忌子响，密与顺之书，谓须早为了结，勿令生还。顺之乃截住子响。子响穷蹙，进见顺之，乞顺之代为申诉，顺之不许。又请随诣阙前，自行请死，顺之又不许。子响乃索纸笔，手书绝启，托顺之代呈，随即解带自经，年只二十三岁。其启文中有云：

> 刘寅等入斋检校，具如前启。臣罪既山海，分甘斧钺，奉敕遣胡谐之、茹法亮等，俯赐重劳，胡、茹竟无宣旨，便建旗入津，对城南岸，筑城相逼。臣累遣书信，招呼法亮，乞白服相见，乃卒不见从，遂致群小惶怖，酿成攻战，此臣之罪也。臣于是月二十五日，束身投军，希还天阙，停宅一月，臣自取尽，可使齐代无杀子之讥，臣无逆父之谤，既不遂心，今便命尽。临启哽咽，知复何陈！

顺之窜改数语，方才进呈，廷臣又奏绝子响属籍，乃削夺爵邑，废为庶人，改姓为蛸。余党依次搜捕，分别定罪，刘寅等统皆赠官。后来齐主赜游华林园，见一猿跳掷悲鸣，不觉奇诧起来。左右进言道："猿子前日坠崖，竟致跌死，所以老猿如此哀鸣！"齐主赜览物生感，禁不住悲从中来，太息泪下。先是高祖弥留，尝戒赜道："宋氏非骨肉相残，他族怎得乘弊？

汝宜知戒，勿忘予言！”赜涕泣受教，嗣位后待遇子弟，虽不甚苛刻，但亦未尝相亲。长沙王晃为南徐州刺史，罢职归都，载还兵仗数百人，赜尝禁诸王蓄养私仗，闻晃违命犯法，立欲科罪，亏得豫章王嶷顿首代请道：“晃罪原不足宥，但陛下当忆先朝，垂爱白象！”说至此，呜咽不能成声。赜亦泣下，乃搁置不提。白象系晃小字，最得父宠，故嶷有此言。武陵王晕，尝入宫侍宴，醉后伏地，冠上貂抄入肉柈。音槃，义亦相通。齐主赜笑道：“肉且污貂，岂不可惜！”晕因醉忘情，率尔奏对道：“陛下未免爱羽毛，疏骨肉了！”齐主不禁变色，饶有怒容。既而游宴东田，诸王皆应召趋至，独不闻召晕。豫章王嶷面请道：“风景颇佳，诸弟毕集，可惜只缺一武陵！”齐主赜乃宣晕入宴，酒后命诸王赌射，晕连发数矢，无不中的。遂顾语四座道：“手法如何？”座间多半喝彩，惟齐主有不悦状，嶷已窥破隐情，即面白齐主道：“阿五平日，没有这般善射，今日仰仗天威，所以发无不中。”好兄弟，我愿崇拜之。齐主赜乃开颜为笑，畅饮而归。补入此段，以表齐主赜之好猜。至子响缢死，不得丧葬，豫章王嶷复上疏乞请道：

臣闻将而必戮，炳自春秋，罄于甸人，著于经礼，犹怀不忍之言，尚有如伦之痛，岂不事因法往，情以恩留？故庶人蛸子响，识怀靡树，见沦不逞，肆愤一朝，取陷凶德，遂使迹怜非孝，事近无君，身膏草野，未云塞衅。但枨矢倒戈，归罪司戮，即理原心，亦既迷而知返，衅骨不收，辜魂莫赦，抚今追往，载伤心目。伏愿一下天矜，爰诏蛸氏，使得安兆末郊，旋窆余麓，微列苇枨之容，薄申封树之礼，岂仅穷骸被德，实且天下归仁。臣属忝皇枝，偏蒙友睦，以臣继别未安，子响言承出命，提携鞠养，抚恩成人。虽辍胤蕃条，归体璇萼，循执之念不移，传训之怜何已？敢冒宸严，布此悲诚，涕泣上闻！

齐主赜始尚未许，嗣经嶷入宫申请，乃命将子响营葬，赐封鱼复侯。嶷身长七尺八寸，善持容范，文物卫从，礼冠百僚。每出入殿省，人皆瞻仰，他却深自敛抑，事上甚谨，对下亦恭，始终保全同气，曲意周旋。每见父兄盛怒，辄婉言劝解，片语回天。乃父原是钟爱，乃兄亦友爱日深，就是内外大臣，亦无一与忤，相率敬服。道成有此佳儿，却是难得。

永明五年，嶷进位大司马，至七年表求还第。有诏令嶷子子廉代镇东府，遇有军国重事，常召入谘询，或且就第与商。有时车驾出游，必令嶷相随。嶷妃庾氏有疾，内侍屡奉旨往

省，及疾已渐瘳，齐主挈领妃嫔，统往嶷宅庆贺，且先敕外监道："朕往大司马第，不啻还家，汝等但当清道，不必屏除行人。"既至嶷第，趋入后堂，张乐设饮，欢宴终日。嶷执卮上寿，且语齐主道："古来颂祝圣寿，尝谓寿如南山，就是世俗相沿，亦必称皇帝万岁，愚以为言近虚浮，反欠切实，如臣所怀，愿陛下寿享百年，意亦足了！"齐主笑道："百年何可必得，但教东西一百，便足济事。"嶷矍然道："陛下年逾大衍，臣年亦将半百，百岁已周，怕不能再过百年么？"齐主亦自觉失言，一笑而罢。饮至月上更催，方率宫人还宫。

偏齐主酒后率词，竟同谶语。转瞬间为永明十年，嶷正四十九岁，忽然抱病，病且日甚，齐主屡往问视，遍召名医诊治，无如寿数已尽，药石难回。长子子廉、次子子恪，侍疾在侧，嶷顾语道："人生在世，本无常境，我年已老，死不为

夭，但望汝兄弟共相勉励，笃睦为先，才有优劣，位有通塞，运有富贫，这是理数使然，不必强求，若天道有灵，汝等各自修立，便足保全世祚。勤学行，守基业，治闺庭，尚闲素，如此自无忧患。圣主储君及诸亲贤，当不以我死易情，我死后丧葬从俭，祭祀毋丰，我虽才愧古人，颇不以遗财为累，所余薄资，汝有弟未婚，有妹未嫁，可量力办理。后事甚多，不能尽告，汝兄弟依理而行，我死亦瞑目了！”遗训足传后世。子廉等垂泪受教。嶷又申述己意，命子廉草遗启道：

> 臣自婴今患，亟降天临。医走术官，泉开藏府，慈宠优渥，备极人臣。臣生年疾迫，遽阴无几，愿陛下审贤与善，极寿苍昊，强德纳和，为亿兆御。臣命违昌数，奄夺恩怜，长辞明世，伏涕呜咽！

启奏草就，齐主又自来审视，握手欷歔。嶷略说数语，无非是启中大意。齐主尚嘱他保重，流涕自去。傍晚又枉驾过问，嶷已口不能言，对着齐主一喘而终。齐主悲不自胜，掩面还宫。越宿即下诏道：

> 宠章所以表德，礼秩所以纪功，慎终追远，前王之盛策，累行酬庸，列代之通诰。故使持节都督扬、南徐二州诸军事大司马、领太子太傅扬州牧豫章王嶷，体道秉哲，经仁纬义，挺清誉于弱龄，发韶风于早日，缔纶霸业之初，翼赞皇基之始，孝睦著于乡闾，忠谅彰乎邦邑。及秉德论道，总牧神甸，七教必荷，六府咸理，振风润雨，无愆于时候，恤民拯物，有笃于矜怀。雍容廊庙之华，仪

形列郡之观，神凝自远，具瞻允集。朕友于之深，情兼家国，方授以神图，委诸庙胜。缉颂九弦，陪禅五岳。天不慭遗，奄焉薨逝，哀痛伤惜，震恸乎厥心。今先远戒期，寅谋袭吉，宜加茂典以协徽猷，可赠假黄钺都督中外诸军事扬州牧，具九服锡命之礼，侍中大司马太傅王如故。给九旒鸾辂，黄屋左纛，虎贲班剑百人，辒辌车前后部羽葆鼓吹葬送，仪依汉东平献王故事，以示朕不忘勋亲之至意。

嶷殁后第库无现钱，一切丧葬费用，皆由国库支给，原不消说。齐主又月给现钱百万，赡养子孙，并赐谥文献。自夏经秋，内廷不举乐，不设宴，好算君臣兄弟，善始善终了。原是叔世所罕闻。是年授司徒竟陵王子良为尚书令，领扬州刺史，更命

西昌侯萧鸾为尚书左仆射。鸾系齐祖道成兄子。父即始安王道生，道生早殁，鸾年尚幼，为叔父所抚养。宋泰豫元年，出为安吉令，颇有吏才，升明中累迁淮南、宣城二郡太守。齐建元二年，封西昌侯，调郢州刺史。永明元年入为侍中，领骁骑将军，至是复擢为尚书左仆射，渐渐地位高望重，专制朝权。这且待后再表。隐伏一案。

且说魏主宏秉性孝谨，事无大小，悉禀命慈闱。宏本后宫李夫人所出，由冯太后抚养成人。见二十三回。宏为太子，李夫人依例赐死，宏终不知为谁氏所生，但从幼随着太后冯氏，视祖母如生母一般，所以乃父遇害，越觉孝顺太后。太后冯氏已尊为太皇太后，临朝称制，乐得恣行威福，任意欢娱。尚书王睿，出入闱闼，不数年便为宰辅，加封至中山王，赏赐无算，已而睿死，赐谥立庙，令文士作诔，约百余篇。秘书令李冲，

是太后第二情夫，密加赐赍，也不可胜纪。宦官王琚、张祐、符承祖等，送暖迎新，非常得宠，自微阉拔为大官，居然得拜爵崇封。

太后自知内行不谨，常令权阉侦察内外，遇有谤言丑语，立刻捕至，也不关白魏主，便即杀毙。青州刺史南郡王李惠为魏主宏母舅，所历各郡，颇有政声，只不合评谤宫闱，致为冯太后所闻，竟诬他谋逆，屠戮全家。惟待遇勋旧，恩礼不衰。就使宠臣有过，亦不肯少恕，动加箠楚，多至百余，少亦数十。不过性无宿憾，过必罚，功必赏，往往昨日受刑，明日升官，所以人无怨言，反愿效死。这是英雄手段。

中书令光禄大夫高允，历事五朝，出入三省，居官五十余年，资望最隆，年逾九十，因老乞归。冯太后怀念老成，仍用安车征至平城，拜为中书监，特命乘车入殿，朝贺不拜，且使他申定律令。允老眼无花，按律审刑，折衷至当，尝慨然叹道："刑狱为人命所系，不容轻忽。古称至德如皋陶，明刑弼教，应无枉滥，后嗣子孙，英六先亡。况在常人，可不再三审慎么！"冯太后代主下诏，谓允家贫养薄，饬传乐部十人，五日一诣允第奏乐娱允，朝晡给膳，朔望致牛酒，月给衣服绵绢，入见备几杖。垂问政事，允知无不言。魏主宏太和十一年，允病殁都城，年九十八，追赠司空，予谥曰"文"。

越三年冯太后病殂，年四十九。魏主宏哀毁过礼，勺饮不入口，约有五日。何不使李冲等殉葬。群臣上章固谏，始进一粥，王公表请依例茔葬，魏主宏有诏答道："奉侍梓宫，犹希仿佛，山陵迁厝，尚未忍闻！"王公等又复固请，乃奉葬永固陵。太尉荣阳王拓跋宏，申请勉抑至情，循行旧典。魏主宏又道："祖宗志在武略，未遑修文，朕仰禀圣训，思习古道，论时比事，与先世不同。况圣人制礼，卒哭变服，夺情以渐，今甫及旬日，即从吉服，岂非有违古礼么？”秘书丞李彪道：“汉明德马后，保养章帝，后崩后葬不淹旬，旋即从吉，章帝不受讥，明德不损名，愿陛下垂察！”魏主宏复道：“朕眷恋衰绖，情所未忍，并非矫饰沽名，且公卿尝称四海晏安，礼乐日新，可以参美唐、虞，今乃苦夺朕志，使朕不得逾魏、晋，究是何意？”群臣尚未及答，魏主宏申说道：“朕闻高宗谅闇，三年不言，若不许朕衰绖视事，理应拱默礼庐，委政冢宰，二事惟公卿所择！”尚书游明根对道：“渊默不言，大政将旷，仰顺圣心，请从衰服！”魏主宏呜咽道：“朕处不言地位，不应如此喋喋；但公卿欲夺朕情，遂至烦言，追念慈恩，叫朕如何释念哩！”说至此，号哭而入。顾小失大，迂愚可笑。群臣亦流涕退出。

既而有诏颁发，决行期年衰服，近臣亦皆服衰，外臣得变服就练，七品以下，除服从吉，于是公卿以下，莫敢异议，追谥太皇太后为“文明太后”，且屡次谒祭永固陵。

越年元旦，魏主宏乃临朝听政。看官，你道魏主宏这般孝思，究竟是大孝呢，还是小孝呢？想看官阅过上文，应知冯太后这般行为，不该出此孝孙，小子也无容评断了。不贬之贬，尤甚于贬。

齐主萧赜特派散骑常侍裴昭明、侍郎谢竣，如魏吊丧，意欲朝服行事。魏命著作郎成淹，据经辩驳。昭明等无词可答，乃改易吊服，魏亦命散骑常侍李彪，随使报聘。既至齐廷，齐为置宴设乐，彪固辞道：“主上孝思罔极，兴坠正失，朝臣虽除衰绖，尚是素服从事，使臣何敢仰叨盛贶呢！”齐主见他尽礼，颇加器重，因撤乐留饮，馆待数日。及彪陛辞北还，车驾亲送至琅琊城，且命群臣赋诗，作为嘉宠。彪亦申谢而去。嗣是南北又复通使，彪六次往返，均不辱命。那魏主宏却有心复古，正祀典，作明堂，营太庙，周年祥祭，易服终哭，谒永固陵，哀瘠殊甚。

先是冯太后在日，忌宏英敏，恐于己不利，尝在严寒时候，幽诸空室，绝食三日，意欲把他废立，还幸朝右大臣，上疏切谏，因得释出。嗣又由权阉暗中谗构，致宏无故受杖，宏竟毫不介意。

及丧已逾期，还是哭泣不休，魏臣多退有后言。可巧隆冬大旱，兼遇大风，司空穆亮借此进谏。谓天子父天母地，子或过哀，父母亦必不欢，今和气不应，未始非过哀所致，愿陛下袭轻裘，御常膳，庶使天人交庆云云。魏主宏却下诏辩驳，说是孝悌至行，无所不通。今飘风旱气，是由诚慕未深，不能格天，所言咎本过哀，殊为未解等语。

冯太后尝欲家世贵宠，简选冯熙二女，充入掖廷。后宫林氏生皇子恂，魏主宏拟废去故例，不令林氏自尽，独冯太后不肯俯允，迫令依旧施行。恂尚未得立储，林氏却先勒死。到了太和十七年，魏主终丧，始知生母为李夫人，追尊为思皇后，并册谥故妃林氏为贞皇后。惟总不忘冯氏旧恩，续立冯熙次女为皇后，长女为昭仪。昭仪系是庶出，所以妹尊姊卑。只是娥眉争宠，狐媚工谗，免不得要捣乱宫闱了。小子有诗叹道：

背父忘仇已不伦，哪堪更尔顾私情？
国风敝笱贻讥久，二女如何再近身！

北朝方隐构内衅，南朝又迭报大丧。欲知一切情形，待至下回申叙。

子响非真好叛者，误在任性好杀，不明是非。戴僧静谓其忿不思难，固也。谓天子儿杀人，无甚大罪，则其言实谬。法为天下共守之法，岂人主所得而私废乎？茹法亮、尹略等，又激动兵戈，致子响身罹大戮，投缳自尽，不足为冤。但齐主赜纵容于先，抑勒于后，失君臣之义，伤父子之情，感猿兴悲，嗟何及哉！豫章王嶷，仁恕廉谨，德望冠时，史家以嶷比周公，原为过誉。惟庸中佼佼，铁中铮铮，叔季有此人，应当崇拜，亟表扬之以风后世，亦尚论者应有事耳。魏冯太后亲弑上皇，律以不共戴天之义，嗣主宏应负深仇；况秽渎宫闱，淫乱禁掖，拘而废之，亦为通变达权之举。顾乃生尽孝养，没尽哀思，祖父不可忘，君父独可忘乎？忘君不忠，忘父不孝，忠孝已乖，反与仇人而事之，淫后而尊之，可已不已，不可已而已，斯其所以为蛮夷之孝也夫！

第二十九回　萧昭业喜承祖统
魏孝文计徙都城

却说齐主赜永明十一年，太子长懋有疾，日加沉重，齐主赜亲往东宫，临视数次，未几谢世，享年三十六岁，殓用衮冕，予谥“文惠”。长懋久在储宫，得参政事，内外百司，都道是齐主已老，继体在即。忽闻凶耗，无不惊惋。齐主赜抱痛丧明，更不消说。后经齐主履行东宫，见太子服玩逾度，室宇过华，不禁转悲为恨，饬有司随时毁除。

太子家令沈约正奉诏编纂宋书，至欲为袁粲立传，未免踌躇，请旨定夺。齐主道：“袁粲自是宋室忠臣，何必多疑！”说得甚是。约又多载宋世祖孝武帝骏。太宗明帝彧。诸鄙琐事，为齐主所见，面谕约道：“孝武事迹，未必尽然，朕曾经服事明帝，卿可为朕讳恶，幸勿尽言！”约又多半删除，不致芜秽。

齐主因太子已逝，乃立长孙南郡王昭业为皇太孙，所有东宫旧吏悉起为太孙官属。既而夏去秋来，接得魏主入寇消息。正拟调将遣兵，捍守边境，不意龙体未适，寒热交侵，乃徙居延昌殿，就静养疴。乘舆方登殿阶，蓦闻殿屋有衰飒声，不由地毛骨森竖，暗地惊惶。死兆已呈。但一时不便说出，只好勉入寝门，卧床静养。偏北寇警报，日盛一日，雍州刺史王奂，正因事伏诛，乃亟遣江州刺史陈显达，改镇雍州及樊城。又诏发徐阳兵丁，扼守边要。竟陵王子良恐兵力不足，复在东府募兵，权命中书郎王融为宁朔将军，使掌召募事宜。会有敕书传出，令子良甲仗入侍。子良应召驰入，日夕侍疾。太孙昭业，间日参承，齐主恐中外忧惶，尚力疾召乐部奏技，藉示从容。怎奈病实难支，遽致大渐，突然间晕厥过去，惊得宫廷内外仓猝变服。独王融年少不羁，竟欲推立子良，建定策功，便自草伪诏，意图颁发。适太孙闻变驰至，融即戎服绛袍，出自中书省阁口，拦阻东宫卫仗，不准入内。太孙昭业，正进退两难，忽由内侍驰出，报称皇上复苏，即宣太孙入侍，融至此始
不敢阻挠，只好让他进去。其实子良却并无妄想，与齐主谈及后事，愿与西昌侯萧鸾，分掌国政。当有诏书发表道：

> 始终大期，贤圣不免，吾行年六十，亦复何恨；但皇业艰难，万几事重，不能无遗虑耳。太孙进德日茂，社稷有寄，子良善相毗辅，思弘治道，内外众事，无论内外，可悉与鸾参决。尚书中是职务根本，悉委王晏、徐孝嗣，军旅捍边之略，委王敬则、陈显达、王广之、王玄邈、沈文季、张瓌、薛渊等，百辟庶僚，各奉尔职。谨事太孙，勿复懈怠，知复何言！

又有一道诏书，谓丧祭须从俭约，切勿浮靡，凡诸游费，均应停止。自今远近荐馘，务尚朴素，不得出界营求，相炫奢

丽。金粟缯纩，弊民已多，珠玉玩好，伤工尤重，应严加禁绝，不得有违。后嗣不从奈何？是夕齐主升遐，年五十四，在位十一年。

中书郎王融还想拥立子良，分遣子良兵仗，扼守宫禁，萧鸾驰至云龙门，为甲士所阻，即厉声叱道："有敕召我，汝等怎得无礼？"甲士被他一叱，站立两旁。鸾乘机冲入，至延昌殿，见太孙尚未嗣位，诸王多交头接耳，不知何语。时长沙王晃已经病殁，高祖诸子，要算武陵王晕为最长，此次也在殿中。鸾趋问道："嗣君何在？"晕即朗声道："今若立长，应该属我，立嫡当属太孙。"鸾应声道："既立太孙，应即登殿。"晕引鸾至御寝前，正值太孙视殓，便掖令出殿，奉升御座，指麾王公，部署仪卫，片刻即定。殿中无不从命，一律拜谒，山呼万岁。

子良出居中书省，即有虎贲中郎将潘敞，奉著嗣皇面谕，率禁军二百人，屯居太极殿西阶，防备子良。子良妃袁氏，前曾抚养昭业，颇加慈爱，昭业亦乐与亲近。及闻王融谋变，因与子良有隙。成服后诸王皆出，子良乞留居殿省，俟奉葬山陵，然后退归私第，奉敕不许。王融恨所谋不遂，释服还省，谒见子良，尚有恨声道："公误我！公误我！"子良爱融才学，尝大度包容，所以融有唐突，子良皆置诸不理，一笑而罢。

越宿传出遗诏，授武陵王晕为卫将军，与征南大将军陈显达，并开府仪同三司，西昌侯鸾为尚书令，太孙詹事沈文季为护军，竟陵王子良为太傅。又越数日，尊谥先帝赜为武皇帝，庙号"世祖"。追尊文惠皇太子长懋为世宗文皇帝，文惠皇太子妃王氏为皇太后。立皇后何氏。何氏为抚军将军何戢女，永明二年，纳为南郡王妃，此时从西州迎入，正位中宫。先是昭业为南郡王时，曾从子良居西州，文惠太子常令人监制起居，禁止浪费。昭业佯作谦恭，阴实佻达，尝夜开西州后阁，带领僮仆，至诸营署中，召妓饮酒，备极淫乐。每至无钱可使，辄向富人乞贷，无偿还期。富人不敢不与。师史仁祖，侍书胡天翼，年已衰老，由文惠太子拨令监督。两人苦谏不从，私相语道："今若将皇孙劣迹，上达二宫，恐不免触怒皇孙。且足致二宫伤怀。若任他荡佚，无以对二宫；倘有不测，不但罪及一身，并将尽室及祸。年各七十，还贪甚么余生呢？"遂皆仰药自杀。二人亦可谓愚忠。昭业反喜出望外，越加纵逸，所爱左右，尝预加官爵，书黄纸中，令他贮囊佩身，俟得登九五，依约施行。

女巫杨氏，素善厌祷，昭业私下密嘱，使咒诅二宫，替求天位。已而太子有疾，召令入侍，他见着太子时，似乎愁容满面，不胜忧虑；一经出外，便与群小为欢。及太子病逝，临棺哭父，擗踊号咷，仿佛一个孝子，哭罢还内，又是纵酒酣饮，欢笑如恒。世祖赜欲立太孙，尝独呼入内，亲加抚问，每语及文惠太子，昭业不胜呜咽，装出一种哀慕情形。世祖还道他至性过人，呼为法身，再三劝慰，因此决计立孙，预备继统。至世祖有疾，又令杨氏祈他速死，且因何妃尚在西州，特暗致一书，书中不及别事，但中央写一大喜字，外环三十六个小喜字，表明大庆的意思。有时入殿问安，见世祖病日加剧，心中非常畅快，而上却很是忧愁。世祖与谈后事，有所应诺，辄带凄声，世祖始终被欺，临危尚嘱咐道："我看汝含有德性，将来必能负荷大业；但我有要嘱，汝宜切记！五年以内，诸事悉委宰相，五年以后，勿复委人，若自作无成，可不至怨恨了！"哪知他不能逾期。昭业流涕听命。至世祖弥留时候，握昭业手，且喘且语道："汝……汝若忆翁，汝……汝当好作！"说到作字，气逆痰冲，翻目而逝。昭业送终视殓，已不似从前失怙时擗踊哀号。到了登殿受贺，却是满面喜容。礼毕返宫，竟把丧事撇置脑后，所有后宫诸妓，悉数召至，侑酒作乐，声达户外。此时原不必瞒人了。

过了十余日，便密饬禁军，收捕王融，拘系狱中。融既下狱，乃嘱使中丞孔稚珪，上书劾融，说他险躁轻狡，招纳不逞，诽谤朝政，应置重刑，于是下诏赐死。融母系临川太守谢惠宣女，夙擅文艺，尝教融书学，因得成才。可惜融恃才傲物，常怀非望，每自叹道："车前无八驺，何得称丈夫！"至是欲推戴子良，致遭主忌，因即罹祸。融上疏自讼，不得解免，更向子良求救，子良已自涉嫌疑，阴怀恐惧，哪里还敢援手，坐令二十七岁的卓荦青年，从此毕命！少年恃才者，可援以为戒。融临死自叹道："我若不为百岁老母，还当极言！"原来融欲指斥昭业隐恶，因恐罪及老母，所以含忍而终。

齐嗣主昭业既斩融以泄恨，遂封弟昭文为新安王，昭秀为临海王，昭粲为永嘉王。尊女巫杨氏为杨婆，格外优待。民间为作《杨婆儿》歌。奉祖柩出葬景安陵，未出端门，即托疾却还，趋入后宫，传集胡伎二部，夹阁奏乐，这真所谓纵欲败度，痴心病狂了。

小子前叙世祖遇疾时，曾有北寇警报，至昭业嗣位，反得淫荒自恣，不闻外侮，究竟魏主曾否南侵，待小子补笔叙明。魏主宏雅怀古道，慨慕华风，兴礼乐，正风俗，把从前辫发遗制毅然更张，也束发为髻，被服衮冕。且分遣牧守，祀尧舜，祭禹周公，谥孔子为文圣尼父，告诸孔庙，另在中书省悬设孔像，亲行拜祭，改中书学为国子学，尊司徒尉元为三老，尚书游明根为五更，又养国老庶老，力仿三代成制。

他尚日夕筹思，竟欲迁都洛阳，宅中居正，方足开拓宏规，因恐群臣不从，特议大举伐齐，乘便徙都。先在明堂右个，斋戒三日，乃命太常卿王谌筮易。可巧得了一个革卦，魏主宏喜道："汤武革命，顺天应人，这是最吉的爻筮了！"尚书任城王拓跋澄趋进道："陛下奕叶重光，帝有中土，今欲出师南伐，反得革命爻象，恐未可谓全吉哩。"魏主宏变色道："繇云大人虎变，何为不吉？"任城王澄道："陛下龙兴已久，如何今才虎变？"魏主宏厉声道："社稷是我的社稷，任城乃欲沮众么？"澄又道："社稷原是陛下所有，臣乃是社稷臣，怎得知危不言！"魏主宏听了此言，却亦觉得有理，乃徐徐申说道："各言已志，亦属无伤。"

说毕，启驾还宫，复召澄入议，屏人与语道："卿以为朕

真要伐齐么？朕思国家肇兴北土，徙都平城，地势虽固，但只便用武，不便修文，如欲移风易俗，必须迁宅中原。朕将借南征名目，就势移居，况筮易得一革卦，正应着改革气象，卿意以为何如？"澄乃欣然道："陛下欲卜宅中土，经略四海，这是周汉兴隆的规制，臣亦极愿赞成！"魏主宏反皱眉道："北人习常恋故，必将惊扰，如何是好？"澄又道："非常事业，原非常人所能晓，陛下果断自圣衷，想彼亦无能为了。"魏主笑道："任城原不愧子房哩。"汉高定都关中，想是魏主记错。遂命作河桥，指日济师。一面传檄远近，调兵南征。部署至两月有余，乃出发平城，渡河南行，直达洛阳。

适天气秋凉，霖雨不止，魏主宏饬诸军前进，自著戎服上马，执鞭指麾。尚书李冲等叩马谏阻道："今日南下，全国臣民统皆不愿，独陛下毅然欲行，臣不知陛下独往，如何成事！

故敢冒死进谏。”冲果拚死，何不从冯太后于地下！魏主宏发怒道：“我方经营天下，有志混一，卿等儒生，不知大计，国家定有明刑，休得多渎！”说着，复扬鞭欲进。安定王拓跋休等又叩首马前，殷勤泣谏，魏主宏说道：“此次大举南来，震动远近，若一无成功，如何示后？今不南伐，亦当迁都此地，庶不至师出无名。卿等如赞成迁都，可立左首，否则立右。”定安王休等均趋右侧，独南安王拓跋桢进言道：“天下事欲成大功，不能专徇众议，陛下诚撤回南伐，迁都雒邑，这也是臣等所深愿，人民的幸福呢！”说毕，即顾语群臣，与其南伐，宁可迁都，群臣始勉强应诺，齐呼万岁。于是迁都议定，入城休兵。

李冲复入白道：“陛下将定鼎雒邑，宗庙宫室，非可马上迁移，请陛下暂还平城，俟群臣经营毕功，然后备齐法驾，莅临新都，方不至局促哩。”魏主宏怫然道：“朕将巡行州郡，至邺小停，明春方可北归，今且缓议。”冲不敢再言。魏主即遣任城王澄驰还平城，晓谕留司百官，示明迁都利害，且饯行嘱别道：“今日乃真所谓革呢。王其善为慰谕，毋负朕命！”澄叩辞北去，魏主宏尚虑群臣异议，更召卫尉卿征南将军于烈入问道：“卿意何如？”烈答道：“陛下圣略渊远，非浅见所可测度，不过平心处议，一半乐迁，一半尚恋旧呢。”魏主宏温颜道：“卿既不倡异议，便是赞同，朕且深感卿意。今使卿还镇平城，一切留守庶政，可与太尉丕等悉心处置，幸勿扰民！”于烈亦拜命即行。原来魏太尉东阳王丕与广陵王羽曾留守平城，未尝随行，故魏主复有是命。

魏主宏乃出巡东墉城，征司空穆亮与尚书李冲，将作大匠董爵，经营洛都。自从东墉趋河南城，顺道诣滑台，设坛告庙，颁诏大赦，再启驾赴邺。凑巧齐雍州刺史王奂次子王肃，奔避家难，王奂伏诛，见上文。驰至邺城，进谒魏主，泣陈伐齐数策。魏主已经解严，不愿南伐，惟见他语言悲惋，计议详明，不由地契合入微，与谈移晷。嗣是留侍左右，器遇日隆，或且屏人与语，到了夜半，尚娓娓不倦，几乎相见恨晚，旋即擢肃为辅国将军。

适任城王澄自平城至邺，报称“留司百官，初闻迁都计划，相率惊骇，经臣援引古今，譬谕百端，已得众心悦服，可以无虞”。魏主宏大喜道：“今非任城，朕几不能成事了。”随即召入王肃，谕以“朕方迁都，未遑南伐，俟都城一定，当为卿复仇。卿为江左名士，应素习中朝掌故，所有我朝改革事宜，一以委卿，愿卿勿辞！”肃唯唯遵谕，便替魏主草定礼仪，一切衣冠文物，逐条裁定，次第呈入，魏主无不嘉纳，留待施行。当下在邺西筑宫，作为行在。又命安定王休率领官属，往

平城迎接家属，自在行宫过了残冬。

越年为魏太和十八年，即齐主昭业隆昌元年，魏中书侍郎韩显宗，上书陈事，共计四条：一是请魏主速还北都，节省游幸诸费，移建洛京，二是请魏主营缮洛阳，应从俭约，但宜端广衢路，通利沟渠；三是请魏主迁居洛城，应施警跸，不宜徒率轻骑，涉履山河；四是请魏主节劳去烦，啬神养性，惟期垂拱司契，坐保太平。魏主宏颇以为然，乃于仲春启行，北还平城。

留守百官迎驾入都，魏主宏登殿受朝，面谕迁都事宜。燕州刺史穆罴出奏道：“今四方未定，不应迁都，且中原无马，如欲征伐，多形不便。”魏主宏驳道：“厩牧在代，何患无马，不过代郡在恒山以北，九州以外，非帝王所宜都，故朕决计南迁。”尚书于栗又接入道：“臣非谓代地形胜，得过伊洛。但自

先帝以来，久居此地，吏民相安，一旦南迁，未免有怫众情。”魏主听了，面有愠色，正要开口诘责，东阳王丕复进议道：“迁都大事，当询诸卜筮。”魏主宏道：“昔周召圣贤，乃能卜宅。今无贤圣，问卜何益！且卜以决疑，不疑何卜！自古帝王以四海为家，或南或北，随地可居。朕远祖世居北荒，平文皇帝即拓跋郁律。始居东木根山，昭成皇帝即什翼犍。更营盛乐，道武皇帝即拓跋珪。迁都平城。朕幸叨祖荫，国运清夷，如何独不得迁都呢？”群臣始不敢再言。魏主宏又复西巡，幸阴山，登阅武台，遍历怀朔、武川、抚冥、柔玄四镇。及还至平城，已值秋季。到了初冬，闻洛阳宫阙，营缮粗竣，便即亲告太庙，使高阳王拓跋雍及镇南将军于烈，奉神主至洛阳，自率六宫后妃及文武百官，由平城启行，和鸾锵锵，旗旐央央，驰向洛都来了。小子有诗咏道：

霸图造就慕皇风，走马南来抵洛中；
用夏变夷怀远略，北朝嗣主亦英雄。

魏主迁洛的时候，正值齐廷废立的期间，欲知废立原因，且看下回演叙。

冢子先亡，嫡孙承重，此系古今通例，毫不足怪。萧昭业为文惠太子之胤，太子殁而昭业继，祖孙相承，不背古道。议者谓昭业淫慝，难免覆亡，不若王融之推立子良，尚得保全齐高之一脉，其说是矣；然天道远，人道迩，立孙承祖，人道也。孙无道而覆祖业，天道也。帝乙立纣，不立微子，后世不能归咎于太史，以是相推，则于萧鸾乎何尤！王融妄图富贵，叛道营私，何足道哉！魏主宏南迁洛阳，本诸独断，后世又有讥其轻弃根本，侈袭周、汉故迹，以至再传而微。夫国家兴替，关系政治，与迁都无与，政治修明，不迁都可也；即迁都亦无不可也。否则株守故土，亦宁能不危且亡者！必谓魏主宏之迁都失策，亦属皮相之谈。本回于萧鸾之拥立太孙，魏主宏之迁都洛邑，各无贬词，良有以也。

第三十回　上淫下烝丑传宫掖
内应外合刃及殿庭

却说齐嗣主昭业，即位逾年，改元隆昌。自思从前不得任意，至此得了大位，权由己出，乐得寻欢取乐，快活逍遥，每日在后宫厮混，不论尊卑长幼，一味儿顽皮涎脸，恣为笑谑。世祖时穆妃早亡，不立皇后，后宫只有羊贵嫔、范贵妃、荀昭华等，已值中年，尚没有甚么苟且事情。独昭业父文惠太子宫内尚有几个宠姬，多半是年貌韶秀，华色未衰。不过贞淫有别，品性不同。就中有一霍家碧玉，年龄最稚，体态风骚，当文惠太子在日，也因她柔情善媚，格外见怜，此时嫠居寂寞，感物伤怀，含着无限凄楚，偏昭业知情识趣，眉去眼来，一个是不衫不履，自得风流，一个是若即若离，巧为迎合，你有情，我有意，渐渐的勾搭上手，还有甚么礼义廉耻。更有宦官徐龙驹替两人作撮合山，从旁怂恿，密为安排。好一个牵头。于是云房月窟，暗里绸缪，海誓山盟，居然伉俪，说不尽的鸾颠凤倒，描不完的蝶浪蜂狂。龙驹又想出一法，只说度霍氏为尼，转向皇太后王氏前，婉言禀闻。王太后哪识奸情，便令将霍氏引去，龙驹竟导至西宫，令与昭业彻夜交欢，恣情行乐，并改霍氏姓为徐氏，省得宫廷私议，贻笑鹑奔。此外又选入许多丽姝，充为妾媵，就是两宫中的侍女，也采择多人。不过霍氏是文惠幸姬，格外著名，昭业更格外宠爱，所以齐宫丑史，亦格外播扬。

更可丑的是皇后何氏，也是一个淫妇班头。她在西州时候，因昭业入宫侍奉，耐不住孤帐独眠，便引入侍书马澄，与他私通。及迎入为后，与昭业虽仍恩爱，但昭业是见一个，爱一个，见两个，爱一双，仍使何后独宿中宫，担受那孤眠滋味。她前时既已失节，此时何必完贞。可巧昭业左右杨珉，生得面白唇红，丰姿楚楚，由何后窥入眼中，便暗令宫女导入，赐宴调情。杨珉原是个篾片朋友，既承皇后这般厚待，还有甚么不依，数杯酒罢，携手入帏，为雨为云，不消细说。那时昭业上烝庶母，何后下私幸臣，尔为尔，我为我，两下里各自图欢，倒也无嫌无疑，免得争论。却是公平交易。

昭业不特渔色，并好佚游，每与左右微服出宫，驰骋市里，或至乃父崇安隧中，掷涂赌跳，作诸鄙戏，兴至时滥加赏赐，百万不吝，尝握钱与语道："我从前欲用汝一枚，尚不可得，今日须任我使用了！"钱神有知，应答语道：快用快用，明年又轮不着用了！

先是世祖赜生平好俭，库中积钱五亿万，斋库亦积钱三亿万，金银布帛，不可胜计。昭业更得任情挥霍，视若泥沙，祖宗为守财奴，子孙往往如此。尝挈何后及宠姬，入主衣库，取出各种宝器，令相投击，砰磅砰磅的好几声，悉数破碎，昭业反狂笑不置。或令阉人竖子，随意搬取，顷刻垂尽。中书舍人綦母珍之、朱隆之，直阁将军曹道刚、周奉叔，各得宠眷。珍之内事谄媚，外恣威权，所有宫廷要职，必须先赂珍之，论定价值，然后由珍之列入荐牍。一经保奏，无不允行。珍之任事才旬月，家累巨万。往往不俟诏旨，擅取官物，及滥调役使，有司辄相语云：“宁拒至尊敕，难违舍人命！”

宦官徐龙驹得受命为后阁舍人，常居含章殿，戴黄纶帽，披黑貂裘，南面向案，代主划敕，左右侍直与御坐前无异。这是做牵头的好处。卫尉萧谌，为世祖赜族子，世祖尝引为宿卫，使参机密。征南谘议萧坦之，与谌同族，曾充东宫直阁，昭业因二人同为亲旧，亦加信任。谌或出宿，昭业常通宵不寐，直待谌还直宫中，方得安心。坦之出入后宫，每当昭业游宴，必令随侍。昭业醉后忘情，脱衣裸体，坦之扶持规谏，略见信从；但后来故态复萌，依然如故。何皇后私通杨珉，恐事发得罪，所以对着昭业，比前尤昵，曲意承欢。昭业喜不自胜，迎后亲戚入宫，使居耀灵殿，斋阁洞开，彻夜不闭，内外淆杂，无复分别，好似那混沌世界，草昧乾坤。想是子业转世来亡齐祚。

当时恼动了一位宰辅，屡次上疏，规戒主恶。怎奈言不见听，杳无复谕，自欲入宫面奏，又常被周奉叔阻住禁门，不准放入。情急智生，由忧生愤，遂欲仿行伊、霍故事，想出那废立的计谋。这人为谁？就是尚书令西昌侯萧鸾，特笔提叙，唤起下文。鸾拥立昭业，得邀重任，政无大小，多归裁决。武陵王晔，虽亦见倚赖，但政治经验，未能及鸾，所以遇事推让。竟陵王子良已被嫌疑，只好钳口不言，免滋他祸。

鸾专握朝纲，见嗣主纵欲怙非，不肯从谏，乃引前镇西谘议参军萧衍，与谋废立。衍劝鸾待时而动，不疾不徐。鸾怅然道：“我观世祖诸子，多半庸弱，惟随王子隆，世祖第八子。颇具文才，现今出镇荆州，据住上游，今宜预先召入，免滋后患。

惟他或不肯应召，却也可忧。”衍答道：“随王徒有美名，实是庸碌，部下并无智士，只有司马垣历生，太守卞白龙，作为爪牙，二人唯利是图，若给他显职，无有不来！随王处但费一函，便足邀他入都了。”鸾抚掌称善，即征历生为太子左卫率，白龙为游击将军。果然两人闻信，喜跃前来。再召子隆为抚军将军，子隆亦至。鸾又恐豫州刺史崔慧景，历事高、武二朝，未免反抗，因即遣萧衍为宁朔将军，往戍寿阳，慧景还道是意外得罪，白服出迎，由衍好言宣慰，偕入城中。那萧鸾既抚定荆、豫，释去外忧，便好下手宫廷，专除内患。

萧坦之、萧谌两人本系昭业心腹，因见昭业怙恶不悛，也恐祸生不测。鸾乘间运动，把两萧引诱过来，晓以祸福利害，使他俯首帖耳，乐为己用，然后使坦之入奏，请诛杨珉。昭业转告何后，何后大骇，流涕满面道：“杨郎直呼杨郎曾否知羞？年

少无罪，何可枉杀！”昭业出见坦之，也将何后所说，复述一遍，坦之请屏左右，密语昭业道：“杨珉与皇后有情，中外共知，不可不诛！”昭业愕然道：“有这般事么？快去捕诛便了。”坦之领命，忙去拿下杨珉，牵出行刑。何皇后闻报，急至昭业前跪求，哭得似泪人儿一般。昭业也觉不忍，便命左右传出赦诏。甘作元绪公。哪知坦之早已料到此着，一经推出杨珉，便即处决。至赦文传到，珉已早头颅落地了。牡丹花下死，做鬼也风流。诏使返报昭业，昭业倒也搁起，独何后记念情郎，不肯忘怀，一行一行的泪珠儿，几不知滴了多少。

坦之虑为所谮，向鸾问计。鸾正欲诛徐龙驹，便嘱坦之贿通内侍，转白何后，但言杨珉得罪，统是龙驹一人唆使。坦之依计而行，何后不知真假，便深恨龙驹，请昭业速诛此人，昭业尚未肯应允，再经鸾一本弹章，令坦之递呈进去，内外夹

迫，教龙驹如何逃生！刑书一下，当然毕命。

杨、徐既除，要轮到直阁将军周奉叔了，奉叔恃勇挟势，陵轹公卿，尝令二十人带着单刀，拥护出入，门卫不敢诃，大臣不敢犯。尝哓哓语人道："周郎刀，不识君！"鸾亦亲遭嫚侮，所以决计翦除。当下嘱使二萧，劝昭业调出奉叔，令为外镇。昭业耳皮最软，遂出奉叔为青州刺史。奉叔乞封千户侯，亦邀俞允。独萧鸾上书谏阻，乃止封奉叔为曲江县男，食邑三百户。奉叔大怒，持刀出阁，与鸾评理。鸾不慌不忙，从容晓谕，反把奉叔怒气挫去了一大半，没奈何受命启行。部曲先发，自入宫面辞昭业，退整行装，跨马欲走。鸾与萧谌矫敕召奉叔入尚书省，俟奉叔趋入省门，两旁突出壮士，你一锤，我一挝，击得奉叔脑浆迸流，死于非命。鸾始入奏，托言奉叔侮蔑朝廷，应就大戮。昭业拗不过萧鸾，且闻奉叔已死，也只好批答下来，准如所请。只能欺祖考，不能欺萧鸾。

溧阳令杜文谦尝为南郡王侍读，至是语綦母珍之道："天下事已可知了！灰尽粉灭，便在旦夕，不早为计，将无噍类呢！"珍之道："计将安出？"文谦道："先帝旧人，多见摈斥，一旦号召，谁不应命？公内杀萧谌，文谦愿外诛萧令，就是不成而死，也还有名有望，若迟疑不断，恐伪敕复来，公赐死，父母为殉，便在眼前了！"珍之闻言，犹豫未决。不到旬日，果为鸾所捕，责他谋反，立即斩首。连杜文谦也一并拘住，骈首市曹。

武陵王晔忽尔病终，年只二十八。竟陵王子良时已忧闷成病，力疾吊丧，一场哀恸，益致困顿。既而形销骨立，病入膏肓，便召语左右道："我将死了！门外应有异征。"左右出门瞭望，见淮中鱼约万数，浮出水上，齐向城门。不禁惊讶异常，慌忙回报，子良已痰喘交作，奄然而逝了，年三十有五。

子良为当时贤王，广交名士，天下文才，萃集一门。又有刘瓛兄弟，素具清操，无心干进，子良欲延瓛为记室，瓛终不就。继除步兵校尉，又复固辞。京师文士，多往从学，世祖且为瓛立馆，拨宅营居，生徒皆贺。瓛叹道："室美反足为灾，如此华宇，奈何作宅！幸奉诏可作讲堂，尚恐不能免害呢！"子良折节往谒，瓛与谈礼学，不及朝政。年四十余，尚未婚娶，历事祖母及母，深得欢心。母孔氏很是严明，尝呼瓛小字，指语亲戚道："阿称阿瓛小字。便是今世曾子呢。"后奉朝命，娶王氏女。王女凿壁挂履，土落孔氏床上，孔氏不悦，瓛即出妻。年五十六病终。子良移厨至瓛宅，嘱瓛徒刘绘花缜等，代为营斋。后世为瓛立碑，追谥"贞简先生"。

瓛弟琎亦甚方正，与瓛同居，瓛至夜间，隔壁呼琎共语，琎下床着衣，然后应瓛。瓛问为何因？琎答道："向尚未曾束带，所以迟迟。"又尝与友人孔澈同舟，澈目注岸上女子，琎即与他隔席，不复同坐。子良为他延誉，由文惠太子召入东宫，遇事必谘，琎每上书，辄焚削草稿。寻署琎为中兵兼记室参军，病殁任所。刘瓛兄弟，系叔季名士，故特笔带叙。

及子良逝世，士类同声悲悼，独昭业素有戒心，至是很觉欣慰，不过形式上表示褒崇，赙赠加厚，算作饰终尽礼罢了。看官听说！这武陵王晕，与竟陵王子良，本是高武以后著名的哲嗣，位高望重，民具尔瞻，此次迭传耗问，失去了两个柱石，顿使齐廷阒寂，所有军国重权，一古脑儿归属萧鸾。昭业虽进庐陵王子卿世祖第三子。为卫将军，鄱阳王锵高帝第七子。为骠骑将军，究竟两人资望尚浅，比萧鸾要逊一筹。鸾又得加官中书监，进号镇军大将军，开府仪同三司。自是权势益隆，阴谋益急，废立两字的声浪，渐渐传到昭业耳中。

昭业尝私问鄱阳王锵道："公可知鸾有异谋否？"锵素和谨，应声答道："鸾在宗戚中，年齿最长，并受先帝重托，谅无他意。臣等少不更事，朝廷所赖，惟鸾一人，还请陛下推诚相待，勿启猜疑！"昭业默然不答。过了数日，又商诸中书令何胤。胤系何后从叔，后尝呼胤为三父，使直殿省。昭业与谋诛鸾，胤不敢承认，但劝昭业耐心待时。

昭业乃欲出鸾至西州，且由中敕用事，不复向鸾关白。鸾知昭业忌己，急谋诸左仆射王晏及丹阳尹徐孝嗣，乞为臂助，两人亦情愿附鸾。会由尼媪入宫，传达异闻，昭业又召问萧坦之道："镇军与王晏萧谌，意欲废我，传闻藉藉，似非虚诬，卿果有所闻否？"偏偏问着此人，真是昭业快死。坦之变色道：变色二字甚妙。"天下宁有此事！好好一个天子，谁乐废立？朝贵亦不应造此讹言，想是诸尼媪挑拨是非，淆惑陛下，陛下切勿轻信！况无故除此三人，何人还能自保呢？"昭业似信非信，复商诸直阁将军曹道刚。道刚为昭业心腹，即密与朱隆之等设法除鸾。尚未举行，鸾已有所闻，急告坦之。坦之转白萧谌，谌答道："始兴内史萧季敞，南阳太守萧颖基，已奉调东都，我正待他到来，共同举事，较易成功。"坦之道："曹道刚、朱隆之等，已有密谋，我不除他，他将害我，卫尉若明日不举，恐事已无及了！弟有百岁老母，怎能坐听祸败？只好另作他计呢。"谌被他一吓，不由地惶遽起来，亟向坦之问计。坦之与他附耳数语，谌连声称善。当即约定次日起事，连夜部署，准备出发。

一宵易过，转瞬天明，谌令兵士早餐，食毕入宫，正与曹道刚相遇。道刚惊问来由，才说一语，刃已入胸，倒毙地上，肠已流出。谌麾众再进，又碰着朱隆之，乱刀直上，挥作数段。直后将军徐僧亮怒气直冲，扬声号召道：“我等受主厚恩，今日应该死报！”说着，即拔刀来斗，究竟寡不敌众，也被萧谌杀死。萧鸾继入云龙门，内着戎服，外被朱衣，踉跄趋进，急至三次失履。王晏、徐孝嗣、萧坦之、陈显达、王广之、沈文季等，一并随入，宫中大扰。昭业在寿昌殿，闻有急变，忙使内侍闭住殿门。门甫阖就，外面已喊声大震，萧谌引着数百人，斩关直入。昭业骇极，奔入徐姬房，与姬诀别，徐姬也抖作一团，涕泗滂沱。这便是先笑后号咷。

两人正无法可施，偏喊声又复四集，昭业遽起，拔剑出鞘，吞声饮恨道：“他……他不过要我性命，我就自了罢！”说着，用剑自刺，急得徐姬抢前来救，将昭业抱住，连呼陛下动不得动不得。何不前日作此语？昭业见徐姬满面泪容，凄声欲绝，禁不住心软手颤，坠剑落地。俄而萧谌驰入，逼昭业出殿庭，

昭业自用帛缠颈，随谌出延德殿。宿卫将士，皆隶谌麾下，作壁上观。昭业也竟无一言，被谌引入西斋，就昭业颈上缠帛，把他勒毙，年止二十一岁。遂舆尸出殡徐龙驹故宅，一面奉萧鸾命，收捕嬖幸，并及改姓无耻的徐姬尽行牵出，一刀一个，了结残生。绝妙徐娘，又好与昭业作地下鸳鸯了。

鸾顾语大众道：“废君立君，目下应属何人？”已有自立意。徐孝嗣应声道：“看来只好立新安王！”鸾微笑道：“我意也是如此，但必须作太后令，卿可急速起草。”孝嗣道：“已早缮就了。”说着，即从袖中取出一纸，递呈与鸾。鸾略阅一周，便道：“就是这样罢。”当下将令文宣布，大略说是：

自我皇历启基，受终于宋，睿圣继轨，三叶重光。太祖以神武创业，草昧区夏，武皇以英明提极，经纬天人，

文帝以上哲之资，体元良之重，虽功未被物，而德已在民。三灵之眷方永，七百之基已固。嗣主特钟沴气，爰表弱龄，险戾著于绿车，愚固彰于崇正，狗马是好，酒色方湎，所务惟鄙事，所嫉惟善人。世祖慈爱曲深，每加容掩，冀年志稍改，立守神器。自入纂鸿业，长恶滋甚。居丧无一日之哀，缞绖为欢宴之服，昏酣长夜，万机斯壅，发号施令，莫知所从。阉竖徐龙驹专总枢密，奉叔珍之，互执权柄。自以为任得其人，表里缉穆，迈萧、曹而愈信布，倚泰山而坐平原。于是恣情肆意，罔顾天显，二帝姬嫔，并充宠御，二宫遗服，皆纳玩府，内外混漫，男女无别。丹屏之北，为酤鬻之所，青蒲之上，开桑中之肆。又微服潜行，信次忘返，端委以朝虚位，交战而守空宫。宰辅忠贤，尽诚奉主，诛锄群小，冀能悛革，曾无克己，更深怨憾。公卿股肱，以异己置戮，文武昭穆，以德誉见猜，放肆丑言，将行屠脍，社稷危殆，有过缀旒。昔太宗克光于汉世，简文代兴于晋氏，前事之不忘，后人之师也。镇军居正体道，家国是赖，伊霍之举，实寄渊谟，便可详依旧典，以礼废黜。新安王体自文皇，睿哲天秀，宜入嗣鸿业，永宁四海，即当以礼奉迎，使正大位。未亡人属此多难，投笔增慨，不尽欲言！

看官阅过前回，应知新安王就是昭文，系文惠太子第二子。当时曾任中军将军，领扬州刺史，年方十五。由萧鸾等迎入登台，授鸾为骠骑大将军，录尚书事，兼领扬州刺史，晋封宣城郡公。颁诏大赦，改隆昌元年为延兴元年。复奉太后命令，追废故主昭业为郁林王，何皇后为王妃。总计昭业在位，仅得一年。小子有诗叹道：

到底欢娱只一年，两斋毙命亦堪怜；
早知如此遭奇祸，应悔当初恶未悛！

昭文即位，朝局粗定，除萧鸾晋爵外，还有一番封赏。欲知底细，须待下回表明。

宋有子业，齐有昭业，好似天生对偶，名相似而迹亦略同。且子业时代，有会稽公主谢贵嫔之淫乱，昭业时代，有霍宠姬何皇后之淫污，男女宣淫，又若后先一辙；其稍有不同者，则子业好杀，昭业尚不如也。宋湘东王彧，屡濒于危，不得已而图一逞，死中求生，情尚可原。齐西昌侯萧鸾，权倾中外，诛杨珉、徐龙驹，杀周奉叔、綦母珍之，一举即成，不烦智力。假使有伊尹之志，放昭业于崇安隧中，用正人以辅导之，亦未始不可为太甲，乃必谋废立，杀主西斋，为将来篡逆之先声，以视湘东王彧之所为，毋乃过甚！本回演述大意，始则归咎昭业，继则归罪萧鸾，盖与二十一回之文法，隐判异同，明眼人自能灼见也。

第三十一回　杀诸王宣城肆毒
篡宗祚海陵沉冤

却说新安王昭文嗣位，封赏各王公大臣，进鄱阳王锵为司徒，随王子隆为中军大将军，卫尉萧谌为中领军，司空王敬则为太尉，车骑大将军陈显达为司空，尚书左仆射王晏为尚书令，西安将军王玄邈为中护军。此外亲戚勋旧，各有迁调，不及细表。独萧鸾从子遥光遥欣，本没有甚么大功，不过遥欣为始安王道生长孙，得袭封爵。此次复为鸾效力，因特授南郡太守，不令莅镇，仍留为参谋。遥光除兖州刺史，嗣又命遥欣弟遥昌出为郢州刺史。鸾已有心篡立，所以将从子三人布置内外，树作党援。

鄱阳王锵、随王子隆，年龄俱未及壮，但高武嗣子，半即凋零，要算锵与子隆名位最崇，资望亦最著。萧鸾阴实忌他，外面却佯表忠诚，每与锵谈论国事，声随泪下。锵不知有诈，还道他是心口相同，本无歹意；实则朝廷内外，统已看透萧鸾诡秘，时有戒心。

制局监谢粲，私劝锵及子隆道：“萧令跋扈，人人共知，萧鸾已进录尚书事，粲尚呼为萧令，是沿袭旧称。此时不除，后将无及！二位殿下，但乘油壁车入宫，奉天子御殿，夹辅号令，粲等闭城上仗，谁敢不从？东府中人，当共缚送萧令，去大害如反掌了”恐也未必。子隆颇欲依议，锵独摇首道：“现在上台兵力，尽集东府，鸾为东府镇守，坐拥强兵，倘或反抗，祸且不测，这恐非万全计策呢！”我亦云然，但此外岂竟无良策么？

已而马队长刘巨复屏人语锵，叩头苦劝。锵为所怂恿，命驾入宫。转念吉凶难卜，有母在堂，须先禀诀为是。乃复折回私第，入白生母陆太妃。陆太妃究系女流，听着这般大事，吓得魂不附体，慌忙出言谕止，累得锵迟疑莫决，只在家中绕行。盘旋了好半日，天色已晚，尚未出门。事为典签所闻，典签官名，即记室之类。竟驰往东府告鸾。鸾立遣精兵二千人，围攻

锵第。锵毫无预备，只好束手就死。谢粲、刘巨俱为所杀。

子隆方待锵入宫，日暮未闻启行，黄昏又无消息。正拟就寝，忽闻有人入报，鄱阳王居第已被东府兵围住了。子隆料知有变，但也没法自防，不得不听天由命。统是没用人物。过了片刻，那东府兵已蜂拥前来，排墙直入，子隆无从逃匿，坐被乱兵杀死。两家眷属，并皆遇害，财产抄没。锵年才二十六，子隆年只二十一，一叔一侄，携手入鬼门关去了。

江州刺史晋安王子懋，系子隆第七兄，闻二王罹祸，意甚不平，遂欲起兵赴难。自思生母阮氏，尚居建康，应先事往迎，免得受害，乃密遣人入都，迎母东行。偏阮氏临行时，使人报知舅子于瑶之，令自为计，传文作兄子瑶之，疑有误。瑶之反驰白萧鸾。自为计则得矣，如亲谊何！鸾即奏称子懋谋反，自假黄钺督军，内外戒严，立派中护军王玄邈，率兵往讨子懋。一面遣军

将裴叔业，与于瑶之径袭寻阳。

子懋与防阁军将陆超之、董僧慧商议，以湓城为寻阳要岸，恐都军泝流掩击，即拨参军乐贲率兵三百人往守。裴叔业等乘船西上，驶至湓城，见城上有兵守着，便不动声色，但扬言奉朝廷命，往郢州行司马事。当下悬帆直上，掉头自去。城中兵见他驶过，当然放心，夜间统去熟睡。不意到了三更，竟有外兵扒城进来，一声喧噪，杀入署中。乐贲仓皇惊醒，披衣急走，才出署门，兜头碰着裴叔业，大呼速降免死！贲知不可脱，没奈何伏地乞降。叔业收纳乐贲，据住湓城。因闻子懋部曲多雍州人，骁悍善战，不易攻取，乃更使于瑶之诣寻阳城，往赚子懋。

子懋因湓城失陷，正在着忙，召集府州将吏，登城捍御。忽见瑶之叩门，还疑是戚谊相关，前来相助，便命开城迎入。瑶之视了子懋，行过了礼，便开口说道："殿下单靠一座孤城，如何久持！不若舍仗还朝，自明心迹，就使不能复职，也可在都下作一散官，仍得保全富贵，决无他虑！"子懋被他一说，禁不住心动起来。寻阳参军于琳之系瑶之亲兄，此时也从旁闪出，与乃兄一唱一和，说得子懋越加移情。琳之复劝子懋重赂叔业，使他代为申请，洗刷前愆。子懋已为所迷，遂取出金帛，使琳之随兄同往。琳之见了叔业，非但不为子懋说情，反教叔业掩取子懋。叔业即遣裨将徐玄庆率四百人随着琳之，驰入州城。

子懋正坐斋室中，静待琳之归报，蓦闻门外有蹴踏声，惊起出视，只见琳之带着外兵，各执着亮晃晃的宝刀，踊跃而来。不由地大骇道："汝从何处招来兵士？"琳之瞋目道："奉朝廷命，特来诛汝！"子懋乃怒叱道："刁诈小人，甘心卖主，天良何在！”言未已，琳之已趋至面前。子懋退入斋中，被琳之抢步追入，揿住子懋，用袖障面，外边跟进徐玄庆，顺手一刀，头随刀落，年只二十三。死由自取，不得为枉。

琳之取首出斋，徇示大众，那时府中僚佐早已逃避一空，剩得几个仆役，怎能反抗！此外有若干兵民，统是顾命要紧，乐得随风披靡，顺从了事。可巧王玄邈大军亦到，见城门洞开，领兵直入。琳之、玄庆等接着，报明情形，玄邈大喜，复分兵搜捕余党。

兵士捕到董僧慧，僧慧慨然道：“晋安举兵，仆实预谋，今为主死义，尚复何恨！但主人尸骸暴露，仆正拟买棺收殓，一俟殓毕，即当来就鼎镬！”玄邈叹道：“好一个义士！由汝自便。我且当牒报萧公，贷汝死罪！”僧慧也不言谢，自去殓葬子懋。子懋子昭基，年方九岁，被系狱中，用寸绢为书，贿通狱卒，使达僧慧。僧慧顾视道：“这是郎君手书，我不能援救，负我主人！”遂号恸数次，呕血而亡！

还有陆超之静坐寓中，并不避匿。于琳之素与超之友善，特使人通信，劝他逃亡。超之道：“人皆有死，死何足惧！我若逃亡，既负晋安王厚眷，且恐田横客笑人！”田横齐人，事见汉史。玄邈拟拘住超之，囚解入都，听候发落。偏超之有门生某，妄图重赏，佯谒超之，觑隙闪入超之背后，拔刀奋砍，头已坠下，身尚不僵。超之非羿，其徒恰似逄蒙。遂携首往报玄邈。玄邈颇恨门生无礼，但一时不便诘责，仍令他携首合尸，厚加殡殓。大殓已毕，门生助举棺木，棺忽斜坠，巧巧压在门生头上。一声脆响，颈骨已断，待至旁人把棺扛起，急救门生，已是晕倒地上，气绝身亡！莫谓义士无灵！玄邈闻报，也不禁叹息，惟受了萧鸾差遣，只好将昭基等械送入都，眼见是不能生活了。

鸾复遣平西将军王广之，往袭南兖州刺史安陆王子敬。系武帝第五子。广之命部将陈伯之为先驱，佯说是入城宣敕。子敬亲自出迎，被伯之手起刀落，砍倒马下。后面即由广之驰到，城中吏民，顿时骇散。经广之揭张告示，谓罪止子敬，无预他人，于是吏民复集，稍稍安堵。广之飞使报鸾，鸾更遥饬徐玄庆，顺道西上，往害荆州刺史临海王昭秀。

玄庆轻车简从，驰抵江陵，矫传诏命，立召昭秀同归。荆州长史何昌寓料有他变，独出见玄庆道："仆受朝廷重寄，翼辅外藩，今殿下未有过失，君以一介使来，即促殿下同去，殊出不情！若朝廷必须殿下入朝，亦当由殿下启闻，再听后命。"玄庆见他理直气壮，倒也不好发作，乃告辞而去。嗣由正式诏使，征昭秀为车骑将军，别命昭秀弟昭粲继任，昭秀乃得安然还都。

萧鸾续命吴兴太守孔琇之，行郢州事，且嘱使杀害晋熙王銶。高帝第十八子。琇之不肯受命，绝粒自尽。乃改遣裴叔业西行，翦除上流诸王。叔业自寻阳至湘州，湘州刺史南平王锐，拟迎纳叔业。防阁将军周伯玉朗声道："这岂出自天子意？为今日计，宜收斩叔业，举兵匡扶社稷，名正言顺，何人不依！"快人快语。锐年才十九，没甚主见，典签在旁，呵叱伯玉，竟勒令下狱。待叔业入城，矫诏杀锐，又将伯玉杀死。叔业再趋向郢州，也是依法炮制，銶年十六，更加懦弱，服毒了命。更由叔业驰往南豫州。豫州刺史宜都王铿，高帝第十六子。也不过十八岁，惊惶失措，也被叔业勒毙。

上游诸王，已经尽歼，叔业欣然东还，复告萧鸾。萧鸾遂自为太傅，领扬州牧，进爵宣城王，引用当时名士，与商大计，指日篡位。侍中谢朏不愿附逆，求出为吴兴太守，得请赴郡。用酒数斛，贻送吏部尚书谢瀹，且附书道：“可力饮此，勿预人事！”统做好好先生，自然乱贼接踵。原来瀹系朏弟，朏恐他好事惹祸，故有此嘱。宣城王鸾尚恐人情未服，不免加忧。骠骑谘议参军江祏面请道：“大王两胛上生有赤志，便是肩擎日月。何不出示众人，俾知瑞异！”鸾点首无言。适晋寿太守王洪范入都谒鸾，鸾便袒臂相示，且故意密语道：“人言此是日月相，愿卿勿泄！”洪范道：“公有日月在躯，如何可隐？当为公极力宣扬！”鸾佯为失色，洪范退后，却暗暗喜欢，欣慰不置。桂阳王铄高帝第八子。与鄱阳王锵齐名，锵好文章，铄好名理，时称鄱桂。鄱阳王遇害，铄由前将军迁任中军将军，并开府仪同三司。他本来流连诗酒，不愿与闻政事。此时勉强接任，明知鸾不怀好意，也因没法推辞，虚与周旋。一日往东府见鸾，坐谈片刻，还语侍读山悰道：“我日前往见宣城王，王对我呜咽，即夕害死鄱阳、随郡二王，今日宣城见我，又复流涕，且面有愧色，恐我等也要受害哩！”自知颇明，惜不能先几远引。是夕心惊肉跳，很觉不安。果然到了夜半，有东府兵斩关突入，把铄杀毙，年只二十四。

铄以下诸弟，便是始兴王鉴高帝第十子。曾为秘书监，领石头戍事，时已去世；又次为江夏王锋，锋有才行，并有武力，任骁骑将军。至是贻书责鸾，说他残虐宗族，忍心害理，鸾引为深恨。只因他勇武过人，不敢遣兵入第，但使他出祀太庙，就庙中埋伏甲士，俟锋登车前来，突出害锋。锋从车上跃下，挥拳四击，前至数人，皆被击倒，怎奈来兵甚众，四面攒殴，且手中尽执刀械，绕身攒刺，任你江夏王如何骁悍，毕竟赤手空拳，寡不敌众，身上受了数十创，大吼而亡，年只二十。

鸾又遣典签何令孙，往杀建安王子真。武帝第九子。子真方十九岁，胆子甚小，走匿床下。令孙追入，一把抓住，吓得子真浑身发抖，伏地叩首，哀乞为奴，冀免一死。偏令孙不肯容情，拔剑一挥，呜呼毕命！

鸾杀死数王，意尚未足，更令中书舍人茹法亮往杀巴陵王子伦。武帝第十三子。子伦阅年十六，颇有英名，时正为南兰陵大守，镇治琅琊，闻得法亮到来，即从容不迫，整肃衣冠，出受诏命。法亮读过伪敕，并递过毒酒一杯，逼令速饮。子伦唏嘘道："圣人有言，鸟死鸣哀，人死言善，先朝前灭刘氏，几无遗类，今子孙遭祸，也是理数循环，不足深怨。惟君是我家旧人，独奉使到此，想是事不得已，此酒何劳劝酬，我拚着一死罢了！"此子颇觉明白，可惜为鸾所杀。法亮怀惭不答，但看他酒已毕饮，当即趋退。不到片时，子伦已毒发归天。法亮又入内殡殓，也为泪下。假惺惺何为？

随即返报萧鸾，鸾并杀死衡阳王钧。钧系高帝十一子，过继衡阳王道度为嗣，曾任秘书监，好学有文名，生年二十二岁，也为萧鸾所害。看官！你道是冤不冤，惨不惨呢！出尔反尔，盍读子伦遗言。

鸾逞情杀戮，无一敢违，正好趁势做去，把高、武两帝传下的宝座篡夺了来。齐主昭文本来是个殿中傀儡，一切政事听命萧鸾，就是一饮一食，也必经萧鸾允给，方由御厨供俸。一日思食蒸鱼菜，饬厨官进陈，厨官答称无宣城命，竟不上供。似这无权无力的小皇帝，要他推位让国，真是容易得很。况且宗亲懿戚已害死了一大半，朝上一班元老，又统是朝秦暮楚，没甚廉耻，但得保全富贵，管甚么帝祚旁移！因此延兴元年十月终旬，竟颁出一道太后敕令，废齐主昭文为海陵王，命宣城王鸾入登大位。令云：

> 夫明晦迭来，屯平代有，上灵所以眷命，亿兆所以归怀。自皇家淳耀，列圣继轨，诸侯官方，百神受职，而殷忧时启，多难荐臻。隆昌失德，特紊人思，非徒四海解体，乃亦九鼎将移。赖天纵英辅，大臣社稷，崩基重造，坠典再兴。嗣主幼冲，庶政多昧，且早婴尪疾，弗克负荷；所以宗正内侮，戚藩外叛，觇天视地，人各有心。虽三祖之德在民，而七庙之危行及，自非树以长君，镇以渊器，未允天人之望，宁息奸宄之谋！太傅宣城王，胤体宣皇，钟慈太祖，识冠生民，功高造物，符表夙著，讴颂有在。宜入承宝命，式宁宗祏。帝可降封海陵王，吾当归老别馆。昔宣帝中兴汉室，简文重延晋祀，庶我鸿基，于兹永固。言念国家，感庆载怀。

314. 这令一下，昭文当然出宫，别居私第。还有昭文妃王氏，方册为皇后，不到旬月，仍降为海陵王妃。就是太后王氏，本居养宣德宫，至鸾入嗣位，也只好让出宫外，另就鄱阳王故第，略加修葺，沿袭旧号，仍称为宣德宫。那太傅领大将军扬州牧宣城王萧鸾还且三揖三让，待至群臣三请，然后入殿登基。愈形其丑。当即改元建武，颁诏大赦。自渭入承太祖，列作第三子。要篡就篡，何必强词附会！加授太尉王敬则为大司马，司空陈显达为太尉，尚书令王晏为骠骑大将军，左仆射徐孝嗣为中军大将军，中领军萧谌为领军将军，兼南徐州刺史，中护军王玄邈为南兖州刺史，平北将军王广之为江州刺史，晋寿太守王洪范为青、冀二州刺史。所有扬州刺史要缺，特委任长子宝义。宝义少有废疾，不堪外镇，乃更改命始安王遥光代任。遥光弟遥欣镇荆州，遥昌镇豫州，三人与鸾最亲，更有佐命功勋，所以特委重任，倚若长城。为后文伏笔。

度支尚书虞悰独自称病重，不肯入朝。王晏奉新主命，慰谕虞悰，令他出佐新朝，悰慨然道：“主上圣明，公卿戮力，自能安邦定国，还须老朽何用？悰实不敢闻命！”说至此，恸哭不已。惹得王晏无可再说，只得入朝复旨，朝议即欲具奏劾悰，徐孝嗣独进言道：“这也是古来遗直呢！”想亦自觉觍颜。朝臣闻孝嗣言，方才罢议。

过了数日，追尊生父始安王道生为景皇帝，生母江氏为景皇后，赠故兄凤为侍中骠骑将军，封始安王弟缅为侍中司徒，封安陆王。凤仕宋为郎官，宋季已经病故，嗣子就是遥光兄弟。缅在齐太祖时，受爵安陆侯，世祖永明九年病殁，嗣子宝晊袭爵，出为湘州刺史。宝晊弟宝览封江陵公，宝宏封汝南公。册故妃刘氏为皇后，追谥曰“敬”。刘后去世，差不多有六七年，遗下四子，长宝卷，次宝玄，次宝夤，又次为宝融。尚有庶出诸子，最长的就是宝义，次宝源，次宝攸，次宝嵩，最幼为宝贞。鸾既为帝，欲立储贰，因宝义虽为长子，究是庶出，且有废疾，因特立宝卷为太子，封宝义为晋安王，宝玄为江夏王，宝源为庐陵王，宝夤为建安王，宝融为随王，宝攸为南平王，宝嵩为晋熙王，宝贞为桂阳王。

又对着废主昭文，佯加优待，命依汉东海王彊汉光武子。故事，给虎贲旄头画轮车，设钟簴宫悬，一切供养，俱从隆厚。到了十一月间，忽称海陵王有疾，屡遣御医诊视，哪知进药数剂，反把他断送性命。形式上却下了一道哀诏，命大鸿胪监护丧事，殓用衮冕，葬给辒辌车，仪仗用黄屋左纛，前后羽葆鼓吹，挽歌二部，予谥为“恭”。可怜十五岁的废主，徒博得一副葬仪，还算比高武文惠诸男外观较美呢。小子有诗叹道：

郁林废去海陵来，半载蹉跎受劫灰。
幼主未曾闻失德，徒遭篡弑令人哀！

齐主鸾正心满意足，如愿以偿，偏外人仗义执言，竟尔声罪致讨，兴动干戈。欲知何人讨鸾，且看下回再详。

高武文惠诸男，不可谓少，乃萧鸾图逆，恣意杀戮，未敢有违；惟鄱阳王锵、随王子隆、晋安王子懋本欲先发制鸾，顾皆为鸾所害。三王之死，皆一疑字误之；当断不断，反受其乱，古语诚不虚也。夫以诸王之内居外守，竟不能监束一鸾，毋乃所谓景升之子，皆豚犬耶！昭文嗣位，未及一年，饮食起居，皆待鸾命，摔而去之，犹反手耳。然昭文不足亡国，而亡国者实为昭业，鸾之篡位，昭业使之也。但前有郁林，后有东昏，悖入悖出，两两相称，鸾犹残戮诸王，为后嗣计，毒若蛇蝎，愚若犬彘，读此回而不叹恨者，未之有也。

第三十二回　假仁袭义兵达江淮
易后废储衅传河洛

却说魏主宏迁都洛阳，经营粗定，应二十九回。闻得南齐废立，萧鸾为帝，意欲乘机出兵，托词问罪。可巧边将奏报，谓齐雍州刺史曹虎，有乞降意。魏主大喜，即遣镇南将军薛真度出攻襄阳，大将军刘昶，平南将军王肃出攻义阳，徐州刺史拓跋衍出攻钟离，平南将军刘藻出攻南郑，四路并进。又特派尚书仆射卢渊，督襄阳前锋诸军，渊不愿受命，托言未习军事。魏主不许，渊叹息道："我非不愿尽力，但恐曹虎有诈，将为周鲂，周鲂三国时人。奈何！"相州刺史高闾上表，略称洛阳草创，曹虎并未遣质，必非诚心，不应轻举。魏主仍然不从，再召公卿会议，欲自往督师。镇南将军李冲及任城王澄同声劝阻，独司空穆亮主张亲征。公卿等多半模棱，澄瞋目语亮道："公等平居议论，俱未尝赞成南征，何得面对大廷，即行变议！事涉欺佞，岂是纯臣所为？万一倾危，试问咎归何人？"李冲从旁插入道："任城王所言，确是效忠社稷！"魏主宏怫然道："任城以从朕为佞，不从朕为忠，朕闻小忠为大忠之贼，任城可也晓得否？”澄复道：“澄质愚暗，虽似小忠，要是竭忠报国，但不知陛下所谓大忠，究有何据？”魏主宏无词可答，但气得目瞪口呆，坐了半晌，拂袖还宫。越日竟传出敕命，令季弟北海王详为尚书仆射，留掌国事，李冲为副，同守洛都，又命皇弟赵郡王干，始平王勰，分统禁军宿卫左右，自率大军南下。

行至悬瓠，连促曹虎会兵，虎终不至。魏主宏仍不肯罢兵，警报传达齐廷，齐遣镇南将军王广之、右卫将军萧坦之、尚书右仆射沈文季，分督司、徐、豫三州兵马，抵御魏军。魏将拓跋衍攻钟离，由齐徐州刺史萧惠休乘城拒守，且用奇兵出袭魏营，击败拓跋衍。刘昶、王肃攻义阳，由齐司州刺史萧诞抗御，诞出战不利，闭城自守，城外居民多半降魏，统计约万余人。

魏主宏渡淮东行，直抵寿阳，众号三十万，铁骑满野。适春雨连宵，魏主自登八公山，览胜赋诗，并命撤去麾盖，冒雨巡行，示与士卒共同甘苦。见有军士抱病，辄亲加抚慰。一面呼城中人答话，豫州刺史萧遥昌，使参军崔庆远出见魏主，且问何故兴师？魏主宏道：“卿问我何故兴师，我且问汝主何故废立？”庆远道：“废昏立明，古今通例，何劳疑问！”魏主又道：“齐武子孙，今皆何在？”庆远道：“周公大圣，尚诛管蔡，今七王同恶，不得不诛。此外二十余王，或内列清要，或外典方牧，并没有意外祸变。”魏主复道：“汝主若不忘忠义，何故不立近亲，与周公辅成王相类，为什么自行篡取呢？”庆远道：“成王有守成美德，所以周公可辅，今近亲皆不若成王，故不可立。汉霍光尝舍武帝近亲，迎立宣帝，便是择贤为主的意思。”魏主笑道：“霍光何以不自立？”庆远道：“霍光异姓，故不自立，主上同宗，正与汉宣帝相似。且从前武王伐纣，不立微子，难道也是贪图天下么？”亏他善辩，好似宋张畅之答魏尚书。魏主被他驳倒，几乎理屈词穷，便强作大笑道：“朕本前来问罪，如卿所言，却似有理，朕也未便显斥了。”庆远便接口道：“见可而进，知难而退，便不愧为王师！”前驳后谀，正好口才。魏主道：“据卿意见，欲朕与汝国和亲么？”庆远道：“南北和亲，两国交欢，便是生民大幸。否则彼此交恶，生灵涂炭，这在圣衷自择，不必外臣多言！”

魏主不禁点首，便赏庆远宴饮，并赏给衣服，遣令还城。自移军转趋钟离。齐复遣左卫将军崔慧景、宁朔将军裴叔业，至钟离援萧惠休。平北将军王广之与黄门侍郎萧衍、太子右卫率萧诔等至义阳援萧诞。诞为萧谌兄，诔为萧诞弟，此次救兄情急，从广之往救义阳，恨不得即日驰到。偏广之行至中途，距义阳城百余里，探得魏兵甚盛，未敢遽进。诔急白萧衍，请催广之进兵，衍乃转告广之。广之尚在迟疑，经衍自请先驱，愿与诔间道赴援。广之乃分兵拨给，令他二人前去。

二人领兵夜发，衔枚疾走，直达贤首山，去魏军仅隔数里，满山上插起旗帜，鼓角齐鸣。魏刘昶、王肃等正堑栅三重，并力攻义阳城，蓦闻鼓角声从后传至，不禁惊异，回首探望，隐约见有无数旌旗，飘扬山上，几不辨齐军多少，未敢派兵往攻。转眼天明，城中亦望见援军，由长史王伯瑜带领守兵，出攻魏栅，因风纵火，烟焰薰天。萧衍等从高瞧着，急驱军下山，从外夹击，一番混战，魏军支持不住，解围遁去。萧诞复会师追击，俘获至数千人。

魏主时在钟离城下，尚未接义阳败耗，拟乘锐渡江，掩齐不备，乃自督轻骑南行。司徒冯诞病不能从，魏主与他诀别，忍泪出发。约行五十里，即接得钟离急报，报称诞已逝世，不由的涕泪俱下。又闻齐将崔慧景等来援钟离，相去不远，乃只好夤夜趋还。到了钟离城下，抚冯诞尸，哭泣不休，达旦犹闻哭声。诞与魏主宏同年，幼同砚席，并尚魏主妹乐安公主，平素虽无甚才名，但资性却是淳厚，所以魏主格外含哀，赙殓仪制，特别加厚。待诞榇发回安葬，魏主尚无归志，又遣使临江，传达檄文，历数齐主鸾罪状，应该有此。自督兵围攻钟离。

钟离城守萧惠休本来有些智勇，那崔慧景、裴叔业等又复驰至，扎营城外，与城中相应。内守外攻，与魏兵相持旬日，魏兵不得便宜，反战死了许多士卒。魏主宏乃至邵阳，就洲上筑起三城，栅断水路，为久驻计，被裴叔业率兵攻破，计不得逞。更欲置戍淮南，招抚新附，会魏相州刺史高闾及尚书令陆叡先后上书，劝魏主退归洛阳，魏主乃渡淮北去。

320. 兵未渡完，忽有齐兵飞舰前来，据住中渚，截击魏人。魏主宏亟悬赏购募，谓能击破中渚兵，当立擢为直阁将军。军弁奚康生应募奋出，缚筏积薪，引着壮士数百名，驶至中渚，因风纵火，毁齐战舰，趁着烟雾迷濛的时候，持刀直进，乱斫乱砍，逼得齐兵仓皇失措，四散逃去。魏主大喜，即命康生为直阁将军，各军依次毕济。

惟将军杨播领着步卒三千、骑兵五百，作为殿军，尚未涉淮。偏齐兵又复大至，战舰塞川，截住杨播归路。播结阵自固，齐兵上岸围攻，由播猛力搏战，相拒至两昼夜，兀自守住。只苦军中食尽，不能枵腹从戎。魏主宏在北岸遥望，屡思越淮救播，可奈春水方涨，船只未备，急切不便徒涉，无从施救。惟有相对欷歔。幸而淮水渐退，播自阵中杀出，引得精骑三百名，至齐舰旁大呼道：“我等便要渡江，有人能战，快来接仗，休得误过！”一面说，一面跃马入水，向北径渡。齐兵见他勇悍，也不敢追逼，由他游泳自去。越不怕死，越不会死。

魏主宏见播到来，很是喜慰，便引兵回洛去了。惟邵阳洲上，尚留魏兵万人，也欲北归，因被崔慧景等阻住，无法退还，不得已遣使求和，愿输良马五百匹，借一归路。慧景未许，副将张欣泰道：“归寇勿遏，不如纵使北去。否则困兽犹斗，彼若拚死来争，就使我得幸胜，亦不为武，不胜反隳弃前功，岂不可惜！”慧景乃纵令北还。嗣被萧坦之劾奏，二人皆不得赏，未免怏怏，后文另有交代。

惟魏兵出发，本由四路进兵。钟离、义阳两路，已经退归。还有襄阳一路，是魏将薛真度为帅，到了南阳为齐太守房伯玉杀败，无功而还。南郑一路，军帅乃是刘藻，行至中途，适梁州刺史拓跋英，也引兵来会，便合军进击汉中。齐梁州刺史萧懿遣部将尹绍祖、梁季群等，率兵二万，据险扼守，设立五栅，防御敌兵。拓跋英侦得消息，便嚣然道：“齐帅皆贱，不能统一，我但挑选精卒，攻他一营，彼必不肯相救；一营得破，四营不战自溃了。”说着，便自统精骑数千人，急攻一营。营中守将正是梁季群，蓦闻魏兵到来，便开栅逆战。拓跋英持槊当先，与季群大战数合。季群力怯，战不过拓跋英，正思勒马退走，不防拓跋英乘隙刺来，慌忙闪避，被英横槊一掠，跌了一个倒栽葱，即由魏兵擒去。齐兵失了主将，当然弃栅逃散。尹绍祖闻季群遭擒，吓得魂胆飞扬，把四栅一并弃去，狼狈奔回。拓跋英乘胜长驱，进逼南郑。萧懿又遣他将姜修击英，途次遇着伏兵，俱为所俘，竟至片甲不回，遂直达南郑城下，四面围住。懿登陴固守，约历数十日，城中粮食将尽，兵中恟惧异常。参军庾域，却想了一计，封题空仓数十，指示将士道："仓中粟米皆满，足支二年，但能努力坚守，怕甚么强虏呢！"大众听了此语，方得少安。懿复遣人煽诱仇池诸氐，使起兵断英运道，英乃不能久持。适魏主有敕颁到，召还刘藻，并令英还镇，英乃撤围西返，使老弱先行，自率精兵断后，且仰呼城中，与懿告别。懿恐有诈谋，不敢遽追，过了两日，方遣将倍道追去。英见有追兵，下马待战，故示从容，懿兵又不敢进逼，重复折回。英始取道斜谷，返入仇池，沿途遇着叛氐，且战且前，流矢射中英颊，英督战如故，终得将叛氐杀平，安抵仇池。叙清两路，缴足上文。

又有魏城阳王拓跋鸾攻齐赭阳，也不能拔，齐遣右卫率垣历生赴援，鸾恐众寡不敌，下令退兵，偏部将李佐留兵逆战，吃了一个大败仗，方匆匆走还。督军卢渊，本是勉强受命，至此归心愈急，早已弃师还洛。魏主转趋鲁城，亲祀孔子，拜孔

氏二人、颜氏二人为官，且选孔氏宗子一人，封崇圣侯。奉孔子祀，重修园墓，更建碑铭，饶有尊圣明经的意思。既而还都，特立国子太学，四门小学，选了几个耆年硕彦，充做国老庶老，赐宴华林园，各给鸠杖衣裳，求遗书，正度量，制礼作乐，黼黻太平。

越年，又下诏易姓，称为元氏。魏人尝自称为黄帝子昌意后裔，昌意少子，受封北国，有大鲜卑山，遂以为号。黄帝以土德王。北俗谓土为"拓"，后为"跋"，所以叫作"拓跋氏"，魏主宏谓土属黄色，是万物原始，此次变礼从华，不宜仍袭北语，因特改姓为元，凡诸功臣旧族，姓或重复，悉令改更，就是内外文牍及普通语言，均不得再仍旧俗。又仿南朝制度，一切选调，推重门族。尚书仆射李冲进言道："陛下选用官吏，如何专取门品，不拔才能？"魏主道："世家子弟，就使才具平

常，德性要自纯笃，朕故就此录用。”冲又道：“傅说版筑，吕望钓叟，何尝出自世家？”魏主道：“非常人物，古今只有一二人，怎得拘为成例？”中尉李彪亦插嘴道：“鲁有三卿，如何孔门四科？”魏主道：“如有高明特达，出类拔萃，朕亦自当重用，不拘一格呢。”两李方才无言，相继告退。南朝雅重门望，实是敝制，如何魏亦仿此？看官！你道魏主宏变夷从夏，好似一个有道明君，哪知他钓名沽誉，诸多粉饰，连宫闱里面，尚是偏听不明。对着六七个嗣子，亦未闻有义方教训，是不能齐家，焉能治国！名为尊崇孔圣，实与孔子遗言简直是大不相符呢。

从前魏主终丧，曾纳太师冯熙二女，长为昭仪，次为皇后，当时因长女庶出，所以妹尊姊卑，小子于前文二十八回中，曾已略叙，但皇后颇有德操，昭仪独工姿媚，魏主宏初尚重后，后来觉得中宫坦率，总不及爱妾多情，而且玉貌花容，妹不及姊，好德不如好色，魏主宏正犯此病，迁都以后，姊妹花同入洛阳，冯昭仪尤邀宠幸。魏主除视朝听政外，日夕在昭仪宫内，同餐同宿，形影不离。昭仪更献出百般殷勤，笼络魏主，直把那魏主爱情，尽移到一人身上，不但后宫无从望幸，就是中宫皇后，也几同寂寂长门。冯皇后虽非妒妇，也不免自嗟命薄，私怨鸰原。昭仪本自恃年长，不肯遵循妾礼，又况宠极专房，更视阿妹如眼中钉。每当枕席私谈，无非说皇后坏处，惹得魏主怒上加怒，竟把皇后废去，贬入冷宫。无以妾为妻，魏主曾闻古语否？后乞出居瑶光寺，情愿为尼，总算得魏主允许，遂以练行尼终身。看到后文，乃姊应自愧弗如。朝臣进谏不从，惟暂将立后问题，搁起了三五月。

冤冤相凑，又惹出废储一案，遂致夫妇不终，父子亦不终。魏主长子名恂，系故妃林氏所出。见第二十八回。太和十七年，恂年十一，立为皇太子。既而行加冠礼，魏主为他取字，叫作元道。且召令入见，诫以冠义，并面嘱道：“字汝元道，所寄不轻，汝当顾名思义，勉从吾旨。”及改姓元氏，又改字宣道。适太师冯熙，病死平城，魏主遣恂吊丧，临行嘱咐道：“朕位居皇极，不便轻行，欲使汝展哀舅氏，并顺便拜谒山陵及汝母墓前。在途往返，当温读经籍，勿违朕言”冯熙之死，就此带过。恂虽允诺而去，但素性懒惰，不甚好学，体又肥壮，每苦河洛暑热，不愿南居，此时奉命北去，乐得假公济私，偷图安逸。偏是乃父性急，相离不过两三月，竟下了数道诏旨，促使南归。恂无法推诿，只好硬着头皮，还洛复命。魏主训责数语，又令在东宫勤学，不得佚居。恂阳奉阴违，且有怨词，中庶子高道悦，屡次苦谏，恂不惟不从，反引为深恨。

会魏主巡幸嵩岳，留恂居守金墉城，恂欲轻骑北去，为道

悦所阻，顿时触动恂怒，拔剑一挥，杀死道悦。幸领军元徽勒兵守门，不使恂得擅越；一面遣报魏主。魏主骇惋，亟自汴口折还，召恂责问，亲加笞杖。皇弟咸阳王禧等入内劝解，魏主反令禧代杖百下。禧虽未下重手，究竟是金枝玉叶，从未经过这般捶楚，宛转呻吟，不能起立。魏主叱令左右，把恂扶曳出外，幽锢城西别馆。恂卧床不起，竟至月余。魏主怒尚未息，至清徽堂召见群臣，议即废恂，司空兼太子太傅穆亮、仆射太子少保李冲，并免冠顿首，代为哀请。魏主勃然道：“古人有言：大义灭亲，此儿今日不除，必为国家大祸。南朝永嘉乱事，可为借鉴，奈何好姑息养奸哩！”遂即下诏，废恂为庶人，移置河阳无辟城，所供服食，仅免饥寒。

适恒州刺史穆泰，定州刺史陆叡，不乐移徙，共谋作乱。魏主闻报，急使任城王澄掩捕二人，拘系平城狱中。魏主又

亲往审鞫，诛穆泰，赐陆叡自尽。还至长安，接得中尉李彪密报，谓废太子恂，将与左右谋逆，恐是蜚言。乃使咸阳王禧，与中书侍郎邢峦，奉诏赍鸩，迫令取饮。恂饮毕即死，年才十五。用粗棺常服为殓，槁葬河阳城。另立次子恪为太子。恪母高氏，为将军高肇妹，幼时梦为日所逐，避匿床下，日化为龙，绕身数匝，大惊而寤。时已目为奇征，年十三岁入掖庭，婉艳动人，由魏主召幸数次，得孕生恪。嗣又生子名怀，恪为太子，怀亦受封广平王，至冯昭仪得宠，高氏亦为魏主所疏。昭仪无出，闻高氏幼有异梦，料将来应在恪身，乃欲养恪为子，竟将高氏毒毙。恪年尚幼，遂归冯昭仪抚养，每日必亲视栉沐，慈爱有加。魏主还嘉她抚恪有恩，不啻己出，其实她是慕效姑母，想做第二个文明太后，蓄志正不小呢！计策固佳，可惜无文明太后福命！

东阳王拓跋丕，前曾劝阻迁都，及魏主诏改衣冠，丕仍着旧服，诸多忤旨，降封为新兴公。丕子隆及弟超，又与穆泰密谋为乱，经魏主宏穷治泰党，隆超皆连坐伏诛。丕本不预谋，亦被斥为民。当时北魏宗室，丕年最高，资望亦为最隆，历事六朝，垂七十年，骤然夺职，还为庶人，朝野皆为叹惜。魏在两拓跋丕，一为太武之弟，封乐平王，已经早殁，此拓跋丕为代王翳槐玄孙，非道武嫡裔，阅者幸勿混视。魏主宏还特别加恩，免丕死罪。未几，即立冯昭仪为继后，疏斥老成，专宠艳妃，一位守文中主，损德实不少呢。小子有诗叹道：

无辜弃妇先伤义，有意诛儿又害慈；
尽说孝文魏主宏殁后谥法。能复古，如何恩义两乖离！

魏主远贤近色，好大喜功，闻得南朝屡杀大臣，众心不服，复乘隙起兵，进攻南阳。欲知胜负如何，下回再行详叙。

本回所叙，专指魏事，齐事第连类带叙而已。当魏主之决计南伐也，名非不正，乃屈于崔庆远之数言，即致气沮，已见其用志之不专。萧鸾横逆，敢弑二君，据事驳斥，彼将何辞？乃以萧衍之战胜，冯诞之病死，即引军还洛，仅遣使临江，数罪而去，言不顾行，多辞奚益？要之一味意气用事，徒假虚名以欺人世耳。至若皇后无过，乃以宠妾之谗构，遽黜为尼，太子恂少年寡识，未始不可教之为善，乃始则废徙，继则赐死。观夫李彪之密表，及次子恪之归养昭仪，竟得夺嫡，其暗中之谗间播弄，不问可知。魏主宏甘为所蔽，以致夫妇失道，父子贼恩，家不齐则国不治，是而谓为守文令主也，谁其信之！

第三十三回　两国交兵齐师屡挫　十王骈戮萧氏相残

却说齐主鸾篡位时，第一个佐命功臣，要算中领军萧谌，鸾曾许他迁镇扬州，及事后食言，但命他兼刺南徐，别授萧遥光为扬州刺史。谌怏怏失望，尝语友人道："炊饭已熟，便给别人。"尚书令王晏得闻谌言，却暗中冷笑道："何人再为谌作瓯箸！大家得过且过罢了。"鸾性本好猜，即位后更密遣亲幸，随处侦察。应是贼胆心虚。凡谌平时言动，多经侦役报明，遂致疑忌。可巧魏主侵齐，谌兄诞力守司州，与魏相拒，诞弟诔更从军援诞，昆季二人为国效劳，鸾只好暂从含忍，迁延未发。谌不管死活，尚且恃功干政，遇有选用，窃援引私党，嘱使尚书录奏，因此益遭主忌，酿祸尤深。会魏兵已退，鸾召大臣入宴华林园，谌亦与坐，畅饮尽欢，至夜才撤席散去。谌亦退居尚书省。忽由御前亲吏莫智明，赍敕到来，向谌宣读道："隆昌时事，非卿原不得今日，今一门二州，兄弟三封，朝廷相报，不为不优，卿乃屡生怨望，乃云炊饭已熟，合甑与人，究是何意？今特赐卿死！”谌听毕敕语，当然惶骇，转思事已至此，无法求免，遂顾语智明道：“天人相去不远，我与至尊杀高、武诸王，都由君传达往来，今令我死，君未尝出言相救，我将申诉天廷，冤冤相报，莫谓地下无灵呢！”郁林、海陵干卿甚事，何故助桀为虐？此次赐死，难道不是天道么？语至此，即服毒自杀。

智明入内报鸾，鸾更遣使至司州，诛诞及诔，复将西阳王子明，世祖第十子。南海王子罕，世祖第十一子。邵陵王子贞，世祖第十四子。亦一并牵连进去，概赐自尽。子明、子罕年仅十七，子贞年仅十五，少不更事，有何谋虑？此次为萧谌一案，缘同连坐，显见得是冤诬致死哩。揭破鸾谋，不肯滑过。

尚书令王晏，因萧谌已死，乘势专权，又为嗣主鸾所忌。始安王萧遥光，前已劝鸾诛晏，鸾曾迟疑道：“晏与我有功，且未得罪，如何就诛？”遥光道：“晏尝蒙武帝宠任，手敕至

三百余纸，与商国事，彼尚不肯为武帝尽忠，怎肯为陛下效力呢！”一语足死王晏。鸾不禁变色。已而亲吏陈世范，报称晏尝屏人私语，恐有异谋。鸾愈加戒备，更命世范悉心侦伺。

好容易至建武四年，世范又复告密，谓晏将俟主上南郊，纠集世祖亲旧，窃发道中。鸾闻言益惧，竟召晏入华林省，敕令诛死，并杀晏弟广州刺史诩及晏子德元、德和。

鸾两次废立，晏皆与谋，从弟思远谏晏道：“兄荷世祖厚恩，今一旦叛德助逆，后来将如何自立！若及此引决，还可保全门户，不失后名。”晏微笑道：“我方啖粥，未暇此事。”及超拜骠骑将军，顾语子弟道：“隆昌末年，阿戎思远小字。尝劝保自裁，我若依他，何有今日！”思远遽应声道：“如阿戎所见，今尚为未晚哩。”晏仍然未悟，濒死前十日，思远又语晏道：“时事可虑，兄亦自觉不凡，但当局易昧，旁观乃清，请

兄早自为计！”晏默然不答，思远乃出。晏且叹且笑道：“世上有劝人觅死，真是出人意外！”哪知过了旬日，便即遭诛。

晏外弟阮孝绪亦知晏必罹祸，辄避不见面。晏赠酱甚美，孝绪未觉，食酱时亦称为异味。嗣闻由晏家送来，立即吐出，倾覆水中。至晏既受诛，孝绪亲友恐他连坐，代为加忧，孝绪怡然道：“亲而不党，何畏何疑！”果然王晏狱起，孝绪不闻连累，就是思远亦得免罪。趋炎附势者其听之！不过萧谌死后，莫智明果遇祟暴亡。王晏为陈世范所害，世范却安然如故，幽明路隔，无从查悉原因。小子但依事演述罢了。补出莫智明死状，回应萧谌遗言。

齐主鸾授萧坦之为领军将军，徐孝嗣为尚书令，宣抚中外，粗定人心。那魏主宏谓有隙可乘，大发冀、定、瀛、相、济五州丁壮，得二十万，亲自督领，出发洛阳。留吏部尚书任城王澄居守，中尉李彪，仆射李冲为辅。授彭城王勰为中军大将军，都督行营事宜，勰面辞道：“亲疏并用，方合古道，臣叨附懿亲，不应屡邀宠授。”魏主不从，命勰调军后随，自引兵径诣襄阳。

先是镇南将军薛真度劝魏主先取樊邓，魏主命他往攻南阳，竟被齐太守房伯玉击退。至是为报复计，先向南阳进发。众号百万，各用齿吹唇，作鹰隼声，响彻远近。

既至南阳城下，一鼓作气，攻克外郛，房伯玉入守内城，誓众抵御。魏主遣中书舍人孙延景，传语伯玉道：“我今欲荡平六合，不似前次南征，冬来春去，如或未克，终不还北。卿此城当我首冲，不容不取，远期一载，近止一月，封侯枭首，就在此举！且卿有三罪，今特一一晓示：卿先事武帝，不能效忠，反靦颜助逆，这就是第一大罪。近年薛真度来，卿乃伤我偏师，这就是第二大罪。今銮辂亲临，尚不闻面缚出降，这就是第三大罪。若再怙恶不悛，恐死在目前，我虽好生，不能轻贷！”三大罪中，只有第一条还算中肯。伯玉亦遣副将乐稚柔答语道：“大驾南侵，期在必克，外臣职守卑微，得抗君威，与城存亡，死且得所！从前蒙武帝采拔，怎敢妄思？只因嗣主失德，今上光绍大宗，不特远近惬望，就是武皇遗灵，亦所深慰，所以区区尽节，不敢贰心！即如前次北师深入，寇扰边民，外臣职守所关，惟力是视；难道北朝政府，反导人不忠么？”语颇近理，可惜不能坚持！延景返白魏主，魏主自逼城外吊桥，跃马径上。不意桥下却突出壮士，戴虎头帽，身服斑衣，来击魏主，魏主人马皆惊，幸有魏将原灵度随着，拈弓搭箭，发无不中，连毙南阳壮士数人，方将魏主救脱。魏主乃留咸阳王禧攻南阳，自引军趋新野。

330. 新野太守刘思忌凭城守御，魏主屡攻不克，四筑长围，并遣人呼守卒道：“房伯玉已降，汝何为独取糜碎？”思忌亦遣人应声道：“城中兵食尚多，未暇从汝小虏命令；彼此各努力便了！”魏主倒也没法，但命将围攻，连日不休。

齐主鸾闻魏兵压境，曾遣直阁将军胡松，助北襄城太守成公期，保守赭阳，义阳太守黄瑶起保守舞阴。又因雍州关系重要，遣豫州刺史裴叔业往援，叔业谓北人不乐远行，专喜抄掠，若侵入虏境，虏主自然回顾，司、雍便可无虞。齐主鸾以为奇计，许他便宜行事，叔业遂引兵攻魏虹城，俘得男女四千余人。一面令别将鲁康祚、赵公政等，率兵万人，往攻太仓口。

魏豫州刺史王肃使长史傅永率甲士三千人，堵塞太仓，与齐军夹淮列阵。永语左右道：“南人专喜斫营，夜间必来劫我寨，近日乃是下弦，夜色苍茫，我料他越淮前来，当在淮中置火，记明浅处，以便还涉。我正可将计就计，歼敌立功，就在今日了！”遂分部兵为二队，埋伏营外，又使人用瓠贮火，密渡南岸，至水深处置火，嘱待夜间火起，悉数燃着，不得有误。各士卒依言去讫，永设着空营，厉兵以待。到了夜静更深，果有齐兵杀到。鲁康祚、赵公政，并马入营，见营中虚设灯火，不留一人，料知中计，急忙麾兵退还。蓦闻一声胡哨，伏兵从左右杀出，夹击齐军。鲁、赵两将，拚命冲突，也顾不得行列步伐，霎时间人马散乱，弄得七零八落。赵公政策马飞奔，兜头遇着一将，正是傅永，一时不及措手，被永伸手过来，活活擒去。鲁康祚见公政就擒，慌忙脱去甲胄，从斜刺里奔至水滨，跃马急渡，偏偏南岸信火，散作数处，辩不出甚么浅深，那时情急乱涉，失足灭顶，竟致溺死。部下兵士，一半为魏人所杀，还有一半渡淮南奔，也因深浅难辨，溺毙无数。只有几个寿命延长的，奔报叔业。

永械住赵公政，复捞得鲁康祚尸首，奏凯而归。王肃大喜，遣使向魏主处报述永功。嗣闻叔业进薄楚王戍，仍令永率三千人赴援。永先遣心腹将弁倍道驰告戍军，令急填塞外堑，就城外埋伏千人，俟援军驰至，鸣炮为号，两路夹攻，戍军当然遵行。既而叔业进兵戍所，正拟部分将士，下令猛攻，不防号炮一响，前有伏兵杀出，后有永兵掩至，害得叔业心慌意乱，夺路奔逃，连一切伞扇鼓幕，一并弃去，兵士甲仗，丧失无算。也是鲁赵一流人物。永也不蹑击，但收拾所得兵械，整军欲归。左右尚劝永急进，永喟然道：“吾弱卒不过三千人，彼精甲犹盛，并非力屈，不过堕我计中，仓猝遁去。我但俘获此数，已足使彼丧胆，还要追他做甚么？”乃驰还报捷。

肃更为奏闻，魏主即拜永为安远将军，兼汝南太守，封贝邱县男。永有勇力，好学能文，魏主尝叹道：“上马击贼，下马作露布，惟傅修期一人。”修期便是永字。魏主呼字不呼名，正是器重傅永的意思。原是能手。

一面命统军李佐，急攻新野，刘思忌堵守不住，竟被攻入，且因巷战力竭，为佐所缚。献至魏主驾前，魏主笑问道：“今可降否？”思忌朗声道：“宁作南朝鬼，不为北虏臣！”可为硬汉。乃推出斩首。魏主遂南循沔水，沔北大震。赭阳戍将成公期，舞阳戍将黄瑶起，相继南遁。瑶起曾害死王奂，魏主欲为王肃报仇，饬兵追捕，竟得擒住。当下缚送与肃，肃见是杀父仇人，便摆起香案，破瑶起心，哭祭父灵。再将瑶起脔割烹食，聊泄旧恨。王奂被杀，王肃投魏事，见前文二十九回中。魏主又移攻南阳，房伯玉势孤援绝，不得已面缚出降。有愧刘思忌。伯玉见从弟思安曾仕魏为中统军，屡为伯玉泣请，魏主乃特命贷死，留居营中。

齐主鸾闻新野南阳相继陷没，复遣太子中庶子萧衍、度支尚书崔慧业，带领军将刘山阳、傅法宪等，共将士五千余人，出救襄阳。进诣彭城，忽见魏兵数万骑，蹀躞前来，气势甚盛，慧景忙敛众人城，为守御计。萧衍检阅城中，无粮无械，禁不住一把冷汗，便顾语慧景道：“我军远来，蓐食轻行，已有饥色；若见城中粮备空虚，势必溃变，如何保守得住！不若仗着锐气，冲击一阵，倘能杀退虏兵，士气尚可振作，不致为变呢。”慧景支吾道：“我看虏众多是游骑，日暮自当退去，尽可无虑。”既而天色将晚，魏兵越来越多，势且凭城。慧景竟潜开南门，带着自己部曲，向南遁去，余众当然大哗，相继皆遁。萧衍亦不能禁遏，只好令山阳、法宪二将，率兵断后，且战且行。

魏兵自北门杀入，见齐军已经尽遁，便长驱追赶。齐军闻有追兵，都想急奔，适前面有一阔沟，上架木桥，被崔慧景前队过去，急不暇择，已将桥梁踏断。那后队无桥可渡，挤做一堆，惊惶得了不得。魏兵煞是厉害，用着强弓硬箭，夹道射来，傅法宪中箭落马，一呼而亡。士卒拚死逾沟，多半坠没。亏得刘山阳遇急生智，忙令军士舍去甲仗，填塞沟中，逃兵始得半沉半浮，褰裳过去。山阳亦越沟南还，趋至沔城，已值黄昏，后面鼓声大震，魏主自率大兵驰至，山阳急入城闭门。幸城中备有矢石，陆续运至城上，或射或掷，伤毙魏兵前队数十人，魏主乃退。转趋樊城，城上守御颇严，雍州刺史曹虎，正在此堵截魏军。魏主料知难下，转向悬瓠城去了。魏又一胜，齐又一挫。独镇南将军王肃，进攻义阳。

齐豫州刺史裴叔业，自楚王成败归，搜卒补乘，得五万人，闻义阳被攻，又用了一条围魏救赵的计策，不救义阳，直攻涡阳。仍然是老法儿。魏南兖州刺史孟表，为涡阳城守，无粮可因，但食草木皮叶，飞使至悬瓠乞援。魏主使安远将军傅永、征虏将军刘藻、辅国将军高聪等，并救涡阳，统归王肃节制。高聪为前锋，刘藻继进，被裴叔业迎头痛击，杀得人仰马翻，东逃西散。傅永从后接应，也为前军所冲，不能成列，没奈何收军徐退。傅将军也没法了。叔业驱军再进，聪与藻都弃师逃窜，单剩傅永一军，抵挡叔业。部下都无斗志，勉强战了几合，便即溃走。永亦只得奔还，这次算是齐军大捷，斩首万级，活捉三千余人，所得器械杂畜财物，不可胜计。

魏主闻败，命锁三将至悬瓠，聪与藻流戍平州，永亦夺官，连王肃亦坐降为平南将军。肃请再遣军救涡阳，魏主复谕道："卿何不自救涡阳，乃徒向朕絮聒，更乞派兵？朕处若分兵太少，不足制敌，太多转不足扈跸，卿当为朕熟筹！义阳可取乃取，不可取即舍，若失去涡阳，卿不得为无罪哩！"肃得了此谕，乃撤义阳围，转救涡阳，步骑共十余万，叔业见魏兵势盛，不敢抵敌，夤夜退兵。翌晨被魏兵追及，杀伤甚众，匆匆地走保义阳。王肃亦收军而回。齐兵又败。

齐主鸾连得败耗，颇怀忧惧，渐渐地积忧成疾，不能视朝。宗室诸王都入内问安。鸾叹道："我及司徒诸儿，多未长成，司徒指安陆王缅，见三十一回。独高、武子孙，日见壮盛，将来终恐为我患呢！"既而太尉陈显达进谒，鸾述及己意，显达道："这等小王，何足介意！"鸾闭目不答。及显达退出，遥光入见，鸾复与议及，正中遥光下怀，便竭力撺掇，劝鸾尽歼高、武子孙。原来遥光素有躄疾，每乘肩舆入殿，辄与鸾屏人密谈，鸾

即向左右索取香火，供爇案上，自己呜咽流涕。到了次日，必杀戮同宗，遥光非常快意。他的存心，并非为萧鸾子孙计，实欲借鸾逞凶，灭尽高、武后裔。等到鸾死，却好把鸾子鸾孙再加翦灭，将来的齐室江山容易占住，也得安然为帝。鸾未曾察觉，还道是遥光爱己，惟言是从，遥光遂乘鸾有疾，矫制收捕高、武子孙，共得十王，一律杀死。

欲知十王为谁，由小子表明如下：

河东王铉。高帝第十九子，时年十九。临贺王子岳。武帝第十六子，时年十四。西阳王子文。武帝第十七子，年亦十四。衡阳王子峻。武帝第十八子，年亦十四。南康王子琳。武帝第十九子，年亦十四。永阳王子岷。武帝第二十子，出继衡阳王道度为孙，时年亦十四。湘东王子建。武帝第二十一子，时年十三。南郡王子夏。武帝第

二十三子，年仅七岁。巴陵王昭秀。由临海王改封，系文惠太子第三子，时年十六。桂阳王昭粲。文惠太子第四子，年才八岁。

自这十王被杀后，高、武子孙得封王爵诸人，无一留遗，煞是可叹！从前齐世祖武帝在日，尝梦见一金翅鸟，突下殿廷，搏食小龙无数，始飞上天空。文惠太子长懋亦尝语竟陵王子良道："我每见鸾，辄怀恶心，若非彼福德太薄，必与我子孙不利！"至是皆验。遥光既杀死诸王，乃使公卿诬构十王罪状，请正典刑。鸾尚有诏不许，俟再奏后，方才允议，且进遥光为大将军，并改建武五年为永泰元年。

大司马王敬则出任会稽太守，因见萧谌、王晏依次受诛，未免动了兔死狐悲的观感。至此复闻高、武子孙悉数尽歼，又加了一层疑惧。自思为高、武旧将，终且被嫌，日夜筹划，尚苦无自全计策。齐主鸾却也相疑，不过因他年已七十，并居内地，所以稍稍放心，未曾诛夷。敬则长子仲雄留侍殿廷，雅善弹琴，宫中留有蔡邕汉人。焦尾琴一具，由鸾给仲雄鼓弹，仲雄操懊侬曲，曲中有歌词云："常叹负情侬，郎今果行许。"又有语云："君行不净心，哪得恶人题！"鸾闻琴声，愈加猜愧。及寝疾日笃，特命张瓌为平东将军兼吴郡太守，防备敬则。敬则大惊道："东无寇患，用什么平东将军？大约是欲平我呢。我岂甘心受鸩么？"

徐州行事谢朓，系敬则女婿，敬则第五子幼隆，曾为太子洗马，与朓密书往来，约同举事。朓竟执住来使徐岳，奏报朝廷，于是鸾决计加讨，指日遣兵。消息传到会稽，敬则从子公林，曾为五官掾，劝敬则急速上表，请诛幼隆，自乘单舸还都谢罪。敬则不应，竟举兵造反，扬言奉南康侯子恪子恪系豫章王嶷次子。为主，将入都废鸾。为这一番传闻，遂令大将军始安王遥光驰入白鸾，请将高、武余裔，无论长幼，悉召入宫，一体就诛。鸾已病剧，模糊答应，遥光遂召集高、武诸孙置诸西省，所有襁褓婴儿，亦令与乳母并入，令太医速煮椒二斛，都水监办棺材数十具，俟至三更天气，好将高、武诸孙尽行毒毙。小子有诗叹道：

忍心竟欲灭同宗，狼子咆哮亦太凶；
待到东城匍伏日，问他曾否得乘龙！事见下文。

毕竟高、武诸孙是否同尽？容至下回说明。

336. 魏主宏二次出师，再攻襄邓，实是忿兵，忿兵必败。其所以幸胜者，由齐君臣之互相猜忌，所遣将吏，未肯为主尽力耳。萧谌诛矣，王晏死矣，两人有佐命大功，结果如此，彼如裴叔业、崔慧景、萧衍诸人，能不寒心！心一寒而气即馁，欲其杀敌致果，谈何容易！然魏兵且有涡阳之败，以屡胜之傅永，亦致狼狈奔还，忿兵必败之言，非其明证欤？齐主鸾不能外攘，专事内残，遥光得乘间而入，屠戮十王。前用鸾者为萧道成，后用遥光者为萧鸾，卒之皆授人以柄，自取覆亡。遥光后虽诛死，而东昏已成孤立，齐祚之不永也有以夫！

第三十四回　齐嗣主临丧笑秃鹫
魏淫后流涕陈巫蛊

却说南康侯子恪，本不与敬则通谋。他曾为吴郡太守，因朝廷改任张瓌，卸职还都。蓦闻都下有此谣传，不禁大骇。起初是避匿郊外，嗣得宫中消息，谓将尽杀高、武诸孙，乃拚死还阙，徒跣自陈。到了建阳门，时已二更三点了，中书舍人沈徽孚，与内廷直阁单景俊，正密谈遥光残忍，无法救解。适萧鸾睡熟，拟将三更时刻，暂从缓报。可巧子恪叩门，递入诉状，景俊大喜，忙至寝殿中白鸾。鸾亦醒寤，令景俊照读状词，待至读毕，不禁抚床长叹道："遥光几误人事！"乃命景俊传谕，不准妄杀一人，并赐高、武子孙供馔，诘旦悉遣还第，授子恪为太子中庶子。

嗣闻敬则出发浙江，张瓌遁去，叛众多至十万人，已达武进陵口，高、武诸陵，俱在武进。乃亟诏前军司马左兴盛，后军将军崔恭祖，辅国将军刘山阳、龙骧将军胡松等，共赴曲阿，筑垒长冈。又命右仆射沈文季都督各军，出屯湖头，备京口路。敬则驱众直进，猛扑兴盛、山阳二垒。兴盛、山阳竭力抵御，尚不能敌，意欲弃垒退师，又苦四面被围，无隙可钻，不得已督兵死战。胡松引着骑兵，来救二垒，从敬则后面杀入。敬则部众虽多，大都乌合，顿时骇散。兴盛、山阳趁势杀出，与胡松并力合攻，敬则大败。崔恭祖又倾寨前来，正值敬则返奔，便挺枪乱刺，适中敬则马首，敬则忙跃落马下，大呼左右易马，怎奈左右俱已溃乱，仓猝不及改乘，那崔恭祖的枪尖又刺入敬则左胁。敬则忍痛不住，竟致仆地，兴盛部将袁文旷刚刚杀到，顺手一刀，结果性命。余众或死或逃，一个不留。当下传首建康，报称叛党扫平。

时齐主鸾已经病笃，太子宝卷急装欲走，都下人士惶急异常。至捷报传到，方得安定。所有敬则诸子悉数捕诛，家产籍没，宅舍为墟。敬则母尝为女巫，生敬则时，胞衣色紫，母语

人道："此儿有鼓角相。"及年龄稍长，两腋下生乳，各长数寸，又梦骑五色狮子，侈然自负。善骑射，习拳术，萧氏得国，实出彼力，因此官居极品，父子显荣。只是天道昭彰，善恶有报，似敬则的逼死苍梧，助成篡逆，若令他富贵终身，子孙长守，岂不是惠迪反凶，从逆反吉吗！至理名言。

左兴盛、崔恭祖、刘山阳、胡松四人，平敬则有功，并得封男。谢朓先期告变，亦得擢迁吏部郎，朓三让不许。唯朓妻王氏常怀刃衣中，欲刺朓谢父，朓不敢相见。同僚沈昭略尝嘲朓道："君为主灭亲，应该超擢，但恨今日刑于寡妻！"朓无言可答，惟赧颜相对罢了。为当日计，却亦难乎为朓！

是年七月，齐主鸾病殁正福殿，年四十七。遗诏命徐孝嗣为尚书令，沈文季、江祏为仆射，江祀为侍中，刘暄为卫尉；军事委陈太尉显达，内外庶务，委徐孝嗣、萧遥光、萧坦之、

江祏；遇有要议，使江祀、刘暄协商；至若腹心重任，委刘悛、萧惠休、崔惠景三人。此外无甚要言，但面嘱太子宝卷道：“作事不可落人后，汝宜谨记勿忘！”看官听着！为了这句遗嘱，遂令宝卷委任群小，任情诛戮，搅乱得了不得，终弄得身亡国灭呢。是谓天道。

宝卷即位，谥鸾为明皇帝，庙号“高宗”。鸾在位只五年，改元二次，残刻寡恩，事多过虑，平时深居简出，连郊天大典都屡次延约，始终不行。又尝迷信巫觋，每出必先占利害，东出云西，西出云北，及疾已大渐，尚不许左右传闻。无非推己及人，防他变乱，但如此为帝，有何趣味！且因巫觋进言，谓后湖水经过宫内，不利主上，乃欲堵塞后湖，作为厌胜。其实宫中取饮，全仗此湖，鸾为疗疾起见，至欲因噎废食，亏得早死数日，事乃得寝。史家称他起居俭约，宫禁肃清，罢新林苑，废钟山楼馆，斥卖东田园囿，舆辇舟乘，剔去金银，后宫服饰，概尚朴素，御食时有裹蒸一大枚，尝令剖作四块，食半留半，充作晚餐，从前高、武俭德，亦不过如是。哪知圣帝明王，德量宽广，不在区区小节；若徒从俭省一事传作美谈，岂非是不虞之誉，未足凭信么？评论精严。

这且不必絮谈，且说太子宝卷，素性好弄，不喜书学，乃父亦未尝斥责，但命尽家人礼。宝卷求每日入朝，有诏不许，但使三日一朝。夜间无事，辄捕鼠达旦，恣情笑乐。至入承大统，不愿谘询国事，但与宦官宫妾等，终日嬉戏，彻夜流连。梓宫殡太极殿中，才经数日，即欲速葬。徐孝嗣入内固争，始延宕了一月，出葬兴安陵。宝卷临丧不哀，每哭辄托云喉痛。大中大夫羊阐入临，号恸俯仰，脱帻坠地，露首无发，好似秃头一般。宝卷瞧着，忍不住狂笑起来，且笑且语道：“秃鹫啼来了！”左右闻言，亦笑不可抑，统做了掩口葫芦。到了奉灵安葬，宝卷越无哀思，从此欢天喜地，纵乐不休。左右嬖幸，捉刀随侍，俱得希旨下敕，时人遂有“刀敕”的称呼。扬州刺史始安王萧遥光，尚书令徐孝嗣，右仆射江祐，右将军萧坦之，侍中江祀，卫尉刘暄，更番入直，分日帖敕，朝三暮四，无所适从。眼见是纪纲日紊，为祸不远了。暂作一结。

魏主宏闻齐主病殂，却下了一道诏敕，证经引礼，不伐邻丧，说得有条有脊，居然似仁至义尽，效法前贤。哪知他却有三种隐情，不得不归，乐得卖个好名，引兵北去。极写魏主心术。看官听我叙来，便可知晓。魏主南下，留任城王澄及李彪、李冲居守。见上回。彪家世孤微，赖冲汲引，超拜太尉，此次共掌留务，偏与冲两不相容，事多专恣。冲气愤填胸，历举彪过，请置重辟。魏主但令除名。冲余恨未平，竟病肝裂，旬日毕

命。好去重会文明太后了。洛阳留守，三人中少了二人，魏主不免担忧，遂动归志。这是第一层。还有高车国在魏北方，服魏多年，此次魏主南侵，调发高车兵从行，高车兵不愿远役，推奉袁纥树者为主，抗拒魏命。魏主遣将军宇文福往讨，大败奔还。更命将军江阳王元继，再出北征，继主张招抚，一时不能平乱。魏主未免心焦，拟自往北伐，所以不能不归。这是第二层。最可恨的是宫闱失德，贻丑中篝，累得魏主躁忿异常，不得不驰还洛都，详讯一切。魏主好名，偏遇艳妻出丑，哪得不恨！

原来冯昭仪谗谋得逞，正位中宫，本来是鱼水谐欢，无夕不共，偏偏魏主连岁南下，害得这位冯皇后凄凉寂寞，闷守孤帏。适有中官高菩萨，名为阉宦，实是顶替进来，仍与常人无二，而且容貌颀皙，资性聪明，每日入侍宫帏，善解人意。冯皇后很加爱宠。他竟巧为挑逗，引起冯后慾火，把他侍寝，权

充一对假鸳鸯。谁知他阳道依然，发硎一试，久战不疲，冯后是久旱逢甘，得此奇缘，喜出望外。真是一个救苦救难的大菩萨。嗣是朝欢暮乐，我我卿卿，又得阉竖双蒙等，作为腹心，内外瞒蔽，真个是洞天花月，暗地春宵。但天下事若要不知，除非莫为，冯皇后虽买通侍役，代为掩饰，终不免漏泄出去，使人闻知。会魏主女彭城公主，曾为刘昶子妇，年少嫠居，冯后欲令她改嫁，即为亲弟北平公冯夙求婚，请命魏主，魏主却也允许。偏是公主不愿，将近婚期，竟潜挈婢仆十数人，乘轻车，冒霖雨，直达悬瓠，进谒魏主，跪陈本意，且言后与高菩萨私乱情形。魏主将信将疑，又惊又愕，只好暂守秘密，还鞫实情。这是第三层。途次忧愤交并，竟致成疾。

彭城王勰筑坛汝滨，祷告天地祖宗，自乞身代，果然神祖有灵，勰仍无恙，魏主却渐渐告痊。行至邺城，接得江阳王继来表，招抚高车，已有成效，树者虽亡入柔然，但也有出降意，尽可无忧。魏主稍稍放心，休养旬月，就在邺城过冬。越年为魏主太和二十三年，就是齐主宝卷永元元年，年序不便常混，故本编屡次点清。正月初旬，魏主即自邺还洛，一入宫廷，便拿下高菩萨、双蒙，当面审问。二人初尚狡赖，一经刑讯，才觉熬受不住，据实招供，并说出冯后厌禳情事。

先是彭城公主南赴悬瓠，冯后恐公主讦发阴私，渐生忧虑，召母常氏入宫，求托女巫禳厌，使魏主速死，自得援文明太后故例，另立少主，临朝称制。又尝取三牲入宫，托词祈福，阴实为厌禳计。常氏或自诣宫中，或遣婢入宫，与相报答。偏迅雷不及掩耳，那高菩萨、双蒙等，已被魏主讯得确供，水落石出。冯皇后原是惊惶，魏主亦气得发昏，旧疾复作，入卧含温室中。

到了夜间，令菩萨等械系室外，召后问状，后不敢不来，入室有遽色。魏主令宫女搜检后身，得一小匕首，长三寸许，便喝令斩后。后慌忙跪伏，叩头无数，涕泣谢罪。魏主乃命她起来，赐坐东楹，隔御寝约二丈余，先令菩萨等陈状，菩萨等不敢翻供，仍照前言陈明。魏主瞋目视后道："汝听见否？汝有妖术，可一一道来。"后欲言不言，经魏主一再催迫，方乞屏去左右，自愿密陈。魏主使中宫侍女，一概出室，惟留长秋卿白整在侧，且起取佩刀，指示后面，令她速言。后尚不肯语，但含着一双泪眼，注视白整。魏主会意，用棉塞整两耳，再呼整名，整已无所闻，寂然不应，乃叱后从实供来。后无可抵赖，只得呜呜咽咽，略述大概。亏她老脸自陈。

魏主大愤，直唾后面。且召彭城王勰、北海王祥入室，嘱令旁坐。二人请过了安，见后亦在座，未免局促不安。魏主指

语道："前是汝嫂，今是他人，汝等尽管坐下。"二人方才谢坐。魏主又语道："这老妪欲挟刃刺我，可恶已极，汝等可穷问本末，不必畏难！"二人见魏主盛怒，只好略略劝解，魏主道："汝等谓冯家女不应再废么？彼既如此不法，且令寂处中宫，总有就死的一日，汝等勿谓我尚有余情呢！"二王趋退，魏主即命中官等送后入宫，后再拜而出。

过了数日，魏主有事问后，令中官转询，后又摆起架子，向中官叱骂道："我是天子妇，应该面对，怎得令汝传述呢？"中官转白魏主，魏主大怒，即召后母常氏入宫，详述后罪，并责常氏教女不严，纵使淫妒。常氏未免心虚，恐为厌禳事连坐致刑，不得已挞后百下，佯示无私。魏主尚顾念文明太后旧恩，不忍将后废死，但敕诛高菩萨、双蒙二人，并嘱内侍等不得纵后，略加管束，就是废后敕书，亦迟久不下。所有六宫嫔

妾，仍令照常敬奉，惟太子恪不得朝谒，示与后绝，这真算是特别加恩了。未免有情。

会闻齐太尉陈显达、督领将军崔慧景规复雍州诸郡，魏将军元英迎战，屡为所败，被齐军夺去马圈、南乡两城，魏主病已少痊，力疾赴敌，并命广阳王拓跋嘉，从间道绕出均口，邀截齐军归路。齐军前后受敌，杀得大败亏输，显达南走，慧景亦还。魏主虽然欣慰，但跋涉奔波，终不免有一番劳顿，病骨支离，禁受不起，又复病上加病，奄卧行辕。彭城王勰，旁侍医药，昼夜不离，饮食必先尝后进，甚至蓬首垢面，衣不解带。好兄弟，好君臣。魏主命勰都督中外诸军事，勰面辞道："臣侍疾无暇，怎可治军？愿另派一王，使总军务。"魏主道："我正恐不起，所以命汝主持，安六军，保社稷，除汝外尚有何人？幸勿再辞！"勰乃勉强受命。

既而魏主疾亟，乘卧舆北归，行次谷塘原，病势益甚，顾语彭城王勰道："我已不济事了，天下未平，嗣子幼弱，倚托亲贤，所望惟汝！"勰泣答道："布衣下士，尚为知己尽力，况臣托灵先皇，理应效命股肱，竭力将事。但臣出入喉膂，久参机要，若进任首辅，益足震主，圣如周旦，尚且遁逃，贤如成王，尚且疑惑，臣非矫情乞免，实恐将来取罪，上累陛下圣明，下令愚臣辱戮呢！"勰非不知远虑！后来仍难免祸，功高震主之嫌，非上智其能免乎！魏主沉吟半晌，方徐答道："汝言亦颇有理，可取过纸笔来。"勰依言取奉纸笔，由魏主强起倚案，握笔疾书，但见上面写着：

汝第六叔父勰，清规懋赏，与白云俱洁，厌荣舍绂，以松竹为心。吾少与绸缪，提携道趣，每请朝缨，恬真邱鳌。吾以长兄之重，未忍离远，何容仍屈素业，长婴世网？吾百年之后，其听勰辞蝉舍冕，遂其冲挹之性也！

书至此，手已连颤，不能再写，乃掷笔语勰道：“汝可将此谕付与太子，惬汝素怀。”勰见魏主困惫，扶令安卧。魏主喘吁多时，又命勰草诏，进授侍中北海王详为司空，平南将军王肃为尚书令，镇南大将军广阳王嘉，为尚书左仆射，尚书宋弁为吏部尚书，令与太尉咸阳王禧，尚书右仆射任城王澄，并受遗命，协同辅政，随即口述己意，命勰另书道：

谕尔太尉、司空、尚书令、左右仆射、吏部尚书：惟我太祖丕丕之业，与四象齐茂，累圣重明，属鸣历于寡昧，兢兢业业，思纂乃圣之遗踪，迁都嵩极，定鼎河瀍，庶南荡瓯吴，复礼万国，以仰光七庙，俯济苍生，天未假年，不永乃志。公卿其善毗继子，隆我魏室，不亦善欤！可不勉之！

勰俱书就，呈与魏主阅过，魏主始点首无言。是时惟任城王澄，广阳王嘉从军，嘉为太武帝焘孙，澄为景穆太子晃孙，年序最长，齿爵并崇，当由魏主召入，略述数语。二王奉命退出，勰仍留侍。越二日，魏主弥留，复语彭城王勰道：“后宫久乖阴德，自寻死路，我死后可赐她自尽，葬用后礼，庶足掩冯门大过，卿可为我书敕罢！”勰复依言书敕，书毕呈阅，魏主已不省人事，顷刻告终。年三十有三。

魏主宏雅好读书，手不释卷，所有经史百家，无不赅览，善谈庄老，尤精释义，才藻富赡，好为文章诗赋铭颂，自太和十年以后诏册，俱亲加口授，不劳属草，平居爱奇好士，礼贤任能，尝谓人君能推诚接物，胡越亦可相亲，如同兄弟。又尝诫史官道："直书时事，无讳国恶，人主威福自擅，若史复不书，尚复何惧！"至若郊庙祭祀，未有不亲，宫室必待敝始修，衣冠迭经浣濯，犹然被服。在位二十三年，称为一时令主。惟宠幸冯昭仪，以致废后易储，有乖伦纪，渐且酿成宫闱丑事，饮恨而终，这可见色为祸原，常人且不宜好色，况系一国的主子呢。大声疾呼。

彭城王勰与任城王澄等计议，因齐兵尚未去远，且恐麾下有变，只得秘不发丧，仍用安车载着魏主，趱程前进。沿途视疾问安，仍如常时，一面飞使赍敕，征太子恪至鲁阳，及两下会晤，才将魏主棺殓，发丧成服，奉恪即位。咸阳王禧，是魏主宏长弟，自洛阳奔丧，疑勰为变，至鲁阳城外，先探消息，良久乃入。与勰相语道："汝非但辛勤，亦危险至极！"勰答道："兄识高年长，故防危险，弟握蛇骑虎，不觉艰难。"禧微笑道："想汝恨我后至哩。"此外东宫官属，亦多疑勰有异志，密加戒备。勰推诚尽礼，无纤芥嫌。俟恪即位，即跪奉遗敕数纸。恪起座接受，一一遵行。当下令北海王详及长秋卿白整等，赍着遗敕，并持药入宫，赐冯后死。冯后尚不肯引决，骇走悲号，整指挥内侍，把后牵住，强令灌下。小子有诗叹道：

尤物从来是祸苗，一经专宠便成骄；
别宫赐死犹嫌晚，秽史留贻恫北朝！

欲知冯后曾否服毒，且俟下回再表。

萧鸾一生凶诈，而独有狂愚之嗣子，拓跋宏一生英敏，而独有淫恶之艳妻。先贤有言，身不行道，不行于妻子，鸾之不德，宜有是儿。魏主好文稽古，兼长武事，顾乃不能制一妇人，菩萨为祟，厌禳继兴，巫蛊不足，甚且挟刃图逞天下。好妒之妇人，未有不淫，好淫之妇人，未有不悍。魏主宏为色所迷，已乖伦纪，身为元绪公，险作刀头鬼，犹沾沾于文明太后之私恩，不声罪以诛之。夫文明太后，有杀父之大仇，尚不知报，何怪淫后之胆大妄为，效尤益甚！其得安殂谷塘原，保全首领以殁，亦幸矣哉！然后知凶诈者固不足诒谋，英敏者亦非真能制治也。

第三十五回　泄密谋二江授首
遭主忌六贵洊诛

却说魏冯后见了毒药，尚不肯饮，且走且呼道："官家哪有此事，无非由诸王恨我，乃欲杀我呢！"嗣经内侍把她扯住，无法脱身，没奈何饮毒自尽。白整等驰报嗣主，咸阳王禧等欢颜相语道："若无遗诏，我兄弟亦当设法除去，怎得令失行妇人，宰制天下，擅杀我辈呢！"魏主恪遵照遗言，尚用后礼丧葬，谥为"幽皇后"。仍命彭城王勰为司徒，摄行冢宰，委任国事，一面奉梓宫还洛阳。守制月余，乃出葬长陵，追谥皇考为"孝文皇帝"，庙号"高祖"，并尊皇妣高氏为文昭皇后，配飨高庙。高氏见三十二回。封后兄肇为平原公，显为澄城公。从前冯氏盛时，冯熙为文明太后兄，尚公主，官太师，生有三女，二女相继为后，还有一女亦纳入掖廷，得封昭仪。子诞为司徒，修为侍中，聿为黄门郎。侍中崔光尝语聿道："君家富贵太盛，终必衰败。"聿变色道："君何为无故诅我？"光答道："物盛必衰，天地常理，我非敢诅咒君家，实欲君家预先戒慎，方保无虞。”聿转白父熙，熙不能从。过了年余，修获罪黜，熙与诞先后谢世，幽后废死，聿亦摈弃，冯氏遽衰。述此以讽豪门。高氏遂得继起，一门二公，富贵赫奕，几与冯氏显盛时，相去不远了。这且待后再表。

且说齐主萧宝卷，嗣位以前，曾简萧懿为益州刺史，萧衍为雍州刺史。衍闻宝卷入嗣，萧遥光等六人辅政，遂语从舅参军张弘策道：“一国三公，尚且不可，今六贵同朝，势必相图。乱将作了。避祸图福，无如此州，所虑诸弟在都，未免遭祸，只好与益州共图良策呢！”弘策亦以为然。懿为衍兄，衍所说“益州”二字，便是指懿。嗣是密修武备，多伐竹木，招聚骁勇，数约万计。中兵参军吕僧珍，阴承衍旨，亦私具橹数千张。

已而懿罢刺益州，改行郢州事，衍即使弘策说懿道：“今六贵比肩，人自画敕，争权夺势，必致相残。嗣主素无令誉，狎比群小，慓轻忍虐，怎肯委政诸公，虚坐主诺！嫌疑久积，必且大行诛戮。始安欲为赵王伦。晋八王之一。形迹已露，但性褊量狭，徒作祸阶，萧坦之忌克陵人，徐孝嗣听人穿鼻，江祏无断，刘暄阘弱，一朝祸发，中外土崩。吾兄弟幸守外藩，宜为身计！及今猜嫌未启，当悉召诸弟西来，过了此时，恐即拔足无路了。况郢州控带荆湘，雍州士马精强，世治乃竭忠本朝，世乱可自行匡济，因时制宜，方保万全；若不早图，后悔将无及呢！”懿默然不应，惟摇首示意。弘策又自劝懿道：“如君兄弟，英武无敌，今据郢、雍二州，为百姓请命，废昏立明，易如反掌，愿勿为竖子所欺，贻笑身后！雍州揣摩已熟，所以特来陈请，君奈何不亟为身计！”懿勃然道：“我只知忠君，不知有他！”语非不是，但未免迂愚。弘策返报，衍很为叹息。自遣属吏入都，迎骠骑外兵参军萧伟及西中郎外兵萧儋，并至襄阳，静待朝廷消息。

果然永元改元，甫阅半年，即有二江被诛事。江祏、江祀是同胞兄弟，系景皇后从子，与齐主鸾为中表亲。景皇后系鸾生母，见三十一回。鸾篡帝祚，祏与祀并皆佐命。所以格外信任，顾命时亦特别注意。卫尉刘暄，乃是敬皇后弟，敬皇后系鸾故妃，亦见三十一回。与二江同受遗敕，夹辅嗣君。当时宝卷不道，屡欲妄行，徐孝嗣不敢谏阻，萧坦之依违两可，独祏常有谏诤，坚持到底，致为宝卷所恨。宝卷平日最宠任茹法珍、梅虫儿二人，祏又屡加裁抑，法珍等亦视若仇雠。徐孝嗣常语祏道："主上稍有异同，可依则依，不宜一律反对。"祏答道："但教事事见委，定可无忧。"专欲难成。

宝卷失德益甚，祏欲废去宝卷，改立江夏王宝玄，独刘暄与他异议，拟推戴建安王宝夤。宝玄宝夤并系鸾子，见三十一回。原来暄前为郢州行事，佐助宝玄，有人献马，宝玄意欲取观，暄答道："马是常物，看他甚么？"宝玄妃徐氏，命厨下燔炙豚肉，暄又不许，且语厨人道："朝已煮鹅，奈何再欲燔豚？"为此二事，宝玄尝恚恨道："舅太无渭阳情。"暄闻言亦滋不悦。至是入秉政权，当然不愿立宝玄。祏因暄异议，乃转商诸萧遥光。看官阅过上文，应知遥光本意，早图自取。此时正想下手，怎肯赞同祏意，推立宝玄！惟又不便与祏明言，只好旁敲侧击，托言为社稷计，应立长君。祏知他言中寓意，出白弟祀，祀亦谓少主难保，不如竟立遥光，累得祏惶惑不定，大费踌躇。如此大事，怎得胸无主宰！

萧坦之正丁母忧，起复为领军将军，祏乘便与商，谓将拥立遥光。坦之怫然道："明帝起自旁支，入正帝位，天下至今不服，若复为此举，恐四方瓦解，我却不敢与闻呢！”祏乃趋退。坦之恐为祏所累，仍还宅守丧。

吏部郎谢朓素有才望，祏与祀引为臂助。召朓入语道：“嗣主不德，我等拟改立江夏王，但江夏年少，倘再不堪负荷，难道再废立不成！始安王年长资深，乘时推立，当不致大乖物望。我等为国家计，因有此意，并非欲要求富贵呢！”朓未以为然，不过支吾对答。说了数语，便即辞归。可巧丹阳丞刘沨奉遥光密遣，致意与朓，嘱使为助。朓又随口敷衍，似允非允。沨返报遥光，遥光竟命沨兼知卫尉事。朓骤得显要，反有惧心，即转将祏祀密谋，转告太子右卫率左兴盛。兴盛却不敢多言。朓又说刘暄道：“始安王一旦南面，恐刘沨等将入参重要，公将无从托足呢！”暄佯作惊惶，俟朓去后，即驰报遥光及祏。遥光道：“他既不愿相从，便可令他出外，现在东阳郡守，正当出缺，令他继任便了！”祏独入阻道：“朓若外出，适足煽惑众人，必于我辈不利，请早日翦除为是！”比遥光更凶。遥光乃矫制召朓，收付廷尉，然后与徐孝嗣、江祏、刘暄三人，联名具奏，诬朓妄贬乘舆，窃论宫禁，私谤亲贤，轻议朝宰，种种不法，宜与臣等参议，肃正刑书等语。宝卷游狎不遑，无心查究，便令他数人定谳，当即论死，勒令狱中自尽。朓入狱后，还想告讦遥光等阴谋，意图自脱，偏狱吏不容传书，无从讦发，乃流涕叹息道：“我虽不杀王公，王公由我而死！指前回王敬则事。今日罹祸，不足为冤，我死罢了！”遂解带自经。

遥光即欲发难，不料刘暄又复变计。看官道是何因？他想遥光得位，自己把元舅资望凭空失去，转致求荣反辱，所以变易初心。萧衍谓刘暄闇弱，尚非定评，暄实一反复小人，不止闇弱而已。祏与祀见暄有异，也不敢从速举事。遥光察悉情状，恨暄切齿，潜遣家将黄昙庆刺暄。暄正出过青溪桥，护队颇多，昙庆惮不敢出，留匿桥下。偏暄马惊跃而过，惹动暄疑，仔细侦察，方知由遥光暗算，幸得免刺。由惊生惧，由惧生怒，竟想出一条釜底抽薪的计策，密呈一本，报称江祏兄弟罪状。宝卷仰承遗训，不肯落后，即传敕召祏，并即收祀。祀正入值内殿，略得风声，忙遣使报祏道："刘暄似有异谋，应如何防备？"祏尚不以为意，但说出镇静二字。有顷由敕使驰至，召祏入见，暂憩中书省候宣。忽有一人持刀入省，用刀环击祏心胸，张目叱祏道："汝尚能夺我封赏么？"祏仓皇辨认，乃是直阁袁文旷，不由地颤动起来。文旷前斩王敬则，论功当封，祏坚执不与。文旷因此挟嫌，乘势报复，先将祏击伤，然后用械锁祏。俄而又来敕使，传敕处斩，文旷即将祏牵出，交与刑官。祏至市曹，祀亦被人牵至，两人相对下泪，喉噎难言。只听得一声号令，魂灵儿已驰入重泉，连杀头的痛苦也无从知觉了。兄弟同死，却免鸰原遗恨。

宝卷既除江祏，无人强谏，好似拔去眼中钉，乐得逍遥自在，日夜与左右嬖幸，鼓吹戏马。每至五更始寝，日晡乃起，台阁案奏，阅数十日乃得报闻，或且被宦官包裹鱼肉，持还家中，连奏牍都不见着落。一日乘马出游，顾语左右道："江祏常禁我乘马，此奴尚在，我怎得有此快活呢！"左右统是面谀，盛称陛下英明，乃得除害，宝卷又问江祏亲属，有无留存，左右答道："尚有族人江祥，拘系东冶，未曾处决。"宝卷道："快取纸笔来。"左右奉呈纸笔，就从马上书敕，赐祥自尽，令人传往东冶。东冶乃是狱名，祥本以疏亲论免，至此被诛。此外江祏家属，不问可知，小子也毋庸细述了。

萧遥光虽未连坐，心下很是不安，季弟遥昌，领豫州刺史，已病终任所，只有次弟遥欣，尚镇荆州，他遂与遥欣通书，密谋起事，据住东府，使遥欣自江陵东下，作为外援。事尚未发，遥欣偏又病亡，弟兄三人，死了一双，弄得遥光孤立无助，懊怅异常，宝卷亦阴加防备，尝召遥光入议，提及江祏兄弟罪案，遥光益惧，佯狂称疾，不问朝事。

会遥欣丧还，停留东府前渚，荆州士卒，送葬甚多，宝卷恐他为变，拟撤他扬州刺史职衔，还任司徒，令他就第。当下召令入朝，面谕意旨，遥光恐蹈祏覆辙，不敢应召。一面收集二弟旧部，用了丹阳丞刘沨及参军刘晏计议，托词讨刘暄罪，夜遣数百人，破东冶出囚，入尚方取仗，并召骁骑将军垣历生统领兵马，往劫萧坦之、沈文季二人。坦之、文季已闻变入台，免被劫去。历生遂劝遥光夜攻台城，遥光狐疑不决，待至黎明，始戎服出厅，令部曲登城自卫。历生复劝他出兵，遥光

道："台中自将内溃，不必劳我兵役。"历生出叹道："先声乃能夺人；今迟疑若此，怎能成事呢！"

萧坦之、沈文季两人入台告变，众情恟惧。俟至天晓，方有诏敕传出，召徐孝嗣入卫，人心少定。左将军沈约也驰入西掖门，于是宫廷内外，稍得部署。遥光若从历生计议，早可入台，然如遥光所为，若使成事，是无天理了。徐孝嗣屯卫宫城，萧坦之率台军讨遥光，出屯湘宫寺，右卫率左兴盛屯东篱门，镇军司马曹虎屯青溪桥，三路兵马，进围东府。遥光遣垣历生出战，屡败台军，阵斩军将桑天受。坦之等未免心慌。忽由东府参军萧畅及长史沈昭略自拔来归，报称东府空虚，力攻必克。坦之大喜，便督诸军猛攻。东府中失去萧、沈两人，当然气沮，萧畅系豫州刺史萧衍弟，沈昭略系仆射沈文季从子，两人俱系贵阀，所以有关人望。垣历生见两人已去，益起贰心，遥光命他出击曹

虎，他一出南门，便弃槊奔降虎军。虎责他临危求免，心术不忠，竟喝令枭首。遥光闻历生叛命，从床上跃起，使人杀历生二子，父子三人，统死得无名无望，恰也不必细说。

坦之等攻城至暮，用火箭射上，毁去东北角城楼，城中大哗，守兵尽溃。遥光走还小斋，秉烛危坐，令左右闭住斋阁，在内拒守。左右皆逾垣遁去，外军杀入城中，收捕遥光。破斋阁门，遥光吹灭烛焰，匍伏床下。外军暗地索寻，就床下用槊刺入。遥光受伤，禁不住有呼痛声，当被军人一把拖出，牵至阁外，禀明萧坦之等，便即饮刀。死有余辜。军人复纵火烧屋，斋阁俱尽，遥光眷属，多死火中。刘沨、刘晏亦遭骈戮。一场乱事，化作烟消。

坦之等还朝复命，有诏擢徐孝嗣为司空，加沈文季为镇南将军，进萧坦之为尚书右仆射，刘暄为领将军，曹虎为散骑常侍右卫将军。坦之恃功骄恣，又为茹法珍等所嫌，日夕进谗。宝卷亟遣卫帅黄文济，率兵围坦之宅，逼令自杀。

坦之有从兄翼宗，方简授海陵太守，未曾出都，坦之呼语文济道："我奉君命，不妨就死，只从兄素来廉静，家无余资，还望代为奏闻，乞恩加宥！"文济问翼宗宅在何处，坦之以告，经文济允诺，乃仰药毕命。文济返报宝卷，并述及翼宗事，宝卷仍遣文济往捕，查抄翼宗家资，一贫如洗，只有质帖钱数百。想即钱券之类。持还复命，宝卷乃贷他死罪，仍系尚方。坦之子秘书郎萧赏坐罪遭诛。茹法珍等尚未满意，复入谮刘暄。宝卷道："暄是我舅，怎有异心！"彼也有一隙之明耶？直阁徐世标道："明帝为武帝犹子，备受恩遇，尚灭武帝子孙，元舅岂即可恃么？"谗口可畏。宝卷被他一激，便命将暄拿下，杀死了事。嗣后因曹虎多财，积钱五千万，他物值钱，亦与相等，一道密敕，把虎收斩，所有家产，悉数搬入内库。萧翼宗因贫免死，曹虎因富遭诛，世人何苦要钱，自速其死！统计三人处死，距遥光死期，不到一月。就是新除官爵，俱未及拜，已落得身家诛灭，门阀为墟！富贵如浮云。

惟徐孝嗣以文士起家，与人无忤，所以名位虽重，尚得久存。中郎将许准，为孝嗣陈说事机，劝行废立。孝嗣谓以乱止乱，决无是理，必不得已行废立事，亦须俟少主出游，闭城集议，方可取决。准虑非良策，再加苦劝，无如孝嗣不从。沈文季自托老疾，不预朝权，从子昭略，已升任侍中，尝语文季道："叔父行年六十，官居仆射，欲以老疾求免，恐不可必得呢！"文季但付诸微笑，不答一词。

过了月余，有敕召文季叔侄入华林省议事。文季登车，顾语家人道："我此行恐不复返了！"及趋入华林省，见孝嗣亦奉

召到来，两人相见，正在疑议，未知所召何因。忽由茹法珍趋至，手持药酒，宣敕赐三人死。昭略愤起，痛詈孝嗣道："废昏立明，古今令典，宰相无才，致有今日！"说至此，取酒饮讫，用瓯掷孝嗣面道："使作破面鬼！"言讫便僵卧地上，奄然就毙。文季亦饮药而尽。孝嗣善饮，服至斗余，方得绝命。子演尚武康公主、况尚山阴公主，统皆坐诛。女为江夏王宝玄妃，亦勒令离婚。昭略弟昭光，闻难欲逃，因不忍别母，持母悲号，被收见杀。昭光兄子昙亮已经逃脱，闻昭光死，且恸且叹道："家门屠灭，留我何为！"也绝吭自尽。未免太迂。

嗣是同朝六贵，只剩太尉陈显达一人，显达为高、武旧将，当明帝鸾在位时，已恐得罪，深自贬抑，每出必乘敝车，随从只十数人，非老即弱，尝蒙明帝赐宴，酒酣起奏道："臣年衰老，富贵已足，惟欠一枕，还乞陛下赐臣，令臣得安枕而

死！”明帝失色道：“公已醉了，奈何出此语！”既而显达又上书告老，仍不见许，及预受遗敕，出师攻魏，为魏所败，狼狈奔还。见前回。御史中丞范岫，劾他丧师失律，应即免官，显达亦请解职，宝卷独优诏慰答，不肯罢免。寻且命显达都督江州军事，领江州刺史，仍守本官。显达得了此诏，好似跳出陷坑，非常快慰。至朝中屡诛权贵，且有谣言传出，谓将遣兵袭江州，显达遂与长史庾弘远，司马徐虎龙计议，拟奉建安王宝夤为主，即日起兵。小子有诗叹道：

寻阳一鼓起三军，主德昏时乱自纷，
我有紫阳书法在，半归臣子半归君。

师期已定，又令庾弘远等出名，致书朝贵，颇写得淋漓痛快，可泣可歌。欲知书中详情，容待下回录叙。

六贵同朝，人自画敕，此最足以致乱，萧衍之说韪矣。但平心论之，六人优劣，亦有不同。萧遥光怂恿萧鸾，残害骨肉，其心最毒，其策最狡。江祏、江祀密图废立，乃欲奉戴遥光，党恶助虐，绳以国法，遥光固为罪首，二江其次焉者也。刘暄反复靡常，亦不得为无罪。萧坦之、徐孝嗣、沈文季三人，讨平遥光，非特无辜，抑且有功。就令坦之恃功骄恣，而罪状未明，乌得妄杀！孝嗣、文季更无罪之可言。故遥光可诛，江祏、江祀可诛，刘暄亦可诛，坦之、孝嗣、文季，实无可诛之罪，诛之适见其诬枉耳！人徒谓宝卷滥杀大臣，因致亡乱，不知无罪者固不应诛，有罪者亦非真不可诛也。彼宝卷之亡国，犹在彼不在此焉。

第三十六回　江夏王通叛亡身
潘贵妃入宫专宠

却说陈显达决计起兵，将攻建康，先令长史庾弘远、司马徐虎龙致书朝贵，大略说是：

诸公足下：我太祖高皇帝，睿哲自天，超人作圣，属彼宋季，纲纪自紊，应禅从民，构此基业。世祖武皇帝，昭略通远，克纂洪嗣，四关罢险，三河静尘。郁林、海陵，顿孤负荷。明帝英圣，绍建中兴。至乎后主，行悖三才，琴横由席，绣积麻筵，淫犯先宫，秽兴闺闼，皇陛为市廛之所，雕房起战争之门，任非华尚，宠必寒厮。江仆射兄弟，忠言屡进，正谏繁兴，覆族之诛，于斯而至。故乃犴噬之刑，四剽于海路，家门之衅，一起于中都。萧、刘二领军，拥升御座，共秉遗诏，宗戚之苦，谅不足谈，渭阳之悲，何辜至此！徐司空累叶忠荣，清简流世，匡翼之功未著，倾宗之罚已彰。沈仆射年在悬车，将念几杖，欢歌园薮，绝影朝门，忽招陵上之罚，何万古之伤哉！遂使紫台之路，绝搢绅之俦，缨组之闳，罢金张之胤。悲起蝉冕，为贱宠之服；鸣呼皇陛，列劫竖之坐。且天人同怨，乾象变错，往者三州流血，今者五地自动，咎征迭著，昏德未悛，此而未废，孰不可兴。诸公多先朝遗旧，志在名节，并列丹书，要同义举。建安殿下，秀德冲远，实允神器。昏明之举，往圣留言，今忝役戎驱，亟请乞路，须京尘一静，西迎大驾，歌舞太平，不亦佳哉！我太尉体道合圣，仗德修文，神武横于七伐，雄略震于九纲，是乃仗义兴师，还抗社稷。本欲鸣笳振铎，无劳戈刃，但忠谠有心，节义难遣，信次之间，森然十万，飞旍咽于九派，列舰迷于三川，此盖捧海浇萤，烈火消冻耳。吾子其择善而从之！毋令竹帛无名，空为后人笑也！

朝臣得了此书，当即报知宝卷。宝卷令护军崔慧景为平南将军，督兵往击显达；后军将军胡松、骁军将军李叔献，率水军屯梁山；左卫将军左兴盛，督前锋屯杜姥宅。陈显达出发寻阳，沿流东下，道出采石，适遇胡松截住，两下交锋，约历半日有余，胡松败走。再进兵至新林，左兴盛麾军堵御，彼此未经大战，显达却虚设屯火，绊住兴盛，自率轻舸夜渡，潜袭都城。偏偏遇着逆风，至晓方达，舍舟登落星冈。守卫诸军，不意显达猝至，急忙闭城设守。显达手横长槊，匹马当先，随后有勇士数百人，鼓噪攻城。城中出兵与战，挡不住显达长槊。显达年已七十三，尚是精神矍铄，奋勇无前。战至数十回合，十荡十决，刺死守卫军百余人。俄而槊竟折断，一时掉不出顺手兵器，只好仗剑督战。会左兴盛各军，回救都门，显达寡不敌众，没奈何退至西州。后骑官赵潭注，率兵力追，抢步至显达马后，用槊猛刺。显达不及预防，竟被刺落马下，再加一槊，已是血流满地，不能动弹了。诸子皆被执伏诛。庾弘远亦为所获。临刑索帽，顾语刑官道：“子路结缨，吾不可以不冠。”及帽既取戴，复慨然道：“我非乱贼，乃是义兵，来此为诸君请命。陈公太觉轻事，我曾谏他持重，若用我言，人民当免致涂炭呢。”也恐未必。弘远有子子曜，年才十四，抱父乞代，并为所杀。父愚子亦愚。各军将入城报功，当又有一番封赏，不消琐述。

豫州刺史裴叔业闻朝廷屡诛大臣，很是危惧，朝廷亦防他有变，调镇南兖州，令他内徙。叔业愈觉不愿，未肯启行，他有兄子裴植，曾为殿中直阁，至是亦惧奔寿阳，谓朝廷必相掩袭，宜早为计。叔业遣亲人马文范潜赴襄阳，问萧衍道：“天下大势，已是可知；但我辈不能自存，现拟回面向北，尚不失为河南公，公意以为何如？”衍使文范返报道：“群小用事，怎能虑远？若果疑公，暂宜送家还都，作为质信，万一意外相迫，可勒马步军，直出横江，断他后路，天下事一举可定。今欲北向，恐彼必遣人相代，别以河北一州处公，河南公尚可复得么？”智虑却是过人。

叔业乃遣子芬之入质建康。芬之已去，又欲北向投魏，特向魏豫州刺史薛真度处，致书探问，略表己意。真度劝令早降，复书有云：若至事迫始来，反致功微赏薄，事贵从速，不必多疑。叔业意终未决，不过与真度屡通书信，往来不绝。都中人士已渐有风闻，咸传叔业外叛，芬之恐被收捕，溜出都门，竟返寿阳。叔业竟遣芬之奉表降魏，魏主宏令彭城王勰出镇寿阳，封叔业为兰陵郡公，仍领豫州刺史。齐廷闻报，不得不发兵加讨，特遣平西将军崔慧景带领水军，出讨叔业。宝卷亲出送行，戎服坐琅琊城上，召慧景单骑入城，略问数语，慧景即拜辞而去。宝卷还宫，复下诏命萧懿为豫州刺史，助慧景西讨寿阳。

慧景此次出行，已蓄异图，曾与子觉密约，令他隔宿出都，驰赴军前。觉曾为直阁将军，得了父命，即于次日单骑出走，行抵广陵，始与慧景相会。慧景过广陵十余里，召会各军将弁，涕泣晓谕道："我受三帝厚恩，愧无以报，今幼主昏狂，朝廷浊乱，持危扶倾，莫如今日，愿与诸君还立大功，共立社稷，未知众意若何？"众皆应声听令。慧景遂还向广陵，司马崔恭祖守广陵城，开门迎入。慧景停广陵二日，将集众渡江，因遣人驰见江夏王宝玄，愿奉他为主。宝玄喝斩来使，发兵守城，并飞报诸中。宝卷亟派马军将戚平、外监黄林夫出助宝玄，镇守京口。总道他是长城可靠，不生变端，哪知宝玄是阳绝慧景，阴实勾通。他与妃子徐氏，本来伉俪情深，只因孝嗣被杀，迫令离婚，心中好生不乐。此次斩使请命，实欲引诱台军，自增势力。

戚平、黄林夫到了京口，宝玄即引与密商，探他意见。二人语多未合，恼动宝玄，呼令左右，劚二人首。司马孔矜、典签吕承绪，不禁大呼道："殿下造反了！"宝玄更怒不可遏，杀死二人。好杀不祥。更派长史沈佚之、谘议柳澄，分统部众，专待慧景到来。

慧景自广陵东返，顺抵京口，由宝玄开城纳入，即令慧景为先驱，自乘翠舆，手执绛麾幡，督军继进。都中大震，亟遣骁骑将军张佛护，直阁将军徐元称等出屯竹里，堵截叛军。慧景前锋将崔恭祖，带着百战不疲的壮士，与佛护等一场鏖斗，佛护等败入城中。恭祖乘胜攻入，斩佛护，降元称，进迫查硎。中领军王莹奉宝卷命，都督水陆各军，据住湖头，筑垒蒋山西岩，屯甲数万，恭祖不能前进。及慧景继至，亦无法可施，悬赏求计。

竹塘人万副儿献议道：“今平路皆有重兵堵住，不可议进，最好从蒋山背后，蹑登山顶，从上临下，出其不意，方可得志。”慧景依计而行，遂分遣壮士千名，绕出山后，鱼贯而上。俟至夜半，突起鼓角，由西岩驰下，各戍垒闻声大骇，不知所为，一齐弃垒遁去。慧景得追至都下，攻扑各门，右卫将军左兴盛，率台军三万人，就北篱门扼守，军中望风溃散，兴盛亦遁。东府、石头、白下、新亭诸城，统皆骇走，兴盛无路可奔，逃匿淮渚荻舫中，被慧景部兵搜获，立即杀毙。慧景突入外城，驻乐游苑，崔恭祖率骑兵千余，攻北掖门，将要陷入，

为宫中卫兵所拒，仍复折回，宫门皆闭。慧景引众围攻，又毁去兰陵府署，作为战场。宫中危急万分，幸得卫尉萧畅，屯守南掖门，处分城内，多方应拒，众心稍定。

慧景捏传宣德太后命令，宣德太后见三十一回。废齐主宝卷为吴王，却把推立宝玄的问题反搁置起来，未曾提及。又生变计。原来竟陵王子良子昭胄曾封巴陵王，永泰元年，十王被戮，昭胄与弟昭款避难出奔，至江西溷迹为道人。慧景举兵入都，昭胄兄弟，又奔投慧景，慧景与谈甚欢，更欲拥立昭胄，心如辘轳，未能遽定。子觉又与恭祖争功，竹里一捷，功出恭祖，觉但主粮运，偏说是功与相侔。慧景舐犊情深，不免袒觉，遂致恭祖失望。恭祖又进献一计，请用火箭攻北掖楼，慧景道：“大事垂定，何必多毁，免得将来更造，多费财力。”恭祖怏怏而退。慧景素好佛学，善谈释义，自乐游苑移居法轮寺，整日闲

坐，对客高谈。恭祖窃叹道："今日何日，难道是参禅时么！"想是要求往西方去了。

蓦闻豫州刺史萧懿，自采石渡江，来援都城，恭祖忙至法轮寺中，自请击懿。慧景道："汝且留此，不如叫我子前去罢。"恭祖趋出，大为怫意，还顾寺门道："看汝父子能成事么？萧豫州岂是好惹的人！"慧景全然未悟，竟遣觉率精兵数千，往拒萧懿去了。

懿本奉命西讨，出屯小岘，闻得裴叔业病死，正拟乘虚往击，忽由都中遣到密使，促令勤王。懿方就食，投箸起座，即率军将胡松、李居士等数千人，从采石渡江东行，举火示城中。台城居人，欢呼称庆。懿军已达南岸，崔觉才领军趋至，与懿接仗。懿下令军中，前进有赏，后退即斩；于是人人致死，个个拚生。

崔觉本非战将，骤遇劲敌，教他如何抵挡！战不多时，即
大败奔还，部下伤毙至二千余人。觉率败众逃还都中，正值恭祖抄掠东宫，取得女使数人，饶有姿色。觉不禁垂涎，竟把他拦住，将女妓劫为己有。强盗碰着强盗。恭祖已怨恨慧景，又经此一激，不由的忿火中烧，竟与骁将刘灵运夜降台军。慧景部下见崔觉败还，恭祖引去，料知不能成事，多半离散。慧景亦立足不住，潜引心腹数人，自往北渡。余众尚未曾闻知，留住城下。那萧畅却麾兵杀出，击毙数百人，众始散走。

慧景留都历十二日，一败涂地，匆匆奔至江滨，被萧懿麾下的巡兵驱逐一程，随从都不知去向。只有慧景一人一骑，逃至蟹浦，浦口有渔人会集，见他形迹可疑，仔细盘问，知是崔慧景。渔人已闻他是叛首，乐得杀叛徼赏，呼众奋斫，立将慧景砍死，枭了首级，纳入鱼篮，担送建康。觉亡命为道人，嗣

被捕诛。崔恭祖虽然投顺，朝议以他穷蹙始降，不能贷罪，仍拘系尚方，未几亦处斩如律。宝玄逃匿数日，因都中大索，无人容纳，没奈何自出投首。宝卷召入后堂，四面用幛围裹，令群小数十人，鸣鼓而攻。且使人传语道：“汝近日围我，与此相类，我亦令汝一尝此味呢！”仿佛儿戏。已而牵出，赐药勒毙。

军将搜得叛人党册，内列姓氏甚多，朝士亦或参入，宝卷并不察阅，但令左右取毁，且慨然道：“江夏尚且如此，还问别人做甚？”寻又颁诏大赦，所有叛徒余孽，悉令自新，不复穷治。这却是宝卷即位以后，绝无仅有的美政！却是难得。偏一班佥任宵小，不依诏书，查有家道殷实的人民，概诬为贼党，屠门借资，充入私囊。若本系贫穷，就使前时从贼，也置诸不问。或语中书舍人王咺之道：“赦书无信，物议沸腾。”咺之道：“会当复有赦书。”已而赦书又下，群小横行如故。宝卷日事嬉游，无心顾问，但任他所为罢了。统计宫中嬖幸左右侍从，凡三十一人，黄门十人。

直阁骁骑将军徐世檦，得委重权，一切刑戮，都由他一人主持。世檦亦知宝卷昏纵，密语同党茹法珍、梅虫儿道：“何世天子无要人，可惜我主太恶，恐未能长保呢！”法珍等本阴忌世檦，得此一言，便转告宝卷。宝卷怒起，即令法珍督领禁兵，往杀世檦。世檦拒战不胜，终遭杀毙。法珍、虫儿得并为外监，口称诏敕。王咺之专掌文翰，朋比为奸。及慧景乱平，法珍且受封余干县男，虫儿亦得封竟陵县男。

宝卷以权贵悉除，益加骄纵，或间日一出，或一日一出，既无定时，亦无定所，东西南北，无处不游，朝夕旦暮，在所不计，所经道路，必先屏逐居民，有人犯禁，格杀勿论。自万春门至郊外，周围数十百里，皆空家尽室，巷陌悬幔为高幛，置使人防守，号为屏除，亦称长围。尝游至沈公城，有一妇临产不去，即命剖腹验胎，辨视男女。商纣遗风。又尝至定林寺，有僧老病不能行，藏匿草间，偏为宝卷所见，命左右射僧，百箭俱发，集身如蝟。宝卷亦自发数矢，贯入僧脑，自夸绝技。置射雉场二百九十六处，每出射雉，必先令尉司击鼓，鼓声一传，当役诸人，立命奔走，甚至不暇衣履。尝在夜中三四更间，驾出蹋围，鼓声四起，火光烛天，幡戟横路，士民喧走，相随老小，无不震惊，啼号遍道，宝卷反自鸣得意。他本膂力过人，能挽三斛五斗的重弓，又能在齿上驾运白虎幢，高可七丈五尺，甚至折齿不倦。

他在东宫时，纳妃褚氏，即位后册为皇后。妾黄氏生子名诵，立为太子，黄氏得封淑媛。褚氏本故相褚渊侄女，姿貌平庸，宝卷不甚垂爱。黄淑媛略有姿色，不幸早亡。茹法珍、梅虫儿等格外效劳，代主采艳，选了美女数十名，充入后宫。就
中翘楚，要算佘、吴两姬为最美，宝卷封佘氏为妃，吴氏为淑媛，后来得了一个潘家女，是王敬则营妓，流落都中，真乃天生尤物，妖冶绝伦。体态风流，如春后梨云冉冉，腰肢柔媚，似风前柳带纤纤；一双眼秋水低横，两道眉春山长画，肤成白雪，异样鲜妍，发等乌云，倍增光泽，更有一种销魂妙处，便是裙下双钩，不盈一握。销魂处，恐尚不止此。

宝卷得了此女，好似天女下凡，见所未见。一宵欢会，五体酥麻，越日即册封为妃，又越月余，复册为贵妃。所有潘氏服御，极选珍宝，无论如何价值，但得潘氏欢心，千万亦所不惜。相传一琥珀钏，值价百七十万。就是潘氏宫中的器皿，亦纯用金银。内库所贮，不够取用，更向民间收买，金银宝物，价昂数倍，并令京邑酒租，折钱输金。那潘氏既邀特宠，也任

情挥霍，一些儿不知节省，今日索某宝，明日采某珍，供使络绎，不绝道中。每当宝卷出游，必穷极华装，与驾同出。宝卷却令她乘舆先驱，自跨骏马后随。天子为随奴，潘妃亦大出风头。急装缚袴，不避寒暑，驰骋至渴，辑下马解取腰边蠡器，酌茗为饮，或且亲至潘妃舆前，持茗给妃，然后还登马上，仍然驰去。日暮尚未言归，辄往亲幸家留宴。

潘父宝庆，因妃得宠，赐第都中，宝卷呼他为阿丈。就是对着茹法珍，亦以丈相呼。茹家无女，何亦呼他为丈！呼梅虫儿为阿兄。营兵俞灵韵，素善骑马，宝卷向他学驰，故亦呼他为兄。一淘儿游戏，即一淘儿至宝庆家，妃为调羹，躬自汲水。安排既就，便与潘妃并坐取饮，法珍、虫儿等依次列席，不分男女上下，恣为欢谑。还有阉人王宝孙，年仅十余，生得眉目清扬，不啻处女，宝卷号为伥子，非常宠爱。就是潘妃亦青眼相

看，宝孙巧小玲珑，常坐潘妃膝上，一同饮酒。伥子何幸，得亲芗泽，可惜少一东西。至夜深还宫，得在御榻旁留寝，因此恃宠生骄，渐得干政。甚且移易诏敕，控制大臣，如梅虫儿、王咺之等，尚有惧意。有时骑马入殿，诋诃天子，宝卷不以为意，日夕留侍，备极宠怜。

从前世祖赜筑兴光楼，上施青漆，宝卷谓武帝未巧，何不纯用瑠璃！谁意永光二年八月间，宝卷挈潘妃等夜游，尚未还宫，祝融氏忽入临宫禁，大肆威焰，毁去房屋三千余间。宫门夜闭，外人非奉敕令，不敢擅开，至宝卷闻火驰归，传谕开门，宫内已付诸一烬。侍女小竖，烧死无数，宝卷也不禁叹息。

当时宫中嬖幸，皆号为鬼，有赵鬼能读西京赋，向宝卷进言道：“柏梁既灾，建章是营。”宝卷乃大起芳乐玉寿等殿，用麝涂壁，刻为装饰，穷工极巧。此番想可纯用瑠璃了。工匠彻夜动

作，尚苦不及，因搜剔佛寺刹殿，见有玉石狮象，便运入新屋，充作点缀。且凿金为莲花，遍贴地面，命潘妃徐行而过，花随步动，步逐花娇。宝卷从旁称羡道："这真是步步生莲花呢！"小子有诗叹道：

纤足风开自六朝，莲花生步不胜娇；
美人未必能倾国，祸水都从暗主招。

古人有言，乐不可极，极乐必亡，似宝卷这种淫乐，怎得不自速危亡！欲知后事，试看下回。

陈显达一举即败。崔慧景已入外都，殆将成事，乃以多疑而亦败。此由宝卷之恶贯未盈，故陈、崔皆无所成耳。纲目于二人起事，未尝书叛，及其死也，又不书诛，非为二人恕，嫉宝卷不得不恕二人。江夏王宝玄，无拳无勇，徒欲依慧景以觊天位，多见其不知量耳。裴叔业之叛齐降魏，其居心之卑鄙，更出陈、崔二人下，宜其为萧衍所齿冷也。宝卷不道，恶不胜纪，而独归咎于潘贵妃，非一妇人即足亡国；盖蛊惑主聪，乱必及之。桀纣之亡，史家必兼咎妹妲，盖亦此物此志也夫。

第三十七回　杀山阳据城传檄
立宝融废主进兵

却说萧懿入援，得平崔慧景，宝卷留懿在都，超拜尚书令。懿弟畅为卫尉，职掌管籥，雍州刺史萧衍系懿次弟，即遣亲吏虞安福，入都语懿道：“兄一举平贼，功高震主，就使遭际清时，尚或难免，况在乱世，怎能自全！计不如勒兵入宫，行伊、霍故事，却是万世一时的机会。否则仍表请还镇，托名拒虏，内畏外怀，谁敢不从！若放弃兵权，徒縻厚爵，高而无民，必生后悔！”懿摇首不答，长史徐曜甫从旁苦劝，又不见从。茹法珍、王咺之等，惮懿威权，密语宝卷道：“懿将行隆昌故事，恐陛下命在旦夕。”宝卷矍然起座，即命法珍等设法除懿。

徐曜甫得知消息，慌忙具舟江渚，劝懿出奔襄阳。懿慨然道：“自古皆有死，岂有叛走尚书令么？”懿有弟九人，除衍、畅外，长为萧敷，余为融、宏、伟、秀、憺、恢。伟与憺已入襄阳。见三十五回。敷、融等统尚在都，预备逃匿。法珍等恐懿为变，伺懿在尚书省，即持敕赐药。懿毫不流连，惟向中使慨语道："家弟在雍，很为朝廷担忧哩。"既有衍将为变，不如先立贤君，尚得保全齐祚。说毕，即饮药自尽。懿弟侄统皆亡去，惟融为所捕，亦被处死。一面遣直后将军郑植，往刺萧衍。

植弟绍叔曾为衍宁蛮长史，法珍等遣植往刺，嘱令联络绍叔，乘间行事。绍叔既与植会谈，即将乃兄来意，据实告衍。衍特备办酒宴，令担至绍叔家，为植接风。自己亦备驾前往。宾主会席，饮至半酣，衍笑语道："朝廷遣卿图我，今日闲宴，我特戴头前来，何勿急取！"植亦大笑道："且待明日取公，今且饮酒罢。"及酒阑席散，衍又令植遍阅城隍府库，与士马器械舟舰。植既阅毕，退语绍叔道："雍州实力，确是坚强，未易规取。"绍叔道："兄还都后，不妨实告天子，若欲取雍州，绍叔愿率众力战，一决雌雄。"植住了两日，便告辞而行。绍叔送至南岘，握手流涕，欷歔别去。

植出都时，懿尚未死，所以植未提及。至是耗问已至，衍东向恸哭，到了夜间，便召参军张弘策、吕僧珍，长史王茂，别驾刘庆远，功曹吉士瞻等，入宅定议。翌晨出厅视事，召集僚佐与语道："昏主暴虐，恶逾桀纣，当与卿等入都，废昏立明，共扶社稷！"众皆许诺。当下建牙集众，得甲士万余人，马千余匹，船三千艘，出从前所贮竹木，补葺船只，事皆立办。诸将又复索橹，吕僧珍有橹数百张，搬将出来，每船付与二橹，适足敷用。

正拟整军出发，闻朝廷遣辅国将军刘山阳到了荆州，会合荆州长史萧颖胄将袭襄阳。衍遂遣参军王天虎驰赴江陵，沿途与州府书，声言山阳西上，并袭荆、雍。又与颖胄兄弟各一函，约他同时起义，共入建康。颖胄是齐祖萧道成族侄，父名赤斧，曾为太子詹事，见二十七回子良疏中。殁后由颖胄袭荫，累佐诸王出镇。此时南康王宝融，明帝第八子。都督荆州，命颖胄为冠军将军西中郎长史，行荆州府州事。既得衍书，怀疑未决。颖胄弟颖达，亦在南康王幕中，览书后与兄密议，也一时不能定谋。

山阳行至巴陵，逗留十余日，徘徊不进。颖胄已遣还天虎，天虎复奉萧衍命，传书颖胄，指示方略。颖胄乃呼参军席阐文，及谘议柳忱，闭斋密议。阐文道："萧雍州蓄养士马，非复一日，江陵人素畏襄阳，又众寡不敌，万难相制。就使幸能制服，朝廷反多疑忌，不肯包容。今若诱杀山阳，与雍州共事，改立天子，号令诸侯，未始非一时霸业呢！"忱亦接入道："朝廷狂悖已甚，京师贵人，莫不重足屏息。君等幸在远镇，尚能自安。今乃命山阳前来，假我图雍，这明明是卞庄刺虎的计策。君独不闻萧令君么？率精兵数千，破崔氏十万众，尚为群邪所陷，竟至杀身。况萧雍州雄略盖世，必非山阳所能敌。山阳被破，朝廷转归罪荆州，谓我不能相助，进退两难，何不早从席参军言，别筹良计。"萧颖达闻二人言，亦奋然道："二君言是，阿兄不可不依！"颖胄道："席参军劝我诱杀山阳，计将安出？"阐文道："山阳迟疑不进，明是疑我；我只好斩天虎首，送与山阳，山阳必欢然前来，我得乘便下手了。"颖胄道："如杀天虎，萧雍州能不疑我么？"阐文道："这也不难！可先复书与他，说明诱杀山阳，不得不尔。以一天虎易山阳，想萧雍州亦必谅我呢！"计固甚善，可惜太毒！

颖胄依议，遂遣使报达萧衍，自召天虎入室，愀然与语道："卿与刘辅国相识，今只得权借卿头。"头可借得么？天虎骇极，方欲答言，已由颖达趋入，从背后拔出佩剑，劈死天虎。

当即枭首送与山阳，一面征发车牛，扬言将起兵讨雍。山阳得天虎首，即单车白服，只带左右数十人，来见颖胄。颖胄使前汶阳太守刘孝庆等，伏兵城内，自率数人出迎。待山阳入城，一声暗号，伏兵齐出，就使山阳三头六臂，至此也不能抵敌，立即毙命。山阳副将李元履闻山阳被杀，不得已挈众请降。

颖胄恐司马夏侯详未肯从议，商诸柳忱。忱答道："这也容易，近日详子求婚，尚未允诺，今欲举大事，何惜一女呢！"遂以女字详子夔，约同起事。详当然允洽。乃即奉南康王宝融为主，下教戒严。宝融年只十三，有何大略，凡事俱由颖胄主张，不过假他为名。令萧衍都督前锋诸军事，自为都督行留诸军事，加夏侯详为征虏将军，遣宁朔将军王法度，出徇巴陵。一面使人送山阳首至雍州，约期来年二月，进兵建康。

衍遣王天虎赍书时，曾语张弘策道："兵法以攻心为上，天虎往荆州，人皆有书，独于南康部下，只有两函与行事兄弟，外人必谓行事另有隐谋，行事无以自明，不得不姿心就我，是两空函足定一州了。"萧衍隐谋，借他口中自述。及颖胄计诱山阳，驰书说明杀天虎事，衍不加可否，无词答复。便是默许。至山阳首传到，谓须延期进兵，衍问何因，来使言年月未利，所以延期。衍勃然道："行军全仗锐气，事事赶先，尚恐疑怠，若顿兵十旬，必生悔吝。且太白星已现西方，仗义兴师，有何不利！从前周武伐纣，行逆太岁，并未闻展年待月，终得成功。今处分已定，事难中止，还要迁延做甚！"言之有理。遂遣还来使，自上南康王笺，请称尊号，即日举义进兵。

南康王宝融，一时未敢称尊，但使萧颖胄、夏侯详二人出名，檄告京邑百官及诸州郡牧守。檄云：

夫运不尝夷，有时而陂，数无恒剥，否极则亨。昔我太祖高皇帝德范生民，功极天地，仰纬彤云，俯临紫极。世祖嗣兴，增光前业，云雨之所沾被，日月之所出入，莫不举踵来王，交臂纳贡。郁林昏迷，颠覆厥序，俾我大齐之祚，翦焉将坠。高宗明皇帝建道德之盛轨，垂仁义之至踪，绍二祖之鸿基，继三五之绝业。昧旦丕显，不明求衣，故奇士盈朝，异人辐辏。嗣主不纲，穷肆陵暴，十愆毕行，三风咸袭，丧初而无哀貌，在戚而有喜容，酣酒嗜音，罔悛其侮，谗贼狂邪，是与比周，遂令亲贤婴荼毒之谋，宰辅受菹醢之戮。江仆射、萧刘领军、徐司空、沈仆射、曹右卫，或外戚懿亲，或皇室令德，或时宗民望，或国之虎臣，并勋彰中兴，功比周召，秉钧赞契，受遗先朝。咸以名重见疑，正直贻毙。害加党族，虐及婴孺。曾

无渭阳追远之情，不顾本支歼落之痛，信必见疑，忠而获罪，百姓业业，罔知攸暨。崔慧景内逼淫刑，外不堪命，驱土崩之民，为免死之计，倒戈回刃，还指宫阙，城无完守，人有异图。赖萧令君勋济宗祏，业拯苍氓，四海蒙一匡之德，亿兆凭再造之功。江夏王拘迫威强，牵制巨力，迹屈当时，心犹可亮，竟不能内恕探情，显加鸩毒。萧令君自以亲惟族长，任实宗臣，至诚苦言，朝夕献入，谗丑交构，渐见疏疑，浸润成灾，奄罹冤酷。用人之功以宁社稷，刈人之身以骋淫滥，台辅既诛，奸小兢用。梅虫儿、茹法珍妖忍愚戾，穷纵丑恶，贩鬻主威，以为家势，营惑嗣主，恣其妖虐。宫女千余，裸服宣淫，孽臣数十，袒裼相逐。帐饮阛肆之间，宵游街陌之上。刘山阳潜受凶旨，规肆狂逆，天诱其衷，既就枭翦。

夫天生蒸民，树之以君，使司牧之，勿使失性。岂有尊临寓县，毒遍黔首，绝亲戚之恩，无君臣之义，功重者先诛，勋高者速毙！九族内离，四夷外叛，封境日蹙，戎马交驰，帑藏已空，百姓已竭，不恤不忧，慢游是好。民怨于下，天惩于上，故荧惑袭月，孽火烧宫，妖水表灾，震蚀告沴。七庙阽危，三才莫纪，大惧我四海之命，永沦于地。南康殿下，体自高宗，天挺英懿，食叶之征，著于弱年，当璧之祥，兆乎绮岁，亿兆颙颙，咸思戴奉。且势居上游，任总连帅，忧深责重，誓清时艰。今特命冠军将军杨公则等，振旅三万，径造秣陵，冠军将军蔡道恭等，被甲二万，直指建业。即建康。辅国将军邓元起等，铁骑一万，分趋白下，宁朔将军柳忱等，组甲五万，络绎继发。雄剑高挥，则五星从流，长戟远指，则云虹变色。天地为之矞皇，山渊以之崩沸。幕府亲贯甲胄，授律中权，董率熊罴之士十有五万，征鼓纷沓，雷动荆南。宁朔将军南康王友萧颖达，领虎旅三万，抗威后拒。萧雍州勋业盖世，谋猷渊肃，既痛家祸，兼愤国难，泣血枕戈，誓雪冤酷。精卒十万，已出汉川。张郢州见上文。节义慷慨，悉力齐奋。江州邵陵王，即宝攸。湘州张行事，王司州并见下文。远近悬契，不谋而同，并勒骁猛，指景风驱，舟舰鱼丽，车骑云屯，平原雾塞。以同心之士，伐倒戈之众，盛德之师，救危亡之国，何征而不服，何诛而不克哉！今兵之所指，惟在梅虫儿、茹法珍二人而已。诸君德载累世，勋著先朝，属无妄之时，居道消之运，受迫群竖，念有危惧。大军近次，当各思拔迹，来赴军门。檄到之日，有能斩送虫儿、法珍首者封二千户，开国县侯！若迷惑凶党，敢拒军锋，刑兹无赦，戮及宗族！赏罚之信，有如皦日！江水在此，誓不食言！

是时宁朔将军王法度，延宕不进，勒令免官。改遣冠军将军杨公则进拔巴陵，直向湘州，又定辅国将军邓元起，进兵夏口，适夏侯详子骁骑将军亶，自建康逃至江陵，颖胄遂授以密计，教他托称宣德太后敕令，谓南康王宜纂承皇祚，方俟清宫，未即大号，可封十郡为宣城王，相国荆州牧，加黄钺，选百官，领西中郎府南康国如故。凡遇军次，近路军主，宜详依旧典，备驾奉迎等语。时将年暮，宝融拟俟新岁受命，但将太后敕颁示四方。

萧衍部署军马，即拟启行。竟陵太守曹景宗，劝衍迎宝融至襄阳，建都正位，然后进军。衍置诸不答。已有帝制自为之意。长史王茂语张弘策道："今使南康王置人手中，彼挟天子令诸侯，节下前进，受人指使，这岂他日的长计么？"弘策依言白衍，衍微笑道："若前途大事不捷，势且兰芝同焚；幸而得克，方且威震四海，怎敢不从！岂长是碌碌因人，听他处分么？"志意毕露。

先是陈、崔发难，人心不安，上庸太守韦睿道："陈虽旧将，非命世才，崔颇历练，庸懦不武，怎能成事？欲平天下，必在我州将呢！"乃遣二子结识萧衍。衍既起兵，睿率精兵二千，倍道诣襄阳，华山太守康绚亦率三千人往会，汋均口戍弁冯道根方居母丧，亦率乡人子弟依衍。梁南、秦二州刺史柳惔，即柳忱兄。亦起兵响应。

衍在沔南立新野郡，安置新附，候令调遣。都中已备闻消息，下诏讨荆、雍二州。命冠军长史刘浍为雍州刺史，遣骁骑将军薛元嗣、制局监暨荣伯，带领兵士，并运粮百四十余艘，送交郢州刺史张冲，使拒西师。元嗣等得江陵檄文，有张郢州悉力齐奋一语，未免生疑，且惩刘山阳覆辙，益有惧心。乃停住夏口浦，不敢入郢。嗣闻西师将至，张冲亦未通江陵，乃输粮入郢城。前竟陵太守房僧寄卸职还都，途次接得朝敕，令留守鲁山，除拜骁骑将军。张冲与他结盟，更遣军将孙乐祖率数千人助守。萧颖胄与邓元起寄书张冲，劝令归附，冲竟不从。杨公则兵至湘州，湘州行事张宝积迎降，公则驰入长沙，揭示安民。湘州遂定。

越年为永光三年，南康王宝融始称相国，颁令大赦，惟梅虫儿、茹法珍不在赦例。命萧颖胄为左长史，号镇军将军，萧衍为征东将军，杨公则为湘州刺史。衍自襄阳出兵，积雪开霁，众皆欢跃，留弟伟总府州事，憺守垒城。魏兴太守裴师仁、齐兴太守颜僧都，不受衍命，反举兵袭襄阳，幸伟憺发兵邀击，大破二军。裴、颜等遁去，雍州乃安，衍得无后顾忧。

行次竟陵，命长史王茂、太守曹景宗为前军，留中兵参军张法安守城。诸将共白萧衍，请用正军围郢，偏军袭西阳武昌，衍摇首道："房僧寄固守鲁山，与郢城为犄角，我若悉众前进，僧寄必来绝我后，悔无可及！今遣王曹诸军渡江，与荆州军合，共逼郢城，我自围鲁山，通道沔汉，使郢城、竟陵济粟，江陵、湘中济兵，兵多食足，何忧两城不拔！天下事正可坐定呢。"成算在胸。乃使王茂等率众济江。

进次九里，正值郢州参军陈光静前来搦战。由茂等一鼓杀退，光静身受重伤，还城即死。张冲闭城自守，茂与景宗遂进拔石桥浦。荆州将邓元起、王世兴、田安之率数千人来会雍州兵，湘州刺史杨公则亦悉众至夏口，萧颖胄命荆州诸军，皆受公则节度，另派参军刘坦为长沙太守，行湘州事。坦先尝任职湘州，素得民心，至是下车，民多欢迎。坦遂发民运粮，得三十余万斛，助荆雍军，兵食才免匮乏。衍筑汉口城阻住鲁山，且命水军将张惠绍游弋江中，断绝郢鲁二城往来。张冲恚愤成疾，便即逝世。骁骑将军薛元嗣与冲子孜及征虏长史程茂共守郢城。

两军尚相持未下，南康王宝融已由萧颖胄等劝进，即位江陵，改元中兴。就南北郊设立宗庙，宫府悉依建康旧制。立皇后王氏，授萧颖胄为尚书令，兼守本官，萧衍为左仆射，都督征讨诸军，夏侯详为中领军，晋安王宝义明帝长子。为司空，庐陵王宝源明帝第五子。为车骑将军，开府仪同三司，建安王宝夤明帝第六子。为徐州刺史，将军萧伟为雍州刺史，废主宝卷为涪陵王，大赦天下。梅虫儿、茹法珍仍不准赦。且遣御史中丞宗夬至夏口，慰劳衍军。宁朔将军庾域隶衍部下，为衍语夬道："黄钺未加，不便总率侯伯，君何不代为请命？"夬应诺而还。未几即由冠军将军萧颖达来助衍军，乘便传敕，假衍黄钺。衍欣然领命。小子有诗叹道：

未经建绩已怀奸，黄钺秉承始上坛；
千古枭雄同一例，果然名器假人难！

衍既受黄钺，即道出沔江，命王茂、萧颖达进逼郢城。欲知郢城攻守如何，容待下回再叙。

萧颖胄之起事江陵，实由萧衍诱成之，是颖胄之才智已非衍敌。宝融固一傀儡耳，颖胄亦一萧衍之傀儡也。曹景宗反劝衍奉迎宝融，安知衍之本意？衍岂甘居人下者！彼为衍效力诸军将，皆傀儡中之傀儡耳。观其初出夏口，即欲假黄钺，其居心已可概见。宋齐开国之主，何一不自假钺始耶！檄文一篇，却写得声容并壮，是南朝时代一篇好文字，故特录之。

第三十八回　张欣泰败谋罹重辟
王珍国惧祸弑昏君

却说萧衍出沔，命王茂、萧颖达等进逼郢城，薛元嗣不敢出战，但闭城严守，并遣使至建康乞援。宝卷已命豫州刺史陈伯之移镇江州，西击荆、雍，至是复令军将吴子阳、陈虎牙等率十三军往救郢州，进屯巴口。

萧颖胄令席阐文至军前语萧衍道："今顿兵两岸，不并军围郢，定西阳、武昌，转取江州，似已失计，不如向魏通好，乞师为助，尚是上策。"衍笑语道："汉口路通荆、雍，控引秦、梁，粮运资储，四面可达，所以兵压汉口，连结数州。今若并军围郢，又分兵前进，鲁山必截我后路，粮道不通，如何持久？西阳、武昌，非不可取，但取得二城，应该分兵把守，最少须有万人，粮饷相等，倘使东军西来，用万人攻两城，我若再分军应援，首尾俱弱，否则孤城必陷，一城失守，全局土崩，天下事从此去了！今若得拔郢城，西阳、武昌，自然风靡，何必先分兵散众，自取祸患呢！大丈夫举事，欲清天步，拥数州兵入诛群小，譬如悬河注火，一扑即灭，怎得北面事虏，求援戎狄？彼未信我，我已足羞，这是下计，何谓上策！卿为我还白镇军，即指颖胄。前途攻取，不妨悉委，事在目中，无虑不捷，但仗镇军静镇便了！”料得着，说得透。阐文唯唯而去。衍命军将梁天惠等屯渔湖城，唐修期等屯白阳垒，夹岸相对，专待东军到来。

吴子阳进至加湖，距郢城约三十里，见西师沿路设屯，不敢前敌，但倚山带水，筑寨自固。会值春水暴涨，衍使王茂等率领白师，夜袭加湖，子阳未曾预备，骤闻西军大至，战鼓喧天，急得心慌意乱，不遑部署。那王茂等已登岸攻寨，杀进帐中，子阳上马急奔，仓皇走脱，将士溺死杀死，不可胜计。茂等俘得余众，回营报功。郢、鲁二城闻子阳败去，相率夺气。鲁山守将房僧寄又遭病死，众推助防将孙乐祖为主，仍复拒守。无如粮食已罄，所有军士只在矶头捕鱼供食。

衍探悉情形，恐他出走，特遣偏军截住去路，一面致书劝降。孙乐祖窘迫无计，只好依了衍书，举城归顺。

郢城被围已经数月，士卒十死七八，守将薛元嗣、邓茂日坐围城，惶急万状。衍令孙乐祖作书招降，元嗣等以鲁山失守，孤城万难保全，不得已令张孜复书，情愿投诚。张冲故吏房长瑜语孜道：“前使君忠贯昊天，郎君亦当坐守划一，负荷析薪；若天命已去，惟有幅巾待命，下从使君，奈何觍颜出降呢！”孜不能从，与薛、邓等迎纳衍军。衍即令韦睿为江夏太守，行郢府事，恤死抚生，郢人大安。

诸将欲休兵夏口，缓日进行，衍叱道：“此时不乘胜长驱，直捣建康，尚待何时！”张弘策、庾域等亦以为然，乃整军出发，陆续东行。

可笑那齐主宝卷，尚在都中撤阅武堂，改造芳乐苑，恣意奢淫。苑中山石，概涂五采，闻民家有好树美石，概毁墙撤屋，徙置苑间。傍池筑榭，叠石成楼，复壁邃房，俱绘着裸体男女，作猥亵状。又就苑中设立店肆，使宦官宫妾，共为稗贩，命潘妃为市令，自为市吏录事。遇有争斗等情，概就潘妃判断，应罚应笞，一由妃意。宝卷自有小过，妃辄上座审讯，或罚宝卷长跪，甚且加杖，宝卷乐受如饴。后世之跪踏板者，想是受教东昏。复开渠立埭，躬自引船，埭上设店，入坐屠肉。都下有歌谣云："阅武堂，种杨柳，至尊屠肉，潘妃酤酒。"宝卷闻歌，愈觉得意，待遇潘妃，不啻孝子。潘妃生女，百日夭殇，他却自服衰绖，内衣亦悉著粗布，积旬不听音乐。群小来吊，盘旋坐地，举手受执蔬膳。后经伥子王宝孙等并营肴馐，云为天子解菜，方食荤腥。潘妃无福，不能早死，若此时病殁，倒有一个大孝子，应比潘妃女哀毁十倍。

潘妃父宝庆与诸小共逞奸毒，富人悉诬为罪犯，籍资归己，又辗转牵连，一家被陷，祸及亲邻，宝卷概不过问。惟素性好淫，虽然畏惮潘妃，尚引诸姊妹游苑，觑隙交欢。或为潘妃所闻，辄召入杖责，乃敕侍臣不得进荆荻，期免凌辱。古今无此愚主。又偏信蒋侯神，即蒋子文。迎入宫中，尊为灵帝，昼夜祈祷。嬖臣朱光尚自言能见鬼神，日引巫觋，哄诱宝卷。宝卷迷信益深，博士范云语光尚道："君是天子要人，当思为万全计。"光尚道："至尊不可谏正，当托鬼神达意便了。"既而宝卷出游，人马忽惊，便顾问光尚，光尚诡词道："向见先帝大瞋，不许屡出。"宝卷大怒道："鬼在何处？汝快导我前去，杀死了他！"遂拔刀促行。光尚无法，只得领他寻鬼，盘旋了好几次，方言鬼已遁去，因缚菰为明帝形，北向枭首，悬诸苑门。可恨可笑。

先是昭胄兄弟奔投崔慧景，慧景败死，昭胄等幸免株连，仍得以王侯还第，惟心中总不自安。前为竟陵王防阁将军桑偃，至是入宫，为梅虫儿军副，因感子良旧恩，谋立昭胄。子良即昭胄父，见三十六回。故巴西太守萧寅与桑偃友善，亦与同谋。昭胄预许寅为尚书左仆射护军，复遣人诱说新亭戍将胡松，约言宝卷出游，即闭城行废立事。若宝卷奔至新亭，幸勿纳入，松亦许诺。适宝卷新造芳乐苑，经月不出，偃等拟募健儿百余人，从万春门入刺宝卷，昭胄谓非良策，偃党山沙虑事久无成，转告御刀徐僧重，谋遂被泄。昭胄兄弟与桑偃等皆为所捕，同时伏诛。

胡松闻昭胄事败，隐怀危惧。会新除雍州刺史张欣泰与弟欣时递给密书，将与前南谯太守王灵秀，直阁将军鸿选等，奉立建安王宝夤，废去宝卷，诛诸嬖幸，乞松为助。松当然复书赞成。宝卷方遣中书舍人冯元嗣，往援郢州，茹法珍、梅虫儿及太子右卫率李居士、制局监杨明泰，送元嗣至新亭。欣泰使人怀刃，随着元嗣，俟法珍等入座饯别，突起斫元嗣头，坠入盘中。明泰慌忙救护，也被刺倒，剖腹流肠，虫儿亦受伤数处，手指皆堕，忍痛逃出。法珍、居士抢先急走，驰还台城，王灵秀趋至石头，迎入建安王宝夤，百姓数千人皆空手相随，欣泰亦驰马入宫。

说时迟，那时快，法珍等知有变祸，飞马奔还，先至禁中，闭门上仗，禁止出入。欣泰不得进去，鸿选亦不敢发，宝夤入憩杜姥宅，待至日暮，并没有喜信传到，从人渐渐溃散。宝夤再欲出城，城门已闭，城上有人守着，用箭射下，自知不能脱走，仍然折回，向隐僻处躲避三日。城中大索罪人，欣泰等次第见收，统遭死罪，连胡松亦俱收诛。宝夤索性出来，戎服诣草市尉，自请处分。还是此着。尉报宝卷，宝卷召宝夤入宫，问明原委，宝夤泣答道："臣在石头，不知内情，偏有人逼使上车，令入台城，左右皆有人监制，不许自由。今左右皆去，臣始得出诣廷尉，自行请罪。"亏他善诳，暂得保全性命。宝卷不禁冷笑，再经宝夤哀请，始令仍复爵位。宝卷还能顾全兄弟，不似乃父残忍。

嗣又命宝夤为荆州刺史，冠军将军王珍国为雍州刺史，辅国将军申胄监郢州事，龙骧将军马仙琕监豫州事，骁骑将军徐元称监徐州事，特简太子右卫率李居士，总督西讨诸军事，屯新亭城。旋闻江州刺史陈伯之降附衍军，乃更令居士兼领江州刺史。

伯之初镇江州，为吴子扬等声援，子扬败去，郢、鲁二城俱为衍有。衍语诸将道："用兵非必需实力，但教威声夺人，已足使远近丧胆。寻阳不必劳兵，一经传檄，自可立定了。"乃命查检俘囚，得伯之旧部苏隆之，厚加赏赐，令招伯之，且仍许伯之为江州刺史。过了数日，隆之返报，果得伯之降书，但云大军不应遽下。衍笑道："伯之虽云归附，还是首鼠两端，我军今宜往逼，使他计无所出，方肯诚心来降。"乃命邓元起引兵先驱，自率杨公则等从后继进。伯之退保湖口，留陈虎牙守湓城，虎牙即伯之之子。至衍军进薄寻阳，伯之只好迎降。

新蔡太守席谦从伯之镇寻阳，乃父恭祖曾为镇西司马，被鱼复侯子响杀死。子响事见二十八回。谦闻衍东下，语伯之道："我家世忠贞，有死无二。"伯之遂拔刀杀谦，出城迎衍，束甲待罪。衍托宝融命令，授伯之为江州刺史，虎牙为徐州刺史。汝南民胡文超亦起兵遥应。司州刺史王僧景遣子贞孙请降。衍遂留骁骑将军郑绍叔守寻阳，与伯之引兵东下。临行语绍叔道：

“卿是我萧何、寇恂呢！隐以汉高、光武自居，怎肯受制宝融。事若不捷，我应任咎，粮运不继，责专在卿。”绍叔流涕应命，衍得无后顾忧，专向建康。

忽由江陵驰到急使，报称巴西太守鲁休烈、巴东太守萧惠子璜，出兵峡口，东击江陵，将军刘孝庆败走，任漾之战死，江陵危急，请即遣还杨公则，顾救根本。衍复答道：“公则已经东向，若令他折回江陵，就使兼程趋至，亦恐不及。休烈等系是乌合，不能久持，但教镇军少须持重，便足退敌。必欲急需兵力，两弟在雍，尽可调遣，较易入援，请镇军酌夺！”来使还报颖胄，颖胄自遣军将蔡道恭，出屯上明，抵御巴军。

衍驱兵东进，直指江宁，宝卷以前次乱事不久即平，此次亦视若寻常，仅备百日刍粮，且顾语茹法珍道：“待叛众来至白门，当与一决。”嗣闻衍军已抵近郊，乃聚兵议守，特赦二尚方二冶囚徒，充配军役，惟已经论死，不得再活，即牵至朱雀门外，斩决了案。总督军士李居士自新亭出屯江宁，西军先锋曹景宗率兵至江宁城下，未曾列营，居士即出兵邀击，鼓噪而前，景宗麾军迎战，劲气直进，大破居士。居士遁还新亭，景宗乘胜进逼，王茂、邓元起、吕僧珍依次继进。新亭城主江道林引兵出战，被各军左右夹攻，悉数擒归。于是景宗据皂荚桥，王茂据越城，邓元起据道士墩，陈伯之据篱门。李居士侦得僧珍兵少，复率锐卒万人，薄僧珍垒。僧珍道：“我兵不多，未可逆战，须俟他入堑，并力向前，方可获胜。”俄而居士兵皆越堑拔栅，僧珍分兵上城，矢石俱发，自率马、步三百人，绕出居士后面，城上人复下城出击，号炮一声，内外齐奋，杀得居士胆战心寒，拨马奔回，又丧失了许多甲械。宝卷再遣征虏将军王珍国及军将胡虎牙率精兵十余万，列阵朱雀航南。宦官王宝孙持白虎幡督战，开航背水，自绝归路，示与西军拚命。两军初交，东军却是厉害，并力冲击，西军稍稍却退。王茂奋然下马，单刀直前，茂甥韦欣庆，手执铁缠矟，翼茂继进，曹景宗复麾兵直上，专向东军中坚，冒死突入，东军也抵死招架。鼓声咚咚，杀气腾腾，几乎天昏地暗，寒日无光。适遇西风骤起，飞石扬沙，吕僧珍乘风纵火，焚扑东营，珍国等不禁骇乱，纷纷退走。王宝孙持幡大骂，斥辱诸将。直阁将军席豪发愤西向，突入西军阵内，西军已经得势，就使生龙活虎，也要食肉寝皮，何况是区区一个席豪。当下将豪围住，你刀我槊，把豪槊成几个窟窿，眼见是不能活了。豪系著名骁将，一经战殁，全军瓦解，赴淮溺死，数不胜计，积尸与航等。宝孙亦弃幡逃回。只有这般胆力，何必信口骂人？

衍军追至宣阳门，都中恂惧，宁朔将军徐元瑜举东府城出降。青、冀二州刺史恒和奉召入援，见衍军势盛，也率众请降。光禄大夫张瓌弃去石头，奔还宫中。李居士孤守新亭，也穷蹙乞降。衍入石头城，令诸军围攻六门。宝卷命烧门内营署，驱兵民尽入宫城，闭门自守。外军筑起长围，把他困住，都人谓宝卷出游，随处障幔，叫作长围，见三十六回。便是预谶。衍家弟侄前遭懿难，逃匿各处，至此俱出赴军前，衍令他晓谕各戍，劝令从顺。于是京口屯将左僧庆、广陵屯将常僧景、瓜步屯将李叔献、破墩屯将申胄，相继奉书，愿归麾下。衍遣弟秀镇京口，恢镇破墩，各权授辅国将军，从弟景镇广陵，权授宁朔将军。

嗣接中领军夏侯详密函，报称颖胄病殁，因恐巴东西两军乘隙进逼，所以秘不发丧。衍作书答详，令亟向雍州征兵，自在军中，亦绝口不谈颖胄死事。详遂向雍征兵，留守萧伟，遣弟憺赴援。巴东西军闻建康已危，且有援军来攻，相率骇散。萧璝、鲁休烈不得已投降宝融。江陵乃为颖胄发丧，追赠丞相，封巴东公，予谥“献武”。速死为幸，否则和帝废死，颖胄亦恐难幸免了。

自颖胄死后，众望尽属萧衍。衍已得宝融诏敕，便宜从事，此时中外归心，更觉大权在握，可以任所欲为了。

宝卷为衍所困，城中军事，悉委王珍国，兖州刺史张稷入卫，受命为珍国副手，兵甲尚有七万人。宝卷与黄门刀敕及后宫健妇，习斗华光殿，佯作败状，仆地僵卧，令宫人用板舁去，号为厌胜。又尝跨马出入，用金银为铠胄，饰以孔翠，昼眠夜起，仍如平时。倒也亏他镇定。或闻外面鼓噪声，便自被大红袍，登景楼屋上，遥望外兵，流矢几及足胫，却也不甚畏惧，从容下楼，但遣朱光尚祷蒋侯神，求福禳灾。茹法珍发兵出战，一再败还，乃请诸宝卷，乞发库银犒军，振作士心。宝卷道：“贼来岂独取我么？何故向我求物！”愚鄙可笑。后堂贮数百具大木，法珍等欲移作城防，宝卷谓留此造殿，不得妄移，并饬工匠雕镂杂物，务求速成。岂已自知要死，速成玩物，以图一快耶？抑恃有蒋侯神默祷耶？众情无不怨怠，惟待早亡，但无人敢为首难。

梅虫儿又邀同法珍，入白宝卷道：“大臣不忠，使长围不解，陛下宜诛罪伸威，方得军人效命！”宝卷迟疑未决，那消息已传达军中。王珍国、张稷当然忧惧，即密遣亲吏出城，赍一明镜，献与萧衍，衍亦断金为报。各寓隐情。珍国遂与稷定谋，令兖州参军冯翌、张齐入弑宝卷，并约后阁舍人钱强，御刀丰勇之为内应。

时已残冬，宝卷在含德殿中，与潘妃等夜饮，仍然是笙歌杂奏，环珮成围。只此半夕了。钱强潜开云龙门，放入张齐、冯翌等人，自为前导，直趋含德殿，宝卷已经撤宴，潘妃等均返后宫。只宝卷饶有醉意，暂就殿中寝榻，为休息计。突闻兵入，即趋出北户，欲还后宫，宫门已闭，宦官黄泰平用刀刺宝卷膝，痛极仆地，外兵已经驰入，张齐执刀先驱，见宝卷仆地呼号，便手起刀落，劈作两段。宝卷年才十九，在位三年。

珍国与稷也引兵入殿，召尚书右仆射王亮等列坐殿前，令百僚署笺，并用黄绌裹宝卷首，遣博士范云等送诣石头。右卫将军王志叹道："冠虽敝不能加足，奈何倒行逆施呢！"遂佯作痴呆，不肯署名。云等既至石头城，萧衍大喜。且因与云有旧，留参帷幄，使张弘策等先入清宫，封府库及图籍。城中珍宝委积，由弘策禁勒部曲，秋毫无犯。杨公则率兵入东掖门，卫送公卿士民出城，俱使安归，毫不侵掠。惟拿下茹法珍、梅虫儿、王宝孙、王咺之等四十一人及妖艳淫靡的潘贵妃，拘系狱中，听候萧衍发落。衍乃入屯阅武堂，用宣德太后令，追废涪陵王宝卷为东昏侯，褚后及太子诵为庶人。小子因有诗叹道：

> 到底淫荒足杀身，为君在位仅三春。
> 孽妃受戮原同罪，但累妻孥作庶人！

欲知太后令中，如何措词，请看官续阅下回。

宝卷即位三年，变乱四起，至于荆、雍举事，已失上游，非陈显达之仅恃江州，崔慧景之专依京口，所得而比。乃犹撤阅武堂，筑芳乐苑，穷奢极欲，恣意荒淫，其致亡也必矣。萧昭胄意图自立，无兵可恃，张欣泰欲拥立宝夤，其失与昭胄等。假使外应荆、雍，伏甲以待，则他日成事，亦不失王侯之赏；乃自便私图，侥幸求逞，故宝卷可亡，而二人不能亡宝卷，反致速死。及西军长驱入都，宫廷被围，王珍国等谋贰于内，不烦兵戈，而昏主授首。萧衍无弑主之名，坐收讨乱之实，虽其智力过人，亦未始非乘势待时之利也。然举兵之始，即以天子自居，彼心目中固已无宝融矣。萧鸾残害骨肉，卒不能保全子嗣，终为疏族所篡夺，猜忍者果何益哉！

第三十九回　谏远色王茂得娇娃
窃大宝萧衍行弑逆

却说萧衍入屯阅武堂，即称奉宣德太后命令，晓示官民。大略说是：

皇室受终，祖宗齐圣，太祖高皇帝肇基骏命，膺箓受图；世祖武皇帝系明下武，高宗明皇帝重隆景业，咸降年不永，宫车早晏。皇祚之重，允属储元，而禀质凶愚，发于稚齿。爰自保姆，迄至成童，忍戾昏顽，触途必著。高宗留心正嫡，立嫡惟长，辅以群才，间以贤戚，内外扶持，冀免多难。未及期稔，便逞屠戮，密戚近亲，元勋良辅，覆族歼门，旬月相系。凡所任杖，尽慝穷奸，皆营伍屠贩，容状险丑，身秉朝权，手断国命，诛戮无辜，纳其财产，睚眦之间，屠覆比屋。身居元首，好是贱事，危冠短服，坐卧以之。晨出夜返，无复已极，驱斥氓庶，巷无居人，老幼奔皇，置身无所。东迈西屏，北出南驱，负疾舆尸，填街塞陌。兴筑缮造，日夜不穷，晨构夕毁，朝穿暮塞，络以随珠，方斯已陋，饰以璧珰，曾何足道。时暑赫曦，流金铄石，移竹蓺果，匪日伊夜，根未及植，叶已先枯，畚锸纷纭，动倦无已。散费国储，专事浮饰，逼夺民财，自近及远，兆庶恟恟，流窜道路，工商稗贩，行号道法。屈此万乘，躬事角觝，昂首翘肩，逞能橦木，观者如堵，曾无怍容。芳乐华林，并立阛阓，踞肆鼓刀，手操轻重，干戈鼓操，昏晓靡息，无戎而城，岂足云譬。至于居丧淫宴之愆，三年载弄之丑，反道违常之衅，牝鸡晨鸣之慝，于事已细，尚可得而略也。罄楚、越之竹，未足以言，校辛、癸之君，岂或能匹！征东将军忠武奋发，投袂万里，光奉明圣，翌成中兴，乘胜席卷，扫清京邑。而群小靡识，婴城自固，缓戮稽诛，倏逾旬月。宜速剿定，宁我邦家。乃潜遣间介，密宣此旨，忠勇齐奋，遄加荡朴，放斥昏凶，卫送外第。未亡人不幸遭此百罹，感念存殁，心焉如割。令依汉海昏侯即昌邑王贺。故事，宝卷降封为东昏侯，宝卷后褚氏及太子诵并为庶人。肃清宫掖，重见升平，未亡人亦与有幸焉。

看官！你想此时的宣德太后，出居鄱阳王故第，来管甚么朝事？也轮不着管。萧衍不欲自居废立，因借太后为名，这也是古今废立的常例。又托太后命令，进衍为大司马，录尚书事，兼骠骑大将军扬州刺史，封建安郡公承制行事，百僚致敬。王亮出见萧衍，衍与语道：“颠而不扶，焉用彼相！”亮答道：“若果可扶，明公亦不得有今日！”衍不禁大笑，即授亮为长史，以司徒扬州刺史晋安王宝义为太尉，仍领司徒，改封建安王宝夤为鄱阳王。衍弟宏得拜中护军。诛茹法珍、梅虫儿、王宝孙、王咺之等四十一人。潘贵妃尚在狱中，衍不忍加戮，意欲留侍巾栉，特商诸领军王茂。茂答道："亡齐乃是此物！若留居宫中，必招外议。"衍不得已勒令缢死。威福已享尽了。当下颁发赦文，蠲除敝制，放宫女二千人出宫，分赐将士。惟佘妃、吴淑媛华色未衰，衍早闻艳名，便即入镇殿中，据住二美。还有宫人阮氏，系始安王遥光妾媵，遥光败后，没入掖庭，也生得身材袅娜，体态轻盈，衍亦纳为彩女，随意谐欢。均为后文伏线。自古英雄多好色，这也不足深怪。

当时远近州郡，均望风纳款，独豫州刺史马仙琕、吴兴太守袁昂不肯受命。衍使仙琕故人姚仲宾招降，仙琕设筵相待，至仲宾述及衍意，被仙琕叱出，枭示军门。驾部郎江革，为衍致书袁昂，书中略云："根本既倾，枝叶安附？况竭力昏主，未足为忠，家门屠戮，非所谓孝，何苦幡然改图，自招多福。"昂复书婉拒，大致谓既食人禄，不便遽忘，请示含容，毋责后至等语。衍乃复命李元履为豫州刺史，出抚东土，令勿以兵威从事。元履至吴兴，昂仍然不降，但开门撤备，由他拘去。及转招仙琕，仙琕泣语将士道："我受人任寄，义不容降，君等皆有父母，不应令家属坐诛，我为忠臣，君等为孝子，两无所憾了！"乃悉遣将士出降，尚剩壮士数十人，闭门独守。俄而元履兵入，仙琕令壮士持弓相待，兵不敢逼。到了日暮，仙琕始投弓道："诸君但来见取，我义不降！"兵士始执住仙琕，槛送建康。衍见马、袁两人送至，亲为释缚，且语左右道："令天下见二义士。"两人感衍厚意，始皆归降。仍然降顺，前时何必做作！

衍前在竟陵王西邸，曾与范云、沈约、任昉等同处宾僚。

见二十七回。至是怀念故交，引范云为谘议，沈约为司马，任昉为记室。又征前吴兴太守谢朏、国子祭酒何胤，二人不至，衍迎宣德太后王氏入宫，即于中兴二年正月奉后称制，自撤“承制”二字，余官如故。沈约入语衍道：“齐祚已终，明公当入承帝运，虽欲自守谦光，恐不可复得了。”衍沉吟道：“此事可行得么？”约又道：“天人相应，何不可行！”衍复嗫嚅道：“且待三思。”约慨答道：“公初建牙樊沔，应该三思，今王业已成，何容疑虑！若不早定大业，将来天子入都，公卿在位，君臣分定，无复异心；果使君明臣忠，难道尚有他人助公作贼么！”极力怂恿，好个梁初走狗。衍始点首。

约既趋出，复召范云入议。云所对亦如沈言，衍欣然道：“智士所见略同，卿明早与休文更来。”云出语约，约答道：“明晨须要待我，同见大司马。”云笑道：“休文休文是约表字。何必多虑，当然相待。”遂拱手别去。诘旦云仍趋入，未见约至，待了多时，仍然没有到来。问明殿中卫士，方知约已早入，不禁惊诧异常。本欲闯将进去，又恐未奉传宣，不便遽入，乃徘徊寿光阁下，连呼咄咄怪事！攀龙附凤，应走先着，云自己落后，被人愚弄，何怪之有！既而见约出来，慌忙迎问道：“何以处我？”约举手向左，云始解颐道：“幸不失望！”看官道是何因？原来沈约左指，便是令云为左仆射的意思。云已经解意，所以转惊为喜，即得开颜。热中如此，可叹可鄙！

未几由衍召入，取出数纸，折递与云。云接入手中，约略瞧视，一纸是加九锡文，一纸是封梁王文，还有一纸，竟是内禅诏书，不由地失声道：“好快笔墨！”从范云目中看出，笔法不平。衍叹道：“休文才智，当今无匹。我起兵至今，已历三年，诸将同心辅助，各有功劳，但造成帝业，惟卿与休文二人！”云欣然称谢。

越数日，即诏进大司马衍位相国，总百揆，领扬州牧，封十郡为梁公，备九锡礼。又越数日，复诏梁公增封十郡，进爵为王。所有梁国要职，悉依天朝成制。于是授沈约为吏部尚书，兼右仆射，范云为侍中。云前为约诳，致落人后。此时日夕留心，恨不把梁王衍即刻抬上，便好做个开国元勋。自二月间衍封梁王，迁迟旬月，尚不闻准备受禅，连衍亦未曾提及，不禁格外心焦。常思乘间进言，偏衍深居简出，除出殿视事对众裁决外，整日里在内休养。有时云入启事，且往往谢绝，不得见面。仔细探听，方知衍为女色所迷，竟将大事搁起。

衍妻郗氏为故太子舍人郗晔女，幼即明慧，善隶书，通史传，女工女容无不娴熟。宋后废帝昱欲纳女为后，事不果行，齐初安陆王缅，又欲娶女为妃，郗家托词女疾，婚议复寝。建元末年，竟嫁衍为妻，伉俪甚谐。衍出为雍州刺史，郗氏随行，病殁襄阳官廨中，惟郗氏在日，性多妒忌，禁衍置妾。衍只有一妾丁氏，尝遭郗氏虐待，每日使舂米五斛。幸丁氏是一村女，不甚懦弱，却还吃苦得起，按日照舂。若有神助，从未违限，亦无怨言。郗氏迭生三女，不得一男，丁又遭忌，鲜得当夕。及郗氏病死，丁氏始得怀妊，产下一男，取名为统，就是后来的昭明太子。统生月余，衍起师围郢，丁氏母子当然是不便随行，留居雍城。带叙萧衍妻妾，贯穿前后。

及衍既入建康，已做了两年旷夫，骤得余、吴两姬，趋承左右，朝拥暮偎，欢乐可知。惟吴淑媛已经有娠，未便常侍枕席，遂令余妃专宠，日夕相亲。这位多才多智的梁王衍，也被那色魔扰住，几乎似醉似痴，沉湎不治。色之害人大矣哉！

云既洞悉情由，遂屡次求见。衍不好屡却，或许进谒，云请屏去左右，衍但说左右俱是心腹，有事不妨尽言。究竟投鼠忌器，属耳须防，云恐为左右泄语，未敢直谏，只得隐约陈情，劝衍戒色。衍虽然面允，耽乐如故。云乃想出一计，特邀领军王茂一同进谏。茂佐衍起兵，战必先驱，推为功首，初为雍州长史，超迁至领军将军，衍格外优待，言听计从。云得茂为帮手，便放胆进去，排闼入见。衍惊问何因，云朗声道："昔汉高祖居山东，贪财好色，及入关定秦，财帛无所取，妇女无所幸，范增畏他志大，后来终得成功。今明公始定建康，海内方想望风声，奈何为色所迷，取亡国女子，自累盛德呢！"衍默然不答，茂即下拜道："范云言是！公以天下为念，不宜留此亡国妇。"

衍被二人缠住，勉强答说道："我便当放她出去。"云趁势进言道："公既采纳愚言，便应速行。前时放出宫人二千名，分赏将士，独王领军尚无所得，王领军为公效力，忠勇过人，何为独令向隅？今愿将佘、吴二姬，择一为赐！"衍遽答道："吴氏已有娠了。"云复道："吴既有娠，请出佘氏赉茂罢。"说至此，以目视茂，茂即顿首拜谢。衍心实不愿，转思大事将成，不能为一女子违忤功臣，反滋众怨，因慨然语茂道："我便将佘氏赉卿！"说着，顾令左右，召出佘氏，竟命王茂领去。佘妃不防有此一着，急得蛾眉紧蹙，珠泪欲垂，当即拜倒衍前，嘤嘤泣语。衍不待启口，便拂袖起座道："汝去罢！不必多说了。"又顾王茂道："卿须善待此妇，勿负我言！"一面说，一面走入内室去了。有此决心，故得为帝四十余年。佘氏不好再留，只得起身收泪，随茂出门，上舆赴茂私第。从此又另是一番情缘，毋庸细表。倒便宜了王茂。

且说衍既放出佘妃，复赐云、茂钱各百万。是霸王权术。于是决计篡齐，准备参禅。湘东王宝晊系安陆王缅嗣子，素好文学，为衍所忌，诬他谋反，立即捕诛。宝晊弟宝览、宝宏一并受戮。还有邵陵王宝攸、晋熙王宝嵩、桂阳王宝贞，年龄都不过十岁上下，都缘宝晊连坐，悉令自尽。庐陵王宝玄忧死，鄱阳王宝夤穿墙夜出，逃匿山涧，昼伏夜行，得抵寿阳东城，投降北魏。明帝诸子，只剩了晋安王宝义及江陵嗣主宝融。衍乃奉表江陵，佯请宝融东归，入都为帝。宝融带领百官，便即启行，留萧憺为荆州刺史，都督荆、湘军事。

那边马首东瞻，这边已攀龙附凤，自行劝进。接连是上陈符瑞，迭报祯祥，或称景星见，或称甘露降，或称凤凰至，或称驺虞兴，种种奇异，不知他是真是假，统说是上天应命，百兽率仪。沈约、范云等又贻书夏侯详，教他迫主禅位，不得迟延。夏侯详见风使帆，乐得做个人情，同佐新朝景运。及宝融到了姑熟，便遣使入都，与范云、沈约等接洽，定受禅仪。应用诏书，已由沈约草就，便即颁发出来。语云：

夫五德更始，三正迭兴，驭物资贤，登庸启圣。故帝迹所以代昌，王度所以改耀，革晦以明，由来尚矣。齐德沦微，危亡洊袭，隆昌凶虐，实违天地，永元昏暴，取紊神人。三光再沈，七庙如缀，鼎业几移，含识知泯。我高明之祚，眇焉将坠，永惟屯难，冰谷载怀。相国梁王，天诞睿哲，神纵灵武，德格玄祇，功均造物，止宗社之横流，反生民之涂炭，扶倾颓构之下，拯溺逝川之中，九区重缉，四维更纽，绝礼还纪，崩乐复张，文馆盈绅，戎亭息警，浃海隅以驰风，罄轮裳而禀朔，八表呈祥，五灵效祉，岂止鳞羽祯奇，星云瑞色而已哉！勋茂于百王，道昭乎万代，固已明配上天，光华日月者也。河岳表革命之符，图谶纪代终之运，乐推之心，幽显共积，歌颂之诚，华裔同著。昔水政既微，木德升绪，天之历数，实有攸归，握镜璇枢，允集明哲。朕虽庸蔽，阇于大道，永鉴崇替，为日已久，敢忘列代之高义，神人之至愿乎！今便敬禅于梁，即安姑熟，一依唐、虞、晋、宋故事，王其毋辞！

这诏传出，那宣德太后王氏，当然是不能安居，也由沈约等代下一令道：

西诏至，帝宪章前代，敬禅神器于梁。可临轩遣使，恭授玺绶，未亡人便归别宫，如令施行。

中兴二年四月壬戌日，宣德太后遣尚书令王亮等奉玺绶诣梁宫，又有一两篇大文章。其玺书云：

夫生者天地之大德，人者含生之通称，并首同本，未知所以异也。而禀灵造化，贤愚之情不一，托性五常，强柔之分或舛。群后靡一，争犯交兴，是故建君立长，用相司牧，非谓尊骄在上，以天下为私者也。兼以三正迭改，五运相迁，绿文赤字，征文表洛。在昔勋华，深达兹义，眷求明哲，授以蒸人。迁虞事夏，本因心于百姓，化殷为周，实受命于苍昊。爰自汉、魏，罔不率由，降及晋、宋，亦遵斯典。我高皇所以格文祖而抚归运，畏上天而恭宝历者也。至于季世，祸乱洊臻，王度纷纠，奸回炽积。亿兆夷人，刀俎为命，已然之逼，若线之危，跼天蹐地，

> 逃形无所，群凶挟煽，志逞残戮，将欲先殄衣冠，次移龟鼎，衡保周召，并列宵人，巢幕累卵，方此非切。自非英圣远图，仁为己任，则鸱枭厉吻，翦焉已及。惟王崇高则天，博厚仪地，熔铸六合，陶甄万有。锋驲交驰，振灵武以遐略，云雷方扇，鞠义旅以勤王。扬旍旆于远路，戮奸宄于魏阙，德冠往初，功无与二，弘济艰难，缉熙敬止。袴旦同乎殷后，日昃过于周文，风化肃穆，礼乐交畅。加以赦过宥罪，神武不杀，盛德昭于景纬，至义感于鬼神。若夫纳彼大麓，膺此归运，烈风不迷，乐推攸在，治五韪于已乱，重九鼎于既轻，自声教所及，车书所至，革面回首，讴吟德泽。九山灭祲，四渎安流，祥风扇起，淫雨静息，玄甲游于芳荃，素文驯于郊苑，跃九川于清溪，鸣六象于高岗，灵瑞杂沓，玄符昭著。《书》云：天监厥德，用集大命。《诗》云：文王在上，于昭于天。所以二仪乃眷，幽明永叶，岂惟宅是万邦，缉兹讴讼而已哉！朕用是拥璇沈首，属怀圣哲。昔水行告厌，我太祖既受命，代终在日，天禄永谢，亦以木德而传于梁。远寻前典，降惟近代，百辟遐迩，莫违朕心。今遣使兼太保侍中中书监尚书令王亮，兼太尉散骑常侍中书令王志，奉皇帝玺绂，受终之礼，一依唐、虞故事，王其陟兹元后，君临万方，式传洪烈，以答上天之休命！

衍既得玺书，踌躇满志，只形式上未便遽受，不得不抗表陈让，佯作谦恭。又要抄老文章了。齐百官豫章王元琳等八百十九人及梁侍中范云等一百十七人，此次由范云列首，也算如愿以偿。再上书称臣，乞请践阼，衍尚谦让不受。太史令蒋道秀陈天文符谶六十四条，事皆明著，亏他掇拾。范云等又复固请，乃择期丙寅日，即位南郊，祭告天地，登坛受百官朝贺。改齐中兴二年为梁天监元年，大赦天下。废齐主宝融为巴陵王，暂居姑熟，宣德太后为齐文帝妃，迁住别宫。皇后王氏为巴陵王妃，齐世王侯封爵，悉从降省。惟宋汝阴王不在降例，追尊父顺之为文皇帝，庙号“太祖”，母张氏为献皇后，追谥故妃郗氏为德皇后，追赠兄太傅懿为长沙王，予谥曰“宣”，弟融为桂阳王，予谥曰“简”；又因弟敷、畅并殁，赠敷为永阳王，予谥曰“昭”，畅为衡阳王，予谥曰“宣”。封拜文武夏侯详为公侯，食邑有差。

还宫以后，复召入沈约、范云等密商，拟改南海郡为巴陵国，徙居宝融。云未及答，约忙说道：“不可慕虚名，受实祸。”梁主颔首，过了一日，即遣亲吏郑伯禽，驰赴姑熟，用生金进巴陵王。巴陵王宝融叹道：“我死不须金，醇醪亦足了。”乃取酒令饮，饮至沉醉，就将他拉毙榻上，年才十五。伯禽返报。衍却托称暴亡，伪为哀恸，且追尊为齐和帝，葬恭安陵。先是文惠太子与才人共赋七言诗句，辄云愁和帝，至此方验。总计齐自太祖萧道成篡宋，至和帝亡国，凡七主，共二十三年。当时独有一个齐末忠臣，不食数日，为齐殉节。小子有诗赞道：

新朝佐命尽弹冠，独有孤臣大节完，
劲草疾风知不改，首阳遗石好重刊。

毕竟何人殉节，且至下回叙明。

沈约、范云，同赞逆谋，而约尤为狡黠。与云同约，即负云先入，但慕荣利，不顾小信，其心迹尤为可鄙。且云尚知谏衍，请出佘妃，一节可取，而约独无闻。约第知劝衍受禅，迫宝融传位。即如宝晊等之受戮，亦安知非由约之参谋，不过史未之详耳。且衍废宝融，尚欲全其生命，而约独嗾使加弑，为衍弭祸，即为己固宠。范云之所不敢为者，约皆悍然为之，是衍之篡逆，实约一人首导之也。不然，衍因范云、王茂之直谏，能举佘妃而急出之，未始非可与有为之主，假令辅佐得人，亦宁不能为唐高、宋太耶！篡即未免，弑或不为，略迹论心，不能不深恶痛嫉于沈休文矣！

第四十回　萧宝夤乞师伏虏阙
魏邢峦遣将夺梁州

却说齐和帝被弑，有一位殉节忠臣，绝粒而死。看官欲问他姓名，乃是琅琊人颜见远。他本为荆州参军，及宝融称帝，进官御史中丞，至是独为齐死节。备书爵里，法本紫阳。梁主衍闻报，慨然说道："我自应天顺人，何预天下士大夫事？不意颜见远乃竟至此！"因命萧宝义为巴陵王，使奉齐祀。宝义幼有废疾，喑不能言，独不中时忌，得终天年。宣德太后逊居外宫，本来是个庸妪，任人播弄，故亦得寿终。后来祔葬崇安陵，由梁廷谥为安皇后。这也不必琐叙。了过齐朝。

梁主衍南面垂裳，大封勋戚，命弟宏为临川王，领扬州刺史；秀为安成王，领南徐州刺史；伟为建安王，领雍州刺史；恢为鄱阳王，授左卫将军；憺为始兴王，领荆州刺史。加领军中军王茂为镇军将军，中书监王亮为尚书令，左长史王莹为中书监，吏部尚书沈约为尚书右仆射，侍中范云为尚书左仆射。立子统为皇太子。置谤木，设肺石，各附一函。凡布衣处士，欲陈清议，可投谤木函中。功臣材士，欲伸屈抑，可投肺石函中。御用衣饰，概从朴素，常膳只备菜蔬。每简长史，务选廉平，皆召见前殿，勖以政道。小县令有能，迁大县，大县令有能，迁二千石，廉能知劝，吏治少清。惟尚有东昏余孽，隐怀反侧，推孙文明为首，密谋作乱。

五月初旬，天适阴雨，夜昏如墨。孙文明竟纠众起事，毁神虎门入总章观。卫尉张弘策直宿观中，被他杀毙。复烧尚书省及云龙门，军司马吕僧珍，亟召集卫兵，出御乱党。因天昏不辨咫尺，虽有火炬，总难用力奋斗。没奈何保住殿省，分堵各门。那乱党呼喊连天，声彻宫禁。梁主衍身著戎服，出御殿前，镇定众心，且语左右道："贼从夜间作乱，人必不多，待晓便散走了。汝等可传谕巡士，速击五鼓！"毕竟有智。左右领命出去，不到片刻，即闻更鼓五下，音响且清。这更声传达门

外，乱党疑是将晓，果然散去。偏遇镇军王茂，引兵入卫，把乱党拦住，或杀或捉，所有孙文明以下诸悍目，悉数擒住。诘旦骈诛，宫禁乃安。

才阅数日，接得豫章太守郑伯伦急报，内称江州刺史陈伯之造反，侵及豫章，请速发兵讨逆云云。原来伯之从梁主入都，受禅事定，令复原镇。伯之目不识书，一切予夺，俱取决幕僚。别驾邓缮，参军褚緭、朱龙符乐得乘间舞弊，恣为奸利。梁主闻知弊窦，乃请人代缮，伯之不肯受命。缮且劝伯之造反，緭亦一律赞成，便诈为齐建安王宝夤书，使伯之取示僚佐。伯之更对众泣语道："我受明帝厚恩，应誓死报德！"当下部勒兵士，移檄州郡。豫章太守郑伯伦整军为备，一面飞报朝廷。梁主览奏，便命镇军将军王茂兼领江州刺史，率兵讨叛。伯之正进攻豫章，与伯伦相持不下，偏王茂引军趋至来攻伯

之。城中守兵又由伯伦督领杀将出来。伯之内外受敌，不能招架，只好挈了亲属，夺路北走，绕出间道，渡江奔魏。

魏任城王澄，方受任为镇南大将军，迎纳齐建安王宝夤，宝夤奔魏见前回。优礼相待。宝夤为故主持丧，自服衰绖，居处一庐，澄率官僚赴吊，宝夤拜伏地上，泣请复仇。澄乃令自谒魏主，护送入洛。可巧伯之亦至，也拟请兵伐梁，遂由澄一并送行，随宝夤同赴洛都。

先是齐和帝即位江陵，魏镇南将军元英曾上书魏主，乞乘隙南侵。车骑大将军源怀也与元英同意，相继请命。魏主乃命任城王澄，为镇南大将军，领扬州刺史，经略江东。澄既受命，将欲出师，偏又接到魏主敕命，令他慎重，不应轻进。魏主不乘隙南下，实是失机。

此次齐宝夤到了魏廷，终日伏阙，定要乞师南伐，虽遇暴风大雨，终不暂移。好似一个申包胥。陈伯之亦请兵自效，诚恳异常，魏主恪乃召入宝夤，赐令旁坐。宝夤年只十七，与魏主相问答，语语呜咽，字字凄凉，说得魏主也为动容，遂允请发兵。过了两日，即授宝夤为镇东将军，加封齐王，都督东阳等三州军事，给兵万人屯东城。伯之为平南将军，仍任江州刺史，都督淮南诸军事，率旧部出屯阳石，俟秋冬交季，大举伐梁。宝夤闻命，尚通宵恸哭，达旦即诣阙拜命。真耶假耶！魏主见他惨形悴色，愈觉垂怜，又听宝夤自募四方壮勇，补充队伍。

宝夤叩首辞行，沿途募得壮士数千人，拔颜文智、华文荣等六人为军将，使统新军，且屡致书任城王澄，乞他上书提早师期。澄乃表闻魏主，略言萧衍堵塞东关，欲令巢湖泛滥，灌我淮南诸戍，且灌且掠，淮南地恐非我有。寿阳去江五百余里，众庶惶惶，并惧水害，若因民愿望，攻敌空虚，预集诸州士马，首秋大举，应机经略，就使不能混一，江西定可无虞了。魏主乃发冀、定、瀛、相、并、济六州兵马，得兵二万人，马千五百匹，令至仲秋中澣，毕会淮南。并寿阳屯兵三万，俱归任城王澄调度。就是萧宝夤、陈伯之两军，亦皆受澄节制。嗣复令镇南将军元英督征义阳诸军事，与任城王澄同时举兵。

梁同州刺史蔡道恭闻魏军将至，亟遣将军杨由收集城外居民，屯保贤首山，列为三栅。梁天监二年秋季，元英麾军至贤首山，围攻三栅，杨由督厉兵民，且战且守。约历旬月，兵民伤亡不少。由用法过峻，为民所怨，土豪任马驹斩由出降。

任城王澄命统军党法宗、傅竖眼、王神念等，分攻东关、大岘、淮陵、九山，高祖珍率三千骑为游军，澄自为后应。魏军连拔关要、颍川、大岘三城，白塔、牵城、清溪诸梁戍，望风奔溃。梁徐州司马明素率兵三千救九山，徐州长史潘法邻率兵二千救淮陵，宁朔将军王燮保焦城。魏将党法宗等长驱直进，锐不可当。一战拔焦城，王燮败溃，再战破九山，明素受擒，三战入淮陵，潘法邻被杀，势如破竹，直趋阜陵。

阜陵由南梁太守冯道根居守，道根先期月余，已修城隍，严斥堠，俨临大敌。僚佐笑为多事，道根道："诸君不闻怯防勇战么？若俟寇逼城下，何暇及此！"是谓有备无虞。已而城工粗竣，党法宗等有众二万，果然掩至，众皆失色，道根命大开城门，缓服登城，但遣精骑二百人，出城冲阵，东荡西突，撞倒魏军前队数百人，杀毙数十，从容退还。魏兵见所未见，又仰望城上高坐的冯道根，笑容可掬，毫无惧色，总道是城中设伏，不敢进去，便引兵却退。仿佛空城计。道根复遣百骑掩击高祖珍，亦得胜仗，且扬言将袭魏粮，党法宗等正恐粮运不继，慌忙引还。阜陵解严，道根因功超擢，得拜豫州刺史。

越年二月，任城王澄复举兵攻钟离，梁将军姜庆真乘虚袭寿阳，魏长史韦缵仓皇失措，急忙调兵抵御，已是不及，被梁兵攻入外郛。任城王太妃孟氏素有干才，勒众据守内城，激励文武，抚慰新旧，又亲披戎服，昼夜巡城，不避矢石，严定赏罚，因此人人争奋，守备遂坚。萧宝夤引兵来援，与州将合击庆真，庆真败走。孟太妃乃遣使报澄，令他安心进攻，澄遂把钟离围住。梁遣将军张惠绍等，输粮至钟离，为澄将刘思祖所邀，大战邵阳，梁兵败绩，杀虏几尽，惠绍等俱被擒去。思祖因功论赏，应封千户侯。侍中元晖向思祖索求二婢，思祖不与，元晖遂从中抑制，不令封侯，由是军心未服，不免懈体。

既而霪雨连旬，淮水暴涨，澄乃引还寿阳。一经退军，行伍自乱，由梁军追蹑数里，俘斩至四千余人。澄坐降三阶。梁主命将所俘将士向魏易还张惠绍等，得澄允许，彼此俘虏各得生还。

魏镇南将军元英闻澄无功还镇，不禁愤懑起来，遂投袂奋起，督兵围攻义阳。义阳城中，守兵不满五千人，粮食仅支半载，魏兵昼夜猛扑，声势甚锐。幸司州刺史蔡道恭随方抗拒，相持至百余日，魏兵无从攻入，反丧亡了许多人马，竟欲卷甲退还。

会道恭积劳成疾，竟致不起，呼从弟骁骑将军灵恩，兄子尚书郎僧勰及部下将佐，至榻前面嘱道："我受国厚恩，不能杀退虏众，愧愤交并！今疾苦缠身，万不可支，但望汝等效死守节，勿使我殁有遗恨！"灵恩等涕泣受命，道恭不久即殁。

灵恩摄掌州事，代守城池。梁主遣平西将军曹景宗及后军将军王僧炳，分领步骑三万，往救义阳。僧炳率二万人先进，行次凿岘，适魏冠军将军元逞等奉元英军令，趋至樊城，来截僧炳。僧炳上前搦战，见来兵不多，未免藐视，哪知鼓声一响，敌骑踊跃前来，冲突入阵，前队各军，统皆披靡，后队亦被牵动。僧炳弹压不住，只得返奔，失去四千余人。曹景宗趋至凿岘，正值僧炳奔还，不觉大惊，遂顿兵不进。统是酒囊饭袋。

义阳因丧了道恭，将士夺气。魏兵本欲引退，得此消息，反麾兵急攻。灵恩飞使求救，梁廷再遣宁朔将军马仙琕统兵赴急。仙琕转战而前，兵势颇锐，元英派将堵截，俱被击退。乃自至士雅山，结寨立栅，分命诸将埋伏四隅，掩旗示弱。仙琕恃胜生骄，直迫英营。英亲出挑战，才斗数合，即回马佯奔，诱至伏中，纵令伏兵四出，合攻仙琕。仙琕已知中计，但事已至此，不得不驱兵鏖斗。猛见敌军中有一老将，擐甲执槊，冲将过来，便命军士放箭，一箭正中老将左股。那老将不慌不忙，拔去箭镞，流血及趾，仍然猛力驰入，握槊四刺，槊毙梁兵多人，连仙琕子亦死槊下。仙琕不胜悲愕，引兵亟走。这老将便是魏统军傅永。永见仙琕败去，尚跃马前追，元英急向前拦阻道："公已受伤了，请还营休养，待我督兵追击罢！"永答道："昔汉祖受伤扪足，不令人知，下官虽微，也是国家一将，伤未及死，怎得畏缩呢！"说毕，仍然力追，俘获梁兵多名，及暮始返。永时年已七十三，全军皆为敬服。老当益壮。

仙琕输了一阵，再收集余众，尚得万人，复与元英决战。三战三败，阵亡大将陈秀之，余军不能再振，狼狈奔还。义阳城内的蔡灵恩，势穷援绝，只为了贪生怕死四字，竟违背兄言，举城降魏。千古艰难唯一死。平靖、武阳、黄岘三关，所有梁朝戍将，亦弃关南遁。魏封元英为中山王，傅永以下，俱得加赏，士马欢腾，不消细说。

惟梁廷连接败报，当然惊惶，御史中丞任昉奏弹曹景宗拥兵不救，应即加谴。梁主因他佐命有功，置诸不问，但令就南义阳建置司州，移镇关南，用卫尉郑绍叔为刺史。绍叔立城隍，缮器械，广田积谷，招集流亡，兵民安堵，复成重镇。魏人却也不敢进逼，惟据住义阳，扼要设戍罢了。

已而梁汉中太守夏侯道迁，复举汉中降魏。魏令邢峦为镇西将军，西略梁州，所向摧破。白马戍将尹天宝、景寿太守王景胤，都向益州告急。益州刺史邓元起观望不前。天宝战死，景胤败走，巴西太守庞景民又为郡民严玄思所杀，举地附魏。梁遣将军孔陵等率兵西援，一面招诱仇池军将，令他叛魏归梁，夹击魏军。

仇池自杨文德归宋，杨难当降魏后，彼此分事南北。见前文。文德弟文度据有葭芦，自立为武兴王，被魏击死。文度弟文弘，奉表魏廷，谢罪称藩，魏乃除文弘为南秦州刺史，授武兴王封爵，兼拜征西将军西戎校尉。文弘传侄后起，后起传子集始，集始又传子绍先，并受魏封。绍先年幼，委事二叔集起、集义。两人闻汉中入魏，恐仇池不免翦夷，又经梁人招诱，遂鼓动群氐，推绍先为帝，出截魏人粮道。

魏镇西将军邢峦拨兵邀击，得将氐众杀退。叙仇池事，简而不漏。又遣统军王足带领万骑，抵敌梁将孔陵，连战皆捷。陵退保梓潼。足攻入剑阁，趁势略地，凡梁州十四郡，尽为魏有，益州大震。梁假邓元起都督征讨诸军事，出援梁州，另授西昌侯萧渊藻代为刺史。

渊藻莅镇，见粮储器械悉被元起取去，免不得愤恨交乘，遂入元起营，乞拨还良马百匹。元起勃然道："年少郎君，要良马做甚?”渊藻愈愤，忍气而出。越宿邀元起过宴，托词饯行，更迭行觞，灌使烂醉。渊藻拔剑遽起，把他杀死。且指挥左右，尽戮元起随员，然后闭城自固。元起部曲，立营城外，闻元起被戮，便即围城，呼问元起罪状。渊藻登城朗声道:“天子有诏，命诛元起，汝等无罪，速宜敛甲归营，毋得取咎!”众乃散归。惟元起故吏罗研，诣阙讼冤，梁主以渊藻为兄懿次子，不忍加谴，但遣使责让，贬渊藻为冠军将军，恤赠元起，赐谥曰“忠”。未免失刑。

渊藻年未弱冠，颇有胆识，会益州乱民焦僧护，纠众起事，渊藻共乘肩舆，巡行贼垒，乱党聚弓乱射，箭如飞蝗，渊藻左右忙举楯为蔽，渊藻叱令撤去，大呼道:“汝等多是良民，奈何从贼!能射速射，不能射速降!”贼众闻言，俱为咋舌。又见所发各箭，统从渊藻身旁飞过，毫不受伤.更疑为神助。

不是神助，实由乱党乌合，未能射着。渊藻从容退归，贼竟夜遁，由渊藻发兵进剿，斩首数千级，僧护窜死，余党荡平。渊藻得进号信威将军。

魏将王足，进围涪城，邢峦且一再上表，请即大举入蜀，魏主独敕令从缓，但令王足行益州刺史，相机进兵。不识何意?不到数日，又命梁州军司羊祉代足，足很是怏怏。时魏主恪委政权幸，疏忌亲属，足恐遭谗被祸，即背魏归案。

邢峦失一骁将，叹息不置。自在梁州驻节，恩威并著，原是抚驭有方，大得众心。但一身不能分镇，所得巴西郡城只好遣军将李仲迁往守。仲迁好酒渔色，既莅任后，广采美姬，得了一个张法养女，妖淫善媚，宠爱异常，郡中公事，悉任属吏办理。就是邢峦有事，遣人往商，亦不得见他一面。使人返报邢峦，峦当然痛恨，正拟把他撤调，偏巴西已经变乱，仲迁被戕，首级献与梁人，一座城池，得而复失，又为梁人占据去了。

峦且恨且悔，更闻杨集义等围攻阳平关，因使建武将军傅竖眼领兵往讨，兼程前进。到了关下，大破氐众，集义遁走。竖眼乘胜逐北，掩入仇池，执住杨绍先，送入洛阳。集起、集义奔匿数日，穷无所归，也只得出降魏军。仇池自晋惠帝时，氐王杨茂搜始据此地，至是乃灭。改称武兴镇，寻又改为东益州，这是梁天监五年，魏正始三年间事。

那时梁主衍因失去司梁，无从泄恨，既得王足等投降，报称魏廷内容，才知魏政腐败，如咸阳王禧、北海王详等，均已受诛，外戚高肇，宠臣茹皓，内外弄权，谗害勋旧，正是有隙可乘的时候，遂命扬州刺史临川王萧宏，都督北讨诸军事，尚书右仆射柳惔为副，出次洛口，调兵北进。宏系皇室介弟，位虽隆重，材实平庸，骤然间手握兵符，身为统帅，看官试想，能胜任不胜任呢！小子有诗叹道：

兵为凶器战尤危，庸竖何堪使帅师！
梁室初年纲已紊，输人一著是萦私。

宏既出师，魏人怎肯退缩，当然遣兵派将，来抗梁师。但魏主恪委政权幸，上文未曾详叙，须待下回说明，看官少安毋躁，请阅下回便知。

萧宝夤避难奔魏，乞师魏阙，效申包胥秦庭之哭，似乎忠臣孝子之所为；然观后来之叛魏称帝，则无非借忠孝之名，觊一时之富贵耳。史称其伏阙终日，风雨不移，拜命前夕，恸哭达旦，过期尚悴色麄衣，未尝嬉笑者，皆伪态也。自宝夤乞师南下，而魏任城王澄，及镇南将军元英，分兵内扰，据有司州，镇西将军邢峦，又遣王足等夺据巴西，兵锋直达涪城。梁人东西奔命，应接不遑。虽萧衍以篡弑得国，不足深惜；然百姓何辜，遭此蹂躏，是岂非由宝夤之挟私图逞，贻害生灵乎？后人犹有以逡巡观望，为魏主咎者。夫欲咎魏主，即归美宝夤，一孔之见，实属大谬。论人者当就其终身行事，以下定评，岂可徒以一节称之？况第为声音笑貌云乎哉！

第四十一回　弟子舆尸溃师洛口
将帅协力战胜钟离

却说魏主恪即位时，改元景明，年仅十六，未能亲决大政，曾授皇叔彭城王勰为司徒，录尚书事。勰志在恬退，未几辞职归第，太尉咸阳王禧，进位太保司空，北海王详进位大将军，两王俱系魏主叔父，所以倚畀俱隆。魏主尊生母高贵人为太后，高氏为冯幽后毒毙，见三十二回。兄肇在朝，由魏主推类锡恩，特封为平原公，也得专政。见三十五回。还有太尉于烈，兼充领军，烈弟劲有女端好，得册为后，因此烈、劲并预朝权。政出多门，已成乱兆，再加幸臣茹皓、王仲兴、赵修、赵邕、寇猛等，居中用事，更觉庶政丛脞，泯泯棼棼。

咸阳王禧因权为所夺，致蓄异图，竟欲废帝自立，谋泄被诛。诸子削籍，家产分给高肇、赵修二家及内外百官。禧家财帛，不可胜计，百官所得分赐，每人得帛百匹，或数十匹，最少亦有十匹。宫人常作歌道："可怜咸阳王，奈何作事误！金床玉几不能眠，夜蹋霜与露；洛水湛湛弥岸长，行人哪得度！"

歌辞惋切，流传江表。

北海王详尝讦禧阴谋，至是得进位太傅，兼领司徒。高肇得官尚书令，茹皓任冠军将军。皓娶高肇从妹为妻，妻姊为安定王元燮妃。燮为详从父，详常出入燮家，见燮妃容貌妖冶，未免垂涎。燮妃高氏，亦见详丰姿秀美，远出燮上，两人眉去眼来，也不顾婶侄名分，竟做成了苟且的事情。嗣是与茹皓益相亲狎。皓虽闻详奸通妻姊，但因详权势方隆，亦乐得依附，引作党援。皓独不怕做元绪公么？直阁将军刘胄系详所引荐，与殿中将军常季贤、陈扫静等，皆党同详、皓，招权纳贿，无所不至。

高肇系出高丽，为详、皓等所轻视，偏魏主恪为母尊舅，格外优礼，事必与商。肇遂欲与详、皓争权，辄相谗构。肇兄偃生有一女，貌美色娇，得入为贵嫔，他即暗受肇嘱，与肇表

里为奸，诬称详、皓有谋逆情事。魏主恪方宠高贵嫔，当然信为真言，遂于正始元年四月，魏景明五年，改元正始。召中尉崔亮入禁中，使劾详贪淫骄纵，及茹皓、刘胄、常季贤、陈扫静四人，专恣不法，谋为不轨等情。亮依旨上奏，当夜收捕皓等，拘系南台。更遣虎贲百人，围守详第。诘旦赐皓等死，废详为庶人，锢居太府寺。详母高太妃，妻刘氏，仍居旧第，令五日得一视详。

高太妃家法素严，详有微罪，辄用絮裹杖，亲加笞罚，所以详平日贪淫，不敢白母。至此高太妃始悉淫烝事，向详怒叱道："汝自有妻妾侍婢，皆年少如花，何故与高丽婢犯奸？今致此罪，我若见高丽婢，当生啖彼肉！"说着，携杖去絮，挞详百下。详不胜痛楚，杖痕累累，皆至创脓。高太妃又指详妻刘氏道："汝亦大家女，门户匹敌，何畏何疑，乃不规谏夫婿？"

刘微笑不答，跪伏姑前，亦被杖数十。刘氏即宋王刘昶女，姿色寻常，为详所憎，她独不谈夫恶，情愿受杖，却是一位贤妇。

未几详即暴死，想是由魏主遣使暗害，但佯下诏敕，令得还丧故宅。所有诸王宗室，仍使奔赗，母妻等依然给饩，当时以详虽贪淫，罪不至死，共为惊叹不置。魏主复起彭城王勰为太师，勰固辞不获，乃遵敕就职。但高肇益得弄权，且劝魏主分拨卫队，监守诸王宅第。勰切谏不从，从此外戚有权，宗室反无权了。隐伏下文。

且说魏主闻梁师大举，已出洛口，乃授中山王元英为征南将军，都督扬、徐诸军事，率众十万，抵敌梁军，又使镇西将军邢峦，都督东讨诸军事，发定、冀、瀛、相、并、肆六州人马，约十余万，接济元英，魏兵尚未到齐，梁军已经先出。江州刺史王茂，侵魏荆州，诱魏边民及诸蛮，更立宛州，随遣所署宛州刺史雷豹狼等，袭取河南城。太子右卫率张惠绍，侵魏徐州，攻入宿预城，擒住守将马成龙。北徐州刺史昌义之，也得拔魏梁城。迭写梁军胜仗，反衬下文。

豫州刺史韦睿遣长史王超等攻小岘，日久未下。睿亲往行营，巡阅围栅，魏兵亦出数百人，列阵门外。睿即欲下令攻击，部将叩马进谏道："今日随驾来此，未具战备，请还镇授甲，方可进战。"睿驳说道："魏城中有二三千人，尚能固守，今无故出城列阵，必自恃骁勇，藐视我军，我若败他一阵，使他知惧，然后守卒寒心，此城可不攻自破了！"众尚面面相觑，各有难色，睿张目四顾，握节出示道："朝廷授我此节，并非徒饰外观，诸君相从有年，难道还未知韦睿军法么？"大众见他动恼，方才应令，乃并力向前，猛击魏兵。魏兵果自恃骁悍，齐来争锋，哪禁得睿军拚死，一当十，十当百，竟把魏兵击退。便乘势攻城，果然城中内溃，经宿即下。遂乘胜进薄合肥，就淝水设了一堰，令水汇集城旁，使通舟舰。

魏将杨灵胤率众五万，来救合肥，梁将恐众寡不敌，请睿奏请添兵。睿笑道："强虏当前，再求添兵，还来得及么？况我求添兵，彼亦添兵，何时得了？兵贵出奇，虽多何益！"说着，即列阵以待。至灵胤驱军过来，便冲杀前去。灵胤未曾防着，恰被睿驰突一场，折损了许多人马，退至数里下寨。睿本遣军将王怀静，筑垒堰旁，令他守堰。灵胤夜遣锐卒，攻破怀静营垒，复掩至堤下，兵容甚盛。睿众又欲退守巢湖，或拟还保三汊，睿变色道："哪有此理！"遂命取大纛旗矗立堤下，并下令道："堤存与存，堤亡与亡，妄动即斩！"既而魏人俱来凿堤，睿督众与争，擐弓攒射，箭伤魏兵多名，魏兵怯走。睿即

沿堤筑垒，约高数仞，并将斗舰架起垒上，与城相齐，然后鸣鼓督攻。城中人失去凭借，个个慌张，骇极而哭。守将杜元伦登城督战，中箭倒毙，蛇无头不行，兵无主自乱，就在夜间开城遁去。睿一面入城，一面发兵追逐，斩俘万余级，获牛马亦万数。

睿素来体弱，未尝跨马，每战辄乘白板舆，督厉将士，勇气无敌。平时与士卒同甘苦，极意拊循，所以令出必行，无战不胜。平时待下有恩，战时始可用威，否则士不用命，威亦何益，这是本段著眼处。灵胤亦闻风退走。叡率将士至东陵，有诏令他班师，乃悉遣辎重前行，自乘小舆殿后，从容还至合肥。魏人服睿威名，不敢追蹑。睿就把豫州官府俱迁入合肥城，即以合肥为豫州治所。庐江太守裴邃，也有能名，连拔魏羊石、霍邱二城，青、冀二州刺史桓和又克魏朐山及固城。

梁廷屡得捷书，盈廷相庆，哪知胜负靡常，得失无定！王茂到了河南城，被魏平南将军杨大眼，一鼓杀败，茂弃甲遁还，杨豹狼亦弃城逃走，河南城复为魏有了。张惠绍自宿预进发，北攻彭城，遣署徐州刺史宋黑，往围高塚，又被魏武魏将军奚康生，率兵来援，黑竟战死。惠绍继战亦败，仍退保宿预城。魏中山王元英及将军邢峦，先后继进，连战皆捷。再加魏平南将军安乐王元诠亦督后军随赴淮南，梁军都望风生畏，节节退还。桓和保不住固城，张惠绍保不住宿预，俱隳弃前功，仓猝南奔。前叙胜，后叙败，兔起鹘落，笔势不平。

那时临川王宏尚逗留洛口，拥兵不进。闻魏军进逼梁城，不禁生惧，亟召诸将会议，意欲旋师。吕僧珍首先开口道："知难而退，也是行军要诀。"宏即答道："我意也作是想。"柳惔接入道："我军出境，连克名城，怎得谓难？何必遽退！"裴邃亦说道："此次出师，原为杀敌而来，明知非易，奈何畏难？"马仙琕朗声道："王奈何自堕志节，甘取败亡！试想天子举全国将士，悉数付王，有前死一尺，无却生一寸！"昌义之更怒气勃勃，须发尽张，面唾僧珍道："吕僧珍直可斩首，岂有百万大兵，出未遇敌，便望风遽退！似此庸奴，尚有面目还见圣主么？"朱僧勇、胡辛生拔剑趋出道："欲退自退，下官当前向取死！"诸将亦含怒欲出，僧珍乃谢诸将道："殿下昨来风动，意不在军，深恐大致沮丧，故欲全军速返。"裴邃尚欲有言，见僧珍以目示意，乃含忍不发。俟大众尽退，宏亦入内，因复问僧珍道："公系佐命元勋，今为何自怯若此？"僧珍即附耳低语道："王不但全无谋略，且很是胆怯，我与王屡言军事，俱格不相入，看此情势，怎能成功！故不如见机退兵，还得保全大众。"邃始叹息而出。

宏因众情违沮，未便遽退，却亦未敢遽进。魏人知他不武，以巾帼相遗，宏虽不免怀惭，始终畏缩不前。当时魏人有歌谣云：“不畏萧娘与吕姥，但畏合肥有韦虎！”韦虎是指韦睿，萧娘指宏，吕姥指僧珍。僧珍听得此谣，越加愧叹，请遣裴邃分军取寿阳，宏终不从。

魏将奚康生，遣杨大眼请命元英，略言梁军屯留不进，畏我无疑，王若进军洛口，彼自奔败云云。英答说道：“萧临川虽然庸呆，部下却有良将，韦、裴诸人，皆未可轻视，汝等且静观形势，勿与交锋！”元英亦未免自沮，然用兵不可无良将，于此益见。

未几已值深秋，洛口暴风大作，继以骤雨，梁军相率惊哗。临川王宏竟潜率数骑夜遁，将士求宏不得，顿时四散，弃甲抛戈，填满水陆。宏乘小船渡江，趋至白石垒，天尚未明，便叩城求入。临汝侯萧渊猷系衡阳王萧懿第三子，据守垒城，

便登城问为何人？宏以实对。渊猷答道：“百万雄师，一朝鸟散，国家前途，可危孰甚！倘或奸人乘间图变，如何支持？此城地当冲要，不便夜开，且俟至天明罢。”宏亦无法，惟向渊猷求食，渊猷乃缒食馈宏，待旦方才纳入。渊猷颇不愧官守。

昌义之尚驻守梁城，闻洛口军溃，与张惠绍引兵退还。此次梁廷出师，倾国大举，器械统是精利，甲仗亦很整齐，出次半年，只招降了一个反复无常的陈伯之，与梁廷没甚利益。伯之亦旋即病殁。此外劳师縻饷，损失甚多，兵士溃散，及老弱死亡，差不多有五万人，这都由任将非人，徇私废公，所以遭此一跌呢。语意谨严。

魏主恪传诏各军，乘胜平南，中山王英进陷马头城，夺得城中积粟，悉数运去。梁主闻宏溃归，急命添戍钟离。或谓魏兵运粮北归，当不致南下，梁主衍道：“这真是狡虏诈计，怎

得不防！”此时还算明白。遂饬昌义之速入钟离城，缮垣浚濠，严兵守着。不到数日，魏兵前队，已到钟离城下，亏得昌义之先已防备，毫不仓皇，一攻一守，相持多日。

魏主复令邢峦引兵会攻，峦上疏道：“南军虽不善野战，却善城守，今尽锐往攻钟离，实为失策。钟离远处淮南，就使束手归顺，尚恐无粮可守，况顿兵城下，血薄与争呢！国家有事南方，转瞬经年，士卒劳敝，不问可知。愚意谓不如敛兵北返，修复旧戍，抚循诸州，徐图后举。”魏主不从，反促令进兵。峦复申奏道：“今中山王进军钟离，臣实未解。若专图南略，不顾万全，亦不如直袭广陵，或可掩他不备。乃徒载八十日刍粮，欲取钟离城，谈何容易！钟离天险，城堑水深，非可填塞，彼坚守不战，我师当然坐老；若遣臣接应，从何致粮？臣部下只带袷衣，未赍冬服，倘遇冰雪，又从何取济？臣宁受责逗挠，不愿同遭败损。陛下果信臣言，乞赐臣免职；若谓臣惮行求还，臣愿将所率部曲，尽付中山王，任他处分！臣不妨孑身单骑，听令驱策。倘知难不言，非但负将士，并且负陛下了！”颇有远识。魏主乃召峦还，另遣镇东将军萧宝夤助攻钟离。

钟离守将昌义之守备有余，因恐魏兵日增，不得不奉表求援。梁主因遣右卫将军曹景宗，督兵二十万，往救钟离，且令暂留道人洲，候诸军到齐，然后进发。景宗请先据邵阳洲尾，奉诏不许，他却违诏前进。途次适遇暴风，淹死数百人，乃还守先顿。梁主衍闻报，反有喜色道：“景宗不能独进，是天意教我破贼了！若孤军得行，猝遇大敌，必至狼狈，大将溃走，他有何望呢？”景宗静待各军，过了残冬，尚未能启行。

越年为梁天监六年，魏中山王英与平东将军杨大眼等，率众数十万，进围钟离。城北沮住淮水，不便合围，英特就邵阳洲上，筑桥跨淮，树栅为垒，屯兵攻城。英据南岸，大眼据北岸，督众猛扑，不舍昼夜。城中守卒才三千人，昌义之激励将士，随方抵御。魏人负土填堑，复用严骑迫蹙，人未及返，土又随压，连人带泥，叠入堑中。俄而堑满，即用冲车撞城，城土屡堕。义之用泥补城，随坏随补，终得堵住。魏人缘梯登城，更番相代，前仆后继，不少退却，经义之率领守兵，用着长刀大戟，刈人如草，但见魏兵随升随堕，始终不得登城。一日战数十合，前后杀伤万计，尸与城平，城仍未下。魏主因顿兵日久，召英使还，英不肯退兵，但请宽假时日。魏主又遣步兵校尉范绍，驰抵英营，相视形势。绍见钟离城坚固难下，亦劝英还，英仍不从。非败不归。

那时梁统帅曹景宗已经启行。豫州刺史韦睿亦受命会师，归曹景宗节度。睿自合肥出发，取便道赴钟离，所过阴陵大

泽，道多涧谷，随驾飞桥，立即济师。或虑魏兵势盛，请睿缓行，睿毅然道："钟离兵民，凿穴而处，负户而汲，不胜困惫，我等急往赴难，还恐不及，难道尚可延宕么？魏人已堕我腹中，愿卿等勿忧！"于是星夜前进。到了邵阳洲，才阅旬日，曹景宗亦即驰至。两下相见，似漆投胶，很是欢洽。景宗本来好胜，动辄陵人，惟韦睿年高望重，颇为景宗所敬礼，故毫无嫌疑，和衷办理。梁主衍也恐景宗使气，先给密敕道："韦睿老成，与卿有关乡望，卿宜厚待为是！"及闻景宗见叡，持礼甚谨，便欣然道："二将和衷，无不济事了！"想亦惩宏覆辙，故格外小心。

睿自率部众，夜逼魏营，堑洲设垒，通宵赶筑。南梁太守冯道根，为睿前驱，能走马步地，按步计功，才至天明，垒已成立。魏中山王英，总道他无此迅速，所以夜间不加防备。天

明出望，梁营已经屹立，距本寨仅百余步，不禁大惊，用杖击地道："是何神速至此！"魏将见梁营联接，横亘洲旁，旗帜器械，焕然一新，也相顾夺气。

杨大眼系杨难当孙，勇冠诸军，径率万余骑攻睿。睿结车为阵，按兵不动，俟大眼麾骑围绕，乃发出梆声。一声怪响，万弩齐发，洞甲穿胸，射得魏兵个个倒躲，连大眼右臂，也中数矢，只好退去。可惜只射中右臂，不能射他两目。

翌晨，英自督众来战，睿乘木舆，执白角如意，麾军对敌。杀了数十回合，英不能胜，怅然加营。过了两日，魏人复猛攻睿垒，飞矢如雨，睿登垒督守，绝不畏避。睿子黯请下垒避箭，及将士有怯噪声，统由睿厉声呵止，静镇不乱，仍然得安。

杨大眼臂创少愈，复遣兵四出，断截梁兵刍牧。曹景宗募得勇士千余人，竟至大眼营前，筑垒堵住，不令出掠。大眼一再来争，均被梁兵杀退，及垒既筑就，使别将赵草扼守，草内护外拒，刍牧无忧，因呼为赵草城。可谓劲草。

已而有朝敕到来，授他方略，乃是火攻计，令景宗与睿，各攻一桥。两将依敕待行，光阴易过，又是春暮，淮水暴涨六七尺，睿遣前锋冯道根，与庐江太守裴邃，秦郡太守李文钊等，各乘斗舰，奋击洲上魏兵，一战尽殪。别用小船载草，沃以膏油，纵火焚桥，风烈火炽，烟尘缭乱。道根等皆新自搏战，麾动锐卒，拔栅斫桥。桥梁栅木，半被毁去，半入淮流，顷刻俱尽。曹景宗因使众军鼓噪，奋突魏营，仿佛似川鸣谷应，海啸山崩。魏中山王英弃营亟走，杨大眼亦毁营窜去，诸垒依次土崩，抛戈弃甲，争投淮水中，多半溺毙，淮水为之不流。睿遣报昌义之，义之且悲且喜，不暇答语，但呼道："更生！更生"当下部署残军，也出城追虏。景宗与睿遣各军并力逐北，至涉水上。沿途尽情杀掠，伏尺四十里，生擒五万人，收获军粮器械，牛马驴骡，不可胜计。

景宗与诸将争先告捷，睿独居后。及义之邀诸军入城，置酒犒宴，请景宗与睿共席。酒酣兴至，掷骰为戏，设二十万钱为博注。景宗一掷得雉，睿徐掷得卢，他却忙取一子，翻将转来，情愿作塞，且边称异事。景宗一笑而罢。小子有诗咏韦睿道：

不贪名利不争功，德愈谦时望愈隆；
为问萧梁诸将士，阿谁能学韦公风？

景宗等既献捷报功，当由梁主下诏，命班师还朝。欲知凯旋后事，且看下回分解。

梁室诸将，莫如韦睿，次为裴邃。当时欲出师北伐，何不用睿为帅，邃为将，专阃得人，奏功自易事耳。不此之审，乃独用一无才无勇之临川王宏，宏虽介弟，未足统军，不战而逃，原意中事。假令当日无韦、裴二将，为敌所忌，魏中山王英等，直迫洛口，吾恐宏且南走之不暇，而全军且尽覆没矣！异哉萧衍，明知韦睿之为时望，而不能重用，几陷乃弟于死地。乃弟可死，如全军何！及钟离一役，又未尝专任韦睿，而独任曹景宗，令睿归景宗节制。幸睿素负重名，为景宗所敬礼，始得和衷共济，大破魏军。否则，景宗尝违诏进军矣；虽有密敕，令彼敬睿，亦乌足恃！然后知萧衍之智，不过寻常，无怪其老且益愚也！

第四十二回　诬通叛魏宗屈死　图规复梁将无功

却说曹景宗奉诏班师，还朝饮至，盈廷大臣，统皆列席。当时左仆射范云已早病逝，另用尚书左丞徐勉及右卫将军周捨，同参国政。左仆射沈约有志台司，终不见用。惟才华富瞻，兼长诗文，梁主衍有所制作，必令约属草，倚马万言。至是与宴华光殿中，遵敕赋诗，夸张战绩。曹景宗亦擅诗才，不得与赋，意甚不平，遂起求赋诗。梁主衍道："卿技能甚多，何必吟咏？"景宗求作不已，梁主衍见约所作，赋韵将尽，只剩得竞病二字，便笑语景宗道："卿能赋此二字否？"景宗索笔成书，立就四语，呈与梁主。但见纸上写着：去时儿女悲，归来笳鼓竞。借问路旁人，何如霍去病！梁主瞧毕，击节叹赏道："卿文武兼全，陈思王即魏曹植。不能专美了！"景宗顿首谢奖。及宴毕散座，梁主还宫，即颁发诏敕，进景宗为领军将军，加封竟陵公。韦叡为右卫将军，加封永昌侯。昌义之为征虏将军，移督青、冀二州军事，兼领刺史。余如冯道根以下，各受赏有差。越年出景宗为江州刺史，病殁道中，追赠征北将军开府仪同三司，予谥曰“壮”。是年尚书右仆射夏侯详，亦老病谢世。这且慢表。

且说魏中山王英及镇东将军萧宝夤，败奔梁城，魏廷言官，当然上章弹劾，请诛英及宝夤。魏主恪减等议罪，夺去二人官爵，除名为民。杨大眼亦坐徙营州。别简中护军李崇为征南将军，兼扬州刺史。崇深沉宽厚，颇得士心，出镇寿阳，远近畏服，所以钟离虽挫，淮右尚安堵如常。独魏主恪外宠高肇，内惑高贵嫔，疏忌宗室，迷信桑门，一切军国大事，未尝亲理。彭城王勰，虽起任太师，有位无权。勰兄广陵王羽，受职司空，好酒渔色，尝与员外郎冯俊兴妻私通。俊兴恚恨，伺羽夜游，骤出狙击，致受重伤，未几即死。羽弟高阳王雍，继任司空，学识短浅，无善可称。还有广陵王嘉，系太武帝拓跋焘庶孙，齿爵并尊，但好容饰。雍由司空擢太尉，嘉得进位司空，旅进旅退，备员全身。就是魏主四弟，如京兆王愉、清河王怿、广平王怀、汝南王悦等，资望皆轻，未足参政，所以北朝政令，几全出高氏手中。总叙魏主宗室，俱为后文伏案。

皇后于氏，本为魏主所宠爱，自纳高贵嫔后，宠遇渐衰。正始四年，后忽暴疾，半日即殂。宫禁内外明知由高氏加毒，但怕她势大，不敢显言。魏主已移情高氏，也没甚悲悼，惟依礼丧葬，谥为“顺皇后”，算作了事。于后有子名昌，年只二岁，越年三月，昌复得病，侍御师王显，不加疗治，由他啼号，才阅两日，一命呜呼。魏主仅得此子，忽然夭逝，当然比于后殁时，较为哀痛。嗣因高贵嫔从旁劝慰，仗着三寸慧舌，挽回一片哀肠，遂令魏主境过情迁，竟将于后母子二人撇诸脑后。就是王显失医等情，亦绝不问及。看官不必疑猜，便可知是高氏阴谋，巧为蒙蔽了。

于后世父于烈，出镇恒州，父于劲，虽留仕魏都，究竟孤掌难鸣，未敢奏讦。高氏得逍遥法外，任所欲为。

过了数月，高贵嫔即受册为后，太师彭城王勰上书谏阻，那魏主已堕入迷团，任他如何苦口忠言，统已逆耳不受，反令勰得罪高氏，视若仇家。高肇恃势益骄，权倾中外，妄改先朝成制，削封秩，黜勋臣，怨声盈路，朝野侧目。度支尚书元匡，独与肇抗衡，先自造棺，置诸厅间，拟舆棺诣阙，详劾肇罪，然后自杀，隐寓尸谏的意思。忠而近愚。事尚未行，适奉诏议权量事，与太常卿刘芳互有龃龉。高肇主张芳议匡不直肇，便据理力争，且表称肇指鹿为马，必为国害。魏主尚未批答，偏奏斥元匡的弹章，相继呈入，署名为谁，就是前充侍御师，后升中尉的王显。可见前次失医皇子，明是高氏授意。当下将两奏尽行颁出，命有司论奏，有司皆趋承高肇，统复称元匡诬谤宰相，应处死刑。还算魏主加恩宽免，但降匡为光禄大夫。

权豪跋扈，祸变猝来，魏主弟京兆王愉，忽自信都起兵构乱，也居然称帝改元，托言高肇谋逆，魏主被弑，不得不从权继立，入讨乱臣。看官听着！高肇虽然专横，究竟尚未弑逆，如何京兆王凭空捏造，骤敢作乱？说将起来，也有一段隐情。

先是魏主恪颇知友爱，尝令诸弟出入宫掖，寝处与共，不异家人。愉由护军将军迁授中书监，入直殿阁，更成常事。魏主为娶于后妹为妃，于氏貌不动人，未得愉欢。愉另纳妾杨氏，能歌善媚，宠擅专房。只因杨氏出身微贱，特令拜中郎将李恃显为养父，冒姓为李。产下一子，取名宝月。于妃未免妒恨，屡入宫诉告乃姊，于后因召李入宫，亲加斥责，且勒令为尼，把宝月归妃抚养，愉虽不能抗命，心中总系念宠妾，日夕不忘，乃托人请求后父，乞为转圜。时于后尚未产男，后父于劲，也劝后格外包容，使魏主得广纳嫔御。又因愉屡次请托，乐得替他说情，仍将李氏归愉。于后本来柔淑，遂勉承父命，遣还李氏。碧玉重归，情好益笃。自高肇用事，高贵嫔得立为继后，魏主信任外戚，摈斥宗亲，待遇诸弟，迥异从前。愉又喜引宾客，崇奉佛道，用度浩繁，常患不足，渐渐地纳贿营私，致有不法情事。高肇害死于后，常恐于氏报复。愉为于婿，适中肇忌，所以日陈愉短，谮毁多端。魏主恪召愉入宫，面数罪恶，杖愉五十，出为冀州刺史。

愉既莅任，愤无所泄，乃欲乘间构难，冒险求逞，长史羊灵抗词谏诤，竟为所杀。司马李遵畏死相从，遂诈称得清河王怿密函，说是高肇弑逆，应该继统讨罪。当下筑坛城南，自称皇帝，改元建平，伪诏大赦。又把这娇娇滴滴的爱妾抬举起来，立为皇后。以妾为妻，第一着便铸成大错，怎得济事？法曹参军崔伯骥，不肯从命，又为所杀。且逼令长乐太守潘僧固一同起事。僧固系彭城王勰母舅，为此一隙，遂令一代贤王，也陷入案中，平白地做了一个枉死鬼魂。

高贵嫔得为继后，勰尝谏阻，高氏恨勰甚深，只苦无隙可乘，不能置诸死地。可巧僧固附逆，被高肇吹毛求疵，抵隙下石。一面请遣尚书李平，督军讨愉，一面诬奏彭城王勰，说他与愉通谋，纵舅助逆，应速除内应，才戢外奸。魏主恪尚称明白，把遣发李平一奏，立即允议，独将彭城王一案暂从搁置。

高肇怎肯罢手，嗾使侍中元晖，申疏论勰，晖不肯从。乃更嘱郎中令魏偃，前防阁高祖珍，交章谗构，证成勰罪。魏主方才动疑，召问元晖，晖力白冤诬。晖亦一小人，此时独持正论，故特揭之。魏主乃更问高肇，肇又引魏偃、高祖珍，共陈勰有通谋实情，说得魏主不能不信。再加那艳后从中煽惑，遂决计杀勰，竟与高肇等定谋，征令入宴，秘密行诛。

越宿即遣出中使，召勰及高阳王雍、广阳王嘉、清河王怿、广平王怀，入宴禁中，肇亦与宴。勰妃李氏方产，固辞不赴，中使一再敦促，不得已与妃诀别，乘牛车入东掖门。将度小桥，牛不肯进，牛果能则知耶！由中使解去牛缆，挽车驰入。彼此列席宴饮，直至黄昏，尚无他变。大家都有酒意，各起至别室休息。

才阅须臾，忽由卫军元珍，引着武士，赍鸩前来，逼勰使饮。勰瞿然道："我有何罪？愿一见至尊，虽死无恨！"元珍道："至尊不能再见！"勰复道："至尊圣明，不应无罪杀我，诬告何人，愿与一对曲直！"元珍不应，但目视武士。武士用刀环击勰三下，勰抗声道："冤哉皇天！忠乃见杀。"武士再用刀击勰，勰乃取鸩饮讫。毒尚未发，又被武士刺死。翌晨用褥裹尸，载归故第，诈云因醉致死。李妃闻报，向天大号道："高肇枉理杀人，天道有灵，怎得善终！"魏主佯为举哀，赙赠从厚，赐谥"武宣"。及举柩出葬，行路士女，统望柩流涕道："高肇小人，枉杀如此贤王！"嗣是中外舆情，益恨肇不休。莫谓直道无存！

那李平督领各军进攻信都，愉出城拒战，屡战屡败，乃闭门静守。李平分兵围城，连日攻扑，闹得城中昼夜不安，各生贰心。再加河北各州已由定州刺史安乐王诠，檄称魏主无恙，休信叛王讹言，遂致鬼蜮伎俩，俱被瞧破，没一人信从伪主。愉情势两穷，没法摆布，只好挈了伪后及爱子四人，并左右数十骑，溜出后门，命伪冀州牧韦超，居守信都。李平闻愉出走，亟遣统军叔孙头追捕，自督将士登城，即日攻入，杀死韦超，揭榜安民，全城复定。叔孙头也将愉等拿到，不漏一人，便由平奉表告捷。

高肇等请就地诛愉，魏主不许，但命械送洛阳，责以家法。平乃派将送愉及愉妾李氏子四人乘驿解往。愉每止宿亭，必与李氏握手言情，备极私昵，一切饮食，悉如平日，毫无怍容。行至野王，由高肇传到密令，迫愉自杀。愉服毒待尽，且语人道："我虽不死，亦无面目见至尊。"又与李氏永诀，悲不自胜，俄而气绝，年只二十一。李氏与四子至洛，魏主赦免四子，惟拟置李氏极刑。中书令崔光谏道："李氏方娠，刑至刳胎，乃桀、纣所为，严酷非法，须俟产毕，然后行刑。"魏主依议，按功行赏，加李平散骑常侍，即令还朝。平入信都，从参军高颢言，宥胁从，禁杀掠，子女玉帛，一无所取，还都以后，中尉王显，索赂不得，遂劾平隐没官口，乱党子女，应没入宫廷，叫作官口。显有情弊。高肇亦恨他毫无馈遗，奏除平名，有功反罪，国事更可知了。不乱不止。

梁天监七年，魏郢州司马彭珍等叛魏降梁，潜引梁兵趋义阳。三关即平靖、武阳、武胜三关，并见前文。戍将侯登亦向梁请降。魏悬瓠军将白早生，又杀死豫州刺史司马悦，自号平北将军，致书梁司州刺史马仙琕，乞发援师。仙琕上书奏闻，梁主衍令仙琕往援早生，且授早生司州刺史。仙琕进屯楚王城，但遣副将齐苟儿率兵二千，助守悬瓠，魏复起中山王英都督南征诸军事，出援郢州。再命尚书邢峦行豫州事，领兵击白早生。峦尚未发，先遣中书舍人董绍抚慰悬瓠，早生执绍送建康。峦闻绍被执，忙率骑士八百，倍道兼行。五日至鲍口，早生遣将胡孝智，领兵七千，出城二百里逆战，为峦所破，遁还悬瓠。峦进至汝水，早生自往截击，又复败还。峦遂渡水围城。魏宿预守将严仲贤，因邻境被兵，正拟戒严，参军成景隽刺死仲贤，竟举城降梁。于是魏郢、豫二州属境，自悬瓠以南，直至安陆，均为梁有。惟义阳一城，为魏坚守。

中山王英虑兵不敷用，求请添兵。魏主但遣安东将军杨椿，率兵四万，进攻宿预。命英就邢峦军，同攻悬瓠。悬瓠城已经危急，复见英军助攻，越加恟惧。白早生尚欲死守，偏自司州遣来的齐苟儿遽开城出降。苟儿应改名狗儿，故愿乞怜外族。魏兵一拥入城，擒斩早生及余党数十人。英乃引兵赴义阳。

义阳太守辛祥与郢州刺史娄悦，婴城共守。梁将军胡武城、陶平虏引兵进逼，祥与悦共议战守事宜。悦但主守，俟英来援，祥独主战，夜率壮士掩袭梁营。梁人果然中计，胡武城仓猝逃还，陶平虏略慢一步，被辛祥活捉了去。义阳得安。悦耻功出祥下，奉书高肇，掩没祥功，赏竟不行。

中山王英到了义阳，梁兵早已败去，乃欲规取三关。先与众将计议道："三关相须，如左右手，若攻克一关，两关可不战自下。攻难不如攻易，应先攻东关东关即武阳关。为宜。"众将自无异言。英又使长史李华，引兵赴西关，即平靖关。牵制梁军，自督诸军向东关。六日而下，虏得守将马广、彭瓮生、徐元季，再移兵攻广岘。守将李元履遁去，又攻西关，梁将马仙琕亦遁。

梁主亟遣韦睿往援仙琕，行至安陆，闻三关已经失守，忙入城为备，增筑城垣二丈余，更开大堑，起高楼，收集溃卒，严加防堵。部将或以怯敌为疑，睿笑道："为将当有怯时，怎可徒恃勇气！"马仙琕等陆续退还，魏中山王英，乘胜急追，欲复邵阳旧址，及闻睿复出守安陆，不免生畏，便即退师。

梁主以连岁用兵，师劳力竭，特释魏中书舍人董绍，召入面谕道："两国战争，连年不息，民物涂炭，彼此同忧，吾今释卿归国，愿修和好，卿宜备申朕意。若果罢战息民，我愿将宿预还魏，魏亦当还我汉中。"绍唯唯遵谕，辞还洛都，即将梁主意旨，详报魏主。魏主不从，南北失好如故。

已而魏荆州刺史元志，率兵七万攻潺沟，驱迫群蛮，群蛮皆渡过汉水，乞降雍州。梁雍州刺史侯昺，收纳群蛮，使司马朱思远部勒蛮众，往击魏军。蛮众积忿竞斗，大破元志，斩首万余级，元志走还。

过了两年，天监十年。琅琊土豪王万寿，纠众戕官，据住朐山，密召魏兵。魏徐州刺史卢昶，遣戍将傅文骥赴援，青、冀二州刺史张稷，发兵往剿，与战失利。文骥入据朐山，梁廷遣马仙琕往攻，把朐山城围住，困得水泄不通。朐山无粮可因，樵汲复断，文骥无法可施，没奈何开城出降。卢昶不谙军事，仓猝往援，途次接得朐山败报，回马就逃，部众皆溃。时值大雪，冻皲甚多，又经仙琕追击，十死七八，粮畜器械，丧失无数。

惟张稷还兵郁洲，青、冀二州宋时已被魏陷没，南朝借郁洲地侨置青、冀州治，事见前文。自愧无功，心益郁闷。他尝仕齐为侍中，东昏被废，稷曾与谋。梁主衍因他有功，迁任左卫将军。稷自谓功大赏薄，每当侍宴，辞色怏怏。梁主衍瞧透情形，便向他嘲笑道："卿与杀君主，有何名称？"稷答道："臣原无美名，不过对着陛下，未为无功。况东昏暴虐，义师一起，天下归心，岂止臣一人响应么？"梁主掀髯微哂道："张公真足畏人！"语带忌刻。乃命他为安北将军，领青、冀二州刺史。稷仍未惬望，莅镇后懒治政事，宽弛失防。朐山一役，无功而归，僚吏益多轻视，乐得暗地营私。

好容易过了二年，郁洲人徐道角招集亡命及许多怨民，夤夜袭入州城，闯进官廨，怀刃害稷。稷长女楚瑗为会稽孔氏妇，无子归宗，随稷在任。至此挺然出来，以身蔽父。乱党见人便斫，管甚么孝女烈妇，第一刀杀死楚瑗，第二刀将稷剁毙。不没楚瑗，意在阐幽。索性枭稷头颅，函送北朝，作为贽献礼物。魏主调兵收降，偏被梁北兖州刺史康绚，走了先着，引兵掩入郁洲，捕诛乱党。及魏兵东下，徐道角早已伏辜，郁洲平定如恒。那魏兵也只得敛甲告归。

梁主本不满张稷，追论稷病民致乱，削夺官爵。稷固无状，稷女何不旌扬！嗣复与沈约谈及，尚觉不平。约答道："已往事不必复论。"梁主陡然忆起，知约与稷尝联婚谊，不由地愤愤道："卿作此语，好算得忠臣么？"语毕入内。约骤遭诘责，不觉惊惶，连梁主入室时都似未见，仍然呆坐。经左右呼令趋退，方惘惘还第。未曾至床，却悬空睡将下去，跌了一交，几乎中风。家人忙扶他入寝，延医服药，稍得免痛。到了夜间，忽大叫道："阿哟！不好了！不好了！舌被割去了！"小子有诗叹道：

为慕虚荣不顾名，与谋篡弑得公卿；
可知夜气销难尽，妖梦都从胆怯生。

究竟何人割舌，待至下回报明。

先圣有言，女子小人为难养，养且不可，况宠信乎！高肇小人也，高贵嫔为女子，更无庸言。魏主恪委任高肇，使握朝纲，嬖宠高贵嫔，使攘后位，内有艳妻，外有豪戚，女子小人，表里用事，毒于后，害皇子昌，谮京兆王愉，诬彭城王勰，阴贼险狠，莫此为甚。愉迫于私忿，遽敢称戈，野王之戮，尚其自取。勰为中外属望之贤王，乃冤诬致死，妨贤病国，高氏宁能长存乎？顾魏政不纲，朝野解体，降梁者日益众，梁出师图复郢、豫，旋得旋失，终归败挫，非魏将之勇略过人，实梁无良将之所致也。梁有一韦睿而不能重用，何怪其屡出无功乎！朐山、郁洲之平乱，其犹为幸事哉。

第四十三回　充华产子嗣统承基
母后临朝穷奢极欲

却说沈约夜卧床中，精神恍惚，似觉舌被割去，痛不可耐，乃拚命呼救。待家人把他唤醒，尚觉舌有余痛。细忆起来，乃是南柯一梦。梦中见齐和帝入室，手执一剑，把自己舌根截去。于是越想越慌，嘱家人召入一巫，令他详梦。巫不待说明，便道是齐和帝作祟，乃即挽巫祷禳，日夕忏醮。并自撰赤章，焚诉天廷，内称禅代情事，统是梁主衍一人所为，与己无涉。人且不可欺，天可欺乎？凑巧梁主遣御医徐奘往视约疾，得见赤章，问明原由，才知梦状。当下还宫复命，据实具陈。梁主不禁怒起，立遣中使责约，略言禅让草诏，皆约所为，怎得诿诸朕躬！约愈加惶急，既畏主谴，又惧冥诛，两忧相迫，便即毙命，寿已七十三岁了。不死何为？

梁主还算有情，仍赠本官，赙钱五万，布百匹。朝议请赐谥为“文”，梁主烛改一隐字。颇合沈约行谊。约以文名著世，所撰晋书百一十卷，宋书百卷，齐纪二十卷，宋文章志三十卷，文集百卷。又制四声谱，自谓穷神入妙。梁主衍不以为奇，且问参政周捨道：“何谓四声？”捨举“天子圣哲”四字，表明平上去入的四声。梁主淡淡地答道：“这也有甚么奇怪呢？”遂将韵谱搁起，不复遵用。后来却流传人世，推为巨制。

当时与约齐名，尚有江淹、任昉等人。淹字文通，仕齐为秘书监，梁主起兵，却微服往投。嗣迁金紫光禄大夫，封醴陵侯。天监四年逝世，予谥曰“宪”。淹少年好学，尝梦神人授以五色笔，遂擅文才。晚年又梦神人将笔索还，从此遂无妙句，时人叹为江郎才尽。平生著作百余篇及齐史十志，并传后世。

昉字彦升，雅善属文，尤长载笔，起草即成，不加点窜。母裴氏尝昼寝，梦见一彩旗盖，四角悬铃，从天坠下，一铃落入怀中，惊动有娠，遂得生昉。昉在齐末，亦官司徒右长

史。梁主入都，召为骠骑记室参军，寻拜黄门侍郎，迁吏部郎中。天监六年，出为宁朔将军，领新安太守，为政清约，辄曳杖徒行，为民决讼视事。期年病殁官舍，百姓怀德不忘，就城南设一祠堂，岁时祭奠。梁主亦闻讣举哀，追赠太常卿，予谥曰“敬”。留有杂传二百四十七卷，地记二百五十二卷，文章三十三卷，亦传诵士林，历久不磨。

此外尚有前侍中谢朏，亦素有文名，齐季归隐田里，屡征不起。梁初又征朏为侍中，朏仍不至。嗣忽自乘轻舟，诣阙陈词，有诏命为侍中司徒尚书令，朏表称足疾，不堪拜谒，但戴角巾，坐肩舆，诣云龙门谢诏。梁主召见华林园，又乘小车就席，翌日梁主又亲至朏宅，宴语尽欢，朏固陈本志，未邀俞允，因请还里迎母，为梁主所允准，赋诗送别。寻奉母至京师，虽奉诏受职，不治官事，未几即丁母忧，仍令摄职。服阕

后改授中书监司徒，旋即病死。追赠侍中司徒，谥曰“靖孝”。著有文章书籍，亦广流传，不过晚节不终，迹近矫诈，免不得贻讥公论呢。类举文士，亦寓重才之意。这且不必细表。

且说魏主恪宠信高贵嫔，立为继后。后貌美性妒，所有后宫嫔御，不令当夕。生下一子一女，子偏早殇。魏主年已将壮，尚未有嗣，不免心焦。可巧宫中有一胡充华，为司徒胡国珍女，容色殊丽，秀外慧中。相传胡女生日，红光四绕，术士赵胡，尝由国珍召问，谓此女后必大贵，当为天地母。实是一个祸水。魏主恪略有所闻，特召入掖庭，册封充华。高后见她纤丽动人，当然加忌，偏胡充华巧言令色，颦笑皆妍，能使这位貌美性妒的高皇后也觉得楚楚可怜，另眼相待。魏主恪乘间召入，与胡充华演了一出鸾凤缘，天子多情，美人有幸，竟暗结珠胎，怀成六甲。

先是六宫嫔御相与祈祷，但愿生诸王公主，不愿生太子，独胡充华慨然道：“国家旧制，子为储君，母应赐死，这原是特别的苛条；但妾却不怕一死，宁可令皇家育一冢嗣，不愿为贪生计，贻误宗祧！”语似有理，志已不凡。

及怀妊后，同列或劝她服药堕胎，胡充华不从，夜间焚香，仰天私誓道：“但得产下男儿，排行居长，就使子生身死，亦所不辞！”已而分娩，竟生一男，魏主取名为诩，且恐皇后妒忌，致生不测，特另择乳保，取育别宫，不但皇后不得过问，就是胡充华也不使抚视。

过了三年，诩已三龄，魏主欲立诩为太子，下诏改元，号永平五年为延昌元年，加尚书令高肇为司徒，清河王怿为司空，广平王怀为骠骑大将军，开府仪同三司。到了孟冬，便立皇子诩为太子，此次册立皇储，竟变易旧制，不令胡充华自尽。高后与高肇很是不服，劝魏主仍遵故事，魏主始终不从，反进胡充华为贵嫔，高后越加愤恚，欲暗下毒手，置胡死地。胡向中给事刘腾求救，腾转告左庶子侯刚，刚又转告侍中领军将军于忠。忠系领军于烈子，嗣父袭爵，因于后暴亡事，憾及高后，当下借公报私，即向太子少傅崔光处问计。光与忠附耳数语，忠大喜照行，仅阅两日，即由魏主下一内敕，命将胡贵嫔迁居别宫，饬令亲军严加守卫，不得妄通一人。为这一策，竟使高氏无从施毒，胡贵嫔得安居无恐，保养天年。死期未至，故得救星。

清河王怿惩彭城覆辙，常有戒心。一夕与高肇等侍宴禁中，酒酣语肇道："天子兄弟，尚有几人，公何故翦灭殆尽？从前王莽头秃，借渭阳势力，遂篡汉室，今君身曲，恐终成乱阶，不可不慎！"肇不禁惊愕，扫兴趋出。会天遇大旱，肇擅录囚徒，宥死颇多。怿复入白魏主道："臣闻名器不可以假人，昔李氏旅泰山，孔子引为深戒，这无非为天尊地卑，君臣有别，事贵防微，不应加渎呢！今欲减膳录囚，应归陛下所为，司徒究是人臣，奈何擅敢僭越，下陵上替，祸且不远了！"魏主恪向他微笑，不发一言。已是会意。

越年，魏恒、肆二州地震山鸣，人民压死甚众。魏主忧心天变，益防高氏。又越年冬季，梁涪人李苗及校尉淳于诞奔魏，上书魏阙，请即取蜀。魏主乃即命高肇为大将军，率步骑十万，攻益州。侍中游肇进谏道："今国家连年水旱，不宜劳役。蜀地险隘，镇戍无隙，怎可轻信浮言，遽动大众！事不慎始，恐后悔转无及了。"魏主又默然不应。

倏忽间已是岁阑，度过残冬，便是魏延昌四年正月。高肇西去，尚无捷音，那魏主恪却生成重疾，医药无灵，才经三日，便已归天。侍中领军将军于忠、侍中中书监崔光、詹事王显、庶子侯刚，即至东宫迎太子诩，趋入内殿，夤夜嗣位。王显系高氏心腹，谓翌日登基，也不为迟。崔光道：“天位不可暂旷，何可待至明日？”显又道：“太子即位，亦须奏达中宫。”光又道：“皇帝驾崩，太子继立，这乃是国家常典，何须中宫命令！”进请太子入立东序，由于忠扶住太子，西向举哀。哭至十余声，便令止哭。光摄太尉，奉册进玺绶，太子跪受册玺，被服衮冕，御太极殿，即皇帝位。光等与夜直群臣，伏殿朝贺，稽首呼万岁。翌日大赦天下，征还西讨东防诸军，尊谥先帝恪为宣武皇帝，庙号“世宗”。皇后高氏为皇太后，胡贵嫔为皇太妃。

于忠与门下省侍中等官，会议国事，大略以嗣主冲幼，未能亲政，宜使高阳王雍裁决庶事。又因任城王澄为肇所忌，久居闲散，此时肇西出未归，正好起用老成，使总国事。当下奏白太后，请即教授。王显意欲弄权，不愿二王秉政，独矫太后命，令高肇录尚书事，自与肇兄子猛，同为侍中。于忠等先发制人，即乘显入殿，喝令拿下，责他侍疗无效，传旨削职。显临执呼冤，被直阁将军用刀环击伤腋下，牵送右卫府，一宿即死。遂下诏令太保高阳王雍入居西柏堂，任城王澄录尚书事。百官总已听命二王，中外却也悦服。

高肇西至函谷关，所乘戎车，忽然折轴，已是隐怀疑虑。至此接到嗣主哀书，且召令入朝，益恐内廷有变，于己不利，急得朝夕哭泣，神槁形枯。贼胆心虚。匆匆东归，途次由家人相迎，亦不与见，即星夜跑至阙下，格外小心，已是无及。满身穿着衰服，入临太极殿，恸哭尽哀。高阳王雍与领军于忠密议，拟即诛死高肇，断绝后患。当下令卫士邢豹等潜伏中书省中，俟肇哭毕，由于忠引他入省，托名议事。甫经入门，忠忽大呼道：“卫士何在？”邢豹等应声突出，把肇执住。肇欲开口鸣冤，偏被豹用手叉喉，不令出声。两手又为卫士所缚，不得动弹。才过片时，喉噎气塞，再由豹用力一扼，但见他目出舌伸，立即毙命。威焰到何处去了？当有一道敕书，数肇过恶，说他畏罪自尽。此外亲党悉无所问，但褫肇官爵，葬用士礼。到了黄昏，从厕门出尸，送归肇家。

肇既伏诛，高太后当然不安，再加这位胡太妃乘势报怨，竟与于忠等商议，勒令高太后为尼，徙居瑶光寺，非大节庆，不得入宫。这叫做打落水狗。嗣是于忠内结宫闱，外总宿卫，又为门下省领袖，专揽朝政，权倾一时。尚书裴植、仆射郭祚，恨忠专横，密白高阳王，劝令黜忠。雍尚未发，忠已先闻，即令有司诬构二人，证成罪状，矫诏赐他自尽。甚至欲杀高阳王，

还是侍中崔光从旁力阻，乃出雍归第，不令执政。寻且尊胡太妃为皇太后，居崇训宫，进于忠为尚书令，崔光为车骑大将军，刘腾为太仆，侯刚为侍中。这四人都有功胡氏，所以加官进爵，同日酬勋。

太后父胡国珍得封安定公，兼职侍中，还有太后妹胡氏，适江阳王继子乂为妻。江阳王继，系道武帝珪曾孙，袭封江阳王，宣武时为青州刺史，取良家女为奴婢，坐罪夺爵。胡太后为妹加恩，复继本封，进位太保，授乂为通直散骑侍郎，乂妻为新平君，拜女侍中。于忠、崔光等且奏请太后临政，太后当即允议，垂帘称制。她本是个聪明伶俐的女钗裙，喜读书，善属文，内外政事，均亲自裁决，随手批答。又素娴骑射，发矢能中针孔，有此种种技艺，故指挥如意，游刃有余。哲妇倾城。听政经旬，即引门下侍官，入问于忠声望。群臣揣摩迎合，料

太后不慊于忠，因俱言未能称职。太后颔首，遂出忠为征北大将军，领冀州刺史。忠既外出，雍乃上表自劾，谓“臣初入柏堂，每见于忠专恣，欲加裁抑，忠反欲矫诏杀臣，幸由同僚坚拒，始得免死。自思忝官尸禄，辜负恩私，愿返私门，伏听司败”等语。胡太后不忍罪忠，但优诏慰雍，起为太师，领司州牧。加清河王怿为太傅，兼官太尉，广平王怀为太保，兼官司徒，任城王澄为司空，兼官骠骑大将军。澄希承意旨，奏请安定公宜出入禁中，参谘大务，胡太后当然乐从。

太后初临朝时，尚称令行事，群臣上书称殿下，旋即改令为诏，居然称朕，群臣亦改称陛下。到了冬季十二月，大飨宗庙，太后因嗣主年幼，未能亲祭，拟仿周礼君与夫人交献古制，代行祭礼，礼官均以为未可，乃转问侍中崔光。光独曲意逢迎，竟引据汉和熹邓后汉和帝皇后。荐祭故事，陈将上去，适中胡太后心坎，便将光语援作铁证，饬侍卫备齐全副仪仗，亲至宗庙，摄行祭祀。又饬造申讼车，随时驾御，出云龙门，进千秋门，遇有吏民诉讼，当即审判，有所未决，乃付有司。凡州郡荐举孝廉秀才及一切计吏，也由胡太后亲御朝堂，临轩发策，且自览试卷，评定甲乙，颇洽舆情。

一日与幼主幸华林园，就都亭曲水旁，宴集群臣，令王公以下各赋七言诗。太后自为首唱，随口说道：“化光造物含气贞。”次语令幼主诩续下，诩年方七岁，却也有些聪慧，思索半晌，乃续咏道：“恭己无为仰慈英。”太后面有喜容，又合心坎。即叹赏道：“七龄幼主，有此续句，也好算是难得了。”群臣齐呼万岁。太后乃令群臣赓续，你一语，我一句，凑成一片古风，无非是颂扬母德，敷奏升平。太后大喜，命左右取出贮帛，颁赏有差。

越年改元熙平。是梁天监十五年。侍中侯刚掠杀羽林军，为中尉元匡所劾，诏付廷尉议处。廷尉谓杀人抵死，应处大辟，胡太后记念前功，偏说刚因公掠人，邂逅致死，不得坐罪。嗣经少卿袁翻，力为辩驳，始削刚封邑三百户，撤去尝食典御职使。刚以善烹调得幸，尝主御食，充使垂三十年，至此始被撤消，但仍得出入宫禁，与闻朝政。有时且随从太后，游幸宗戚勋旧各家，往往宴至夜半，方才还宫。侍中崔光援经据史，谏止游宴。太后可主祭祀，为何不可游幸！

看官，你想胡太后到了此时，已是荡逸飞扬，从心所欲，哪里还肯听信崔光，深居简出呢？而且历朝妇女，多信佛事，胡太后有一姑母，曾作女冠子，好谈释教，太后自幼相依，耳熟能详，至此特命在崇训宫侧，建造一永宁寺，又在伊阙口建石窟寺。两寺皆备极华丽，永宁寺尤觉辉煌，内设九层浮图，

高九十丈，浮图上柱，复高十丈，四面悬着铃铎。每当夜静，铃铎为风所激，清音泠泠，声闻十里。此外佛殿僧房，尽是珠玉锦绣，炫饰而成，真个是五光十色，骇人心目。自从佛法传入中国，寺刹巍峨，得未曾有。落成时候，太后率领王公夫妇等，自往拈香，凡京内外僧尼士女，俱得入寺瞻仰，络绎奔赴，不下十万人。扬州刺史李崇谓宜裁省寺塔糜费，移葺明堂太学，一再上表，好似石沉大海，毫无转音。到了熙平三年，有人献一异龟，当作神奇看待，遂改称神龟元年，恐怕是个死乌龟，要应在宣武身上。颁诏大赦，庆宴群臣。

忽报称征北大将军灵寿公于忠身死，大众颇称快意，独太后优诏褒荣，赐谥“武敬”，并赠厚赙。又越数日，司徒安定公胡国珍又死。国珍系胡太后父，饰终典礼，格外从隆，追赠相国太师，兼假黄钺，加号太上秦公，并迎太后母皇甫氏灵

柩，同墓合葬，称为太上秦孝穆君。当时有一个谏议大夫张普惠，还想斟情酌理，竭力奏谏，说是太上名称，不能施诸人臣。同朝统说他不识时务，从旁讥笑，普惠却应机辩析，驳得朝臣哑口无言。但终是空费唇舌，不闻收回成命，徒博得一个直臣名目罢了。

过了数月，天象告变，月食几尽，胡太后恐自己当祸，特想出一件替身符来，密令心腹内侍，赍毒至瑶光寺中，药死故太后高氏，佯说是得病暴亡，棺殓俱用尼礼，草草治丧，即令舁柩至北邙山，埋葬了事。高氏该有此结局，胡氏狠毒尤甚，怪不得后来沉河。内外百官，毫无异议。胡太后越无顾忌，索性任情纵欲，引入一位皇叔，自荐枕席，作成了一段叔嫂奇缘。小子有诗叹道：

雉鸣求牡已增羞，叔嫂何堪结凤俦！
才识妇人须尚德，飞扬荡逸总贻忧。

欲问皇叔为谁，待小子下回申叙。

北魏故例，后宫生男，立为太子，即赐母自尽，此为夷狄之敝俗，不足为训。但胡氏不死，后竟临朝称制。恣为威福，穷极奢淫。论者或归咎魏主恪，谓其不遵古制，致贻后患，实则未然。北魏之宫闱不正，非自胡氏始；就使胡氏已死，而貌美心狠之高皇后，安知其不与胡氏相等耶！高氏专横已甚，天特假手胡氏，令其翦灭。胡氏不惩前辙，尤而效之，罪又甚焉；故其后日之结果，亦较高氏为尤甚。盖天下未有骄淫荡佚之妇人，而能长此不亡者也。故圣王起化，始自闺门，刑于之大本先端，自可无忧女祸。彼留子杀母之故事，岂真足为治平之道乎！

第四十四回　筑淮堰梁皇失计
害清河胡后被幽

却说胡太后引入皇叔，自荐枕席。这位皇叔为谁？就是清河王怿。怿为孝文诸子中最美丰仪，胡太后看上了他，授以重位，事必与商。且尝至怿第夜宴，目逗眉挑，已非一日。怿却不愿盗嫂，虚与周旋，未尝沾染。偏胡太后欲火上炎，忍耐不住。一夕召入寝宫，托名议事，怿只好奉诏进去，哪知她与怿相见，开口叙谈，便是床头兵法。怿始知中计，但已无法脱身，不得不通变达权，将顺了事。嗣是出入宫闱，几成惯习，渐渐地秽声腾播，贻谤都中。只因怿素有才望，好贤下士，辅政后亦多所裨益，所以毁不掩誉，一时尚能免害。但日长时久，总不免为人所乘，翩翩佳公子，恐跳不出后来一着呢。色上有刀。小子因胡后听政时，有梁、魏争夺淮堰一事，不得不将魏廷内政暂从缓表，且将淮堰事叙明。

梁天监十二年，魏寿阳城为水所渰，漂没庐舍。镇帅李崇勒兵泊城上，天雨不止，水涨未已，城垣仅露二版。将佐皆劝崇弃去寿阳，往保北山，崇喟然道："我忝守藩岳，德薄致灾，淮南万里，系诸我身，我一动足，百姓瓦解，此城恐非我有了！但士民无辜，不忍令他同死，可结筏随高，各使自脱，决与此城俱没，幸勿多言！"治中裴绚率城南民数千家，泛舟南走，避水高原。因水势迭涨，还道崇必北归，乃自称豫州刺史，送款梁将马仙琕，情愿投诚。崇闻绚叛，未测虚实，特遣僚吏韩方兴单舸召绚，绚且惊且悔，转思势成骑虎，已是难下，乃遣方兴返报道："适因大水迷漫，为众所推，不得已便宜从事。今民非公民，吏非公吏，愿公早行，无犯将士！"崇得报始愤，即遣从弟李神等率领舟师讨绚。绚战败窜匿，被村民执住，械送寿阳。绚至中途，对湖长叹道："我有何面目再见李公！"因投水自尽。马仙琕调兵救绚，不及而还。

寿阳水势渐退，居民复安。为这一番水溢，遂由梁降将王足献策梁廷，请堰淮水以灌寿阳。王足降梁见四十回。梁主衍称为良策，便遣材官将军祖暅、水工陈承伯等，相地筑堰，大发淮、扬兵民，充当工役。命太子右卫率康绚，权督淮上各军，看护堰作。这次筑堰，为梁廷特别巨工，南起浮山，北抵巉石，依岸培土，合脊中流，役夫需二十万众，兵士不足，取派人民，每二十户令出五丁，并力合作，自天监十三年仲冬为始，直至次年孟夏，草草告成。不料一宵风雨，水势暴涨，澎湃奔腾，竟将辛苦筑成的堤堰冲散几尽。当时舆论纷纭，早有人谓淮岸聚沙，地质未固，恐难成功，梁主不以为然，决拟兴作，及经此一溃，仍然不肯中阻，再接再厉。实是多事。或谓蛟龙为祟，能乘风雨破堰，惟性最畏铁，可用铁冶入水中，免致冲损，于是采运东西冶铁，得数千万斤，沉诸水滨，仍不能合。蛟龙畏铁，不知出自何典？乃改用他法，伐树为井幹，填以巨石，上加厚土，沿淮百里内，木石无论巨细，悉数取至。兵民朝夕负担，肩上皆穿，更且夏日薰蒸，蝇蚋攒集，酿成一股疫气，不堪触鼻。可怜充当巨役的苦工，迭受驱迫，无法求免，没奈何拚去性命，与天时相搏战。究竟人不胜天，死亡相踵。好容易到了秋天，暑气已退，乘流增筑，尚堪耐劳，奈转眼间又是寒冬，淮、泗尽冻，朔风凛冽，劳役诸人，手足俱僵。天公也故意肆虐，雨雪连宵，比往年更增冷度，浮山堰中的兵民，十死七八，真可谓一大巨劫了。为谁致之？孰令听之？

天下本无事，庸人自扰之。那淮堰尚未竣工，魏已复起杨大眼为平南将军，督诸军屯荆山，来争淮堰。梁主衍意图先发，亟派左游击将军赵祖悦，袭据魏境西硖石，进逼寿阳。魏假定州刺史崔亮旌节，命充镇南将军，出攻硖石。又起萧宝夤为镇东将军，进次淮堰。梁将赵祖悦闻崔亮到来，出城迎击，

为亮所败，退归拒守。亮竟率兵围城，并约寿阳镇帅李崇，水陆并进。崇屡次愆约，遂致亮围攻硖石，隔年未下。

魏胡太后闻崔亮无功，料知诸将不一，特简吏部尚书李平，任镇军大将军，兼尚书右仆射，率步骑二千，驰抵寿阳，别为行台，节度诸军，准令军法从事。平至寿阳，督谕李崇，令即调发水陆各军，助攻硖石，一面促萧宝夤进攻淮堰。宝夤遣部将刘智文等渡淮攻破三垒，又在淮北击败梁将垣孟孙。梁使左卫将军昌义之率兵救浮山。义之未至，护淮军使康绚已麾兵杀退萧宝夤军。义之在途奉敕，与直阁将军王神念溯淮往救硖石。魏将崔亮遣将军崔延伯守下蔡，延伯与别将伊瓮生夹淮为营，取车轮去辋，削锐轮辐，两两接对，揉竹为絙，互相连贯，穿成十余道，横木为桥，两头施火辘轳，随意收放，不使烧斫。既断赵祖悦走路，又得堵截梁援。义之、神念不能前

进，只得暂驻梁城。李平自至硖石，督令水陆各军，奋力猛扑，攻克外城。赵祖悦势穷出降，为平所斩，余众尽为魏俘。平复进攻浮山堰。崔亮以前日李崇愆期，隐怀宿憾，平又为崇从弟，更不愿受他节制，遂托疾请归，带领部曲，竟自返洛。平奏请处亮死刑，胡太后意在袒亮，但诏许立功补过，平不免怏怏，索性全军退还。崇前守寿阳，颇见忠诚，不知他何故愆期？平不责从兄，专咎崔亮，亦属未是。

魏廷论功加封，进李崇为骠骑将军，加开府仪同三司，李平为尚书右仆射，崔亮亦进号镇北将军。平在殿前争论亮罪，亮亦斥平挟私排异，由胡太后曲为调解，改亮为殿中尚书。萧宝夤尚在淮北，梁主衍致书招降，令袭彭城。宝夤将来书陈报魏廷，胡太后下诏嘉奖，令他静守边防。杨大眼亦敛兵不出，但在荆山驻守。

梁人得专力筑堰。至天监十五年四月，淮堰始成，长约九里，上阔四十五丈，下阔一百四十丈，高二十丈，杂种杞柳，间设军垒。有人献议康绚道："淮列四渎，天所以节宣水气，不宜久塞；若凿湫同湫。东注，使它波流纡缓，这堰可长久不坏了。"说近无稽。绚又开湫东注，又使人纵反间计，往语萧宝夤道："梁人但惧开湫，不畏野战。"宝夤正患水涨，遂为所诳，乃开湫北注，水势日夜分流，尚不少减。李崇就硖石戍间，筑桥通水，又在八公山即北山。东南，筑魏昌城，作为寿阳城保障。居民多散处冈垄，旧有庐舍冢墓，多被浸没，此嗟彼怨，不得宁居。李崇随处抚慰，大众益仇恨梁人，誓死守境，各无叛心。

梁徐州刺史张豹子，自谓筑堰监工，必归己任。偏梁廷简派康绚，并饬豹子受绚节制。豹子惭愤交迫，多方谗构，诬绚与魏有交通情事。梁主衍虽然未信，但因筑堰事毕，召绚还朝，绚既奉诏入都，淮堰归豹子管辖。豹子不复加修，堰受水激，不免松动。惟魏廷以寿阳被水，引为大患，更授任城王澄为上将军，都督南讨诸军事，将东下徐州，大举攻堰，仆射李平进言道:“淮堰不久必坏，何须兵力！”乃敕任城王暂从缓进，静待秋汛。

忽由东益州刺史元法僧，呈入警报，乃是葭萌乱民任令宗擅杀晋寿太守，举城降梁。梁益州刺史鄱阳王恢遣太守张齐迎纳令宗，据住葭萌。法僧遣子景隆拒齐，连战皆败，齐更进围武兴，全境岌岌，速请济师等语。魏遂授傅竖眼为益州刺史，引兵赴援，倍道入益州境。转战三日，行二百余里，连获胜仗，解武兴围。张齐退保白水，嗣复出兵侵葭萌关。关城守将，为梓潼太守苟金龙，时适患疾，不能督战，妻刘氏率厉兵民，登关守御。副戍高景谋叛，由刘氏察觉，拿下斩首。嗣因水道为梁兵所据，守卒乏饮，幸值天雨，刘氏出公私布绢及所有衣服，悬诸空中，绞取雨水，储以杂器，于是饮水不竭，人心乃固。特叙刘氏为巾帼劝。竖眼复移师往救，击退张齐，齐乃引还，葭萌复为魏有。魏封金龙子为平昌县子，旌刘氏功。应该加旌。

已而时值季秋，淮水盛涨，梁堰崩溃，声如雷吼，震动三百里左右。沿淮城戍及村落兵民约十余万口，一古脑儿漂入海中，连尸骸都无着落。胡太后闻报大喜，优赏李平，停止任城王进兵。惟梁主衍懊怅终日，空耗了许多财帛，死了若干生命，终弄到前功尽弃，毫无效益，渐渐的自怨自艾，迷信佛教。诏罢宗庙牲牢，荐祭只用蔬果，朝野诧为奇闻，统说宗庙去牲，乃是不复血食。再由廷臣参议，拟用大脯代牛。偏梁主决意舍牲，但命用面捏成牲像，以饼代脯，这真叫做舍大就小，轻人重畜哩。越弄越错。

临川王宏自洛逃归，未尝加罚，仍令为扬州刺史，加官司徒。宏好内爱酒，沉湎声色，侍女数百人，皆极绮丽，妾吴氏更擅国色，宠冠后庭。有弟法寿，性麁且悍，恃势杀人，尸家指名申诉，怎奈法寿匿宏府中，有司不能搜捕。旋为梁主所闻，始令宏缴出法寿，即日伏法。南台御史，请并罪宏，罢免官爵。梁主挥涕批答道："爱宏是兄弟私情，免宏是朝廷王法，准如所议！"罢宏归第。未几复以宏为司徒，宏淫侈如故。

天监十七年，梁主将幸光宅寺，忽闻都下有谋变情事，乃从各航中搜索，得一刺客，讯知为宏所使。乃召宏入，涕泣与语道："我人才胜汝百倍，幸居天位，时恐颠坠，汝奈何尚作妄想？我非不能为周公、汉文，周公诛管蔡，汉文废死济北、淮南二王。为汝愚昧，特加怜悯，汝反不知感，真太无人心了！"宏顿首道："无是！无是！"梁主因再免宏官，勒令回第。嗣又有人密报梁主，谓宏私藏铠仗，包藏祸心。梁主乃送盛馔与宏，且亲往就饮。酒至半酣，径入宏后堂检视。列屋约三十余间，各有色纸标封。旁顾及宏，面色沮丧，益疑是所报非虚，便命随从校尉邱佗卿，启封查阅，每屋多贮制钱，百万为一聚，标用黄签，千万为一库，标用紫签，梁主与佗卿屈指计算，凡三十余间屋内，约得现钱三亿余万，尚有旁屋数所，各贮布绢丝棉漆蜜纻蜡朱纱黄屑杂货等，满室堆砌，不知多少。宏恐梁主见斥，越加慌张，哪知梁主反露笑容，温颜与语道："阿六，宏排行第六。汝生计大佳！"民膏民脂，岂容敛积，如何梁主反为得意！遂返座畅饮，至夜方还。自经此次检查，料宏徒知私积，当无大志，乃更使复原职。

梁主次子豫章王综，仿晋王褒《钱神论》，戏作《钱愚论》讥宏，梁主犹命综速毁，但已流传都中。宏引为愧恨，稍自敛束，不久复萌故态，更闯出一桩逆伦伤化的重案。这也由梁主姑息养奸，为私忘公，一误再误，贻患实不浅呢。事且慢表。

且说魏胡太后称制五年，奢淫无度，一掷千万，毫不吝惜，赏赐左右，不可胜计。又命内外添筑寺塔，竞尚崇闳，特派使臣宋云，与比邱僧徒别称。慧生等往西域求佛经，西行约四千里，渡过赤巅，乃出魏境。再西行历二年，至乾罗国，始得佛书百七十部而还。其时交通不便，所以有此困难。胡太后分供佛寺，设会施僧，又糜费了无数金银。诸王贵人、宦官羽林军，迎合意旨，各在洛阳建寺，所费不资。且因奢风传播，习成豪侈。高阳王雍，富甲全国。河间王琛，系文成帝浚孙。与他斗富，厩畜骏马十余匹，俱用银为槽，窗户上装璜精美，相传为金龙吐旆，玉凤衔铃。宴会酒器，有水精峰、玛瑙碗、赤玉卮等，统是绝无仅有的珍品。尝夸语僚友道："我不恨不见石崇，晋人。但恨石崇不见我。"当时传为异谈。

看官，试想宇宙间所出财产，地方上所供赋税，本有一定数目，不能凭空增添，亏得北魏历朝皇帝，按时节省，代有余积，熙平、神龟年间，府库颇称盈溢。偏经这位胡太后临朝，视若粪土，浪用一空。他如宗室权幸，虽由祖宗积蓄，朝廷赏赉，博得若干财帛，但为数也属不多，要想争奢斗靡，免不得贪赃纳贿，横取吏民。一班热中干进的下僚，蝇营狗苟，恨不得指日高升，荣膺爵禄，所以仕途愈杂，流品益淆。小说中有此大议论，益增光采。

征西将军张彝子仲瑀，独上封事，请量削选格，排抑武人。羽林虎贲各军士得此消息，立集千人，至尚书省诟骂。省门急闭，乱众抛瓦掷石，闹了片时，便趋诣张宅，把张彝父子拖出，拳打脚踢，几无完肤。一面纵火焚宅，仲瑀兄始均叩头乞恕，被乱党提掷火中，烧得乌焦巴弓。仲瑀奄卧地上，贼疑为已死，不加防守，他得忍痛走免。彝气息仅属，再宿即死。胡太后闻变，慌忙派官宣抚，但收捕乱首八人，斩首伏辜，余皆不问。且下诏大赦，并令武人得依资入选。

适怀朔镇函使高欢至洛阳，函使谓函奏往来之使。见张彝死状，还家散财，结交宾佐，或问为何意，欢答道："宿卫军将，焚杀大臣，朝廷不敢穷究，政事可知，私产怎能守呢？"乱世枭雄，类具特识。欢系渤海蓨县人，字贺六浑，曾祖湖为燕郡太守，奔投魏国。祖谧为魏御史，坐法徙怀朔镇，因世居北边。欢执役平城，有富人娄氏女，见他状貌魁梧，愿嫁为妇，乃得资购马，报效镇将，充做函使。后来便是北齐始祖，事见下文。志北齐之所自始。

魏尚书崔亮迁掌吏部，因官不胜选，特创立停年格，不问贤否，只论年限，虽为杜绝幸进起见，未始非权宜计策；但贤能或因此负屈，庸才反循例超升，选举失人，实自此始。洛阳令薛琡一再辨谬，终不见从，就是亮甥刘景安贻书劝阻，亮亦不从。寻且以国用不足，减损百官俸禄，四成中短少一成。任城王澄谓不如节省浮费，较全大体，胡太后置诸不理，恣肆依然。

宦官刘腾恃功怙宠，由太仆迁官侍中，兼右光禄大夫，干预朝政，卖官鬻爵。胡太后不加禁止，反擢腾为卫将军，加开府仪同三司。惟清河王怿用法相绳，不肯容情。吏部请授腾弟为郡守，怿搁置不提，还有散骑侍郎元乂，超擢至侍中领军将军，骄恣不法，亦为怿所裁抑。乂与腾共嫉怿如仇，阴图报复。

龙骧府长史宋维，由怿荐为通直郎，浮薄无行，怿常加戒饬。乂乘隙召维，用利相啗，使告怿有谋反情事。胡太后与怿通奸，更兼怿实无反情，一经案验，全出冤诬。怿当然无罪，维照例反坐。乂亟入白太后道：“今若诛维，他日果有人真反，何人敢告！”胡太后听了乂言，也觉有理，乃止黜维为昌平郡守。乂与腾更日夜密谋，料知怿为太后所幸，非用釜底抽薪的计策，断不能独除一怿。一不做，二不休，索性把太后幽禁，方好任所欲为。当下使主食胡定，进白魏主，伪言怿将进毒，贿臣下手，臣不敢为逆，故即自首。魏主年方十一，究是儿童性质，容易被欺，遂嘱定转告元乂，速图去害。

是年为魏神龟三年，序值新秋，乂奉魏主御显阳殿，腾闭住永巷门，杜绝太后出路，独召怿入见。怿至含章殿后，又为乂所阻，不令怿入。怿大声道：“汝欲造反么？”乂亦怒叱道：“乂不敢反，特欲缚汝反贼。”怿再欲抗辩，已由乂指挥宗士，牵住衣袖，迫入含章东省，令人监守。腾称诏召集公卿，论怿大逆，拟置死刑。群臣畏他势力，莫敢抗议，独仆射游肇，出言相阻。乂、腾毫不理睬，竟入白魏主，谓公卿同议诛怿。魏主有何主见，含糊许可，当即将怿处死，并诈为太后诏敕，自称有疾，归政嗣君。遂将太后幽锢北宫，宫门昼夜长闭，内外断绝。腾自执管钥，连魏主都不得入省，只许按时进餐。太后不免饥寒，私自泣叹道：“养虎遭噬，便是我今日所处了！”此时尚非真苦。

是时任城王澄已殁，乂与太师高阳王雍等同掌朝政，改元正光，乂为外御，腾作内防，魏主呼乂为姨父，政由乂出。高阳王雍等亦只能随声附和，不敢相违。游肇愤悒而终。朝野闻怿被杀，统皆丧气，胡人为怿剺面，计数百人。小子独有诗讥怿道：

含章受刃似冤诬，笔伐难逃古董狐；
自古人生终有死，为何被胁作淫夫？

已而由相州递入急奏，请诛元义、刘腾，且将起兵讨罪。究竟相州是何人主持，待至下回表明。

梁主用降人王足计，命筑淮堰，无论其劳民费财，实为厉阶，即令淮堰易成，成且经久，亦岂遽足夺寿阳！果使寿阳归梁，于魏亦无一损，仁者杀一不辜而得天下，犹且不为，况丧民无数，以邻为壑，必欲争此一城，果何为者？甚矣哉梁武之不仁也！夫欲筑淮堰，不惜民命，荐祭宗庙，乃欲废牲，甚至如宏之一再谋乱，一再姑息，子弟可爱，百姓独不必爱乎？牺牲可惜，人民独不足惜乎？愚谬若此，真出意外。若夫胡太后之骄奢淫佚，原足致乱，即无元义、刘腾，亦岂能长治久安？清河王怿之罹害，不无冤累，但未能预为防闲，反甘受牝后之淫逼，宫闱之乐事未终，而釜锧已临于颈上，畏死者仍归一死，亦何若拒淫死义之为愈乎！吾于怿无所取焉。

第四十五回　宣光殿省母启争端
沃野镇弄兵开祸乱

却说魏相州刺史元熙，系中山王元英长子，英自攻克三关后，三关事见三十二回。还朝病故，由熙袭封。熙颇好学，具有文才，惟轻躁浮动，常为英忧。英欲立熙弟略为世子，略固辞乃止。熙妻为于忠女，借忠威权，骤擢为相州刺史，又与清河王怿素称友善，通问不绝。

熙莅任时，时方初秋，忽遇狂风骤雨，酿成奇寒，冻死驴马数十匹，随卒数人。嗣复有蛆生庭中。熙尝夜寝，见有一人与语道："任城王当死，死后三日外，君亦不免；如或不信，但看任城王家。"熙恍惚相随，趋至任城王家前，果见四面墙坍，不遗一堵。正在惊叹，蓦被鸡声唤醒，方知是梦。回忆梦境，恐兆不祥，告诸亲友，大都从旁劝解，说是梦不足凭。及闻怿被诬受戮，不禁怒从中来，便欲起兵讨罪。熙妃于氏援梦谏阻，熙已忿不可遏，不从妻言，遽称兵邺上，声讨乂、腾。

黄门侍郎元略，司徒祭酒元纂，俱系熙弟，由洛阳奔至邺城，助兄举兵。长史柳元章等佯为从命，暗中却嗾动部众，鼓噪入府，杀熙左右，即将熙、纂二人拿住，锢置高楼。一面飞报都中，元乂立派尚书左丞卢同，赍诏至邺，监斩熙、纂及熙诸子。熙将死时，贻僚友书道："我与弟并蒙太后知遇，兄据大州，弟得入侍，垂训殷勤，恩同慈母。今太后见废北宫，清河王横遭屠酷，主上幼年，不能自主，君亲若此，臣子奚安？所以督厉兵民，誓建大义，不幸智力浅短，遽见囚执，上惭朝廷，下愧知交，流肠碎首，亦复何言！凡百君子，各敬尔身，为国为家，善勖名节！"元熙发难，虽若可原，但始谋不慎，徒死何裨？至熙首传至洛阳，亲旧莫敢过视，惟前骁骑将军刁整，竟为收埋，时共称为义友。

熙弟元略独得幸脱，走匿西河太守刁双家，约历年余。因内外索捕甚急，别双奔梁，梁封为中山王，领宣城太守。魏元乂闻略受梁封，特遣使至建康，与梁通好。梁亦知魏深意，虚与应酬，即日遣归罢了。

魏主诩久疏定省，意欲朝母，向乂陈明，乂乃允诺。太后在西林园，由魏主带领文武百官朝见太后。并即开宴，魏主与群臣侍饮。饮至半酣，武臣起舞为欢。右卫将军奚康生独为力士舞，阶下盘旋，每顾视太后，举手蹈足，作执杀罪人形状。太后窥透微意，暗暗心喜，但一时未敢遽言。看官听着！康生与乂，本是转弯亲戚，康生子难当，娶侯刚女为妻，刚子为元乂妹婿，所以乂幽太后，康生亦曾与谋。但康生素性粗武，与乂同值禁中，往往因词气高下，致有龃龉，积久遂成嫌隙。也是一个小人。此时借着舞势，示杀乂意。胡太后毕竟聪明，默视良久，待至日色将暮，即命魏主留宿北宫。侯刚在旁道："至尊已经朝讫，何必在此留宿？"康生道："至尊为太后陛下亲儿，太后有命，至尊不可不遵。”胡太后乘势起座，即携住魏主臂，下堂径去。

既入宣光殿，在北宫中。太后挈魏主上坐，左右侍臣，分立阶下。康生仗着酒胆，即欲传诏执乂，不意乂已防着急变，指令军士，闯入殿中，七手八脚，把康生牵去。两阶侍臣当然哗乱，胡太后见此情形，也觉慌张，光禄勋贾粲，入白太后道："侍臣惶恐不安，请陛下出殿抚慰。"胡太后便即起身，甫出殿阶，粲即扶魏主下座，就东序趋出，至显阳殿。太后回顾，已失魏主所在，自知为粲所给，复入殿徘徊。聪明人，又着了道儿。那贾粲又偕刘腾等人进胁太后，仍居北宫。所有宫殿各门，照旧关锁去了。

奚康生被牵至门下省，由侍中黄门仆射尚书等十余人，私承乂嘱，当夜审讯，模糊定谳，康生拟斩，子难当拟绞。草案呈入，乂在内矫诏处决，康生死罪，如群臣议，难当恕死，坐流安州。时已昏暮，刑官即驱康生赴市，依谳处斩。难当哭辞乃父，康生独慨然道："我无反状，乃为贼臣陷害，一死何辞！汝亦不必多哭了！"遂伸颈就刑。前时何故附乂？难当收尸埋葬，又得留家百余日，始往流所。这是元乂顾全侯刚面目，暂时买情。及难当去后，密遣人致书行台，叫他刺死难当。难当仍不得生，一道羁魂往冥府中去寻死父，自不消说。

刘腾得进任司空，刑余腐竖，位列三公，实为北魏创例。八座九卿，尝旦造腾宅，伺候颜色，既得腾命，然后各赴省府，依言办事。公私请托，专视货贿多少，决定可否。岁入以巨万计，寡廉鲜耻的下吏辄投拜门下，愿为义儿，权焰薰天，远近侧目。车骑大将军崔光，随班进退，无所补救，时人比为汉张禹、胡广，至此得升授司徒。江阳王继为元乂父，已徙封京兆王，本领司徒重职，继恐父子权位太盛，愿以司徒让崔光。元义听从父意，请命魏主，魏主虽将司徒授光，仍改官继为太保，名异实同，不过掩饰耳目罢了。

未几又有元义贪金，用兵柔然事。柔然前为魏所逐，逃居漠北，后来复屡入寇边，终被魏戍兵击退，魏宣武帝正始元年，柔然库者可汗复遣兵寇魏沃野，及怀朔镇，魏遣车骑大将军源怀，出巡北边，增筑九城，设兵防守，柔然始不敢入窥。库者可汗死，子佗汗可汗嗣。佗汗可汗屡向魏乞和，魏廷勿许。既而佗汗为高车所杀，子伏跋可汗继立，勇悍有武略，为父复仇，击破高车，擒杀酋长弥俄突，漆头为溺器，复扫灭叛国，转弱为强。伏跋有幼子祖惠，忽然亡去，四觅勿得。适有女巫地万，入见伏跋，谓祖惠现在天上，我能召还。乃即就大泽中量地张幄，祷祀天神，地万喃喃诵咒，约历昼夜，果见祖惠自帐中出来，自言为天神所摄，今始遣归。伏跋大喜，号地万为圣女。地万出入帐中，姿态妖淫，善蛊人主。伏跋初颇尊敬，继与狎亵，竟得地万顺从，枕席风光，远过妾妇，喜得伏跋似遇天仙，当即册为可敦，地万所望在此，胡人称主为可汗，后为可敦。大加爱宠。

已而祖惠寖长，与母私语道："我系人身，怎得上天？地万留我在家，教我诳言。"母闻祖惠言，便转告伏跋，伏跋已为地万所迷，摇首答说道："地万能前知未然，汝等何必谗妒呢！"地万且喜且惧，谮杀祖惠。祖惠母怎肯甘休，泣诉伏跋母侯吕陵氏。侯吕陵氏乘伏跋出畋，竟把地万拘住，遣大臣具列等，绞死地万。及伏跋闻变驰归，地万已死，他不胜悲愤，欲诛具列等人。适值邻国阿至罗入寇，由伏跋率兵邀击，失利奔还。侯吕陵氏意会同群臣，杀死伏跋，立伏跋弟阿那瓌为可汗。

甫经匝旬，伏跋族兄示发举兵击阿那瓌。阿那瓌战败，与弟乙居伐奔魏。魏使京兆王继等迎入，赐劳甚厚，引见置宴，封为朔方公蠕蠕王。阿那瓌乞请援师，回国讨叛，朝议经久未决。阿那瓌居洛数月，得知元乂用事，赂金百斤，元乂乃调发近郡兵万五千人，使怀朔镇将杨钧为将，送阿那瓌返国。尚书右丞张普惠上书谏阻，谓蠕蠕久为边患，今天亡丑虏，使彼自乱，阿那瓌束身归命，正好令为内属，戢彼野心，奈何发兵送还，自增劳扰？这一书奏将进去，那元乂全然不睬。但令杨钧从速部署，指日北行。无非为了百斤黄金。阿那瓌入辞北堂，特赐给军器衣被杂米粮畜，悉从优厚，阿那瓌拜谢而去。

时柔然为示发所破，杀死阿那瓌祖母侯吕陵氏及他亲弟二人。偏又有从兄婆罗门，纠众逐示发，示发奔往地豆干。地豆干把他杀毙，国人推立婆罗门为可汗。杨钧入柔然境，恐柔然出兵抗拒，再乞济师。魏遣使臣谍云具仁，先往宣谕。婆罗门骄倨不逊，经具仁与他抗辩，始令大臣邱升头等，随具仁迎阿那瓌。具仁轻骑还报，阿那瓌又惧不敢进，情愿还洛。会高车王弥俄突弟伊匐，乞师吠哒，收拾余众，来击柔然，报复兄仇，大破婆罗门。婆罗门窘急，也率十部落诣凉州，向魏乞降。

柔然无主，国人愿迎奉阿那瓌，阿那壤又复请归。魏凉州刺史袁翻上言蠕蠕二主，并宜抚存，可令东西各居，分驭部落，也是一条安边保塞的至计。朝议颇以为然，乃命阿那瓌居怀朔北方，地名吐若奚泉，婆罗门居凉州北境，就是西海故郡。

哪知戎狄豺狼，野性难测。婆罗门却阴怀异志，侨居逾年，走归吠哒，幸由魏平西长史费穆引兵往讨，用埋伏计诱婆罗门，一鼓掩获，送至洛阳，好容易瘐死狱中。阿那瓌先求粟种，魏输给万石，继复因年谷不登，突入魏境，表求赈给，魏令尚书右丞元孚，持节抚劳，反被阿那瓌拘留，引众南侵，所过剽掠，直至平城附近。闻魏遣尚书令李崇等大举北征，始将元孚释回，驱民北遁。李崇追蹑三千里，不及乃还。这都由元乂爰贪赂纵奸酿成戎祸，渐渐的尾大不掉，反为夷狄所制呢。暗伏后文。

元乂为恶不悛，取民无度。乃父京兆王继性亦贪纵，专受赂遗。平时请属有司，无敢违慢，牧令守长，哪个肯毁家报效？当然是竭泽而渔，上供欲壑，于是朔方叛乱，相继迭起。又开生面。

先是魏都平城，曾在四邻置设六镇，一武川，二抚冥，三怀朔，四怀荒，五柔玄，六御夷，皆在长城北面，用备藩卫，素来资给从厚。至孝文南迁，漠然相待，将士渐有怨言。尚书令李崇出击阿那瓌，长史魏兰根语崇道：“从前沿边置镇，地广人稀，所遣将士，或系强宗子弟，或系国家爪牙。晚近以来，有司号为府户，役同厮养。厚内薄外，适足滋怨，怨久必乱，不可不防。今宜改镇立州，分置郡县，凡属府户，悉免为民，入官次叙，一准旧制，文武兼用，威爱并施，庶几人心归向，可无北顾忧了。”此语若行，何致生乱？崇颇以为然，依议奏闻。权贵只识金钱，晓得甚么后虑，便将崇奏搁起不提。

怀荒镇将于景，系故尚书令于忠弟，为元乂所忌，出就外镇。阿那瓌入寇时，镇民求饷，景不肯给，激动众怒，竟将于景杀死。乱尚未了，那六镇以外的沃野镇，复有豪民破六韩拔陵，聚众造反，攻杀镇将，据境称王。遣党徒卫可孤，围武川镇，又分兵攻怀朔镇。怀朔镇将杨钧擢尖山人贺拔度拔为统军。度拔有三子，长名允，次名胜，幼名岳，皆有材力，随父从军，分任队长。据守经年，外援不至，杨钧遣贺拔胜突围而出，至临淮王元彧处告急，且语彧道：“怀朔一陷，武川亦危，虽有良、平，张良、陈平皆汉人。不能为计了。”彧许为出师，并即表闻。魏命彧都督北讨军事，往征破六韩拔陵。彧遣胜先归，会武川失守，杨钧弃城南遁，留胜父子居守，卫可孤乘隙攻入，胜父子巷战力屈，俱为所擒。及彧至五原，两镇早陷，破六韩拔陵麾众邀击，尽锐冲突，彧不能抵敌，大败退归。

魏主闻耗，亟召群臣问计，吏部尚书元修义请遣重臣督军，出镇恒朔，捍御叛寇。魏主欲任用李崇，崇已早还朝，时亦在列，便自陈衰老，请另择贤才。魏主不许，即加崇开府仪同三司，领北讨大都督事，所有抚军将军崔暹及镇军将军广阳王元渊以下，渊或作深，系太武帝曾孙。皆受崇节度，陆续北行。

452. 是时西北一带，寇盗蜂起，响应拔陵。敕勒酋长胡琛、凉州幢帅于菩提、营州民就德舆等，群起为乱。还有朔方汾州诸胡，亦乘时蜂起，骚扰边境。各州刺史，就近征剿，倏出倏没，未得荡平。秦州刺史李彦政刑残虐，群下生怨，部将薛珍等突入杀彦，推党人莫折大提为秦王。南秦州民张长命韩祖香孙掩等，亦戕刺史崔游，举城应大提。大提袭入高平，杀害镇将赫连略及行台高元荣。既而大提病死，子念生居然称帝，自号天建元年。魏命雍州刺史元志为征西都督，往讨念生。念生弟天生率众下陇，志连战连败，退保岐州。天生乘胜进逼，四面登城，志竟被杀，岐州陷没。

说也奇怪，元志方战殁岐州，李崇也败退云中。崇本遣崔暹出北道，教他不得浪战，但牵制拔陵兵力，自从东道进兵，直捣沃野。暹违崇将令，竟转斗而前，被拔陵诱入伏中，杀得全军覆没，只剩了一人一骑，狼狈走还。拔陵得并力攻崇，崇抵挡不住，没奈何退守云中，与寇相持。魏正遣尚书元修义为西道行台，规复岐州，偏又接得李崇败报，宫廷相率惊惶。广阳王渊申崇前说，仍请改镇为州。魏主不省，惟召还崔暹，命系廷尉。暹忙将良田美妓献纳元乂，乂替他解免，竟得宥罪。

未几东西铁敕部统皆叛命，归附破六韩拔陵，魏主乃思李崇及元渊言，下诏改镇为州，遣黄门侍郎郦道元为大使，抚慰六镇兵民。哪知六镇已皆叛魏，道元去亦无益，仍折回都中。南秀容人乞伏莫于又复起反，总算出了一个酋长尔朱荣，集众讨平。当下奉表魏廷，详报平贼情事，魏封荣为博陵郡公。荣高祖羽健，初封秀容川，父名新兴，善事畜牧，牛羊马驼，辨色为群，尝弥漫山谷间。魏有事北方，新兴辄献牲畜助军。至荣讨平叛乱，进爵为公，方阴蓄大志，拟乘四方变乱的时候，发愤为雄。所有畜牧资财，悉数取出，散给勇士，结交豪杰。于是侯景、司马子如、贾显、段荣、窦泰等，先后趋附，整日里练兵储械，待时出发。这乃是北魏一大隐患，不比那四方草寇，剽掠无定，尚容易处置呢。俱为下文写照。

且说梁主萧衍，闻魏乱方盛，欲趁势经略中原。当时南朝良将，为韦睿、裴邃二人，睿于普通元年病逝，随笔带过韦睿。只裴邃尚存。乃授邃为信武将军，领豫州刺史，出镇合肥。适临川王宏第三子正德背梁奔魏，魏已起萧宝夤为尚书仆射，谓正德无故来投，情不可测，不若拘戮为是。魏主虽然不从，但亦未尝礼待，正德因复逃归。前时梁主无子，曾取正德为养儿。及太子统生，仍使正德还本，赐爵西丰侯。正德以不得立储，衔恨多年，乃觑隙奔魏。既不得志，南行还梁，恐遭梁主诘责，不得不捏造谎言。当诣阙谢罪，托言北侦虏情，确是有乱可乘，请速出师等语。梁主亦瞧透三分，诘问数语，正德具陈魏乱，似觉详明，乃仍复本封，并促裴邃出兵北略。

邃因率骑袭寿阳，掩入外郛。魏扬州刺史长孙稚奋力抵御，一日九战，杀伤相当。邃因后军不至，引军暂归。嗣复取魏建陵、曲木及狄城、甓城、司吾城。徐州刺史成景儁拔睢陵，将军彭宝孙拔琅琊，曹世宗拔曲阳、秦墟，李国兴且进拔三关。魏徐州刺史元法僧，又遣子景仲至梁，奉表输诚。梁即授降王元略为大都督，与将军陈庆之等率兵接应，为魏安乐王元鉴击败。法僧却乘鉴骄怠，杀将过去，得了一个大胜仗。梁授法僧为司空，封始安郡公，复命西昌侯萧渊藻及豫章王萧综等，相继进兵，接济裴邃。

邃攻下新蔡郡，进克郑城、汝颍一带，所在响应，魏河间王元琛及寿阳守将长孙稚，率众五万，前来截击，邃暗设四

伏，诱稚入阱，四面相迫，好似网中捕鱼，瓮中捉鳖。还算长孙稚有些勇力，拚命冲突，夺路奔逃。再加元琛从后援应，方得将长孙稚救回寿阳，但已丧毙了一二万人。邃威名大振，将乘胜荡平淮甸，再图河洛，偏偏天不假年，竟尔一病不起，告殁军中。身后赠典，比韦睿更优。睿得赠侍中，给谥曰“严”；邃亦得赠侍中，且进爵为侯，予谥曰“烈”。淮、淝军民，感念邃恩，莫不流涕。再与韦睿相较，是不忘良将之意。小子有诗叹道：

北征大将肃军威，万众全凭只手挥；
功业未成身已殒，萧梁气运兆衰微。

邃既死事，后任为中护军夏侯亶。亶虽有才名，究竟不及韦、裴两人，因此敛兵不进，南北粗安，那魏人得专力北方。

欲知后事，且看下回叙明。

元义、刘腾，为北魏之祸首，而胡后实纵成之。奚康生久预军机，始不能诛锄权戚，乃反甘作爪牙，与谋幽后。后固自取，而康生之党恶济奸，未始非义腾之流亚也。及西林省母，渐有转机。康生如有悔心，亦惟导后以慈，勗主以孝，内联母子，外正君臣，则苦志弥缝，安身即以安国。计不出此，乃徒以舞势示意，挑拨胡后，宣光殿之被执，门下省之受诛，虽死何补？适见其好乱取祸耳！沃野之乱，不特为六镇之引线，并且为亡魏之祸阶，一蚁溃穴，全堤皆动，乱之不可以使长也，有如此者。然不有内乱，安有外乱？胡后导于先，义腾踵于后，读史者可以知所鉴矣。

第四十六回　诛元乂再逞牝威　拒葛荣轻罹贼网

却说魏尚书元修义，出讨莫折念生，中途遇着风疾，不能治军，乃命萧宝夤代任，并命崔延伯为岐州刺史，兼西道都督，与宝夤俱出屯马嵬。莫折天生方列营黑水，由延伯前往挑战，天生开营追逐，延伯徐徐引还，行伍整齐，步伐不乱，反将贼众惊退。越日复勒兵出战，延伯当先突进，将士尽锐长驱，大破天生，俘斩十余万，追奔小陇山，岐、雍及陇东皆平。魏京兆王继正受命为大都督，出统西道各军。既得岐、雍捷报，乃诏令班师。

时宦官刘腾已死，司徒崔光亦卒，元乂耽酒好色，淫宴自如，无论姑姊妇女，稍有姿色，即与宣淫。嗣是常留家不出，或出游忘返，无暇防卫宫廷。

胡太后察悉情形，转忧为喜，乘乂他出，即召魏主与群臣入见，当面宣谕道："元乂隔绝我母子，不听往来，还复留我何用？我当削发出家，修道嵩山，闲居寺院，聊尽余生罢了。"

说着，泪下不止。一派伪态。魏主见太后容色，免不得天良发现，即叩头劝阻，群臣亦跪伏哀求。胡太后置诸不理，反令侍女觅取快剪，立即削发。魏主越加惶急，禁住侍女，再三苦劝，太后尚未肯依。越装越像。群臣乃请魏主伴宿，夜间母子叙情，谈至夜半，无非说元乂不法，必将为乱。左右且从旁报密，谓乂尝遣从弟洪业与武州人姬库根，潜买马匹，预备起事。魏主年已十六，已有知觉，也恐帝位被夺，顿起疑心，遂与太后密谋黜乂。及乂还朝入直，魏主但与言太后意见，将往嵩山修道。乂巴不得太后出家，便劝魏主顺承母旨，魏主含糊应允。

看官！试想这胡太后年将四十，尚是华装艳服，盛鬋丰容，哪里肯出家为尼，除绝六欲？她不过借此为名，计愚元乂。乂却竟为所愚，还道太后无颜问政，不必防闲。太后遂得屡御外殿，不似从前幽锢。有时且偕魏主出游，无人阻碍。乂举元法僧为徐州刺史，法僧叛魏奔梁，太后屡以为言，乂颇自愧悔。高阳王雍虽位居乂上，权力不能及乂，所以暗加畏忌。会魏主奉太后出游，往幸雒水，雍邀两宫至私第中，开宴畅饮。饮至日晡，太后与魏主起座，偕雍同入内室，谈了许多时刻，方才出来。从官皆不得与闻，惟由太后传令还驾，始皆奉跸还宫。

过了数日，雍从魏主入朝太后，奏称元乂父子权位太重，致多疑谤，太后乃召乂入语道：“元郎若果效忠朝廷，何故不辞去领军，以他官辅政？”乂乃免冠拜伏，求解领军职衔。当由两宫允准，授乂为骠骑大将军，开府仪同三司，兼尚书令，仍守侍中等官。改用侯刚为领军将军，暂安乂意。乂因刚为同党，果然不疑。

魏主立太后侄女胡氏为后，不甚爱宠。想是姿貌平庸。寻纳一潘氏女为充华，名叫外怜，色擅倾城，容能媚主，最得魏主欢心。南有潘贵妃，北有潘充华，何潘家多美女乎？阉竖张景嵩、刘思逸等与乂未协，屡白潘充华，谓乂有害潘意。潘充华乃泣诉魏主道：“元乂心存叵测，尝欲杀妾，并将不利陛下，请陛下早为留意！”魏主既受教慈闱，又牵情帷闼，遂视元乂为眼中钉，恨不把他即日捽去。侍中穆绍又劝胡太后即速除乂。太后以乂党尚盛，未便遽发，先出侯刚为冀州刺史，去了元乂一条左臂。又迁贾粲为济州刺史，把元乂右臂亦复除去。然后安排黜乂。

正光六年四月朔，胡太后复临朝摄政，下诏罪元乂、刘腾，黜元乂为庶人，追削刘腾官爵。清河国郎中令韩子熙乘间上书，为清河王怿讼冤，乞诛元乂，并戮刘腾尸。太后乃命发刘腾墓，劈棺散骨，尽杀腾养子，籍没家资。遣使追杀贾粲，降侯刚为征虏将军，夺刺史官。刚还家病死。石子熙为中书舍

人，又征齐州刺史元顺还朝，授职侍中。顺为任城王澄子，前为黄门侍郎，直言忤乂，因致外迁。此次还都受职，颇邀宠眷。他本与乂未协，因见乂尚未伏诛，不免怀忧。

一日入朝内殿，由太后赐令旁坐，顺拜谢毕，顾视太后右侧，坐一中年妇人，乃是太后亲妹，即元乂妻房。当下用手指示道：“陛下奈何眷念一妹，不正元乂罪名，使天下不得大伸冤愤！”太后默然不答。乂妻已潸然泪下，顺乃趋出。先是咸阳王禧，谋逆见诛，诸子多南奔入梁。咸阳王事见前文。一子名树，受梁封为邺王。树贻魏公卿书，暴乂罪恶，大略说是：

> 乂本名夜叉，弟罗实名罗刹，两鬼食人，非遇黑风，事同飘堕。呜呼魏境！罹此二灾。恶木盗泉，不息不饮，胜名枭称，不入不为；况昆季此名，表能噬物，暴露久矣，

今始信之。

魏公卿得了此书，也即进呈，胡太后因妹乞恩，尚不忍诛乂。至此顾语侍臣道：“刘腾、元乂，前向朕索求铁券，冀得不死，朕幸未照给。”舍人韩子熙接入道：“事关生杀，不计赐券，况陛下前尚未给，今何故知罪不诛？”太后怃然无言。是谓妇人之仁。

已而有人讦乂阴谋，将与弟瓜招诱六镇降户，谋变定州，太后尚迟疑未决。群臣固请诛乂，魏主亦以为然，乃赐乂及弟瓜自尽。乂既伏诛，犹赠乂原官。京兆王继亦被废归家，未几即死。独乂妻居家守丧，寂寂寡欢。乂弟罗未曾连坐，有心盗嫂，日夕勾引，竟得上手，即与乂妻结不解缘，情同伉俪。胡氏姊妹淫行相同，这乃不脱夷狄旧俗哩。中国亦未必不尔。

胡太后两次临朝，改元孝昌，把前日被幽苦况，撇诸脑后，依然是放纵无度，饱暖思淫。乃父胡国珍有参军郑俨，容仪秀美，不亚清河，当即引为中书舍人，与同枕席。俨又引入徐纥、李神轨，皆为舍人，轮流侍寝，彻夜交欢。太后愈老愈淫，多多益善，惟心目中最爱郑俨，俨有时归家，太后必令内侍随去，只许俨与妻同言，不准留宿。俨亦无法，只好勉从慈命。淫妇必妒，盍观胡氏。太后又屡出游幸，装束甚丽，侍中元顺面谏道：“古礼有言，妇人无夫，自称未亡人，首去珠玉，衣不文饰。陛下母仪天下，年垂不惑，修饰过甚，如何能仪型后世呢？”太后惭不能答。及还宫后，召顺诘责道：“千里相征，岂欲众中见辱？”顺又抗声道：“陛下不畏天下耻笑，乃独恨臣一言，臣亦未解！”却是个硬头子。太后驳他不倒，一笑而罢，但心中也未免怨顺。城阳王元徽与中书舍人徐纥，窥承意旨，屡加谗毁，太后始尚含容，后竟徙顺为太常卿。顺拜命时，见徐纥侍侧，戟指诟詈道：“此人便是魏国的宰嚭，魏国不亡，此人不死，想也是气数使然呢！”纥面有愧容，胁肩而去。顺复叱语道：“尔系刀笔小才，只应充当书吏，奈何污辱门下，坏我彝伦！”实不止污辱门下，顺尚言之未尽。纥踉跄避去，太后佯作不闻，顺亦自出。

忽闻豫章王综自徐州来归，胡太后喜他投诚，嘱令魏主优礼相待。魏主乃召综入殿，温言接见，特授职侍中，封丹阳王。综系梁主衍次子，母为吴淑媛，本系齐东昏侯宠妃，衍入建康，据为己有。七月生综，宫中多说是东昏遗胎。吴淑媛事见前文。既而吴氏年暮色衰，渐次失宠。综已寖长，年约十余。尝梦见一肥壮少年，抚摩综首，综私自惊讶，密语生母吴淑媛。淑媛问及梦中少年，如何形状，由综约略陈述，正与东昏侯相

似，便不禁泣下道：“我本齐宫嫔御，为今上所迫，七月生汝，汝怎得比诸皇子？但汝为太子次弟，幸保富贵，切勿泄言。”综听了此语，抱母而泣。嗣复将信将疑，暗思人间俗语，用生人血滴死人骨，渗入乃为父子，此次正可仿行，试验真伪。遂密引心腹数人，微行至东昏侯墓前，私下发掘，剖棺出骨。沥血试验，果然渗入。返至家中，有次子才生月余，竟将他一把揿死。稾葬数日，日夜遣人发取儿骨，再行滴血，渗入如初。遂自信为东昏遗子。每日在静室中，私祭齐氏祖宗，一面求经略边境。

梁主始尚未许，会魏元法僧降梁，元略、陈庆之接应法僧，为魏所败，见前回。乃命综出督诸军，镇守彭城，并摄徐州府事。召法僧入都授职，法僧应召诣建康，魏调临淮王彧为东道行台，率兵逼彭城，梁主又恐综未惯战，促令引还，出尔反

尔，究属何因？综竟输款魏营，夜投彧军。城中失了主帅，隔宿大溃，魏人陷入彭城，掳去长史江革及司马祖暅，令随综入洛阳。综得受魏封，遂为东昏侯举哀，服斩衰三年，改名为赞。一作缵。

梁主闻报，大为骇愕，有司奏削综爵土，撤除属籍。有诏准议，并废吴淑媛为庶人，寻且赐死。已而魏遣还江革祖暅，交换元略，梁主乃礼遣略归。略还魏阙，魏已给复乃父中山王熙官爵，并拜略为侍中，赐爵东平王，迁尚书令，格外宠任。但徐郑用事，略亦不能有为，只好随俗浮沉罢了。

梁主衍既遣归元略，召问江革祖暅，问明综奔魏情形，江革祖暅据实奏陈。梁主以综顾本支，颇有孝思，且追忆吴淑媛旧情，又复生悔。萧衍晚年误事，便由胸无主宰。乃赐复综爵，仍令入籍，并复吴淑媛品秩，予谥曰“敬”。封综子直为永新侯，令主吴淑媛丧葬事宜。

还有一件暧昧的事情，说将起来，尤觉可丑可笑。梁主衍有数女，临安、安吉、长城三公主并有文才，独永兴公主，顽而且淫，竟与叔父临川王宏通奸。宏与谋篡逆，约事成后立为皇后。回应四十四回。梁主尝为三日斋，与诸公主并入斋室。永兴公主使二僮行刺，乔扮女装，随入室中。僮阈阈失履，为直阁将军所疑，密白丁贵嫔。贵嫔欲转告梁主，因恐梁主未信，特使直阁加防。直阁令舆卫八人整装立幕下。及斋座将散，永兴公主果上前面陈，请叙机密。梁主屏去左右，令主密谈，那二僮竟趋至梁主背后，拟从怀中取刃。舆卫八人立即突出，擒住二僮。梁主惊坠地上，幸由卫士扶起，坐讯二僮逆迹，二僮初尚抵赖，一经搜检，取出利刃二柄，且系假充女婢，水落石出，无从讳言，只得供明逆情，说是为宏所使。梁主不欲详诘，但命将二僮斩讫，用漆车载着公主，撵逐出外。公主也觉无颜，便即暴卒。临川王宏忧惧成疾，梁主犹七次临视，未几告终，尚追赠侍中大将军扬州牧，并假黄钺，给羽葆鼓吹一部，增班剑六十人，赐谥曰“靖”。傲弟逆女，如此不法，尚欲多方掩饰，不忍行诛，甚且特别优待，这真叫做当断不断，反受其乱了。

那北魏的祸乱也是日盛一日，不可收拾。莫折天生虽然败去，敕勒酋长胡琛却自称高平王，遣部将万俟丑奴寇魏泾州。萧宝寅、崔延伯移师往援，与丑奴会战安定。丑奴狡猾得很，屡次诈败，引诱延伯。延伯恃胜轻进，至为丑奴所乘，杀伤至二万人。宝寅入城自保，延伯再战再败，中矢而亡。贼势益盛，魏廷大震。

时北道都督李崇病殁，广阳王渊进兵五原，贺拔度拔父

子，正袭杀拔陵将卫可孤，西拒铁勒。度拔战死，子胜等奔至五原，投入广阳王渊麾下。渊爱他骁勇，引为亲将，适破六韩拔陵，纠众大至，把五原城四面围住。胜募健卒二百人，开东门出战，斩贼百余人，贼渐引却。渊乃拔军赴朔州。即怀朔镇。参军于谨能通诸番言语，招降西铁勒部酋长乜列河，并结合蠕蠕主阿那瓌大破拔陵，收降叛众二十万。拔陵穷蹙，奔还沃野，阿那瓌出兵进击，连战皆捷，擒斩拔陵，献捷魏廷。拔陵了。魏主遣中书舍人冯隽前往宣劳，犒赏从优。阿那瓌送归冯使，遂自称头兵可汗，蟠踞塞外，拥众称雄。这且待后再表。

且说沃野告平，魏已去一乱首，只有莫折念生、胡琛两路尚未扑灭，不能不分头征剿，静俟澄清。哪知二寇未歼，复又生出二寇，遂致乱祸益炽，势等燎原。看官听说！一路是柔玄镇乱民杜洛周，起反上谷，改元真王；一路是五原降户鲜于

修礼，起反定州，改元鲁兴。警报与雪片相似，传达魏廷，魏命幽州刺史常景，为行台征虏将军，与幽州都督元谭，往讨洛周。扬州刺史长孙稚为骠骑将军，都督北讨军事，与都督河间王琛往讨鲜于修礼。两两写来，有条不紊。彼此战争数月，元谭军溃，用别将李琚相代，琚复战死，更换了一个于荣。荣颇善战，军务始有起色。河间王琛与长孙稚未协，稚兵至滹沱河，被修礼伏兵邀击，伤亡甚多。琛观望不救，稚大败南奔，两人互相奏讦，俱坐罪除名。改用广阳王渊为大都督，以章武王元融及将军裴衍为副，出击修礼。渊为太武帝曾孙，与城阳王元徽系是从祖兄弟。徽妻于氏，与渊相奸，徽不能防闲于氏，惟恨渊甚深。渊既出征，徽上白胡太后，谓渊心不可测，恐有异图。胡太后乃密敕章武王融，令他潜加防备，融却持密敕示渊。渊乃上表讦徽，论徽过恶，说他谗害功臣，并及己身，请调徽出外，然后得免牵掣，方可效死击贼。胡太后搁置不理。徽时为尚书令，与郑俨等朋比为奸，外似柔谨，内实忌克，赏罚任情，魏政益乱。渊闻朝廷不用己言，越加疑惧，事无大小，不敢自决，因此沿途逗挠。会贼将元洪业，杀毙鲜于修礼，向渊请降。鲜于修礼了。渊正拟遣将招抚，偏修礼部下葛荣替主复仇，刺死洪业，自为贼帅。旋且僭称皇帝，立国号齐，居然下诏改元，称为广安元年，率众趋瀛州。魏廷促渊进讨，渊遣章武王融前往击荣，兵败战死。渊外畏贼势，内虑谗言，越弄得进退徬徨，自悲歧路。你要奸通人妻，应该受此折磨。城阳王徽乐得下阱投石，嘱令侍中元晏，劾渊盘桓不进，坐图不轨。参军于谨实主渊谋，胡太后因诏牓省门，悬赏缉谨。谨既有所闻，乘便语渊道：“今女主临朝，信用谗佞，殿下迹被嫌疑。若无人代为表明，恐遭奇祸！谨愿束身归罪，宁可诬谨，不可诬殿下！”渊乃与谨泣别，谨星夜入都，自投膀下。有司以闻，胡太后立即召入，厉声责谨。谨从容奏对，为渊辩诬，且备陈按兵情由，说得胡太后亦为动容，不由地怒气潜消，释谨不问。

徽计不得逞，又致书定州刺史杨津，嘱使图渊。渊因葛荣势盛，退保定州，津遣都督毛谧等夜袭渊舍，渊只率左右数人，仓皇走脱。行至博陵郡界，正值葛荣游骑，把他截住，劫往见荣。贼党欲奉渊为主，荣已自称天子，势不两立，便将渊杀死了事。城阳王徽即诬渊降贼，拘渊妻孥。莫非欲污辱渊妻么？还是广阳府佐宋游道替渊诉理，具报渊遇害实情，乃赦渊家属，不复论罪。即授杨津为北道都督，使拒葛荣。并因朔方扰乱，特授博陵郡公尔朱荣为安北将军，都督恒、朔二州军事。荣过肆州，刺史尉庆宾闭城不纳，惹动荣怒，引众登城，执庆宾还秀容，擅署从叔羽生为刺史。嗣是兵威渐盛，魏不能制。

小子有诗叹道：

一麾出督便称雄，枭桀何曾肯效忠？
试看肆州轻易吏，咆哮已自藐皇风。

贺拔胜兄弟也投奔尔朱荣。荣得胜大喜，署为军将。欲知后事如何，待至下回再叙。

元义可诛，而牝后不宜再出，胡氏之重复临朝，魏之乱亡也必矣。高阳王雍等，卑鄙无能，原不足道，元顺刚直敢言，何不力请胡后，归政魏主，乃徒谏华饰，斥幸臣，不揣其本而齐其末，讵得谓之社稷臣乎？元略奔梁，萧综奔魏，当时南北二朝，喜纳亡人，几成习惯，略之逃亡也有名，综之叛亡也亦未始无名，但为梁主计，则综实乱贼，似难曲恕。彼既削综籍，旋即赐复，朝令暮改，憧憧往来，无非由内省多疚耳！淫弟逆女犹可恕，于综果何尤耶？魏既召还元略，赐爵东平，而略仍不能匡救时艰，犹之一高阳王雍也。盗贼麕于外，嬖幸蟠于内，庸臣旅进旅退，毫无干济。广阳王渊，虽遭谗罹祸，饮刃贼巢，然常则思淫，变则思避，天下有如是之取巧乎？甚致死也，谁曰不宜！

第四十七回　萧宝夤称尊叛命
尔朱荣抗表兴师

却说尔朱荣在肆州，得了贺拔胜兄弟，不禁大喜，抚胜背道："卿兄弟肯来从我，天下便容易平靖了。"遂署为军将，行止进退，随时与议。胜等亦乐为效力。看官阅荣词色，已可知他拔扈飞扬，名为魏廷御乱，实是后来一大厉阶。那魏廷正乱势纷纷，只忧兵将不足，想靠荣做北方长城，眼前事且不暇顾，怎能顾到日后呢！

古人有言：外宁必有内忧，这魏国是内忧交迫，外亦未宁，正是内外摇动的时候，梁豫州刺史夏侯亶趁着淮水盛涨，攻魏寿阳。魏扬州刺史李宪待援不至，只好举城降梁。亶令将军陈庆之入城安民，收降男女七万五千人，复称寿阳为豫州，改合肥为南豫州，二州俱归亶管辖。嗣复由梁将湛僧智及司州刺史夏侯夔，会师武阳关，围魏广陵。魏尝称广陵为东豫州，刺史元庆和，保守不住，外城被陷。魏将陈显伯率兵赴援，又为僧智所破。庆和无法可施，不得已投降梁军，显伯夜遁。梁军追击至十里外，斩获万计。僧智受命镇广陵，夏侯夔镇安阳。

已而梁主复遣将军陈庆之与领军曹仲宗等，攻魏涡阳，寻阳太守韦放亦引军往会。途次与魏将元昭等相遇，不及列营，部下皆有惧色。元昭麾下步骑共五万人，分队夹进，声势锐甚。放系睿子，夙受家传，至此仍不慌不忙，免胄下马，自坐胡床，誓众迎战。于是士卒皆奋，踊跃直前，一当十，十当百，竟得杀退魏兵。不略韦放，仍为韦睿生色。乃徐徐收军，趋晤庆之。庆之不肯落后，也率麾下二百骑，驰往奋击，斫死魏兵前队百余人，因勒骑还营，与诸军并进。元昭分设十三垒，抵御梁军，两下相持，互有杀伤。差不多过了一年，仲宗因欲班师，庆之独杖节军门，誓死不退，遂简选锐卒，衔枚夜出，直捣魏营，魏人积劳致倦，仓猝不能抵敌，溃去四垒。庆之俘馘多名，陈列涡阳城下，指示守将王纬，纬乃乞降。魏兵尚有九垒，又由庆之移示俘馘，鼓噪进攻，吓得魏兵四散奔逃。元昭亦顾命要紧，弃垒遁去。庆之上前追蹑，杀毙无数，涡阳为尸血所积，几乎胶浅不流。自宋季被魏南侵，淮北为魏所据，齐末又由魏兵渡淮，陷入淮南，至此梁乘魏乱，攻克两淮城镇。

魏人失地颇多，无力与争，已是懊怅得很。叙入南北交涉，是按时销纳文字。再加那北方乱事，日急一日，真个是寇氛遍地，烽火连天。杜洛周寇掠蓟南，转趋范阳，屡为行台常景所破。景所恃惟一于荣，荣忽病殁，景遂失势。幽州民甘心从乱，竟开门迎纳洛周，景被掳去，幽州当然陷没了。葛荣守瀛州南趋，进逼殷州。殷州由定、相二州分出，领有四郡，刺史崔楷，甫经到任，城内无备，由楷召集兵民，谕以忠义，与贼党徒手相搏。连战半旬，终因力竭城崩，被贼杀入，楷不屈遇害。荣复转围冀州，刺史元孚，督厉将士，昼夜拒守，自春及冬，粮储告罄，外无救兵，尚且据城死战。及城已被陷，孚与兄祐俱为所擒，兄弟各自引咎，愿为国死。都督潘绍等，亦向荣叩请，愿代死以活使君，荣叹为忠臣义士，统皆赦免。强盗发善心。连叙崔楷元孚，意在教忠。

但殷、冀二州，俱为贼有，还有西道行台大都督萧宝夤，出兵累年，糜饷添兵，不知凡几，始终没有成效。特提萧宝夤，为本回前半截主脑。莫折念生与胡琛不和，两贼自相攻杀。念生屡挫，乃输款宝夤。宝夤使行台左丞崔士和，往收秦州。不意念生复反，擒杀士和，秦州再陷。宝夤出师泾阳，亲讨念生，一场交战，全军败绩，退屯逍遥园东。汧城岐州相继降贼，豳州刺史毕祖晖又复战没。西道都督北海王元颢亦被杀败，关中大扰。雍州刺史杨椿急忙募兵拒守，得士卒七千余人，登陴力御，才获保全。魏加椿为侍中，领行台统帅，节制关西诸将。

念生遣弟天生大举攻雍州，萧宝夤令部将羊侃往助杨椿。侃隐身堑中，伺天生近城，一箭射去，应弦而毙。椿乘势杀出，贼众大溃，斩首数千级，雍州解严。念生方进据潼关，闻天生已死，乃弃关西去。

魏主因宝夤败退，褫夺官爵，免为庶人。一面下诏西征，整备兵马。既得潼关捷音，复说将北讨葛荣。诏书中很是夸张，仿佛有銮跸亲临，灭此朝食的气象，其实统是纸上谈兵，惟日在销金帐中，与潘嫔等练习肉战，有甚么行军思想。那胡太后亦纵情行乐，宫闱里面，通宵狎亵，笑语时闻，任他警报频来，且管目前肉欲，毫不加忧。死在目前，乐得纵欢。一切军事，都委城阳王徽及二三嬖臣，随便处置。

可奈贼势未靖，宿将渐凋，雍州行台杨椿又复上书报病，请人相代。魏廷无将可遣，只得复任萧宝夤，都督淮泾等四州军事，兼领雍州刺史。椿交卸还乡，因子昱将适洛阳，特嘱昱转奏两宫，谓宝夤非不胜任，但恐有异志，须慎选心膂为辅，方可戢彼野心。昱奉命至洛，面启魏主母子，两宫已是晨昏颠倒，神志迷离，哪里肯如言施行。

会闻葛荣进围信都，乃命金紫光禄大夫源子邕为北讨大都督，率兵赴援。子邕方发，又接相州急报，刺史乐安王元鉴，文成帝孙。据邺叛魏，通款葛荣。因再命舍人李神轨出会子邕，并召同将军裴衍，先讨邺城。才算一举得手，入邺诛鉴，传首洛阳。神轨还都，诏除子邕为冀州刺史，使讨葛荣。裴衍亦表请同行，奉敕允议。子邕独上书自陈，谓两人不宜同往，衍行臣请留，臣行请留衍，若逼使同行，必致败衄。有诏不许，子邕不得已偕衍北进。行至漳水，突遇贼十万众，蜂拥前来。两将本不同心，号令不一，猝遭大敌，兵士骇散，子邕及衍相继阵亡。葛荣尽锐攻相州，还亏刺史李神悉众固守，协力致死，才得不陷。可见用兵之道，全恃一心。偏雍州行台萧宝夤，竟杀死关右大使郦道元，居然造起反来。果如杨椿所料。

宝夤西讨莫折念生，前次败绩遭谴，已不自安，后来虽得起复，终怀疑惧。莫折念生返至秦州，由州民杜粲纠众发难，击死念生，粲自掌州事。南秦州城民辛琛，亦自行州事，各遣使至萧宝夤处乞降。莫折念生亦了。宝夤表闻魏廷，魏主尽复宝夤旧封，仍爵齐王兼尚书令。

中尉郦道元，素号严猛，不避权戚。司州牧汝南王元悦宠信小吏邱念，弄权不法。道元收念付狱，拟处重刑。悦亟白胡太后，请赦念罪。太后敕令赦念，偏道元不待赦至，先已杀念，复劾悦纵奸枉法诸罪状，太后不理。悦深恨道元，想出一法，请调道元为关右大使。关右为萧宝夤势力范围，遣使镇压，明明是悦的诡计，使他激怒宝夤，好借刀杀死道元。魏廷哪里知晓，即派道元西行。果然宝夤闻知，由疑生畏，由畏生忿，特商诸僚佐柳楷。楷答道："大王为齐明帝子，天下属望，何必定居人下！况近有谣言：鸾生十子，九子毈，音断，卵坏也。一子不毈，关中乱。乱训为治，大王当治关中，已无疑义。"宝夤乃决计叛魏，密遣部将郭子恢，潜伏阴盘驿，俟道元过境时，突出拦阻。把他刺死。佯言为贼所害，命人收殡，诡词奏闻。魏责宝夤捕凶正法，宝夤当然不理，即欲称帝关中。

行台郎中苏湛，人品端方，素为宝夤所重，时正抱病在家。宝夤使他姨弟姜俭与商，湛不待说毕，便放声大哭。奇哉！俭惊问何因？湛且泣且语道："我家百口，今将屠灭，怎得不哭！"又哭至数十声，乃徐语俭道："为我白齐王！王本似穷鸟投人，赖朝廷假王羽翼，荣宠至此，奈何无端背德！且魏德虽衰，天命未改，齐王恩信，未洽民情，乃欲率羸惰兵卒，守关问鼎，怎能有成？湛不能举家同尽，愿乞骸骨归还乡里，使得病死，下见先人。"俭返报宝夤，宝夤知湛不为己用，听令还里。

长史毛遐与弟鸿宾奔往马祇栅，召集氐羌，抗拒宝夤。宝夤遣将军卢祖迁击遐，一面自称齐帝，改元隆绪，置百官都督，公然被服衮冕，出祀南郊，行即位礼。伪官呼嵩未毕，忽有败报传来，祖迁败死，禁不住神色仓皇，匆匆入城。别派部将侯终德，往击毛遐兄弟，并派重兵据守潼关。

正平民薛凤贤、薛修义等，亦聚众河东，分据盐池，围攻蒲阪，东西连结，响应宝夤。魏命尚书仆射长孙稚为行台统帅，往讨宝夤，遣都督宗正珍孙，往讨二薛。

长孙稚驰至恒农，闻宝夤围攻冯翊，尚未陷入，乃与将佐会议所向。行台左丞杨侃献计道："贼据潼关，守御已固，未易攻入，不如北取蒲坂，渡河西行，直捣心腹。贼回顾巢穴，冯翊必当解围，就是潼关守兵，亦必却顾而走，支节既解，长安自可坐取了。若以为愚计可行，愿效前驱！"长孙稚皱眉道："汝计甚善，但薛修义方围河东，薛凤贤复据安邑，近闻宗正珍孙，军至虞坂，不能前进，我军如何可往？"侃微笑道："珍孙一行阵匹夫，怎知行军？二薛党羽，统是乌合，只能欺吓珍孙，不能欺吓别人。"虏在目中。稚乃使长男子彦随着杨侃，带领骑兵，自恒农北渡，进据石锥壁。侃扬言道："我军今且停此，暂待步军。为念沿途村民，无知受胁，情实可怜，今先告父老百姓，速送降名，各自还村，俟我军举起三烽，也当举烽相应，我军誓不相犯；若无人应烽，定系贼党，当进屠村落，夺取子女玉帛，犒赏我军。"诳贼足矣。村民闻了此言，转相告语，多递降名。一俟官军举烽，无论已降未降，皆举烽相应，火光彻数百里。薛修义等围住河东，遥见烽火齐红，不觉大骇，当即遁还，与凤贤同约来降。潼关守兵，果然返顾，相率却走，侃即飞报长孙稚。稚见潼关空虚，已率全军入关，进至河东，与侃相会。侃更长驱直进，宝夤遣将郭子恢截击，连战皆败。那往击毛遐的侯终德，竟与遐等联络，还袭宝夤。

宝夤连忙出敌，军无斗志，未战先逃，慌得宝夤驱马奔回，挈领妻孥，自后门出奔，径投万俟丑奴，丑奴为胡琛部将，琛被拔陵余党费律，诱至高平，将他杀死。胡琛了。余众并归丑奴，再据高平，翦灭拔陵余党。既得宝夤投奔，引为谋主，授官太傅，自称天子，僭置官属。适波斯国献狮至魏，被丑奴截留，作为符瑞，自称神兽元年。奴可为帝，兽足表年，扰乱时代，应该有此奇闻呢！语极冷隽。

且说魏主诩年已寖长，知识日开，胡太后帷薄不修，时怀疑忌。通直散骑常侍谷士恢，得邀上宠，日在魏主左右，胡太后恐他传闻秽事，诬以他罪，勒令自尽。尚有密多道人，能作胡语，亦尝出入殿廷，为魏主所亲信。太后又使人伺他踪迹，刺死城南，佯为悬赏购贼。此外如魏主宠臣，多被太后迁黜。魏主当然恚恨，遂致母子生嫌。

是时葛荣、杜洛周，互相吞噬，洛周被葛荣击死，杜洛周了。余党降荣。荣凶焰益盛，南趋邺城。安北将军尔朱荣，因葛荣南逼，表请自发骑兵，东援相州，并不见报。惟纳女入宫，得册为嫔。魏主诩所爱惟此。进封尔朱荣为骠骑将军，都督并、肆、汾、广、恒、云六州军事，寻复进位右光禄大夫，开府仪同三司。怀朔镇函使高欢，初与段荣、尉景、蔡隽先等，投入杜洛周，嗣见洛周不能成事，转奔葛荣，旋复亡归尔朱荣。荣见欢形容顦顇，不以为奇，但安置帐下，作为随卒。会欢从荣入马厩，厩有悍马，专喜踶啮，荣命欢修翦马鬣。欢不加羁绊，执刀徐翦，马竟不动。翦毕，语荣道："御恶人也如是呢！"荣暗暗点首，即引欢入室，屏去左右，访问时事。欢抵掌道："今天子闇弱，太后淫乱，嬖孽擅命，朝政不行，如公雄才大略，乘时奋发，人讨郑俨、徐纥等，廓清君侧，霸业可一举即成了。"荣大喜道："得卿言，似梦初醒哩。"遂复与欢促膝密谈，自日中至夜半，欢才趋出。嗣后遇有军事，必与欢谋。

并州刺史元天穆，系元魏宗室，与尔朱荣很是投契，荣复与他密谋入洛，天穆亦甚赞成。帐下都督贺拔岳，又从旁怂恿，荣遂部署兵马，聚集义勇，北捍马邑，东塞井陉，将南向入都。适接到魏主密敕，召荣入除徐、郑，荣愈觉有名，即日出师，用高欢为前锋，浩浩荡荡，向南出发。此是高欢发轫之始。

行次上党，忽又有密敕颁到，止荣入都。荣不禁踌躇，欢又语荣通：“明公今日，骑虎难下，有进无退，何必多疑！”荣乃复拟进行。越日由都中发出哀诏，说是魏主暴崩，立嗣子为皇帝。又越数日，传到太后诏令，谓嗣子非男，实系皇女，今决立临洮王世子钊，入纂正统，大赦天下。这种迷离恍惚的诏书顿时触怒尔朱荣，当即抗表道：

> 伏承大行皇帝，背弃万方，奉讳号踊，五内摧剥。仰承诏旨，实用惊惋。今海内草草，异口一言，昔云大行皇帝鸩毒致祸，臣等外听讼言，内自追测，去月二十五日，圣体康怡，隔宿即奄忽升遐，即事观望，实有所惑。且天子寝疾，侍臣不离左右，亲贵名医，瞻仰患状，面奉音旨，亲承顾托，岂容不豫初，不召医，崩弃曾无亲奉，欲使天下不为怪愕，四海不为丧气，岂可得乎？是以皇女为储两，虚行庆宥，上欺天地，下惑朝野，已乃选君于孩提之中，使奸竖专朝，贼臣乱纪，惟欲指影以行权，假形而弄诏，此何异掩眼捕雀，塞耳盗钟！今秦陇尘飞，赵魏雾合，丑奴势逼幽雍，葛荣凭陵河海，楚兵吴卒，密迩在郊，古人有言：邦之不臧，邻之福也。一旦闻此，谁不阋阋？窃惟大行皇帝，圣德驭宇，断体正君，犹边烽迭举，妖寇不灭。况今从佞臣之计，随亲戚之谈，举潘嫔之女以诳百姓，奉未言之儿而临四海，欲使海内安乂，实所未闻！伏愿留圣善之慈，回须臾之虑，鉴臣忠诚，录臣至款，听臣赴阙，参预大议，问侍臣帝崩之由，访禁卫不知之状，以徐、郑之徒，付之司败，雪同天之耻，谢远近之

怨，然后更召宗亲，推其年号，声副遐迩，改承宝祚，则四海更苏，百姓幸甚！

看官听说！这魏主诩年才十九，素无疾病，如何忽然暴崩？原来郑俨、徐纥，因尔朱荣引兵南向，情甚惶急，阴与胡太后商议，谋鸩魏主。太后已与魏主有嫌，乐得依从，遂将魏主鸩死，立伪皇子为帝。先是潘嫔生女，托称皇子，庆赦并行，改元武泰。及魏主被鸩，权立皇女，后且据实声明，改立临洮王世子钊。从前京兆王愉叛命削籍，见四十二回。胡太后却追愉为临洮王，令子宝月袭爵。魏书明帝纪作宝晖。钊即宝月子，年甫三岁，太后利他年幼，因即迎立。偏尔朱荣出来反对，抗表上闻。胡太后接览荣表，很是惊心，亟拟故主诩尊谥，称为孝明皇帝，庙号"肃宗"，丧葬礼仪，概从隆备。一面遣荣从弟世隆，赍敕慰荣，劝令还镇。小子有诗叹道：

淫牝怎得屡司晨，况复戕君灭大伦！
当日尔朱犹假义，出师还算魏忠臣。

究竟尔朱荣曾否依敕，且至下回再详。

萧宝夤事魏已久，封王爵，拜尚书令，魏之待宝夤也，不为不优。即一再免官，亦由宝夤之丧师致罪，非魏之过事苛求也。况旋黜旋用，宠眷不衰，彼乃妄思称尊，构兵叛魏，其视杜洛周、葛荣、万俟丑奴辈，固不可同日语矣。杜葛等未受魏恩，揭竿为乱，史笔不得谓之非贼，况宝夤乎！本回历叙战事，独提宝夤为主脑，诛其心也。胡太后以母害子，纲目直书曰弑。君主时代，尊无二上，不得以太后恕之；况其为淫乱不法，毫无母德耶！尔朱荣抗表问罪，义正词严，假使他日入洛，清宫掖，肃纪纲，则功绩岂出伊霍下？故以事迹论，则尔朱兴师之日，尚非肆逆之时。应贬则贬，应褒则褒，论史者固具有苦心乎！

第四十八回　丧君有君强臣谢罪
因敌攻敌叛王入都

却说尔朱世隆赍着魏廷诏敕，行至晋阳，适与尔朱荣相遇。兄弟叙谈，当然有一番情话。荣览敕后，语世隆道："这事我不便依从，弟亦无须回朝。"世隆道："朝廷疑兄，故遣世隆到此，今留世隆，反使朝廷得以预防，亦属非计。"荣乃遣还世隆，自与元天穆商议，谓彭城王勰夙有忠勋，名传身后，第三子子攸，近封长乐王，亦有令望，不如将他拥立，较孚众望云云。天穆亦以为然，荣因令从子天光等，往见长乐王子攸，具述荣意。子攸便即允议。皇帝是人人喜做的。天光等返至晋阳，向荣报命，荣又不免疑惑起来。从前魏国立后，必范铜为像，像成方得册立，否则目为不祥，应即罢议。荣援例卜吉，也将显祖献文帝即魏主弘。子孙，一一铸像，多半未就。惟长乐王独成，乃即起兵发晋阳。

世隆还都后，模糊复旨，及闻荣南下，潜逃出都，径投荣军。胡太后得了军报，很觉徬徨，悉召王公大臣等入议。大众都不直太后，莫肯发言。独徐纥出对道："尔朱荣乃是小胡，擅敢称兵向阙！据现在文武宿卫，出外控制，已是有余。今但分守险要，以逸待劳，臣料彼千里远来，士马疲敝，不出数月，包管能剿灭呢。"不容你算奈何？胡太后乃授黄门侍郎李神轨为大都督，率众拒荣。另遣他将郑先护、郑季明等往守河桥，武卫将军费穆屯小平津。

荣行至河内，遣使至洛，密迎子攸。子攸即与兄彭城王劭、弟霸城公子正潜自高渚渡河，至河阳会荣。将士见子攸到来，争呼万岁，子攸即引着荣军，复济河南行，在途称帝，筑坛受朝。也未免太急。进兄劭为无上王，子正为始平王，尔朱荣为侍中，都督中外诸军事，兼尚书令领军将军，封太原王。当即传诏远近，谕令效顺。

郑先护素善子攸，与郑季明开城相迎，费穆亦奉表通诚。李神轨狼狈夜遁。徐纥闻报，料知大势已去，也不暇顾及胡太后，竟捏称诏敕，夜开殿门，取御厩中良马十匹，挈领眷属，东奔兖州。郑俨也照样施行，逃回乡里。统是薄幸郎。胡太后失去二嬖，好似没有手足一般，急得不知所措。踌躇多时，想出一着无聊的方法，尽召肃宗后妃，迫令出家，自己亦执着银剪，把头上的玲珑宝髻，一刀除去。烦恼青丝，已剪得太迟了。她以为做了道姑，总可免罪，省得尔朱氏追究。哪知尔朱荣不肯放松，一面召百官出迎新主，一面派骑士入宫，掳了太后及幼主，同至河阴。百官奉召，急急地奉了玺绶，备着法驾，至河桥恭迎新主子攸。胡太后见了尔朱荣，尚带泣带语，自言为嬖幸所误，请荣鉴原。幼主钊一味啼哭，晓得甚么好歹，惹得荣拂衣起座，顾令左右，立把太后幼主驱出，沉入河中。河伯如欲娶妇，倒还可以将就。

费穆入见尔朱荣，附耳密语道：“公士马不出万人，今长驱向洛，兵不血刃，成功太速，威力无闻。京中文武官吏，不下数百，兵民更不可胜计，若知公虚实，必致轻视。今日非大行诛罚，更植亲党，恐公他日北还，未逾太行山，内变便要发作了。”导人好杀，怎得令终！荣一再点首，转告亲将慕容绍宗，绍宗道：“胡太后荒淫失道，嬖幸弄权，淆乱四海，所以公得兴兵问罪，入清宫廷，今无故歼戮多士，不分忠佞，恐天下失望，反与公有不利，请公三思！”

荣不肯从，佯请新主子攸，就陶渚引见百官，只说是即日祭天。俟百官趋集，却下了一声军令，纵骑兜围，把百官困住垓心，然后申辞指斥。说是国家丧乱，肃宗暴崩，统由朝臣贪虐，未能匡弼，应该声罪行诛，不使稽戮云云。这语一传，王公大臣等才知为荣所赚，各吓得魂驰魄散，面色仓皇。那尔朱荣确是厉害，即遣骑士入围捕戮，拿一个，杀一个，也不问有罪无罪，一古脑儿割下首级，自丞相高阳王雍、司空巨平公钦、仪同三司东平王略以及广平王悌、常山王邵、北平王超、任城王彝、赵郡王敏、中山王叔仁、齐郡王温等，凡元氏宗室，在朝任职，悉数毕命。就是直声卓著的元顺，时已为左仆射，亦为所杀。不忘遗直。公卿以下，遇害至二千人，尚有朝士百余，迟到数刻，亦被胡骑围住。荣又下令道：“有人能作禅位文，便即免死！”言未毕，即有侍御史赵元则，应声如响。是一个好差使，哪得不上前速应？当下释出元则，令他草诏，余多戮毙。荣复谓元氏当灭，尔朱氏当兴，嘱军士同声附和，共称万岁。乃遣将弁数十人，持刀入行宫，剁毙彭城王劭，始平王子正迫子攸徙居河桥，锢置幕下。比董卓、朱温还要凶狠。

子攸忧愤交并，使人向荣达意道：“帝王迭兴，盛衰无常。

今四方瓦解，将军投袂起师，所向无前，这是天意，原非人力所能致此！我生不辰，遭际衰乱，本不敢妄觊天位，只因将军见逼，勉强承统。若天命已归将军，不妨早正位号。就使推让不居，存魏社稷，亦当更择亲贤，善为辅弼。我但求保全生命，不必多疑！”荣听了此言，再与将佐熟商。都督高欢，劝荣即日称帝。独将军贺拔岳进言道：“将军首建义兵，志除奸逆，大勋未立，遽有此谋，恐未必邀福，反足速祸呢！”荣忐忑不定，自铸铜为像，四次不成。又令功曹参军刘灵助，卜筮吉凶，灵助亦言未吉。荣沉吟良久，方语灵助道：“我若不吉，天穆何如？”灵助道：“天穆亦不应推立，只有长乐王方应吉征。”荣素信灵助言，不由地惭惧起来，自傍晚至夜半，不食不寝。但在室中绕行，且自言自语道：“尔朱尔朱，为何这般弄错？只好一死塞责，报谢朝廷！”贺拔岳乘间入言，请杀高欢谢天下。荣亦被他激动，意欲杀欢，经左右代欢解免，方才罢议。

时已四更，荣匹马出营，直诣河阳幕下，拜谒子攸，叩头请死。何前倨而后恭。子攸不得已慰勉数语，扶令起身，荣即自为前导，引子攸入宿营中。诘旦即拟奉主入都，部众以滥杀朝士，积成怨愤，将来必有报复情事，不如迁都北方，可避后患。荣至此又不免起疑。好听人言，怎能有成？武卫将军讯礼从旁力谏，乃将迁都计议仍复打消。于是安排仪仗，簇拥嗣主子攸，舆驾入洛阳城，下诏大赦，改元建义。

京中官吏已十死八九，剩了几个散员末秩，也是逃避一空，不敢出头。宿卫空虚，官守废旷，只有散骑常侍山伟，诣阙谢赦，叩首山呼。尔朱荣瞧这形状，也觉凄寂得很，便上书陈请道：

臣世荷藩寄，征讨累年，奉忠王室，志存效死。直以太后淫乱，孝明暴崩，遂率义兵，扶立社稷。陛下登祚之始，人情未安，大兵交际，难可齐一。诸王朝贵，横死者众，臣今粉躯，不足塞往责以谢亡者。然追荣褒德，谓之不朽，乞降天慈，微申私责：无上王请追尊帝号，诸王刺史，乞赠三司，其位班三品，请赠令仆，五品之官，各赠方伯，六品以下，赠以镇郡。诸死者无后听继，即授封爵，均其高下，节级别科，使恩洽存亡，有慰生死，或尚足少赎臣愆，谨拜表以闻！

魏主子攸当然允议，先尊皇考彭城王勰为文穆皇帝，皇妣李氏为文穆皇后，迁神主至太庙，号为肃祖。然后尊皇兄劭为孝宣皇帝，皇嫂李氏为文恭皇后；从子韶窜匿民家，遣人访获，

令还朝袭封彭城王。他如皇伯父高阳王雍、皇弟始平王子正等，悉予尊谥。其余死难诸臣，亦如荣言赐恤。荣又请遣使劳问旧臣，文官加二阶，武官加三阶，百姓复租役三年，都下吏民，始得少安。旧臣亦相继赴阙，多仍原职。荣部下诸将士，因从龙有功，普加五阶。

诸将士尚防有后患，劝荣请魏主徙都，荣复为所动，入白魏主子攸，主张北迁，都官尚书元谌，独出来反对，与荣力争。荣怒叱道："迁都事与君无关，何必争执？且河阴一役，君曾闻知否？"谌亦抗声道："天下事当与天下公论，奈何举河阴毒虐，来吓元谌！谌系国家宗室，位居常伯，生既无益，死亦何损，就使今日碎首流肠，也不足畏呢！"元氏犹有此人，好算难得。这一席话，惹得荣气冲牛斗，即欲加谌死罪。尔朱世隆在旁力劝，谌得不死。盈廷无不震慴，谌仍神色不变，徐徐引退。

过了数日，魏主子攸偕荣登高，俯视宫阙壮丽，列树成行。荣叹息道："前日愚昧，有北迁意，今见皇居壮盛，方信元尚书言，确有至理，无怪他抵死不从呢。"魏主亦好言抚谕，荣乃绝口不谈迁都。惟郑俨、徐纥、李神轨三人，在逃未获，檄令地方有司，搜捕治罪。俨遁归乡里，与从兄荥阳太守仲明谋据郡起兵，为部下所杀。纥奔至泰山郡，投依太守羊侃，嗣闻朝廷严捕，乃与侃南奔降梁。神轨不知下落，想已是窜死了。汝南王悦、临淮王彧、北海王颢，前已避难南奔，彧因魏主定位，访求宗室，乃上书梁廷，乞求放归。梁主颇惜彧才，但不便强留，准令北还。魏主授彧尚书令，兼大司马，彧遇事敢言，颇有直声。

已而魏主欲册立皇后，尔朱荣嘱使朝臣，拟将前时纳充嫔御的孀女改配魏主，好乘时正位中宫。看官，试想荣女曾为肃宗嫔，肃宗诩系子攸从侄，名分攸关，怎得将侄妇充做御妻？子攸不便依荣，又未敢违荣，当然是怀疑未决。黄门侍郎祖莹进议道："从前春秋时候，晋文在秦，怀嬴入侍，事贵从权。幸陛下勿疑！"却是一条正比例，但怀嬴止为晋文妾，荣女却为子攸后，是尚不能强同。子攸不得已如祖莹言。小子上文曾叙及肃宗后妃被胡太后迫令出家，及尔朱荣入都，荣女正在瑶光寺，由荣迎回。此时祖莹为荣申请，既得魏主允准，赶即报荣。荣不禁大喜，即令孀女释服改装，打扮得与姮娥相似，乘舆入宫。魏主子攸见她炫服华容，倒也可爱，乐得将错便错，同赴高唐。一连三宿，订定立后礼仪，御殿受册。这位尔朱嫔丰神绰约，环珮雍容，居然被服翚衣，统掌六宫事宜，好做那北朝国母了。魏加尔朱荣为北道大行台，巡方黜陟，先行后闻。

荣乃欲还镇晋阳，入阙白主，申谢河桥罪过，誓言后无贰心。魏主起座扶荣，也与他握手设誓，彼此不贰。荣很是喜慰，求酒畅饮，喝得酩酊大醉，由魏主召令左右，掖入床舆。听他鼾声大作，不由地记忆前恨，惹起杀心。当下取刀在手，拟即杀荣，左右慌忙谏阻，各说是投鼠忌器，万不可行。乃命将床舆舁入中常侍省，荣尚一睡未醒，直至夜半，方才惊寤。渐闻魏主有下刃意，心不自安，遂辞行北去。特荐元天穆为侍中，录尚书事，领京畿大都督，兼领军将军。行台郎中桑乾、朱瑞为黄门侍郎，兼中书舍人，内外勾通，腹心密布，仍然与在朝无异，不肯放宽一着。魏主亦只好得过且过，付诸缓图。

会葛荣引兵围邺，众号百万，魏主将亲往讨，命大都督上党王元天穆总众八万为前军，大将军太原王尔朱荣带甲十万为左军，司徒杨椿勒兵十万为右军，司空穆绍统卒八万为后军。荣奉到诏敕，亟自率精骑七千名，倍道兼行，用侯景为前驱，东出滏口。葛荣横行河朔，所过残破，闻尔朱荣孤军前来，侈然语众道："区区一军，怎能敌我！尔等可各办长绳，来一个，缚一个，不得有误！"如此骄盈，不败何待？便令列阵数十里，西向待着。

尔朱荣潜军山谷，分骑士为数队，每队约数百骑，扬尘鼓噪，使贼众不辨虚实，自率健骑绕出葛荣阵后，预约夹攻。葛荣只管前面，不管后面，但听得哗声大至，急忙备御。等了许久，并无来军，正拟解甲休息，又觉得喊声四起，尘头滚滚。好多时不见到来，转使葛荣且惊且疑。既而自笑道："这是尔朱荣的疑兵计，毫无实力，徒乱我心，我适受彼赚，不如大众静坐，休养锐气为是！"这才中计。遂令部众静守，不必他顾。部众各散伍小憩，不意阵前阵后，胡哨迭吹，霎时突入铁骑，搅乱贼阵。葛荣仓猝上马，尚只督众向前，为抵敌计，忽背后驰到一大将，手起槊落，竟将葛荣打倒马下，一声呼喝，已由好几个健卒，跳跃而至，立把葛荣缚住。贼众见渠魁受擒，无不胆落，那大将又复传令，降者免死，于是贼众一齐投戈，匍匐乞降。大将又宣谕道："尔等都有父母妻孥，奈何从贼寻死！我但拿问首逆，不问胁从，愿留者听，愿归者亦听。"这谕传出，大众多半愿归，泥首拜谢，欢跃而去。冀、定、沧、瀛、殷五州，自是肃清。看官欲问大将为谁？无非是个尔朱荣。

荣既遣散贼众，尚有若干贼目，无家可归，亦量能录用，不使失所。可巧贼目中有一少年，虎背猿躯，与众不同，问他姓名，叫做宇文泰。乃父名肱，随鲜于修礼战死，泰转投葛荣，至此为尔朱荣所爱，擢为军将。宇文泰始此。随将葛荣槛送入洛，枭斩都市。葛荣了。魏主加荣为大丞相，都督河北畿外诸军事，并封荣诸子为王。一面撤回元天穆各军，进司徒杨椿为太保，城阳王徽为司徒。

是时梁将军曹义宗围魏荆州已历三年，守将王罴百计拒守，幸得不陷。魏廷因朔方多难，不遑南顾，至是始遣中军将军费穆都督南征各军，往援荆州。梁军久顿城下，已经疲敝，不料费穆猝至，闯入梁营，曹义宗不及措手，竟被擒去，荆州解围。梁主衍闻义宗被掳，当然不肯甘休，索性想出因敌攻敌的计策，封降王元颢为魏王，派将军陈庆之引军纳颢。颢南奔梁见上文。颢遂北行，得拔荥城，擒住魏行台统帅济阴王元晖，自称魏帝，改元孝基。

魏大都督元天穆方出略河间，往讨伪汉王邢杲，杲前为幽州主簿，也想乘乱为王，召集河北流民，占踞北海，骚扰青州。天穆奉敕东征，一军不能两顾，魏主令他熟筹缓急。他决计先灭邢杲，然后讨颢。却喜东征得手，不到数月，便将杲擒送洛阳，斩首了事。乃移军南趋，在途迭闻警耗，系是元颢导着梁军，乘虚深入，取梁国，拔荥阳。当下驱军急进，直至荥阳城下，偏被陈庆之杀将出来，急切不能阻拦，竟至败北。庆之乘势追击，复陷虎牢。虎牢为洛阳要塞，一经失守，洛都当然大震。

魏主子攸急欲避难，未知所向，因召群臣会议。或劝魏主赴长安，中书舍人高道穆进言道："关中荒残，不宜再往。颢乘虚深入，将士不多，若陛下亲率卫士，背城一战，臣等亦誓尽死力，不难破颢。倘谓胜负难料，不若暂时渡河，征召大丞相尔朱荣，与大将军天穆犄角进讨，不出旬月，定可成功。这乃是万全之计呢！"魏主子攸，遂带领数骑，夜走河内。都中无主，便即大乱。临淮王彧、安丰王延明，倡议迎颢，遂封府库，备法驾，率百僚迎颢入城。

颢入洛阳宫，改元建武，也循例施赦，授陈庆之为侍中，领车骑大将军。元天穆收集败卒，得四万人，掩入大梁，再分兵二万，使费穆为将，往攻虎牢。颢亟遣庆之击穆，穆正力攻虎牢，闻庆之将至，已有畏心。嗣又得天穆北去消息，只剩得自己孤军，越觉彷徨失措，一俟庆之到来，即望尘迎降。庆之送穆至洛，颢责他趋奉尔朱，滥杀王公，即令推出枭首。该杀。一面命黄门侍郎祖莹，作书贻子攸道："朕泣请梁朝，誓在复耻，但欲问罪尔朱，出卿虎口，卿与我肯同心戮力，皇魏或可再兴，否则尔朱得福，卿益得祸。卿宜三复斯言，庶富贵可共保哩。"

书去后杳无复音，惟河南州郡陆续输诚。再遣使四出，招谕官民。齐州刺史沛郡王元欣意欲受诏，军司崔光韶抗言道："元颢受制南朝，引寇兵覆宗国，乃是乱臣贼子，人人得诛，不但大王家事，所应切齿，就是下官等亦夙受国恩，未敢仰从！”长史崔景茂等亦齐声道：“军司言是！”欣乃斩颢使，示与决绝。还有襄州刺史贾思同、广州刺史郑先护、南兖州刺史元暹，俱不受颢命。冀州刺史元孚，自葛荣受诛后，仍复原职。颢令为东道行台，封彭城郡王，孚将颢书转献魏主子攸，表明诚意。平阳王元敬先起兵讨颢，不克而死。

颢入洛城时，适遇暴风，缓辔至阊阖门，马忽惊跃，不肯入城，当由左右代为执辔，驱策数次，才得驰入。颢颇有戒心，所以入城申谕，禁止侵掠，内自宫掖，外及民舍，统皆安堵如恒。过了一二旬，渐渐地骄怠起来，所有宾客近习，统皆宠待，自己日夕纵酒，不恤兵民。所从南兵，陵轹市里，不复加禁，因此朝野失望，公私不安。恒农人杨昙华私语亲友道：“颢必无成，假究冕不过六十日。”谏议大夫元昭业，亦窃议道：“从前更始即新莽时之刘玄。自洛西行，初发马惊，奔触北宫铁柱，三马皆死，后卒无成。援古证今，相去亦不远呢。”高道穆兄子儒，自洛阳出从子攸，子攸问洛中事，子儒答道：“颢败在旦夕，不足深虑！”子攸才得少安。小子有诗叹道：

休言成败属穹苍，一得生骄定不长；
阊阖门前惊坐马，区区未足验灾祥。

颢既骄恣，复欲叛梁。欲知后来情形，俟至下回再表。

尔朱荣入清君侧，本属有名，前回中已经评及。及观本回所叙之事实，乃知荣之心术，比莽、操为尤凶。胡后有罪，亦应上告宗庙，妥定刑名，幼主何辜？竟同赴洪流，惨遭溺毙。如此处置，已觉过甚，复误信费穆奸言，屠戮王公大臣，多至二千余人，长乐二弟，亦遭骈戮，是可忍，孰不可忍乎？天夺其魄，始迎新主入都，乃复有纳女为后一事。女为嫠妇，使之改适，一不可也；以侄妇而再醮叔翁，逆伦伤化，二不可也。倒行逆施，一至于此，魏岂尚有国法乎？葛荣恶贯满盈，天然假诸荣手，非荣之果能歼贼也。彼元颢导敌覆宗，亦不足道，彭城王勰，有功枉死，其子子攸，尚为人所属望。北海王详，贪淫不法，死不足惜，颢徒借梁军以图一逞，误矣。况一得自豪，即萌骄态，此而不亡，不特无天道，并且无人道矣。贬抑之以儆效尤，所以示天下乱贼之防也。

第四十九回　设伏甲定谋除恶
纵轻骑入阙行凶

却说元颢自铚县出发，转战入洛，共取三十二城，大小四十七战，无不获胜，这都出之陈庆之的功劳。哪知他忘恩负义，潜生贰心，私与临淮王彧、安丰王延明密谋背梁；因此待遇庆之亦渐不如前。庆之已微察隐情，预为戒备，且入朝语颢道："我军不满万人，远来至此，幸得成功，人情尚未尽服。彼若知我虚实，调兵四合，如何抵御？不如速启南朝，更请济师。如北方有南人陷没，应敕诸州送入都中，兵多势厚，方可无虞。"颢支吾对付，转告安丰王延明。延明道："庆之兵不过七千，已是难制，今若更添兵力，怎肯再为我用？大权一去，事事仰人鼻息，恐元氏宗社，要自此颠覆了。"颢乃遣使上表梁廷，但言河北河南，同时戡定，只有尔朱荣一部，尚敢跋扈，臣与庆之自能擒讨，不烦添兵劳民云云。庆之副将马佛念，密白庆之道："将军威行河洛，声震中原，功高势重，为魏所疑，一旦变生不测，祸且及身，不如乘他无备，杀颢据洛，倒是千载一时的机会，将军幸勿错过。”为庆之计，确是良谋。庆之摇首道：“此计太险，恐不可行。”

嗣来了河北急报，尔朱荣自晋阳发兵，与天穆相会，护送子攸南还，前驱已到河上了。庆之亟往见颢，颢令庆之出守北中城，自据南岸，抵遏北军。庆之引兵直前，与北军相持三月，接仗至十一次，杀伤甚众，未尝败衄。安丰王延明等沿河固守，北军乏舟可渡，亦不能亟进。尔朱荣意欲退师，再图后举，黄门侍郎杨侃语荣道：“胜负本兵家常事，裹创血战，古今屡闻，况今并未大损，怎可中道折还，自阻锐气？今四方颙颙，视公此举，遽复引归，民情失望。如虑乏舟渡河，何勿多为桴筏，参用舟楫，沿河数百里间，皆为渡势，使颢防不胜防，一或得渡，必立大功。”高道穆亦进言道：“今乘舆飘荡，主忧臣辱，大王拥百万雄兵，奉主南归，若分兵造筏，沿河散渡，指掌可克，奈何无端退却，使颢复得完聚？这所谓养虺成蛇，悔将无及了。”荣已为感动，询及刘灵助，灵助亦谓不出十日，河南必平。适伏波将军杨櫆族人居住马渚，自言有小船数艘，愿为向导，荣乃命从子车骑将军尔朱兆与都督贺拔胜缚木为筏，自马渚夜渡，袭击颢军。

颢不及预备，仓猝应敌，至为北军所乘。领军将军冠受，系颢爱子，竟被擒去。颢大惊遁还，安丰王延明等亦皆溃退。陈庆之孤军失倚，忙收众结阵，匆匆引归。会值嵩高水涨，不便徒涉，那尔朱荣却自督大军，从后追来。庆之部众，急不择路，或投河溺毙，或缘河逃散，单剩得数十百骑，随着庆之。庆之急令从骑下马易服，自把须发薙去，溷充沙门，从间道逃至汝阴，始得奔归建康。

颢由轘辕南出临颍，从骑四窜，临颍县卒江丰诱颢入室，取刀杀颢，传首洛阳。魏主子攸早至北邙，由中军大都督杨津洒扫宫禁，召集百僚，出迎子攸，涕泣谢罪。子攸慰劳已毕，遂入居华林园，颁诏大赦。加尔朱荣为天柱大将军，尔朱兆为车骑大将军，仪同三司，元天穆为太宰。凡北来军士及随驾文武诸臣，各加五级，出宫人三百名，缯锦杂彩数万匹，班赐有差。临淮王彧仍诣阙请罪，有诏不问。安丰王延明自觉无颜，挈妻子南奔梁朝，后来病死江南。

尔朱荣留都数日，仍辞归晋阳，遣都督贺拔胜出镇中山，复使统军侯渊讨灭葛荣余党韩楼。越年，再使从子骠骑将军尔朱天光与左都督贺拔岳、右都督侯莫陈悦，率兵往讨万俟丑奴。丑奴出没关中，屡为民患，时正往攻岐州，令党徒尉迟菩萨等自武功南渡渭水，扑城攻栅。贺拔岳引着千骑，倍道赴援，菩萨已拔栅收兵。岳前往挑战，诱菩萨至渭南，依山设伏，俟菩萨轻骑追来，发伏齐起，得将菩萨捉住，名为菩萨，奈何毫无神力？收降贼众万余。

丑奴闻菩萨陷没，退保安定。岳与天光会师岐州，扬言夏令将至，不便行师，应俟秋凉再进。丑奴信为实言，散众归耕，据险立栅。天光遂与岳悦二都督乘夜发兵，攻入大栅。所得俘囚，悉数纵还，诸栅闻风皆降。天光长驱直进，径达安定，丑奴无兵可守，弃城出走，贺拔岳等从后追蹑，赶至平凉，围住丑奴。裨将侯莫陈崇，单骑突入，与丑奴交手，不到三合，便把丑奴活捉了来，大呼出阵，贼皆披靡。乘胜进逼高平，萧宝夤为丑奴太傅，尚欲拒守，天光将丑奴推至城下，指示守卒，谕令速降。守卒立即应命，执住宝夤，送入大营，关中悉平。丑奴宝夤，槭送都中，缚至阊阖门外，示众三日，方将宝夤赐死，丑奴处斩。丑奴了，宝夤亦了。

宇文泰曾随军讨颢，因功封宁都子，至此复从贺拔岳入关，讨平丑奴，魏主子攸擢泰为征西将军，行原州事。泰安抚关陇，待民有恩，民皆感悦，互相告语道：“早遇宇文君，我等怎肯从乱呢！”为北周开国张本。

这且慢表。且说尔朱荣迭平叛乱，勋爵愈隆，威势亦愈盛，虽居外藩，遥制朝政，宫廷内外，遍布心腹，伺察魏主动静。魏主有心振作，勤政不怠，常与吏部尚书李神隽议清治选部，荣奏补曲阳县令，资格未合，为神隽所搁置。荣当即怒起，擅自调补，神隽惶恐辞职，荣即使从弟仆射尔朱世隆代理吏部，欲调北人镇河南诸州，魏主未许。太宰元天穆出镇并州，竟为荣上奏道：“天柱立有大功，为国宰相，若请变易全国官吏，陛下亦不得遽违，况止调数人为州吏，如何不即允许哩。”魏主复谕道：“天柱若不为人臣，朕亦须听他命令；如犹存臣节，怎得黜陟百官！”天穆转告尔朱荣，荣当然生根。尔朱后性又妒忌，稍有不平，便忿然道：“天子由我家置立，怎得自专？我父原拟自为，何不早自决计呢！”尔父若为天子，尔只能做个公主，怎能总制六宫？世隆亦谓兄不为帝，自己未得封王，阴生觖望。惟魏主外制强臣，内迫悍后，居常愀然不乐。城阳王徽妃，系魏主舅女，侍中李彧是魏主姊婿，魏主因她戚谊相关，格外亲信。二人欲得权宠，尝恨尔朱氏牵制，所以日夕毁荣，劝主除害。侍中杨侃、胶东侯李侃晞、仆射元罗等，亦曾与谋。魏主亦时思除荣，只一时未敢猝发。荣好游猎，寒暑不辍，辄绘缚虎图进呈，谓臣不忘武功，实欲北扫汾胡，南平江淮，为天子作统一计。又称参军许周，劝臣取九锡礼，臣未立大功，怎得叨受殊荣，已将许周斥去等语。魏主见他词意骄倨，益有戒心，惟玺书褒答，申奖忠诚。无非以假应假。

会尔朱后怀妊九月，将要分娩，荣表请入朝，欲乘便视后。城阳王徽等谓荣果诣阙，正好伏兵刺毙。李侃晞独言荣必设备，恐未可图，不如先杀荣党，发兵拒荣为是。两议俱属未妥。魏主尚是未决，都下已颇泄秘谋。中书侍郎邢子才等多畏祸东去。尔朱世隆亦有所闻，自为匿名书，粘贴门上，有天子欲杀天柱一语。旋即揭纸寄荣，荣自恃盛强，不以为意。且扯书掷地道："世隆胆怯，孰敢生心！看我单骑入朝，有人能挠我毛发么?"荣妻亦劝荣不行，荣终不听。即率将士等南下，妻亦随行，直抵洛阳。

魏主本即欲杀荣，因恐天穆在并州，必为后患，乃虚与周旋，优礼相待。荣入宫侍宴，醉后奏陈，谓外人屡言陛下疑臣，意欲加诛。魏主不待说毕，便接口道："人亦有言王欲害我，谣说无凭，怎可轻信!"荣欢颜称谢。嗣是入谒，从人不过数名，又皆不持兵仗，魏主见荣尚无反意，拟取消前议，城
阳王徽怂恿道："就使荣果不反，亦不可耐；况未必可保呢。"魏主乃征天穆入朝，欲一并除去。荣全未察觉。再加朝士随员，向荣献谀，或说是将加九锡，或说是将下禅文，或说是长星入中台，为除旧布新的预兆，或说是并州城上有紫气，不日当有应验，哄得尔朱荣心花怒开，扬扬自得。

荣有小女，适魏主兄子陈留王宽，荣尝指宽示人道："我终当得此婿力。"这种词态，传入宫廷，越令魏主生嫌。魏主又梦中取刀，自割十指，醒后很觉惊惧。问诸徽及杨侃，徽答道："蝮蛇螫手，壮士断腕，梦中割指，亦是此类。陛下若临机立断，可保吉征。"魏主意乃决定。

可巧天穆奉召入都，由魏主邀同尔朱荣，迎入西林园，摆酒接风。荣请令群臣校射，且面奏道："近来侍臣多不习武，

陛下宜率五百骑出猎，振励武功。”魏主含糊许可，但心中愈觉动疑。越日召入中书舍人温子升，问汉杀董卓事，魏主道：“王允若赦凉州人，必不至死。”良久复语子升道：“如朕心理，卿亦应知，死犹欲为，况未必死呢！若戮及渠魁，曲赦余党，想不至有意外祸端！”子升唯唯应命。魏主嘱他预作赦文，指日诛恶，子升受命退去。

诘旦即召荣与天穆，入宴明光殿，令杨侃等伏甲以待。荣与天穆入座，宴饮未毕，便即起出。侃等从东阶入殿，见荣等已至中庭，不便动手，乃任他自去。既而荣诣陈留王家饮酒，大醉而归，因自称病发，连日不入。

魏主恐密谋漏泄，寝馈不安，城阳王徽入白道：“事不宜迟，何不托言后生太子，召荣入朝，就此毙荣？”魏主道：“后怀孕只及九月，怎得即言生子？”徽又道：“妇人不及产期，便是生儿，也是常事，彼必不疑。”魏主乃再伏兵明光殿，声言皇子已生，遣徽驰告荣及天穆。荣正与天穆坐博，徽即脱去荣帽，欢舞盘旋。忽又由殿中文武，传声促入，荣信以为真，遂与天穆一同入贺。两人应该同死，所以连属。

魏主闻荣等进来，不觉失色，温子升趋入道：“陛下色变，速请饮酒壮胆。”魏主因索酒连饮，渐觉心胆少豪。子升袖出赦文，正要呈览，遥见荣已登殿，料知不及再阅，便取文趋出。巧巧与荣相遇，荣问是何文书？子升只说一敕字。荣见他神色自若，也不欲取视，惘然竟入。魏主在东序下西向坐着，荣与天穆至御榻西北入席。尚未开谈，李侃晞等持刀进来。荣料知有异，起趋御座，魏主已横刀膝下，顺手取出，向荣力斫，荣即仆地。侃晞追上一刀，呜呼毕命！天穆亦被砍死。荣长子菩提等，共三十人，随荣入宫，俱为伏兵所杀。内外欢噪，声满都城。

魏主即登阊阖门，饬温子升宣诏大赦，并遣武卫将军奚毅、前燕州刺史崔渊，率兵镇北中城。尔朱世隆闻变夜出，奉荣妻及荣部曲，走屯河阴。荣党田怡等欲进攻宫门，贺拔胜谓内必有备，不如出城，再图他计。怡乃随世隆出走，胜独不往。黄门侍郎朱瑞虽为荣所委，却能委曲将事，颇得主眷。故虽从世隆出城，半途逃回。金紫光禄大夫司马子如，素为尔朱氏死党，弃家奔世隆。世隆即欲北还，子如道：“兵不厌诈，今天下汹汹，惟强是视，君若北走，反示人以弱，不如分兵据守河桥，还袭京师，出其不意，或可成功。”子如实是戎首。世隆依议，即夜攻河桥，擒杀将军奚毅等人，据北中城。魏主大惧，遣前华阳太守段育慰谕，竟被世隆杀死。

先是散骑常侍高乾与弟敖曹避难奔齐，受葛荣官爵，聚民为乱。魏主招令反正，授乾为给事黄门侍郎，敖曹为通直散骑侍郎。尔朱荣奏请黜乾兄弟，谓叛人不宜再用，乃听解职还乡。敖曹复行抄掠，由荣诱拘晋阳，荣入都时，恐他生变，独令随行，禁居驼牛署。荣已诛死，魏主释令入侍，授官直阁将军。高乾亦自冀州至洛都，魏主命为河北大使，使与敖曹偕归，召集乡曲，作为外援。乾兄弟临行时，魏主亲送出城，举酒指河道：“卿兄弟本冀部豪杰，能令士卒致死；倘京都有变，可为朕至河上，耀众扬尘。”乾垂涕受谕，敖曹拔剑起舞，誓以必死，待魏主回城，始相偕引去。

世隆遣族人尔朱拂律归，率胡骑千人，白衣至郭下，索太原王尸。魏主自登大夏门眺望，且令从臣牛法尚俯语道：“太原王立功不终，阴图叛逆，王法无亲，已正刑书。罪止荣身，余皆不问。”拂律归应声道：“臣等随太原王入朝，忽致冤酷，今不忍空归，愿得太原王尸，生死无恨！”言已大哭，群胡相率举哀，声震京邑。魏主亦觉怅然，便遣朱瑞赍着铁券，往赐世隆。世隆道：“太原王尚不得生，两行铁字，何足为凭！”说着，举券投地。瑞拾券还报，魏主乃募敢死士讨世隆。三日得万人，出御拂律归，究竟士系新募，未习战阵，屡战不克。会皇子诞生，下诏大赦。庆贺既毕，复议讨叛，群臣皆面面相觑，不发一言。只能放火，不能收火，此等人有何用处？独散骑常侍李苗挺身道：“小贼敢横逆如此！臣虽不武，愿率一旅出战，为陛下径毁河桥！”魏主大喜，即假平西将军职衔，率数百人出城，由马渚上流，乘船夜下，纵火焚河桥。尔朱兵顿时大乱，从南岸争桥北渡，俄而桥绝，溺毙甚众。苗还泊小渚，守待南援，哪知官兵一个不至，敌兵却陆续趋击。苗拚死力战，终因寡不敌众，部下尽歼，苗亦投水自尽。魏主闻报，很是痛惜，追封河阳侯，予谥忠烈。何不预发援兵？尔朱世隆经此一吓，却召回拂律归，向北遁去。

魏主诏行台都督源子恭出西道，杨昱出东道，各率兵万人，追讨世隆。子恭至太行丹谷，筑垒设防，控遏晋阳。时尔朱兆为汾州刺史，已发兵至晋阳城，拟即南向犯阙。适值世隆北返，两下会谈，议先奉太原太守行并州事长广王晔为主，然后进攻洛阳。晔系前中山王英从子，轻躁有力，既得尔朱氏推戴，便欣然称帝，改元建明。命世隆为尚书令，兆为大将军，皆封王爵，世隆从兄卫将军度律为太尉，天柱长史彦伯为侍中，徐州刺史仲远为车骑大将军，兼尚书左仆射，领徐州大行台。仲远遂起兵遥应，约共入洛。

骠骑大将军尔朱天光正与贺拔岳、侯莫陈悦西循关陇，闻荣死耗，亦下陇南行，拟向洛阳。魏主使朱瑞往抚，进天光为侍中，仪同三司，兼领雍州刺史。天光与贺拔岳谋，欲令魏主外奔，更立宗室。乃使瑞归报云："臣无异心，但欲仰奉天颜，再申宗门罪状。"又令僚属佯为奏闻，谓天光暗蓄异图，愿思胜算以防微意。狡哉天光。魏主两得奏报，不免怀疑，只好加封天光为广宗王，曲示羁縻。那长广王晔亦封天光为陇西王。天光隐持两端，观望成败。

尔朱兆引众向洛，先召晋州刺史高欢，愿与偕行。兆素骁勇善战，独尔朱荣未死时，谓兆非欢匹，终当为彼穿鼻。至是欢接兆书，慨然叹道："兆狂愚如是，敢为悖逆，我不能长事尔朱了！"遂托言山蜀未平，不肯应召。

兆自督众南行，到了丹谷，与源子恭相持。尔朱仲远亦自徐州北向，陷西兖州，擒去刺史王衍。魏主亟命城阳王徽兼大司马，录尚书事，总统内外，使车骑将军郑先护为大都督，与右卫将军贺拔胜共讨仲远。先护疑胜曾附尔朱，摈置营外，胜已心怀怨望。及行次滑台东境，与仲远相遇，交锋数次，先护并不出援，竟至败却。胜挟恨益深，遂潜奔仲远，返攻先护。先护狼狈奔走，后且投顺梁朝。南路失败，北路亦溃，源子恭部将崔伯凤阵亡，史仵龙开壁降兆。子恭慌忙奔回，还算幸全性命，洛阳大怖。

城阳王徽，毫无韬略，但惜财吝赏，失将士心。魏主与他商议，一味敷衍，谓小贼无虑不平。魏主亦以大河深广，兆等未能即来，谁知永安三年十一月间，河水浅涸，暴风扬尘，兆竟轻骑南来，渡河入都，守城将士，仓猝四溃，及兆纵骑叩宫，宿卫方才惊觉，立即骇散。魏主仓皇出走，步行至云龙门外，适遇城阳王徽，跨马急奔，连呼数声，并不见应。及徽已去远，却来了胡骑数十名，顺手把魏主牵住，往报尔朱兆去了。小子有诗叹道：

叛臣入阙始惊奔，失势何人认至尊？
天子穷途犹若此，才知处士贵争存。

未知魏主性命如何，容待下回再详。

平葛荣，灭元颢，诛万俟丑奴，擒萧宝夤，尔朱荣之功，不可谓不高。功高者本易震主，况如尔朱荣之有心篡逆，遥制朝政，而能不遭主忌耶！魏主子攸，定谋阙下，伏甲除奸，梁冀死而钟簴不惊，董卓诛而宫廷无恙，不可谓非一时快事。惜乎所用非人，满廷阘茸，城阳王徽，贪佞无能，而任为统帅；源子恭、郑先护辈，皆等诸自郐以下，不足讥焉。忠愤如李苗，挺身出战，冒险焚桥，乃不为后援，任其战死，虽欲不亡，宁可得乎？逆兆入宫，始得闻知，狼狈出走，立遭牵絷，识者有以知子攸之自取矣。

第五十回　废故主迎立广陵王　煽众兵声讨尔朱氏

却说魏主子攸，被胡骑牵去，往报尔朱兆。兆不欲与见，但令牵往永宁寺中，锁禁楼上。自入宫扑杀皇子，见有嫔御妃主，一并拘住，拣得几个美貌少妇，恣情污辱。独不提及尔朱后，想尚顾全姊妹。余皆随给将弁，任他处置，并纵兵大掠，都市为墟。司空临淮王彧、尚书左仆射范阳王诲、青州刺史李延实等，皆为乱兵所杀。

城阳王徽走至山南，抵前洛阳令寇祖仁家。祖仁一门三刺史，皆徽所引拔，总道他记念旧情，肯为留纳，哪知祖仁佯为欢迎，请徽入室。徽有金百斤，马五十匹，皆寄交祖仁，祖仁私语子弟道："今日富贵并至，不但可得徽财，且可因徽得赏呢！"徽仅留一日，祖仁即伪言官捕将至，纵令他适。徽慌忙逃避，途次被杀。这刺客便由祖仁所使。既得徽首，便传送洛阳，兆竟不加赏。

未几兆梦中见徽，叫他往祖仁家，取贮金二百斤，马百匹。鬼犹狡猾，生前可知。兆即遣人掩捕祖仁，祖仁料不可匿，据实供明。兆疑与梦中未符，硬要逼索，祖仁将私蓄黄金三十斤、马三十四，悉数输兆。兆尚未信，怒执祖仁，悬首高树，用大石系足，搒掠至死。可怜寇祖仁贪图富贵，不顾仁义，害得这般结局！孽报难逃，可作后鉴，奉劝世人，勿昧心利己哩！苦口婆心。

尔朱世隆闻兆已成功，也即至洛。兆按剑瞋目道："叔父在朝日久，耳目应广，如何令天柱受祸！"说至此，声色俱厉，吓得世隆胆战心惊，慌忙拜谢，方得无事。仲远亦自滑台入洛阳。会河西贼帅纥豆陵步蕃，声称奉魏主密诏，讨尔朱兆，进军秀容。兆无暇居洛，亟还晋阳，并将魏主劫去，留世隆、度律、彦伯等，镇守洛都。晋州刺史高欢率骑兵邀截魏主，已是不及，乃作书致兆，为陈祸福，谓不应加害天子，徒受恶名，兆毁掷欢书，竟拘魏主至三级佛寺中，把他缢死，年才二十四。越二年为魏主修太昌元年，始追谥为孝庄皇帝，庙号"敬宗"。

陈留王宽曾随魏主北行，也为兆所杀。兆自率众御步蕃，到了秀容，连战皆败，急遣使至晋州，向刺史高欢乞援。欢虽应召，沿途逗留，直至兆再三告急，方与兆会师平乐。步蕃乘胜进逼，欢约兆为后应，自当前锋。行至石鼓山，大破河西寇众，击死步蕃。兆大喜过望，即与欢约为兄弟，连宵宴饮，相得甚欢。恐要被他穿鼻了。且因葛荣余党出没六镇，谋乱不止，特向欢问计。欢答道："六镇叛众，不能尽歼，王何不选用心腹，使为统帅！如有叛乱，统帅连坐，叛乱自渐少了。"兆欣然道："此计甚善！但何人可使？"旁座贺拔允接入道："莫如高公！"道言未绝，那唇间已着了一拳，流血满口，折落一齿。看官道由何人所击？原来就是高欢。出人不料。欢既击落允齿，且厉声道："天下事取舍在王，汝何得妄言！王宜速杀此人！"浑身是假，兆摇手道："允言甚是，君何必作态？今日便分兵属君，统帅六镇。"正要你说出此语。欢尚饰词谦让，兆以欢为诚，越加信任，坚嘱勿辞。

酒阑席散，兆已醉枕座上，欢恐他醒后悔言，遂出谕大众，已受委统州镇兵，可集汾东受号令。乃即建牙阳曲川，部署兆军。军士素惮兆凶狠，情愿就欢，相率投效麾下。欢又请将并、肆降户，就食山东。兆信欢方深，又复依议。长史慕容绍宗道："不可！不可！今四方纷扰，人怀异望，高公雄才盖世，若再使外握强兵，譬如蛟龙得云雨，尚肯受人约束么？"兆咈然道："我与彼有香火重誓，何必过虑！"绍宗道："亲兄弟尚不可信，何论一区区香火呢！"兆不禁动怒，便叱道："你敢离间我友情么？"遂喝令左右，把绍宗牵禁狱中。全然是一卤莽汉。一面促欢就道。

欢自晋阳出滏口，正值尔朱荣妻自洛阳行来，有良马三百匹。他即指麾军士，截夺良马，另用羸马掉换。荣妻未敢与争，只好入城报兆，兆始觉惊疑，释出慕容绍宗，再与商议。绍宗道："欢去未远，还是掌握中物呢。"兆乃自追欢至襄垣，适漳水暴涨，桥被冲坍，欢隔水拜语道："借马非有他意，实防山东盗贼，王乃信谗来追，欢何惜一死，但恐部众便要叛离了。"兆亦自明无他，复跃马渡水，与欢并坐帐前，拔刀授欢，引颈就斫。欢大哭道："自从天柱薨逝，贺六浑何所仰望，但愿大家千万岁，戮力同心，今奈何忽出此言！"兆乃投刀地上，复命斩白马，与欢为誓，且留宿夜饮。欢部下尉景，欲乘机执兆，欢啮臂戒谕道："今欲杀兆，彼党必并力来争，势不可敌，不若且从缓议。兆徒勇无谋，将来总为我所擒呢。”尉景乃止。

诘旦兆渡河归营，复召欢会谈。欢上马欲行，长史孙腾牵住欢衣，欢乃托词不赴。兆隔水责欢，说他负约，欢不与答语。兆亦无法，不得已驰还晋阳。

那尔朱世隆等镇守洛阳，屏除盗贼，流通商旅，恰尚能勉力维持。尔朱天光入会世隆，谈及新主元晔，未洽人望，不如更立近亲。世隆也以为然，郎中薛孝通入白天光道：“何不改立广陵王？既属近支，又有令望，沉晦不言，多历年所，若奉以为主，必天人允叶了！”天光因告世隆，世隆道：“广陵王数年不言，莫非真有瘖疾不成？”天光道：“且遣人试验真伪。”乃使尔朱彦伯往告广陵王，他竟说出“天何言哉”四字，才知他并非真瘖，实是“遵养时晦”的意思。彦伯返报世隆，世隆大喜，便决意改立广陵王。

究竟广陵王为谁？闻他单名是一恭字，就是孝文帝宏的侄儿，广陵王羽的嗣子。广陵王羽见四十二回中。从前元乂擅权，恭恐得祸，避居龙华寺，佯称瘖疾，谢绝交通。至永安年间，都下谣传，寺中有天子气，由魏主子攸遣人监束，并无异征，乃得免害。世隆等既议定废立，天光仍还雍州。同谋不同行，无非取巧。可巧长广王晔来都定位，已至邙山南首，世隆亟遣泰山太守窦瑗往启晔道：“天意人心，俱属广陵，愿王行尧舜事，勿再迟疑。”晔不觉失色，满口支吾，瑗已怀着禅文，竟取出示晔，硬令署印。晔无法推托，只好照署，瑗即返示广陵王恭。恭尚奉表三让，及百官备驾恭迎，然后入宫即位，改建明二年为普泰元年。令黄门侍郎邢子才草撰赦文，文中叙及太原王荣枉死情状，魏主恭勃然道：“永安手翦强臣，并非失德，不过因天未厌乱，所以遇着成济的遗祸呢。”成济弑曹髦见三国魏史中。因取笔自作赦文，节去尔朱荣死事。恭闭口八年，至是始言，中外推为明主，想望太平。改封长广王晔为东海王，余如乐平王尔朱世隆、颍川王尔朱兆、彭城王尔朱仲远、陇西王尔朱天光、常山王尔朱度律，各仍元晔时故封。车骑大将军高欢及都督斛斯椿以下，各加六级。斛斯椿本为魏东徐州刺史，曾依附尔朱荣，荣受诛时，椿惧祸南奔，依附汝南王悦。悦曾奔梁见四十二回。及尔朱复盛，仍然北归，得为将军，这且待后再叙。

惟尔朱世隆等，请追赠尔朱荣，魏主恭赠荣为相国晋王，并加九锡。世隆意尚未足，再使百官议荣配飨。司直刘季明抗言道："今若配飨世宗，恪。时尚无功；配飨孝明，诩。亲害乃母；配飨先帝，子攸。为臣不终，下官谓无从配飨！"不愧司直。世隆发怒道："汝不怕死么?"季明道："下官既为议首，自当依礼直陈，不合尊意，翦戮惟命！"世隆倒被他驳倒，不敢加刑。但将荣配飨高祖即孝文帝。庙廷。又至首阳山立庙，就借周公庙旧址，重加建筑。庙貌甫成，偏被祝融氏收去。不可谓元圣无灵。世隆亦只好罢休。

尔朱兆以废晔立恭，事未预闻，将发兵攻世隆。世隆令彦伯前往调停，费了无数唇舌，才平兆怒，总算按兵不发，但已未免生嫌了。尔朱之败，已露端倪。

最可笑的是幽州刺史刘灵助，好谈术数，为尔朱荣所赏拔，得刺幽州。此时自加推算，逆料尔朱将衰。竟纠众为乱，自称燕王，声言为故主子攸复仇，且妄述图谶，谓刘氏当王。幽瀛沧冀四州愚民多往奔投，灵助遂引众南下，进据博陵郡的安国城。

河北大使高乾兄弟，前曾奉遣至冀州，招募徒众，应前回。尔朱兆防他为变，特遣监军孙白鹞往冀州城，托言调发兵马，将掩捕高乾兄弟。乾瞧破机关，即与前河内太守封隆之等，袭据信都，击杀白鹞，奉隆之行州事，并为故主子攸举哀，缟素升坛，誓众讨尔朱氏。一面通书灵助，愿受节制。殷州刺史尔朱羽生，率兵袭击，及城中闻知，羽生兵已到城下。高敖曹不及擐甲，携槊上马，仅十余骑出城，冲入羽生军中，舞槊四刺，无人敢当。从骑亦皆死战，以一当百，顿时摧陷敌阵，纷纷窜散。高乾登城拒守，缒下五百人接应，那羽生已魂销胆落，逃回殷州去了。时人俱服敖曹骁勇，称为项籍再生。

偏高欢硬来出头，扬言将讨灭信都，信都人当然惊惶。高乾道："高晋州雄略盖世，岂肯长居人下！今日尔朱无道，弑君虐民，正是英雄立功的机会。他欲来此，必有深谋，我且前去谒他，定可无虞。"乃与封隆之子子绘潜至滏口，迎见高欢。欢召入与语，乾乘机进言道："尔朱酷逆，痛结神人，凡有知

识，莫不思奋。明公威德素著，天下归心，若兵以义动，无论如何倔强，不足敌公。敝州虽小，户口不下十万，赋税亦足济军资，愿公熟思，毋误事机！"欢见乾词气慷慨，语语动人，几乎相见恨晚，便促膝与谈，呼乾为叔，话至夜半，且引与同寝。

越宿先遣乾归，自引兵东向徐进。前驱遇着一人，乘露车，载素筝浊酒，投刺军前，自言愿谒见高公。当有军吏传报，欢略阅名刺，见是南赵郡太守李元忠数字。便道："这人是个酒鬼，见我何为？"说着，也不传见，又不拒绝。元忠待了片刻，不见复语，便下车独坐，酌酒擘脯，且饮且嚼。连饮了好几觥，乃复顾语军吏道："闻高公招延隽杰，故不惜来谒。今未见吐哺迎贤，慢士可知，请还我名刺，不劳再报！"军吏又复告欢，欢始命引入，尚是淡漠相遭。元忠再就车上取酒及

筝，一面饮酒，一面弹筝，继以长歌。歌罢乃语欢道："天下事已可知，公尚欲事尔朱么？"欢答道："富贵皆因彼所致，怎敢不外彼尽节！"元忠喟然道："迂拘小谨，怎得称为英雄！"狂态嫚语，仿佛三国时之祢衡。嗣又问及高乾兄弟曾来过否，欢诈言未来。元忠又道："公果是真语呢，还是假语呢？"欢微哂道："赵郡醉了。"因使人扶出。元忠不肯起，长史孙腾进言道："此君系天遣至此，愿公勿违。"欢乃复与问答，元忠慨陈时事，呜咽流涕。欢亦不觉动容。元忠因进策道："河北形势，莫如冀、殷，殷州城小，又无粮仗，不足济大事，最好是往就冀州，高乾兄弟必倾心事公，殷州便可赐委元忠。冀、殷既合，沧、瀛、幽、定自然弭服了。"欢闻言起座，握元忠手，亲为道歉，留诸幕下，与谈数日，方令归图殷州，自率众至信都。

隆之与乾开门纳欢。敖曹正在外略地，未预乾议，闻乃兄迎欢入城，嗤为妇人，即遗兄布裙。欢素知敖曹勇悍，加意笼络，特遣长子澄往见敖曹，执子孙礼，敖曹乃与澄俱来。欢格外优待，敖曹方无异言。

乾与隆之，本依附刘灵助，既迎高欢为主帅，便与灵助断绝往来。魏亦使大都督侯渊、骠骑将军叱列延庆，往讨灵助。灵助尝自占道："三月末旬，必入定州。"渊至固城，用延庆计，伪言将西入关中，暗中却简选精骑，昏夜疾驰，直入灵助垒中。掩他不备，得将灵助首级取来，函入定州，正值三月末日。灵助只算得半着，平白地丧了性命。

魏廷既讨平灵助，复欲规划冀州，阳赐高欢为渤海王，征令入朝。看官，试想此时的高欢，还肯应命入都，再受尔朱氏的暗算么？尔朱世隆升授太保，专揽朝纲；尔朱兆兼督十州军事，奄有并汾；尔朱天光加位大将军，专制关右；尔朱仲远徙镇大梁，复加兖州刺史，性最贪暴，境为富室，往往诬他谋反，取男子投入河流，籍没妇女财产，悉入私家，所入租税，亦未尝解送洛阳。东南州郡，畏仲远似虎狼，恨不即日诛殛。只因尔朱势盛，未敢反抗，没奈何忍气吞声。即为尔朱灭亡张本。独高欢养士缮甲，招兵抚民，将与尔朱氏决一雌雄，蓄锐以待，所以魏廷征令入朝，当然托辞不至。魏廷亦无可如何，只好设法羁縻，授欢为大都督东道大行台，领冀州刺史。征朝不至，反授重寄，尔朱氏未亡先馁，衰兆已见，魏主恭亦安得为英主耶！

欢益起雄心，再加部将斛律金、库狄干及妻弟娄昭、姊夫段荣从旁怂恿，劝他速讨尔朱。欢乃诈为尔朱兆书，谓将遣六镇人刺配契胡，众皆忧惧；又伪示并州符檄，征兵讨步落稽。亦胡人之一种。因调发万人出郊，由欢亲自送行，洒泪叙别，大众号恸，声震原野。欢且泣且谕道："我与尔等均为羁客，义同一家，不意在上征发如此！今若西向，一当死；后军期，二当死；配国人，三当死，奈何奈何？"大众齐声道："只有造反一法。"逼出一个反字。欢皱眉道："造反二字，实非美名，必不得已，亦须推一人为主帅。"大众闻言，当然推欢。欢又叹道："尔等独不见葛荣么？有众百万，散漫无纪，终致败亡。今若推我为主帅，当听我号令，毋陵汉人，毋违军律！否则我不能为天下笑呢。"众皆叩首道："死生惟命。"欢乃椎牛飨士，起兵信都，但尚未敢显斥尔朱。

会李元忠起兵逼殷州，劝令高乾率众往应。乾佯言是赴救殷州，单骑入见尔朱羽生，与谋战守事宜。羽生即偕乾出御元忠，乾觑隙刺死羽生，与元忠会师，持羽生首胁降州民，遂留元忠守殷州，自携首级报欢。欢抚膺道："今日只好决计造反了！"乃令元忠为殷州刺史。随即表闻魏廷，历举尔朱氏罪状，抗辞声讨。

尔朱世隆匿表不通，但奏称高欢造反，于是尔朱兆、尔朱仲远、尔朱天光、尔朱度律等，皆受命讨欢，由世隆居中调度。狼子狼孙，一齐出来，煞是热闹。欢闻尔朱氏一齐来攻，当然要部署兵马，出御各军。

忽有一人满身衰绖，踉跄至军门，求见高欢。欢一见名刺，即命召入。那人到了案前，匍匐地上，放声大哭。欢亦泪下，自起扶持，令他起坐。与见李元忠时又是一种写法。那人尚流涕道："一家百口，尽毙贼臣手中，闻明公起义兴师，所以奔波至此，愿效犬马，图报大仇！"欢叹息道："君家世忠孝，乃为逆贼所屠，可悲可恨，我正为此起事，天道有知，必不使逆贼漏网哩！"遂面授行台郎中，令他参议军情。

看官道此人为谁？原来是魏司空杨津子愔。津长兄名播，次兄名椿，皆仕魏有名。播性刚毅，椿津谦恭，家世孝友，缌服同爨，男女百口，人无间言。椿津位至三公，一门七郡太守，三十二州刺史。播先病逝，子侃曾为侍中，与杀尔朱荣。见前回。尔朱兆入洛，侃逃归华阴故里，尔朱天光佯言赦侃，召令出仕，侃明知有诈，但尚望保全百口，宁縻一身。乃即出应召，果为天光所杀。时杨椿亦已致仕，与子昱同返华阴。椿弟冀州刺史顺、顺子东雍州刺史辩、正平太守仲宣，皆在洛阳，就是司空津，亦留居都中。尔朱氏恨侃切齿，甚至欲屠戮全家，乃由世隆出奏，诬言杨氏谋反，请一律捕治。魏主恭不肯依议，偏经世隆固请，乃命有司检案以闻。世隆遽遣兵围津第，屠戮无遗。原来天光亦发兵至华阴，把杨氏一门老小，杀得精光。只有杨愔在外，幸得脱逃，奔至信都谒欢。尚留杨愔一人，未始非孝友之报，然亦惨矣。

愔颇有才智，为欢谋议，甚得欢心。欢因将文檄教令等件一概委愔，但令咨议参军崔㥄，作为副手。愔下笔千言，词多慨切，一经颁布，无不传诵，于是尔朱氏罪恶，遐迩共知。尔朱兆出攻殷州，李元忠独力难支，弃城奔信都。酒鬼究属无用。尔朱仲远及尔朱度律与将军斛斯椿、贺拔胜、贾显智等，亦进军高平，欢颇以为忧。

长史孙腾献议道："今朝廷隔绝，号令无所禀承，众将沮散，不如先立元氏宗亲，维系众志。"此策实属无谓。欢不能无疑，腾一再固请，乃奉渤海太守鲁郡王元朗为帝。朗系景穆太子晃玄孙，父为章武王融，至是迎入信都，即皇帝位，改元中兴。命高欢为侍中丞相，都督中外诸军事；高乾为侍中司空，高敖曹为骠骑大将军，领冀州刺史；孙腾为尚书左仆射，魏兰根为右仆射。欢既受命统军，指日出征，用了一条反间计，遂令尔朱氏自相猜忌，走仲远、度律，并大破兆军。小子有诗叹尔朱氏道：

人生兴废本无常，一姓争荣一姓亡；
自古强宗无不覆，祸根多半起参商。

究竟高欢计策若何，请看下面第五十一回。

本回述高氏得势之由来，即北齐开国之动机，无尔朱氏之乱魏，则高氏不得兴；无尔朱氏之举兵相委，则高氏亦不得兴。谚有之：乱世出英雄。高欢其果为乱世之英雄乎？彼尔朱子弟，皆非欢敌，尔朱荣固已逆料之矣。尔朱将佐只有一慕容绍宗，而不能用。贺拔兄弟反复无常，皆不足取。欢则蓄甲养士，疏狂如李元忠而优容之，悍戾如高敖曹而礼遇之，迹其所为，仿佛魏武，宜乎乘时崛起，而为一世雄也。然尔朱氏目无长上，置君如弈棋，倏废倏立，致当时目为乱贼，而高欢亦从而蹈之，为义不忠，以暴易暴，欢之与尔朱相去，得毋所谓不能以寸耶！